中国神话故事
ZHONGGUO SHENHUA GUSHI

中国铁道出版社

前 言

QIANYAN

    记得在月白风清的夜晚，我的耳畔常常会响起奶奶轻柔的声音："年轻的渔郎从湖中捞起了一个精巧的红漆盒，打开一看，只见里面装着一颗光彩夺目的明珠。他心里暗想，这一定是哪位姑娘丢的。正当他准备登岸找寻失主时，对面走来了一个身穿绿衣的美丽女子……"每每这时，我的思绪便不由得随着渔郎和姑娘进入了那个离奇的世界：在绿影婆娑、池映莲荷的美景中，我"看"到勤劳的渔郎和善良美丽的姑娘相爱了。以后的日子，渔郎捕鱼，姑娘荡桨；渔郎修船，姑娘织网，他们是那么的幸福……就这样，在优美如歌的神话故事的伴随下，在梦幻般的惝恍迷离之美的浸润中，我送走了难忘的童年。

    如今，我已成为人母，也常常会声情并茂地为我的女儿讲述从奶奶那里听来的古老故事。这些扑朔迷离、生动诱人的故事仿佛绚烂之极的云锦，在女儿的脑海里交织出一幅幅动人的、趣味十足的画面。而我呢，在享受着她的可爱、分享着她的快乐的同时，也对这些故事有了另一番新的感悟。这些看似虚幻的故事其实包藏着无数丰富多彩的历史，那飘忽的意境为人们的思想架起了一座美丽的七彩桥。尽管这座桥并不真实，但人们的确需要这种源于想象中的东西来慰藉自己的心，来抗击现实中的丑陋与残缺、伤害与污染，这便是神话之所以能从一株嫩芽成长为参天大树，拥有顽强的生命力，历久弥新的原因所在。神话的世界不仅瑰丽多姿，而且饱含着人生的哲理和古人们对生活不屈的追求。于是，我们挑选了中华民族最优秀的数百篇神话，作为送给少年朋友们的礼物，希望他们能从中得到一些启迪。

目 录
MULU

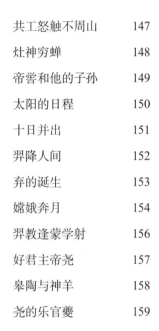

洪水的传说

远古时候，天和地是由两个兄弟掌管的。弟弟叫雷公，管天上；哥哥叫高比，管地下。

有一年，地上有一户人家错把狗头当猪头供奉雷公。雷公大怒，整整六个月不下一滴雨。饥渴的人们只好去求雷公的哥哥高比。高比对人们说："如果三天之内还不下雨，我要那雷公下地来。"

过了几天，雨果真下起来了。原来是高比私下把天上的雨偷到地上来。雷公生气地向地上发了一个火雷，想把高比劈死。哪知高比早就有所防备了，他顺手拿起一个鸡罩把雷公罩在里面。

一天，高比要出远门，就吩咐儿

子伏羲和女儿女娲，不能给雷公喝水。可兄妹二人可怜雷公，就给他喝了水，雷公立刻法力无边，从鸡罩里跳了出来。

雷公出来后，从嘴里拔出一颗牙齿来，对伏羲和女娲说："你们把这颗牙齿种到地里。等它结出果子成熟了，挖去里面的东西，晒干后再保存起来，日后自然有用。"

说完雷公跑到天上，命令雨神日夜下雨，洪水一直淹到天上。这时候，伏羲兄妹种下的那颗牙齿，长出了一个葫芦，葫芦成熟了，他们把它摘下，挖去里面的东西，晒干了。此时，洪水来了，兄妹两人就钻进葫芦里，在水里漂了好多天。

洪水退了，世间只剩下伏羲和女娲，太白金星劝兄妹两人结为夫妇，为人间繁衍后代。但是伏羲说："要我们结婚，除非把竹子割断，再接起来，并让它长出青枝绿叶。"

原来的竹子是没有节的，通过神仙这样一割一接，便成为有节的植物了。伏羲和女娲也只好做了夫妻。

一年后，女娲生下一块磨刀石，两人很生气，就把这块磨刀石打碎，从昆仑山顶撒下。这些碎石，跌到山里的，就变成了飞禽走兽；跌到村子里的，就变成了人；跌到水里的，就变成鱼虾。天下从此又有生灵万物了。

盘古兄妹

盘古开天辟地，造出许多大山。一天，玉帝派自己的三女儿给盘古作伴，让他们以兄妹相称。

为了镇守妖怪野兽，盘古兄妹二人做了一个又大又威风的石狮子，放在山上，自此这山也称石狮子山。

有一天，石狮子忽然开口说话，让盘古给自己的嘴里放四十九个馍，然后让兄妹二人钻进自己的肚里。

这时，天空电闪雷劈，雨越下越大，一切都被淹没了，只有石狮子山随着洪水越长越高，很快就挨着天了。

大雨下了七七四十九天，兄妹俩在石狮子肚里吃完了四十九个馍。石狮子张开嘴，把他俩吐出来后，说："由于天上一个狠毒的天将想把你们兄妹淹死，就降下了滔天洪水。现在只要用葛藤把天补好，雨就不下了。"

盘古兄妹听了，马上往石狮子背上一站，一人拿针，一人扯藤补了起来。天补好了，雨不下了，见洪水已退，石狮子又说："如今，天下只有你们二人，我劝你俩结为夫妻，以延续人间的烟火。"

盘古听后有点生气，猛一转身，却被一只乌龟绊了一跤。盘古一怒，拿起一块石头把乌龟的壳砸碎了。

突然他有了主意，就说："这样吧，如果乌龟能复活，我们兄妹就可成亲。"只见石狮子一跳，土溅在龟壳上，龟壳立刻合拢了。

乌龟复活了，盘古兄妹只好结为夫妻，后来还生了八个儿子，但是他们都活了不到一百年，就相继死去了。

失去儿子以后，盘古夫妻就捏泥做人，盘古把泥人一摆弄，泥人就能走会跑了；妹妹朝泥人一吹气，泥人就会说话了。

这一天，盘古夫妻商量，打算给每个泥人起个名字。泥人一个个从场院里跳出去，盘古一看说："爬到桃树上的叫桃，爬到李树上的叫李，坐到石头上的叫石，站在河边上的叫河……"

后来，这些泥人到四处生活去了，待他们有了子孙以后，就将名字当作姓了。

北斗七星

从前，有个撵山匠，他不但力大无比，最可贵的是他有一颗善良的心，方圆百里的穷苦人家都得到过他的帮助。

天上有六个仙女，最小的仙女爱上了这个善良的撵山匠。她来到凡间，变成一朵生在路边的灵芝菌。撵山匠看到后，忙把它采下来带回家。第二天，当他醒来一看，只见身旁睡着个美若天仙的女子。从此，撵山匠和小仙女过着甜蜜的日子。一年后，仙女生了个儿子，取名拉普。

拉普刚满一岁时，玉皇大帝得知小仙女私下凡间，就命人把她押送上天。长大后的拉普上了学，别的同学经常笑他没娘。

拉普受了委屈，回家来哭着向爹要娘。爹爹沉默无语，只是掉眼泪。拉普便去问老师，老师查了天书，知道他是仙女的儿子，就告诉他，某月某日，有六只天鹅在天山上的天池里洗澡，第六只就是他的娘。

拉普找到了自己的娘，母子相见，抱头痛哭。别的仙女化成了天鹅在空中盘旋，催小仙女赶快回宫。小仙女只好对儿子说："我会想办法带你上天的。"仙女给了他三个葫芦，叫他回去时摇着第一个葫芦走，第二个送给老师，回到家里再打开第三个葫芦。

拉普下山时，边走边摇着第一个葫芦，葫芦里便不断飞出一些花花绿绿的东西。到了山下，他回头一望，葫芦里飞出来的东西变成了花草树木，他再也找不到上山的路了。拉普把第二个葫芦给了老师，老师刚拉开塞子，葫芦里就喷出火来，把老师的天书烧得一干二净。

拉普回到家，打开第三个葫芦，倒出一颗金瓜子。拉普把它种到地里后长出了一棵瓜，壮实的瓜藤一直长到天上，拉普便顺藤爬上去找娘。

现在，每当晴朗的夜晚，我们可以看见在北方的天空中，有六颗明亮的星星，那就是天上的六个仙女。距第六颗稍远一点，还有一颗小小的星星，那就是去找娘的拉普。人们叫它"拉普星"，也有人叫它"没娘星"。

天狗吞月

神箭手后羿射死了炙烤大地的太阳，老百姓都感谢他的恩德。这件事惊动了天上的王母娘娘，她决定要奖赏后羿。一天，王母娘娘把正在围猎的后羿喊到跟前，令红衣仙女取出两粒灵药和一根人参，嘱咐后羿说："回家用人参汤煮熟吞服，可以成仙。"

后羿接了灵药，谢过王母娘娘，带着他的猎狗黑耳，驮着一只射死的金钱豹，高兴地回家了。

回家后，后羿把事情的经过向妻子嫦娥说了，并让她在家熬药，等他把猎物送给父老乡亲后，夫妻二人一同升天成仙。

嫦娥按后羿的嘱托，把仙药在人参汤里煮。她想，自己是个凡家女子，如今要升天成仙了，总得打扮得整整齐齐、漂漂亮亮的呀，于是便忙着梳洗装扮。不一会儿，她突然闻到仙药煮熟了的香味。

嫦娥揭开锅，香气直往她鼻子里钻。她用勺子舀起一粒，吃了以后，顿时感到神清气爽。她望着锅里剩下的那粒仙丹，思忖着该不该再吃下这一粒，由于忍不住馋劲，于是吃了最后一粒仙丹，又吃了一点人参。

天黑了，嫦娥见丈夫还没回来就出来看，谁知刚一出门，身子便随着凉风飞了起来。嫦娥落泪了，她恨自己嘴馋偷吃灵药，抛下了丈夫。

门外的猎狗黑耳见嫦娥偷吃灵药，就叫唤着扑进屋里。闻到香味后，它便一爪扒翻了锅，舔了舔剩下的人参汤，径直朝天上的嫦娥追去。

嫦娥听到黑耳的叫声，又惊又怕，一头闯进月亮里。黑耳身子越长越长，连嫦娥带月亮一起吞了下去。

玉皇大帝和王母娘娘正在天上赏月，一见天色暗了，忙派一个天神出来看看。夜游神跑来禀告：一条大黑狗吞吃了月亮。

玉皇大帝便命人将黑狗捉来。王母娘娘一看，原来是后羿的猎狗，就封它为天狗，让它守护南天的月亮。

天狗黑耳得到王母娘娘的赐封，怒气消了许多，便吐出了肚中的月亮。

彩　虹

依勒克本是天上的神仙，日子过得逍遥自在。一天，他无意中俯视人间，只见衣衫褴褛的阿美人正在大旱天里抬着祭品到山上求雨。依勒克还看到，在阿美人住的另外一个地区，山洪暴发，田地、房屋都被淹没了，而且还死了好多人。

看到阿美人生活如此艰难，依勒克就变成一个英俊的少年来到人间，想帮助阿美人过上幸福的生活。

依勒克做了一只大陀螺放在地上，抽一下，田地平整了；抽两下，清清的水冒出来了。他把阿美人住的地方变成了良田。这年秋天，阿美人获得了大丰收。

在庆祝丰收那天，男女老少汇集到村头的平地上，载歌载舞。这时，

依勒克看见月光下有一位美丽的姑娘正看着自己。依勒克便按阿美人的风俗，从树上摘下一个熟透的槟榔，往姑娘的背篓里投进去。姑娘见了，就跑到芭蕉树下，唱起了动人的情歌。

姑娘的情意打动了依勒克的心，两人手牵手跳起舞来，用这种方式互相表达了爱慕之意。不久，依勒克就和这个姑娘结为了夫妻。

可是，依勒克毕竟是天上的神仙，不能常住人间。一天，依勒克对妻子说："我先到天上去，变成一架天梯，你顺梯子爬上来，我们就能永不分离。但是你在天梯上千万不能叹气，一叹气，天梯就断了。"

依勒克告别了妻子和父老乡亲，飞上天宇，然后变成一架软梯，长长地垂了下来。妻子含着热泪告别了亲朋好友，用劲地向天空爬去。她既舍不得家乡，也舍不得丈夫。因此，情不自禁地叹了一口气，霎时间，天梯断了，依勒克忙弯腰救妻子，可是太晚了，妻子从半空中跌落到地上。

伤心欲绝的依勒克哭弯了腰，泪水汇成一个深潭，他便将自己的爱妻安葬在水里。就在这个时候，他发现自己变成了色彩缤纷的彩虹。从此，他就默默地立在半空，为人间播云降雨，并期望着心爱的妻子有一天会顺着彩虹朝自己走来。

阿里山

从前，台湾嘉义县的阿里山叫秃山，因为山上没有花草树木。那么，这座秃山是怎样有了树木和花草，又为什么改名叫阿里山呢？当地流传着这样一个故事。

在这座秃山的北面住着一个靠打猎为生的小伙子阿里。有一天，阿里在北山坡上寻找猎物，突然看见山下一个手拿龙头拐杖的白胡子老头，正拽着两个采花姑娘往南山坡上拉。阿里看到两个姑娘遭到这坏老头子的耍戏，就冲到那个坏老头子面前，夺下龙头拐杖，照着那老头的前额狠狠地打了一下，那老头的前额立刻起了个大疙瘩。他痛得放开那两个姑娘，向空中飞去。没过多久，晴天响起了雷声，只见那两个采花姑娘吓得浑身发抖，焦急地说："坏事了！"阿里奇怪地问："这是怎么回事？"

两个姑娘说："我俩本是天宫的仙女，听说台湾岛风景优美，就来到这里。谁知，由于贪恋美景，误了时辰。玉帝派老寿星下来捉拿我俩回天宫治罪，正在老寿星拉我们的时候，你却跑过来把他打跑了。玉帝震怒，要让雷神用雷火烧死这里的生灵！"

阿里问："难道就没有什么办法挽救这一带的生灵吗？"两个仙女说："只要有不怕死的人，跑到南面那座秃山顶上，把雷火引开，就能保住这一带生灵了。阿里哥你躲开，我俩到秃山顶上去引雷火吧。"

阿里摇着头说："老寿星是我打的，还是让我去引雷火吧！"他径直向那座秃山跑去。跑到山顶后，他朝着天空喊道："雷神呀！老寿星是我阿里打的，与别人无关！你那雷火就朝我身上击吧！"

这时，只听晴空响起一个炸雷，把阿里的身体击个粉碎，雷火在秃山顶上烧起来。因为这座山上没有树木和花草，还没烧到半山腰，就熄灭了。

阿里虽然被雷火击死了，但这座秃山上却长出了一片片树木。那两个仙女见阿里舍己为人，深为感动，于是两人便变成了花草，陪伴在阿里身边。人们为了纪念阿里，就把这座秃山改名为阿里山。

黄帝战蚩尤

传说轩辕黄帝打败炎帝，那些诸侯都愿意拥戴他当天子。可是炎帝的子孙却不甘心向黄帝称臣，于是反对黄帝的战争此起彼伏。其中最著名的一次就是蚩尤伐黄帝了。

轩辕与蚩尤打了七十一仗，但总是胜少败多，只好回泰山去休整军队。王母见轩辕因战败而闷闷不乐，便命九天玄女给轩辕教授兵法《阴符经》三百言。轩辕按照玄女兵法布成了"天一甲"阵，演练熟悉后，重新率兵与蚩尤决战。

轩辕用军鼓来鼓舞士气。他派人捉来一种名夔的怪兽，把它的皮剥下来做鼓面，敲起来声音洪亮。轩辕又命人捉住雷泽中的雷兽，从它身上取出一根最大的骨头当鼓槌。

为了彻底打败蚩尤，轩辕又把自己的女儿魃召来助战。魃是个旱神，专会收云息雨。

轩辕布好阵，再次跟蚩尤决战。他下令擂起战鼓，声音震天动地。轩辕的兵听到鼓声勇气倍增，军威大振；蚩尤的兵丧魂落魄，惊惶失措。蚩尤眼看自己的士气低落，只好身先士卒，凶悍勇猛地杀上前来。这一战打得山摇地动，日抖星坠。

轩辕见没人能抵挡住蚩尤，就命应龙喷水，蚩尤被冲了个人仰马翻。蚩尤忙命令风伯雨师，掀起狂风暴雨向轩辕阵中打来。轩辕急忙命魃迎战。那魃从身上放射出滚滚的热浪，她走到哪里，哪里就风停雨消。风伯和雨师无计可施，只好慌忙败走。轩辕乘机率军追上前去，蚩尤大败而逃。

轩辕率军追赶，无奈蚩尤会飞檐走壁，怎么也逮不住他。追到冀州中部时，轩辕命人把夔牛皮鼓使劲擂九下，顿时蚩尤既不能飞也不能走，这才被逮住了。轩辕命应龙给蚩尤戴上枷铐，把他杀了。蚩尤死后，他身上的枷铐被取下来抛掷在荒山上，那里顿时变成了一片枫树林，那每一片枫叶，都是蚩尤枷铐上的斑斑血迹。

轩辕打败蚩尤后，诸侯都尊奉他为天子，这就是轩辕黄帝。

中国神话故事

参星与商星

帝喾的后代子孙中有许多心灵手巧者，发明了众多有用的工具，为人类作出过重大贡献。但其中也有一些不争气者：他的大儿子与二儿子就是两个不安分的人。

老大叫作阏伯，老二叫作实沉。弟兄俩住在旷野山林里，一天到晚只知道纠集党徒，互相征讨。

帝喾看到兄弟二人不和睦，很不满意。这一天，帝喾突然想出一个办法来，决定采用分而治之的策略。

帝喾把阏伯派到商丘去，让他去管理东方最亮的三星。三星又叫心宿，也叫商星。把实沉派到大夏去，叫他管理西方的参星。参星与商星分别是夏、商两民族奉祀的星座，因为夏民族陶唐氏就起源于西方，而商民族却兴起于商丘一代。

两兄弟从此被分隔开来，这样两人自然风平浪静，再不会闹出乱子来了。他们所管理的两个星座也是东出西没，彼此不能碰面。所以后人把兄弟不和睦，互相打斗称作"参商"。而兄弟分离、亲朋离散也被喻为"参商"。

商丘城西南三里，有一座十来丈高的土台，人们称它"阏伯台"。说起阏伯台来，还有一段感人的故事。有一次，帝喾带着阏伯出外巡察民情，来到一个地方，看见这里的人们身体虚弱，还有病态，一问才知道是因为没有火，吃生食得了病。帝喾觉得老百姓可怜，就想帮帮他们。他对阏伯说："你要想办法为臣民引来火种，把火管理好不让它灭。"阏伯当即答应下来。此后，阏伯为火种终日操劳，忙得饭也顾不上吃，觉也睡不好。他先带领百姓从很远的地方引来火种，并想办法把火置于一个土丘之上，上面搭上一个遮雨的篷子。然后，他又亲自带领百姓四处寻找柴草，让火经久不息。大家感激阏伯，都说他是天上的神仙下凡。

阏伯死后，人们把他葬在他生前存放火种的土丘上，悼念他的人每人往坟上添一包黄土。因此，土丘越堆越高。因为阏伯的封号为"商"，所以这座土丘就被称为"商丘"。这个地名一直延用至今。

禹的诞生

远古时候，在苍苍莽莽的大地上，洪水到处泛滥。侥幸在洪水中逃脱的人们，有的避居洞穴，有的背井离乡、流落他方。天冷了，人们饥寒交迫，难以度日；天热了，疫病肆虐，死亡的人们不计其数。

洪水害苦了百姓，百姓们便在尧帝面前推举崇伯鲧来治理洪水。尧帝一时拿不定主意，但经过百姓一再推举，尧帝也就应允了。

崇伯鲧治了九年洪水，历尽艰辛，还是制伏不了洪水。天下百姓依然叫苦连天。

尧帝下令征求贤德之人，百姓又推举了舜。舜亲自驾着马车，四出巡视，考察民情，抚慰百姓。舜看到鲧治水没有功效，就把鲧杀死在东海边的羽山顶上。

鲧倒下了，羽山为之震动，惊动了背负大地的鳌鱼。鳌鱼发怒了，地震与海啸一齐发作，倾盆大雨一连下了九天九夜，大地又添了新的灾难。

肆虐的洪水把羽山淹了大半，羽山成了四面环水的小岛。

月亮圆了三十六回，大地上的洪水才退去。水退去的地方，寸草不生。可是洪水淹不着的羽山顶，却长满绿茵茵的小草，美丽而清新。

一天，有个叫豹胆牧童的小孩，骑着水牛，来到羽山脚下。当他登上山顶时，啊，真美啊！山上像铺了一层绿毯子似的，五彩缤纷的花朵将其点缀得更加漂亮。他上前几步，发现在花丛深处，竟仰天躺着个身首异处的尸体。只见那断颈的头，气色如常，只是皱着眉头，似在冥思苦想。豹胆牧童不禁惊讶起来，这很可能是鲧的尸体，为什么死了三年，尸体还不腐烂呢？是不是他的心还没有死呢？是不是神仙在佑护着他呢？

更不可思议的是，这尸体的肚子鼓鼓的，好像妇女怀孕的大肚皮。豹胆牧童又浮想联翩起来：是不是鲧气得肚子胀了起来？可不，治水不成，那不是有意不成哪，这治洪水的事谁试过？

"崇伯鲧呀，你能不能开开声？"

突然，豹胆牧童隐隐约约听到鲧尸的腹部有声音响动："父已逝，子要生！"

豹胆牧童惊异地问："你是谁？"

"我是崇伯鲧的儿子。"

"你想干什么？"

"我想出世。"

"出世干什么？"

"出世治洪水。"

"那你为什么不出世呀？"

"我要见刀出世，落地成人！"

"你要我帮忙吗？"

"要，请在我父亲的腹上轻轻地剐一刀！"

豹胆牧童从腰带上抽出柴刀，在石头上磨了几下，就在鲧尸的腹上轻轻一剐。这时，鲧的妻子正手提裙子气喘吁吁地向山上跑来，一见鲧尸腹部刚被剖开，她张开双臂哭着喊着扑了上去。

就在这一刹那，一个白白胖胖的男孩从鲧的腹中蹦了出来，又恰好蹦进了她的怀中。她慈怜地抱着孩子，看着鲧尸，一时竟呆呆地讲不出半句话来。可这小男孩却漾起了满脸的笑意，叫着她："母亲，我的好母亲！"

她如梦初醒，问道："孩子，你真是我的儿子？"男孩点了点小脑袋："母亲，我是父亲一生的心血化育出来的。我要继承父亲的事业去治水！父亲的英灵教我，以后治水要开开开，导导导！"

母亲说："导比堵好，不过该堵的地方还得堵一堵。只是那还得待你长大以后才能去治水。"

"我马上就长大啦！"说罢，孩子便从母亲的怀中挣脱出来，跳到地上。他刚一着地，就立即变成了一个英俊威武的小伙子。

他举起双手大声呼喊："天地啊，山川啊，生灵啊，我是鲧的儿子禹，我要继承父亲的遗志，治好天下的洪水！"

禹的呼喊声，在天地山川间回响着、震荡着。

禹的母亲又是惊奇，又是高兴，但眼睛一触及丈夫的尸体，她又扑倒在尸体上放声大哭起来，点点眼泪，从鲧尸上流淌到地上。

蛮龙归正

大禹治水有三件法宝：一是伏羲给他的河图；二是天上的应龙用尾巴画地，给他指引方向，禹顺应龙划的线路，领着百姓开凿河道，疏导洪水；三是玄龟，玄龟把息石和息壤投到低洼的地方，息石长石、息壤长土，使地势加高。

眼见大禹治水颇有成效，然而有一天，有人来报，说昨夜看到有一条乌龙在坝边的洪水里兴风作浪。后来，大坝塌了，洪水又淹了田地。

于是，玄龟驮着大禹来到一座高山上，大禹看见了一条全身乌黑的巨龙，头上长着一对雪白耀眼的龙角，正在嬉戏翻腾。

大禹便高声喊道："哪来的神龙？把我们的大坝搞塌了！"那乌龙像没听见似的，只是戏水。

大禹袖子一抖，取出一块小小的五彩息石，放在玄龟的尾尖上，那息石便立即成为一块斗大的巨石。玄龟把尾巴轻轻一挥，五彩息石正好落在乌龙脑门顶的两只龙角之间。

乌龙把头一昂，大笑说："这块小小的花石头，能把我怎么样？"

大禹说："我只想让你听我讲点理。"

乌龙说："我叫蛮龙，就是蛮不讲理的龙。你有理跟别人去讲吧！"

那五彩息石，悄无声息地膨胀变大。不一会，便把蛮龙的两只龙角撑紧了，疼得它直摇头。尝到苦头的蛮龙这才讨饶说："禹王呀，快把这块倒霉的花石头拿掉吧！"

大禹说："你肯听我讲理吗？"

蛮龙说："听就听吧！"

大禹一示意，玄龟一个倒吸，五彩息石被吸归原处。

大禹说："我奉舜王的嘱托，疏导洪水入海，一旦治好洪水，天下百姓安居乐业。这就是理！帮助我治水的，除了天下的黎民百姓，前有应龙，后有玄龟；你若跟我治水，施展你的威力，使百川归海，便是你的功德了。这也是理。"

蛮龙让大禹说服了，它欣喜地腾上天空，听候大禹调遣了。

五谷的来历

远古的时候，人们群居在一起，靠打猎为生。后来，人们常因打不到充足的猎物而挨饿。

那时候，有个名叫稷的青年。他望着面黄肌瘦的兄弟姐妹，心里非常难受。他决定要走遍九州，尝尽天下所有的草木果籽，为大家找些能做主粮的粮种。

稷把他的打算对女娲圣母说了。女娲听了非常高兴，还让她的五个儿子稻、黍、麦、菽、麻给稷做侍从。

临行时，女娲拿出五条颜色不同的袋子，把白袋子给了稻，把黄袋子给了黍，把红袋子给了麦，把绿袋子给了菽，把黑袋子给了麻。

稷领着稻、黍、麦、菽、麻出发了。在周游四方的途中，稷品尝了许多草籽，五条袋子里也装满了不同颜色且非常饱满的草籽。一天，他们在一座险山上采集到了一种高秆红穗的东西。站在山顶上的稷忽然发现山下有五条山谷，他望了望那五条装满各样草籽的五色袋子，对他们五个说："你们跟着我走了这么多路，知道了什么草籽可当粮食，但首先必须学会耕种。现在这有五条谷，土肥水足，你们每人可选一条谷，把你们袋子里的

种子种下，摸索出种庄稼的经验。然后我们大家都照着种植，这样我们才会永远不挨饿。"

于是，大家便各选了一条山谷，在临水的地方砍草开荒、播种。稷为了兼顾各条山谷的庄稼，就住在山顶上。他也开了一片荒，把那高秆红穗的东西种下。他们在那里住了三年，摸准了各种作物生长的习性，总结出一套耕作经验。

后来，人们把稷种的庄稼叫稷；把稻种的庄稼叫稻；把黍种的庄稼叫黍；把麦种的庄稼叫麦；把菽种的庄稼叫菽；把麻种的庄稼叫麻。因它们是在五条山谷里种成的，就把粮食总称为五谷。稷死后，人们为了不忘他尝百草、分五谷、开创农业的功绩，称他为神农氏。他亲手种的红穗稷一来秆高，二来又是在山顶上种的，后来又称红穗稷为高粱。

中国神话故事

尧王嫁女

尧王有两个女儿，大女儿娥皇是养女，小女儿女英是亲生的。姐妹俩美丽端庄，聪明过人，深得尧王的喜爱。尧王非常公正，他从不偏向亲生女儿，对娥皇也视为己出。

尧王将王位禅让给舜后，又决定将两个女儿嫁给舜为妻。娥皇和女英知道后，心里都很高兴。惟有尧妻总想让亲生女女英为正夫人，让养女娥皇为偏房，尧王坚决反对。为了公平，尧王出了三道考题，决定以才定先。

第一道考题：煮豆子。尧王给两个女儿各十粒豆子，五斤柴火，先煮熟者胜。

姐姐娥皇长年做饭，经验丰富。锅内只倒了少量水，不一会儿豆子就煮熟了，柴还有余。妹妹女英却盛了一满锅的水，柴火烧尽，水还未热，豆子当然更谈不上熟了。

第二道考题：纳鞋底。尧王分给两个女儿各一只鞋底和一把绳子，谁先纳成，谁就为胜。

姐姐娥皇常纳鞋底，熟练而有窍门，她把长绳子剪成短节，纳完一根再纳一根，不到半天工夫，一只既好看又结实的鞋底就纳成了。女英用长长的一根绳子纳，绳子不时打结，费了好长时间才纳成一只粗糙的鞋底。尧妻心里非常不服气，暗暗准备对策。

临出嫁动身之前，尧王又出了第三道考题：比谁快。先到历山坡舜帝的住地者为胜。

这时尧妻说话了："娥皇是姐姐，应该坐马车；女英是妹妹，理应骑走骡。"尧王明知有偏，可是出嫁的时辰已到，只得如此。

妹妹女英骑走骡，抄小路飞快跑，姐姐娥皇坐马车慢慢前进。女英走到半路，走骡突然下驹。气得女英骂道："该死的骡子，以后别下驹了。"骡子从此再不下驹。

这时，娥皇的马车也赶到这里，立即把女英拉上马车，一同奔向舜帝。

舜帝和娥皇、女英成亲后，对两个妻子没有偏正之分。姐妹两人齐心辅佐舜帝治理天下，做了许多有利于人民的事情。

镜泊湖

传说，玉皇大帝过生日时，各路神仙都拿着稀世珍宝到灵霄宝殿去给他拜寿，天庭里仙乐奏响，十分热闹。这天，西王母也在瑶池大摆蟠桃盛会，宴请众神。

众男神宴饮完毕，各自归位去了。西王母便把各位女仙劝留下来，重新摆满了珍馐美味和奇果佳酿。众女仙畅饮得高兴，殿里欢声笑语，余音袅袅。欢宴进行了整整十四天，众女仙方才尽兴而归。

宴会结束后的一天，西王母正要梳头，发现她的平波宝镜不见了，这可把宫女们吓坏了，她们找遍各宫各殿也没见宝镜的影子。平波宝镜是王母娘娘的心爱之物，玉帝得知后，忙命雷公雷母迅速到下界寻找。他俩查遍了江河湖海和三山五岳，当来到宁安上空的时候，迎着雷母闪电的光亮，照出在一片大水当中，盛开着一朵好大的牡丹花：四周的群峰，是它的花瓣；大水中心的四个小岛，是它满挂花粉的花蕊。就在那花的中心，静静的湖水里，平躺着一面宝镜。雷公和雷母费尽周折，终于把西王母的平波宝镜找到了。

这面宝镜是如何掉到这里来的呢？原来，在蟠桃会上，不知哪位醉意朦胧的仙女，一不小心，把西王母的宝镜挂落在洗脸盆里。又不知哪位粗心的仙女，倒洗脸水时，把水连同宝镜一起泼进了天河。宝镜又顺着瀑布，滚落在大湖中央。自从掉进那面镜子以后，湖面上风平浪静，任凭刮多大风，也掀不起一卷波浪。湖水又清又香，招引来无数蜻蜓、凤蝶、蜜蜂，在湖面上翩翩起舞。无论冬夏，总是一派艳丽的春光。

再说雷公雷母回天庭复命说宝镜已经找到后，王母娘娘满心欢喜，就带领众仙女，来到了大湖上空。近前一看，果然见到了心爱的宝镜，正在湖底闪闪发光。西王母望着这青山碧水，不免赞赏一番。天女之中，有个七仙女，看到这么美妙的景色，不禁感叹起来："这里简直是人间仙境，我都不想再回天上了！"

西王母听了，脸色突然大变，连

声训斥道："不可胡说！"吓得七仙女赶紧低下了头，西王母也不愿扫了大家的兴致，又和颜悦色地说："假如大家都喜爱这里的景色，也可把宝镜留在湖中，把它作为你们姐妹的天外花园吧！"这下子，众仙女可高兴了。王母沉思片刻后，还给大湖起了个非常别致的名字，叫"镜泊湖"。

自此，每年农历六月十五晚上，众仙女都会到湖里沐浴嬉戏。西王母害怕哪个邪恶妖魔偷偷地把平波宝镜盗走，扰乱了大湖的安静，便想差派个忠于职守、法力无边的大神，在这里镇守，一个仙女建议让老松树来当看守，众仙纷纷赞同。

于是，王母率领众女仙来到老松树跟前，问道："老松树啊，都说你年岁最大，德高望重，就请你来看守大湖里的宝镜吧！"

老松树摇动着又高又壮的身子，

说："谢谢王母的赏识，但是我体笨力单，恐怕难以胜任，王母您还是去找老黑山吧！"

西王母也不想为难老松树，又带领众仙，来到老黑山跟前，对它说："老黑山啊，都说你居高望远，胆壮心细，那就请你替我看守平波宝镜吧！"

老黑山摇动一下身子，缓缓地睁开了四季常眠的眼睛，说："难得王母托付，我愿为大湖作伴，日夜尽心守护宝镜，请王母放心。"西王母这才安心地同众女仙返回天宫。

这就是至今仍矗立在镜泊湖岸的那座老黑山，也称大黑山。无论春夏秋冬，大黑山总是挺直身子站在那里，忠心耿耿地看湖护镜。

就在王母把平波宝镜托付给老黑山看守后不久，镜泊湖里出了一条大黑鱼。这条黑鱼生性好动，整天胡钻乱窜，把原来平静的镜泊大湖搅得不得安宁，差点还把宝镜给弄碎了。后来，它的劣迹让大黑山知道了，大黑山劝它不要再捣乱，可它反倒闹腾得更厉害了，大黑山便将它一顿猛打，吓得黑鱼只好钻进镜泊湖的礁石缝子里，再也不敢出来。直到今天，那里的湖底还有一种鱼，名叫"大头黑"。这鱼浑身精瘦，四根须子，长个榔头锤子脑袋，没有眼睛，常年钻在石窟洞里。据说，这鱼只能剁碎喂鸡鸭。也许，这就是对它扰乱大湖的惩罚吧！

神农尝百草

古时候，由于植物都长在一起，哪些植物可以产粮，哪些植物可以用药，谁也分不清。黎民百姓时时被饥饿和疾病困扰着。

老百姓的疾苦，神农氏瞧在眼里，疼在心头。他苦思冥想了三天三夜，终于想出了一个办法。

第四天，他带着一批臣民，从家乡随州历山出发，向西北大山走去。他们整整走了七七四十九天，来到一个地方。只见高山一峰接一峰，峡谷一条连一条，山上长满奇花异草。神农一行正往前走，突然从峡谷窜出来一群狼虫虎豹，把他们团团围住。神农马上让臣民们挥舞神鞭，向野兽们打去。那些狼虫虎豹身上被神鞭抽出一条条伤痕，后来变成了皮上的斑纹。

臣民们说这里太险恶，劝神农回去。但神农仍走进了峡谷，来到茫茫大山脚下。

这山高耸入云，四面悬崖峭壁。神农站到一个小石山上，对着高山，环顾四周。忽然，他看见几只金丝猴顺着高悬的古藤和横倒在崖腰的朽木爬来爬去。神农灵机一动，让臣民们砍树，割藤条，靠着山岸搭成架子，整整搭了一年，才搭到山顶。

神农带着臣民，攀着木架上了山顶。只见山上长满了花草，各色各样，密密丛丛。神农欣喜万分，自己亲自采摘花草，放到嘴里尝。为了在这里尝百草，为老百姓找吃的，找草药，神农就叫臣民在山上栽了几排冷杉，做城墙防野兽，在墙内盖茅屋居住。后来，人们就把神农住的地方叫"木城"。

神农尝完百草，为黎民百姓找到了充饥的五谷，医病的草药，准备下山回去。他放眼一望，遍山搭的木架早已长成了一片茫茫林海。神农正在为难，突然天空飞来一群白鹤，把他和随行的几位臣民，接上天庭去了。

为了纪念神农尝百草、造福人间的功绩，老百姓就把这一片茫茫林海，取名为"神农架"。

伏羲结网打鱼

伏羲兄妹繁衍了人间的后代后，世间一天比一天热闹起来了。可是，那时候人们不会种庄稼，因此忍饥挨饿是常有的事。

伏羲生怕终有一天人们会全部饿死，他左思右想，不知不觉地来到了河边，忽然看见一条又大又肥的鲤鱼，从水面上跳起来。这立刻引起了伏羲的注意，他就下河去捉鱼。没费多大工夫，便捉到一条鲤鱼。

伏羲把鱼撕给子孙们吃，大家吃了，都觉得味道不错。伏羲又让子孙们到河里去捉鱼，没到三天，伏羲的儿孙们都学会捉鱼了。

可没想到，这惹怒了龙王，他恶声恶气地对伏羲说："谁让你们来捉鱼的？你们这么多人，想把我的龙子龙孙都捉完吗？以后不许捉鱼了！"

伏羲说："那以后我们没有吃的就来喝水，把你们所有的水族都干死！"

龙王是个欺软怕硬的家伙，听伏羲这么一说，心里很害怕。正在进退两难时，乌龟丞相向龙王献了一计。

龙王一听，认为是个妙计，高兴得大笑，向伏羲说："只要你们不把水喝干，你们要捉鱼就来捉吧，可是不能用手捉。"

伏羲回去以后，一心只想着怎样不用手就可以捉到鱼的方法。

这时候，他看见一只蜘蛛在结网，蜘蛛把网结好就跑到角落里躲起来。过了一会儿，那些远远飞来的小虫子都被网着了，蜘蛛这才从角落里爬出来饱餐一顿。

伏羲看见蜘蛛结网，心里突然开了窍。他跑到山上找了一些葛藤来当绳子，像蜘蛛结网那样，编成一张粗糙的网，然后又砍了两根木棍做成个十字架绑到网上，又拿了一根长棍绑到十字架的中间。他把网往河里一放，手握长棍在岸边等着。隔了一会儿，把网往上一拉，网里净是些欢蹦乱跳的鱼。伏羲就把结网的方法教给他的儿孙们。从此以后，他的儿孙就知道用网来打鱼了。一直到现在人们还是用网来打鱼。

龙　窑

传说古时候，太湖里有一条乌龙，玉皇大帝让它专管耕云播雨。哪个地方干旱了，乌龙先到太湖喝足了水，再向那个地方喷。忠于职守的乌龙使大地出现一片风调雨顺的景象。但有一个地方，玉皇大帝却不准乌龙去喷水，这地方就是太湖西面的丁山、蜀山一带。因为这地方的老百姓不敬天帝，所以玉皇大帝要让他们尝尝不敬天帝的苦头。

一天，忙着喷雨的乌龙经过丁山、蜀山上空时，看见那里的禾苗枯死，老百姓死的死，逃的逃，善良的乌龙心里很同情，想去降雨，又不敢同玉皇大帝讲，就去同海龙王商量。海龙王听了，说："少管闲事吧，触犯了天条可不得了！"可是，乌龙不听海龙王的劝阻，吸足太湖水，一口喷到了丁山、蜀山。

玉帝很快知晓了这件事，就派天兵天将去捉拿乌龙。乌龙寡不敌众，被乱枪戳得浑身是伤，从天上掉到地下，恰好落在丁山白宕一座小山坡上。

当地百姓因为亲眼看见乌龙到太湖里去吸水，知道喜雨是乌龙降的，非常感激它。这天，忽见乌龙掉在地上，浑身是伤，众人就关切地问它这伤是怎么来的。乌龙便把触犯天条的事讲了一遍，临死时叫大家把它的尸首埋葬，说日后必有用处。乌龙死后，百姓很悲痛，就按照它的遗愿，把它掩埋了。

一年一年过去了，葬龙的土堆上忽然出现了许多洞口。好奇的人们从洞口钻进去一看，里面空洞洞的，乌龙的尸骨不见了，成了一条长长的地道。一些老人记起了从前的传说，就告诉了大家。于是有人提出：把它当作窑烧陶器怎么样？大家一听，都说是好主意，不妨试试看，后来一烧，果然不错，陶器烧得又多、又快、又透、又省柴。

从此，人们烧陶器就到龙肚里去烧，并把这个地方称作龙窑。

当地用龙窑烧陶已有一千多年的历史。现在它已经被先进的隧道窑代替了，但是龙窑的故事仍在流传。

排定生肖

据说在很古的时候，是没有生肖的，十二生肖是玉帝给排定的。玉帝为了给人们排定生肖，决定在天庭里召开一个生肖大会，他给各种动物发了开会的圣旨。

那时候，猫和老鼠生活在一起，相处得非常融洽。圣旨送到了猫和老鼠那里，它们决定一起去参加大会。可是第二天早晨，狡猾的老鼠早早起来，就独自上天庭去了。

住在清水潭里的龙哥哥，也接到了生肖大会的通知。龙长相威武，可就是头上光秃秃的，缺少一对美丽的角，它决心借一对美丽的角来戴上。

它刚从清水潭里钻出来，就看见一只长着美丽大角的公鸡，在岸边踱方步。龙哥哥一见，向公鸡招呼："鸡

公公！明天我要开生肖大会，把你的角借我戴一戴好吗？"

鸡公公推辞道："龙哥哥！真对不起，明天我也要去呢！"

龙哥哥不甘心地说："鸡公公，你的头太小了，戴上这么一对大角，反倒不好看。你看我这个光头，多么需要一对你那样的角啊！"

这时，从石头缝里钻出来一条蜈蚣，插嘴说："鸡公公！你就把角借给龙哥哥用一回吧。如果你不放心，我来做保人，怎么样？"

鸡公公想了一想，将角借给了龙哥哥。

第二天，天庭里开了一个盛大的生肖大会，玉帝在动物中选出了牛、马、羊、狗、猪、兔子、老虎、龙、蛇、猴子、鸡、老鼠十二种动物，作为人的生肖。

挑选出十二种动物以后，还有一个麻烦的问题，就是排定先后的次序。

当时，在这件事情上有了争执。玉帝说："你们中间牛最大，就让牛领头做第一吧！"

大家听后，都没有异议。不料小小的老鼠却说："应该说，我比牛还要大！每次，我在人们面前一出现，他们就叫起来：'这个老鼠真大！'却从来也没有听见人说过'这头牛真大！'"

猴子和马都说老鼠胡吹。但是老鼠理直气壮地说："你们要是不相信，可以试一试！"

其他动物都同意试一试，玉帝也赞成了，就带了十二种动物到人间去。

当大水牛在人们面前走过的时候，人们纷纷说："这头牛长得真肥，真好。"这时，老鼠突然站到了牛背上，人们一见老鼠，果然立即就惊呼起来："啊呀，这只老鼠真大！"

玉帝亲耳听见了人们的惊呼，他无可奈何地说："既然人们都说老鼠大，就让老鼠做第一肖。至于牛，就屈尊第二吧！"

老鼠做了第一肖，得意洋洋地回家了。睡眼惺忪的猫看见了，奇怪地问道："鼠弟，今天没有开生肖大会吗？"老鼠神气活现地回答道："生肖大会早开过了，有十二种动物被选上了，我是第一名！"

猫吃了一惊，问道："那你为什么没叫我一块去？"老鼠若无其事地回答道："忘了！"

猫气得扑上去，咬住老鼠的头颈。老鼠只把后腿弹了两下，叫了两声，就断了气。

从此，猫和老鼠就成了死对头。

再说鸡公公从生肖大会回来，心里也挺恼火的。它想：玉帝把龙哥哥排在自己前面，很可能和那对角有关系。它决定把那对角要回来。

鸡公公走到清水潭边，看见龙哥

哥正在那里游水，它就很有礼貌地说："龙哥哥，请你把角还给我吧！"

龙哥哥沉吟了一下，对鸡公公鞠一个躬，说："对不起，鸡公公！现在我要休息去了。这件事，我们以后再谈吧！"说完，就钻到水底下去了。

鸡公公又气又恨，在清水潭边拼命地叫喊："龙哥哥，角还我！"可是龙哥哥躲在潭底里也不理。

鸡公公无计可施，决定去找保人蜈蚣评理。鸡公公在乱石堆找到了蜈蚣，把龙哥哥不肯还角的事告诉它。

蜈蚣昂着头想了半天，说："我想龙哥哥会把角还给你的。假如它不肯还，我也没有办法。它躲在水里，叫我怎么去找它呢？"

鸡公公气得满脸通红。它伸长脖子，一下子把蜈蚣啄吃了。从此，每天天亮，鸡公公就想起了它失去的角，总要大叫几声："龙哥哥，角还我……"

巫山神女

王母娘娘的第二十三个女儿叫瑶姬，她纯洁善良，容貌美丽。王母娘娘把她当成自己的掌上明珠，非常疼爱。可是，瑶姬偏偏聪明好动，她常悄悄出门，到那瑶池旁去看荷花，攀上蟠桃树去摘星星。对此，王母娘娘也耳有所闻，但因为宠爱她，也就没有多加斥责。

一天，王母娘娘到南天门来散步，恰好碰上瑶姬正拨开白云朝下边望。王母娘娘一见，脸沉了下来，说："天上任你玩也就算了，怎么还敢看起下界来了！"

瑶姬从没见过妈妈发这么大脾气，感到委屈，又不服气，她横下心，就往白云下边跳。王母娘娘急忙伸手把她拉住，语气和缓地说："下界苦海无边，千万下去不得！"

瑶姬朝下细看，果然看见人们衣衫褴褛，住的是茅屋，吃的是糠菜。她叹气说："下界是真苦啊！"

王母娘娘一听，暗暗高兴，又说："还是天上好，有吃不完的珍馐美味，穿不完的绫罗绸缎。"

不料王母娘娘越说，瑶姬却越觉得刺耳。她拿定了主意：到下界去！王母娘娘拗她不过，心想：男大当婚，女大当嫁，也许是想去找女婿哩。于是，就嘱咐女儿到东海龙宫里走一趟。

东海龙王早就打过瑶姬的主意，也向王母娘娘求过婚。眼下见瑶姬来做客，便格外殷勤。

东海龙王请瑶姬坐在黄金交椅上，让人把琼浆玉液放在玛瑙桌上。

瑶姬见座上再没有别人，心里怦怦直跳。东海龙王献殷勤地说："咱们门当户对，是天生的一对儿。王母娘娘让你来，不是明明有意吗？"

瑶姬一听，一气之下离开了龙宫，直奔人间。她来到巫山下，看见到处是挂着讨饭棍、扶老携幼、往外逃难的人群。正想上前打听，忽见上空乌云滚滚，狂风呼啸，有十二条孽龙正在为非作歹。它们一瞪眼，就是一道闪电，使人的眼睛发花，站不住脚；一声吼叫，就是一声炸雷，使房倒屋塌；一个翻身，就是一阵大暴雨，使山洪暴发。瑶姬心想：这不都是东海龙王的属下吗？怎么能这样随便害人！

瑶姬赶紧驾云，接近那些孽龙，劝说它们回东海里去。

孽龙抬头一看，只见白云上站着一个十七八岁的姑娘。它们说："黄毛丫头，别多嘴！我们高兴怎么玩，就怎么玩。"说完，闹腾得更凶了。

瑶姬从头上拔下了一支碧玉簪，朝着十二条孽龙一挥，一道闪光之后，立刻风停雨住，云散天开，十二条孽龙全死了，坠落到地上。

可是孽龙的尸体却变成十二座高山，就是巫山，挡住东去的江水，这里便成了一片汪洋。百姓们还是不能安居乐业。瑶姬看到百姓受苦，不忍离开他们，也就留下来了。

后来，大禹到这里来劈山开峡。瑶姬知道了，便交给他一本《典绫宝卷》，教他用锤、钎凿石，造车、船运土。大禹在她的帮助下，带领众人，凿石运土，用了几年的工夫，终于把三峡开通了，使江水流进了大海。

再说王母娘娘把天上的二十二个女儿找到跟前，对她们说："我想念你们的小妹瑶姬，你们快到人间走一遭，把她找回来！"

二十二个姑娘来到巫山，找着了瑶姬，姐姐们对她说："妈妈想念妹妹，想得心都快碎了，你还是赶快回去吧。"

瑶姬说："我也想念妈妈，但我不能回去，我要照顾受苦的百姓。"

姐姐们都纷纷议论起来，有的觉得应该帮助百姓，愿意陪着瑶姬留下来；也有的离不开妈妈，不赞成。瑶姬数了数，一边十一个，正好是对半。她说："妈妈年纪大了，要照顾；百姓们太苦了，要保佑。姐姐们就一半回天上，一半留在人间吧。"

于是，大家高高兴兴地道了别。留下来的是翠屏、朝云、松峦、集仙、聚鹤、净坛、上升、起云、飞凤、圣泉、登龙和瑶姬自己。后来，她们便变成了巫山十二峰。

紧临着长江，耸入蓝天的是望霞峰，又叫神女峰。透过缭绕的烟云，可以看到那峰顶上有一个俊秀美丽的影子，若隐若现，像石头又像人，在天上又在人间，那就是神女瑶姬。

小白龙

泰山黑龙潭下边有个白龙池，据说小白龙从前就住在这里。

有一年，玉皇大帝让小白龙下一场狂风暴雨，可是小白龙不忍心毁坏老百姓的庄稼和房屋，就只下了一场牛毛细雨。为此玉皇大帝就惩罚小白龙到人间作短工。

小白龙无奈，只得化作一个白衣少年去作短工。有个姓崔的把小白龙雇去后，看他勤劳能干，为了留住他，其实也是为了让他多干活，主人就给他找了间小屋让他住。小白龙住下以后，把庭院扫得干净，花草养得旺盛，庄稼活干得也十分出色。主人也就不拿他当外人，小姐住的庭院，小白龙也可以随时进出。崔家这个独生女儿，见小白龙长得眉清目秀，聪明能干，就产生了爱慕之心，要嫁给他。但那姓崔的怎么也不愿意，将小白龙辞退了，以免女儿再见到他。

小白龙就上北集坡小白峪李家去干活，李家只有老两口，见小白龙又勤快又伶俐，就把他留下了。

崔家的女儿费尽心思地打听到了小白龙的去处，黑夜里，就偷偷地跑去了。到了李家，她说："在你家做活的，是我的丈夫。我来看看他。"

李家老两口也以为他们真是夫妻，就给她找间屋，叫他们一起住。

第二年，正赶上大旱，庄稼快旱死了。小白龙心中很焦急，他知道再不下雨，庄稼就会颗粒无收。

这天夜里，小白龙悄悄地出了门，显出了原形，把尾巴插到井里边，然后他飞到田地上空降下了一场大雨。没想到，他变龙下雨的事，被一个老头看到了。庄稼得救了，大家都高兴得不得了，可是小白龙变龙的消息也就传开了，很快就传到他妻子的耳朵里去了。但是她并不相信。

有一天，妻子在泉边洗衣裳，和小白龙开玩笑说让他变条龙让自己瞧瞧。

但是当小白龙显出原形后，妻子却给吓死了，这个泉以后就叫"吓死泉"。人们为了纪念小白龙为民浇地的功劳，还在泉边盖了一座白龙庙。

盘古寺

王屋山东边有座山，半山腰有座古庙，叫盘古寺。据说，这座高山，就是盘古出世的地方。

传说盘古是从一个混混沌沌的大鸡蛋里生出来的。

盘古在这个大鸡蛋里孕育成人后，睡了一万八千年，才醒了过来。他胳膊一伸，腿脚一蹬，大鸡蛋一下子被蹬碎了。

盘古睁开眼睛环顾四周，四周没有一点亮光，什么也看不见。急得他抡起拳头就砸，抬起脚就踢。

盘古的胳膊和脚又粗又大，力气非常大。他这鼓足力气的一踢一打，使凝聚了一万八千年的混沌黑暗，都渐渐地散了开来。轻的东西慢慢地飘游起来，变成了蓝天；重的慢慢下

降，变成了大地。

天地一分开，盘古觉得舒坦多了，就坐了起来。可是天地之间的缝太小了，天压着他的头，地在下边挤着他的屁股，站不起来。

盘古就手撑天，脚蹬地，猛一使劲，又把天撑开了一截。为防止天地再合拢起来，盘古就一直站在那里。过了一万八千年，盘古长成了一个高九万里的巨人，天地也被他撑开了九万里。

盘古开天辟地以后，耗尽了心血，不久就累死了。盘古死后，他的左眼变成了太阳，右眼变成了月亮，他的头发、胡子变成了点点繁星。

他嘴里呼出来的气，变成了春风云雾。他的声音，变成雷霆闪电。他身上的肉，变成了土地；筋脉变成了道路。他的手足和四肢，变成了高山峻岭；骨头和牙齿变成埋藏在地下的矿藏。他的血液，变成江河；汗水变成了雨露；汗毛变成了花草树木。他的精灵，变成了人畜鸟兽鱼虫。

盘古砸碎的那个鸡蛋壳，被高山压在下面，日子久了，就变成了薄薄的，一层摞一层的石头。用这种细腻光滑的石头做出的砚台，不渗水，不渗墨。后人为了纪念盘古开天辟地、创造万物的功劳，就在此修建了盘古寺。

大力神

远古时候，天地相距只有几丈远。天上有七个太阳和七个月亮，把大地烧得热烫，像个大蒸笼。白天，生灵都躲到深洞里去避暑；夜间，人们也不敢出来，只有在日月交替的黎明和黄昏，才去找一些吃的来充饥。

此时，天地间孕育出了一个大力神，他看着人们生活在水深火热里，便发誓要为人们解除这种苦难。于是，他在一夜之间，把身躯伸高一万丈，把天空撑高一万丈。

天空被撑高了，但天上的七个太阳和七个月亮依然散发着巨大的热量，威胁着人们的生存。大力神又想了一个办法，他做了一把很大的弓和许多支利箭。白天，他冒着猛烈的阳光去射太阳。其中六个太阳被射下来后，大地上顿时不再那么炎热逼人了。当他准备射第七个太阳的时候，从洞中爬出的人们纷纷说："留下这最后一个太阳吧！世间万物生长离不开太阳呢！"大力神便留下了一个太阳。夜晚，大力神又冒着刺眼的月光去射月亮，他张弓搭箭，射落了六个月亮，当他射第七个月亮的时候，因为射得偏了，只射缺了一小片，当他准备重射时，人们又纷纷说："留下这个吧！让它把黑暗的夜间照亮！"大力神又答应了人们的请求。这样，月亮就有了阴晴圆缺。

大力神撑天射日以后，又从天上取下彩虹当作扁担，拿来地上的道路当作绳索，从海边挑来沙土造山垒岭。他还把梳下来的头发往群山上一撒，山上便长出茂密葱郁的森林。

有了山岭，还得为鱼虾水族造江河湖泊。大力神拼尽力气，用脚尖踢穿群山，凿通了大小无数的山谷，他的汗水流到这些沟谷里，便形成了奔腾的江河。

大力神为万物生息不辞劳苦，当他完成了造化大业后，已经精疲力竭了，他终于倒了下来。临死前，他怕天再倒塌下来，便撑开了巨掌，高高举起，把天牢牢地擎住。传说那巍然屹立的五指山，就是大力神的巨手。

天是怎样升高的

从前，天很低，人们随便搭把梯子就可以到天上去玩。有个叫达伙的青年，几乎每天都要到天上去。

一天，达伙又搭着梯子到天上去了。恰好碰到玉帝，玉帝对凡人整天上天来玩非常反感，就想出一个办法。

玉帝说："达伙，这里有一包东西你带回去，分给大家拿到地里去种。记住，要回到地上才能打开。"

达伙顺着梯子往下爬，爬到一半，就忍不住把那包东西打开来看。谁知刮起了一阵东南风，把这包东西吹了一地。

过了几天，大地上长出了稻谷、玉米，也长出许多青草来。达伙见了，心里挺害怕，便去找玉帝，把事情告诉了他。

玉帝听了，笑着说："不要紧，现在地上长的是稻谷、玉米和青草，这些东西可以吃，那些青草可以喂牛马。往后，你们有空就到地里去除草，不要整天到天上游玩了。"

达伙听了，连忙叩头道谢，回到家后，便把玉帝的话告诉人们。

稻谷黄了，男女老少就去收回来，但却不知怎么吃。达伙又上天去问玉帝，玉帝就叫磨坊仙子教给达伙磨米的方法。

达伙回家后，叫人们按照磨坊仙子教的方法，磨出雪白的大米，煮成白米饭。大家边吃边问："这白米饭太好吃了，往后我们多久吃一餐呀？"

达伙说："磨坊仙子讲了，玉帝叫我们一天吃三餐。"

一天，玉帝与众仙正在宫廷议事，忽然一股臭气扑鼻而来，玉帝忙派人去调查。原来是磨坊仙子把话传错了，凡人一天吃三餐，使得地上到处是屎尿，臭气熏天。

愤怒的玉帝罚磨房仙子到人间做拱屎虫，把人们屙在地上的屎吃掉，吃不完的，还要埋到土里去。又让达伙做磨坊仙子，并把天升高了，以防避地上的臭气。

从此以后，人们就再也不能到天上去玩了。

神山上的懒神仙

古时候，东海边上有五座神山，名叫岱舆、员峤、方壶、瀛洲、蓬莱。每座山上都有一些神仙，他们住在山洞里，饿了，便摘山上的火枣、蟠桃、灵芝吃；吃饱了就睡觉、下棋、闲谈，什么事都不做，生活过得很优闲。美中不足的是，他们住的山洞低矮潮湿。于是，他们想建一些既漂亮又舒适的宫殿。

可是这群神仙特别懒，只要谁开口就让谁去劳动，最后一个大仙提议请天帝派人来修宫殿。

大家都觉得这才是个妙主意，立刻一致赞成。

经过争吵和商议，最后派了三位神仙代表到了天上，对天帝提出了请求。天帝马上派六丁六甲去神山给神仙们修宫殿。

宫殿修得富丽堂皇，神仙们欣喜若狂，争先恐后地搬进去了。

神仙们住在华丽的宫殿里，每天照样下棋、闲谈、睡大觉。日子过得逍遥自在。

不料，水神共工竟和火神祝融打起仗来。共工打败了，一头撞倒了不周山的天柱，天塌下来，海水被激得跳起几百丈高。那五座神山正在海边，被狂涛巨浪卷入大海，好像五只没有舵的船，随着海风，东摇西晃。

神仙们一个个被颠得头晕眼花，只好聚集起来商量办法，但凡是要出力的事又谁都不肯干。最后，只好仍去请求天帝帮助。

天帝十分同情他们的苦处，即刻命令海神想办法。海神就派了十五只巨鳌，把五座神山驮起来，以此来稳住神山。

海神交代神仙们："巨鳌驮着神山，没工夫找吃的，你们至少每年要喂它们一次。"

神仙们满口答应，并立即派定了专喂巨鳌的人，每年两个，大家轮流。

神山有巨鳌驮着，非常安稳，风浪再大也不会颠簸。

转眼就过了一年，该是喂巨鳌的时候了。这年当值的张大仙和李大仙忙

着下棋，把这件事忘记了。

一连好几年，轮值的大仙都因事耽搁了，没有喂巨鳌。这样，那十五只鳌就一直饿着。

有一天，有一个叫龙伯的巨人，他因为在海边钓不到大鱼，就走到大海中间来。龙伯把大象挂在鱼钩上，往海里一甩，就蹲下来等候大鱼吞钩。

那驮着神山的巨鳌，正饿得眼睛发花，一见大象掉下来，张开血盆大口，就把大象吞进肚去。

龙伯见浮子往下沉了几天，这才把钓竿用力往上一举，把驮着神山的巨鳌从神山底下拉了起来。

就这样，龙伯把驮岱舆、员峤两座神山的六只巨鳌都钓去了。

岱舆、员峤两座神山没有了巨鳌驮着，在水里有些晃来晃去。神仙们虽然感到奇怪，但谁也懒得去调查。

神仙们依然在晃荡的神山上下棋，闲谈，睡大觉。

一天晚上，海上忽然刮起狂风巨浪。方壶、瀛洲、蓬莱三座神山有巨鳌驮着，稳若泰山。岱舆、员峤两座神山却被风浪掀上去，推下来。

正在睡觉的神仙们，从床上给掀了下来，好容易挣扎着爬起来，还没站稳，又被掀倒了。

方壶、瀛洲、蓬莱三座神山上的神仙也惊醒了，他们看见岱舆、员峤两座神山被风浪打得东歪西倒，却没有一个人想到应该去援救他们。

眼见岱舆、员峤两座神山渐渐地在风浪中沉没，那两座神山上喊救的声音越来越响、越急，最后悄无声息。

突然，方壶、瀛洲、蓬莱三座神山也摇晃起来了，原来这三座神山下面的巨鳌也饿得纷纷爬出来找吃的了。神仙们吓得飞上九天，一齐拥进天帝的金殿，顾不得朝仪，纷纷哭天喊地：

"陛下救命！陛下救命！"

天帝派使者了解了灾难发生的原因，说："龙伯是靠自己的力气生活的，我也不能处罚他。惟一的办法，是使他的子孙一代代地逐渐把身子缩小。"

天帝对神仙们说："这次灾难发生的根本原因，就是由于你们太懒，整天只知道下棋、闲谈、睡大觉，没给巨鳌吃东西。你们这样不争气，我也难管你们，随你们怎样生活吧。"

天帝不管，神仙们就失去了依赖，有的改了行，靠劳动生活；有的仍然当神仙，到人间来骗饭吃。

天鸡和太阳

很早以前，在青龙山脚下有一个村子。村里有个年轻的猎人名叫石刚，武艺好，力气大。他一弯腰能拔起一棵柳树；在百步开外能用箭把一支点着的香头射灭。最可贵的是，他有一颗善良的心。

在一个风清月明的晚上，石刚和村里最好的一个姑娘玉姐让老松树当媒人，两人准备结婚了。可是，就在他们结婚的前一天，天上的太阳突然不见了。大地一片漆黑，飞禽走兽都不动弹了，庄稼也没一点活气。人们顿时难以生存下去。

石刚听说西方有一座昆仑山，山上有一位爱睡觉的神仙，名叫长眉老祖，他三千年一醒，知道过去未来的

事情。为了救天下的百姓，为了去寻找光明，石刚决心到昆仑山去一趟。

可是由于大地漆黑一片，石刚自己也不知道能不能找到昆仑山，能不能见到长眉老祖。

为他送行的村人正在发愁的时候，忽然周围大放光明，大家都惊讶地回头一看，只见玉姐手上捧着一颗鲜血淋淋的红心，是她的红心射出了万道光芒。

玉姐把红心递到石刚手里，就慢慢地倒下了。周围的人都号啕大哭起来。石刚擦擦泪，站起身来，高高地举起那颗放光的红心，迈开大步，往前走了。

他用那颗红心照路，历尽千辛万苦，终于到达了昆仑山下。

不知爬了多少天，他终于爬到山顶。他看见长眉老祖坐在山顶上，身体就像铁塔似的与山石熔铸在一起。这时候，老祖正醒着，他的眼睛就像火星那样亮，他的脸就像古松的树皮那样苍老。在他的身后，站着三只青鸟，都恶狠狠地盯着石刚。

老祖看见石刚，说："勇敢的孩子，你的来意我已经知道，听我告诉你：天上原来有十二个太阳，是十二只会放光的金鸡。由于二郎神要为母报仇就杀死了十一只金鸡。最后一只金鸡吓得躲到了渤海东岸的一棵大马

蛇菜叶子底下，除非有它的弟兄来招呼它，否则绝不敢出来。在渤海的西岸有一座桃都山，山上有一棵桃都树，树上结了一个万年的大桃子。人要是吃了这个桃子就会变成天鸡。天鸡的叫声与金鸡相同，天鸡叫三遍，太阳就会出来了。可是人变成天鸡以后，就再也不能恢复人形了，要永远站在山上，每天早晨，高叫三声，招呼太阳出来。年轻的小伙子，你可敢去吗？"

石刚毅然地答道："我敢！"

老祖走到石刚跟前，接过他手中的红心，三捏两捏，捏成了一顶光芒四射的红帽子，给石刚戴在头上。然后老祖就睡着了。

石刚下了山，迈开大步，往前直走。他历尽了千辛万苦，才走到桃都山下。

上了山，他看见了那棵高接彩云的桃都树，上面结了一个半红半白的桃子。

石刚搭上箭，照准那颗桃子的柄，射出一支箭。柄断了，桃子落在石刚的怀里。石刚马上把桃子吃下肚去，猛觉得肚子里好像有几万把尖刀在胡戳乱扎，疼得他在地上打滚，最后昏了过去。

当他醒来的时候，已经变成了天鸡，身上披着五彩斑斓的羽衣。那颗用玉姐的心做成的帽子，就成了头顶上的红冠。

他一展翅，飞上桃都树，拍了拍翅膀，伸长脖子，高高地啼了一声。这一声啼叫惊动了那只藏在马蛇菜叶子底下的金鸡。胆怯的它迟疑地向外探了探头，大海的东边立刻染上了鱼肚皮的颜色，透出了一线光明。这时天鸡又拼着力气，高高地啼叫一声。这回金鸡听准了，它站起身来，拍了拍翅膀。霎时，千万条金线在大海的东面乱晃，云霞发出了火光。接着天鸡又高高地啼叫了一声，那金鸡便展开巨大的翅膀，腾空而起——一轮火红的太阳出来了！从地洞里爬出来的男女老少高兴得淌出了眼泪，盼了很久很久的光明终于来到了！

从此，每天早晨，天下的雄鸡都随着桃都山上的天鸡高声啼叫，招呼太阳出来。

无畏的哪吒

在玉皇大帝的手下，有一位天将托塔李天王，他叫李靖，武艺十分高强。在他没成仙的时候，是东海边上一座镇守边疆的大将军。

有一年，李靖的夫人生了一个小孩。可当李靖进了夫人的房间后，却见夫人眼睛直愣愣地看着床前的一个木盆。李靖低头看了看木盆，里边有个大肉球。

李靖暗想，这一定是个妖怪。他上前一步，从腰间抽出宝剑，照着肉球砍去。肉球一下子被劈成两半，从肉球里蹦出一个胖娃娃来。

就在这个时候，一个白胡子老道推门进屋了。他哈哈大笑，说要收小胖娃为徒，并给他取名叫哪吒。

心里直纳闷的李靖还没有言语，这个小胖娃却开口道："师父请受徒儿一拜！"说着，跪下就给老道磕头行礼。老道从怀里掏出一个镯子——乾坤圈，一块手帕——混天绫，作为

给小哪吒的见面礼。

小哪吒接过礼物谢过了师父，只听老道哈哈一笑，便无影无踪了。

这时候，大家才知道，原来这位老道是一位神仙。小哪吒看着李靖叫爸爸，望着李夫人叫妈妈。

转眼间哪吒已经七岁了。夏天的一日，哪吒戴着那个乾坤圈镯子，拿着混天绫手帕，来到了海边。他一边洗澡，一边用手帕甩着海水玩。可是，他这么一甩，海底下的龙宫也东摇西晃起来，晕头转向的东海龙王忙派人上去查看。

龙王三太子带着一大群虾兵蟹将钻出了海面，看见了哪吒，他举起枪就向哪吒扎去。哪吒见来人不问青红皂白，非常生气，便把手帕一抖，这手帕立刻变成一团火，一下子把龙王三太子给包围了。哪吒又把镯子扔出去，一下子把龙王三太子打死了。吓得那些虾兵蟹将全都钻到海里去了。

这时候，东海龙王听说心爱的三

太子被打死了，他是又悲又气，赶紧让飞鱼精去打听哪吒的来历。

当他得知是李靖的儿子干的，就请来了西海、南海、北海的龙王。东海龙王把哪吒的事一说，那三个龙王气得咬牙切齿，都要去找李靖算账。那天刚亮，就刮起大风来了，天上乌云密布，电闪雷鸣，接着大雨就铺天盖地地下起来了。眼看着城里的水往上涨，百姓们一看都慌了，有不少人往李靖将军府跑，请大将军为大家想想办法。

就在这个时候，天空传来了东海龙王的怒吼声：

"李靖，你快出来受死！"

李靖一听，立刻出来站在将军府大门口的台阶上。

大家抬头一看，四位龙王和许多虾兵蟹将正站在云彩里。忽然，下来几个夜叉，伸手就要捆李靖。小哪吒一看，把双手一举，大声地说：

"慢着！打死你儿子的是我，这跟我父母和本城的老百姓一点关系也没有，你为什么要捆我父亲，还要发大水淹老百姓？"

"我要杀死你，给我儿子报仇！"

"这好办！我可以死，但是不许你再伤害我的父母和老百姓！"

哪吒毅然从他父亲腰上抽出宝剑，往脖子上一抹，便倒在地上死了。

龙王一看哪吒死了，把手里的旗子一挥，便率领兵将回宫了。

不一会儿，云开雾散，雨也停了，太阳出来了，地上的水也向大海里流去了。

就在此时，哪吒的师父骑着白鹤从天而降。他轻轻地抱起哪吒的尸体，往自己的仙山上去了。到了那里，他从荷花池里摘来几朵荷花、几片荷叶、几节嫩藕，按照哪吒的身形摆好。然后将拂尘一甩，哪吒身上的荷花、荷叶、嫩藕全没了。哪吒揉揉眼睛，看见了师父，连忙跪下行礼。从此以后，哪吒便跟随师父在山上学习本领，最后，还在玉皇大帝身边当了大将。

吐血的石狮子

很久以前，京城里热闹繁华，天下一派太平。可是后来，一个昏庸的皇帝当了政，朝廷的大官贪赃枉法，把京城里弄得乌烟瘴气。

有一年，在京城的一条大街上，一位老爷爷开了个卖油的铺子。这位老爷爷卖的油又清又香，他只在店门口挂着一个收钱的箱子，放多少钱，拿多少油，全凭自觉。所以这个油店的生意特别好，每天都有许多人从很远的地方赶来，但是来买油的人几乎都是少给钱，多拿油。

离城不远处有一个村子，住着一户人家，只有母亲和儿子两个人相依为命，过着苦日子。

有一天，儿子用卖柴禾的钱在老爷爷的油店买了一瓶油。拿回去后，发现少给了五文钱。母亲便让儿子提着油瓶，把多舀的油倒回油缸。

卖油的老爷爷仔细地打量着这个年轻人，然后把他拉到一边，悄悄地说："过一阵子城门外边的那个大石狮子的嘴里会冒血，你若是看见了就赶快逃跑。"第二天一早，人们竟发现那间油店不见了。

原来老爷爷正是八仙之一的吕洞宾。吕洞宾得知龙王领玉帝的圣旨，要惩罚昏庸的皇帝，把这里变成汪洋，他想解救一些善良诚实的人，便来到人间，等了多日，才找到一个诚实的人，所以只把这个秘密告诉了年轻人。

城外有个刘屠夫，他看见这个年轻人老是看城门外头的石狮子，就上前探问。老实的年轻人就告诉了他事情的原委。第二天，刘屠夫想戏弄年轻人，就把猪血倒进石狮子嘴里。

正在这个时候，年轻人又来了，他看见石狮子嘴里鲜血直流，就急忙跑到家跟妈妈说了，又告诉了好多乡亲。人们听说后都觉得好笑。可也有些乡亲，觉得这个孩子平日从来不说谎话，就跟着他一起走。

这时，突然刮起了狂风，下起了暴雨，年轻人背着母亲慌忙逃走，几个乡亲跟在后边。他们离开村子不久，就听见背后震天动地的一声巨响，都城转眼的工夫就变成了一片汪洋大海。

勇敢的哈布

很早以前，龙王和龙母把苦海给占了。可怜的老百姓只能迁居到贫瘠的山上，日子过得贫穷而艰苦。

哪吒知道这件事后，决定教训教训不讲理的龙王，让老百姓过上好日子。于是，他踩着风火轮，提着火尖枪来到了苦海。

龙王得知消息，便带领虾兵蟹将和哪吒打了起来。几天几夜过去了，还是分不出胜负。哪吒一急，把乾坤圈摘下来，向天空一扔，乾坤圈一下子把龙王全家都给圈在里边了。

这个乾坤圈越缩越小，把龙王一家全给箍到一块了，龙王只好答应了哪吒的要求。最后，龙王一家钻到玉泉山下边的泉眼里去了。

苦海的水全退了，老百姓得知后便在平地上盖起了房子。天长日久，这里的人口越来越多。这个地方从此也改叫京州了。

再说龙王一家在玉泉山下边那个泉眼里，忍气吞声地过了很多年。有

一年，皇上派他的宠臣到京州修建都城。这个宠臣手下有个谋士，此人能掐会算。龙王一听说要在此建都城，气得暴跳如雷，决定把全城的水都收回来，让城里的人活活地渴死。

第二天，京州的城门刚打开，就进来一个推着小车的瘦老头，车上装着葫芦，一个老婆婆在前边拉着绳子。这老头和老婆婆正是龙王和龙母。在他们后边不远，还有一个小伙子和一个大姑娘，是龙王的儿子和女儿。

进了城以后，龙王找了个僻静的地方，把一车葫芦全倒在地上。龙王一家在城里转了一圈，龙太子把城里所有的甜水喝光了，龙公主把城里所

有的苦水也喝净了。然后，他们变成了两个装鱼的竹篓子。老头和老婆婆就把竹篓子扛到车上，出城了。

此时，那个大臣正和手下的官员商量如何修建宫殿的事，忽然有人禀报说城里的河水、井水全没了。

大臣的谋士掐着手指头一算："是龙王把城内的水都收走了。赶紧派人到各个城门去查问！"

一会儿功夫，查问的人回来报告说："西门的门官说，今天中午有一个瘦老头，推着一辆独轮车出城去了，前面还有一个老婆婆拉着。独轮车上放着两个水淋淋的竹篓子。"谋士说："这一定是龙王和龙母了，快派人把他们追回来！"

那些官员都不敢挪步，他们害怕若是龙王发怒，自己的性命就保不住了。就在这时，门外走进一个叫哈布的小伙子，跪下磕头说："我愿意去追赶龙王！"

大臣一看，这个小伙子身体非常健壮，就赐给哈布一杆红缨枪，说：

"小伙子，起来吧！全城人都会感谢你的。你追上他们，用枪把竹篓子扎破，然后赶快往回跑，千万不能回头！"

于是，哈布提着红缨枪，出了城，顺着车轱辘印一直追，他抬头一看，前面的大道上，一个瘦老头正推着一辆独轮车，一个老婆婆在前拉着。

哈布举起红缨枪，对准一个竹篓子就扎下去了。竹篓子一下给扎破了，水就流了出来。哈布还想去扎第二个竹篓子，可没想到那个竹篓子变成一个鼓着大肚皮的年轻人，钻到玉泉山下的泉眼里去了。

正在这时，瘦老头变成了一条大龙，对着哈布张开大嘴喷出水柱。哈布情急之下，赶紧掉头撒腿就跑。

哈布在前边跑着，只听见身后发出好似潮水的声音。但他任凭后边怎么响，就是不回头。

一会儿，他就看见了城门。哈布想只要跑进城，就平安无事了！便用眼睛的余光瞄了瞄身后，结果后边的大水一下卷过来，把哈布给卷走了。

就在哈布被卷走的同时，城里的水井和河流全都冒出水来了。不过井里的水大多数都是苦水。原来，哈布扎破的那个竹篓子是龙公主变的，她喝的都是苦水。后来，人们为了纪念哈布，每到他遇难的那一天，就会到庙里烧香祈拜，感谢哈布的救命之恩。

变成虾蛄的东东

从前，海边有一个渔村。村里有一户人家，有兄弟两个人，哥哥叫东东，弟弟叫西西。

西西十五岁那年，父母都得了重病去世了，他只好跟着哥哥、嫂子过日子。可是嫂子心胸狭小，她害怕西西将来与他们分家产，就让丈夫把弟弟赶出了家门。

一晃五年过去了。这五年里，西西的哥哥发了大财。他还逼着一个因为父母双亡、欠了他许多钱的姑娘翠儿专门侍候他们夫妇。

这五年里，弟弟西西也长大了。他听说哥哥让翠儿没日没夜地干活，还常常打骂她，因此就经常帮翠儿挑水、劈柴。翠儿见西西人品好，两个人就相爱了。

新年快到了，渔村里有个传统，三十晚上要耍龙灯、舞狮子、挂鱼灯。

东东想摆摆自己家里的阔气，也想扎鱼灯。可是他笨手笨脚的，就假装亲热地让弟弟帮他扎。西西的手巧极了，没几天他就扎成了一百个鱼灯。

大年三十这天，太阳刚下山，村子里的灯笼就全点亮了，各种各样的鱼灯真是漂亮极了，不过，大家都说西西扎的鱼灯最好看。

好奇的龙公主知道了，瞒着龙王上了岸，变成一个小姑娘，也跑到东东家里看鱼灯。

不知不觉，天快亮了，公鸡打起鸣来，龙公主吓坏了。原来，她在鸡叫前必须回到海里，否则就会显出原形。结果她昏倒在地，变成一条大蟒。

东东的老婆看见花园里盘着一条水桶粗的大蟒，吓得尖叫一声瘫在地上。东东听见叫声，跑来一看，也吓得两条腿直打哆嗦。

东东急得在花园外边团团转，忽然想到了弟弟。他连忙跑到村东头的牛棚找弟弟帮忙。

西西提了一根大棒子，来到哥哥家。他走进小花园，看见了躺在地上的大蟒，刚举起棒子要打，大蟒却开口说话了：

"善良的西西，我是东海龙王的小公主，昨天晚上来看鱼灯误了时辰。如果你能送我回大海，我一定重

中国神话故事

重地报答你。"

西西听完，就找了个大盘子，准备把大蟒放到上面抬到海边。突然，大蟒变成一条小鱼蹦到盘子里。

西西把鱼儿放进了大海，鱼儿对西西说："谢谢你，以后你遇到难处，在海边叫三声'龙公主'，我就会来帮你。"说完，就游走了。

话说东东，他的老婆居然被大蟒吓死了，他马上就打起了翠儿的主意。

不过，翠儿说什么也不愿意嫁给东东，东东就逼翠儿还钱，心急如焚的她只好去找西西商量。西西想起了龙公主，就来到大海边，叫出了龙公主，并把哥哥要霸占翠儿的事说给龙公主听。龙公主说："我跟你回去，你把我放在水缸里，我自有办法帮助你！"说着，就跳到西西手掌上。

到家后，西西把小鱼放进水缸里，只见红光一闪，从缸里走出来一个漂亮的姑娘。龙公主让西西拿来画笔和纸，不一会儿，她就画出了一间可爱的房子。只见小公主撩起了衣袖，对着这些画吹了口气，顿时，西西站在一座崭新的大瓦房里，屋子里

什么家具都有。

村里人看见西西家一夜间变成了青砖大瓦房，纷纷向他贺喜。东东听说弟弟发大财了，就忙跑到弟弟家。

他悄悄地把弟弟拉到一边儿，小声地问："好弟弟，你怎么一下子发了大财啦？"西西说："那天我救的那条大蟒原来是龙王的小公主。这是老龙王答谢我的。"

东东越看越眼红，他又悄悄对弟弟说："好弟弟，那天救龙公主，还是我让你去的呢，你可不能忘了我的功劳啊！""你喜欢什么就自己挑吧！"

贪心的东东什么都想要，他恬不知耻地说："你这儿的东西我都喜欢，就拿我的房子和翠儿跟你换吧！"

西西假装答应了哥哥的要求。

当天晚上，东东兴奋地睡在新床上。三更天的时候，水缸里的鱼儿变成龙公主的样子，回到大海去了。

天亮了，突然那新瓦房里的新家具全没了，最后，房子渐渐地缩小了，一眨眼，就缩成一个硬邦邦的壳。东东则变成一只虾蛄，背着硬硬的壳，躲到了大海里。

张果老过赵州桥

传说鲁班和他的妹妹鲁姜周游天下，到了赵州。他俩刚准备进城，却被一条大河挡住去路，河边站满了要渡河的人，可摆渡的只有几条船。原来，这条河又宽又大，河水湍急又满是沙子，所以没有人能够在此修桥，鲁班和鲁姜就决心修两座桥。

鲁姜以往听见人们总是夸奖她哥哥多巧多能，心里很不服气，决定和鲁班比一下。比赛规定一人修一座，天黑开工，谁到鸡叫还完不成，就算输了。

鲁姜到了城西，半夜的工夫，就把桥修好了。修好后，她又偷偷跑到城南来，想看看哥哥修到什么程度了，只见哥哥运回了一块块雪白细润的石头。鲁姜知道如果用这些石头造起一座桥来肯定结实好看！她想，一定要拿出两手来盖过哥哥。就急忙回到城西，在桥栏杆上细细地刻好了花。得意的鲁姜沉不住气，又跑到城南去看鲁班。鲁班只差桥头还有两块石头没有铺好。鲁姜一看，就尖起嗓子学了两声鸡叫，引得全村的鸡都一齐叫唤起来。鲁班听见鸡叫，赶忙把两块石头往下一放，桥就算修成了。

这两座桥，一大一小。鲁班修的桥，气势雄伟，叫作大石桥。鲁姜修的精雕细琢，玲珑秀气，叫小石桥。

赵州一夜修起了大石桥这件事，

第二天就轰动了远近各地，连住在蓬莱岛上的八洞神仙也都听到了消息。张果老是个好事的人，听说有这件事，就牵上他的毛驴，驴背上的褡裢里，左边装了太阳，右边装了月亮；又邀上柴王爷，推上独轮车，车上载着四大名山，来到了赵州。到了桥边，张果老高声问鲁班："我们过桥，它吃得住吗？"鲁班看见他们两个和毛驴小车，说："过吧，没事的。"张果老、柴王爷便推着车赶着驴上了桥。他们刚上去，桥就直摇晃，眼看要塌。鲁班连忙跑到桥底下双手把桥身托住，才把桥保住。桥身桥基经过这一压，不但没有坏，反倒更结实了，只是南边桥头被压得向西扭了一丈多远。所以，直到现在，赵州桥上还有七八个驴蹄印子，那是张果老留的；还有三尺多长一道车沟，那是柴王爷推车压出来的；桥底下还有鲁班的两个手印。

禹凿龙门

大禹治水，凭借着应龙画的水流路线，从西向东导引着水流。当水流到龙门山时，被这座大山死死地挡住了。

龙门山山势险峻，横亘千里。黄河的水流到这里便被高山挡住，只好倒回头往上流，水神在这里趁势掀起巨浪，把上游的孟门山都淹没了。禹看到这种情况，于是带领众人每天挖山。水神很凶恶，它把众人白天辛苦凿下来的石头，晚上吞入口中，经过细嚼之后，再喷到白天开凿的地方，那顽石变得比原来还坚硬。禹使出自己所有的神力，将龙门山一劈为二，使它分跨在黄河的东西两岸。人们为了纪念大禹劈山引水的功劳，便把河西的那座山称作禹王山，把河东边的那座山称作伯王山（伯就是崇伯，也就是禹王的父亲鲧）。

龙门山被劈开以后，这里就形成了陡峭的一座门，河水从悬崖峭壁

间奔流而下，禹便把这里取名为龙门。这其间大约有一里多地，两岸绝壁，连车马都无法通行。龙门经大禹这么一凿，便成了神门，无论何处河流江海中的鲤鱼，只要能跳过龙门，便会烧去鱼尾变成飞龙。于是，每年暮春三月，就有无数的黄鲤鱼从江海、河川争先恐后游到龙门来，跃跃欲试。但是一年当中，能够跳过龙门的，也只不过七十二尾而已。唐朝大诗人李白还曾写道："黄河三尺鲤，本在孟津居。点额不成龙，归来伴凡鱼。"后世人们又把"鲤鱼跳龙门"用作金榜高中、进入仕途的典故。

水神无法藏身，便又顺流而下向东逃窜，来到了荆涂山。禹又率领众神准备开凿荆涂山，水神便在水下作怪。它呼风唤雨，一时间，狂风怒吼，大雨下了三天三夜，滚滚的洪水使开山的工程不得进行。

一天夜里，淮河龙王前去拜访禹。龙王深知水神作怪，黎民百姓深受其害，因此特意带来一把神斧相助。次日黎明，禹王手提神斧来到山前，对准荆涂山猛劈一斧，刹那间，山崩地裂，将荆涂山左右分开，洪水自山峡内急流而下，流入东海。从此以后，荆山在西，涂山在东，永远不在一起了。

中国神话故事

禹与涂山氏

禹因为治理洪水，忙得顾不上自己的私事，到三十岁还没有结婚。

当他治水来到涂山（今浙江绍兴西北）后，忽然有一天，心里产生一个念头："我的年龄已经很大了，上天应该给我点什么预示了吧。"果然，就在此时，一条九尾白狐出现在他的面前。九尾狐是世间难见的吉祥之物，谁见到它都会有好事的。

禹见到九尾狐后，想起当地的一首民谣来，它说的是："谁见了九条尾巴的白尾狐狸，谁就可以做国王；谁娶了涂山的女儿，谁就可以使家道兴旺。"禹想，这说明我将要在涂山结婚吧！

有一天，禹正在测量河道，忽见前面有位美丽无比的姑娘，手捧着一碗热水。禹慌乱地接过碗，一饮而尽，原来这位姑娘便是涂山氏酋长的女儿女娇。禹觉得很合自己的心意，可是还没来得及向女娇表达自己的心意，便又出发去了南方。

禹走后，女娇才知道他就是治水的英雄禹，心里对禹充满了爱慕。她派使女到涂山南面的山口去等候禹归来，可等了很长时间还不见禹的影子。女娇便作了一首歌，唱道："慢慢地等呦，多么地长久哟。"据说，这就是最早的一首情歌。

禹终于回到了涂山，使女把女娇的情意转达给了禹，禹和女娇就在台桑这个地方结婚了。

大禹和涂山氏在台桑新婚后的第四天，就接受了舜帝给他的使命出发治水。丈夫走后，女娇十分思念家乡，禹知道了，就派人给女娇筑了一个高台，女娇可以登高远望家乡。

大禹治水三年，三过家门而不入。有一天，他又从自家门口经过，顾不上回家。他的妻子得知消息后，连忙骑马去追。她追上禹，要求留在他身边。禹吃惊地打量着女娇弱小的身子，问"你能做什么呢？"女娇对禹说："我要跟你一起治水，我能给治水的人编草鞋。"禹听后，高兴地答应了女娇的要求。从此，不论禹治水到哪里，女娇都跟着。

涂山氏化石生启

大禹婚后美好的日子才过了四天，就不得不离开新婚的妻子，女娇便被送到禹的封地安邑去了。她在那里生活过不惯，禹知道以后，便在安邑为她修了一座台，让她寂寞无聊时，望一望自己的家乡。

后来，她觉得日子过得太凄苦，当大禹回家看她时，她就坚决要求跟他一道前去治水，禹只好同意了。

这天，禹治水来到了镮辕山。这座山山势险峻，特别是山上的羊肠小道，非常难走。禹察看了一下山势，发现镮辕山挡住了水的通路，必须打通它。但山势十分险峻很难开通，于是，禹便对妻子说："你不要上山了，等我一敲鼓，你再给我送午饭来。"妻子走后，大神禹一时想不出好办法开山，便化作了一头熊，用四只爪子拼命刨土。一不小心，他的后脚爪带起一块石头，不偏不歪正打在悬崖边的鼓上。大禹正聚精会神地开路，竟没有听见。女娇以为是丈夫提醒自己该送午饭了，提着篮子急忙赶来。当她来到山上时，大吃一惊，她万万没想到自己的丈夫会是一头熊，她大叫一声，丢了篮子便往山下跑，禹急忙去追女娇。他们两人一前一后，一逃一追，一直跑到嵩山下。女娇心里难过极了，她上气不接下气地跑，最后实在跑不动了，倒地变成了一块晶莹的大石。禹见妻子变成了石头，扑上去哭道："你快变回来吧！"但是石头纹丝不动。禹见妻子化成石头也不理睬他，又气又急，大喊道："还我的儿子来！"于是，石头向北方裂开，生出一个儿子，禹给他起名叫"启"。"启"就是裂开的意思。

禹抱着儿子站起身来，伤心地看了石头最后一眼走了。他就这样糊里糊涂地走，也不知走了多长的路，忽然想起，自己还是一头大黑熊，慌忙变回原来的模样。

禹带着儿子，走遍了大江南北，终于治理好了洪水。舜见他治水有功，就将王位传给他。他在位时，给人民办了很多好事。死后，化为一条虬龙，飞到天宫里去了。

蚕神的传说

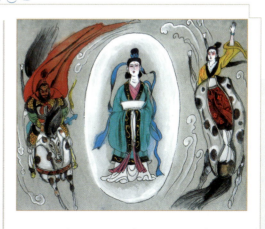

传说，上古的时候，有位将军，出门应征打仗，很久没有回家。家里没有别人，只有一个小女儿和一匹马。父亲出征以后，音讯全无，女儿整日在家与马为伴，生活过得非常寂寞，常常想念自己的父亲。有一天，女儿拍着马的背半开玩笑地说："马啊，你如果能帮我把父亲找回来，我就嫁给你做妻子。"

谁知，马听了这句玩笑话，立刻跳跃起来，拉断了缰绳，往外就跑。一跑就是几天几夜，一直跑到小姑娘父亲的驻地。父亲见自家的马跑来，又是惊异，又是欢喜，翻身骑上了马，马驮了父亲就跑，一刻不停地回了家。

回到家后，女儿欣喜万分，待马非比寻常，父亲也用上等草料喂养它。可是，这马却总是不大肯吃，看到小姑娘就又跳又踢，喜怒无常。父亲觉得不对劲，心里奇怪，便问女儿，女儿无奈说出了自己的玩笑话。

父亲听后，气得板起面孔，说："唉，真不知羞，怎么能开这种玩笑。别说出去了，最近几天你也不要出门。"

父亲又羞又气杀掉了马，将马皮剥下曝晒在庭院中。

有一天，父亲出门了，女儿与邻人在马皮上玩。女儿玩着玩着，看着这张可怜的马皮，竟流下了几滴同情的泪。不料那晶莹的泪珠刚一落到马皮上，马皮卷了起来，带着将军的女儿飞升而去。

父亲回来后，不见了女儿，到处寻找。几天后，终于在一棵大树间找到了那全身裹马皮的女儿，她已经变成了一条蠕蠕而动的虫子，还摆动着她马样的头，从嘴里吐出一条白而光的长长细丝，缠绕树间，人们便把它叫作"蚕"了。将军的小女儿也就做了蚕神，那马皮一直披在她的身上，再也掀不掉了。

后来，有个妇人把蚕结的茧带回了家。回到家不久，蚕茧里就钻出了蛾儿，蛾儿生下了很多籽儿，籽儿孵出了幼蚕。于是，人们开始养蚕，并把蚕爬的那棵树叫桑树。"桑"和"丧"为同音，以此纪念那位变成蚕的姑娘。

中国神话故事

玄鸟生商

传说帝喾有四妃,次妃名叫有娀氏。有娀氏有两个非常美丽的女儿,大女儿名叫简狄,小女儿叫建疵。姐妹俩住在天帝为她们造的九重高台上,每天过着优雅闲适的生活。

有一天,有娀氏带着两个女儿到河边洗澡。由于她们是帝王的女儿,平时很少有机会到河边来玩。这天天气温暖如春,艳阳高照,两人跳下水,就尽情地嬉戏起来。有娀氏看着两个女儿玩得十分开心,便独自一人静静地坐在岸边等候着。这时,天帝派了一只燕子来看望她们。燕子盘旋而来,两姐妹看到这只可爱的燕子,非常高兴,她们争着捕捉这只燕子,终于,把燕子捕到了筐底下,罩了起来。这只燕子在筐里挣扎了一会,一点劲儿也没有了,只好老实待在里面。

过了一会,她们两人试着打开筐

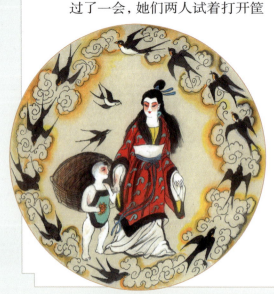

罩,准备看看这只可爱的燕子。这只燕子羽毛光光亮亮,煞是可爱,两姐妹看着燕子,突然心里掠过一丝同情。燕子似乎明白她们的意思,从筐缝间飞逃而出,向北方飞去,在筐中留下了两只光彩照人的燕蛋。

姐姐简狄很喜欢这五颜六色的蛋,常把它含在嘴里玩。有一天,妹妹看到姐姐独占了燕蛋,跑过来与姐姐争夺,简狄拿起燕蛋就跑,一边跑,一边把蛋放在嘴里。不料,前边有东西绊了简狄一下,简狄不小心将彩蛋一下子吞到了肚子里面。简狄吞下燕蛋,心里一直闷闷不乐。又过了一段日子,简狄发觉自己变胖了,母亲也感到女儿的变化。她怀孕了,肚子一天天地大了起来,不久,生下了一个可爱的男孩,简狄为他取名为"契"。

契长大以后很能干,大禹治水的时候,他还帮助过大禹,立下大功。帝舜就任命契做了司徒,也就是掌管教育的官,将他封到了商(今河南商丘一带)这个地方,赐姓"子氏","子氏"就是"燕氏"的意思。

后来商王朝就是由契这一族发展起来的,因此,他们便自称"玄鸟(燕子)生商"了。契后来被他的子孙们尊称为玄王。此后,商代人一直把玄鸟作为他们崇拜的图腾。

相思树

宋国有一对姓何的夫妇，结婚数年一直没有孩子。到了晚年，夫人终于生下一个女儿，老两口爱如掌上明珠。转眼之间，女儿长大成人了，她不仅出落得像朵花似的，而且聪明绝顶，对父母也很孝顺。女儿长大后，嫁给了宋康王手下的一个侍卫官，名叫韩凭。

韩凭是个知书达礼的人，对妻子体贴爱护，对老人也很尊重，何氏对韩凭更是又敬又爱。可好景不长，宋康王是个好色的君主，一次偶然的机会，他见到了韩凭的妻子何氏，被她的美貌所打动，宋康王借官府之意，命令韩凭去当差，并且立即就得动身，一对恩爱夫妻就这样被拆散了。宋康王趁韩凭不在的时候，派人将何氏抢进宫中。韩凭回来以后，才知道妻子被康王抢走了，他又气又恨，径直闯入宫中与康王理论。康王便找借口把韩凭抓了起来，罚他到城外去作苦力。可怜韩凭吞不下这夺妻之恨，不久便自杀了。

何氏被抢入宫以后，十分想念丈夫韩凭。没过多久，韩凭的死讯便传到了她的耳中，从此，何氏一天天地消瘦下去，她决心一死，去幽都与丈夫相会。

这天，何氏趁康王陪她外出登高台眺望的机会，纵身跳下高台，殉情自杀了。在此之前，她给康王留下一封信，要求康王将她与韩凭合葬。可是康王反而将她与韩凭分开，分别埋在路的两旁。

韩凭与妻子何氏的坟墓遥遥相对，可两座坟上长出的野花、灌木却相应成对，人们争相传播着这一奇闻。

康王听说以后，恨恨地说："他们既然如此恩爱，如果上天显灵，真要能把坟墓连在一起的话，我就答应要求。"就在第二天，那两座坟上便奇迹般长出两棵碗口粗的梓树，不到十天的功夫便有一抱粗了。那两棵树全都向着对面伸展长大，树枝互相交错，树根互相交叉，形成连理，几乎把路都挡住了。一对鸳鸯住在了树上，从早到晚诉说着它们的相思。因此，宋国人就把这两棵树叫作相思树。

杜宇化鹃

很久以前，蜀地的人很稀少，蜀国的国王很爱百姓，时常率领蜀人开垦荒地，希望有一天能把蜀国建成一个天府之国。但是有一条恶龙在那里伤害了无数百姓。天帝便派了一个天神，落在了蜀国的朱提山上，让他来惩治恶龙。他的名字叫杜宇。

天神杜宇刚刚降落，朱提山附近江边的井水中突然涌出一个美貌的女子，名叫利，两个奇人便结成了夫妇。二人一同下山，在五虎山附近找到了恶龙，把恶龙打死了。然后他们动手把乱石高山凿成峡谷，将蜀国的滔天洪水引向东海。杜宇逐渐将蜀国建成了一个物产丰饶的天府之国。天帝见杜宇立了大功，才能又高，便将王位赐给了杜宇。

望帝杜宇很关心人民的生活，教他们耕种庄稼，时常叮嘱大家不要耽误农时。可是，那时的蜀地经常闹水灾，望帝杜宇一直也想不出好办法来。

有一年，朱提山附近的江水中忽然漂来一具尸体，尸体是逆潮上冲，一直冲到郫城。望帝听说以后，让人把尸体打捞上来，尸体一捞上岸便复活了。这人自称是楚国人，名叫鳖灵，擅长治水，望帝便任命他为宰相，派他到玉垒山负责治水。

鳖灵果然出手不凡，他采用疏导的方法，把洪水引入长江，没过几年洪水便平息了。望帝看到鳖灵德才兼备，自己年事已高，便把帝位传给了鳖灵，自己则带着妻子隐居到了西山。

杜宇自从隐居以后，在山中与妻子男耕女织，日子过得很平静。鳖灵继承了王位，称作丛帝（又叫开明氏），领导蜀人兴修水利，开垦田地，做了许多好事。一年以后，有一天，杜宇隐约听到一些谣言，说他趁鳖灵到外面治水的时候，与鳖灵的妻子私通，鳖灵治水回来，他感到羞愧，这才把王位禅让给了鳖灵，隐居了起来。

一向光明磊落的望帝，听说后十分伤心，他每日站在山上喃喃说着："不如归去，不如归去！"没多久便忧愤而死了。

杜宇死后，他的魂灵化作了一只鸟，就是杜鹃，也叫杜宇。整日一声声地悲哀啼叫着："不如归去！不如归去！"直到口里流出鲜血来。

牛郎织女

很久很久以前，有一条银河，由北向南缓缓而流。银河的东边住着织女，西边住着牛郎。织女是天帝的小女儿，长得十分美丽，她同六位姐姐一起在天宫中受母亲嫘祖的严格管教，每天都要到机房中编织锦缎，为天空做着云彩。

隔着清浅的银河便是人间。那里住着一位憨实、能干的小伙子牛郎。牛郎父母早死，常受到哥嫂的虐待。牛郎每天天不亮就出去放牛，天黑了才回家。回家只能吃剩饭，晚上就睡在牛圈里。哥哥还嫌他吃得多，嫂嫂天天打骂他。终于有一天，牛郎被哥嫂以分家为名赶出了家门，他只得到一头年老的黄牛。

小伙子很勤劳，靠这头老牛开荒种地，盖房造屋，两年后居然营建了一个小小的家。然而家中却只有老牛为伴，牛郎日子过得很寂寞。

忽然有一天，老黄牛对牛郎说："银河东边有个织女，明天要和她的六个姊妹到银河洗澡。你在她们洗澡时，悄悄拿走织女的白色衣裙，织女就会成为你的媳妇了。"

第二天一大早，牛郎便来银河岸边，躲在芦苇丛里等候织女来洗澡。不一会儿，只见七位仙女飘飘然地来到银河。她们尽情地洗呀游呀，还不时地嬉戏打闹。突然，仙女们发现了牛郎，慌慌张张穿衣裙上岸，唯有织女没衣裙穿。六位仙女说："准是那位小伙子爱上你了！"

织女经常和姐妹们到天河洗澡，偷望人间，早已注意到了这位憨厚的牛郎了。织女爱上了牛郎，准备和牛郎结为夫妻，姐妹们一听，心里着了急，这可是犯天庭大忌的。可是织女却不顾这些，她偷偷来到人间，与心爱的牛郎结成了夫妇。过了两年，生下一双儿女。

天帝和王母还是查知了此事，王母立刻派出天神把织女捉回天庭问罪。牛郎失去了爱妻，两个孩子也失去了母亲，牛郎看着心爱的孩子们，痛不欲生。他决心要去天庭，找到王母，讨个公道，并救回自己的爱妻。

说走就走，牛郎用箩筐将两个儿女挑起来，连夜追踪到了银河边。可是那里空旷无边，不见银河的影子，原来银河已被王母用法力搬到天上去了。

就在此时，那头老得已经不行的黄牛说话了："我快要死了，我死以后你把我的皮剥下来，披在身上就可以上天了。"老牛说完就死了。牛郎便披着牛皮，担着儿女上了天。

牛郎在天上穿行于群星之间，很快便到了银河的边上。隔河的织女已遥望在目，牛郎正准备涉过清浅的天河，与妻子相会。可是，银河的水忽然变得波涛汹涌，再也无法过去。原来这又是王母施法，她拔下头上的金簪一划，将银河变成了波浪翻滚的天河。

河水越涨越大，牛郎放下一双儿女，掏出瓢，一瓢一瓢地舀起来。他要舀干阻隔他们夫妻相聚的大河，这令人心碎的情景感动了天上的天帝，他对王母娘娘说："原谅他们吧！"

年复一年，日复一日，牛郎在河对岸就这样不间断地舀水。王母终于被他们坚强而执著的爱情感动了，于是允许他们在每年七月初七的晚上相见一次。相见的时候由喜鹊搭桥，鹊桥相会便成了牛郎、织女美好爱情的象征。

从此，牛郎和两个孩子住在天河的这边，织女住在天河的那边，每年七月初七踏上鹊桥，团圆一次。每到这一天，喜鹊的头就变成了秃的，因为牛郎、织女这天相会踩掉了它们头上的毛。

至今，在秋夜的上空，银河的两边，我们仍然可以望见牵牛星与织女星，同时和牵牛星并列的还有两颗小星，那就是他们的一双儿女了。

从此，每年的七月初七就成了中国的情人节。每逢那一天，天空中就很少看见喜鹊，它们都往天河那儿搭桥去了。还有人说，那天夜里，要是在葡萄架下边静静地听，还能听见牛郎织女在桥上亲密地说话呢。

钟馗捉鬼

钟馗是我国民间传说中的一位捉鬼能手，专门负责驱妖避邪。据说钟馗是唐朝人。唐朝开元年间，唐玄宗李隆基赴骊山检阅军事演习回长安后，身体状况欠佳，得了恶性疟疾，御医和巫师费尽心机，全不见效。

唐玄宗整天昏昏沉沉，发着高烧。一天晚上，唐玄宗在昏睡中做了一个怪梦：一个大鬼正在追赶着一个小鬼。小鬼上穿绛红色长衫，下穿短裤，一只脚穿着袜子，一只脚却光着。小鬼偷偷地拿走了杨贵妃的紫香囊和玄宗的玉笛，绕着殿庭奔跑。大鬼头上带着帽子，身上穿着蓝色的长袍，脚上穿着一双短统皮靴，裸露着两只胳膊，紧追着那个小鬼，不肯放松。追着追着，大鬼一把捉住了小鬼，挖了他的两只眼睛，活生生地吞到肚子里去了。唐玄宗禁不住道："你是什么人？"大鬼回答说："我叫钟馗，因没有考中武举而自杀了，我已立下誓愿，要替陛下扫清天下的妖孽。"

唐玄宗醒来以后，恶性疟疾竟然一下子好了。

他感到很奇怪，便把当时著名画家吴道子叫来，向他说起了这个怪梦，并且让他按照自己梦中的情景将钟馗画出来。吴道子不愧为唐朝名画家，他听了玄宗的叙述，立刻画了一幅《钟馗捉鬼》图，这幅图生动、逼真，跟玄宗梦中的情景不差分毫，就像自己亲眼所见。

玄宗看后，瞠目结舌了半晌，感叹道："难道你也和朕做一样的梦吗？"

此事传开以后，民间百姓便把钟馗当作了幽都首领，供奉起来。每年年底，几乎家家户户都要画一幅《钟馗捉鬼》图，将其悬挂在屋子里，用来驱妖避邪，逐渐形成风俗。

自《钟馗捉鬼》后，又衍生出《钟馗斩妖》、《钟馗出行》、《钟馗嫁妹》等钟馗系列图画，这些画曲折地透视出善良的百姓既怕鬼又不敢得罪，只好用"礼送出门"的方式，借助钟馗打鬼。画面上的钟馗豹眼圆瞪，胡须满面，左手抓鬼，右手持剑，使"鬼画"增添出喜庆气氛，依仗凶神恶煞除鬼则显示出一种特有的情趣。

啄木鸟的来历

黄帝时代有三大神医：俞跗、雷公与歧伯。俞跗擅长治疗外科疾患，能把人的心、肝、脾、胃全部翻出来洗个干净；而雷公与歧伯则精通内科与经络之学，对症下药，辨证施治，有一整套独到的治疗手段。这三个人都非常受黄帝的器重，黄帝有病都要找他们治疗。

三人之中的雷公，最拿手的是对草药的辨别与应用。雷公家中专门有一小童子负责上山采药，人们都称他为"采药使者"。

传说雷公的这个采药使者非常聪明，加之长期跟随雷公，日久天长便也学到了许多医药知识，尤其是对各种药草的辨别及其功能都有独到的见解。他为人谦逊，从不卖弄，人们都很喜欢他。

有一天，雷公的药草不多了，便派采药使者上山去了。采药使者在山上忙乎了一天，天已渐晚，小药童心地非常善良，他心想，今天我还是多采一些草药吧，免得主人使用时缺这缺那的。自己多走几步路，主人则会少去不少麻烦，更何况治好人们的疾病可以减去他们多少痛苦呢。

可是，不知怎么搞的，采药使者在山上走啊、采啊，突然迷路了。无论怎么走都走不出这片大森林，他非常着急。天渐渐黑了，他既怕雷公缺少草药，又担心自己无法走出这片森林，情急之下，竟变成了一只啄木鸟。

我们知道，啄木鸟是森林的卫士，树木的医生。这个采药使者变成啄木鸟后，便每天爬在树干上，用它那长而尖的嘴啄食树木中的害虫，为树木治病，变成一名树木的医生了。

仙医马师皇

黄帝时代出现了三位名医，同一时期，在黄帝身边还出现了一位著名的马医——马师皇。

据说他给马治病手到病除，医术达到炉火纯青的地步，人们都以为他是仙人下凡。

马师皇治马非常高明，他只要用眼睛一望病马的容颜、状态，就能诊断出它得的是什么病。或是能治，或是必死，经他一望即可断定。只要他说可治的病马，经他治疗，总会很快地好起来。马师皇也因此而名声大噪，远播千里了。

马师皇的名字越传越远，后来竟传到了天上，连天上的神人、仙龙都听说了。

有一天，马师皇正在家里研究马术，忽然，天空出现了一条飞龙，垂着双耳、张着嘴巴，拨开云雾，探出头来，眼巴巴地望着马师皇。

马师皇身边的人看到这一情况都很害怕，躲的躲、藏的藏，只有马

师皇不紧张，他看了看这条龙，说道："这龙有病了，知道我能医好它，所以来到我这里了。"说着，马师皇就用针刺这龙的口腔，又拿出甘草汤来给他喝，果然，没用多久，马师皇便把飞龙的病治好了。

后来，还有好几次病龙从水波中跳出来，求马师皇为它们治病，马师皇都一一为它们治好了病。

也许是治好了神龙的病感动了天帝，也许是马师皇的医术太高明了，后来有一天，一条神龙从云端降落下来，背负马师皇升天而去，马师皇真的成了仙医了。

马师皇善医马，又喜医龙，据说他"乘龙仙去"，后被世人尊为兽医始祖。

黄帝之都昆仑山

中华民族的始祖为黄帝，我们经常说自己是黄帝的子孙，黄帝也就成了华夏民族最伟大的神灵。传说黄帝既是人间君王，也是天上的天神。在人世间，黄帝有一座庄严华美的宫殿，即黄帝的下方帝都，在昆仑山上。

据说昆仑山离天最近，因此黄帝才把宫殿建在那里。昆仑山方圆八百里，高达七八千丈。上面长着的树木，粗够五个人合抱的。山的每一面有九口井，每口井都用玉石作栏杆。管理这座宫殿的是一个名叫"陆吾"的天神。他状貌威猛，长着人的脸、老虎的身子和足爪、九条尾巴。他既管理天上九城的部界和神苑中的宝藏，又兼管下方的黄帝之都。

昆仑山黄帝宫殿的正门朝东，名叫天明门，它是人们进入宫殿的必经之路。在它的门前有一只神兽，名叫开明兽，负责保卫这座宫殿的大门。开明兽身子有老虎一般大，长着九个头，九个头上各长着一张人样的脸庞。它平时就威风凛凛地站在门前检查过往的人员，九个头颅一刻不闲，谁也休想从它的眼皮底下逃过。

从宫殿向东北约走四百里，便到了槐江之山，这里有一座美丽的大花园，名叫"悬圃"。它是黄帝在下方最大的一座花园，因为它的位置很高，好像悬挂在半天上，所以才得此名。管理这座花园的是一个鸟的身子，人的脸，背上长着一对翅膀，通身是老虎斑纹的名叫"英招"的天神。英招时常飞行在空中并噪叫，它每天不断地巡视着这座花园，将花园管理得生机勃勃。

昆仑山的山顶有五座城，十二座楼。最高的地方生长着一株巨大的神稻，高四丈，粗五围。它的西边有珠树、玉树、璇树，树上有凤凰和鸾鸟。东边有沙棠树和琅环树。据说琅环树上可以生出珍珠般的美玉，非常宝贵，它们是凤凰、鸾鸟的食品。黄帝派了一个长着三个脑袋的天神守在那里。天神三个脑袋轮流值班，注视着那里的动静，就是你有通天的本领，也休想动一下这株宝树。

旱魃

传说中黄帝有个女儿，名字叫魃。她生来神异，很有灵性，长大以后更是不得了，法术高强，能量无比，好些神人都怕她三分。

魃住在系昆山的共工之台上，经常身穿青衣，模样并不美，据说还是秃头，但是她的身体内却装着巨大的能量。在黄帝与蚩尤作战当中，魃起到了非常重要的作用。当时，蚩尤请来风伯雨师，制造狂风暴雨，把地上的树和人间的茅屋全部摧毁殆尽，大雨滂沱，大地一片汪洋。黄帝的士兵既无安身之处，也无食物可寻，叫苦连天，无法行军做战。情急之中，黄帝请求天帝派女魃下凡支援。女魃奉命出战，她站在高高的昆仑山上，把腹中装着的巨大能量一股脑倾泻出来。刹那间狂风暴雨消逝得无影无踪，天空中又是烈日当头，黄帝军队乘机打败了蚩尤的军队。

但是，可怜的天女魃在帮助父亲完成功业之后，耗能太多，从此以后再也上不了天了。由于女魃立下了奇功，黄帝把她留在人间治理水害。此时，女魃已变成了旱神，经常与另一个旱神耕父来往。他俩经过的地方总是滴雨不落，给民间带来灾荒和饥饿。她居留的地方，总是旱云千里，人民受害极大，称她为"旱魃"。人们想方设法把她赶走，她就这样被人们赶来赶去，到处都不受欢迎。

有位叫叔均的大臣也痛恨女魃，便向黄帝禀告了旱魃在人间不受欢迎的情形，黄帝这才下令，把她安顿在赤水以北的地方，让她固定住在那里。可是旱魃已经在人间游荡惯了，老在一个地方呆不住，还是时常偷偷地跑出来，东游西逛。她所到之处又

是赤地千里。人们总想方设法驱逐她，挖好水道，疏设沟渠，祈祷道："神啊，回到赤水以北去吧。"据说，她听到这种祈祷后，往往就惭愧地回去了，她一走，天就落雨了。那里的百姓又会获得活命的雨露了。旱天求雨，就是从这里开始的。

牛娃大战蓝魔怪

从前，在东山坡上住着一户人家，家里只有爷孙两个人。他们靠放牛度日，所以爷爷为小孙子起名叫牛娃。牛娃既勤劳又孝顺，每天除了去放牛，他还砍柴，替爷爷烧火做饭。

有一天，牛娃在路上遇到了一个白胡子老爷爷，这个老爷爷对他说："你怎么敢一个人在外面啊？你不知道这儿来了妖怪吗？"

小牛娃好奇地问："老爷爷，什么样的妖怪啊？"

"我听人说他面目狰狞，浑身上下都是蓝色的，还背着一个笛子，只要他把笛子吹响，面前的人就会像着了魔似地跟着他，一直走到他住的山洞里。这个蓝魔怪每天都要出来，把一些小孩子领走。你可得多加小心！"

牛娃听后就问："难道没人抓得住妖怪吗？""县官老爷派了大队人马去捉拿，可是全都叫那个妖怪带到洞里去了。"

"蓝魔怪住在哪儿啊？""听说在西面那片大松林里边。"

牛娃回到家里，把事情跟爷爷说了，还说自己很想替人们除掉这个妖怪。爷爷告诉牛娃应该先练好本领。

从此，小牛娃便在放牛时苦练投石子。他想用小石头把蓝魔怪的眼睛打瞎，这样他就看不见了，然后再去悄悄地把魔笛偷走。这样，牛娃天天练，越练手越准，越练越有力量。

爷爷一看牛娃的掷石头功夫已是炉火纯青，就同意他去消灭蓝魔怪。于是，牛娃带着一兜小石头子向大松林走去。

牛娃躲在一块大石头后面，过了一会儿，天色暗了下来，一阵寒意向他袭来，牛娃向前一看，果然看见了一个蓝色的怪物，他正朝林子的方向走去。

牛娃赶忙从兜里掏出小石头子，照准了妖怪的左眼打去，蓝魔怪叫了一声，立即把左眼捂上了。妖怪气急败坏地喊着："你这个娃娃，打瞎了我的一只眼睛，看我怎么教训你！"

霎时，狂风大作，把牛娃吹得飘了起来。

牛娃被吹到了一个大沙坑里，遇到了一位老爷爷。老爷爷伸手抓出一根木头棒子，又抓出一条白绸巾。他对牛娃说："这根木头棒子是个仙棒，用它可以降伏妖怪。这条白绸巾你系在脖子上，想去哪里就能去哪里。"

牛娃对白绸巾说："带我去妖怪那里。"转眼间，就来到了妖怪的洞口，他向洞里走去。

洞里有一张大桌子，桌上摆着好多小木头人，这些木头人就是那些被掳走的孩子。桌子腿上拴着一只大花猫。牛娃把大花猫抱起来，解开了绳子，忽然，花猫变成了一个漂亮的姑娘。这个姑娘说她其实是一位公主，是蓝魔怪把她变成大花猫的。

这时，蓝魔怪回来了，他一看见牛娃，就甩起衣袖打过来。蓝魔怪的衣袖就像刀片一样锋利，不过，牛娃一点也不害怕，他将仙棒向妖怪扔去，仙棒变成了一条又粗又长的绳子，把蓝魔怪捆上了。绳子越捆越紧，勒得蓝魔怪倒在地上直求饶。

牛娃说："你快把那些木头人变成原来的样子。"

蓝魔怪疼得连忙答应了，让牛娃放开他，好让他用笛子把孩子们吹活。

牛娃把笛子交给他，他拿着笛子，对着桌子上的小木头人吹起来。一眨眼的功夫，那小木头人一个一个跳在地上，都变成活孩子啦！里边还有一些官兵和大马。人们蜂拥而上，把蓝魔怪给打死了。

这时，牛娃对系在脖子上的白绸巾说："带我们大家回家吧。"

话刚说完，白绸巾就带着他和所有的人飞起来了。他们一直飞到了村子里，那些孩子们一个个都扑进自己家人的怀里。

从此以后，牛娃就拿着两件宝贝为民除害，他们那里再也没有坏人了。后来，那个公主找到了牛娃，他们彼此相爱，过着幸福的生活。

盆子里的孩子

从前，大海边有一个小渔村，村子里住着一些善良纯朴的人们，他们靠打鱼为生。

有一年，海上开来了一艘大船，自从这艘船来了后，渔民们可有罪受了。因为县太爷出过告示，说这艘船是皇上派来的，所以这艘大船开到那里，渔民们就不能再去那里捕鱼了。

有一位老爷爷，他打了几十年的鱼，现在听说不让到海里打鱼，可生气了。憋了好几天，他实在憋不住了，在一天夜里，老爷爷带上渔网，悄悄地驾着小船，到大海里去了。

忽然，海面上冒起了一团亮光。老爷爷看准了亮光，把渔网"唰"地一下撒下去，正好把亮光给扣住了。他把网拉上来一看，网里有一个盆子。

老爷爷抱起盆子在月光下仔细地看着。只见盆子刻着浪花、荷花，荷花上还坐着一个小男孩，他手上拿着一根钓鱼竿，旁边还刻着两条小金鱼。

疲倦的老爷爷回家后，把小盆搁

在桌子上，倒头就睡着了。不知过了多久，他睁眼一看，只见桌上那个小盆里冒起一道光，那个小男孩活了。

只见小男孩把鱼竿一甩，钓起了一条小金鱼，小金鱼在鱼钩上直甩尾巴。小男孩又把鱼竿沉入水中，小金鱼便一下掉在鱼盆里，好多水珠溅出来，落在了桌子上。接着，小男孩又钓起另外一条小金鱼。

天亮了，一切都恢复了平静。老爷爷立刻跑到桌子跟前，他看到小盆又成了普通的模样，再往桌子上一瞧，刚才溅出来的那些小水珠，竟然全变成珍珠了！

老爷爷赶紧把珍珠收起来，然后找到那些打鱼的穷朋友，把夜里发生的稀奇事跟大伙说了一遍。

盆，使劲往地上一摔。只见这个鱼盆"噗"地冒起了一道亮光，把阴险的衙役和县官吓得钻到桌子底下去了。

大家一看，鱼盆里刻着的小男孩活了，他从盆里跳起来，把身子一晃，立刻变得又高又大。小男孩手里拿着钓鱼竿，往桌子底下一抢，鱼钩正好钩在衙役的嘴巴上，小男孩又把鱼竿往上一提，把那个坏家伙吊到半空中。最后，小男孩使劲一甩，一下子把这个可恶又贪婪的衙役甩到了大海里。

大家看到那家伙在海里大喊救命，别提有多解恨了。

人们又大声地喊着："捉县官啊，别让狗县官跑喽！"当大家把县官从桌子后面拉出来一看，都乐了，原来县官早吓死了。

这时候，小男孩把身子一晃，又变小了，他跳回鱼盆里去了。老爷爷把鱼盆抱起来，大伙儿都高兴极了。

从此以后，小男孩还是到了半夜就起来钓金鱼，溅出来的水珠都变成了珍珠，老爷爷又把珍珠分给打鱼的穷人，人们都过上了幸福的生活。

老爷爷又把珍珠分给朋友们，大伙儿直夸小盆是个宝贝，从此以后，小男孩天天晚上都变出好些珍珠。

这件事让衙门里的一个家伙知道了。一天夜里，他偷偷地来到了老爷爷的家。他从大门的门缝向里偷窥，看见桌上真的有个小盆，一个小男孩正拿着鱼竿在钓鱼呢，水珠子溅得满桌子都是。天快亮了，小男孩回去了，桌子上满是珍珠。

这个家伙算计着要把这个宝贝弄到手，就悄悄地溜回镇里去了。

第二天一大早，老爷爷刚起床，就见县官老爷带着两个人闯进来，他们不由分说，拿起铁链子把老爷爷给锁上了。那个衙役，抱起桌上的小鱼盆在后边跟着。

原来，那个衙役跑到县太爷那儿，诬告老爷爷偷了皇上船上的宝贝。

县官道："这个鱼盆是当今皇上的，应该由本官把它收回，交给皇上。"

老爷爷见这两个坏蛋一唱一和，实在没有办法，他沉思片刻，说要求再看一眼宝盆。

县太爷同意了。老爷爷接过鱼

青蛙骑手

从前，在一座遥远的高山上，住着一家穷人。家中只有夫妻两人，在山上荒瘠的土地上种了一点青稞和山芋，日子过得很艰辛。

他们一直没有孩子，于是就去向神祈祷。不久，妻子果然怀孕了，却生下了一只青蛙。

丈夫很失望，要把这只青蛙扔出去，青蛙说话了："爸爸妈妈呀！不要把我扔了！我长大以后，要使我们穷人过上好日子！"这对老夫妻都很善良，听了青蛙说的话，就让它和他们住在一起了。

过了三年，一天，青蛙对妈妈说："附近的员外家有两个好看的姑娘，我要去讨一个既善良又能干的来做媳妇，帮你干活。"

妈妈虽然不相信，但还是依了它。第二天一大早，青蛙就向沟口的员外家去了。

青蛙到了员外家，说明自己的来意。员外当然不会把女儿嫁给它，于是青蛙就开始哭。当它哭时，天上立刻乌云密布，山洪暴发，平地转眼变成了汪洋。洪水不断上涨，很快把员外的家淹没了。

员外只好喊大女儿跟青蛙回家，青蛙立刻停止了哭，四周的水也退了。

大女儿心里很不乐意，在出嫁的路上，她用藏在怀里的石手打晕了青蛙，并且扭头跑回自己家。

青蛙认为它与大女儿无姻缘，就要员外把小女儿嫁给他。员外怎么也不肯答应，青蛙就开始一上一下地跳起来。当它跳时，大地立刻一起一伏，四周高山都震动得彼此相碰。

员外忍受不了这样的折腾，忙答应把小女儿嫁给它。青蛙便停止了跳动，大地不震了，彼此相碰的高山也还原了。

小女儿是个善良聪明的人，她认为这只青蛙不一般，因此愿意跟它去。

秋天来了，一家人去镇上看赛马

比赛。决赛时，忽然来了一个青衣少年，他轻松地赢得了比赛。

可太阳刚落山，那少年就跳上他的马，向青蛙一家的那个方向走了。

青蛙虽然没有去看比赛，但当爸爸妈妈和二姑娘回来时，它却知道赛马场中的一切，这使二姑娘起了疑心，她决定将这件事情弄个清楚。

第二年赛马会，到了决赛那天，二姑娘借口身体不舒服，先回去了。

到家后，她第一件事就是去找青蛙，但只在火塘边找到一张青蛙皮。姑娘知道了那位青衣少年就是自己的丈夫，她决定烧掉青蛙皮。

少年回来看见妻子在烧蛙皮，顿时倒在屋前一块大石上。少年告诉妻子，他是大地的儿子，现在他的力量还不能让他离开青蛙皮过夜，在天明以前，他会死的。

二姑娘伤心地询问如何才能让少年活下去，少年让她立刻骑上那匹青色的马，到西方的神殿向神请求。首先允许这里从此没有贫富的差异；第二允许这里从此没有官压迫百姓。若神答应了，这里立刻可以变得温暖，这样他就不会死了。

姑娘立刻骑上马去了神殿，她进去向神虔诚地恳求。神被她的一片诚心所感动，就答应了她。

神向她说："你必须在天亮以前，把这两件事让百姓都知道。只有这样，你的丈夫才可以在蛙皮外过夜。"姑娘忙骑上马往回走。

当姑娘催着马跑进沟口时，碰见她父亲，他好奇地问她为什么在深夜骑马奔驰。姑娘想快点脱身，只好告诉他事情经过，员外听了直骂他女儿。

二姑娘心急万分，正和父亲纠缠时，鸡已叫了第二遍了。她向马使劲挥了一鞭，马腾到半空中，才把员外摔在地下。但她刚走到沟中第一家时，鸡已经叫第三遍，天也亮了，因此，得到神的吩咐的只有几户人家。

姑娘急忙掉转马头向家里赶，到家时，只见两个老人正围着死去的青蛙在哭。姑娘晓得一切都晚了，就伏在丈夫的尸体上痛哭。

两位老人把青蛙埋在一座山上。二姑娘每日黄昏，都要跑到丈夫坟上去哭。一天，她在坟前忽然变成了一块石头，从此才听不见她的哭声了。

补 天

在一个小山村里，住着一对夫妻。他们渐渐老了，却还没有子女。

有一天，老爹爹和老妈妈在山坡上边挖地边叹气说如果有个孩子就好了，说着说着，两人都抱头大哭起来。

忽然，山顶上滚下一大块圆石头。石头滚到地边，裂开了，一个白白胖胖的男娃娃正舞手踢脚地叫喊呢！老妈妈跑过去，忙把娃娃抱回家。在他们的抚养下，孩子长得臂粗腿壮，头圆腰宽。他们给他起名叫桑。

那时候，南山洞里有一条大乌龙，北海里也有一条大乌龙。有一天，弟兄两个为了一件小事厮打在一起。它们从地上打到天空，两个龙头向上一碰，把天给碰裂了。两条乌龙也都身负重伤，哥哥落在北海，弟弟

掉进山洞。

天上的大裂缝恰好在桑住的地方的上空。夏天，大雨倾盆而下；冬天，冰雹从天缝中落下来。人们都躲在山洞里不敢出来。

桑心里非常痛苦，他问父母如何能把天的裂缝补起来。老爹爹告诉他，有座赖弄山，半山石壁上横长着一株大樟树，树上有个大鸟巢，巢里住着一个绿胡子老头，他应该有办法。于是，桑就辞别了爹娘，去寻找绿胡子老头。

桑来到赖弄山，到了第二天早上，只见一把绿色的胡子从鸟巢中垂了下来。桑忙跳过去，揪住胡子往上爬。爬到一半，绿胡子老头从鸟巢里伸出头来，问桑需要什么，桑就请求他教自己补天的方法。

绿胡子老头让桑去乌溜山，请求老熊王把一个女儿给他做老婆，因为他的女儿会补天裂缝。

于是桑来到乌溜山，向老熊王说明了原因，等了半天，山顶上垂下一条长长的白藤子，藤子尖端向上开着一朵大红花。花朵里有一个美丽的姑娘，身上穿着白羊毛衣服，胸前抱着一只小白羊，坐在一只白绵羊背上。

原来这是老熊王的小女儿白姑娘，她愿意同桑一起补天。白姑娘说："补天还需要龙牙钉和龙角锤。"

桑忙说："这些东西在哪里呢？"

白姑娘说："南山洞里的乌龙和北海里的乌龙把天打破了。现在它们一个盘在洞里，一个睡在海底。你就向它们要龙牙钉、龙角锤。这里有个羊皮袋和一把金钳，我在这山脚下的岩洞里等你！"

桑接过东西，就出发了。他到了南山洞口，把山摇得哗啦啦响，一会儿，一条大乌龙从洞里伸出一个受伤的龙头出来。

桑对它说："我要用你的牙齿做钉子来补天，你张开嘴吧。"老乌龙无奈地张开了嘴巴，桑用金钳将龙牙钳下来放在羊皮口袋里。

然后他又朝北海走去，到了海边，桑一脚踩，滚滚的浪花直涌向海边。一会儿，一条大乌龙从海里伸出满是伤疤的独角龙头。

桑说："我想要你的角做钉锤来补天，你把头搁在岸边吧！"乌龙用敬畏的目光看了一下桑，然后把龙头搁在海岸边。桑用金钳将龙角拔下来放进羊皮口袋里，然后朝乌溜山走去。

一见桑回来，白姑娘马上迎上去，说："桑哥哥，我们披起羊毛大氅，各骑一匹绵羊，飞到天空补天吧。"

于是白姑娘肩背羊皮袋子，桑手拿龙角锤，各骑一匹绵羊。绵羊身上长出一对雪白的翅膀，朝天上飞去。

他们飞到天上，找到最大的一个裂缝，大雨和大雪向他们袭来，白姑娘和桑忙用羊毛大氅蒙住了头。白姑娘又解下白头巾迎风一展，它变成了一块大白布，这块大白布正好把大裂缝贴严了。他们用龙牙做钉，龙角做锤，很快就将裂缝补好了。

桑和白姑娘不仅补好了天上的大裂缝，还把所有的小缝也都钉补好了。

地上的人们从山洞里跑出来，叫着、跳着，欢呼声久久不能平息。

太白金星寻访天帝

自从女娲、伏羲造出了人类之后，大地上渐渐有了部落、村庄和自己的君主。大地上的人们都安分守己，各自从事着不同的职业。民风的淳朴使得村村寨寨夜不闭户，各府州县路不拾遗。上界天神也是各司其职，尽心尽责。因此，天下一片太平，人民安居乐业。

可是，天上、人间、地府这三界不知从何时开始变得混乱起来。

天庭几位德高望重的神仙非常担心，如果继续这样乱下去，势必会天塌地陷。他们商议之后认为，必须选拔一位德才兼备的天神来做天上的天帝，才能治理好这混乱的局面。

消息很快传遍了整个天庭，大大小小的神仙都你争我抢、跃跃欲试想当天帝。

太白金星见此情景，十分气恼，他决定到凡间去寻找一位德才兼备、愿为大家办事的人来做天帝。

太白金星下凡后，首先变做一个老道，想找一位名道、高僧或半仙之体上天登基。但他发现，得道高僧大多是"盛名之下，其实难副"。

太白金星看到超凡脱俗者中没有合适人选，就变成一位商人，想在生意人中觅一位精于算计的贤者上天为帝。他看到天下的巨富商贾，都想搜刮他人，装满自己的钱箱，这种人当然更不理想。

太白金星一连碰了两次壁之后，正当他苦于无计可施时，突然发现一个叫花子迎面走来，口中不停地称赞着一个叫张友人的人。太白金星忙向叫花子打听，这才知道：原来这位张友人他母亲怀胎二十五个月才生下他。他一出娘肚子便会说话，刚刚满月便能滚会爬。三个月就会走路，过了周岁就敢骑马。

张友人在很小的时候被送到学堂读书习武。学堂门前有一条小河，河上既没有桥也没有船，夏天人们把鞋袜一脱就过去了，冬春二季可就苦了老人和孩子们。张友人每逢冬春二季就主

动去背老人和孩子们过河，十多年如一日，从不间断。

冬天寒风凛冽，河水凉得刺骨，他的脚冻得像紫茄子，但他都一一忍了。人们说什么的都有，张友人把牙一咬全"忍"了。从此后便得了个"张百忍"的雅号。

太白金星对叫花子的话既不敢不信，也不敢全信。于是，太白金星决定到张友人家走一趟。

这天上午，在东胜神州的大道上，走着一个衣衫破烂的叫花子。路人碰见他，纷纷掩鼻而过，可见他有多脏多臭。

那叫花子走呀走呀，因为三天来粒米未进，刚走到张家门前便昏倒了。

张友人从外面回来，发现一个叫花子躺在门外，连忙将叫花子背回家中，放在自己床上，又灌盐水，又喂姜汤。忙了半个时辰，叫花子总算哼了一声。

叫花子醒来后，开口就要鱼要肉要酒，瞧那口气像张友人前世欠了他的债。张友人并不计较，立即让妻子王氏下厨房一一照办。叫花子吃了两斤肉、喝了三斤酒，又喝了四盆汤、吃了五碗饭之后，又让张友人给他端一碗人参燕窝汤，张友人二话不说，亲自下厨去为

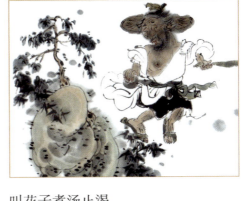

叫花子煮汤止渴。

叫花子在张家住了半个月，张友人待他像亲兄弟一样，把他侍候得舒舒服服的。叫花子这才相信，张友人是个名副其实的大善人、大贤人。

这天下午，叫花子把张友人叫到身边向他亮明自己的身份，声称自己乃上界太白金星，此番下凡想寻求一位大贤人上天做天帝，而张友人正是他要找的人。

张友人听完他的话，认认真真地审视着那位叫花子，他不敢相信堂堂的太白金星竟是这样一副模样。

叫花子见张友人那样怀疑地望着自己，也觉察到他是在怀疑自己的身份，便摇身一变，成了一位鹤发童颜，道骨仙风的老者。张友人见他会变，便知道他真是上界神仙下凡。至此，太白金星终于找到了一位德才兼备的大贤人，完成了众仙托付给他的重任。

大智和大勇

在海岸附近，有许多村庄，那里的人们靠下海打鱼捞虾谋生，日子过得无忧无虑。有一天，祸从天降，一条大鳌鱼在东海里兴风作浪。

在一个叫王家疃的海滨村庄里，住着一对胆大艺高的兄妹，哥哥叫大智，妹妹叫大勇。他们看到大鳌鱼扰乱村民，又无人能治服它，于是决定走遍天下，寻访治服鳌鱼的"圣人"。

兄妹俩告别乡亲，朝西走去。他们碰到一位白衣老人，老人说："要治住鳌鱼，必须有四个条件：第一要有万人纺的万斤线拧成的白纱绳；第二要有万人炼制的万斤铁打的四尖大鱼钩；第三要有万人献的万块牛皮缝的牛衣做成大草牛；第四要有顶天立地、力能拔山的人，才能把钩着的鳌鱼拉上岸治死。"

兄妹俩听了老人的话，心里很高兴，但又发愁怎样才能找到力能拔山的人。老人说："如果你们背上我走上千里路，不久就能长成力能拔山的巨人了。"兄妹俩背起老人就走，他们越走越觉得身子高起来，力气也大起来。当他们俩都成了顶天立地的巨人时，老人就叫他们停止背行。谁知大勇刚把老人放下，白衣老人就变成了一座高大的白石头大山，横亘在大海里。兄妹俩连忙向石头岛拜了拜，然后回到家乡。

大家将所需要的东西做好后，大智和大勇就拉着绳子，等大鳌上钩了。正当大鳌囫囵吞食大草牛时，大智和大勇一拉绳，藏在大草牛肚子里的大鱼钩，便钩住了大鳌鱼的五脏六腑。大智、大勇拼命地拽着绳子往岸上拉，在乡亲们的帮助下，大家终于将大鳌鱼拖上岸并拴在白衣老人化成的石头岛上的石柱上。

大智和大勇为了防止大鳌鱼死后还兴风作浪，决定在岸边看守。许多年后，大鳌鱼变成了一座山，人们叫它"鳌山"，也就是今日的崂山。而大智和大勇因长久地站在鳌鱼脊梁上看守它，高大的身躯也变成了鳌山顶上的两座高峰，人们分别把他们化成的高峰叫作"巨峰顶"和"美人峰"。

飞 来 峰

很久以前，在四川峨眉山上，有一座能够飞来飞去的山峰，它飞到哪儿，哪儿的田园就被毁坏。

为了防御飞山之灾，住在杭州灵隐寺的一个疯和尚——济颠，对它进行了长期观察，后来他竟掌握了飞来峰行动的踪迹。有一天，他屈指一算，得知飞来峰要在中午以前飞到灵隐寺前的村庄上。为使这里的百姓避免一场大祸，他挨门挨户去动员人们搬家。可是没有人相信他的话，本来济颠在灵隐寺就以疯癫出了名，大家更认为他在胡言乱语。所以不管他怎么说，也没有一户人家愿意离开。眼看午刻就要来临，济颠急得焦头烂额，但也无计可施。刚好有一户人家竟选择这天给儿子娶媳妇，把庄上的人吸引了一大半。济颠顺着乐声追过去，一看这家门里门外，看的人挤得水泄不通。济颠顿时心生一计，决定将新娘子抢走，将众人引开。济颠奔到院中，背起新娘子就往外跑。这下可把众人气坏了，大伙一齐朝济颠跑的方向追去。全村只剩一户财主站在门口看热闹，一边张望一边讥讽地说："哈哈，'活菩萨'抢新娘，真是天下奇闻！"

济颠和尚背着新娘子在前面跑，全村男女老少在后面拼命地追逐。这时太阳正在移近中天，济颠一看可以躲过飞山压顶之灾，就把新娘放在地上，坐在那里摇着扇子歇息。追他的人群来到他面前，正要抢起棍棒打他，谁知天空一声巨响，刮起一场大风，许多人都被风吹倒了。大风很快停息，太阳又高挂顶空，只见一座山峰飞落在他们的村庄上。从地上爬起来的人们这才恍然大悟：济颠和尚这都是为了救大伙的性命啊！

村庄虽然被压在山下，可是村上的人都得救了，只有那平日盘剥百姓的财主一家被活活压死在山下。

为了使它不再随意活动，这儿的人们在山崖上凿起五百尊罗汉，从此，这座山峰就再也飞不动了。因为它是从别处飞来的，所以人们称它为"飞来峰"。

玉龙和金凤

很久以前，在天河的东岸住着一条玉龙，他以石窟为穴，浑身雪白闪亮；在天河的西岸住着一只金凤，她以树林为窝，通体色彩斑斓。

一天，他们在仙岛上发现了一块闪闪发光的石头。玉龙高兴地对金凤说："这是一块仙石，如果把它琢磨成一颗珠子，我相信它会变得更加光彩夺目。"

金凤立即同意了，他俩便开始对仙石琢磨起来。只见玉龙用爪子紧扒着，金凤用嘴不停地啄着，他们夜以继日地扒呀、啄呀，最后终于把这块仙石琢磨成一颗滚圆剔透的珠子。为了使这颗珠子永放异彩，他们又去寻找洗珠水。于是，金凤从仙山上含来了露珠，玉龙从河里吸来了清水。经过一番浇涤，这颗珠子越发变得晶莹闪亮了。

王母娘娘听闻宝珠的神奇，就派出一名天将，乘玉龙和金凤熟睡之际，把宝珠盗走了。

玉龙和金凤一觉醒来，发现宝珠丢失，心急如焚。他们东寻西觅，但一直都找不到宝珠。

一日，王母娘娘过生日，各方神仙都纷纷来到仙宫向她祝寿。神仙们齐声向王母娘娘祝寿，王母娘娘乐得心花怒放，一时兴起，拿出宝珠让大家欣赏。众仙一边欣赏，一边啧啧称赞。

这时，玉龙和金凤突然看到一道亮光射来，他们凝目细观，发现正是他们的宝珠放射出来的。于是他俩就顺着亮光寻找，最后一直找到王母娘娘的仙宫里。玉龙与金凤见自己的宝珠在这里，不由分说，冲上去就抢夺。三人都抓住宝珠不肯放松，你拉我扯，一不小心，宝珠便从天上滚落到地下去了。

玉龙和金凤看见宝珠向人间坠去，担心被摔碎，于是赶忙翻身下来保护。玉龙飞着，金凤舞着，保护着这颗宝珠慢慢地降到地面上。这颗宝珠一落地，立刻变成了晶莹碧透的西湖。玉龙舍不得离开宝珠，遂变为一座雄伟的玉龙山来守卫它，金凤也变作一座青翠的凤凰山来守护它。从此，玉龙山和凤凰山就静静地耸立于西湖之畔。

美丽的渔姑

相传在很久以前，承德一带是一片汪洋大海。在海中，有一块礁石高高耸立于水面，任凭狂风恶浪，它一点也不会动摇，原来它就是北海龙王的定海针。附近的渔民，每逢出海驶过礁石时，总是情不自禁地站在礁石顶上，观赏礁石一端喷出的海泉。渔民称它是"北海眼"，因为所有汪洋之水，都是从这个海泉眼涌出来的。

有一天，突然从海泉下游出一条红色的小鲤鱼。渔民们立刻撒起渔网，把这条可爱的红鲤鱼捞了起来。有位年轻渔民，因不忍红鲤鱼受害，极力说服大家将它放生一次。海上突然刮起大飓风，这位年轻渔民驾驶着小舟，在风浪中东颠西撞，眼看就要被恶浪吞没了，这时恰好有只小渔船从巨浪中飘然驶来。年轻渔民一看，驾船的是一位年轻漂亮的渔姑，那渔姑向他挥手，示意他跟在她的船后。两只船迅速转移到那块礁石一边，渔姑解下缆绳将两条船牢牢拴在一棵桑树上。一直等海面风平浪静后，他们才各自扬帆而去。两人从那以后，经常在海上一块驾舟捕鱼。后来彼此产生了爱慕之情，两人就结成了终身伴侣。

其实那位渔姑原是北海龙王的小公主，她几次变成红鲤鱼，出龙宫嬉

戏，被小伙子捞起放回。她为感谢年轻人，决定去人间报恩。正当两人结成眷属时，龙王派来水族大军捕捉他们。渔姑心想：如果与水族兵马硬拼，是不行的，只有借助那块礁石摆脱追兵。于是她忙叫丈夫拿篙去撑礁石，小伙子轻轻用篙一撑，巨大的礁石就像一条木船似的飘浮起来了。渔姑乘机把礁石一端塞进北海眼，顿时海泉就不流了。渔姑知道只有将海眼堵住了，才能保障他们的幸福生活。

由于海眼被堵，大海很快干涸了，地面上露出层层山峦和肥田沃地。那根定海针，就是现在人们看到的棒槌山。迄今棒槌山上还长着一棵桑树，据传就是渔姑和小伙子避风脱险时拴船的那棵树。

三兄弟与三姐妹

相传在很久以前，在一片波涛滚滚的汪洋大海里，有三个美貌如花的龙女。

三位龙女虽然身居金碧辉煌的龙宫，但是总感到不如人间那样有趣。一天，三姐妹趁龙王、龙母不在家，就偷偷地溜出龙宫，四处云游。她们扮作三个村姑，来到了青岩山下，一下子就被这里的美景迷住了。然而更使她们迷恋的是居住在这里的三个兄弟，他们个个高大健壮，勤劳善良。于是她们便去找那三兄弟，那三兄弟见三姐妹知书达理，人又漂亮，自然十分中意她们。从此，她们就住在青岩山，和三兄弟们过着美满幸福的生活。

三位龙女不归宫，引起了老龙王的怀疑，他派金龟、海螺外出打探三位龙女的下落。金龟、海螺回来报告说，三位龙女已经与青岩山的三兄弟结成婚姻。龙王一听，暴跳如雷，率领全副武装的虾兵蟹将，前来捉拿三姐妹。三姐妹和三兄弟闻讯后，不知该怎么对付老龙王。正在危急时刻，有一位仙翁路过青岩山，他看到他们即将大难临头，遂从口袋掏出一个"天书箱"授予三兄弟，并再三叮咛道："箱里放着专门降龙的天书，你们决不能让三姐妹看见，否则就会泄露天机，以致前功尽弃。"说罢，便化阵清风不见了。

三兄弟就按着天书的指示，在海边支起一口大锅，然后烧起熊熊大火煮了起来。说也奇怪，锅里的海水烧开了，整个大海也都跟着沸腾起来；不一会儿，锅里的海水已经蒸发掉大半，而大海中的水也下降了不少。龙王起初还凭着定海针，耀武扬威，故作镇静，后来一看海水快干了，定海针也失灵了，这时他可慌了手脚，因为他再也无计可施了。最后他连逃跑都来不及，就像得了风瘫似的，软绵绵地倒在海滩上。原来一直躲在屋里的三姐妹从窗户里看见到处蒸汽弥漫，惊奇地忘了丈夫们的叮嘱，一口气跑到海滩上。只听一声巨响，三兄弟和三姐妹就变成了一座座岩峰。

中国神话故事

公主降妖魔

很古的时候，天地间出现了一个神通广大、法力无边的三头妖魔。他常常飞出洞府，残害周围的生灵，弄得人心惶惶。有一天，他施法将一位美丽的公主掠进了洞府，准备与她成亲。公主早知他欺凌周围生灵，再加上他那丑恶的嘴脸，不愿意与他成婚。三头妖魔说："你要答应给我当妻子，任凭什么都尽你挑选，你喜欢什么我就给你什么。"公主说："只要你能满足我三个条件，我就嫁给你。"三头妖魔说："我身为洞主，仙术变幻无穷，别说三个条件，再有几千个条件我也能满足你。"

公主说："我是人而非魔，不住洞府住宫殿。"三头妖魔说："这容易！"说罢，就听他嘴里念念有词，洞府顿时就变成了豁然开朗的宫殿。

公主说："你的面目太丑，使我害怕。"三头妖魔回答："这也好办。我颈上挂着七颗串珠的项链，捏第一颗珠，就能变成虫兽；捏第二颗珠，变鱼虾；捏第三颗珠变飞鸟；捏第四颗珠变花草；捏第五颗珠变成人；捏第六颗珠变山河。六颗珠同时捏，就会恢复原状。现在你就捏第五颗珠，我不就变成英俊潇洒

的人了吗？"

公主想了一下说："不行啊！你若再变回去怎么办？我还是害怕。"妖魔听了，自作多情地说："你只要捏第七颗定命珠，我就再也变不回去了。你和我就可以长久地生活下去了。"公主试了试六颗宝珠，果然十分灵验。于是她就开始捏第一颗宝珠，口中说："鼠！"三头妖魔顷刻间就变成了一只耗子。她立刻又捏第七颗定命珠，恶魔再也变不回来了。从此恶魔就只能是一只老鼠了。

公主征服了三头妖魔后，在老猎人的帮助下，回到了京城，见到了父王，诉说了她的遭遇。国王勃然大怒，立刻派兵马把这座宫殿捣毁，并放进大批猛禽异兽捕捉老鼠。那些动物经过积年累月的繁衍生息，把那里变成了一个天然动物园。

天生救妻

在天目山脚下，住着一对恩爱夫妻，男的叫天生，女的叫天姑。两人勤劳朴实，日子过得甜甜蜜蜜。忽然有一年，山中出现了一只蜘蛛精，它在密林中绷起有毒的飞丝，人碰到后，眼睛就会失明，身上的精血会被它吸干死去。自此以后，谁也不敢进山了。天姑因生活所迫，决定冒着生命危险，进山去砍些野麻。正当她担着野麻往家里赶时，突然有一株结满果子的山楂树吸引了她的目光，她很想摘几颗尝一尝，就忘记了毒飞丝，跑去摘起鲜果来。不幸的是，她中了飞丝的巨毒，眼睛疼得直流眼泪。天姑拼命地往家里跑，刚到门口，眼睛就完全失明了。

天生见妻子中了蜘蛛精的飞丝毒，决心去天目山洗眼池捞取能解百毒的宝玉。天姑也摸索着为丈夫织了一张洁白坚韧的大网。准备妥当后，天生便带着锋利的劈山斧，辞别了天姑，向天目山顶峰奔去。天生历经了千辛万苦，终于来到天目山，他顾不得疲劳，急忙向天池奔去。天生刚要下手去捞宝玉，水中的宝玉却沉了下去，他一看不妙，赶快抖开大网，将宝玉捞到了手。天生捧着宝贝，兴高采烈地向山下奔去。突然，从背后伸出两只黑爪子掐住了他的脖子，天生两眼直冒金星，喉咙也喘不过气来，正当蜘蛛精要用锋利的吸管刺入他躯体吸血时，天生的手无意触到了宝玉，霎时宝玉发出银光，把蜘蛛精照得爪子一抖，天生赶紧站了起来，高高擎起宝玉，对着蜘蛛精就照，结果水牛般大的怪物，一下被缩成黄豆一般小。

天生捧着宝玉回到家，天姑高兴得伸手来接。由于眼睛看不见，宝玉从手中滑落下来，掉在地上摔成两半。天生眼明手快，抢起一半，但还有一半却找不到了。正着急时，忽然在天姑脚下冒出一股水柱，很快就变成了一泓泉池。天姑用手捧起泉水，将眼睛一洗，顿时，瞎了的双眼看见了光明，而且比原来还要亮得多。

渔郎与瑶池仙女

鞋山原名大姑山，相传当年有个名叫胡春的渔郎，一天在打鱼归来时，无意中在湖边捞起一个精巧的红漆盒，打开一看，里面装着一颗光彩夺目的圆珠。胡春心里暗想："这一定是哪位姑娘丢掉的，呆会儿我上了岸再找失主。"正当他准备登岸时，从湖畔急匆匆地走来一个满脸焦虑的绿衣女子，她看见胡春手里拿着红漆盒，高兴地迎上去向胡春施了一礼，说："大哥呀，你手中的红漆盒是我刚才不小心掉水里的，请你还给我吧。"胡春一听，连忙把那盒子递给姑娘。姑娘用敬佩的目光看了看胡春，为他的忠厚而深深地打动，姑娘再次向胡春道谢后，就飘然离去了。

过了几天，胡春打鱼正要靠岸时，突然刮来一阵狂风，把湖水掀起一丈多高，风大浪高，胡春随时都会有覆舟的危险。正在危急之时，只见那个绿衣女子浮出水面，手持明珠，为胡春指航。原来这女子是天上瑶池玉女，名叫大姑，由于触犯了天规，被玉帝贬下鄱湖。她得知胡春受难，特地帮助胡春转危为安。通过这两次相见，两人互生爱慕之情，于是以山为媒，结成夫妻。

胡春与瑶池玉女结为夫妻的消息被渔霸盛泰知道了，盛泰见大姑如此美貌，就妄想占有大姑。可是，不论

他出再多的难题，都被才智过人的大姑解决了。此时，胡春与大姑成婚的消息也被玉帝知道了，玉帝大怒，诏令天兵捉拿玉女，盛泰也指使家丁捉拿胡春。在众家丁的围攻下，胡春寡不敌众，身负重伤，昏迷过去。被劫在半空中的大姑见此情景，脱下一只绣鞋，朝湖里甩去，压住盛泰的船。这时从昏迷中醒来的胡春看见盛泰一伙在绣鞋下挣扎，他拿起一杆鱼叉，用尽最大力气，镇住绣鞋，把渔霸及其狗腿子压入湖底。胡春因伤势太重，流尽了最后一滴血。如今水上这座孤山，就是当年大姑的绣鞋；屹立在"鞋跟"上的宝塔，就是打鱼郎的渔叉；山上那一簇簇艳红的杜鹃花，就是胡春与渔霸搏斗时流下的鲜血。

阿巧织彩缎

相传，叠彩山是由一个灵巧的小姑娘用天上的云霞织成的彩缎化成的。这个小姑娘名叫阿巧，她从小就有一双勤劳而灵巧的手。

一次阿巧去打柴，遇见一只被老鹰咬伤的喜鹊。善良的阿巧就把它带回家中，并给它疗伤。没几日，喜鹊的伤好了，临走时它说不久就带阿巧到天宫去。

有一天，财主王大户要去赴宴，叫阿巧给他去取白绸礼服。不料有个老鹰衔着一只鸡从空中飞过，血恰好滴在礼服上，把衣服染脏了。王大户当下就对阿巧一顿拳打脚踢，又把她关起来，说等他赴完宴再惩罚阿巧。

阿巧从后窗爬了出来，她爬进了一个深洞，看见了上次那只喜鹊。这只喜鹊本是为牛郎、织女架桥的三万六千只喜鹊之一，少了一只就搭不成鹊桥。魔王因妒忌牛郎织女，便把这只喜鹊扣住，但却被阿巧搭救，因此魔王非常恨阿巧，给王大户的衣服上滴血就是他为陷害阿巧干的。

阿巧和喜鹊跑出魔洞，魔王又变作老鹰来袭击她，喜鹊赶紧呼唤自己的同伴们。三万六千只喜鹊一齐飞到银河上空围住老鹰，啄得老鹰落进银河，葬入鱼腹了。

喜鹊们把阿巧凌空托起，飞到天上的织布宫。从此，阿巧就和织女生活在一起，并向她学习天上织彩缎的技艺，阿巧很快掌握了技术。

一转眼就到了冬天，阿巧决定返回家乡。于是她召来那只喜鹊，载着她飞向家乡。当她背着十匹彩缎，走进家门时，家人都惊呆了。

正当一家人高兴地聚在一起时，王大户踹门而入，他一见那光华灿烂的彩缎，立刻指使手下上去抢夺。

一家人气得大哭，织女来到阿巧眼前，她让喜鹊去惩罚王大户。

喜鹊飞了出去，见王大户扛着十匹彩缎正走在漓江边上，就叫了一声，霎时王大户肩上的云霞彩缎变成了一叠叠沉重的石山，把这可恶的家伙压死了。

颛顼的三个鬼儿子

黄帝晚年功成名就，遂生了退隐之心，他派遣夫役开采首山铜矿，在荆山下铸造宝鼎。宝鼎铸成的那天，天外飞来一条巨龙，垂下龙髯相迎，于是黄帝将主宰神的宝座传给了他认为很能干的曾孙帝颛顼，自己乘龙飞往九重天外，同行的朝中大臣、后宫夫人共有七十多位。

登上主帝神位的帝颛顼，所做的第一件事是将原来不停运转的太阳、月亮和星星都牢牢拴在天空的北边，固定在北方上方，北方天国永远光辉灿烂，相反，其他诸国则漆黑一团。颛顼帝自己作威作福，还生出了许多鬼儿子危害人类，其中最捣蛋的有三个。一个变为疟鬼潜伏在长江，传染疟疾病菌，害得人发寒热、打摆子；一个变为貌似童子的魍魉隐匿在若水，夜间施展迷惑人的伎俩，引诱行人失足坠河；一个变为小儿鬼躲藏在人家的屋里，暗中惊吓小孩。

这三个儿子整天欺凌百姓，人们不断向颛顼告状，这位大帝一怒之下将他们三个全都关进一间房子里，终生不许他们出来。

这三人生前作恶多端，在囚室中仍不思悔改，死后还不断危害百姓。

在长江流域，人们时常看到一个披头散发的鬼，边走边狂笑。手里扬出一把把白色的东西，散开便成为浓浓的雾气。雾气一过，当地人便发寒热打摆子，流行温疫。人们称他为"疟鬼"。

另一恶鬼跑到了雅龙江一带。他在夜晚出现，学着熟人的声音叫你的名字，你却找不到人影，如果你随着声音走，便会一脚踩空，掉在水田里。等你挣扎着爬起来，就会看到田埂上坐着一个三岁大小的小孩，拍着手笑，你去抓他，他便不见了，人们称他为"魍魉鬼"。

还有一个是"小儿鬼"。他经常在有小孩的家里，趴在摇篮上，对着孩子张牙舞爪，把孩子吓得"哇哇"大哭。

颛顼的这三个鬼儿子在人间不干好事，人们都很痛恨他们，又拿他们没有办法。

仙女化蝶

相传女娲氏在炼石补天时，因不小心，把一块石头撞碎了。这块石头恰好滚落在峨眉山上，形成了又高又大的天门石，给天上和人间搭起了一道天然的仙桥。

自从有了这块天门石就大不一样了，神仙们常常踏着它，来到峨眉山游玩。特别是那些爱花爱草的仙女，一来到风光旖旎的峨眉山，总是流连忘返，误了回宫的时候。有一天，瑶池王母举办蟠桃盛宴，派太白金星带领仙女们去蟠桃园摘取仙桃。太白金星在清点仙女人数时，发现少了两个仙女，原来那两个看守桃园的仙女从天门石私下了峨眉山。王母知道后非常生气，立刻传巨灵神去捉拿二仙女。

再说二仙女正在峨眉山上观赏奇花瑞草，翠谷幽泉，两个人你追我赶，时而还拿着扇子捕蜂追蝶，山间不时响起一阵银铃似的笑声。正当两人玩得开心的时候，其中一个忽然窥

见云中站着身着金甲、手执开山斧来捉拿她们的巨灵神。二仙女怕被捉回宫，遭到王母严厉惩罚，就灵机一动变作两棵珙桐树混在林间。巨灵神左寻右觅，看不见二仙女，心想，莫非她们变成了珙桐树？于是，他随手掏出紫金锁，就去锁珙桐树。二仙女发现露了马脚，急忙又变作两只画眉，展翅疾驰蓝天。巨灵神一看仙女变成了画眉，他也摇身变作一只凶猛的岩鹰向画眉追去。二仙女又变作两只蝴蝶，让躯体颜色与枯枝落叶一模一样，这样巨灵神就再也不会发现了。

二仙女这一变，果然骗过了巨灵神。巨灵神睁大了双眼，也没有发现她们的踪影。由于找不到仙女，巨灵神只好气急败坏地跑回天宫向王母复命。王母听后，火冒三丈，就命他前去斩断天门石，绝其归路，永远不许二仙女返回天宫。

巨灵神领旨后，驾着祥云，来到天门石旁，手执巨斧，对着天门石顶一斧砍去，只听"嘣"的一声，天门石被砍去一大半；接着又是两斧头，在巨石中间砍出了一条通道。从此，天门石就变成了两大块，二仙女也因巨石被斩断，再也无法返回天宫，她们随即由枯叶蝶变成了一对五彩蝶，永远在峨眉山万花丛中翩翩起舞。

遇龙还珠

相传离伏波洞不远处，住着一户人家，只有母子二人。母亲人称俸大妈，儿子才八岁，叫俸遇龙。他们家非常贫穷，全靠俸大妈给人家缝缝补补维持生计。为了多赚点钱，俸大妈常常点上灯油或松明子，一直干到天明。小儿子见妈妈需要灯火，就跑到漓江边捡别人扔掉的木柴片，让妈妈点燃来照明。

有一天，遇龙跑了很多路，也没有捡到多少木柴片。由于天气炎热，累得他满头大汗。他实在支持不住了，便来到伏波洞中乘凉。凉爽的江风一吹，他很快便睡着了。

睡了不知多久，他醒来一看，刚才好多乘凉的人都不见了。只听得有人在打呼噜，他顺着声音一看，原来洞角处有一位白胡子老头在睡大觉，那鼾声大得简直就像打雷。他身边还有一颗圆溜溜的大珠子，发出的光亮把漆黑的洞角照得如同白昼。遇龙看着那发光的大珠子，心里十分羡慕：我要有一颗这样的珠子晚上给妈妈照明，妈妈就不用发愁没灯油了。于是他抓起珠子便飞快地跑回家。

"妈妈，你再也不用发愁灯油了，你看这颗珠子多亮！"遇龙说着就把珠子递给了妈妈。俸大妈捧着珠子细

看：嗬！这真是个好东西。它发出的光，把人的眼睛都刺花了。

"遇龙啊，这珠子你是从哪儿弄来的？"

遇龙是个诚实的孩子，就把经过对妈妈说了。妈妈一听，生气地对儿子说："我不是说过，不许随便拿别人的东西吗？"

"我……妈妈，我错了，下次再也不敢了。"

"下次？不行！你现在赶快把珠子送回去。什么时候把珠子还给人家，你再来见我！"俸大妈十分严肃地说。

遇龙答应了声"是"，拿起珠子赶紧跑到洞中，交给了已经睡醒了的老头。

老头抚摸着他的头说："好孩子，这是你妈妈叫你送回来的吧？你能知错改错，这就对了！"

玉虚神女

昆仑山口有座玉虚峰，相传是玉皇帝的妹妹玉虚神女化成的。玉虚神女终日生活在天庭中，对不见烟火的生活早已感到厌倦，一有机会，就偷偷地带着侍女来到人间游玩。有一次，玉虚神女来到昆仑山，看到这里山清水秀，便与侍女一块在昆仑山定居下来。一次，玉虚神女为了保护百姓，击败了凶残的万水之王特提斯龙王。龙王又找来哥哥万山之祖冈底斯山神与之较量，可是本领高强的万山之祖也成了玉虚的手下败将。

玉虚神女又盗走了万山之祖的神牦牛，送给凡间百姓，使他们不用再辛苦地用人力拉犁耕田了。

万山之祖及其两个儿子一直想找玉虚神女报盗牛之仇。恰巧有一天，

万山之祖的大儿子唐拉山神从昆仑山路过，见玉虚神女正在与农夫们促膝谈心。唐拉便抽出神斧，照准玉虚神女就是一斧头。玉虚神女急向旁边一闪，神斧正好砍在一个农夫头上。玉虚见唐拉行凶杀人，挥剑就向唐拉山神劈去。两人斧砍剑击，一斗就是几十回合。唐拉山神渐渐体力不支，眼看快要败阵，他忽然想起父亲教给他的脱身绝技，于是他口吐一团烈火，对准特提斯海就烧。霎时，海面上海水翻滚，黑烟弥漫。不一会儿，特提斯海就完全干涸了。接着海底隆起，气候变冷，天空飞起了鹅毛大雪，整个高山都被白雪笼罩。

玉虚神女见唐拉山神施用了惨无人道的妖术，万分震怒的她立即拿出宝剑一指，唐拉山神就化作一堆顽石，他所骑的那头神牦牛也随着化作大雪山。从神牦牛的鼻孔里，喷出源源不断的神水，汇成了亚洲最大的河流——长江，而玉虚神女为了防止唐拉山神死后还要作怪，就化成了玉虚峰，高高地屹立在昆仑山巅。

顶真取水

相传很久以前，江南并没有湖泊和河流，只有一些小池塘散落在长江三角洲。而太湖那地方，也是一片荒原。穷苦人为了养家糊口，就冒着生命危险在那里开了些荒地，种上了庄稼。禾苗是离不开水源的，此处的水塘因为太小，一遇旱魔，全都干得底朝天。有一天，一个单身汉突然对大家说他要到南天取天河水。有人认为他在讲疯话，但是也有不少人信赖他，因为他平常很老实，不论办什么事都是认认真真，因此大伙都管他叫"顶真"。

于是顶真挎上包袱，拿起手杖就上路了。走了好几天，他才来到巍峨的昆仑山顶。一个老太太知道他是去天河取水的，特地从家里拿出一双草鞋叫他穿，顶真道了谢，穿起草鞋又上路了。奇妙的是这草鞋能减轻体重，顶真一穿，就立刻飞腾起来。霎时，他便来到了月宫。这里有个姑娘知道他是去天河取水的，立刻送给他一件披风叫他披。顶真谢过了那位姑娘，就披上披风匆匆地上路了。谁知这一披他飞得更快了。不一会儿，他就落在一个火球上。这里有个红脸老头见他要上南天，就把自己戴的笠帽送给他，说也真怪，他戴了笠帽后，飞得更快、更

稳了。不一会儿，他就飞过天桥，走到了银光闪亮的天河边。

天河那里碧水滔滔，渔船点点，两岸杨柳成荫，百花争艳。顶真看到一队队仙童、仙女在天宫前吹笛弹琴、翩翩起舞，向他致敬。其中一位护河大将走到他跟前，把一只小瓶交给了他，然后嘱咐道："你在荒原放水后，千万不要丢掉小瓶，否则你将性命难保，切记。"顶真连连点头道谢，然后就手托小瓶，飞也似地赶回家乡。他不顾疲劳，迅速将小瓶里的水倒向荒原，这里顿时形成了一个美丽的大湖。顶真看到了水，心里真是快活啊。情不自禁鼓起掌来，谁知他一鼓掌，小瓶跌落在地上，结果自己变成了一座湖心山。以后人们为了纪念他，把他从天河取水聚成的湖称作"太湖"，因为"天"字上的那一小横放到地上变成一小点，故此湖采用"太"字来命名。

水儿凿石寻泉

相传在古时候，杭州附近没有一条小溪，为了用水，这里的老百姓只好跑到很远的地方挑水。有些老一辈人，很想在自己活着的时候，为子孙后代解决这一问题，可是都因为山大、石厚，泉水始终无法引来。

过了几年，有一个叫水儿的小伙子长大了，爷爷在他 20 岁生日时，就把灵隐山后凿壁引泉的心事告诉了他。水儿听了爷爷的话，就约了几位朋友，打算一起上山凿石引泉。

临走时，爷爷嘱咐说："你们凿石壁时，一定要一鼓作气地凿下去，因为稍微一停，石壁就会长成原来的样子，你们的劳动就会前功尽弃！在石壁凿通时，里面会喷出一股石浆，沾到身上，会使人凝作石头。"

水儿带领十个小伙子，爬到后山，大干起来。他们整整凿了两个月，到了端午节，有四个小伙子认为自己夜以继日地凿呀凿，可还没见泉水的影子，就气馁地走了。

留下的七个人又从五月端午凿到八月中秋，可是泉水的形迹一点没发现。因此又有两个小伙子回家了。

剩下的五个人想到老爷爷的重托和乡亲的期待，决心继续干到底。第二年的春天又来了，他们仍继续在那里坚持不懈地凿呀凿呀。

三月三那天，水儿顺着凿得很深的石壁一听，突然听到一种"潺潺汩汩"的声音。他猛然想到爷爷的叮嘱，于是对同伴们喊道："你们快走开！不然石浆就要喷到身上。""那你呢？我们要走就一块走！"小伙子们齐声说。

"不行啊！如果都走，就没有人将石壁凿破，我们的事业就会功亏一篑。如果你们不走，那我就停下不凿了！"大伙只好四散跑开。

只见石壁被水儿砸开了一个洞，石浆四处飞溅，水儿立刻被凝成一个三丈多高的石人。接着，一股清冽的泉水，顺着山沟流下来。最后流过了村子，灌满了海滩边上的一块洼地，形成了一个碧波荡漾的湖泊，这就是西湖。

中国神话故事

虎跑泉

在几百年以前，原来风调雨顺的杭州，慢慢变得干旱少雨，最后甚至滴雨不下。在这种情况下，人们纷纷迁移他乡，而定慧寺里也只剩下一个老和尚在看门。

一天，有兄弟大虎、二虎二人在寺里借宿。后来，他们便在庙里长住下来，成了老和尚的徒弟。

有一年，好几个月不落一滴雨，连山后面的泉溪也完全干涸了。于是大虎、二虎决定到南岳衡山去取"童子泉"的水。

大虎、二虎历经千辛万苦，终于来到了衡山的童子泉边，还遇到了山泉的小仙童。为了搬回山泉，在仙童的指点下，兄弟二人毅然变成了两只老虎，向杭州奔去。

再说那杭州的老和尚天天盼着兄弟二人归来，他从春天等到夏天，夏天又等到秋天，可还是不见二人返还。有一天，一个头梳双髻的小伢子跑来，边跑边喊："大虎、二虎回来

了！"众乡亲惊奇地说："在哪儿？""在寺院竹园！"听到这里，众乡亲都争先恐后地去竹园看大虎两兄弟。可是到了那里，小伢子不见了，只有两只黄毛大虎，蹲在那里叫着。老和尚一听声音，马上认出这是大虎、二虎发出来的，便试探地叫："大虎、二虎！"两虎乖乖地摇了摇尾巴，温顺地贴在老和尚的足下。

过了一会，两只虎猛然站起来，一下跳到禅房外面的空地上，用四个爪子刨起土来，霎时地面上出现了一个大坑。然后他们绕着老和尚转了一圈，忽然一声长啸，便腾空不见了。

在老虎刨过的土坑里，出现了一泓清水，人们纷纷到潭边用双手捧水喝！从此杭州就有了清凉甘冽的泉水，村民们再也不怕旱魔发难了。他们在泉眼处用青石条砌了个方井，并把这眼泉正式命名为"虎刨泉"。后来人们又把它改称"虎跑泉"，意思是说泉水是由两只老虎千辛万苦"跑"着搬来的。

中国神话故事

泰山多神

相传，在江西龙虎山下，有一家人生了个儿子，取名叫白氏郎，其实他是玉帝准备给下界任命的皇帝。白氏郎长大后要到隔河的东村去上学，每天都有一个白胡子老头来背他过河。他娘非常惊奇儿子过河总是不湿脚，白氏郎就告诉了母亲真相，母亲便让白氏郎问那老头背他的缘由。

第二天过河时，在白氏郎的询问下，老头就说明了他是玉帝选中的真命天子。白氏郎回家后，洋洋得意地说给她娘听，她娘兴奋得不得了，每天做饭时，就用烧火棒敲着灶王爷的神像念诵："要是我儿当了皇上，我是有仇报仇，有冤报冤。"

腊月二十三，灶王爷要上天向玉帝报告人间的善恶，他如实地将白氏郎他娘的言行向玉帝做了报告。这下玉帝生气了，就命令雷公电母在第二年六月六日抽掉白氏郎的龙筋。

白氏郎得知后，急忙向老头求救，老头嘱咐他第二年六月六日，若有暴雨急雷，一定要咬紧牙关，不要喊出声，可留个金口玉牙，说句话会灵验。

第二年的六月六日，一阵雷电后，白氏郎软瘫在地上，他强忍着保住了他的金口玉牙。

白氏郎恨透了灶王爷，他找来一个葫芦，大喊："灶王毛神，装进葫芦。"只见一道火光，灶王爷被装进去了。白氏郎见他的金口玉牙果然灵验，又认为小毛神都是坏家伙，于是江南的神仙都让他装进了葫芦。

后来，他听说泰山奶奶有道业，就决定把泰山老奶奶也装起来。

白氏郎向泰山顶爬去，由于天气很热，他饥渴难耐。这时，走来一个老妈妈，手里提着一桶水。白氏郎请老妈妈给他口水喝，老妈妈说："你必须给我磕头，叫我三声亲娘才行。"白氏郎照做了，然后喝了个饱。

喝足了水，白氏郎一下就上了泰山顶，要装泰山老奶奶。当他拔开葫芦塞时，抬头一看，神位上坐的正是那个自己磕头叫娘的老妈妈。他一气之下，把葫芦摔得粉碎，那些被装的神，这才解除了羁困，一个个在泰山上安下了位置，所以，泰山的神特别多。

张三丰结茅升仙

在泰安城西有一个张家庵，这里有个外号叫"邋遢张"的小伙子，他的真名叫张三丰。他自幼父母双亡，孤苦伶仃，寄住在庄东头的一个破庙里，以给人家做短工维持生活。

有一次，在荒郊野岭，他见到一只喝得酩酊大醉现了原形的大狐狸睡卧在坟头上，它的脖颈下挂着一个发光的葫芦。张三丰偷偷地拿下来拔开葫芦塞一看，里面有十粒金丹。他倒在手中，一口就吃了。

从此，张三丰就穿着又脏又烂的衣服，甚至连脸也不洗。由于不修边幅，因此，人们就叫他"邋遢张"了。

尽管他邋遢，却有一颗惜老怜贫的善心。庄里边的孤寡贫穷人家，他都自愿帮助他们干活，从不计较工钱。有一年夏天，农活很忙，缺少劳力的穷困户都来找他帮忙，凡是来找他的几十家，他都通通答应了。

第二天满坡里干活的都成了邋遢张，人们见了很奇怪，就到张家庵中来探看，只见邋遢张正在破庙中坐着，修补自己的破鞋。到下午活干完了，满坡里的邋遢张，都变成了纸人。张三丰见自己的仙气法术被人们看破了，就跑到泰山隐居起来。

村里的人为了纪念他，就在村里修了一座邋遢张庙。这座庙竟然非常灵验，除了能给人治病外，到农忙的时候，人们都把小孩子抱到庙中来，让邋遢张的神灵来看护他们，这些小孩子在庙中一点也不哭闹。

有一年，张家庵来了个疯道士，光膀赤足，肚子上生了个大疮，流脓淌水，口中大喊着："谁吮我肚，谁吮我肚！"人们见他是疯子，谁也不理他。最后，疯道士拉着一个年轻人问道："你吮我肚吧？"说着指了指肚上的疮，那个小伙子吓得赶紧跑走了。

疯道士看了看围观的人群，长叹一声，边唱边喊地走向东方去了。

事后，人们才知道，"我肚"，是"我渡"的意思。那个大肚疮是一枚大渡的仙桃。这是张三丰回家渡人来了，只可惜大家没有仙缘。

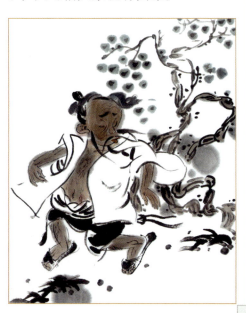

铁拐李抬杠

古时候，北京城里有个年轻人，长得聪明伶俐。为了糊口，他绞尽脑汁地想出一个不用本钱的生意，他在大街上设了个抬杠处，办法是两个人对上钱，谁抬赢了，谁得钱。一开张，大家都觉得这是个非常稀奇的生意，就对上钱去抬，可是谁也抬不过巧舌如簧的年轻人。后来，年轻人有了足够的钱，就赁了几间房，雇上几个伙计，开了个抬杠铺，门口挂着个大大的金字招牌。

有一天，八仙从北京上空路过，铁拐李往下一瞧，见有个抬杠铺，感到非常奇怪。于是，他便降在地上变成个白胡子老头，进了铺门，小伙计请他坐下喝茶，并问："大爷，你抬多少钱的？""我抬五两银子的！"铁拐李爽快地掏出银子放在桌上。

伙计见这位老人长相非凡，估计学问不少，就敲了一下柜板。东家走到前柜一看，知道来者不善，就叫小伙计从后屋拿出五两银子对上，把老人让到上座，两人就开始抬杠。

东家问："老者家乡居处？"老者说："住在天底下地上头，五湖四海都能住。"

"你能做什么事？""从天宫到地狱样样精通。"

东家一看，老者不好惹，便眉头一皱，计上心来。又问老者："你葫芦里盛的是什么东西？"老者说："里面装的万灵丹，不仅能治百病，吃了还能长生不老。"

"噢，原来你还会治病？""当然会治！"

"我的妻病了好几年卧床不起，花了很多钱还是治不好。现在腿疼得很厉害，你是不是能治呢？"老者说："当然能治！"

铁拐李站起来后，就一瘸一拐地跟东家走。东家问："你那腿为什么走路不方便呀？"

老者说："没别的病，只是腿瘸。"

东家说："你连自己的瘸腿都治不好，怎么能治好我妻的病腿呢？"

老者哑口无言，把五两银子输了。铁拐李瘸着腿走出店门，到了没人的地方，又变为神仙腾云驾雾而去。

北宿成龙

相传很久以前，舟山金塘岛上有个孤儿，名叫北宿。他勤劳能干，待人忠厚老实，乡亲们没一个不称赞的。

有一年，北宿在傍海的荒坡上栽了十八棵杨梅树，每天早晚两次担水浇灌。到了收获的季节，十八棵杨梅树上坠满了杨梅，他在杨梅林中搭了一张床铺，日夜精心看护着。

一天，洋面上腾起了一阵狂风，北宿不免担心起来，赶紧摘起杨梅来，但却不见风暴袭上岸来。正在纳闷，忽然从远处跑过来一位年轻漂亮的姑娘，她跑到杨梅树下被青苔滑了个趔趄，北宿急忙上前扶住。

原来这姑娘是东海龙王的三公主，因久居龙宫深感寂寞，就到金塘洋面消遣。这天，她正玩得开心，突然来了一条小孽龙，他见三公主如此美貌，遂生恶念，拦着她胡缠起来。三公主就同他搏斗起来，可终不是对手，三公主趁其不备，抱着一只白玉

圣水瓶，化作民女逃上岸来。此刻，她指着杨梅树说要吃杨梅，北宿忙摘了一捧给她。

过了一会儿，三公主看天色已晚，便向北宿告辞。

三公主回到龙宫，思念北宿，成天没精打采，唉声叹气。一天，她趁四周无人，便把自己的心事偷偷告诉了一个贴心侍女，侍女不禁吓了一跳，但见公主花容憔悴，便带着三公主的圣水宝瓶，变作一个丫环，偷偷地到杨梅林中找到北宿，她说自己家小姐的病只有北宿的杨梅可以治。

北宿听了，便给那个丫环摘了满满一篮杨梅。丫环从怀中取出一串珍珠递到北宿手中，北宿一愣，红着脸，把珍珠又塞还给她。丫环见他如此诚恳慷慨，就千恩万谢地回去了。

三公主吃了杨梅，心情顿时好了大半，更加思念起北宿。

第二天，她带着那只白玉圣水瓶，偷

偷溜出龙宫，来到杨梅林中。

三公主向北宿表达了爱慕之情，北宿也对三公主情有独钟，情投意合的两个人当即就在杨梅树下订了婚。

这件事被小孽龙知道了，他妒火中烧，把三公主私奔之事禀告了龙王。龙王听了勃然大怒，坐在一旁的龙母劝他不要将此事张扬开来，并说："女儿擅离龙宫，必然带去白玉圣水瓶，只消差人去把那只宝瓶盗来即可。"龙王就吩咐小孽龙去偷宝瓶。

三公主与北宿成亲那天，小孽龙变作一只野猫，偷走了白玉圣水瓶。三公主只顾招待乡邻，全然不觉。等两人要喝合欢酒，她忽然感到一阵头晕目眩，栽倒在地。片刻，三公主悠悠苏醒过来，慢慢现了本相。北宿见了，正要上前，突然风起浪涌，小孽龙带着虾兵蟹将，簇拥着三公主而去。

北宿失去了三公主，整天呆坐在杨梅树下，望着大海无声地流泪。一天夜里，北宿忽见月光下走来一个女子，仔细一看，竟是三公主！两人在杨梅树下抱头痛哭。

三公主向北宿哭诉说："父王将

我打入冷宫。今天放我出来，要我嫁给那可恶的小孽龙。我宁愿一生禁锢冷宫，也绝不嫁给他！"

北宿愤恨地说："怎样才能除掉那条小孽龙？"三公主说："你只需把这颗宝珠吞下，定能除此孽龙。"说完，就离去了。

北宿含泪吞下宝珠，霎时，他感到浑身像在大火中焚烧一样，不一会，头上就长出了两只龙角，身上长出了鳞斑，变成了一条大

赤龙，窜到东海大洋里去了。

当天夜里，金塘洋面上波涛汹涌，直到第二天黎明才平息。从此，那里变得风平浪静。传说，这是因为北宿和三公主一起把作恶多端的小孽龙杀死了。

北宿成了龙，却再也回不到人间了。狠心的龙王还派鲨鱼大将日夜看管着他们。只有在每年夏至，才允许他们夫妻俩到杨梅林中相会一次。

中国神话故事

七仙女为儿做月饼

相传七仙女回天宫时，为董永在凡间留下了一个儿子。农历八月十五这天，这个孩子见同村的小伙伴们都在村头的桂花树下玩闹，十分开心，他心里痒痒，便兴致勃勃地走过去凑热闹。

谁知，他刚一走过去，孩子们都急忙闪开了。有几个还边跑边骂他："你是个没有妈的野小子，我们不跟你玩。"

他觉得很委屈，扭头跑到村外放声大哭起来。孩子悲戚的哭声传到了天上，惊动了天神吴刚。善良的他决心下凡安慰一下那可怜的孩子。

吴刚扮成一个村夫，从天上下来，走到那个孩子面前，和颜悦色地哄他。可是，无论吴刚怎样哄，那孩子还是哭得死去活来地要找妈妈。

吴刚一看孩子想妈妈的心真是太急切了，于是他一边给七仙女捎去信儿，一边拿出一双登云鞋，对哭得两眼通红的孩子说："孩子，别哭，叔叔告诉你一个可以见到妈妈的办法：在圆月下穿上这双登云鞋，你就可以见到妈妈了。"

孩子一听这话，高兴极了，连忙擦干眼泪向吴刚行礼道谢。

于是孩子坐在村头的一块石头上，焦急地等着天黑月圆。当月亮刚一露脸，他就赶紧从怀里掏出登云鞋穿上，果然他一下子就飞到了天宫中。

这时，七仙女接到吴刚捎去的信儿，早早就等在天宫门口了，一见儿子来到了身边，她喜极而泣。

七仙女把嫦娥送来的桂花蜜糖，拌上花生果、核桃仁，做成馅儿，按圆月的样子，做成了甜蜜蜜、香喷喷的仙饼，让儿子痛痛快快地吃个够。

小孩私来天庭的事传到了玉皇大帝的耳朵里，他暴跳如雷，把捎信的吴刚罚到月宫里去砍桂树，让他永世不能离开半步；然后又命令天兵脱下那孩子的登云鞋，把他遣回人间。

这孩子如同做了一场梦，对天宫中发生的一切都是模模糊糊的，但他妈妈做的仙饼，却给他留下了难忘的印象。后来这孩子长大做了官，便让百姓们做那种圆形的饼子，这就是后来人间的月饼。

刑天舞大斧

刑天是一个顶天立地的巨神。他原本没有名字，只是由于在和黄帝争夺神座的斗争中被砍断了头颅，才被人称作"刑天"。

刑天出生在南方，成为一名巨神后，被炎帝相中，做了他的属臣。在孤泉之野一仗失败后，他多次劝炎帝起兵复仇，夺回失去的中央天帝的宝座。可炎帝甘心屈驾于黄帝之下，过委曲求全的日子。

蚩尤起兵反抗黄帝曾燃起刑天的希望，蚩尤的被杀增加了刑天对黄帝的仇恨。他实在忍无可忍，便拿起一把大板斧和一面巨大的盾牌，向中央天庭跑去，准备与黄帝决一死战。黄帝听说一个无名的小神胆敢和自己分庭抗礼，不禁勃然大怒，他提起宝剑，准备好好教训一下这个家伙。

刑天一见黄帝，便举起大板斧，向他凶猛地砍去，并声称要为炎帝报仇雪耻。黄帝当然不示弱，挥起利剑与刑天在云端里拼杀起来。他们从天界一直杀到了人间常羊山附近。刑天毕竟年轻，一打到常羊山，方寸便开始有些慌乱。机敏的黄帝抓住这个间隙，乘机猛地向刑天的脖颈砍去一剑。

刑天感到脖颈上一阵剧痛，伸手一摸，才知道自己的头已被黄帝砍去了。他更加慌乱，伸手去寻找自己的脑袋，可是怎么也找不到。黄帝乘势又用力一挥宝剑，将常羊山猛地一劈，刹那间，山坍塌下来，刑天的头被埋葬在了那里。

刑天高高地站立在常羊山旁，继续挥舞着他的大斧子和盾牌，板斧和盾牌在空中飞舞着，划出一道道巨大的弧线。孤独而勇武的刑天，最终力竭而死。直到断气的最后一刻，他仍没有停止过挥舞。

黄帝深知这位忠贞刚烈之士是神界中不可多得的勇士，因此他对断头的刑天非常惋惜。于是命令手下的众神，厚葬刑天，把他埋在常羊山旁。

整个世界都为刑天不屈的精神所感动。有人说，刑天并没有死，他至今仍然在常羊山边挥舞着板斧和盾牌，向人们昭示着自己永恒的毅力和坚强。

百鸟国之王少昊

黄帝自从打败炎帝，做了中央天帝之后，便委派他的侄孙少昊来做西方天帝。

说起这位少昊的诞生是很不平常的。他是金星和皇娥的儿子。皇娥原是住在天宫的仙女，她整天辛勤地织着布，有时疲倦了，就驾一只木筏，到银河上去游玩。

那时有一个少年，超凡脱俗，自称是白帝的儿子。实际上是那颗早晨在东方天空闪闪发光的金星。他经常到水边来与皇娥一起玩耍，慢慢地，彼此产生了爱情。

后来皇娥生下一个儿子，这个小孩就是少昊，又叫穷桑氏。他长大成人后，便到东方海外建立了一个国家，称少昊之国。

他所建立的国家，臣僚百官，净是各种各样的鸟儿。

少昊之国的百鸟官员当中，燕子、位劳、晏雀、锦鸡，是分别掌管一年四季天时的，凤凰是总管。另有五种鸟，分别掌管着国家的政事：鹁鸪能够管教妻子，对父母尽孝道，便委派它掌管教育；鹭鸟相貌威武，性情猛悍，便叫它掌管兵权；而谷鸟处事公平，便叫它掌管建筑营造，给众人盖房子开沟渠，帮助分配，以免大家闹意见；鹰鸟威严猛勇，铁面无私，便叫它掌管法律和刑罚；斑鸠从早到晚叽叽喳喳，性情活泼，便叫它管修缮等杂活。

少昊在东方建立了鸟的王国，不知经过了多少年，他又回到西方的故乡去了。他留下一个名叫"重"的鸟身人脸的儿子，带着另外一个名叫"该"的儿子在身边，就是作为他属神的金神蓐收。

他们的生活实际上比较清闲：少昊住在长留山，主要的工作是察看向西天落下去的太阳反射到东边的光辉是不是正常；蓐收住在长留山附近，所做的工作也和他父亲的差不多。太阳西沉，气象辽阔浑圆，霞光映红半边天，这一切由少昊和蓐收掌管着，所以少昊又叫圆神，蓐收又叫红光。从他们俩的名字上看，我们就可以想象到一幅庄严而美丽的落日图景。

帝俊和他的儿女们

帝俊是东方民族的上帝之神。他是玄鸟的儿子，他的出生有一段神奇的经历。当时，在这片广袤的荒野上，有一群羽毛鲜艳的鸟儿。它们的外表很像鸡，但羽毛光泽明亮，宛若朵朵盛开的鲜花，人们给它们起了个美丽的名字，叫五彩鸟。其实，也就是我们常说的凤凰。它们在大自然中生存繁衍。大自然的山水风情给它们提供了无忧无虑的生活场所。只要它们一出现，太平、吉祥就降临人间。所以，善良的人们视它们为吉利的象征，但是谁也没有见到过这些五彩鸟。

一天，帝俊的母亲简狄，忽然发现一个玄鸟蛋落在地上，她又惊又喜。因为玄鸟就是五彩鸟的长辈。简狄吃了这个鸟蛋，不久，她便怀孕了，接着便生下了帝俊。

正因为是玄鸟的儿子，帝俊便长着鸟头猕猴身，头上还有两个角，但是，帝俊只有一只脚。平日里，他要手持拐杖，弓腰弯背，一拐一拐地走路，样子奇特而可怕，但他的骨子里却充满着真挚的情感和仗义的性格。他常常从天而降，来到有五彩鸟的荒野上，看它们围在一起跳舞。看到高兴时，他还会一拐一拐地来到鸟群中，与五彩鸟们一起跳舞。日子长

了，帝俊和五彩鸟们就成为非常要好的朋友了。帝俊还把两座神坛交给五彩鸟去管理。

帝俊有三位妻子，其中一位叫娥皇，她生了许多儿女，但都奇形怪状，一头三身，形状骇人。

帝俊的第二个妻子叫羲和，是太阳女神，她所在的地方叫羲和国。她经常去东南海外的甘渊居住。她生了十个样子像太阳一般的儿子，羲和常用清凉的泉水为他们洗澡。

帝俊的第三个妻子叫常羲，是月亮女神。她生了十二个样子像月亮一般的女儿，常羲也常用清澈的泉水为她的女儿们洗澡。

帝俊子孙众多，他们有很多发明创造。其中奚仲、吉光用木料制造车子；晏龙发明了乐器琴瑟；后稷会播种百谷；叔均则会使用牛耕。他们都对中华民族的进步作出了重大贡献。

雷 神

相传，雷神住的地方叫作雷泽，地处古代吴国的西方。据说，雷神打雷的时候就鼓起它那圆圆的大肚皮，然后抡起两个拳头使劲地敲打，于是天空中就响起了震撼的雷声。

本来雷神是一头名叫夔的怪兽，它住在距大陆非常遥远的东海之中的流波山上。怪兽的外形长得有点像人间的黄牛，但是，它的身子是青色的，而且头上没有角，只有一条腿。怪兽全身都能发光，就好像太阳和月亮一样光芒四射。它一吼起来，声音特别大；如果它跳入大海或者从大海中腾身跃出，就会掀起一阵狂风暴雨。

传说，在黄帝征讨蚩尤的时候，仗打得十分艰苦。因为蚩尤神通广大，满口钢牙，他能把铁硬的石子咬个粉碎，还能在天上自由地飞行。黄帝很难打败他，于是就到天上请来女神玄女来助战。玄女乘云跨海到了东海中的流波山，降伏了那头像牛的怪兽——夔。她剥下夔的皮，制作了八十面战鼓；抽出夔的骨头，制作了八十对鼓槌，送给黄帝，并告诉黄帝只要拿这八十对鼓槌敲起这八十面大鼓就能制服蚩尤。等到两军交战的时候，黄帝就命令将士擂起了夔皮制作的战鼓，蚩尤被震得骨酥肉麻、浑身瘫软无力，黄帝乘势杀死了蚩尤。从此，黄帝就凭着这八十面夔皮大鼓威震天下，降伏八方。由于夔的皮、骨做的战鼓在战争中起到了决定性的作用，怪兽夔本身又吼声震天，浑身闪光，能伴风随雨出入，所以它就被人们奉为雷神。

后来，在民间的神话传说流传的过程中，雷神的形象由兽形逐渐变成了人形，又从人形逐渐演变成了半人半兽的形状。

总之，关于雷神的传说形形色色，有的说，在大战蚩尤时擂动大鼓的黄帝便是雷神；也有的说，雷神是黄帝的医官，人称雷公。不过，流传最广的并且被人们普遍接受的雷神，还是那头牛形的怪兽——夔，古代的神话典籍《山海经》中就直截了当地把夔叫作"雷兽"。

好心的猎人

从前有一个好心的猎人，名叫阿来。他每次打猎回来，总是把猎物分给大家，自己只留下很小的一份。大家都非常喜欢他。

有一天，阿来在打猎的时候，救了山中兔神的女儿，兔神为了感谢他，就把含在口中的宝石送给了他。含着那颗宝石，阿来就能听懂各种动物的话。但是动物的话，只能猎人自己知道，如果将听到的话对别人说了，他就会变成一块石头。

阿来自从有了这颗宝石，打猎方便极了。他把宝石含在嘴里，能知道哪座山有哪些动物，他每次打完猎回来，分给大家的猎物更多了。这样过了几年，有一天，阿来正在打猎，忽然听见一群鸟在商量着什么。他仔细一听，那只带头的鸟说："咱们赶快飞到别处去吧！今天晚上，这里的大山要崩塌，大地要被洪水淹没，不知

道要淹死多少人呢！"阿来听到这个消息，大吃一惊。他急忙跑回去对大家说："咱们快搬到别处去吧，这个地方不能住了！"他越是催促，大家越是觉得奇怪。有个老人对阿来说："咱们在这山下住了好几代，老老小小这么多人，要搬家可不容易呀！你让我们搬家，总得说清楚原因呀。"

阿来知道不把原因说清楚，大家肯定是不会相信的。再迟延，灾难就要降临到乡亲们头上，要救乡亲们，只有牺牲自己。他镇定地对大家说："今天晚上，这里的大山要崩塌，洪水要淹没大地。鸟儿都会飞走。"接着，他把自己怎么得到宝石，怎么听见一群鸟商量避难，以及为什么不能把消息明说的原因全对大家讲了。刚说完，他就变成了一块僵硬的石头。

大家看见阿来变成了石头，都知道阿来的话千真万确，大家非常后悔，非常悲痛。他们含着眼泪，念着阿来的名字，扶着老人，领着孩子，赶着牛羊，往很远的地方走去。半夜里，只听见一声震天动地的巨响，大山崩塌了，地下涌出洪水，他们的村子果然被淹没了。

人们世世代代纪念善良的阿来，据说现在还能找到那块叫作"阿来"的石头呢。

八仙过海

相传，有一年三月初三，八仙应王母娘娘邀请，赴瑶池参加蟠桃盛会。宴会上，八仙开怀畅饮，喝得酩酊大醉。

回去的时候，一行人经过一望无际的东海，吕洞宾意兴盎然，提议在东海畅游一番。

铁拐李马上将龙头虬曲杖掷入东海，仙杖变成劈涛斩浪的龙舟，似离弦之箭穿涛破浪而去。汉钟离双腿盘坐在鼓面上，在波浪里忽起忽落。张果老牵来瘸腿毛驴，倒坐在驴背上，扬起一鞭，瘸腿驴扬起四蹄，也跟了上去。韩湘子手执紫金箫，轻轻吹曲而随，箫声婉转悠扬，听得浪姑涛妹闪开一条通道，簇拥着韩湘子，翩翩起舞。何仙姑身背花篮，海中的龙婆龙女、虾奴鲤姑争先恐后地抢夺彩篮里的鲜花，插上发鬓。吕洞宾从腰间解下宝葫芦，揭开葫芦盖，丝丝雾霭缭绕，结成一朵美丽的彩云，托住莲花座，载着他飘悠而去。曹国舅敲击着竹板，演奏民间俚曲，龟臣相听得如痴如醉，心甘情愿让曹国舅脚踩龟背，飞速前进。蓝采和在海中间端放玉板，飞溅起惊涛骇流，震得龙宫瑟瑟摇曳。

正在饮酒寻欢的东海龙王被惊动了，他忙差夜叉四面探察，一查原是八洞神仙醉游龙宫，正在各显神通。

龙王闻奏勃然大怒，显出原形，张开血盆大口，蹿出海面，一口衔住蓝采和的玉板，潜入海底。那玉板在龙宫中光华四溢，如集日月星辰。龙王高兴之极，连忙邀请众龙族兄弟、至亲密友，大办玉板酒会以示庆祝。

铁拐李决意夺回玉板，他在龙宫外破口大骂。龙王仰天狂笑，根本不理会他的愤怒谩骂。

铁拐李把铁拐杖掷入海中，龙宫顿时陷入一片火海，虾兵蟹将惊慌失措，四处逃奔。众仙也纷纷大显神威，杀得老龙王毫无还击之力，只好捧出玉板奉还，赔礼认罪。

铁拐李这才举起拐杖，变为拂尘，蘸水泼洒，沧海的火焰很快就熄灭了，东海在顷刻间又荡起万顷碧波。

中国神话故事

昙花的故事

相传很早以前，王母娘娘身边有个非常美丽的侍女，名叫昙花，她的脸儿比那牡丹还娇艳。女伴们见到她都会惭愧地低下头，天神见到她也会为她的美貌而动心。王母娘娘平日很宠爱昙花，对她也管得最严，从不让她离开自己身边。

这一天，王母娘娘一时高兴，就叫昙花采摘鲜花，装点天宫。昙花奉命高兴地跑出了宫门，来到花园。牡丹一见到她那美丽的容颜，羞得低了头。大半天过去了，她都没有采到一朵鲜花。昙花又急又怕，为了找鲜花，她不知不觉地跑出了南天门。

昙花平日里没有出过天门，出来后她感到一切都很新鲜。她低头看见人间大地上鲜花遍地，十分美丽。昙花心想：既然天上采不到鲜花，我为什么不到下界去采摘鲜花呢？

昙花落到了一个大花园里，正要采摘鲜花，一个年轻小伙子挑着清水走过来。小伙子问她为什么要采花，昙花便说自己要采几朵花回家给母亲治病。小伙子听了，就采摘了一束娇美的鲜花，送给昙花。

再说王母娘娘见昙花出外采花半天还没回来，就命人四处寻找。这时，把守南天门的天将就把昙花私下人间的事儿报告了王母娘娘。王母娘娘忙带人飞出天庭，赶到人间，她见昙花与一个年轻小伙子在花园里有说有笑，立刻命令天将捉拿昙花，杀掉小伙子。

昙花连忙跪下给王母求情，恳求王母娘娘放过年轻人，还表示愿意永远留在人间与小伙子相依为伴。王母娘娘用手一指，昙花立即变成了一棵奇怪的花株栽在小伙子的大花园里。

小伙子见美丽的昙花为了救自己，被王母娘娘变成了花株，心里非常感激，他每天用泪水浇灌她，用心血栽培她，盼着她早日开花。夜深了，小伙子忽然发现那花株开放了。那花儿洁白无比，清香异常。小伙很高兴，正要对花儿说些什么，哪知那花儿一瞬间已经开始凋谢了。

因为这花是昙花变的，所以叫作"昙花"，又因为昙花是王母娘娘身边的侍女，所以又叫作"仙女花"。

五丁力士

古代蜀郡有一户贫苦人家，他们生了五个男孩。五个男孩长大后，个个都是力大无穷的壮士。蜀主把他们召到王宫来干活。由于谁也不知道他们的姓名，只因他们力大无比，人们便称他们为"五丁力士"。

那时候北方强大的秦国，正值秦惠王在位。狡诈而又野心勃勃的秦惠王想吞并蜀郡，只因为蜀郡多山，地势险峻，军队不易通行，一直没能成功，他费尽心机想出了一条计策。

他叫人凿了五头石牛，放在秦国和蜀郡交界的地方，每天在石牛的屁股后面摆一堆金子，谎称石牛是金牛，每天都要拉一堆金屎。

消息传到蜀主的耳朵里，贪财的蜀主想要得到这些石牛，便打发一个使臣前去向秦王请求。秦惠王假意大方地允诺了。

蜀主立即命令五丁力士率领民工去凿山开路，在崇山峻岭中开出一条"金牛路"，他们费了很大力气，才把五头冒充金牛的石牛搬运回来。

石牛搬运回来以后，并不拉金屎，蜀主这才知道自己上当受骗了。

打通了金牛路，秦惠王总算是达到了目的。可是蜀郡有勇猛的五丁力士，要想进攻蜀郡，还是很难下手。秦惠王知道蜀主好色，他准备用美女去迷惑蜀主，再设法除去五丁力士。

于是秦惠王就派遣使臣去向蜀主说："秦国有五名天姿国色的美女，愿意奉献给蜀主。"蜀主一听有美女送来，很快就忘记了上当受骗的事。

蜀主又派五丁力士去迎接秦国送来的五名美女。在返回蜀国，走到樟潼附近的山中时，大家看见一条大蛇正向一个山洞钻去。有一个力士赶紧跑向前去，抓住蛇的尾巴，把蛇向外拖。他想把它弄出来杀死，以免人们受害。由于蛇的力量太大，一个人拖不动，于是兄弟五个都上前去拖。

他们使出浑身力气，终于把大蛇从山洞里一点一点拖出来。兄弟们正拖得高兴，哪知"轰隆"一声巨响，一座大山分为五座山岭，刹那间把怪蛇和五个为民除害的壮士都压死了。

五丁力士牺牲了，秦惠王的阴谋又一次得逞，秦国的大军浩浩荡荡地从"金牛路"开了进来，他们杀死了蜀主，并且吞并了蜀郡。

望 娘 滩

传说在很早以前，乡下有一户姓温的人家，母子俩相依为命，过着贫困的生活。儿子温明只有十七岁，租种了本村地主家二亩薄地，空闲时他就到江河里钓点鱼虾，挑到集市上换几文钱，勉强糊口度日。

一天，温明到江上去钓鱼，可是直到中午也没能钓得一条小鱼。他正打算收竿回家时，忽然鱼漂儿晃动起来。他赶紧操起钓竿往上甩，拖出水面一看，竟是一条大鲤鱼。

温明高兴地把鱼往背上一扛，准备回家。可是背上的鱼突然说话了："温明温明，快放了我；家有老母，待我侍奉。"善良的温明便把鱼放回水中。鱼浮出水面给温明吐出一颗明亮的大珠子，对他说："我送你一颗珠子，往后你要什么就有什么。"说完，游入江中不见了。

温明回到家中，把这件奇事告诉了母亲，并把宝珠藏在米缸里。第二天打开米缸一看，里面是满满一缸白米。后来温明又把宝珠藏在钱柜里，柜子里装满了银子。从此母子俩再也不用忍饥挨饿了。

温明钓鱼得宝珠的事，终于让地主知道了。一天，他带上几个打手来温家夺宝珠。地主一声令下，打手们把温家翻了个底朝天，温明情急之下，就把宝珠含在口里。地主向温明要宝珠，温明刚要张口，那珠子却滚到肚里去了。地主也只好回去了。

母亲关好门，回头一看吓坏了，只见儿子脸色涨得通红，眼睛瞪得像盏灯。

温明跑到水缸跟前，一口气就把缸里的水给喝干了。可是他还不住地喊着口渴，就朝江边跑去。

温明伏在江岸上，几口就把江水吸干了一大半，这时他也开始蜕变成一条龙。母亲用力抓住他的一只脚，哭喊着："儿啊，你不能走！"可是一阵风雨把龙卷上了天。

母亲就在龙身下面追赶。娘每喊一声"儿啊"，那龙就回头看娘一眼，江面上便隆起一个险滩；娘一共喊了二十四声，龙回头看了二十四眼，江面上共隆起二十四个险滩。

后来，人们便称这江上的二十四滩为"望娘滩"。

三姑娘和二姑娘

很久以前，有个裕固族老猎人，带着三个女儿过日子。三姐妹长得一模一样，都很秀气。

一天，老人上山砍柴，遇到了一条白蛇，这条白蛇要老人把女儿嫁给它，并说会给他们带来财富。老人回到家中，把白蛇的要求说了，只有三女儿愿嫁给白蛇。

三姑娘在路上遇到了一位老婆婆，她告诉三姑娘，白蛇王子一家本来是天上的神仙，因为触犯了天帝，才被贬为蛇类打下凡间的，于是，三姑娘安心地做了白蛇王子的妻子。

过了些时候，白蛇一家烧掉蛇皮，永远都是人形了。白蛇王子就让三姑娘去请家人来作客。只有二姐跟着三妹去了。二姐进了山洞，见眼前一片金碧辉煌，她很是忌妒妹妹。姐妹俩来到小河边梳洗，二姐趁机把妹妹推到河中。这时，正好白蛇王子归来，误将二姑娘当成了妻子，便与二姑娘一起回家了。

三姑娘死后化作了一只金雀，被一位老奶奶收养。一天三姑娘偷偷变回人给老奶奶做饭时，让老奶奶发现了，于是她就把自己的遭遇告诉了老奶奶。老奶奶很同情她，就按照三姑娘的要求请王子来家里作客。

三姑娘望见自己的丈夫来了，就到厨房烧奶茶。三姑娘在王子的茶碗里放进了当初王子赠给她的金戒指，在给二姑娘的碗底放了狗屎。王子喝尽奶茶，发现了戒指，便拉起二姑娘的手问："我送给你的金戒指呢？"二姑娘正为喝到狗屎的事生气，根本不知道王子在说什么。

三姑娘突然走出来，二姑娘一见吓得昏死过去。三姑娘扑进了王子的怀抱，失声痛哭起来。老奶奶这才把三姑娘的遭遇说给王子听。王子听了，跑回家去取来一张蛇皮，披在恶毒的二姑娘身上，二姑娘变成了一条花毒蛇，钻进地洞跑了。

田螺里的姑娘

谢端自幼父母双亡，因为没有亲人，邻居见他可怜，便把他领回去抚养。谢端从小就很懂事，他长到十七八岁的时候，仍然谨慎自守，从不做不好的事。

乡亲们见他为人老实，却一直娶不上媳妇，都挺可怜他。谢端倒没有放在心上，依旧早起晚睡，卖力干活。

一天，他在城下发现一个有三升的壶那么大的田螺，觉得很稀奇，于是就把它拿回家放到瓮中养着。此后，谢端每天种田回来的时候，都会发现自己家中有做好的饭菜，好像是有人特意给他准备的一样。谢端认为这是邻人帮他做的好事，就跑去问他们是谁在帮他做饭。邻人笑着说："你自己娶了媳妇，藏在屋里给你做饭，倒说我们给你做的饭。"谢端觉得邻人们不像在开玩笑，他一直很疑惑。

后来他在鸡刚叫的时候出去，天亮时又悄悄地返回来，在篱笆外偷偷地窥视自己的家，他突然看见一个年轻的女子从瓮中出来，到灶下去点火做饭。谢端进了门，直奔放瓮的地方，却只看见田螺的壳。他就又到灶下问那个女子说："你从什么地方来？为什么要给我做饭呢？"那个女子看到突然回来的谢端，很惊讶，她想要回到瓮中去已经来不及了，就说："我是天河中的白水素女。天帝可怜你年少孤单，却能以恭敬谨顺的态度自守，所以派我暂且给你看守房舍，做饭做菜。十年之内，等你家中富裕，找到媳妇时，我自当回去复命。而你今天偷着看我，让我的身形暴露，因此我不能再留下，你应当放我回去。虽然你今后自己做饭，但你勤于耕田劳作，仍然可以维持生活。"谢端一再挽留她，她始终不肯留下。

这时，天上忽然风雨交加，白水素女忽然身形一收就离去了。白水素女走后，谢端为她立了神位，逢年过节祭祀她。谢端辛勤劳动，生活虽不是大富，家里却也常常丰足，于是乡人里便有人把女儿嫁给了谢端。谢端后来做了官，官位逐渐高升，他官至县令、郡守，过着闲适安稳的日子。

孔雀王的故事

从前，在一片大森林里住着一群孔雀。孔雀王虽有五百位妻子，但它却迷上了一只青雀。

孔雀王为了博得青雀的欢心，每天都要寻找美味的果子送给它。

有个国家的王后患了重病，群医束手无策。一天晚上，王后梦见她的病只有吃孔雀肉才能好，醒来后就把梦告诉了国王。

国王立刻命令全国的猎人都去捉孔雀，王后还承诺把小女儿嫁给捉到孔雀的人，并赏黄金一百两。

猎人们纷纷出去搜寻孔雀。他们在密林里发现了孔雀王，便想出了一个计谋捉到了孔雀王。

孔雀王提出用一座金山换自己的性命，猎人却说："国王已答应，要给捉住孔雀的猎人一百两黄金，还将

女儿嫁给他。"就把孔雀王献给了国王。

孔雀王为了活命，便承诺将王后的病治好，国王同意了。它治好王后的病，又对附近的湖施法术，这样，整座湖的水就可以治好百姓的病。

孔雀王见自己的杀身之祸已过，便对国王说："您可知道世间有三个人是最傻的？一个是我，一个是捉我的猎人，还有一个就是您。"

国王觉得很奇怪，他问孔雀王："你为什么这样说？"孔雀王回答："我曾有五百位妻子，但我却想娶青雀为妻。我说猎人傻，因为他捉住我时，我曾对他说，只要放了我，我便告诉他一座金山的秘密。可是他却偏偏听信王后的谎言，想娶您的女儿为妻。王后的病早就好了，可她还不提许给猎人的承诺，这猎人不是很愚蠢吗？再说大王您，费了那么大劲得到我，凭借我的医术，治好了宫内和全国人民的病，您其实还可以利用我做很多事情，可是您却轻易把我放了，这就是大王您的愚蠢了！"在国王思虑孔雀王话的当儿，孔雀王就飞回自己的森林去了。

聚宝盆

明朝初年，有个叫沈万山的人，他原来家境贫寒，却在一夜之间变成了一个大富翁。说起来这还有个故事呢。

那是一个宁静的夜晚，沈万山忙了一天，躺在床上很快就进入了梦乡。他梦见有一百多个穿着青色衣服的人拥到他的面前，苦苦哀求他："大人，您行行好吧。有人要杀我们，只有您才能救我们。"沈万山为难地说："你们这样哀求，我哪能见死不救，可是我哪有什么能耐救你们呢？"

其中有个青衣人说："您帮帮忙吧，我们一定会报答您的救命之恩。"沈万山生气了："我并不是图你们的报答，而是我确实是没有办法啊。"

沈万山看着眼前青青的一片，心里一着急，就醒了，睁眼一看，才知道是自己的一场梦。

第二天早晨，沈万山出门遇见了本村的渔翁赵老头，赵老头高兴地告诉沈万山说自己捉了一百多只青蛙，准备回家下酒吃。

沈万山忽然想起了昨夜梦里的那群青衣人，他想一定是青蛙托梦给他向他求救。于是，他买走了赵老头全部的青蛙。

妻子见沈万山背回了一个很重的鱼篓，以为他买了很多鱼，埋怨他说："我们哪里有钱吃鱼呀！"

妻子生气地坐在一旁抹眼泪。沈万山把昨晚的梦讲了一遍，他说自己买青蛙放生是做善事。妻子听后和沈万山一起把青蛙放入了房后的水池。

到了夜里，青蛙们叫声不断，吵得沈万山夫妻睡不着。夫妻俩来到房后一看，只见一群青蛙正在池边围着一只瓦盆叫。妻子上前想仔细辨认一番，一不小心，头上的银钗掉到了瓦盆里，紧接着，两个人同时惊叫起来，原来，掉下去的一只银钗变成了满盆的银钗。

他们立刻明白了，这只瓦盆是青蛙报答他们的聚宝盆。

从此，沈万山摆脱了贫困的家境，成了世上少有的大财主。

秋翁遇神仙

平江城外有个长乐村，村里有个种花的老人名叫秋翁。他自幼酷爱种植花草，对所种花草也是疼爱有加。可他脾气古怪，从不轻易让人进园游玩。

平江城里有个恶少，名叫张委。一天，他带着四五个家丁闯进了秋翁的花园，他吩咐家丁："回家去挑一担酒菜来，我要在这里饮酒赏花。"

张委四五个人团团围坐在花前，大声喧哗。秋翁惹不起他们，只好坐在一旁生闷气。张委斜着醉眼说："秋老头，把你的园子卖给我，可好？"秋翁说什么也不同意。张委就乘着酒性破口大骂，几个恶少无赖又冲进花丛，见花就折。秋翁冲上去与他们拼命，这帮无赖把秋翁打倒在地，踏着满地的残花扬长而去。

秋翁气得号啕大哭，这时忽听背后有人说话，秋翁回头一看，是一个年轻美貌的女子，便好奇地问："你是谁？"那女子说："我听说你园中的牡丹花开了，特地来看看。没想到这儿如此凋零。"秋翁便向这女子诉说了刚才的遭遇。那女子笑笑说："我可以让你的花园恢复原样，你快去取一碗清水来。"秋翁急忙从屋里取来一碗清水，出来的时候，那女子却不见了，只见满地的落花都回到了枝头。

人们都说是神仙下凡保护了秋翁。这件事传到了张委的耳朵里，他又气又恨，派家丁到官府告状说长乐村出了秋翁这个要造反的妖人，秋翁被抓了起来。

张委又带着家人闯进秋翁的花园赏花，他们踏进园门一看，只见满园残花。忽然，一阵大风把地上的花枝都吹得竖了起来，花枝变成了一个个一尺来长的女子，她们挥舞着长袖扑打过来，张委他们吓得满园疯跑，很多人都受了伤。风停后，人们发现张委栽在粪窖里淹死了。

官府的老爷自从抓了秋翁以后也生了重病，他听说张委死了，怀疑是花仙在惩罚自己，吓得忙把秋翁放了。

这年的八月中秋，秋翁和他的花园一起升上了天空。据说，秋翁上天做了护花使者，也成了神仙。

巨灵擘山

传说很久很久以前，西岳华山和今天山西境内的首阳山本是连在一起的，由于大自然的恩赐与厚爱，这儿拥有得天独厚的环境条件。我们华夏民族的祖先就在这块土地上繁衍生息，他们过着富庶而又祥和的日子。谁知天有不测风云，一场意想不到的灾难发生了。

在王母娘娘的蟠桃宴会上，群仙欢聚一堂，开怀畅饮。老寿星因孙大圣的一句玩笑话，笑得前仰后合，握酒杯的手无意抖了一下，倾倒了半盏玉浆，制造了人间的一场洪祸。一条大河自西向东扑面而来，河水一路横冲直撞，摧毁了庄稼，淹没了房舍，冲散了人群。由于华山与首阳山的阻拦，河水不能直泻东海，于是华山脚下顿时成了一片汪洋大海。

主宰西土十二万里天地的白帝少昊，面对百姓们流离失所的悲惨景象，心急如焚，他立即上天请求玉皇大帝派人治水。玉帝认为眼下唯有力大无穷的巨灵神可担治水的重任，他急命巨灵神下凡治理这场人间灾祸。

巨灵神原名秦洪海，他虎背熊腰，貌似笨拙，行动却很灵活。自领了玉帝的旨命后，立即踏上华山峰头察看地形，希望能为洪水找到一条合适的出路。

经过仔细观察，巨灵神发现在首

阳山和华山之间有一条窄狭的峪道，他决定利用这条峪道把洪水引出去。于是巨灵神走进峪道，双手托着华山的石壁，右脚蹬着首阳山的山根，使尽全身力气，一山断裂为两山，顷刻间百丈高的黄浪从两山之间奔腾东流。巨灵神站在波涛之中，抬头看华山，已被推进秦岭深处；回头望首阳山，已经藏在波涛之北。看着被淹没的田地又重新露出水面，他欣慰地笑了。

自那以后，从华山北峰、苍龙岭一带向东眺望华山，就可以清晰地看到一处著名的景观"仙人仰卧"，据说那便是开山导河功成后、仰卧入睡化为山峰的巨灵神。

黄雀衔环

黄雀衔环是关于关西夫子杨震父亲杨宝少年时的一段佳话。

传说杨宝自幼性情温和，心地善良。九岁时他到华山牛心峪去砍柴，看见一只黄雀被老鹰啄伤坠落在荆棘中，被荆棘刺得遍体伤痕。

杨宝走过去轻轻地拾起黄雀，然后用衣襟把它包裹起来带回家中。

好心的杨宝把黄雀放在屋梁上，并且每天采花回去精心地喂养它。有天晚上，杨宝听见黄雀不住地啼鸣，他连忙掌灯去看，原来是蚊子在叮咬黄雀，黄雀伤势并未痊愈，根本躲不开蚊虫的叮咬，它艰难地扑腾着翅膀驱赶蚊虫。杨宝见状，连忙把自己的衣箱腾出来搬到屋梁上，让黄雀住了进去，这样黄雀避开了蚊虫的叮咬，它很快就安静下来了。

三个月过去了，黄雀的伤渐渐痊愈了，它的羽毛也开始丰满起来。每天当杨宝砍柴回来的时候，黄雀都会飞到屋前高高的树枝上，欢快地鸣唱着，欢迎杨宝回家。

杨宝逐渐习惯了有黄雀的日子，但他怕黄雀跟自己在一起呆久了会寂寞，于是他打算让黄雀飞回自己的家。一天清晨，杨宝带着黄雀来到当初他拾到它的地方放飞。黄雀围着杨宝的头顶盘旋了三圈，恋恋不舍地飞走了。

有天晚上三更时分，杨宝正在灯下读书，忽然有一个黄衣童子来到他面前，连连叩拜，他对杨宝说："我是西王母的使者，三月前奉命出使蓬莱，途经华阴，与老鹰搏斗不敌，不幸受伤，多亏您相救。今天我要被派往南海，以后再也见不着恩人您了。救命之恩，无以回报，唯赠玉环四枚，它可保佑您的子孙位列三公。"说完黄衣童子就不见了。

杨宝以为自己在做梦，可天亮以后，四枚玉环果然放在桌上。以后的事情也如黄衣童子所言，杨宝的儿子杨震、孙子杨秉、曾孙杨赐、玄孙杨彪四代官职都做到了太尉，而且都刚正不阿，为政清廉，在中国古代的清官史上写下了不朽的一页。

箫史与弄玉

春秋时，秦国国君秦穆公喜得小女。女儿降生那天，恰好有个人献璞玉，经玉匠雕琢成为一块晶莹温润的碧色美玉，秦穆公非常珍爱。

小公主转眼已满周岁，后宫嫔妃们把美玉连同一些珍藏玩物放在公主面前，让她"抓周"。小公主对那块美玉情有独钟，因此，秦穆公就为女儿起名弄玉。

弄玉长大了，姿容绝世，她通晓音律，喜好吹笙。秦穆公命人把那块美玉精心雕琢成玉笙，赐给女儿。

弄玉十五岁那年，秦穆公欲为女儿择婿，弄玉发誓说，非通晓音律者不嫁。于是秦穆公派人四处寻访擅长箫笙的人，但却都不能如愿。

有一天夜里，弄玉在凤楼凭窗远望，一时兴起，她便取下碧玉笙，临窗吹奏。忽然东方天空似有乐声飘来与玉笙和鸣，弄玉心生奇怪，就停止吹笙而静心聆听，那空中的乐声也随之停止，而余音依然袅袅不绝。弄玉直到月亮偏西，才怅然入睡。

刚入梦乡，就见东南方向，一位俊美男子自天空落在凤台之上。那男子说："我是华山的主人，上天命我与你缔结姻缘，至时我会如约前来。"说完，那男子从腰间解下一支玉箫，依栏吹奏。美妙的乐曲使弄玉如痴如醉。天亮后，弄玉把梦中的情景告诉父王，穆公就派朝臣百里孟明到华山寻访。

百里孟明经一樵夫指点来到华山明星崖下，见一男子，神态超凡脱俗。孟明向这个名为箫史的人讲明来意，箫史便随孟明入宫拜见穆公。

于是秦穆公便令左右将箫史送至凤楼，与弄玉成婚。

箫史本是神仙，下凡与弄玉成婚后，接天庭命令返回天空，天庭派出龙凤迎接，于是，箫史乘龙，弄玉跨凤，离开凤台，翩翩而去。

秦穆公知道女儿随箫史去了华山，再没有见面的机会，于是就令人在华山中峰明星崖下建了一座玉女祠，以示纪念。也因为弄玉在中峰居住的缘故，华山中峰又名玉女峰。

中国神话故事

毛女仙姑与秦宫役夫

毛女仙姑名叫玉姜，是秦始皇吞并六国时从楚国掳来的少女。由于她端庄秀丽，且擅长抚琴，就被秦始皇留在了阿房宫表演歌舞。

秦始皇称帝以后，专横骄奢，残暴无道，他要挑选五百对童男童女和一批太监宫娥为自己殉葬。这个消息一传出，阿房宫里人人惶恐不安。

秦阿房宫中有个役夫叫张夫，自从始皇称帝，他就几经劫难，历尽了人世坎坷：张夫少年时，秦始皇因受方士徐福所惑，大量征选童男童女到东海去寻不死之药，张夫也在征选之列。他趁人不备，逃离虎口，尔后隐姓埋名，攻读诗书。哪知学成之时，却赶上了秦始皇焚书坑儒，于是满腹经纶的张夫只好再次逃离。此后他改学泥水匠，又被秦始皇征去修造陵墓。由于他心灵手巧，在修造陵墓的工程中，他负责设计图样。一个偶然的机会张夫与玉姜相识，他很同情这个身不由己的弱女子，常常悲叹他们虽然经历不同，但却一样凄苦的命运。

当听到

秦始皇要选宫娥彩女陪葬的消息后，张夫不忍心看到玉姜这样正值青春的美貌女子葬送性命，于是他趁进宫禀报造陵情况的机会，在夜色的掩护下，将玉姜和另外六位宫女一起带出宫去。

为了逃避追捕，他们在一个三岔路口弃了车马，各自逃散。走到渭南时，其他六名宫女无力前行，她们一起躲进了南塬侧的一个破窑洞，直到葬身此地，后来那儿突然多出了一股泉水，人们称之为"六姑泉"。

而玉姜为感谢张夫的救命之恩，自愿与其结伴，在逃奔路上相互照顾。就这样躲躲闪闪，一直行了半个月，他们才脱离危险，逃进华山。

为了安全，他们一直在华山隐居。冬去春又来，山中不知年。日子就这样一天天地过去，两人习惯了山中野人般的生活，渐渐地遍身长满绿毛，颜面如涂漆，而且在山间体轻如飞，行似猿猴。猎人与樵夫常常在山中遇见他们，还以为他们是神仙呢！

沉香救母

华山西峰有一块巨石，拦腰断为三截，如同斧劈，石下与峰头形成空洞。进洞仰卧上观，可见顶端凹凸不平，似一妇人躺卧后留下的痕迹，这就是斧劈石。这里流传着一个沉香劈山救母的故事。

三圣母因在凡间私自与刘玺缔结姻缘，玉帝恼羞成怒，派二郎神施法力把她压在华山西峰的石头下。

刘玺考场得中，朝廷派他去往洛州出任知县。他本想与妻子同往，却找不到她的踪影，心灰意冷的他只得独自前去。

被压在华山西峰下的三圣母石下生子，起名沉香，她用血书包裹婴儿，让丫环灵芝送去洛州。沉香长大成人，知道了自己的身世，悲痛万分，他下定决心，一定要去华山救出母亲。灵芝不惜毁坏自己千年的道行，化身为石，帮沉香练出了一身能够战胜二郎神的武艺，并从天宫盗出了可以开山劈石的神斧。

沉香背着神斧来到华山，看见满山巨石林立，他从北峰喊到南峰，又从南峰喊到东峰，就是没有三圣母的回应，沉香不知母亲到底压在哪块石下，自己该怎样下手，急得放声大哭，

那哭声感天动地，山神忙出来指点，山神告诉沉香说三圣母就在华山西峰的莲花峰头。

沉香擦干眼泪，遵照山神指点，举起神斧朝西峰顶端劈下去。只听一声巨响，西峰巨石被拦腰断为三截。三圣母从中徐徐走出，母子相认，双双抱头痛哭。此后，刘玺也弃官来华山隐居，与亲人团聚。

如今，沉香痛哭呼唤母亲的山峰，被称为孝子峰；刘玺隐居的地方叫刘玺台；华山峪道里也有丫环灵芝所化的灵芝石。西峰斧劈石旁，华山神斧巍然矗立，斧把上还题着一首诗："华山神斧，七尺有五。赐予沉香，劈山救母。"

中国神话故事

泰山奶奶斗龙王

很早以前，泰山奶奶住在徂徕山的太平顶上，在那里资助贫民，深受老百姓的拥戴。

那时候，泰山周围是一片大海，海中有许多岛屿。后来东海龙王到泰山住了下来，那里就经常刮大风、下大雨。受了几次灾后，有人就到徂徕山向泰山奶奶诉苦。

泰山奶奶到泰山找龙王理论。老龙王硬说泰山是他的地盘，两人为这事争吵不下，就一起找西天佛爷评理。西天佛爷让两人拿出自己占据泰山的证据，东海龙王说他埋了一只龙角在泰山最顶峰，而泰山奶奶说她埋了一只绣花鞋。他们回到泰山上，西天佛爷一扒，龙角在上，绣花鞋在下，于是判定泰山是泰山奶奶的地盘。

龙王丢了领土并不甘心，他暗自从水底把周围的泥土都冲走了，一直到东海，土地都变成了一整块大石头。那里的老百姓没法生活，他们又去找泰山奶奶。泰山奶奶听后骂东海龙王不守信用，但她自有办法应付龙王的刁难。

那时泰山只有一个顶峰，突起在一个又高又大的土堆上。泰山奶奶一跺脚，那土大块大块地往四处铺，一直把到东海的那块大石全覆盖了起来。至此，泰山才有了一道道深沟，一座座突兀的山峰。东海龙王为报复

泰山奶奶，一年到头没下一滴雨。老百姓们没法种庄稼，还是生活不下去，他们只好再去找泰山奶奶。

泰山奶奶来到了东海边，一箭把龙宫的门射穿了一个洞。海水不停地往龙宫里涌，东海龙王怎么也堵不住，只得上泰山求饶。泰山奶奶这才把头发剪下一半给东海龙王，并警告他说："用这些头发就能堵住那个洞，但是，你再不让这一带下雨，我的头发就会发热。我的头发一热，你那堵洞的头发就要化成灰烬，到那时你再后悔可就来不及了。"东海龙王急忙拿着头发回东海去了。

从那以后，泰山一带年年风调雨顺，五谷丰收。人们为了铭记泰山奶奶的恩德，就一直烧纸钱纪念她，直到今天。

龙潭仙草

有一年，泰安闹了场大瘟疫。那时泰安城里只有一家药店，药很贵，穷人买不起，所以死的人很多。

泰山脚下有一户姓韩的人家，小伙子韩玉和他娘相依为命，娘俩靠韩玉打柴为生。这一天韩玉砍柴来到泰山奶奶庙前，觉得很累，就坐在那里睡着了。他梦见一个老嬷嬷让他去黑龙潭取棵仙草，放到白鹤泉里治泰安城里的瘟疫。

韩玉醒后便想准是泰山奶奶显灵了。他来到了黑龙潭边，为了救泰安城的乡亲，他没多想就往潭里跳下去。到了潭底，龙潭公主已在门口迎接他了，她摘下一枝仙草让韩玉带回去搭救乡亲。韩玉上去后直接到白鹤泉把仙草放进去。他逢人就说白鹤泉的水

能治瘟疫，于是瘟疫很快就被制止住了。

药店的老板知道是韩玉盗了仙草，制止了瘟疫，让他没了生意，很是生气。账房先生给老板出了个主意，建议让韩玉帮他盗棵仙草，老板服用后就会长生不老。

这样，他们就下了请帖，宴请韩玉。酒过三巡，老板便道出自己的用意。韩玉没法只得第二次下龙潭。这次龙潭公主给了他一棵有毒的仙草，并叮嘱韩玉自己千万不能吃，否则就会中毒身亡。

韩玉拿着仙草来到药店，待仙草煮好后，狡猾的老板非让韩玉喝第一口。韩玉为了惩治贪心恶毒的老板，他端过碗就喝。韩玉喝完一口后，赶紧往家跑，到家后他果然气绝身亡。那老板喝了药后，一会儿就变成了个老鳖，爬着就上黑龙潭去了。从那以后，黑龙潭的鳖就成了毒鳖。

再说，龙潭公主在潭底下算到韩玉已中毒身亡。她偷了玉帝下令禁吃的仙草，救活了韩愈。这时，玉帝知道龙潭公主盗了仙草，就派天兵天将来捉拿龙潭公主。泰山奶奶驾着红云及时赶来，告诉天兵天将："她和韩玉是前世结下的姻缘，就让她变成凡人算了。"这样，天兵天将退去，韩玉和龙潭公主结成了良缘。

白鹤泉

相传从前泰安城附近泉里的水都是苦水，唯独白鹤泉的水清凉甘甜，所以泰安城的人都喝白鹤泉的水。这泉水长年涌流不断，因喷出的水像仙鹤扑扇着翅膀洗澡的形状，所以人们称它"白鹤泉"。

嘉靖年间，有个解元叫封尚章，在泰安城里作威作福。他霸占了白鹤泉这块地面，把泉改叫封家池。

一年麦收季节，封尚章端着饭汤到自家地里转悠，突然一阵大旋风刮来，霎时天昏地暗。封尚章顺手把饭汤朝旋风浇了两碗。不一会儿，风就息了。

到了晚上，封尚章在睡梦中来到东岳庙。在那里，封尚章见到酆都大帝，他感到非常害怕，忙问："你是

个阴间的神，我还没有死亡，怎么会被召唤到这儿来了呢？"酆都大帝笑道："我今天请你到此，是为了向你致谢。白天那股旋风是我儿子，他外出办事，路过这里，又饥又渴，你那两碗饭汤正好解了他的饥渴。"

正说话间，只听门外泉水响声大作，封尚章问："这是什么泉？为何响声这么大？"酆都大帝说："这是白鹤泉，白鹤泉是个宝泉。这个泉的风脉在泰安城，今后泰安城要出很多的官，有许多人还会到京城做大官。"封尚章一贯嫉贤妒能，如今听酆都大帝这么说，就琢磨开了：要再出许多大官，那我这个小小的解元就不算回事儿了，我得想办法破坏它。

梦醒后，封尚章叫家人用几口大锅盖住了泉水，把宝泉闷死了。

第二年秋季到了，封尚章又到地里去看他的庄稼。正走着，他猛然看见天上飘来一片白云，云上坐着酆都大帝。封尚章好奇地问："您上哪里去呢？"酆都大帝说："我因向你泄露了天机，犯了天条。你闷了白鹤泉，我请罪去。"封尚章心虚地问："那我闷了白鹤泉，不是更加有罪了？"酆都大帝说："你毁坏了白鹤泉的甜水，应受千刀万剐之罪！"封尚章自知罪孽深重，不久就吓破胆死了。

中国神话故事

下水泉的来历

相传很多年以前，天上的小白龙因为触犯了天规，被玉帝贬到了人间。

据说小白龙被贬下凡后就住在岭南的大白峪、小白峪、白峪店子这一带。白天，小白龙化作一个小伙子做短工，夜晚他就恢复原形，利用自己会降雨的本领，让这里庄稼长势好，使农民获得好收成。

有一年收麦时，小白龙又化作一个小伙子到岭南一个村子去打短工。村里有个长得很俊的姑娘，看这小伙子忠厚老实，干活利落，执意要嫁给他，小白龙也有些喜欢，很快两人就成了亲。可是不久，有人偷偷对这姑娘说，她丈夫是条小白龙，白天出去打短工，夜间出去下雨。起初，这姑娘并不相信，后来她发现有几次深夜不见了丈夫的踪影儿，这才起了疑心。

这天，吃了晚饭，媳妇央求丈夫带他去村外逛逛。他们走出村子，来到一个水泉边。女的说："我们夫妻结婚后相亲相爱，可你总有事情瞒着我。"男的说："我有什么好瞒着你的。"女的说："人家都说你是条小白龙，你能现出原形让我看看吗？"男的反对说："那不行，我已经爱上了人间，我们永不分离。"女的生气地说："你不该瞒着我。"

男的很无奈，他跳进泉里，只见一条一拃多长的小白条儿浮上水面，他抬起头，用人的声音恳求说："这会儿你相信了吧？"这女的不依不饶地说："这只是一条小鱼儿，你仍是瞒着我。"水中的小白条儿痛苦地摇了摇头，随着一道刺眼的闪电，小白龙现出原形。村姑一看，惊恐万状，吓死在溪泉边。小白龙只得悲伤地独自离去。

事后，村人把村姑安葬在辞香岭东麓的斜坡处，盖起了一个高高的坟头，起名叫"皇姑坟"。而岭下的村子则起名叫"吓死泉"。后人为了忌讳这个"死"字，便更名为"下水泉"。岭南的百姓们为了纪念小白龙，每逢初一、十五总会到皇姑坟前来上坟拔草。

舜的诞生

舜的父亲是个瞎子，名叫瞽叟，他有一个贤惠的妻子。在妻子的劝诫下，瞽叟勤劳奋进，并且乐于助人，在乡邻中名声很好。美中不足的就是结婚好几年，还没有孩子。为这事，瞽叟急得天天烧香，求神仙给他送个儿子。有一天晚上，瞽叟梦见一只凤凰，嘴里衔了米前来喂他，而且还张口说道："我是来给你做儿子的。"瞽叟醒来，连忙把这奇怪的梦讲给妻子听。没过多久，妻果然怀孕给他生了个儿子，取名"舜"。

舜生下来很特别，每只眼睛里面都有两个瞳仁，所以又叫"重华"。

舜出生没多久母亲便去世了，瞽叟又娶了一个妻子，生了一个儿子，名叫象。瞽叟的后妻为人很不好，常把舜看作眼中钉，还经常在瞽叟面前搬弄是非。吃饭时，她给自己的儿子吃最好的，却给舜吃残汤剩饭。晚上睡觉时，她搂着亲生儿子睡，却把舜赶到牛圈里去。舜只有四五岁时，她就让舜干所有的家务活儿。瞽叟起先也护过舜，但妻子又是哭又是闹，瞎眼的瞽叟无法照顾孩子，只好向妻子屈服。

舜生长在这样的家庭自然没有好日子过，平时还要小心侍候着不讲道理的弟弟。舜的弟弟长得十分丑陋，他和他妈妈一样，心眼很坏，整天欺侮舜。但就这样，舜对爸爸和后娘依然很孝顺。乡里不断传扬着舜孝顺父母的美名。

舜一天天地长大，心肠歹毒的后母容不下他，舜只好一个人单独搬到外面去。他在妫水附近的历山脚下盖了一间茅草屋，开了一点荒地，自耕自种起来。舜乐善好施，非常仁爱，没过多久，历山的农人受他德行的感化，都争着分田给他。后来，舜又去雷泽打鱼，由于他为人极好，雷泽的渔夫也争着给他让渔场。舜又到河滨制作陶器，没过多久，河滨的陶工制作陶器更加精美了。总之，舜居住的地方，人们都喜欢住。他居住的地方不管多么荒凉，一年后准会变成小村庄，两年后就会变成大城镇。

何仙姑得道

何仙姑原名何琼，唐高宗开耀元年出生在零陵一户普通的庄户人家里。

何琼十四岁那年，在云母溪畔遇见了一位白发苍苍的长胡子老翁，老翁见她聪明伶俐，就从自己的背囊里取出一枚蟠桃送给何琼，何琼很快就把蟠桃吃下了肚。

何琼回家后，一连几天都感不到饥饿，她虽然不吃东西，精神却比以往更好。一个月之后，何琼又在云母溪边遇到了那位老翁，这次老翁把她带到云母山上，教她如何采集云母以及怎样服食云母。何琼按照他的话，每天到云母山上采食云母，渐渐感觉到自己行走如飞。另外，她还能辨识山中的各种仙草灵药，为附近的百姓治疗疾病，而且何琼还能预测人事，因此周围的人都称她是"何仙姑。"

一天，何仙姑进入云母山密林深处采药，遇到两个奇人，有一个是瘸腿的老汉，手拄铁拐，身背硕大的酒葫芦，衣着褴褛；另一个穿一身整洁的蓝布衫，手持药锄，肩背药筐，神态甚是俊逸。这两人口中念念有词，竟而腾空而去，不见了踪影。这两人便是后来八仙中的铁拐李和蓝采和。何仙姑念叨着偷学的口诀，没想到居然也能够像他们一样，凌空而起。此后，她常常一人到深山中修炼，慢慢地她的身法愈来愈熟练，也飞得越来越远了。

何母见她早出晚归，心生疑虑，就盘问她，何仙姑逃不过母亲的追问，就说每日前往名山与仙佛谈论佛道。

唐中宗景龙元年的某一天，二十六岁的何仙姑坐在凤凰台上，正仰望着苍远的天空出神，忽见铁拐李站在远处的云端，舞动着他的铁拐，似乎是在召唤她。不知不觉中，何仙姑的身体像彩凤一般冉冉升起，凌空而上，追随着铁拐李而去。

至此，何仙姑得道成仙，成了八洞神仙中唯一的女神仙。

中国神话故事

龙头金钗

舟 山六群岛有个田坳村，村里有一对兄弟，老大叫大郎，老二叫二郎。

一个月夜，兄弟俩到海边去捉沙蟹埋番薯。大郎拿起扁担在前面担，二郎在后面拾，一会儿就装满了两箩筐。

二郎把沙蟹挑到番薯地里一倒，赶紧又回到海滩来。可是大郎不见了，他跑去问村里的老公公。老公公告诉他："海里有一条千年黑鲨鱼，残暴凶恶，也许大郎和你爷爷、爹爹一样被黑鲨鱼吞到肚子里去了。"二郎发誓要找黑鲨鱼报仇。老公公想了想说："你要报仇，就到龙山湾去求龙公主帮忙吧！"

二郎谢了老公公，辞别了乡亲，来到龙山湾的龙宫，只见两个宫女拥着一位天仙般的少女飘然而至。

二郎见是龙公主，急忙上前叩见。龙公主知道他的来意，随即从头上拔下一支黄灿灿的龙头金钗交给二郎说："你拿去吧！到时候用得着哩！"二郎谢了龙公主，接过龙头金钗救哥哥去了。

二郎走出龙宫，龙头金钗射出金光来，海水便向两边排开，让出一条大路。二郎顺着大路奔跑起来，不知跑了多久，二郎跑累了，便在一个沙丘上坐下来。沙丘突然抖动起来，原

来是黑鲨鱼躲在沙丘里睡觉哩！还没等二郎反应过来，黑鲨鱼一张嘴，就把他吃进肚里去了。

黑鲨鱼肚里黑沉沉的，二郎拿出龙头金钗一照，发现大郎昏沉沉地躺在那儿。他急忙用龙头金钗的金光在大郎心窝上一照，大郎轻轻地舒了口气，活啦！

接着二郎又举起龙头金钗朝黑鲨鱼的心肺上猛刺，黑鲨鱼痛得乱蹦乱窜，一头钻进沙丘里，死了。二郎用龙头金钗剖开黑鲨鱼的肚皮，拉着大郎跳了出来。兄弟二人又利用龙头金钗召来了十八条大鲸鱼，拖起黑鲨鱼就往村里跑。二郎和大郎则骑在鲨鱼背上，他们准备把这条吃人的黑鲨鱼拖回村子里让乡亲们处置。

管家老龙

舟　山岛上有个大展庄，大展庄里有个翁家坳，翁家坳后面有座郑家山，郑家山上有一个小小的龙潭，龙潭里住着一条关爱百姓的老龙。山下大展庄的百姓，年年五谷丰登，六畜兴旺，庄上的人都说，这是郑家山上老龙行及时雨的功劳。

有一天夜里，老龙突然觉得心情烦躁，坐卧不安。它步出龙潭，站立在郑家山上，极目远眺。只见北边天际杀气弥漫，老龙急忙跳上云端，定睛望去，原来是金兵把枣阳城围得水泄不通。城内宋营里，兵断水，马断草，眼见有全军覆没的危险。

它决定去找钓门港老龙商量。郑家山老龙将来意告诉钓门港老龙，约它同去枣阳城解危，钓门港老龙却不愿意。郑家山老龙独自驾起祥云，直

奔枣阳城。到了枣阳城上空，他跳下云头变成一个白发苍苍的老翁，挑着一桶水和一些马饲料匆匆向宋营走去。

城内宋兵和百姓闻讯拥来，他挑的那一小桶水任凭千人舀万人喝，就是不见浅一点；那一小捆草，任凭喂多少匹战马，也总是不见少一点。

枣阳城里有了水，有了草，一下子兵强马壮，斗志昂扬。城内兵民纷纷询问这个白发老翁的姓名和住所。老翁回答说："我姓郑，家住舟山府大展庄翁家坳。"

第二天宋兵与金兵决战，把金兵打得大败而逃。城内兵民四下寻找提供水草的老翁，准备谢他，可是怎么找也找不到。带兵的将军只得据实奏明宋王，为老头请功。宋王听了，下旨钦差查寻此人，当面封赏。

钦差奉旨到了村口，见有个驼背老人在挑水，连忙上前问话："老头，村上可有一位姓郑的老公公？"

驼背老人就是郑家山老龙所变，他不要封赏，也不愿离开郑家山，笑答道："翁家坳里统统姓翁，哪有姓郑的老公公！"钦差不愿浪费时间寻找送水人，随即下令班师回京。

郑家山老龙未为富贵所动，依旧住在郑家山的龙潭里，他经常在龙潭边上察看天象，为大展庄行雨赐福，所以大家都称他为"管家老龙"。

敖广塌东京

很久以前，玉帝派龙王敖广治理东海，派妙庄王治理东京。那时东海只有现在的一半大，敖广手下人数很多，偌大的东海显得很拥挤，于是龙王想出一个吞并东京的计策。

龙王将自己的第六个女儿送给妙庄王做妃子，妙庄王迷恋龙女的姿色，渐渐不理朝政。东海龙王得知东京衰败的消息，就恳请玉帝下旨塌掉东京，澄清玉宇。玉帝当即准奏，但却遭八洞神仙吕洞宾的阻拦，他怕殃及城内的好人，就禀明玉帝自己愿去查探城内有无好人。

吕洞宾变作一个老者，在僻静处变出间茅屋，卖起油来。无论多少，他只收三个铜钱。一天，一个姑娘提着满满一瓶油进店来说："刚才我用

三个铜钱换了一满瓶油，母亲责怪我太贪心，她让我把多出的油还给你。"

吕洞宾在凡间开油店近三年，这样的人还是第一遭遇见。于是，他从墙上摘下一个葫芦瓢说："这个葫芦瓢给你，以后，你每天去城门口看石狮子，倘若石狮子眼中流泪了，你就拿出葫芦瓢，它会告诉你怎么办的。"

姑娘回家对母亲说了，母亲将信将疑，但是第二天，她还是叫女儿去城门口看狮子的动静。姑娘一看石狮子竟然活动起来，眼中流出了一滴滴眼泪，接着直冲长空而去，她便急忙往家跑。待她跑到家中，周围已是一片汪洋了。姑娘猛然想起卖油老人给她的葫芦瓢，她一拿出来，那葫芦瓢就变成了一只小船。姑娘扶母亲坐进瓢儿变的船里，颠簸在汪洋大海之中。

吕洞宾当下施展法术，将船驶到高山顶，安顿好了她们母女后，就消失了。四周都是汪洋大海，唯有母女俩的坐处和她们放家当的地方安然无恙。后来，葫芦船变成了舟山岛，母女歇脚的地方成了岱山岛，放包袱的地方成了衢山岛。

塌东京的风波过后，敖广的子孙占领了舟山海域。而妙庄王失去东京后，则向天庭求情，玉帝就让他去治理崇明岛，并答应两千年后再让他去东京为王。

太阳和月亮的母亲

帝俊是个伟大的天神，传说，帝俊是黄帝的曾孙，刚生下来就神奇无比，给自己取名为俊。帝俊自幼聪明过人，长大后便继承了帝位。他的功绩很大，在历史上的声望与黄帝相当，因此受到人们的爱戴与敬仰。

在人间，帝俊娶了四个女子为妻：第一个娶了有邰氏的女子姜嫄，生下周族始祖后稷，后稷的十六世孙周武王建立了周朝。第二个娶的是有娀氏的女儿简狄，生下商族始祖契，契的十四世孙成汤建立了商朝。帝俊的第三个妻子是陈丰氏的女儿庆都，生下了尧。第四个妻子是娵訾氏的女子常仪，生下了挚。

在天上，帝俊还有两个十分伟大的妻子。她们非常了不起，分别为太阳和月亮的母亲。帝俊的第一位妻子名叫羲和，羲和住在遥远的东南方，即坐落于甘水之中的羲和之国。羲和也是一位女神，她不仅聪明美丽，而且性情洒脱奔放。帝俊一见到她就爱上了她。

一天早上，帝俊醒来，发现妻子羲和不在身边，赶忙起身去找，却发现远处的甘渊被一片红火映照得无比美丽。他走近一看，啊！原来羲和生下了一个红彤彤的火球，明亮耀眼，妻子正用甘渊之水给他洗澡。

就这样，羲和后来又生出了九个同样的小红火球，他们慢慢长大，成了天上的十个太阳，羲和也自然成了太阳的母亲。

帝俊的第二个妻子名叫常羲。常羲与羲和不同，她的性格温顺、恬静，善解人意。她为帝俊生了十二个孩子，这十二个孩子也不简单，她们就是十二个月神。这十二个月神受常羲的良好教育，不像十个小太阳那样顽皮，她们都很文静，负责一年十二个月的循环往复，各尽其责。

帝俊拥有两位美丽的妻子，感到十分欣慰。十个太阳儿子和十二个美丽的月亮女儿，也使他感到十分满足。以后，帝俊又以聪明才智赢得了众神的推崇，成为独一无二的天帝了。

鲁大戏海龙王

东海上有个岛，岛上有个村庄叫鲁家村。这一年遇大旱，人们生活不下去，便纷纷外出谋生，最后村子里只剩下鲁大一家。

老婆劝鲁大去村外逃命，鲁大却说："马上要开春下种了，季节不能错过。我会想办法的。"

第二天，鲁大来到龙王庙，走到龙王塑像跟前，作了个揖说："龙王呀！要是你能下一场大雨，让我今年秋天丰收，我许你一场大戏，还供你一个活人头。"说完，他就回家准备农具去了。

龙王听信了鲁大的承诺，于是就下起了一场大雨。到秋天，鲁大获得了大丰收。

大年三十，鲁大拿了一把扫帚来到龙王庙。他手执扫帚，在庙内手舞足蹈地闹了一番，算作大戏。然后趴到供桌下面，把头从供桌的破洞里钻出来，说道："现在请龙王吃人头。"龙王伸出龙爪，向鲁大的头上抓去，鲁大见状，忙把头一缩，让龙王扑了个空。这时，鲁大从桌底下钻了出来，笑着说："我许你的事情都办到了，我们互不亏欠了。"

龙王被鲁大耍了一翻，决定把鲁大抓来问罪。傍晚，龙王与龟丞相出了海面，将身子隐去，来到鲁家村。他们一个从前门进去，一个从后门进去。这时，鲁大刚回来，他把捉到的一只乌龟扔给门前玩耍的孩子阿大。这时，一位邻居在门外高叫着："鲁大叔，你家后门口的大黄跑了！"

其实是大黄牛挣断牛绳跑了。鲁大一听，连忙叫道："阿大，把乌龟交给阿小，快拿根绳来，跟我出后门抓'大黄'去。"

乌龟丞相和龙王一听，以为鲁大要来抓他们俩，吓得逃回龙宫去了。

从此，龙王再也不敢与鲁大为难了，鲁家村的收成也慢慢好起来。

棋圣斗敖广

乘山岛的鱼不仅品种繁多，而且一年四季也捕不完。传说很早以前，这里鱼虾很少，只是因为出现了一个奇特的小孩，这里才有了生机。

这个孩子名叫陈棋，从小酷爱下棋，后来他的棋艺越来越高，大伙儿称他"东海棋圣"。这个美称传到东海龙王敖广的耳朵里，他很不服气。

敖广也是个棋迷，曾跟棋仙南斗学过棋艺，除了天上南北两斗，他还未曾遇到过敌手。龙王变作一个渔夫，来到乘山，打算与陈棋一分高下。

陈棋很快把敖广打败了，老龙王要求与陈棋再分高下，陈棋却站起身来，说："你下棋的本领，我已有数，我们不必再下了！"

敖广见陈棋这样藐视他，恼怒地说："你知道我是谁吗？我是东海龙王！"说罢一抹脸现出了真面目。

陈棋反而仰面大笑说："只怕你又输了，脸上无光。"敖广说如果自己输掉，愿向乘山岛年年进献鱼虾。

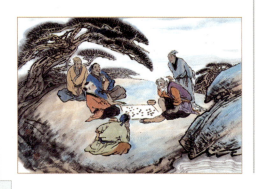

刚要开局，龙王对陈棋说："等等，我去去就来。"不一会儿，龙王就把南斗仙翁请来了。棋战正式开始，敖广有南斗指点，果然棋艺大进。双方战得难解难分，一局棋从申时下到卯时，还不见胜负。

这时，南斗在旁边出了一个点子，形势瞬时利于敖广，他让陈棋认输。可是陈棋依然面不改色，凝思了一会，就从容不迫地下了起来。

七走八走，陈棋反败为胜，龙王气急败坏，欲摆棋重来。南斗却咬着龙王的耳朵说："这招棋是当年北斗赢我的一步绝招！前几天听北斗说，他的棋盘里少了一只棋，原来跑到这里来了。"

龙王实在太懊丧了！他万万没有想到陈棋竟是北斗棋盘上的一颗棋子，他把棋盘一掀，跟着南斗走了。

东海龙王兑现诺言，年年向乘山岛进献鱼虾。从此，乘山岛海水澄清，鱼群兴旺，一座座岛屿都成了渔民居住打鱼的好地方。

八仙降伏小花龙

传说有一天，八仙到东海去游蓬莱岛。本来，腾云驾雾，一眨眼就可到，可是吕洞宾偏偏提出要乘船过海，观赏海景。他拿来铁拐李的拐杖，变出一艘宽敞的大龙船，八位大仙坐在船里，喝酒斗歌，好不热闹。

龙宫里有条花鳞恶龙"花龙太子"，是龙王的第七个儿子。这天，他在外游荡，猛见一条雕花龙船，他一眼相中了娇美的何仙姑，决心将她抢过来。

平静的海面突然掀起一个浪头，将龙船打翻了，还好大家都安然无恙。这时，汉钟离慌忙清点人数，点来点去，独缺一个何仙姑。汉钟离掐指一算，大吃一惊，原来是花龙太子拦路抢亲，把何仙姑抢到龙宫去了。

花龙太子料想七仙会来要人，早在半路上等候着。他见大仙们来势凶猛，忙掀起漫海大潮，向七仙淹来。汉钟离扇动蒲扇，破了他的阵势，花龙太子忙把脸一抹，海里窜出一头巨鲸，直逼汉钟离。正在危急中，传来韩湘子的仙笛声，巨鲸听了，斗志全无，瘫成一团。吕洞宾挥剑就斩鲸鱼，谁知一剑劈下去，锋利的宝剑斩出个缺口。仔细一看，那鲸却是块大礁石。铁拐李手拿拐杖朝那块礁石一杖打下去，不料却打在一堆软肉里，海礁已变成一只大章鱼。蓝采和忙将花篮罩下来，章鱼见花篮当头罩来，连忙化作一条海蛇，向东逃窜。张果老叫驴追上前去，眼看就要追上，不料窜出个蟹精咬住了驴的脚蹄，驴子一声狂叫把张果老抛下背来。曹国舅眼明手快，救起张果老，打死了蟹精。

花龙太子见七仙个个神通广大，便现出本相，狰狞地向大仙们猛扑过来。七位大仙各显法宝，一齐围攻花龙太子。

花龙斗不过七仙，只得向龙王求救。龙王听了，把花龙痛骂了一顿，连忙送出何仙姑，向八仙赔罪。八仙被这么一闹，再也没有兴趣去游蓬莱岛了。大家都怪吕洞宾节外生枝，惹来这么一场灾难。吕洞宾笑着说："这要怪何仙姑，谁叫她是个惹人爱的美女呢！"

丑陋的秃头龙

舟山岛上有一座荒凉的秃岭山。有一条秃龙，住在秃岭山上的石洞里，他全身又脏又丑。

一天傍晚，秃龙钻出石洞，抬头看到对面的花园山一片枝繁叶茂的景象，不由得怒火中烧，他狠狠地说："等着瞧，迟早要你变成秃石山！"

夜里，秃龙趁机溜进花园山，他在地上猛啃乱拔。一眨眼，一大片青松被他连根拔起。他又跳进竹园，一阵猛滚之后，一大片翠竹被他拦腰折断。他又扑进果树林里，把杨梅和水蜜桃打落一地。看着眼前一片狼藉，秃龙得意地走了。

第二天，花园山下傅家村的人们面对一夜间出现的残破景象，都人心惶惶，不得安宁。

秃龙见傅家村的人那样惊慌失措，心里很惬意。他顺着傅家村人的说法，放出谣言：是潘家坳的一个癞头小孩，在夜晚把花园山上的青松、翠竹还有果林都毁坏了。这个小孩是个凶恶的妖精，必须把他抓住除掉。

傅家村的人很是气愤，于是直奔潘家坳去理论。潘家坳人都说从未见过这么个癞头小孩，傅家村人认为他们在撒谎，硬要对方交出凶手。

这时，人群中间出来一个名叫潘和的小伙子，诚恳地相劝，但傅家村的人一口咬定对方是因袒护凶手而拒不交人。

潘家坳人见对方蛮不讲理，便围住了傅家村人。就这样，双方打了起来。潘和来到花园山想看个究竟，他躲到大树后，只见癞头小孩闯进竹园，一伸手就捏碎了一根碗口粗的毛竹。

潘和心想若能抓住他，真相就大白了。他取下弓箭，向癞头小孩射去，癞头小孩的手掌被钉到了一根粗竹上，只听他大叫一声，现出龙形，直朝潘和扑过来。潘和又是一箭，正中秃龙的右眼，秃龙慌乱地凌空飞腾，朝东海方向逃遁而去。

两村结怨的人们，看见一条秃龙腾空逃去，这才明白原来毁坏山林的癞头小孩是秃龙变的。

后稷教稼

弃一生下来就不同凡响，很小的时候便有宏伟的志向。小时候做游戏时，他不小心碰了一地的麦粒，看着地上的麦粒，他心里很难过，觉得是他伤害了这些植物，就把麦粒种在泥土里。他还在种麦粒的地方作了记号，每隔几天都要来看一次。有一天，他发现麦粒长出了嫩芽，觉得十分好奇，就天天来观察。当麦粒成熟时，他品尝着麦粒，觉得十分香。从此，弃不再喜欢和伙伴们玩游戏了，而是忙着学习种瓜种豆。

长大以后，弃看到父母乡亲们靠采摘野生植物为食，一遇到自然灾害便闹饥荒，弃心里想，如果能够开垦土地，种上可供食用的植物，食物问题不就解决了！

于是弃便经常去查看土地的情况，看到宜于种植五谷的土地，就种上五谷；可以种植瓜果的地方，便种上瓜果。他还用木头和石块制造了一些简单的农具，教周围的人们耕田种地。人们已习惯于采集狩猎，还不适应弃的这一套，没有多少人愿意跟他学。可是，到了后来，弃在农业上不断作出成绩，他靠种植收获的食物，显然要比靠采集野生植物收获得多，人们渐渐信服了，纷纷跟他学习种田。很快地，他的种子就用完了，但是，还有许多人从四面八方涌来。于是，弃准备了一个土台作讲台，给人们讲授耕种技术。弃指着台上的农具，一件一件地讲解制作技术和使用方法。天空忽然飞来了一百只五彩凤凰，每一只凤凰的嘴里都衔着一粒种子，纷纷向弃投下。弃捏起一粒种子，扔到了地上。忽然麦种金光四射，一粒麦种竟变成了九万万粒，堆得像一座山一样。弃扔完了一百粒种子，每粒种子都由一粒变成了九万万粒。人们带着种子，欢天喜地地回家种田去了。

帝尧听说了这件事，非常高兴，就聘弃做了农师，要他来指导全国人民耕田种地。舜继承尧做国君以后，为表彰弃的功绩，又把邰这个地方封给了弃，并称之为"后稷"。

龙公主报恩

燕窝岛有个少年，家里很穷，十五六岁就到渔船上当伙浆仔。他敦厚老实，手脚勤快，还吹得一手好渔笛。

一次，渔船捕获了一条黄神鱼，船老大打算将鱼煮了与大家分食。这条小鱼突然用人话不断地向伙浆仔恳求，好心的伙浆仔就放了它。

这条鱼原是东海龙王的三公主，她在龙宫里玩腻了，便化作黄神鱼，混在鱼群里到处游荡，一不小心掉进了渔网。

放走了黄神鱼之后，突然，他眼前一亮，只见一群黄鱼迎面游来，伙浆仔忙催促老大下网。

老大半信半疑地让大伙撒下渔网，不一会，他们就足足装了满满一船黄神鱼。从此，岛上的渔民都传开了，说伙浆仔的眼睛能看到海里的鱼群，大伙都喜欢跟他出海，次次都能满载而归。

渔民们大肆捕鱼吓坏了东海龙王，当他得知伙浆仔能看见鱼群，是因为三公主为报恩送他神眼珠所致，龙王就想了一个收回神眼珠的办法。

一天，伙浆仔出海捕鱼时，被风浪带到了龙宫。龙王热情地招待了伙浆仔，并表示愿将三公主许给他，以报答他的救命之恩。伙浆仔不愿高攀公主，要离席而去。

龙王喝道："既然不愿留住龙宫，只好收回神眼珠！"一队墨鱼围了上来，猛地喷出墨汁。伙浆仔只觉得双眼一阵剧痛，昏死在地。

伙浆仔醒过来时觉得一片漆黑。他虽然回到了家乡，却失明了。他很伤心，常一人坐在海边，吹着渔笛。

一天深夜，三公主被一阵笛声惊醒。她循着笛声来到海边，猛见伙浆仔双目失明，她决心尽全力让伙浆仔复明。

三公主吐出护体的龙珠，将伙浆仔眼里的毒汁吸了出来。伙浆仔的眼睛复明了，而三公主却因失去龙珠，浑身发软，跌倒在沙滩上。她现出龙形，向大海深处游去。

据说，东海龙王拗不过女儿，终于答应每日奉献海产万担，算是报答伙浆仔的救命之恩！

青石龙

岱山岛有一块岸礁，弯弯曲曲伸向大海，远远看去，活像一条石龙，当地渔民都叫它"青石龙"，据说这是被海龙王镇在这里的青龙的遗骸。

很久以前，青龙在东海龙宫里当侍卫将军，他不仅尽忠职守，而且体恤百姓，深受当地人爱戴。有一次，玉帝要在东海挑选一名得力将领到天庭任职，海龙王就把自己最得意的青龙将军送上去。

青龙上天之后，玉帝封他为灵霄宝殿的值殿将军。后来，他认识了王母娘娘身边的一位宫女白虎星，一来二去，双方产生了爱慕之情。无奈他们身在法规森严的天庭，无法常在一起倾诉衷情，日子一长，他俩觉得越来越苦恼。

有一天，青龙和白虎星在后宫服侍玉皇大帝和王母娘娘时，又一次见面了。他们约定趁王母娘娘寿筵之夜，众天神赴蟠桃盛会之际，一同私奔凡间，永结伴侣。

玉帝得知他俩私奔，暴跳如雷，当即传旨将青龙贬回东海，白虎星罚到凡间，两星永久分离，不得相会！青龙怀着悲愤的心情回到了龙宫。他原以为，龙王会帮自己寻回白虎星，想不到龙王很冷漠，还将青龙派去做了推潮神。

再说白虎星被贬下凡后，在镇海一个官宦人家当了侍女。一次，镇海发大水，侍女被风浪刮到了岱山岛的沙滩上，当地的土地公公救了她。白虎星将自己的悲惨遭遇诉说了一遍，又求土地公公帮她打听青龙的下落。土地公公很同情他们，便告诉她，青龙被贬回东海，就在这一带做推潮神。白虎星谢过土地公公，马上去找青龙。

终于在一个群星灿烂的夜里，白虎星和青龙这对患难情侣久别重逢了。谁知此事被海龙王知道了，他当即传令将白虎星镇在岱山岛西北面的一座山下，这座山后来叫"白虎山"；将青龙镇在岱山岛东南面的一块礁石上，这座礁石后来就叫"青龙岸礁"。

一幅壮锦

从前，在大山脚下有一位老妈妈和她的三个儿子相依为命。老妈妈织得一手好壮锦，一家四口就靠老妈妈卖壮锦维持生计。

有一天，老妈妈在集市上看到一幅美丽的画，喜欢得不得了。她决心把画上那美丽的村庄织成一幅壮锦。老妈妈一连织了三年，这幅美丽的壮锦终于完成了。

忽然，一阵大风把壮锦卷上了天空，向东方飞去，一会儿就不见了。老妈妈急坏了，她对大儿子说："快去东方寻找壮锦，那可是我的命根子啊！"

大儿子出发了。他在路上碰到一位老奶奶，老奶奶说："是东方太阳山的仙女把你妈妈的壮锦借去做样子了。你得先打落自己的两颗牙齿，然后骑上这匹马，经过发火山和大海，才能到达太阳山。我劝你还是不要去了，给你一盒金子，回家去吧。"大儿子害怕了，拿了金子到大城市享乐去了。

老妈妈病倒在床上，一直不见大儿子回来，她又让二儿子去找壮锦。二儿子也是个贪生怕死的人，他拿了金子，也到大城市享乐去了。

老妈妈眼睛都哭瞎了，三儿子很难过，他决心去把妈妈的壮锦找回来。

三儿子见到了老奶奶，他照着老奶奶的话打落了两颗牙齿，然后跨上马，翻过了发火山，渡过了大海，终于到达太阳山。

三儿子要回壮锦，回到家时，妈妈已经奄奄一息了。他赶紧拿出壮锦，那光彩把妈妈的眼睛都照亮了，妈妈见到壮锦精神顿时好了很多。

一阵香风吹来，老妈妈住的茅草屋不见了，眼前出现了美丽的花园，花园里有个红衣姑娘正在看花，原来她是那些仙女中的一个，因为太喜欢壮锦上的美景，就把自己的像织到锦上。

三儿子和美丽的仙女结了婚，从此和妈妈一起过着幸福的生活。

大儿子和二儿子没脸去见妈妈和弟弟，他们用完了老奶奶给的金子后，变成了两个叫花子，四处乞讨。

盘古开天辟地

远古的时候，天和地没有分开，宇宙间一片黑暗，混沌难辨，仿佛一只巨大的鸡卵。也不知道什么缘故，人类的祖先盘古就在这只巨大的鸡卵中孕育、成长。据说他一直静静地睡在"鸡卵"里，经过了一万八千年。有一天，他突然睡醒了，睁开眼睛，向四周望去，什么也看不见。他想站起身来，又觉得空间太小、太压抑，简直无法忍受。

他伸手慢慢摸去，找到了一把大板斧，他双手握着斧子试着抡了起来，奇迹发生了。只听得山崩地裂的一阵巨响，大鸡卵被劈开了，从中间自然分裂出许许多多的物质。也不知道过了多长时间，那些轻而清的东西冉冉上升，于是形成了天；而一些浊而重的东西则缓缓下落，形成了地。随着天地的形成，宇宙运作起来了，空气开始流动，轻风微微吹拂，盘古也感觉舒服多了。

于是，盘古把盘着的身子伸了伸，蹲着的双脚蹬了蹬，直挺挺地站起来。盘古看到眼前的变化非常高兴，可他又害怕天会再掉下来，与地又重新合在一起，就连忙用自己巨大的双手将天托起来，又用脚蹬着地，整个身子像柱子一样撑在天与地之间。神奇的是，盘古在自己开辟的天地间也不停地变化。天每天升高一丈，地每天加厚一丈，盘古的身子就每天增高一丈。这样，又过了一万八千年，天已升得极高、极高，地也变得极厚、极厚，天地之间的距离变成了九万里，而盘古的身子也长得极高，宇宙就在这个巨人的手中形成了。巨大的盘古也就成了开天辟地的英雄。

盘古威风凛凛地屹立在天地之间，那景象尤为壮观！盘古看着自己亲手开辟的天和地都长结实了，脸上流露出自豪的微笑。这时，他也感到累了，想躺下休息一下。但他看到天上光秃秃的，地上也有缺陷，就打消了这个念头。后来，他终于想出了一个办法：天不满，用云来补；地不平，用水来填。从此，天圆满了，地也平了，盘古这才放心地躺下去。

宇宙万物的产生

盘古为了使天与地分开而不再回到混沌状态，他就像一根柱子一样，直挺挺地撑在天和地当中。经历了无数的风霜寒暑，盘古就这样坚持着，丝毫也不气馁。也不知过了多少年，天地的构造基本上已经稳固下来了。盘古实在太累了，于是他想躺下来休息一下，谁知他这一倒下，就再也没有醒来。盘古死时，身长足有一丈八尺。他横躺在观音寺里，头朝东，脚朝西，眼有碗大，嘴有盆大，十分魁梧。

说也奇怪，虽然这位伟大的巨人倒下了，然而他的躯体却幻化出无数的生命来。原来，盘古临死时把他全身残存的神力都释放出来了。在他身体的周围，出现了一片美丽而富饶的沃土，宇宙间的万事万物也奇迹般地产生了。

盘古的眼睛飞上了天空，左眼变成了太阳，右眼变成了月亮；张开眼睛是白天，闭上眼睛就是黑夜。他对世界无比留恋的目光，变成了闪电；呼出的最后一口气，变成了风云；发出的最后一声吼叫，变成了雷霆。手足四肢变成了大地的四极和泰山、华山、衡山、恒山、嵩山等五大名山；流着的血液演变成大江大河；筋脉舒展开形成了道路；肌肉变成了肥沃的土地；皮肤和汗毛形成了参差不齐的花草树木；头发和胡须飞上天空，变成了满天的繁星；牙齿、骨头和骨髓则成了金属和坚硬的石头；他劳动时流的汗水则成了雨露和甘霖。

就这样，大地不再是光秃秃的一片，变得欣欣向荣、富有生机了。太阳一升一落，便产生了日夜循环；大江大河奔流，使天地间流动出美的乐章；名山林立，花木参差，世界变得无比美丽；在雨露、甘霖的冲刷下，宇宙间变得更加清澈明丽；尤其是那些由盘古的牙齿、骨头演化来的各种金属更造福于人类。盘古用自己的躯体为人类造就了一个美好富饶的世界。

从此以后，天高了，地低了，天地隔得很远很远了。天上有了太阳，有了月亮，有了星星，有了银河，有了彩虹，有了风、云、雷、闪电。地上有了山，有了河、田、井，有了树、草、花。世间万物样样都有了，大家由衷地感到高兴，世世代代的人们都忘不了盘古的功劳。

烛龙圣神

自从盘古开天辟地以后，宇宙间便有了江河湖海，日月星辰。世界变得丰富、绚丽多彩了，可是新的问题又出现了。太阳、月亮仿佛一对顽皮的孩子，觉得一切都很新鲜，想什么时候出来就什么时候出来，一会儿在平原上奔跑，一会儿在高山上飞行，一会儿在森林里穿梭，一会儿又跳入大海，他们尽情地领略世间幽静而美妙的风光。玩得高兴时会三天三夜不睡觉，不高兴了就来到河边休息，有时连门都不出，躲在一边睡懒觉。整个世界混乱极了，毫无规则和秩序。春夏秋冬不分，昼夜变化无常。

这个时候，宇宙间又出现了一个巨大的神。他居住在西北海之外、赤水以北的章尾山上，名字叫烛龙。

烛龙圣神长得非常奇特，头上是人的面孔，身子却是一条长长的大蛇。他的两只眼睛像橄榄一样倒立着，十分明亮。只要一睁开，宇宙就被照得如同白日一般；眼睛一闭，夜幕便笼罩了大地。他就这样睁闭开合，无休止地为人类工作

着。他呼一口气，夏天便来临了；吹一口气，大地便冰雪覆盖，一年四季便在这有节奏、有规律的一呼一吸中循环往复，运转不停。

烛龙圣神从不吃喝，就这样不知疲倦，永不休息。有时他看到天底下的人们遭灾，便流下了同情的泪水，这泪水一落到人间，就变成了雨水，滋润着宇宙万物的生长。

烛龙圣神从来不向世界索取什么，却永不停息地为世界作着无私的奉献，为宇宙万物造福。

烛龙虽然只是山神，资格却可以和开天辟地的盘古相比。烛龙的儿子鼓原来也是天神，他同钦䲹跑到民间侮辱民女。黄帝得知后，沉思起来。如果杀了烛龙的爱子，他必然会悲痛的，群神也很同情他。黄帝沉思良久，最后决定问问烛龙该怎么办。对儿子鼓犯的错误，烛龙一点也不为他辩护，他说："希望黄帝秉公处理！"说罢，烛龙的泪水纷纷而落，人间便下起了大雨。

女娲造人

盘古死去以后，出现了一位女神，名叫女娲。她长着人的头，蛇的身子。她的面容十分美丽，走起路来婀娜多姿。天地刚刚开辟的时候，大地上还没有人类，水草花木自然生长，江河湖海随意奔流，世界虽美，但缺少了生机。女娲心想，要是世界上有更多像我一样的人有多好啊！

可是，怎样才能造出更多的人呢？女娲琢磨着，不知何时走到了河边。她走累了，口也渴了，就在河边蹲下来，用手捧水喝。突然，她看到水中自己的影子，心想，我用泥捏个自己吧！于是，她试着用泥土照着水中的自己捏出一个个小人来。她心灵手巧，不一会就做了好多像自己一样的泥人。她刚把他们放在地上，小人一个个都活了起来，他们欢快地奔跑着，嬉闹着，可爱极了。女娲望着这些小人，非常高兴，她既为自己的创造感到骄傲，也为世界不再死寂而感到快乐。

女娲捏的第一个娃娃，眨眼之间就长成了美丽的大姑娘，她跳着舞来感谢女娲。第二个娃娃落地后，长成了英俊的小伙子，他来到女娲面前磕头作揖表示感激，然后蹦蹦跳跳地去追那个姑娘了。从此，女娲每天都把黄土抟作人的模样，不停地抟，每天都有新的人产生。

有了人类，大地也有生机了，他们走到哪里，哪里就响起一片笑声。女娲也不孤单了，带着他们采野果，抓野兽。

女娲越做越多，越来越忙，女娲的辛勤的劳作感动了风，感动了太阳，风儿轻轻地吹着为她减轻疲劳，太阳不知疲倦地为她照明。女娲太累了，于是就拿来一条绳子，伸到泥浆里，举绳一挥，泥点溅落的地方，出现了一个个的小人。

不知过了多少年，有一天女娲想念孩子们了，就到远处的森林里去看他们。女娲见孩子们没什么可玩的，只是呆呆地坐在河边。于是，她就给他们做了葫芦笙一类的乐器，从此，人间才有了音乐。

女娲炼石补天

宇宙中的人越来越多了，人们安居乐业，日子也过得丰富多彩，这种幸福安宁的日子持续了很长一段时间。突然有一天，撑天空的四根大柱倒塌了下来，宇宙一下陷入了混乱的状态。天空也随之往下坠，露出一个个大窟窿。接着，大地裂开，地面上的东西不断地落入裂开的洞中，山林在雷电的袭击下又燃起了大火。从地下涌出的洪水也泛滥开来。那些凶猛的野兽趁机到处吃人。

原来，这是水神和火神打斗引起的。一天，水神和火神因为一点小事互不相让，结果便厮打起来。水神打败了火神，火神一气之下一头撞在不周山上，将山撞塌了，山又碰塌了天的一角，于是天河河水一泻而下。一时间，天塌地陷，洪水滔天。因此，女娲的子孙后代遭了大难。

女娲看到自己的孩子遭此磨难，十分悲痛，但她强忍住无比的悲痛，决心要拯救人类。女娲双臂一挥，把被洪水冲走的树木收拢到一起。她又从大江大河里挑选出许多石子，将它们放在特制的火炉里，熔炼成五彩的石浆，然后飞上天，用这些五彩石浆填补天空中的窟窿。女娲熔炼一些，填补一些，窟窿一个个被填上了，不仅如此，五色石浆在天空中形成了五彩的朝霞和晚霞。

最后，女娲怕天再塌下来，就用木头去撑天，不料被洪水冲垮了。女娲正着急时，一只海鳌碰巧来到海边，它见女娲愁眉苦脸，便上前问女娲："你为什么发愁呀？"女娲叹了口气说："我正想用什么东西去撑天呢。"海鳌听了就说："你砍去我的四只脚，用它去撑天吧。"女娲听了，十分感激海鳌，连忙砍下鳌的四足，撑在天的四边。她还把河边的芦苇烧成灰，堆积起来，堙塞住了滔天的洪水。善良的人们终于从灾难中解脱出来，女娲的孩子们又可以幸福地生活了。女娲把天补好，把洪水排走后，就死去了。据说，她的子孙们为了永远纪念这位始祖，还特意为她造了一座女娲宫。

海中三神山

古时候人们称蓬莱、方壶、瀛州为海中神山。相传这三神山矗立在渤海以东极远的地方，那里布满海市蜃楼。这些山刚开始的时候并非是三座，而是五座，说起来还有一段故事呢。

五神山分别为岱屿、员峤、方壶、瀛州和蓬莱。它们早先是飘浮在海上的，漂流不定，害得神仙们一天不知要换几个地方，深受其苦。

有一天，住在五座山的众神仙联合起来，来到天帝面前，述说他们的苦恼。天帝听了非常同情，于是叫来天上的海神兼风神禺强，命令他想办法将这五座神山固定住。

禺强既是海神，又是风神。当他以风神面目出现时，他就人脸鸟身，鼓起狂风，将病毒和瘟疫吹向人间，吹得人间横尸遍野才罢休。当他以海神面目出现时，就变成了鱼的身子，而且还有手有脚，心地也很善良。每年的冬天，禺强就变成风神。半年之后，他又当起了海神，驾着两条龙，姿态威武。

禺强接受了天帝分配的任务，立即赶到了归墟。他决定调来十五只大乌龟，把五座神山顶起来，做神山的根。他命令五只乌龟各背一座山，余下的每两只守候在一座山旁，六万年交接一次。十五只大乌龟不敢违背海神的旨意，用力将五座神山顶了起来。

五座神山不再漂流了，神仙们的日子也好过多了。这样的太平日子不知过了多少年。突然有一天，五座神山附近来了一个龙伯国的大人。这个国家的人，个个都高大无比，因是龙的种族，所以被称为"龙伯"。龙伯国里有个人拿了根钓鱼竿到东方的海里钓鱼解闷。他的运气真不错，一钓便钓起一只乌龟。这一天他的收获实在不小，钓起了六只大乌龟，龙伯国的大人将它们串起来，准备回去炖一锅乌龟汤补补身子。他哪知道这硕大的乌龟是用来支撑神山的！这下可把神山上的神仙们害惨了。岱屿、员峤两座神山向西迅速飞去，沉没到了海里，山上住的差不多十万名神仙慌忙搬家，就这样海中只剩下三座神山了。神仙们没了住处，向天帝告状，要求严惩龙伯国。于是天帝施展神力，将龙伯国人的身高缩到了不能再短的程度，以免他们继续闯祸。

会移动的岛屿

传说体积最大、寿命最长的动物都生活在海洋之中。海洋中的长寿动物可活千年，体积最大的动物身体像岛屿一样，甚至无法丈量。

古时候有个人，名叫李臣，他们家世代以经营布匹为生。这个李臣不但心地善良，还喜欢结交朋友。但是日子久了，李臣的妻子心中就有些不高兴了。她看到丈夫天天与友人饮酒，还把钱送给街上的穷人，虽说家中境况尚好，但钱总有花完的时候。

有一年出现了罕见的旱灾，老百姓们流离失所。他们天天烧香求雨，可是却丝毫不见雨水的踪影。在这样的情况下，李臣的店铺也没什么收入了，大家连肚子都填不饱了，哪还会有人去买什么绸缎啊。眼瞅着家中的银子一天比一天少了，李臣的妻子非常着急。李臣看到家人着急的样子，准备坐船将店里的绸缎运到海外去卖。经过一番周折，李臣找到了几个愿意与他一同去海外经商的朋友，安顿好家人之后，他们就上路了。他带着一行人不知走了多少个日日夜夜，却一直找不到一个可落脚停船的岛屿，船上的人各个心焦如焚。日子久了，他们都感到无法忍受，可是又没有办法。

这一天，船在海上乘风前进，很顺当地向前走着。忽然，有人发现，在茫茫的大海中，隐隐约约出现了一座小岛。只见岛上林木茂盛，风光旖旎。李臣异常兴奋，便叫人停船上岛，将缆绳系在了岸边。

他们先在岛上参观了一圈，没发现人的痕迹，也没见野兽出没。一行人卸下锅灶，架好炉火，烧起饭来。

烧着、烧着，忽然有人发现脚下的小岛仿佛在动。突然，林木也往海中下沉，小岛的面积也在缩小，李臣和所有的人全都吓坏了，慌里慌张地逃到船上，斩缆开船，离开小岛。

划离小岛后，他们再回头仔细一看，哪里有什么小岛啊！原来这个小岛不过是一只巨大的蟹罢了。由于他们燃火烧饭，烧痛了大蟹，大蟹忍受不了，于是向海中游去。

中国神话故事

天　梯

在很远很远的地方，有一个华胥氏之国，这个国家有一位名叫"华胥氏"的姑娘。有一天，她来到一个风景秀丽的大沼泽地玩耍，看见沼泽边有一只硕大无比的脚印，觉得十分好奇，便往脚印上一踩。不料这一踩，不久她就怀孕了。后来，她生下了一个儿子，取名"伏羲"。

伏羲生着人的头，龙的身子，落地能跑，见风就长，一转眼就长成了高大无比的巨人。

宇宙有天上和人间两个部分，天上是神仙们居住的地方，伏羲、女娲便从那里而来，而他们创造的孩子们只能生活在人间大地。在人间刚刚缔造之初，人世间的生活是极为艰难

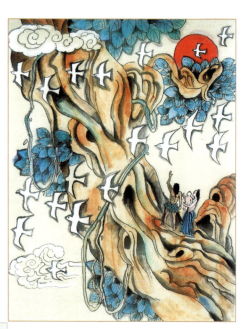

的，许多困难无法克服，靠神的力量也十分有限，因为伏羲、女娲在天上和人间来往一次也很不容易。

伏羲想，如果有一条直通天上的天梯就好了。于是伏羲带上干粮走了很多地方，想找到能上天的地方。有一天，伏羲来到一个地方，这里一年四季都是香花斗艳，草木长青，真是一个种庄稼的好地方。伏羲在一次劳作过程中忽然发现了一种神奇的树木，这种树木根部蜷曲臃肿，形状如牛，根皮绵软，叶如网罗，人们称它为建木。

建木绵延不断，长可通天。伏羲觉得可以利用，于是就把它移植栽培在都广的野外。

都广位于天地中央，把建木植在这里，即使在中午艳阳高照的时候，也看不到一点影子。伏羲将它移植到这里就是想借助这株通天大树往来于天上人间，不断地把天上的智慧传播到人间。

以后每当伏羲遇到克服不了的困难时，就会来到这里，通过建木爬到天上去，借助神人的威力，解决人世间的困难，把人世间治理得越来越好。所以，人们习惯把那株生长在天地之间的建木称之为上天之梯。因为伏羲是第一个发现了建木可以作天梯的秘密的人，所以人们让他当了天帝。

西 王 母

传说西王母是西方世界一个非常古怪的神,她相貌如人,身后却拖着一条长长的豹尾。她的牙齿像老虎一样,头发乱蓬蓬地披着,看上去非常凶猛,没有一丝慈祥神情。她喜欢啸叫,掌管着瘟疫和刑罚。

传说,西王母掌管着一株非常神圣的大树,名叫不死树。不死树三千年开一次花,六千年结一次果。用这棵不死树结出的果子可以炼出长生不死的良药,吃了这种药,可以长生不死,也可以起死回生。

西王母居住在昆仑山上的岩洞之中,在她的身边还养了三只红脑袋、黑眼睛、力气很大的大鸟,名叫青鸟。青鸟经常轮流到山野之中去寻找食物,供给西王母食用,也为她传送着信息。

西王母法术高强,她不仅掌握着人类的生死,同时还可以赐予人类生命。如果她高兴还可使凡人飞升,变成天上的神仙。

相传,远古神射手后羿有一个非常美丽的妻子,名叫嫦娥。嫦娥常常抱怨说:"地上的生活比不上天堂,因为在地上活不了多久就要死,而且死了还要进地狱!"这件事以后就成了后羿的一块心病。有一天,后羿碰到一位巫师,说出了自己的心事,巫师告诉他:"在昆仑山的西边,住着西王母。她住的山上有一棵不死树,三千年开一次花,再过三千年才结一次果,那果实人吃了可以长生不老。"

后羿听后,前往昆仑山寻找不死药。昆仑山的周围是昼夜不熄的熊熊大火,没有一个凡人能够通过它。后羿正在犯愁时,来了一位美丽的姑娘,自称是洞庭湖的大鱼,为了报答后羿除去巴蛇,使鱼类免遭残害,特意给他送来避火珠和避水珠。于是,后羿顺利地来到了昆仑山。他向西王母讲了自己的来意。西王母虽然长得丑,但心地很善良,就命三足神鸟把不死药取来。嫦娥见丈夫找来了不死药,还顾不得等丈夫说完话,就把药一口吞下去了。最后,嫦娥飞到天上的月宫之中。因为这个不死药是两个人分吃可以不死,一人吃了可以升天成神,所以嫦娥变成了月精,再也下不来了。

钻木取火

远古的时候，人类不懂得使用火，食物只能生吃，冬天也没有可供取暖的火种。因此，那时的人们生活非常艰苦，吃的跟野兽差不多，人的寿命也都很短。

在一个偶然的机会里，干燥的森林遇上雷电，燃起了大火。传说这是天上派雷公把烟火送到人间来了。大火驱走了严寒，烘烤的食物鲜香脆嫩。自从有了火，冬天人们围在火堆旁烤火取暖。白天上山打野兽，下河捞鱼虾，晚上则拿到火堆上烤着吃。吃饱了，晚上就围在火堆旁睡觉。老虎、猛兽见着火害怕，再也不敢靠近人们了。人们认识到了火的重要，便把天然火种保留下来，以便使用。但自然风雨却经常扑灭燃烧的火种。

人们没有火，日子很难过。于是大家冒着风险到处去找火。他们走到哪里就问到哪里，可是到处都不见一点火星。传说此时，人间出现了一位圣人，他聪明能干，很受人们的尊敬。这位圣人在周游世界的时候，来到了一个叫燧明的小国中。这个国家很奇特，没有白天和黑夜，一片黑暗，但是国中却有棵火树，名叫燧木。只要鸟儿在树上用嘴一啄就会闪出火光，燃起火苗，国中人都到此来寻取火种，取暖做饭，燃灯照明。

圣人看到这些，受到很大的启

发。回国以后，他便试着用树枝钻木，钻了很长时间，也试了很多次，最后果然钻出了火。于是，他把这一技术传播给人类，人们便都学会了钻木取火。

钻木取火使人类可以自己制造火种，于是人们就不再担心火被自然风雨熄灭了。

后来，人们把火拿到岩洞里养起来，不论风雨多大，火种仍然不熄。再后来，人们把火放在屋里烧。为了纪念这个为人类造福的圣人，人们便称他为燧人。

大地上的人类有了吃的和穿的，过上了好日子。为了让后代子孙永远记住圣人的好处，报答他的恩情，人们给各个天神都安排了一天受祭的日子，受祭时，人们唱歌跳舞，欢庆天神带给人类的好处。

春神句芒

在中国古代，一直有祭祀春神的习俗。上自帝王君主，下到平民百姓，为祈求一年风调雨顺、五谷丰登，立春日祭祀春神已相约成俗。

春神叫句芒，本名重，相传是西方天帝少昊金天氏的儿子。句芒生得十分奇特，长着一张人的面孔，鸟的身子，脸上方敦敦的，慈眉善目，很有亲切感。他身穿一件白色的衣裳，驾了两条龙，法术高强，很有威严。

句芒听说东方伏羲帝很贤明，于是他就来到了伏羲氏的手下，做了他的辅佐。伏羲封他做了木神，就这样，他的手里时时刻刻拿着一个圆规，与东方天帝伏羲一起掌管着春天。

春天，是草木萌生、生命勃起的季节，而"句芒"两字的意思也就是草木生长、弯弯曲曲、角角杈杈。春天又代表了生命，是生机盎然，生物繁衍的季节，因此句芒又被后人尊奉为主司生命之神。他可以主宰人的寿命，掌握人们的生死。

相传，春秋时秦国有个秦穆公，有一次到祖庙去祭拜。正当中午时分，他看见有一位神人从庙堂的正门走进来，神人生有鸟的身子，穿白色衣裳，长着人的脸。秦穆公见神人是这样一副怪样子，心里很害怕，抬起腿就向门外跑去。那大神说："你不要害怕，你治理国家有功，天帝派我来赐寿给你。"秦穆公连忙上前再次行大礼跪拜感谢，并问道："请教大神姓名？"那位神仙说："我叫句芒，是东方掌管树木的神灵。"由于秦穆公是个非常贤明的好君主，重用人才，厚爱百姓，扶助弱小，治国有方。天帝看到他德行很好，便叫春神句芒给他增加了十九年的寿命，于是秦穆公比他原定的寿数又多活了十九年。

这样，后代的历朝历代君主们便都在立春这天祭祀这位句芒神，用来祈求这位大神保佑百姓安康、五谷丰登、国家太平了。也许还有求他保佑自己长命百岁的意思吧！

中国神话故事

农业始祖神农

女娲、伏羲时代之后，大地上又出现了一位伟大的神人——炎帝。炎帝时代，大地上的人类已经繁衍得很多了，自然界可供采摘的食物越来越满足不了人类的需求，食物不够用，人们只好吃一些勉强可以糊口的东西，毒虫、硬木都成了人们赖以生存的食物，许多人因吃下这些东西病倒了。人们采光了野果，剥完了树皮，挖尽了草根，也填不饱肚子，因此陷入了饥饿的绝境，生活苦不堪言。

在这紧要关头，神人炎帝出现了。炎帝刚一出生时，竟然是个长着牛头人身的怪物，那怪物不一会儿便长成了高大魁梧的小伙子！小伙子给人们带来的第一件好事就是发现九眼井，井里有甘甜的泉水。大家围着井喝饱了，高兴得围着小伙子欢呼舞蹈，但是，很快人们肚子就饿得咕咕直叫，大家又来求小伙子想想办法。只见小伙子仰起头，对天喊道："天

上的各位神仙给地上的人降点粮食吧！人间的食物都吃光了，人们在挨饿。"

奇迹出现了，粮食真的从天上降下来了。半年之后，粮食就吃光了。

为了使人们生活得更好，炎帝仔细观察各种植物的生长规律，掌握了五谷的播种方法，于是开始教人们种植五谷及农作物。炎帝还细心观察各种性质不同的土壤，以便在湿干、肥瘠、高低不同的土地上种植不同的作物，从而更加合理地利用土地。这样，人类就不会发愁没有粮食吃了。

与此同时，为了区别各种植物的性质和对五谷的影响，炎帝特地来到天上，从天神那里取来红色的神鞭来鞭打百草，因为神鞭的神力可以让百草的属性完全显露出来，这样就可以在其周围种上合适的谷物。

就这样，人们在炎帝的指导下，开垦出了大片的田地。经过了很长一段时间的试验，人们终于掌握了各种谷物的播种经验，农作物收获越来越多，人们逐渐过上了好日子。从此，人间有了农业。人们为了表达对炎帝的感谢和敬佩，就尊称炎帝为"神农"。从此，"神农"这个名号就传了下来。

日中为市

　　上古时候，五谷和杂草长在一起，药物和百花开在一起，哪些粮食可以吃，哪些草药可以治病，谁也分不清。老百姓靠打猎过日子，天上的飞禽越打越少，地下的走兽也越打越少，人们将面临饿肚子。谁要是生病，根本无药可医，不死也好不了。老百姓的疾苦，炎帝神农瞧在眼里，急在心里。有一天，神农带着一批臣民，从家乡出发，走到一个地方。这个地方长满了奇花异草，大老远就能闻到花的香味。神农亲自摘花草，放在嘴里尝，哪些草是苦的，哪些是热的，哪些是凉的，哪些能充饥，哪些能医病，他都记得清清楚楚。

　　炎帝神农教会了人类种植五谷，又通过亲自尝百草发明了医药学，带给人类一个健康的体魄。人类有了健康的体魄也就有精力耕织了。很快，生活变得丰衣足食，安宁幸福，生活物品不断出现剩余。炎帝看到他的子民们衣食富足，安居乐业，感到十分欣慰。

　　同时，炎帝又发现人们生活中还有些不便，生活当中似乎少了点什么。生产五谷的想吃肉食，就得和畜牧业者交易，而畜牧主也不能整天不食五谷。于是炎帝又为百姓设立市场，把彼此需要的东西拿到市场上互相交换。那时候没有钟表，也没有别的记录时间的方法，凭什么来定交换的时间呢？人们不能丢弃了工作整天在市场上等啊！于是炎帝又教人们拿他所管辖的太阳做标准，来确定交易时间，当太阳当顶的时候，就在市场上进行交易，过了这段时间就散市，人称"日中为市"。大家觉得真是又准确、又简便，都很高兴。

　　由于集市的设立，大大便利了人们交换的需要，想吃什么、用什么尽管到市上交换，以己所有易己所无，这种交换形式一直持续了很长时间。我国古代春秋、战国时期仍是以"日中为市"，可见这种交易形式的实用性。

　　炎帝神农为人类发展作出了巨大的贡献，单凭这些神话传说，我们就可以看出，他是一位多么受人爱戴的大神。

风后与指南车

黄帝大战蚩尤，实在是费了很大的力气。蚩尤的魔法简直太多了。

有一次，两军正在原野酣战，蚩尤又弄出魔法。不一会儿漫天大雾把天和地整个都包罗了起来，大雾使人无法辨认东西。黄帝军正杀得起劲，忽然被大雾笼罩住，迷失了方向。蚩尤军在大雾的掩护下，拼命砍杀黄帝军。黄帝见自己的军队死伤惨重，非常生气。黄帝虽然神通广大，也只能看见十丈以内的敌军。这时，黄帝的身边正坐着一个名叫风后的臣子。风后是个很有智慧的大臣，他平时足智多谋，非常有点子，因此，颇得黄帝的信任与重用。风后见黄帝如此焦虑，军队已溃不成军，心中就暗暗琢磨。他仰望天空，一眼望到了天上的北斗星，心想，那北斗星的柄为什么从不改变方向呢？如果要是有个像北斗星一样的指示器该有多好！他就这么想呀、想呀，忽然，他想出了一个极好的办法，他立即来到战场上，用自己的聪明才智，很快为黄帝造出了一辆能指示方向的战车。这车子前面有一个铁制的小仙人，伸出手臂，正指向南方，无论怎样行走，手臂永远指向南方。因此，人们称它为"指南车"。风后得意地指着指南车对大家说："车的一方确定了，另三方也就确定了。有了此宝，蚩尤的大雾能奈我何？"

黄帝一听，心中大快，连忙率领军队在指南车的指引下，冲破大雾，突围过去。

黄帝的军队靠着这辆指南车指引方向，很快打败了蚩尤的军队。

蚩尤见情况不妙，慌忙调来成群的虎狼向黄帝军扑去。黄帝军不甘示弱，连忙调来猛兽对抗蚩尤的虎狼。经过一场残酷的兽战，蚩尤的虎狼全被咬死了。

就这样，在战争的需求中，指南车诞生了，它就成了我国传说中最早的指示方向的器具，风后也成了传说中发明指南车的人了。

伶伦始作音乐

黄帝时代有个叫伶伦的音乐家，他通晓音律，非常有音乐天赋，黄帝便命令伶伦作乐律，编撰乐音。

伶伦为了作乐律，从大夏西边，一直走到昆仑山的北面，在解溪的山谷间选取竹子。他把那些竹子从两端中间截取一段下来，长度是三寸九分，将吹出的声音定为黄钟的律调。他又按照比例，制作十二只竹管，带到昆仑山脚下，去听凤凰鸣叫的声音，用来区别其他十二种不同的律调。伶伦根据鸣声的差次比照起所定黄钟的律调，再参考凤凰的鸣声，使十二只竹管长短有差，定下了十二种不同的律调。乐律便被创造出来，中国古乐便从此产生了。

后来伶伦又和另一位音乐家荣将遵照黄帝的旨意，铸了十二口大钟，用来配合宫、商、角、徵、羽五种声音进行演奏。还特别在仲春二月乙卯，太阳出现在奎星方位的时候，以这十二口钟为主，演奏了一支盛大恢宏的乐曲，名为《咸池》。

传说，有一次黄帝正在练习骑马，刚跨上马背，忽然传来伶伦吹竹管发出的怪声。黄帝的马听到这种怪音，吓得四蹄腾空，把黄帝从马背上给摔了下来。伶伦吓得赶紧跑去把黄帝扶起来。黄帝对伶伦说："你制的这个小竹管能把我的马吓惊，可见你的竹管将来定能吹出好听的音律来。"

在黄帝的鼓励下，伶伦整天苦练。有一天，伶伦来到凤岭，躺在石头上冥思苦想，不觉之中睡着了。在他睡得正香时，忽然被树上一阵美妙的鸟叫声吵醒。伶伦细心倾听，只听鸟的鸣叫婉转悠扬，他情不自禁拿起自制的竹管，模仿鸟的叫声吹了起来。后来，伶伦把此事禀告给黄帝，黄帝听后高兴地说："这种鸟叫凤凰，是鸟中之王，凤岭能招来凤凰，正是吉祥之兆。"从此，伶伦每天来到凤岭，专等凤凰来鸣叫。经过长时间的观察和揣摩，伶伦终于创制出了音律。后来，有人说，现代音乐上用的简谱符号1234567，也可能源于伶伦制定的音律，不过那时的音符不这样写罢了。

仓颉造字

今天我们使用的文字是谁创造出来的？传说是黄帝时代最著名的人物，号称"史皇"的仓颉。相传仓颉在黄帝手下当官，黄帝分派他专门管理牲口和粮食的数目。仓颉长得非常奇特，一张宽大的龙脸，四只眼睛放着灵光。他一生下来就非同凡响，婴孩时就喜欢拿起笔来东涂西抹。长大以后，仓颉更喜欢动脑子，想问题，探究天地万物的变化。根据这些大自然的现象，他随时随地在自己的手掌上指指画画，用祖传结绳记事的老办法记载史实。

黄帝见仓颉这样能干，就让他管许多事情。事情愈来愈多，仓颉又犯愁了，这么多事怎样才能不出差错呢？他决心要搞出一种简单易记的符号，让人们用符号表达思想，记载历史。他开始创造代表世间万事万物的各种符号。几个月过去了，仓颉终于成功了。他用各种符号来表示各种事物，果然把事物都管理的井井有条。

仓颉创造了记事符号，黄帝知道后，大加赞赏，命令他到各个部落去传授这种方法。这些符号的用法，很快便推广开了。就这样，文字形成了。

文字创造出来了，人们可以利用它来交流信息与感情，表达事物与感想。据说，这一非同寻常的创造发明一出现，连天空都被惊动得下起粟米来，鬼也被吓得夜晚哀声啼哭。

原来老天怕人们从此以后会抛弃农耕的大业而去追求用锥刀写文字的技艺，弄得将来饿肚子，所以预先降下点粟米来救济一下将来的灾荒，这也是警告世人的意思。鬼则怕将来被这些可怕的文字弹劾，所以在夜晚啼哭了起来。这说明文字的发明在人类文化史上，实在是一件"惊天地，泣鬼神"的大事。

历史上也有人说仓颉是仓颉、史皇是史皇，仓颉创造了文字，史皇创造了图画，各不相干。其实，中国最早的文字本来就是象形的，所以，将两人看作一回事，也是有一定根据的。

神荼郁垒

神荼、郁垒是中国古代传说中的两位门神，百姓人家将两人的画像贴在门上，可以防止恶鬼进门。那么神荼、郁垒怎么会成为百姓用来防避恶鬼的门神呢？

传说在广阔无边的大海中，有一座神山，名叫度朔山。度朔山有一棵枝叶繁茂的大桃树，这棵桃树非常大，枝干盘曲起来，遮盖了三千里的地面。这棵树的东北角，就是鬼门了。在这棵桃树上住着两位神人，一位是神荼，另一个就是郁垒。

神荼、郁垒的职责是：每天站在那里检阅和统领天下万鬼，凡是发现在世间为非作歹的鬼，就把他们用苇索捆绑起来，拿去喂老虎。

神荼、郁垒本是天上的神人，不可能下凡来主宰人间事物，而有些恶鬼偏偏会找空隙到人间作恶。为防止人类遭受恶鬼的蹂躏，黄帝便制定了

一种典礼，到一定的时候，便拿他们两人来驱逐恶鬼。这办法是：让人间百姓在屋子当中立下一个小桃木人，门户之上再画上神荼、郁垒和老虎的形象，把苇索悬挂在门户之上，用这些东西来抵御凶邪，吓住偷偷溜到人间做坏事的恶鬼们。

黄帝留下的这种驱鬼习俗一直延续下来，至今在我国农村还有将神荼与郁垒作为门神贴在门上以求避邪的风俗，而桃木避邪也逐渐形成了一种风俗。

由于神荼、郁垒都很尽职，他们每天晚上到人间去巡夜，遇见出来作乱的鬼怪就立即惩罚。这样，人间的日子也安宁了许多。但是，鬼的种类和数量太多，往往有漏网的鬼出来为非作歹。

一天，黄帝在昆仑山东方的恒山遇见一只浑身雪白的奇兽。奇兽名叫白泽，它说它可以替黄帝解忧。白泽一口气说了一千五百二十种鬼怪，并讲了每种鬼的长相和本领。黄帝一听，忙召来太白金星画鬼。每个鬼画两张，一张由黄帝亲自掌握，另一张交给管鬼的神荼和郁垒。这样一来，犯了罪的鬼便无法漏网了，于是人类过上了太平的日子。

彭祖的故事

彭祖是我国神话传说中有名的长寿仙翁，据说他一共活了八百余岁。

彭祖本是颛顼帝的玄孙，姓篯名铿。他还没出生父亲就死了，母亲抚养他到三岁也与世长辞了。他在颠沛流离中长大，受尽磨难。

有一天，彭祖做了一份野鸡汤，献给了天帝，天帝非常高兴，他从来没有喝过这么鲜美的野鸡汤，高兴之余他对彭祖说："篯铿，你去数一数那野鸡身上的羽毛吧，野鸡毛有多少根，你便能活到多少岁。"

彭祖一听，赶紧去杀鸡的地方，数啊数，一共数了八百根，也就是他能活八百岁。数着想着，他非常懊悔，因为他在洗野鸡时顺手拔了一些毛扔到河里去了。他真恨天帝怎么不早跟他说这话，不然他还可以活得更长一些。

彭祖六十六岁时，判官派两名小鬼前来捉拿他。小鬼到了苦竹岭，一头冲进彭祖的土屋，却不见彭祖的人影。这时，屋后突然传来一阵拳打之声，小鬼见一少年正在练拳，动作威武异常，就战战兢兢走上前去问道："小先生，这里有个彭祖，你可知道？"少年答道："就是我呀！"小鬼上下打量那少年，说："你可知道，彭祖已经六十六岁了。"少年道："我天天打拳练武，耕作劳动，修身养性，就是阎王也拿我没办法。"小鬼听完，厉声喝道："彭祖，我是奉阎王之命，前来捉拿你的。"小鬼用铁索套住了彭祖，彭祖猛地一吼，只听"咔"的一声，铁索全部崩断，砸在小鬼头上，打得小鬼鼻青脸肿，只好逃回地府。

彭祖活了好几个世纪，到殷朝末年他已经七百六十七岁了，看起来还很年轻，一点不见衰老。

彭祖在人世间最为苦恼的便是总有人问他长寿的秘诀，从平民百姓到王侯将相，他被问得实在招架不住了，就悄悄地逃到了流沙国以西的地方。临死前，他还不忘那些被他扔到水里的野鸡毛，哀叹自己活得太短了。

颛顼隔绝天地通道

传说颛顼是黄帝的曾孙，长大以后，因为他很能干，做了北方的天帝。黄帝打败蚩尤以后，因年老倦怠，就把中央天帝的位置传给颛顼便去休养了。

颛顼当上中央天帝以后，首先就想到了蚩尤下凡与黄帝作对的事情，为了防止类似的事件再发生，颛顼总结了蚩尤叛乱的教训，决定隔绝天地的通道，阻隔人和神之间的往来。

他派了大神重和黎去做这件事情。两人遵照颛顼的旨意，伸出他们巨大无比的手来，重托着天，尽力往上举；黎抚着地，尽量往下按，两个人一个用力举，一个使劲按。这样，天就渐渐往上升，地则更加朝下降。颛顼来到都广之野的建木下，双手抓住建木的树顶使劲往下压，一口气将建木压得只剩下几千里高。他松开手，在建木顶上使劲踏上一脚，将建木踏进了地里。不一会，都广之野便长出了大片茂密的森林，这森林就是建木从地下发出的。经过一番艰苦的努力，大神重随着天空的上升，升上了天，黎则随着大地的降落，落下了地，天和地的通道就这样被隔绝了。

天和地的通道隔断后，颛顼命令大神重管理天，命令大神黎管理地。这样，人们再也无法上天，神仙得不到允许，也不能随便下到人间。大神黎在地上落了户，还生了一个儿子名叫噎。噎长着一张人的脸，没有手臂，两只脚反转过来架在头上，住在大荒西极"日月山"山顶上的"吴巨天门"中。这天门是太阳和月亮落下去的地方，噎住在这里，掌管着太阳、月亮和星星运行的次序，他也是一位时间之神。

天地被隔绝以后，神与人不相混杂，阴阳有了秩序，人间天上都各保平安了。只是有时天上的神还会偶尔私下凡间的，地上的人却再也上不去天了，人和神的距离从此拉开。

颛顼定日月

古代帝王的继承制度从一开始基本上就是世袭制。其王位的顺序是：尧是第一代帝王的开始；黄帝的子孙颛顼为第二代；颛顼的侄儿喾为第三代；喾的儿子尧为第四代。这样的王位继承都是在自己的家族中进行的。

颛顼在位时做了许多有利于人类的好事，因此备受人们的爱戴。可是后来，他渐渐变得骄傲起来，办事也很专横。以前每做一件事都要和大家商量决定，如果大家觉得没有道理，那就不办。后来，他往往不听人劝，随意决定要做的事。因此，他因专横自负而犯下了许多错误。最没道理的就是把太阳、月亮和星辰全都拴系在北方的天空上。

颛顼为什么要把日月星辰全拴在北方天空，谁也说不清。日月星辰被拴系在北方以后，它们就永远固定在那里，丝毫也动不了。这么一来，大地上有的地方就永远明亮，照得人连眼睛都睁不开；有的地方却永远黑暗，黑得伸手不见五指。明的明，暗的暗，哪一方的人们都感到不便，他们生活得十分痛苦，于是怨恨颛顼的情绪也就不断地在蔓延，人们更加怀念黄帝时代了。

有一天，天上和地上又暗下来了。

有一只聪明的阳雀抬头看到这种情景，自言自语道："没关系，我会想办法把它们请出来。"

起初，阳雀去请太阳和月亮，太阳听到阳雀的叫声装作没听见，悄悄地钻出云层，看了一眼，然后对月亮说："它的来意肯定不好，快跑！"于是，太阳和月亮赶紧飞到遥远的天边躲藏起来。

阳雀见太阳和月亮很久没有回来，就决定派性情温和的公鸡去，大公鸡点点头，就朝天上飞去。公鸡站在云彩上，弓着腰，低着头，两眼望着前方，用优美动听的声音叫着"喔—喔—喔"。

太阳听到亲切甜蜜的呼叫，向山顶上慢慢爬去，又转头向躲在山脚下的月亮说："不要怕了，快爬出来吧！"月亮见太阳在前面没事，就离开山头，笑眯眯地升向天空。

共工怒触不周山

在女娲统治群神时期，出了一位凶恶的水神名叫共工。共工是炎帝后裔火神祝融的儿子，他长着人面蛇身，头发火红。共工性情火暴，一直对颛顼的统治不满，同时也想为自己的祖先炎帝报仇。

共工有两个帮凶，一个名叫相柳，人脸蛇身，浑身发青，有九个头；另一个叫浮游，长相也极为可怕。他们几个经常干坏事，祸害天上和人间。

眼见颛顼的统治越来越不稳固，共工感到时机到了，便自立盟主，和天上受压迫的众神统领着炎帝残败的余部向颛顼发难了。这场战争打得难解难分，最后战到了不周山的脚下。这不周山山形奇崛突兀，犹如一根巨大的柱子直上云霄。不周山本不是山峰，而是一根撑天的柱子。军队打到天柱下面，共工一时不能取胜，火冒三丈，怒气发作，于是一头向不周山撞去。只听得一声巨响，这根撑天的柱子拦腰而断，坍塌下来。

共工发动战争，以害人开始，却以害己告终。这一仗给人间造成了极大的灾难，最后共工大败而逃。共工的帮凶浮游被烧得遍体鳞伤，跳进淮水淹死了。长着九个头的相柳，吓得躲在昆仑山再也不敢出来。共工的坏儿子被气得患了重病，死后变成厉鬼，每逢冬至就出来祸害人间。共工撞坏了不周山，自己也昏死过去。

这根天柱被撞断了，整个宇宙一下子发生了巨大的变动。西北的天空失去撑持，倾斜下来，被拴系在北方天空的太阳、月亮和星星不由自主地朝西天滑落，于是就形成了今天日月星辰东升西落的运行规律。宇宙间再也没有一些地方永远是白天，一些地方永远是黑夜的苦难了。同时，东南大地受山崩的巨震，也陷下了一个巨大的深坑，从此江河也都不由自主地向东流去，这就是我们今天所见的江河的流向。

据说这不周山也是因共工而得名，他这一撞，撞坏了山体，使山的形体残缺而不周匝，因此，人们便给它取名为"不周山"了。

灶神穷蝉

过去，每年农历腊月的二十三或二十四日，农村都要过小年，这种习俗在中国延续了很久，至今不断。这一天人们要做的事情，就是祭祀灶王爷。

灶王爷名叫穷蝉，传说他也是颛顼大帝的儿子。穷蝉生前没有什么作为，去世以后，被天帝封了灶神。为什么天帝派他到人间做灶神，无法得知，但做灶神自然少不了吃喝，一年四季总是饿不着的。

灶神掌管炉灶，人类才告别了茹毛饮血的原始岁月，在人类社会的文明历程中，灶神居功至伟，所以人们敬重他！但是灶神还有另外的一个身份，就是人类生活的纪律监督员，谁家干点什么坏事，他都知道，灶神只要往玉帝那里一奏报，做坏事的都会遭到报应。

穷蝉做了灶王以后，掌管着家家户户的饮食起居。天帝规定：他每年腊月二十三或二十四，须要上天去汇报工作，禀报人们家里的事情。

为了让这位大神到天帝面前多为自家说好话，求得来年衣食丰盛，民间百姓每年到了这一天都要好好将他敬奉祭祀一下，献上最好的饼饵、果子、鲜鱼，以讨得这位大神的欢心。

人们把灶神灌得晕乎乎的！一方面是让灶神喝多了，上了天什么都说不出来，另一方面是吃人的嘴短，让灶神不好意思说人家的坏话、揭人的短。为了防止灶王爷到天上去向天帝告状，人们特地为他准备了一种特殊的食品：胶牙糖。这种糖像今天的麦饴糖，非常黏，让灶王爷吃这种糖，把牙粘住，使他在奏事的时候，说话含糊不清，说者听者都只好不了了之。可怜的灶神就这样让人把嘴给封了，以后，他几乎没开口再奏过谁，不过他的能力和责任心却引起了玉帝的怀疑，玉帝再也不信任他了。

穷蝉实在是人们日常生活中不可缺少而又不敢得罪的人物，谁家能不吃饭呢！但对人类的挑衅，灶神竟显得无能为力了。

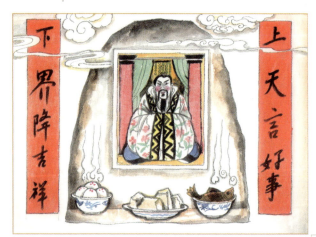

帝喾和他的子孙

帝喾高辛氏是黄帝的曾孙。传说他刚一生下来就神奇无比，给自己取名为俊，因此，帝喾又被人称为帝俊。

帝俊自幼聪慧过人，有卓越的才能，后来继承了帝位。他的功绩很大，在历史上声望与黄帝相当。

帝喾在音乐方面很有天赋，刚登上帝位便致力于音乐的编创工作，他还广泛召请天下具有音乐才能的人。

帝喾的第一位夫人，名叫姜嫄，说到姜嫄还有一段奇异的经历。姜嫄是一位聪明、美丽的姑娘，在一个风和日丽的日子里，她提着一只竹篮，唱着歌，到野外去采花。习习的微风夹带着花的芳香，吸引得她不时地弯腰摘下一朵朵鲜艳的花儿。这时，天帝帝喾正从天上路过，优美轻柔的歌声使他连忙收住脚步往下看，这一看，就被姜嫄的美貌吸引住了，不由自主地跟着姜嫄走。他灵机一动，在地上压出一只巨大的脚印。姜嫄一边采花一边走，走到巨大的脚印边，好奇地提起右脚，踏在大拇指印儿上。她的右脚刚一落下，就沉浸在一种从未有过的幸福感里。过了一会儿，她感到腹部有些发胀，低头一看，发现肚子大了起来，吓得她哭着向家跑去。走了一会儿，她忽然发现肚子大得出奇，而且阵阵作疼，疼得她昏了

过去。她一醒来，就发现自己生了一个孩子。她给孩子取名为"弃"，以纪念孩子的悲惨遭遇。弃长大后，发明了各种农具，人们尊敬弃，都称弃为后稷。

帝喾的其他子孙也很出色，像番禺造船，吉光用木头做车子，晏龙制造琴瑟，义均能够制造种种工艺品。这个义均在帝喾的子孙中最有作为，义均又叫垂，由于他心灵手巧，人们又称他为巧垂。巧垂发明制作了木匠用的规矩准绳，农业用具铫、耒耜，武器方面的弓，乐器方面像钟、鼓、埙、磬，等等。到了周朝，周天子还把巧垂的形象雕铸在大鼎上，用来告诫百姓，不要放弃农业。

太阳的日程

帝俊和妻子羲和与十个太阳儿子住在东方海久的汤谷，它位于黑齿国的北方。汤谷里生长着一棵大树，名叫扶桑。这棵大树生长在沸腾的海水中，高有几千丈，粗一千多围。十个太阳每人值班一天，由羲和架着车子伴送出入，交替出现在天空。

太阳一出门，终年站在扶桑树顶的玉鸡便张开翅膀，鸣叫起来。玉鸡一叫，桃都山大桃树上的金鸡便跟着叫起来。金鸡一叫，各处名山大川的石鸡也跟着叫，石鸡一叫，天下的鸡便都一齐叫起来，此时太阳便映红了满天的朝霞。

太阳首先在咸池里洗个澡，从扶桑树下升到树顶，此时便叫作"晨明"。当他坐上车子，开始出发时，叫作"朏明"。车子载着太阳走到曲阿的地方，便称作"旦明"。走到曾泉这个地方，就是蚤食，也就是早食；到了桑野，就是晏食。最后走到一个叫作悲泉的地方，妈妈便在这里停下车子。剩下的一段路程便由太阳自己步行，走到虞渊，进入蒙谷。羲和架着空车在晚风和星光里返回扶桑。

不知过了几百万年，有一天，太阳私下里商量好，再不去遵守什么秩序，一块儿结伴到天上去玩。当一个太阳出现在天空的时候，大地承受着无限的光明和温暖；可是当十个太阳一起出现在天空时，就成了一场灾难了：各种各样的恶禽猛兽从森林、江湖里跑来残害百姓。这时，有个名叫羿的英雄决心要狠狠地惩罚一下这些祸害。羿一口气射下九个太阳，正当要发箭射最后一个太阳时，太阳突然消失得无影无踪了，天地也一下子变黑了。原来，太阳跑回自己家里，再也不敢出来了。羿和人们商量把太阳喊出来。于是大伙一致同意派公鸡去，因为它的嗓子最响亮。第二天，公鸡站在高山上，放开嗓子喊："太阳呵，出来吧！"白天喊，黑夜喊，一直喊到第四天清晨，一轮金灿灿的太阳终于露面了。人们看到太阳的光辉，高兴得手舞足蹈，齐声欢呼。

十日并出

十个太阳儿子，每天由妈妈伴送，按照严格规定的路线和时间，轮流出去值班。每天值班的太阳早早地起来，在咸池里洗个澡，就沿着扶桑树从下面升到树顶，羲和每天在树顶准备好车子，把太阳儿子一直送到悲泉，然后让儿子下车自己往前走，才放心地驾车回去。

最初，孩子们很听话，都依照妈妈的这种安排。但日复一日，年复一年，孩子们渐渐厌烦了这种呆板、乏味的工作和生活。

一天晚上，太阳儿子们全都聚在扶桑树上议论起来。他们感觉生活太乏味了，没有一点刺激，于是决心一起出去玩个痛快。

第二天一早，十个太阳儿子一起跑了出来，四散在广阔无垠的天空之中。这下把妈妈羲和急坏了，说这个，劝那个，孩子们根本不去理会，只管自由自在地遨游于天空中。

十个太阳儿子无拘无束地在天空中玩了整整一天，再也不想回到原来的日程中去了，还向妈妈郑重宣布，以后他们就要像今天这样，结伴同行，决不再坐那辆车子了。

他们哪里知道，因为他们鲁莽的行为，给大地上的人们带来了多大的灾难。天空成了太阳们的世界，给人间带来了可怕的灾难。炎热的土地被烤焦了，禾苗被晒死了，山石沙土快要熔化了，河水沸腾了，茂密的森林变焦了。人们又热又没有吃的、喝的，简直是忍受不了了。到处都有渴死、饿死的人，尸体在十个太阳的烧烤下变得干硬干硬的。恶禽猛兽逃出了火焰般的森林，到处残害家畜。人们对这十个太阳怨恨到了极点。

有一天，当十个太阳儿子正在天空玩耍时，忽然感到"头疼"，而且疼得个个热力都减弱了。原来是一个名叫妞的女巫正在作法事。太阳儿子们发现了女巫，立即将烈火般的阳光齐射向女巫。女巫拼命施展神力与太阳灼热的光芒相对抗。最终，女巫的神力衰竭了，她忍受着巨大的痛苦，大叫一声，仰面喷出一口血，倒地含恨而死。她喷出的血射得很高，洒在了十个太阳儿子身上，从此，太阳上便有了黑子。

中国神话故事

151

羿降人间

十日并出给大地造成了无穷的灾难，不仅人类难以忍受，就连动物们也焦灼难耐了。一些猛禽纷纷逞凶，从火焰般的森林和热汤般的江湖中跑了出来，不停地危害百姓。

当时帝尧不停地禀告天帝，希望帝俊能够严厉地管教一下这些坏孩子。神、人之间都议论纷纷，帝俊觉得再不能这样下去了，必须帮助帝尧解决一下人间的困苦。帝俊将天神羿叫到了跟前。羿长得高大魁梧，是天上的第一神射手，箭法高明。帝俊温和地对羿说："如今十日并出，猛兽横行，人间苦不堪言。我派你到人间去，为民除害。"羿很愿意接受这个任务。帝俊让使者拿来一张红色的弓，一口袋白色的箭。这弓与白箭坚固锋利，就连天神也很难拥有。帝俊把神弓神箭赐给羿，嘱咐他去诛除那些危害百姓的恶禽猛兽，也将他的孩子们吓一吓，但须"手下留情"。

羿接过神弓神箭，又请求带上妻子嫦娥，帝俊同意了。

嫦娥乘着香车，羿骑着宝马，从天上缓缓地降到地上。正在发愁的尧见天神羿和嫦娥来到人间，喜出望外。羿顾不上休息，连忙和尧一起查看灾情。只见到处是尸体，庄稼烧焦了，树木枯死了，河水干涸了。羿顿时对人民产生了巨大的同情，同时也对太阳儿子们产生了无比的憎恨。羿忘记了帝俊的嘱咐，控制不住心里的一团怒火。他弯弓搭箭，瞄准一个太阳，身子摇了摇，将弓拉得月一样圆，只听见"嗖"的一声，神箭闪电般直往上飞，过了一会儿，只见天上的一个火球飞快地旋转着。忽然，火球爆裂了，一团红亮红亮的东西急速落到了地上。

人们欢呼着，发觉天上没有先前那么耀眼了，同时感到刮起了微弱的风。羿顾不得多想，又一箭接着一箭向天上射去。一口气射下了九个太阳。正当他准备射第十个太阳时，箭却没有了。那第十个太阳敢紧拼命地逃命，尧劝慰羿："射掉九个太阳已经解决问题了，留下一个可以照明。"羿这才安心地回去了。从此，天上就只有一个太阳为人类服务了。

弃的诞生

上古时代，有一个美丽富饶的地方叫邰，邰地有个部落，叫有邰氏。有邰氏有位名叫姜嫄的姑娘，是远近闻名的美女，她聪明、美丽，人见人爱。有一天，姜嫄去郊野游玩，在回家的路上，发现了一个巨大的脚印。姜嫄很好奇，试着用自己的脚去踏这个巨大的脚印，想比量一下有多大。哪知道，她的脚刚一接触脚印拇趾的地方，就感觉身心都受到了震动，有一种说不出的感觉。过了一会儿，她才清醒过来，收回右脚，怀着莫名其妙的喜悦和害羞的心情往家跑。姜嫄跑回家，把路上的奇遇告诉妈妈。不一会儿，她发觉自己的肚子大了起来。原来，姜嫄怀孕了。

妈妈发现女儿的肚子大了起来，也吓慌了，连忙问她是怎么回事。父母惊得没了主意，商量一下，决定让姜嫄骑上自家的骡子，跑得远远的生下孩子，不想让她把孩子生在家里，被人笑话。姜嫄只好让骡子驮着她往前走，骡子把姜嫄送到大脚印上，姜嫄便疼得昏过去了。她一醒来，孩子已经生下来了。姜嫄发现生了一个圆圆的肉球，她害怕极了，暗地把它抛弃到一条狭窄的小巷里。她有些恋恋不舍，一步一回头。走着走着，她停了下来，看见过路的牛羊全都小心翼翼地绕开走，好像生怕踩着它似的，她赶紧过去，抱起肉球，想再抛得远些。

在路过一个小水池时，她把肉球丢到了冻结的水面上。就在这时，奇事发生了，一只大鸟从远处飞来，绕着肉球盘旋悲鸣，最后竟落到了肉球的旁边，用一只翅膀盖在肉球的上面，一只翅膀垫在肉球的下面，仿佛母亲怀抱婴儿一般。躲在旁边的姜嫄看到这一情景，便走过去想看个究竟，大鸟见有人来，叫了一声便飞走了。

大鸟刚飞走，姜嫄就听到了啼哭声。姜嫄赶紧跑过去一看，一个结实漂亮的男孩正躺在裂开的肉球中啼哭呢。姜嫄又惊又喜，急忙抱起孩子，小心翼翼地回家了。因为他曾经被抛弃，就给他取名为"弃"，这弃就是后来周民族的祖先，人们尊称他为"后稷"。

嫦娥奔月

传说中后羿和嫦娥都是尧时候的人，尧在位时，天上有十个太阳，把大地烤焦，庄稼烤得干枯了，人们热得喘不过气来，倒在地上昏迷不醒。因为天气酷热的缘故，一些怪禽猛兽，也都从干涸的江湖和火焰似的森林里跑出来，在各地残害百姓。

人间的灾难惊动了天帝，天帝命令善于射箭的后羿下到人间，协助尧解决人民的苦难。

神射羿带着妻子嫦娥下凡以后，射死了帝俊的九个太阳儿子，尧和普天下的人民感激不已。但是，羿的心头却沉甸甸的，自己毕竟射死了天帝的九个太阳儿子，不知天帝是否能原谅他。后羿特地宰杀了一头野猪，把肉剁得细细的，制成肉膏，奉献给天帝。但天帝看也不看肉膏，闷闷不乐地说："我不愿再看见你，你和你的妻子住到人间去吧。"就这样，后羿夫妇成了凡人。

有一天，嫦娥对她的丈夫说："如今我们死了以后，还得去地下的幽都，和那些鬼魂呆在一起。想到这些，我就难受。我听说，西方的昆仑山中住了一位'西王母'，她那儿藏有不死的灵药，人只要吃了那药，就可以永生不死。你现在去昆仑山一趟，为我们求上一点不死之药，这样我们就不用去幽都了。"羿本来就觉

得对不住嫦娥，便决定去昆仑山一趟。

昆仑山是仙人居住的地方，西王母就住在山顶。那里长着一种不死树，树上结有一种果子，吃了可以长生不死。西王母的不死药就是用树上的果子炼制而成的。这种果树三千年一开花，六千年一结果，结的果子很少，所以不死药也异常珍贵。

上昆仑山相当困难，平常人根本上不去。它的下面环绕着弱水，水极深，一片羽毛掉在上面都会沉落，更不用说乘船而上了。昆仑山的外面，还环绕着火焰山，无论什么东西碰上它都会燃烧。所以，尽管人间传说着西王母有不死之药，但还没有一个人得到过它。

中国神话故事

西王母住在昆仑山的山顶洞穴里，有三只青鸟轮流为西王母寻找食物。昆仑山下有弱水环绕，弱水非但不能载舟，一片鸟羽落下都会沉没。弱水外又有火焰山，山上的火焰昼夜不息。

羿凭借他的神力和坚强意志，克服了千难万险，终于到达昆仑山顶。

在瑶池边，羿见到了西王母，向她叙述了自己的遭遇和此行的目的。西王母对这位英雄的不幸遭遇深表同情，更钦佩羿的作为，于是叫来身边的神鸟，从岩洞中衔来装有不死药的葫芦。西王母从中拿出不死药，郑重地交给羿，说："这些药足够你们两人吃的，倘若一个人全吃了，还有可能升天成神。"羿接过神药，谢过西王母，回到了家中。

嫦娥听说丈夫求来了不死之药，非常激动。她与丈夫商量，选一个好日子，一起吃神药，羿同意了。此时，嫦娥的心里却十分复杂，她留恋天上的仙女生活，想做女神。如今上不了天，全是丈夫的原故，照理，他该还她个女神才是，她这样想着，便有了吃下丈夫那一半药的打算。

一天晚上，嫦娥趁丈夫不在家，偷偷拿出药，一口气全吞到了肚中。

她觉得身子渐渐在变轻，脚也离了地面，慢慢地飘了起来，飘出了窗口，飘上了天空，最后一直飞到了月宫。

嫦娥来到月宫，就在那里落了脚。她发现那儿出奇的冷清，只有一只终年在那里捣药的玉兔和一位因学仙有过而被罚入月宫砍桂树的吴刚。这实在出乎嫦娥的意料，但已经来了，只好住下。后来越住越寂寞，到这时才想到羿的好处，家庭的乐趣，不过已经太晚了，她已经下不来了。

后羿见嫦娥扔下他一个人，飞离人间成了仙，悲痛欲绝地仰望着夜空，呼唤着爱妻的名字。忽然，他惊奇地发现，月亮格外的皎洁明亮，而且有个晃动的身影酷似嫦娥。

后羿急忙到嫦娥最喜欢去的后花园，摆上香案，放上她平时最爱吃的蜜食鲜果，遥祭在月宫里的嫦娥。

羿教逢蒙学射

逢蒙是一个机敏勇敢的小伙子，羿一向都很喜欢他，曾经教他箭法。逢蒙开始学射箭，羿对他说："你要想学好射箭，先要学会不眨眼睛，把这一点做到后，再来告诉我。"逢蒙回到家中，就整天仰躺在妻子的织布机下，用眼睛盯着织布机的脚踏子，练习盯住不动。起初很难做到，可逢蒙很有毅力，一直这样练下去，后来练到脚踏子动而眼睛却不动，最后竟练得拿锥尖逼近他的眼睛也休想让他眨一眨眼。于是逢蒙欢天喜地地跑去告诉羿。

羿又说："这样还不行，你还要学会把小的东西看成大的，练好后再来找我。"逢蒙回家以后，找了一根牛尾巴上的毛，拿它拴了个虱子，悬挂起来每天对着看。就这样看了几十天，最后看那虱子就跟车轮一般大了，再看别的东西，简直成了一座座大山。于是逢蒙又高兴地来找羿，将这一成绩告诉羿，羿听说后也很高兴，

便将自己所有的本领差不多全教给了逢蒙。逢蒙起早贪黑，风雨无阻，天天刻苦练习射箭。得到真传的逢蒙，箭术一天比一天高，最后射得竟和羿不相上下，以至于天下闻名，人人皆知。一提起射箭，人人都夸奖逢蒙。逢蒙听到众人的赞扬，就开始骄傲起来，觉得除了师傅，自己的箭法再没有人能比了。他为了超过师傅，就千方百计地巴结羿，在师傅面前装出一副恭顺的样子，挖空心思讨好师傅，发誓要把师傅的绝技骗到手。

但逢蒙奸诈刁钻、心术不正。他不高兴有个本领比他高的师傅，竟在一次打猎时，用提前准备好的木棍偷袭后羿，打死了自己的恩师。

好君主帝尧

尧是天帝帝喾与第三个妻子庆都生的儿子，长大以后帝喾派他到人间做了帝王。

尧是一位顾念人民的好君主。他生性俭朴，为人和善，爱民如子，深受百姓的爱戴。尧做了君王以后，一直没有一个宫殿，大臣们都建议为他建造一座宫殿。有的说，要为尧建造一个金碧辉煌的宫殿；有的说，宫殿要以金为地，以玉为阶；有的说，宫殿的柱子要用美丽的大理石来做；有的说，宫殿的顶部要用最好的木料搭成，并包上金光闪闪的金箔；还有的说，要在顶部镶嵌上银制的日月星辰。总之，大臣们希望为帝王建造一座雄伟壮丽的宫殿。尧却说："现在百姓还很艰苦，我不能独自享乐，就用茅草来盖吧。"于是，他命人用茅草盖了一座房屋，屋子的柱和梁也是用山中粗糙的木头架的。房屋十分简陋，就连平民百姓住的都不如。

尧平时只穿粗麻布衣，天冷了就加一件鹿皮披衫，挡挡风寒；使用的器皿不过是些土碗土钵。人们见他这样的简朴，感慨地说："恐怕连守门小官过的日子都比尧要好些呢！"帝王尧却不这样认为，他认为帝王不应该比人民生活得好，而应该想办法让人民生活得好。

对自己要求严格的帝尧对百姓十分关心，看到百姓有难，他就忧心如焚。假如国中有一个人身上没有衣服穿，尧一定要说："这是我使他穿不上衣服的。"假如有一个人饿肚皮，没饭吃，尧必定会说："这是我使他饿肚子的。"假如国中有一个人犯罪，尧也一定会说："这是我害他走入罪恶的深渊的。"他就是这样，把一切责任都担在自己身上，严己宽人，爱护百姓，以仁治国的。因此，国中百姓也像爱自己的父母一样热爱自己的国君尧。

尧的这种仁爱不断地传到上帝的耳朵中，上帝都被他的仁慈所感动，因此，在他统治的一百年中，不断有天降吉祥之事发生。像喂马的草料变成了稻子啦，凤凰飞到天井里来啦，等等，这大概都是由于他的德化所致吧。

皋陶与神羊

在尧的手下聚集了当时的一大批贤才，他们不仅能干，而且非常正直仁义，法官皋陶就是其中一位。

皋陶是尧手下得力的大法官，他的长相非常奇特，脸色青中带绿，嘴巴长得长长的，伸了出来，和马嘴一般。别看他人长得不体面，但办起案子来可是精明能干，铁面无私。传说，无论什么样的疑难案子，只要到了他的手里，都能审得一清二楚。

为什么他会有如此神奇的能力？传说这主要得益于他有一只断案如神的独角神羊。

尧在位期间，当时的杨国周府村有一牧民，他放的羊群里，有一只母羊生了一只独角羊，性忠且耿直，还能识奸忠辨邪正，于是他便去禀报尧王。尧王得知大喜，便带了一位大臣皋陶，还有他的妻子散宜氏和女儿娥皇，亲赴杨国察看。他一看，果真如此，此羊不但能辨忠奸，还能辨别曲直，跟随尧一起来的随臣们都说此羊为神兽。尧王听了，便命皋陶把神羊带回朝廷用于断案治罪。

独角神羊长着青色的长毛，身躯庞大，有点像熊。夏天，它就住在水池边，冬天则住在松柏林里。一遇到两人争吵，它就会用自己的独角去撞没理的那一方。

皋陶做法官全靠了这只神羊的本事，只要他去审理案子时，就会把独角神羊带去，对于某些值得怀疑却一下子定不了罪的人，他就叫这只羊用独角去触：它弯着头，晃着它的独角，一步步向着人群走去。凡是遇见有罪的人，它就会一头撞去，这样，皋陶就轻而易举地断出谁是谁非。

传说，散宜氏看了神羊以后，就生了个貌若天仙的女儿。这女孩落地就能坐，三天之后就会走路，五天后能开口说话，一个月就会编织，百日后就了解天文地理。尧王欣喜若狂，他想，周府必是宝地，既生神羊，又生神女。于是他把周府改名为羊獬，给女儿起名为女英。为了全家吉祥，又把全家迁居羊獬，成为羊獬人。

尧的乐官夔

据历史记载，尧又称陶唐氏，故称唐尧。尧做国君的时候，把社会管理得井井有条，农业、手工业、法律、音乐、教育都有固定的专人管理，这些管理者都是当时那一行的行家。尧的手下有个乐官，名叫夔。乐官夔通晓音律，在历史上非常有名。

据说夔只有一只脚，有人说他和东海流波山的那个一只脚的夔有些什么渊源关系。不过，没人说得清。夔非常精通音乐，尧便聘他做了乐官。

夔做了乐官以后，看到当时人类还比较贫穷，又经历了大旱、大水等众多灾害的侵袭，经常忍饥受饿，吃不饱饭。贫穷的人们时常发生争斗事件，你抢我夺，有时双方打得鼻青脸肿，这样既伤和气，又影响社会的安定。夔想音乐可以调节人的情绪，可以利用它来为人类造福。

于是夔仿照山川溪谷的声音，创作了一支乐曲，取名为《大章》。这篇《大章》乐曲音律优美，平和柔缓，如涓涓细流，滋润心田；似潺潺小溪，从心底流出，谁听到这支曲子都会为之感动。

《大章》乐曲流传开以后，许多无谓的争端缓和了下来，对人心的安定起到了重要的作用。这之后，夔又把一些石块、石片按音律排放，有规律地敲击，可以发出悦耳的合鸣，十分动听，以至于各种各样的飞禽走兽听到之后，都应和着节拍有节奏地跳起舞来，足见这种合鸣的感染力。

就这样，乐官夔以他的天才和智慧创作出许多优美的乐章，给人们的生活增添了无穷的乐趣。

图书在版编目（CIP）数据

中国神话故事 / 瑾蔚编绘. —北京：中国铁道出
版社，2015.1（2018.10 重印）
（中国经典故事）
ISBN 978-7-113-19648-6

Ⅰ. ①中… Ⅱ. ①瑾… Ⅲ. ①神话－作品集－中国
Ⅳ. ①I277.5

中国版本图书馆 CIP 数据核字（2014）第 289644 号

书　　名：中国神话故事
作　　者：瑾　蔚 编绘

责任编辑：于靖怡　范 博　　　　编辑部电话：010-51873697
编辑助理：韩丽芳
封面设计：蓝伽国际
责任校对：龚长江
责任印制：郭向伟

出版发行：中国铁道出版社（100054，北京市西城区右安门西街 8 号）
网　　址：http://www.tdpress.com
印　　刷：中煤（北京）印务有限公司
版　　次：2015 年 1 月第 1 版　　2018 年 10 月第 3 次印刷
开　　本：720mm×1000mm　1/16　　印张：10　　字数：180 千
书　　号：ISBN 978-7-113-19648-6
定　　价：74.40 元（共 3 册）

中国成语故事

ZHONGGUO CHENGYU GUSHI

中国铁道出版社

前　言
QIANYAN

　　成语与唐诗、宋词一样经过历史的洗礼，成为中国几千年灿烂文化遗产中弥足珍贵的组成部分。中国成语不仅是中国传统文化的缩影，是中国古老文明的鉴证，更是集丰富的历史知识与浓郁的文学色彩为一体的民族文化瑰宝。在每个成语的背后，都蕴藏着与众不同的渊源，有的来源于古代历史事件，有的来源于古代诗文，还有的来源于民间俗语或谚语……成语的世界犹如一个色彩纷呈的大观园，里面凝集了丰富的人文社会知识，以及各种自然科学知识，古今交织、文理兼备、情趣盎然。无论你想在笔头展现自己的淋漓酣畅，还是想在众人中间谈笑自若，妙语连珠，成语的学习都是一门不可或缺的必修课。因为一个看似简单的成语运用，往往会改变你言辞上的劣势，让你在顷刻间变得游刃有余，从而收到事半功倍的效果。成语学多了，学精了，于你最大的收获便是提高了自身的文化素养。

　　根据广大少年读者的需要，我们精选了近四百个成语佳作，其中涉及历史知识、民俗风情、生活哲理等各个领域。既有栩栩如生的人物形象，又有波澜壮阔的战争场面。本书以字母顺序收录成语条目，每一个成语由故事内容、释义、出处三部分组成；对涉及成语来源的词句则尽量保持其的原貌，对难点字词给予明晰的注释。

　　如果你想开拓视野，如果你想活跃思维，如果你想增长见识，那么还等什么？翻开《中国成语故事》第一页，这里就是你达成夙愿的开始。

目 录
MULU

爱屋及乌

【出处】《尚书大传·大战》："爱人者，兼其屋上之乌。"

【词义】乌：乌鸦　　兼：同时涉及

【释义】比喻爱某个人就连他有关的人或物都喜爱。

古代的时候，周武王打败了商朝最后一个帝王殷纣王后，为了稳定局势，巩固政权，立即召集相国姜尚等人商讨该怎样处置殷商留下来的大小官员。姜尚答道："我听说，如果喜爱那个人，就连这个人屋上的乌鸦也都应该喜爱；如果憎恨那个人，就连他的仆从家吏也应厌恶，要全部杀尽敌对分子，一个也不留，您看怎样？"

以后，根据这个故事就出现了"爱屋及乌"的成语。以后的诸多书籍都引用其意，如《尚书大传·大战》中有语云："爱人者，兼其屋上之乌。"许自昌《水浒记·投胶》中

云："他们都是你舅舅的相识，你何无爱屋及乌情？"所以这个成语常用来比喻由于喜爱某个人，也喜爱与这个人有关系的人或物。

安步当车

【出处】《战国策·齐策四》："晚食以当肉，安步以当车。"

【词义】安：慢慢地

【释义】比喻安于普通生活，不贪图享受。

战国时期，齐国有个名叫颜蜀的人，很有才能。官府几次请他，他却不愿做官，隐居在家过着自由自在的生活。齐宣王听说后便请他到宫里去，谈话后对他非常钦佩，希望颜先生收自己做弟子，居住到宫中，好天天向他请教。齐宣王还保证每顿饭都有肉吃，出门一定有车坐；连夫人、儿女都有漂亮的衣服穿，有享受不尽的荣华富贵。

颜蜀却冷淡地说："多谢大王美意，我不愿享受什么荣华富贵，我愿'晚食以当肉，安步以当车，无罪以当贵，清净贞正以自娱！'"这几句话的意思是：吃不起肉，可以把吃饭的时间拖得晚一些，饿

极了再吃，这样吃起来就会特别香甜可口，好比吃肉一样了；没有车子坐，步行时只要走得安稳些，就好比坐车了；不犯罪，就可以说是很好了；清净自在地过日子，自己就感到很快乐。说完，颜蜀道了声谢就转身走了。

这个故事流传很久了，"安步当车"这句话至今仍被使用，不过它只当作散步慢走的乐趣来讲了。

这是孔丘的弟子颜渊的故事。相传，孔子教过的学生有 3000 人，其中我们耳熟能详的有 72 人。在这 72 人中，有一个令孔子最得意的学生名叫颜渊。

颜渊是春秋末鲁国人，名回，字子渊。他虽然生活相当拮据，但仍然坚持读书，刻苦钻研学问。孔子曾称赞他说："颜渊真是贤德的人啊！他虽然生活贫苦，居住的房子相当简陋，只有一小竹篮干粮一瓢水，也仍然不改变他的志向，并且以此为乐。"但是，孔子也曾说过

颜渊和他的思想大不相同，孔子对颜渊所说的话，颜渊都很不爱听。后来颜渊早逝，孔子特别悲伤。"安贫乐道"这一成语就是从这里来的。

安贫乐道

【出处】《论语·先进》"贫固陋巷，箪食瓢饮，而不改其乐。"

【词义】箪：古代盛饭用的圆形竹器

【释义】安于贫穷的境遇，乐于奉行自己信仰的道德准则。

"安贫乐道"是指安心处在贫穷的境况下，乐于信奉自己信仰的思想道德标准。

安居乐业

【出处】《老子》:"甘其食，美其服，安其居，乐其俗。"

【词义】居：住的地方 业：职业

【释义】安定地生活，愉快地劳动。

春秋时期，有一位著名的哲学家名叫李耳，是道家的创始人，人们尊称他老子。著有《老子》一书，书中反映了他的基本思想。

老子的思想相当保守，他对当时的社会很不满，也极力反对社会改革，对原始社会念念不忘，一直想回到原来自给自足的田园生活中。他很想有一个像原始社会一样国土少，人口少的社会。他曾说："甘其食，美其服，安其居，乐其俗……民至老死不相往来。"意思是使老百姓对吃的食物感到甜美，穿的服饰很舒服，住的地方感到安逸，对沿袭下来的习惯很适应，一生之间不相往来也没有什么。

我们今天使用的"安居乐业"这个成语就是老子当年所说之意。

按兵不动

【出处】《吕氏春秋·恃君览》:"赵简子按兵不动。"

【词义】按：止住

【释义】原指控制军队暂不行动，以等待时机。现在指接受任务后不肯行动。

春秋时期，晋国赵简子准备袭击卫国。临出兵前，他选派了一位亲信大夫史默去刺探卫国的军情。赵简子与史默约定一个月为期。

可是一个月过去了，史默还没有回来。这时，有个谋士对赵简子说："史默逾期不归，很可能已经遇害了。卫国经不住晋国的攻击，请元帅下令出兵吧！"

赵简子说："卫国敢于断然同我国绝交，一定作了充分的准备。史默没有如期归来，一定是发生了什么变故。出兵的事，等他回来再说吧！"

时间一天天地过去了，六个月后的一天，史默终于带着大量的情报从卫国回来了。

原来，卫国国内发生了一些出乎意料的事情：卫灵公过去重用谄媚的小人弥子瑕，现在他罢免了弥子瑕，任命德高望重的贤臣蘧伯玉为宰相；同时为了激起国人的同仇敌忾之心，卫灵公又派人公开宣扬说："晋国已经命令我国，凡有

姐妹、女儿的人家，都要抽调一人去当人质。"消息传出后，卫国上下充满了对晋国的强烈仇恨。不久前，孔子和他的学生子贡到了卫国，卫灵公任命子贡为宰相。史默报告了以上的情况后说："卫国现在贤臣很多，要想用武力征服它，可能要付出很大的代价，请元帅三思而行啊！"赵简子听完后，立即下令三年按兵不动，暂时放弃了袭击卫国的计划。

背水一战

【出处】《史记·淮阴侯列传》："韩信乃使万人先行，出，背水阵。赵军望见而大笑。"

【词义】背水：表示没有退路

【释义】比喻在危险情况下，不顾一切，决一死战。

公元前 204 年，韩信和张耳率汉军去攻打赵国。赵王令统帅陈余率领二十万兵马，集结在井陉口

（即现在河北省井陉山上的井陉关）。

韩信把兵马驻扎在离井陉口 15 千米的地方。后半夜，韩信挑选了二千轻骑兵，每人带一面汉军红旗，从小路到赵营的侧后方埋伏起来。韩信又派一万人马，背靠河水摆开阵势。

陈余探知韩信沿河布阵，大笑说："韩信不懂兵法！背水作战，不留后路，这是自己找死！"

天亮后，韩信带领大队兵马，向井陉口杀来，赵军立即迎战。交战后，汉军假装败退，向河岸阵地退去。陈余不知是计，指挥赵军追击。这时，事先埋伏的两千轻骑兵，立即杀入赵营，拔掉了赵军旗帜，换上了汉军的旗帜。

赵军追得汉军退到了背靠汉水的阵地上。汉军后退无路，于是他们转过身，一个个背水拼命死战。赵军久战不能获胜，士气开始低落。当他们忽然又发现背后自己的营垒上都插上了汉军的红旗，顿时军心大乱，纷纷四散奔逃。

于是，汉军乘机前后夹攻，大破赵军。他们杀了陈余，活捉了赵王。

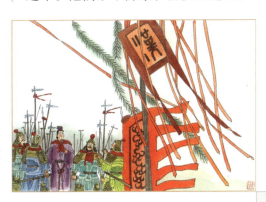

兵不厌诈

【出处】《韩非子·难一》："臣闻之，繁礼君子，不厌忠信；战阵之间，不厌诈伪。"

【词义】厌：嫌恶　诈：欺骗

【释义】打仗时不以欺诈为非。指用兵打仗可以使用欺诈的办法迷惑敌人。

东汉安帝时，有一年，羌军大举围攻武都郡。在这危急时刻，安帝任命虞诩为武都太守，让他率兵支援武都。虞诩率领部队经过陈仓、崤谷一带时，遭到羌军的阻击。虞诩于是便派人四处扬言说，已经奏请朝廷增调援兵，等援兵到后再继续前进。羌人不知有诈，便松懈了防范。这时虞诩乘机发起进攻，冲破了羌军的重重防线，火速赶往武都。起先，羌军紧追不舍，虞诩就让士兵逐日增灶。羌兵见了，误以为汉军每天都在增加兵力，因此便不敢再追了。汉军安全到达武都后，将士们向虞诩请教说："从前孙膑行军作战，每天减灶，而您却要增灶。兵书上说，每天行军15千米，就可以保证安全，而我们却要行50多千米。这是什么缘故呢？"虞诩答道："羌兵人多，我军人少，因此只能智取。我军每天行军50多千米，是为了摆脱跟踪之敌；我军佯装强大而增灶，这是根据情况的差异，采取不同策略。这就叫'兵不厌诈'呀！"

拔山举鼎

【出处】《史记·项羽本纪》："力拔山兮气盖世。"

【词义】拔山：把山拔起　举鼎：把鼎举起

【释义】形容力大无比。

"拔山"和"举鼎"都是形容力气大的词语，是关于秦末项羽的故事。

项羽，下相（今江苏宿县）人，秦末农民起义军领袖。公元前206年秦灭之后，项羽自立为西楚霸王。项羽少年时不爱读书写字，只喜欢舞刀弄枪，他22岁时，能把几百斤重的鼎举起来。这便是"举鼎"的来历。

后来，项羽起兵反秦，最终在巨鹿之战中摧毁秦军主

北宋年间，湖南长沙有位高僧名景岑，号招贤大师，人称长沙和尚。在他每日念的佛经中有这样几句唱词："百尺竿头不动人，虽然得入未为真。百尺竿头须进步，十方世界是全身。"一名僧人向大师请教，招贤大师就出示了一份偈贴。贴上写着："要达到百尺高竿的顶端，须再进一步，才能达到十方世界。十方世界就是那登峰造极的境界。"唱词中的百尺竿头，指的是很高的竿子，佛教用来比喻修行到了很高的境界。十方世界指的是无边无际的宇宙。这段话的意思是：修行到了很高的境界，仍需继续努力，这样才能达到尽善尽美的境界。

后来，人们就去掉它的原意，把"百尺竿头须进步"引申为"百尺竿头，更进一步"这个成语。

力。灭秦后，项羽又和刘邦为争夺天下展开战斗，被刘邦围困在垓下（今安徽灵壁），敌不过刘邦，终于自刎在乌江。自刎前还发出"力拔山兮气盖世，时不利兮骓不逝"的慨叹，埋怨失败是由于天意所使。"拔山"也由此而来。

百尺竿头，
更进一步

【出处】《景德传灯录》："百尺竿头须进步，十方世界是全身。"

【词义】更：更加

【释义】比喻道行修养到达极高境界。今用以劝勉人们在学习和工作上不要满足于已取得的成绩，而要力求上进。

百闻不如一见

【出处】《汉书·赵充国传》："百闻不如一见，兵难隃度。臣愿驰至金城，图上方略。"

【词义】图：图谋　　略：方法、策略

【释义】指耳朵听到的没有眼睛看到的可靠，办事情力求做到详尽周密。

汉宣帝时，西北边疆的羌族结成联盟，发兵攻汉，消息传至长安，宣帝召集群臣商议，大臣们都主张派军队去征剿。汉宣帝询问谁愿领兵前去边关抗敌，话音刚落，老将军赵充国自告奋勇，请求前往，汉宣帝龙颜大悦。赵充国老将军曾经与羌人打了几十年交道，可以说是经验丰富。汉宣帝问他去时要带多少兵马，还需做其他什么准备。赵充国说："情况还不清楚，无法在情况不清楚时提出要求。百闻不如一见，我要求亲自去那里看看，弄清情况后，再确定办法，向皇上禀报。"赵充国到了边疆

侦察了地形，掌握了敌军兵力部署，又从俘虏口中了解到许多敌人内部的情况，这才制定出"分化瓦解，各个击破，驻兵屯守，整治边关"的策略。不久，朝廷就派兵平定了羌人的骚扰，恢复了西北边疆的安全。

百折不挠

【出处】蔡邕《太尉乔玄碑》："有百折不挠、临大节而不可夺之风。"

【词义】折：挫折　　挠：弯曲

【释义】形容意志坚强，不管经受多少挫折，决不屈服退缩。

东汉灵帝时，尚书令乔玄为官清廉，性情刚正，敢于同恶势力做斗争，受到人们的尊敬和爱戴。他年轻时，在本县做功曹，当时有个叫羊昌的人，是当朝大将军梁冀的好朋友，羊昌犯了罪，别人不敢言语，乔玄则不畏权势，揭发了曾当过豫州"陈相国"的羊昌的罪恶。在当汉阳太守的时候，他的属下皇甫桢因贪赃枉法，被他立时处死。后来有一次，三个强盗绑架了乔玄的儿子，向乔玄勒索银子。如果乔玄不答应就立即杀死孩子。乔玄怒气冲天，大声地斥责了强盗，命令士兵逮捕了

国。郑国的执政者子产见楚国派兵迎亲，早已经知道他们别有用心，就婉言谢绝他们在城内举行隆重的迎亲典礼，让他们在京城外举行。公子围则不同意郑国的意见，强调婚礼是大事，必须在城里举行。郑国的大臣子羽用强硬的语气直截了当地说："小国无罪，恃实其罪；将恃大国之安靖已，而无乃包藏祸心以图之。"意思是说我们郑国和你们联姻，本想你们大国可以来保护我们，可是你们"包藏祸心（表面不露声色，心里藏着害人的坏主意）"，竟打算暗中攻打我国，这是我们绝对不能容忍的……

强盗，他的儿子也因此而丧命。汉灵帝时，乔玄为尚书令，那时太中大夫盖升，仗着和灵帝有旧交情，大肆搜刮民财，横行乡里，鱼肉百姓，乔玄上书揭发，灵帝不仅不理，还升了盖升的官。乔玄一气之下便托病辞职，回了老家。后来虽然又被任命为太尉等职，但几乎都没有上任。当时人们对乔玄的刚毅果断颇有好评，颂扬他"有百折不挠、临大节而不可夺之风。"

楚国人见阴谋败露，郑国已经早有准备，只得作罢。这就是"包藏祸心"的出处。

包藏祸心

【出处】《左传·昭公元年》："小国无罪，恃实其罪；将恃大国之安靖已，而无乃包藏祸心以图之。"

【词义】包藏：隐藏，怀着　　祸心：害人之心

【释义】形容心里怀着害人的念头。

春秋时期，楚国的公子围（以后的楚灵王）欲利用迎娶郑国大夫公叔段的女儿之际趁机派兵吞并郑

杯弓蛇影

【出处】《晋书》："有角弓挂壁，影落杯中如蛇。"

【词义】蛇：像蛇一样

【释义】将映在酒杯中的弓影误认为蛇。比喻疑神疑鬼、妄自惊扰。

晋朝人应郴在汲县作县令，一天，县主簿杜宣前来拜见，应郴请他喝酒。当时墙上挂着一张红色的弓，影子倒照在杜宣的酒杯里。杜宣喝酒时，看到杯子里好像有一条小蛇样的东西在游动，心中害怕却又不敢不喝下这杯酒，回家后就得了胸腹疼痛的病。应郴听说后，去探望病人，问起他患病的原因时，杜宣说："酒杯里的蛇进了我的肚里。"应郴回家后仔细想了半天，猛然发现墙上挂着的弓，顿然醒悟，就又把杜宣请到家里，仍让坐到原处喝酒。把酒倒进杯子后，问他："你看到杯子里有什么吗？"杜宣仔细一看，说："跟上次见到的一样。还有一条红色的小蛇。"应郴便把墙上那张弓取了下来，再问他："现在还有蛇影子吗？"杜宣一看杯子里的蛇果然不见了，这才恍然大悟，患了很久的病一下就好了。

后人就把疑神疑鬼，自己吓自己的现象说成"杯弓蛇影"，流传至今。

宾至如归

【出处】《左传·襄公三十一年》："宾至如归，无宁灾患？不畏盗寇，而亦不患燥湿。"

【词义】至：到　　如：好像

【释义】比喻待客真诚，让客人就像回到自己的家一样。

春秋时期，郑国国相子产奉郑简公之命出访晋国。子产到达晋

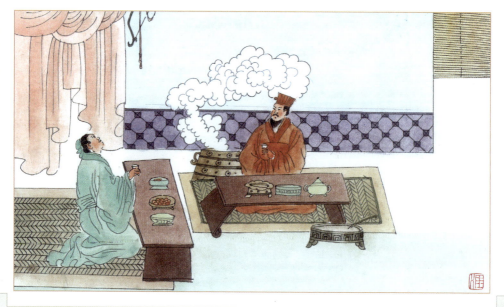

不辨菽麦

【出处】《左传·成公十八年》："周子有兄而无慧，不能辨菽麦，故不可立。"
【词义】菽：豆子
【释义】通常形容愚昧无知，或指缺乏生产方面的知识。

春秋时期，晋国朝廷中展开了一场激烈的争权夺势的斗争。

大臣栾书、中行偃等，为了掌握国家大权，杀死了大臣胥童，接着又密谋杀害了国君晋厉公。另立晋襄公的曾孙周子为国君，即晋悼公。当时周子年仅 14 岁，这位年幼的国君只不过是个傀儡而已。但栾书等贵族大夫为了掌握大权，则坚持说周子才思敏捷、聪明能干，并且辩解道："周子虽有一个哥哥，但生性愚钝，连豆子和麦子都分不清楚，当然不能立为国君了。"

就这样栾书、中行偃等人挟持了晋悼公数年，一直掌握着朝廷的大权，为所欲为。"不辨菽麦"由此而来。

国后，晋平公摆大国架子，借口国内有丧事，没有去迎接。子产很气愤，就命随从部队把晋国宾馆围墙扒掉，驱车马直开进去。晋国士大夫文伯得知消息后，立刻赶到宾馆，很有礼貌地责问此事，并指出这将会给各国来宾的安全、卫生带来一系列问题。子产回答："我们郑国是小国，不敢安居，因此按时前来进贡。不料贵国国君国事繁忙没工夫见我们。为不使送的礼品损坏，不得不把墙垣扒去，以便及时放到库内。听说你们晋文公当政时，来的路修得又宽又平，窗明几亮；冬天，人一到火就马上生好，招待非常周到，真是'宾至如归'，无灾无患。现在，贵国国君的寝宫豪华气派，而宾馆的大门却矮小得难以通车马。我们不得已，才把围墙拆掉啊！"士文伯自知理亏，即向子产认错。

晋平公知道此事后，惭愧不已，热情接见了子产，又重新修建了一座宽敞明亮的宾馆。这就是"宾至如归"的出处。

中国成语故事

不共戴天

【出处】《宋史·秦桧传》："言金人以'和'之一字，得
志于我者十有二年，以覆我王室，以弛我边备，
以竭我国力，以懈缓我不共戴天之仇，以绝望
我中国讴吟思汉之赤子。"
【词义】戴：把东西放在头上
【释义】不与仇敌在同一个天底下生活，表示仇恨极
深，势不两立。

南宋初年，金国派使臣来到了京都临安（今浙江杭州），要挟宋朝递降书顺表，否则就起兵攻宋。宋高宗整日沉迷于酒色，歌舞升平，没有吸取北宋灭亡的教训，更不想收复失地。得知金国使者即将到来，宋高宗赶忙召集满朝文武，共同商议对策。以宋高宗、秦桧为首的投降派主张求和，交纳降书顺表。枢密院编修官胡铨性情刚直，忠心爱国，他极力反对。胡铨上书给高宗时说："金人以'和'为借口，已经整兵操练了十二年，图谋消灭我们宋朝。他们利用这个借口，想让我国的边境防备松弛；让我们的国力匮乏；缓解我国人民的不共戴天之仇，使全国上下对将来的前途绝望。我认为应该把秦桧、王伦、孙近三人为代表的投降派斩首，悬挂在高竿上，激起大家的爱国之心。"

"不共戴天"的意思即有我无敌，有敌无我。

不胫而走

【出处】刘向《说苑·尊贤》："夫珠玉无足，去此数
千里而所以能来者，人好之也。"
【词义】胫：小腿　　走：跑
【释义】没有腿却能跑。比喻事物无须推行，就已迅速
地传播开去。

战国时，晋国大夫越简子有一次坐船在黄河游览，由于心里高兴，不禁感叹说："唉，怎样才能让品德高尚而又有本领的人和我在一块呀！"船夫古乘听了越简子的话跪在赵简子面前，打了个比方说："珍珠、宝玉虽然没有长脚，却能来到相距几千里的地方，是人们喜欢它的缘故。现在道德高尚有才能的人有脚不能来到你身边，这是因为你不喜欢他们的缘故啊！只要你能知

不觉技痒

【出处】汉·应劭《风俗通·声音》："渐离变名易姓，为人佣保……闻其家堂上客击筑，技痒不能出。"

【词义】易：更改　　　技痒：遇到机会时特别想施展

【释义】形容有某种专长的人，一有机会就要表现一番。

人善任，重用人才，相信不久你的周围就会聚集大批的文武贤才，对你的事业大有帮助。"

后人概括这个故事的内容叫"不胫而走"，也作"无胫而行"。原指贤人投奔爱慕贤人的人，也有比喻东西突然丢失的。

战国时期，燕国有个击筑（乐器）高手名为高渐离，因为荆轲刺杀秦王未能得手，而受其牵连，迫不得已逃离家乡，改姓换名后来到一个名为宋子（今河北赵县北）的偏僻小村躲藏起来。他到一户人家去当佣工，日子久了，高渐离感到十分苦恼。

有一次，主人家来了客人，吃饭时有击筑表演。高渐离听了忍不住评论起来。听见他评论的人就告诉了主人，主人便叫他当众表演，没想到他技艺高超，不同凡响，同时也引起了众人的怀疑。高渐离取出藏在箱子里的乐器，换上旧时服装说明了自己的身份。大家又惊又喜，主人非但没有怪罪，反而把他当贵客来招待。

"不觉技痒"就是从这里来的，又叫"技痒难忍"。

中国成语故事

不可救药

【出处】《诗经·大雅》："多将熇熇，不可救药！"

【词义】药：用药。

【释义】比喻事物发展到了不可挽救的地步。

周厉王是个暴君。他生活奢侈，残忍无道，国势日益衰弱。他当政的时候人民深受其害，不但老百姓骂他，连一些大臣也对他不满意。

有一个叫凡伯的大臣，郑重地劝告厉王不要滥施酷刑，残害百姓，周厉王对凡伯的话一点也听不进去，那些帮厉王办坏事的人反而嘲笑凡伯。气愤之余凡伯写了一首劝谏诗，讽刺厉王的暴行，警告那些奸臣。诗中说：你们讥笑我老了，说了这些不该说的话，而你们却把有关国家忧患的事当作儿戏。忧患的事情还没来得及防止，新的忧患又来了。忧患的事积得多了，就会像熊熊大火，越烧越旺，到时候就"不可救药"了。后来老百姓忍无可忍，终于造反了，把周厉王赶到很远的地方去了。

这里指周厉王暴虐无道，如同患重病一样，到了不能医治的地步。

鞭长莫及

【出处】《左传·宣公十五年》："古人有言曰：'虽鞭之长，不及马腹。'"

【词义】莫：不能 及：达到

【释义】比喻力量难以达到的地方。

春秋时期，楚庄王派公子申舟出访齐国。楚庄王自恃国大，对势力弱小的宋国没放在眼里，因此没有事先通知要经过的宋国。宋国知道后，大为气恼，为了维护自己的尊严，当公子申舟路过宋国时将其杀死。楚庄王听说后大怒，立即发兵进攻宋国。

宋国早有准备，两国的战争一直持续到第二年五月，楚国仍没取胜。这时宋国派大夫东婴到晋国请求援助。晋大夫伯宗对晋宣公说："古话说：'虽鞭之长，不及马腹'，今天的楚国就好比马腹，它的强大是上天赐予的，我们哪里管得着楚国的事。"晋宣公

杀了属下宁成全家，使南阳地区的下级官吏和一般的老百姓十分震惊，个个谈"义纵"而色变。

公元 119 年，义纵调任定襄（今内蒙古和林格尔东南）做太守，到了定襄不久，就听说有的犯人越狱逃走，有的官吏收受犯人及犯人家属的赌赂。他大为恼怒，立即封闭了定襄监狱，把狱中所有轻、重犯人二百余人都处以死刑。随后又把探望的家属、亲友二百余人也以"为囚犯私自解脱枷镣"

的罪名，全部判处死刑杀死了。消息传出后，当地的老百姓个个胆战心惊。从此定襄城里的人一提起义纵的名字就会不由自主地发抖。

听了伯宗的话，觉得有理，于是婉言谢绝了宋国的请求。不过最终由于宋国人民团结一致，硬是坚持到楚国的军队返回楚国。楚国最后也没占到什么便宜。

故事中"虽鞭之长，不及马腹"的意思是说，鞭子再长也打不到马肚子上。"鞭长莫及"这句成语就是从这里来的。

不寒而栗

【出处】汉·司马迁《史记·酷吏列传》："是以皆报杀四百余人，其后郡中不寒而栗。"

【词义】栗：打哆嗦

【释义】不寒冷却发抖，形容内心极度恐惧。

汉武帝时，有一个叫义纵的酷吏性情十分残暴，经常杀人不眨眼。据说他到南阳刚一上任，就借故

不拘一格

【出处】清·龚自珍《己亥杂诗·九州生气恃风雷》:
"不拘一格降人才。"
【词义】拘:拘泥　　格:格式
【释义】不局限于一种规格或方式。

清朝道光年间,有一位著名文学家,名叫龚自珍。他所作的诗文,大多揭露清王朝的腐败,洋溢着爱国热情。龚自珍的诗奥博纵横,自成一家,有"龚派"之称。龚自珍6岁开始学诗,14岁就能写诗,年仅20岁就成了著名的诗人,27岁中进士后在朝中做官。龚自珍富有爱国热情,对朝廷的腐败很是不满。他做官20余年后便辞官返乡了。

这年夏天,龚自珍辞官返乡时由京城去杭州,路过镇江时,一位道士知道他是大名鼎鼎的龚自珍后,便请他写一篇祭文,他随即做诗一首:"九州生气恃风雷,万马齐喑究可哀;我劝天公重抖擞,不拘一格降人才。"意思是:中国要重振声威,就得靠疾风迅雷式的改革;当前老百姓受压抑而不敢讲话的死气沉沉局面,实在让人气愤。我劝天公重新振作起来,不要再拘泥常格,把有用的人才降到人间来。

这首诗中的"万马齐喑",则用来比喻人们都沉默,不说话,不发表意见。

不入虎穴,焉得虎子

【出处】《后汉书·班超传》"超曰:'不入虎穴,焉得虎子。'"
【词义】穴:动物的窝
【释义】比喻不冒风险,就不可能取得成功。

班超是东汉时期有名的大将,他作为东汉的使者,曾在西域生活了三十年,帮助西域各族摆脱匈奴

的束缚和奴役，为东汉王朝开发西域立下很大的功劳。

公元 73 年，班超受大将窦固派遣，第一次出使西域。班超一行三十六人首先来到鄯善国（今新疆维吾尔自治区罗布淖尔西北），与鄯善国国王商谈建立友好邦交之事。起初，鄯善国国王对他们非常热情。过了几天，班超发现鄯善国国王的态度突然变得冷淡起来。班超心中疑惑，向侍者一打听，才知道三天前匈奴也派来了使者。匈奴使者对鄯善国王说了许多汉朝的坏话，因此国王对建立邦交之事犹豫不决。

面对十分险恶的形势，班超立即召集将士商讨对策。他说："不入虎穴，焉得虎子。当今之计只有连夜消灭匈奴使者，才能断了鄯善国国王投靠匈奴的念头。"

当天夜里，班超率领三十六个壮士，悄悄摸进匈奴使者的营地，顺风放起一把大火。匈奴人从梦中惊醒，吓得四散奔逃。班超和三十六名壮士英勇奋战，经过一番搏斗，终于全歼匈奴一百余人。

班超的果敢行动震惊了整个鄯善国。鄯善国王见班超如此英勇，马上表示愿意同汉朝建立邦交关系，永远与汉朝和睦相处。

别开生面

【出处】杜甫《丹青引》："凌烟功臣少颜色，将军下笔开生面。"

【词义】生面：新的面目

【释义】使原来已经暗淡模糊的画面重放光彩。比喻另创新的局面、风格或形式。

曹霸是唐代著名的画家，擅长画人物和马匹，就连玄宗皇帝也经常把他召进宫作画。

长安城里的太极宫中，有一座凌烟阁。凌烟阁四壁挂着二十四幅唐朝开国功臣的肖像。这些肖像是唐初大画家阎立本的作品，七十多年过去了，凌烟阁中的功臣像大部分已经色泽暗淡模糊。玄宗就召曹霸进宫，让他把全部功臣的肖像重新画一遍。

几天后，曹霸把二十四幅画像画得神采飞扬。唐玄宗看后非常满意，封他当左武卫将军。

后来，曹霸因为一件小事没有办好，被削职为民，流落到成都，靠给过路的行人画像糊口度日。

著名的大诗人杜甫也避乱来到成都。有一天，杜甫在朋友家中看到曹霸的《九马图》，就四处寻访他，终于在街头见到了曹霸。杜甫十分同情他的不幸遭遇，就写了一首《丹青引》送给他。杜甫在诗中称颂他："凌烟功臣少颜色，将军下笔开生面。"

城下之盟

【出处】《左传·桓公十二年》："楚伐绞……大败之，为城下之盟而还。"

【词义】盟：古代诸侯在神前立誓缔约，这里指订立和约。

【释义】敌军临城而被迫订立的盟约。

春秋时期，楚武王率军攻打绞国，楚军一直打到绞国都城的南门。绞国军队依仗高大坚固的城墙，死守城池。楚军几次攻城，都被绞军击退。

楚国有个名叫屈瑕的大将，分析了当前的情况之后，就向楚武王献计说："绞国弱小，谋士不多，我们可以利用他们的弱点，以诱骗之计取胜。"楚武王听了非

我国古代佛家立雪拜师的故事流传不广，但儒家立雪求教的故事，却广为流传。北宋学者杨时，学通经史，人称"龟山先生"。他年轻时中了进士，为了继续求学，就放弃了做官的机会，奔赴河南颍昌拜大学者程颢为师。当他四十岁时，程颢死后，他又来到洛阳，拜程颢的弟弟程颐做老师。

当杨时与同学游酢来到程颐的住处时，看到程老先生正坐在书房闭目打盹，他俩不愿惊动老师，又不肯就此离去，于是就恭恭敬敬站在门口等候。当时风雪交加，两人被冻得瑟瑟发抖，但仍不吱一声。程颐一觉醒来，门外积雪已有一尺多厚，他发现杨时和游酢站在雪中，脸上没有一点疲倦和不耐烦的样子，赶忙把他们叫进屋来。两人终于拜程颐为师了。

常高兴，当下定了一条计策。

第二天，楚国派了几十个士兵扮成樵夫，假装到绞国都城四周的山上伐木砍柴。绞国将领发现楚人在山上打柴，山下没有楚军保护，就派兵出城抓拿，结果抓了三十个楚人，这个意外的收获，使绞军官兵很得意。

隔了一天，楚武王又派出一批打扮成樵夫的士兵上山砍柴。绞兵发现后，就一拥而上，都想捉楚人回去邀功请赏。这时，埋伏在城北的楚军全力出击，绞军溃不成军，很快被打败。

绞军遭到这一重击，眼看城池难保，迫不得已只好在绞国城下与楚国签订了屈辱的盟约。

程门立雪

【出处】《宋史·杨时传》："一日见颐，颐偶瞑坐，时与游酢侍立不去。颐既觉，则门外雪深一尺矣。"

【词义】立：站立

【释义】形容尊师重道，恭敬受教。

草菅人命

【出处】《汉书·贾谊传》："其视杀人，若刈草菅然。"

【词义】菅：多年生的草本植物

【释义】把人命看得和野草一样，指任意残杀生命。

贾谊是西汉时期一个著名的文学家。汉文帝知道贾谊的才华，就任命贾谊为皇太子刘揖的老师，希望太子能够多读些书，增长见识。谈到应教授给皇太子哪些东西时，贾谊认为：皇子将来要做帝王，因此不单要教读书认字，更重要的是学会如何做人。像秦朝丞相赵高教给太子胡亥的都是些杀头、割鼻子的酷刑，结果胡亥当了皇帝以后就乱杀人，把杀人看得像割草一样简单，根本就不懂什么道理。这难道因为胡亥生来就是个恶魔吗？不是的，这是因为赵高没教胡亥一些做人的道理，使胡亥误入歧途，这不但对胡亥有害，而且对整个国家造成了很坏的影响。

根据以上故事，后来人就把"草菅人命"作为成语。

出奇制胜

【出处】《史记·田单列传》："兵以正合，以奇胜。善之者，出奇无穷。"

【词义】致：导致

【释义】指作战时运用奇兵奇计，制服敌人，取得胜利。

公元前279年，齐国为了夺回燕国占领的城池，派田单担此重任。田单派人到燕国去散布流言，说："齐国将领乐毅迟迟不攻打即墨是想收买人心，以便将来在齐国称王。"燕惠王竟对这话信以为真，立即派骑劫接替乐毅的职务。

田单又派人散布说："齐军最怕的是被燕军割下鼻子，如果燕军把割去鼻子的齐兵俘虏摆在队前，即墨城一定不攻自破。"骑劫听了不知是计，就照着做了。守城的齐兵看见自己的同胞被割去鼻子，非常气愤。接着，田单又派人散布说："我们最怕燕国人掘我城外的祖坟，糟蹋我们的祖先。"燕国人听说

车水马龙

【出处】《后汉书·马后记》："车如流水，马如游龙。"
【词义】水：像流水一样　　龙：像游龙一样
【释义】形容沿途车马很多，成群结队，十分热闹。

后又把城外坟墓的尸骨全部烧掉了。即墨军民见了，要求与燕军决一死战。

这天夜里，齐军向燕军发动进攻。田单把城里的一千多头老牛的牛角上捆上锋利的尖刀，尾巴上绑上浇满了油的芦苇，然后点着火，牛吼叫着直往前面燕营冲去。朦胧中，燕军被这突如其来的攻击吓得手足无措，到处乱逃。被牛撞死、踩死的士兵不计其数。跟随牛群的五千齐兵，杀得燕军四散溃逃，齐兵趁乱杀死燕将骑劫，燕军没有了主帅，节节败退。田单率兵奋力追击，一路收复失地，被燕军占领的七十多座城池全部收回。接着，田单又拥立襄王为齐君，恢复了齐国政权。田单被襄王封为安平君。

司马迁听说了田单火牛破燕军的事后，高度评价了他"出奇制胜"的战术。

东汉明帝刘庄即位后，立老将军马援的小女儿为皇后。章帝即位后，马皇后被尊为皇太后。章帝虽不是马太后的亲生儿子，却特别尊重马太后，因此要给马家的几个舅舅封侯晋爵。因马太后反对，没有办成。那一年，正逢大旱，有些大臣就说这是由于没有按汉朝旧典封外戚，得罪了上天。马太后知道后说："我前次回娘家，看见一位舅舅阔绰得很，拜候请安的人，'车如流水，马如游龙'，热闹极了。还看到他家的佣人，都穿得整整齐齐，漂漂亮亮的……从此我就不再给他们生活补助了，让他们自己醒悟改过。如果再给他们分封官爵，让他们日益骄宠，那正是西汉败亡的老路啊！"

"车水马龙"这一成语就是从马太后的话里来的。

才高八斗

【出处】五代·李瀚《蒙求》："谢灵运尝云：'天下才共一石，子建（曹植）独得八斗，我得一斗，自古及今同用一斗。'"

【词义】斗：古代的重量单位

【释义】形容一个人才学丰富。

曹植，字子建，是魏武帝曹操的第四个儿子。其诗语言精炼而词采华茂，对五言诗的发展颇有影响。

曹植从小就很聪明，才思敏捷，受到曹操的宠爱。曹操本想立曹植为太子，后来为了避免兄弟互相残杀而作罢。因此兄长曹丕十分妒忌四弟曹植。曹丕称帝后，处处刁难曹植。曹植身受其害，生活苦闷，终日郁郁寡欢，但仍然写出了很多好诗。例如曹丕让其七步内做出一首诗，否则将取其性命。曹植有感而发，从容地向前迈了七步，然后念道："煮豆燃豆萁，豆在釜中泣。本是同根生，相煎何太

急？"曹植是建安时代（汉朝末代皇帝献帝的年号）文学史上的代表人物。

南朝宋代的谢灵运，是我国南北朝时的著名诗人和文学家，曾给曹植下过这样的评语："天下才共一石，子建（曹植）独得八斗！"因此，后人称曹植是"八斗之才"，同时也称学问高、文采好的人叫"才高八斗"。

车载斗量

【出处】《三国志·吴志·孙权传》："遣都尉赵咨使魏。"裴松之注引《吴书》："如臣之比，车载斗量，不可胜数。"

【词义】载：装载　　量：称量

【释义】用车装，用斗量。形容数量很多。

三国时东吴大将吕蒙用计擒杀了关羽后，蜀主刘备痛失二弟，伤心之余集合了大军七十多万，为给关羽报仇，下令讨伐吴国。刘备亲自

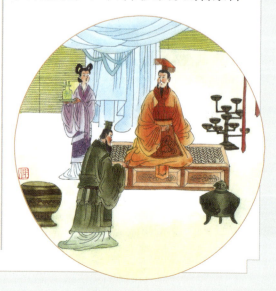

中国成语故事

率大军水陆并进，杀奔吴国。

孙权得了消息，十分惊慌，立即派中大夫赵咨到魏国求救，请魏国出兵支援。赵咨料想到魏文帝必然要讽刺吴国，所以事先做了充分的准备。

赵咨到了魏都许昌，魏文帝曹丕听说赵咨博学多才，能言善辩，很想证实一下。于是赵咨朝见他的时候，收到了许多带有侮辱性的问话。但都被赵咨以其聪明机智给以回敬。最后魏文帝见赵咨对答如流，回答得有理有据，心中佩服不已。于是比较恭敬地问："东吴像你这样的有多少？"赵咨答道："聪明特达者八九十人；像我这样的人，则是车载斗量，不可胜数！"

听了赵咨的话，曹丕感慨地说："出使四方而没有辜负君主使命的人，你当之无愧呀！"

从此以后，"车载斗量"就被人们作为成语来使用了。

乘风破浪

【出处】《宋书·宗悫传》："悫年少时，炳问其所志，悫曰：'愿乘长风，破万里浪。'"
【词义】乘：驾
【释义】凭着风力，破浪前进。比喻志向远大，不畏艰险，奋勇前进。

南朝宋国有个叫宗悫的人，从小就有远大的抱负，而且练就一身好武艺。

宗悫十四岁的时候，他的哥哥宗泌办喜事，当天夜里突然有十多个强盗前来抢劫。别的人都吓跑了，宗悫却毫不胆怯，他拿起平时练武用的大刀，独自冲上前去，奋力抵抗，直到把强盗打得落花流水，狼狈逃窜。他的叔叔宗炳高兴地问他长大以后干什么，宗悫回答说："愿乘长风，破万里浪！"意思是要干出一番大事业来。

宗悫后来成为江夏王手下的一名大将，屡次建立奇功，实现了自己当初的愿望。

根据宗悫的话，产生了"乘风破浪"的成语，有时也指在好的条件下或在取得一定成绩的基础上继续前进。

中国成语故事

出人头地

【出处】《宋史·苏轼传》："吾当避此人出一头地。"

【词义】出：超出　　　地：地方

【释义】形容超出一般人，高人一等。

北宋时期，大文学家欧阳修是当时文坛上的领袖。他心胸宽广，从不因为别人的才华高出自己而心生妒忌，不仅如此，他还很重视培养和奖励新人。当时苏轼的名气不是很大，后来欧阳修在读了苏轼送给他的文章后，十分赞赏。称赞苏轼是一个才华横溢，聪慧非常的人。并到处向亲朋好友宣传推荐。在他写给著名诗人梅尧臣的信里说："读了苏轼的文章，我觉得诗句精妙，确实不是一般人能写得出来的，这太叫人高兴了。

'吾当避此人出一头地'（我应当让路，使他高出我一头）。"

"出人头地"这一成语由此而来。

初出茅庐

【出处】《三国演义》："直须惊破曹公胆，初出茅庐第一功。"

【词义】茅庐：草房

【释义】原指新露头角。后多比喻初次历事，缺乏经验。

这是由与诸葛亮有关的典故概括而成的成语。

东汉末年，诸葛亮隐居耕种在南阳，居住在几间茅草房里。刘备为了成就他的大业，经人介绍知道卧龙先生诸葛亮是个旷世奇才，如果有他相助，必定能成就其千秋大业。刘备三次到那里拜访诸葛亮，诸葛亮才答应走出茅庐帮刘备打天下。

诸葛亮出来的相当及时，正逢曹操派夏侯惇领十万军队杀奔新野，当时刘备仅有数千人马，情况十分危急。诸葛亮分析形势，利用夏侯惇骄傲、轻敌的弱点，调兵遣将，依靠关羽、张飞、赵云等一班强将和几千兵马，把曹

李茂贞距长安较近，他和宦官韩全海先下手操纵住了朝政；朱全忠大为不满，经过充分准备，他联合宰相崔胤发动武装政变，派兵袭击长安。这时候，韩全海为了防止昭宗落入朱全忠之手，忙劫持唐昭宗逃到凤翔去投奔李茂贞。朱全忠为掌握唐昭宗，大举进攻凤翔，朱全忠兵多将广，来势汹汹。李茂贞抵挡不住，和朱全忠讲和，韩全海等人最感难堪，他们"自见势去，计无所用，垂头丧气"。后来李茂贞在朱全忠的威逼利诱之下把昭宗交出，韩全海等20余人一律斩首。朱全忠解凤翔之围后，将昭宗迎回长安。

军引到一条狭窄的小路上，利用火攻把曹军烧得焦头烂额。曹兵自相践踏，死伤无数。这一班强将把曹军杀得尸横遍野，血流成河，曹军大败。后人称这是诸葛亮初出茅庐第一功。

垂头丧气

【出处】《新唐书·宦者列传》："自见势去，计无所用，垂头丧气。"

【词义】垂：低着　丧：丧失

【释义】形容失意懊丧的样子。

唐朝末年，危机四伏。昭宗皇帝已成了傀儡，占据陕西的李茂贞和占据河南的朱全忠两藩镇起兵造反，欲掌握大权，操纵唐朝。

唇亡齿寒

【出处】《左传·哀公八年》："夫鲁，齐晋之唇，唇亡齿寒，君所知也。"

【词义】亡：失去，丢失

【释义】比喻双方关系密切，失去一方，另一方就会受到威胁与损害。

春秋中期，北方强大的晋国向弱小的虞国借路，去攻打和虞国相邻的虢国。虢国和虞国向来和睦相处，晋国为了达到自己的目的，就送给虞国上等好马和名贵的玉璧。老臣宫之奇劝谏虞公说："虢国是虞国的外围，虢国要是被晋国消灭了，虞国必定会遭到晋国的进攻跟着灭亡，我们决不要答应晋国，并对他们的侵略野心要提防。第一次借路给晋国已够过分了，不能再借了。这个道理如同面颊和牙床骨，嘴唇和牙齿一样。面颊和牙床骨是相依靠的，嘴唇没有了牙齿就要受寒，这两句像对我们和虢国的关系说的一样。"虞公没有采纳宫之奇的意见，又一次借路给晋国。宫之奇就带家属躲到曹国去了。随后晋一举灭了虢国，回师途中，又灭掉了毫无准备的虞国，晋国把当初送给虞国的宝马、玉璧又带回去了。

"唇亡齿寒"这一成语就是从这个故事中来的。

此地无银三百两

【出处】《语源故事》："此地无银三百两。"

【词义】此地：这个地方

【释义】比喻想要隐瞒、掩盖，反而露出了马脚。

民间流传着一个笑话，传说古时候，有个名叫张三的人，辛辛苦苦积攒了三百两银子。他生怕银子被别人偷去，经常对着银子发愁。他想把银子藏起来，可又不知藏在哪里才好。

张三决定把银子藏到箱子里，箱盖上贴起封条，箱外加上两把大锁。但是，他转念一想，觉得这样做也不安全，如果小偷偷走箱子，银子也保不住了。他越想越觉得藏在屋子里不保险。

后来，张三趁着夜黑人静在院内东屋墙下掘了一个坑，把银子放进一个罐子里埋进坑里。可

中国成语故事

从天而降

【出处】《汉书·周亚夫传》:"直入武库,击鸣鼓。诸侯闻之,以为将军从天而下也。"
【词义】降:下落
【释义】形容突然到来。

公元前 115 年,汉文帝病危,临终前郑重叮嘱太子说:"你一定要记住,如果国家有什么危急之事的话,周亚夫是可以担负重任的人。"

汉景帝即位后不久,吴王刘濞、楚王刘戊等联合起兵,发动叛乱。在这国家危急之时,景帝想起了父皇临终时的话,就派周亚夫统帅三十六位将军,东进讨伐吴楚叛军。

周亚夫采取赵涉的计策,让大军另外选了一条路,从右边经过蓝田,出武关到洛阳,这样虽然多了一两天路程,却保守了机密。周亚夫的军队到达后,叛军感到猝不及防,以为将军从天而降。

是,他又怕别人知道这地方埋了银子,冥思苦想了好久,才想出一条自以为万无一失的妙计。他将一张写有"此地无银三百两"的纸条贴到东屋墙下。

张三的秘密被隔壁王二知道了。到了半夜,王二偷偷地摸到东屋墙下,悄悄地把三百两银子扒出来,带回家了。

王二害怕张三怀疑到他的头上,于是,灵机一动,就学着张三的做法,在东屋墙上贴了一张纸,上面写着:"隔壁王二不曾偷。"

就这样,周亚夫率军队迅速占领了武库。为了以防不测,就派人搜索山路,果然发现吴国藏在山中的伏兵。

接着,周亚夫继续东进,派精兵断了吴军粮道。周亚夫抓住战机,向吴军发动进攻,吴军溃败。吴王刘濞逃到江南,被越人斩首,楚王刘戊也兵败自杀身亡。

中国成语故事

大公无私

【出处】清·龚自珍《论私》:"且今之大公无私者,有
杨墨之贤耶?"
【词义】私:私心,私利
【释义】指秉公办事,毫无个人私利。

春秋时,晋平公有一次问祁黄羊:"南阳县缺个知县,你看,应该派谁去比较合适呢?"

祁黄羊毫不迟疑地回答说:"解狐能够胜任!"平公惊奇地又问他:"解狐不是你的仇人吗?你为什么还要推荐他呢?"祁黄羊说:"你只问我什么人能够适合做那里的知县,你并没有问我解狐是不是我的仇人呀!"于是,平公就派解狐到南阳县去上任了。解狐到任后,果然替那里的人办了不少好事,大家都称颂他。

过了一些日子,平公又问祁黄羊说:"现在朝廷里缺少一个法官。你看谁能胜任呢?"祁黄羊说:"祁午能够胜任。"平公又奇怪起来了,问道:"祁午不是你的儿子吗?不怕别人讲闲话吗?"祁黄羊说:"你只问我谁适合做法官,你并没问我祁午是不是我的儿子呀!"平公就派了祁午去做法官。祁午当上了法官,很受人们的尊敬与爱戴。孔子听到这两件事,十分称赞祁黄羊。孔子说:"祁黄羊做得太好了!他推荐人,完全是以才能做标准,不因为是自己的仇人,心存偏见,便不推荐他;也不因为是自己的儿子,怕人议论,便不推荐。像祁黄羊这样的人,才够得上大公无私呀!"

中国成语故事

大逆不道

【出处】《史记·高祖本记》："今项羽放杀义帝于江南，大逆不道。"

【词义】道：道德

【释义】旧时指封建专制者对起来造反的人所加的罪名。这里指项羽罪大恶极。

秦朝灭亡后，刘邦和项羽争夺天下。项羽勇猛过人，一心要和刘邦作战到底。一次项羽率领的楚军和刘邦的汉军在广武城相遇了。项羽仗着自己武艺过人，欲和刘邦单独较量，就在阵前喊话："刘邦听着，你我二人纷争，扰得天下百姓不得安宁，今天咱们两人单打独斗，谁赢谁就得天下！"

刘邦知道自己在武艺上不是项羽的对手，自然不肯应战，就回答说："你不配向我挑战，你已经是个十恶不赦的罪人。第一，我先攻下关中，按约应封我为关中王，你却自己称王；第二，你杀死卿大夫，自己称霸；第三，你违抗怀王命令，擅自带兵入关；第四，你烧毁秦宫，掘开秦皇坟墓，搜刮财物；第五，你杀死已投降的秦王子婴；第六，你活埋二十万秦国百姓；第七，你封王封地，弄得天下不宁；第八，你占有了彭城，夺取韩国之地，又强占梁国和楚国的大片土地；第九，你阴谋杀害义帝怀王；第十，你作为臣子却杀死君主，为天下所不容，大逆不道。你犯下如此十条大罪，我兴仁义之师来诛讨你这个恶贼，你还有何面目来向我挑战啊！"

项羽听了刘邦给自己陈列的罪状，气得脸色铁青，大吼一声："看箭！"一支箭"嗖"地直向刘邦飞来。刘邦躲避不及，被项羽一箭射中胸口，一个趔趄，跌倒在地。汉军将士赶紧一拥而上，抬起刘邦退回广武城中，紧闭城门。任凭楚军叫骂，再也不敢应战了。

中国成语故事

东窗事发

【出处】明·田汝成《西湖游览志余》："桧对方土说：'可烦传语夫人，东窗事发矣。'"

【词义】发：揭露，打开

【释义】指密谋或罪行被人揭露。

北宋时期，宋王朝渐渐衰落。北方的金兀术趁机向中原大举进攻，岳飞率领岳家军进行了顽强的抵抗。岳飞英勇善战，打了好几个胜仗，可是秦桧却主张议和。宋高宗经不住秦桧的鼓惑，最后同意了。许多大臣和将领都不同意，岳飞多次上书，要求继续抵抗金兵。秦桧要想议和，就要把岳飞除掉。

这天，秦桧坐在东窗下，正为无法除掉岳飞发愁。夫人王氏走进来，对他说："你找几个罪名安在岳飞头上不就行了。我听说岳飞手下的都统王贵，在一次战斗中贪生怕死，岳飞要将他斩首示众，后经众将求情，才免他一死。他肯定怀恨在心，你何不让他告发呢？"秦桧一听，不禁大喜。

秦桧暗中找到王贵，要他诬告岳飞"谋反"。王贵不愿意，秦桧就以杀他全家相威胁，王贵只好屈从了。

在王贵的告发下，秦桧终于把岳飞杀了。

秦桧病死后，王氏请来道士为他做道场，超度他的亡灵。道士恨秦桧杀死了忠良，就对王氏说："秦大人正在地狱里受苦，小鬼正在拷问他。秦大人让我告诉夫人，东窗事发了。"

大义灭亲

【出处】《左传·隐公四年》："大义灭亲，其是之谓乎！"

【词义】义：正义

【释义】形容为维护正义，对犯罪的亲属不徇私情，按国法制裁。

春秋时期，卫桓公被弟弟州吁杀害，州吁当了国君。卫国的老百姓却不拥护他，大臣和将士也都怨恨他。州吁非常担心，照此下去，终有一天会被赶下台。参与篡权的石厚就向州吁建议让父亲石碏来辅佐他。石厚想用父亲的声望来稳定局面，巩固州吁的地位。石碏建议州吁去朝见周天子，争取到周天子的承认，并说："陈国国君与

周天子关系好，你们先到陈国去搞好关系。"其实，石碏在州吁与石厚去陈国以前，先派人去告诉陈国国君，请他帮助除掉这两个杀害国君的凶手，陈国答应了。

州吁、石厚一到陈国，就被抓了起来。卫国派去大臣就地处决了州吁。许多大臣都不主张杀石厚，但石碏认为石厚虽是自己的儿子，但许多坏事都是石厚出的主意，不杀石厚难以平民愤，最后石厚还是被处死了。

石碏的行动受到了史官称赞，他说这种举动叫"大义灭亲"。

多行不义必自毙

【出处】《左传·隐公元年》："多行不义必自毙，子姑待之。"

【词义】毙：倒下

【释义】指多干坏事的人，必然自取灭亡。

春秋时期，郑国国君郑武公有两个儿子。大儿子名叫寤生，小儿子名叫共叔段。郑武公死了，大儿子为国君，号为庄公。母亲姜氏要求将京地给共叔段，庄公只好答应了。共叔段得到京地后，就把那里作为自己的根据地，大兴土木，养精蓄锐。

郑国的大夫祭仲了解到这种情况后，就对庄公说："现在共叔段京地的城违背了先王的法度，长此下去，就会是国家祸害了。"庄公为难地说："母命难违，我能怎么办？"祭仲说："野草蔓延开来，尚难清除，何况是你所宠爱的弟弟呢？"庄公胸有成竹地说："他做了那么多不义的事，必然自取灭亡，你姑且等着瞧吧！"后来，共叔段把原属于郑公管辖的西边和北边两个地区归自己所有。

没多久，共叔段准备进攻郑国的都城。姜氏也秘密与他接应，准备为他打开城门，让他顺利攻进城里。

共叔段与姜氏的阴谋，庄公都看在眼里了。他得到共叔段攻打国都的日子后，立即派二百乘战车包围了京城，京城里的士兵不愿为共叔段出力，共叔段很快遭到惨败，逃奔到国外去了。

呆若木鸡

【出处】《庄子·达生》："望之似木鸡矣。"
【词义】若：好像
【释义】形容因恐惧或惊讶而发愣的样子。

《庄子》一书里有这样一个故事：纪渻子是有名的斗鸡行家，齐王听说后就请他去驯养斗鸡。齐王十分关心驯鸡的进展情况，只过了十天就去催问，纪渻子说鸡的性情骄矜，趾高气扬，还不行。又过了十天，齐王又派人去问，纪渻子说鸡还有火气，仍不行。一个月过去了，纪渻子还是一点动静都没有，齐王很着急，天天往驯鸡的地方跑。直等到40天后，纪渻子才对齐王说："差不多了，别的鸡在叫，它好像没有听到似的，一点儿也没反应；不论碰到什么突然情况，它都不动也不惊，看上去真像只木鸡一样。别的斗鸡看见这样

的对手，准会转身就逃，斗都不敢斗！这只鸡去参加比赛，保证没有敌手。"

果然如此，后来这只鸡每斗必胜。

"呆若木鸡"这一成语就是来自这一故事，原来指呆得像木头刻的鸡一样。

东山再起

【出处】南朝宋·刘义庆《世说新语·排调》戏曰："卿屡违朝旨，高卧东山，诸人每相与言，安石不肯出，将如苍生何？今亦苍生将如卿何？"
【词义】卧：居住　再：重新
【释义】原比喻隐退后再度任职。现比喻失势之后再度得势。

谢安，东晋时东郡阳夏（今河南太康县）人。他在年轻时就有很好的名声，朝廷多次叫他做官，他都托病推辞了。

扬州刺史庾冰知道谢安的名气，连续下令催他到扬州上任，他只做了一个月的官就又告假回乡了。

随后征西大将军桓温请他出任司马，他不得已答应了。这时他已是40多岁的人了。他从新亭出发时，朝中百官都来送行。中丞高嵩和他开玩笑说："你屡次违朝廷的旨意，高高住在东

到齐国去避难。

齐景公知道鲁昭公前来避难，就率领高子、国子出城迎接。他们知道鲁昭公一行人长途跋涉，必定早已腹内空空，于是早就命高子执箪食（饭筐）与肉脯（肋条肉），国子执壶浆（汤水），请鲁昭公一行人用饭。鲁昭公连声道谢，感激不已。

山（指浙江会稽山）顶上不肯出来做官。每次大家聚到一起都说谢安不肯出来做官，怎能对得起老百姓呢？今天你到底出来了，老百姓又不知怎样看待你呢！"谢安听了，脸有愧色，笑了笑没有回答。

后来谢安官职升到了宰相。

后人根据这个故事，概括出了"东山再起"这一成语。

后人根据这个故事，概括出了"箪食壶浆"这一成语，用以专指慰劳壮士。形容老百姓欢迎和拥护正义之师的情景。

箪食壶浆

【出处】《孟子·梁惠王下》："箪食壶浆，以迎王师。"

【词义】箪：古代盛饭用的圆形竹器　　浆：汤

【释义】古时老百姓用箪盛饭，用壶盛汤来欢迎他们爱戴的军队，后用来形容军队受欢迎的情况。

战国时期，鲁国大贵族季孙氏兴兵和鲁昭公对抗。鲁昭公势单力薄，无法和季孙氏相抗衡，只得逃

对症下药

【出处】宋·朱熹《朱子语类》："克己复礼，便是捉得病根，对症下药。"

【词义】症：疾病

【释义】比喻针对客观事情的具体情况，制定出解决问题的办法。

东汉末年，杰出的医学家华佗医术高超，云游四方，给百姓治病。有一次，官员倪寻和李延都患头疼发热病，凑巧同时到华佗那里看病。华佗认真检查后，给倪寻吃的是泻药，李延吃的是发散药。他们两个不明其理，就问华佗先生为什么患一样的病，却给开不同的药方？华佗说："倪寻身体外部没有病，病是从内部受冷感冒引起的；李延是吃的食物不对引起了发热。病因不同，所以吃的药不一样。"

两个人吃了不同的药以后，倪寻拉肚子，李延出汗，不出几日，两人的病就都好了。

人们把华佗这种治病方法称作"对症下药"。

多多益善

【出处】《史记·淮阴侯列传》："上问曰：'如我将几何？'信曰：'陛下不过能将十万。'上曰：'于君何如？'曰：'臣多多而益善耳。'"

【词义】益：更加

【释义】比喻越多越好。

韩信是汉高祖刘邦手下的大将，但刘邦对手握兵权的韩信一直放心不下。于是刘邦就采用了谋士陈平的计策：借约请众诸侯共游云梦泽的名义，把韩信骗来，趁他不备逮捕他。

韩信的功劳大，名气也大，刘邦怕杀了他引起老将们的不安和反感，于是赦免了他，把他降为"淮阳侯"。

有一次，刘邦与韩信在一起谈论用兵之道。谈到将领的才干，刘邦问韩信："你看我能带多少兵马？"韩信说："皇上可带十万。"刘邦接着问："那么你呢？"韩信直言不讳地说："臣多多益善。"刘邦听了一笑道："既然你如此善于用兵，怎么又被我抓住了呢？"韩信说："皇帝虽然带兵的能力不如我，可是却有统率将领的才能。这就是皇上之所以能将我擒住的原因。况且皇帝的成功是上天赐予的，不是人力所能办到的呀！"

多难兴邦

【出处】《左传·昭公四年》："邻国之难，不可虞也。或多难以固其国，启其疆土；或无难以丧其国，失其守宇。"

【词义】邦：国家

【释义】国家多灾多难，可以激发人民发愤图强，战胜困难，使国家兴盛起来。

春秋时，楚灵王想与诸侯会盟，以确立其霸主的地位，于是派大夫椒举去告诉晋平公前来参加。晋平公听后十分不悦，因为他也想当盟主，便不想参加。大夫司马侯知道晋平公的想法，但又不想直说。于是就旁敲侧击，向晋平公发表了自己的见解："仗地势之险，凭良马宝驹，度邻国之灾，这是三件最危险的事情。"晋平公不以为然，就问原因。司马侯一一解释后说："邻国的灾难，难以预料，有时国家多灾多难，反而激励人奋发图强战胜困难，使国家很快地兴盛起来，甚至扩大了疆土。有时没有灾难，安于现状，没有斗志反而使国家遭到灭亡，失去了他所守的疆土。"晋平公听完后，知道司马侯在提醒自己，就改变了自己原来的想法。

大功告成

【出处】《汉书·王莽传上》："十万众并集，平作二旬，
　　　　大功毕成。"

【词义】功：事业　　告：宣告

【释义】指巨大工程或重要任务宣告完成。

公元23年，王莽篡夺汉朝政权，刘秀带兵在昆阳（今河南叶县）大战，相继夺下了昆阳、郾城（今河南郾城县）、定陵（郾城西）。王莽带兵大举反攻，把刘秀等人围在昆阳城里，差一点出不了城。尽管情形十分危急，刘秀还是带部分兵将冲出昆阳，然后调集各路兵将增援昆阳，可各地将领舍不得自己的财物，想分出部分兵力留守，以防不测。刘秀说："如今要能打败敌人，那么你们手中

的珍宝就会成倍增加，大功可成；如果被敌人打败，你们都成了俘虏，哪还有什么珠宝呢？"众将听了，恍然大悟，急忙召集手下的所有兵将，让刘秀调遣。

后来，人们用刘秀的话"大功可成"来说明事业可以做成功。后又转化为"大功告成"来说明大事业或工程已经成功。

对牛弹琴

【出处】汉·牟融《理惑论》："公明仪为牛弹清角之操，伏食如故。"

【词义】伏：低头　　故：以前

【释义】比喻对愚蠢的人讲深奥的道理，是白费口舌。说话要看对象。

古代有个音乐家，名叫公明仪。他的琴弹得如高山流水，相当优美。一次，公明仪携琴出外游玩。他来到郊外，只见青山绿水，白云飘飘。公明仪情不自禁地放下琴，弹奏起来。弹着弹着，热情大减，因为这里根本没人倾听他的琴声。他四下里一看，见不远处有头牛正在吃草，很高兴，心想："我就弹给牛听吧！"

于是，他就坐在牛的旁边，缓缓地弹了起来。弹了一会儿，他抬头看看牛，见它只管低头吃草，仿佛没听见似的。公明仪以为他刚才弹的曲子还不够动听，又换了首更感人的，可是牛仍然继续埋头吃草。公明仪不甘心，弹了一首又一首，直累得筋疲力尽。可那头牛仍然不为所动。他长叹一声，终于明白了：对蠢牛弹琴，不过是白费力气罢了！

公明仪懊丧地站了起来，打算回去了。谁知，他收拾琴的时候，无意间碰到了一根琴弦，发出了一声响，有点像小牛的叫声。那牛听到响声，立刻停止了吃草，抬起头四面看看。公明仪见了，自嘲道："不是牛蠢，是我蠢，我对着一头牛弹琴，就是再优美的琴声，它也不会理睬我的。"

中国成语故事

奉公守法

【出处】《史记·廉颇蔺相如列传》："以君之贵，奉公
如法则上下平，上下平则国强。"
【词义】奉：奉行
【释义】比喻奉行公事，遵守法令。

赵奢是赵国的名将，在他没出名时，曾出任赵国的田部吏，专门负责征收田赋。可当时，征收田赋特别难，尤其是征收官家的田赋。赵奢办事很公道，从不畏惧豪门强权。有一天，赵奢带着人来征收平原君赵胜的田赋，谁知平原君的一位家臣傲慢地看了一眼赵奢，并没把他放在眼里，仗着平原君的势力，对赵奢围攻漫骂，拒不缴税。赵奢大怒，依据法律，把闹事的家臣杀掉了。

平原君知道后大发雷霆，命令武士把赵奢擒进府内，二话不说就要问斩。赵奢毫无惧色，挺着胸膛问平原君："因何斩我？"平原君说："你先回答我，为何斩我家臣。"赵奢说："拒交田赋，王法不容？"平原君又问："我是何人你可知道？"赵奢说："你是赵国相国，名扬天下的贤公子，可你却纵容家臣拒交田赋，不奉公守法。如果都像你这样，那谁还交田赋？赋税难征，那国家还能维持下去吗？到那时候，国家保不住，你现在的荣华富贵又怎能保得住？如果你能奉公守法，带头交付田赋，那么全国上下必定效仿你，到那时候，国富民强，天下的黎民百姓，必定会更加尊敬你。"

赵奢的一番话使平原君心悦诚服，最后他不但没有杀赵奢，而且还向惠文王举荐了赵奢。

中国成语故事

负荆请罪

【出处】《史记·廉颇蔺相如列传》:"廉颇闻之,肉袒负荆,因宾客至蔺相如门谢罪。"

【词义】负:背着

【释义】原意是指背着荆条向对方请罪,甘受责打。后比喻诚恳地向别人认错赔礼,请给予惩罚。

战国时,赵国有一文一武两个得力大臣。武将叫廉颇,以勇气闻名于诸侯;文臣叫蔺相如,因顺利完成了两次使命,赵惠文王封他为上卿,位于廉颇之上。

廉颇因此事十分不悦。一日,蔺相如乘车外出,在一条窄窄的街上,与乘着车子的廉颇走了个对面。蔺相如赶忙命人将车子退到一个小巷子里,待廉颇的车过去后,他的车才走出巷子重新来到街上。可是,刚走了几步,没想到廉颇命他的车夫调转车头,又迎面走了过来。蔺相如只好命他的车夫再次将车子避匿在街旁的巷子里,等廉颇的车子过后再走……

这一天,游说名士虞卿对廉颇说:廉将军,有人问蔺相如:'秦王那么大的威势,你都不害怕,怎么会怕廉将军呢?蔺相如说:'今天的秦国有点怕赵国,它所怕的就是我跟廉将军的团结一致。如果我们俩互相攻击,那正中秦国下怀,到那时,赵国就要遭受秦国的攻击了。'蔺相如避开你,正是因为这啊!"

廉颇被虞卿的一席话羞得红了脸,他深深地惭愧了。

于是,往日威风凛凛的廉将军,袒露着肩背,身背着荆条,不坐车辇,徒步到蔺相如的府上请罪来了。

廉颇泪流满面地说道:"蔺上卿,我愿与您结成生死之交,虽刎颈而心不变!"

蔺相如爽快地应允了廉颇的恳求。

中国成语故事

43

覆巢无完卵

【出处】刘义庆《世说新语·言语》："岂见覆巢之下，复有完卵乎？"

【词义】覆：底朝上翻过来

【释义】鸟巢倾覆，鸟卵也随着跌破，比喻灭门之祸，无一幸免；或整体覆灭，个人不能幸存。

孔融是汉朝末年著名的文学家。他出任北海相时，曹操发兵南征刘备和孙权，孔融反对。御史大夫借机向曹操中伤孔融，曹操大怒，便以莫须有的罪名，要杀害孔融全家。

这个消息传来，孔融知道在劫难逃，只是心疼自己的两个儿子也要受此牵连。当时孔融的大儿子才9岁，小儿子8岁，两人知道后，并没有放在心上，面无惧色，继续下棋。

孔融不忍两个孩子惨遭毒手，于是就向钦差求情说："我犯了罪，一人承担，请不要牵连这两个孩儿。"

两个孩子走过来，凛然说道："大人岂见'覆巢之下，复有完卵乎？'"意思是说：从树上掉下的鸟巢中，还有完好的鸟蛋吗？

不多会儿，两个孩子被一同抓走了。

这就是成语"覆巢之下无完卵"的来历。

覆水难收

【出处】南朝·宋·范晔《后汉书·光武帝记》："反水不收，后悔无及。"

【词义】覆：倒

【释义】原比喻夫妻脱离关系后难以重新结合，后泛指已成事实的事难以挽回。

传说汉朝时候有个叫朱买臣的人，家贫如洗，但朱买臣心怀大志，用卖柴得来的钱买书，坚持苦读。他的妻子崔氏日夜操劳，指望丈夫有朝一日做官，以显门庭。可朱买臣一直到四五十岁也没谋得一官半职，他的妻子后来便改嫁了。

朱买臣经过几年的寒窗苦读，中了状元，当了大官，衣锦还乡。浩浩荡荡的队伍正在街上行走，他的前妻跪在马前，请朱买臣念及旧情，与她重归于好。朱买臣看着这个曾

经在自己穷困潦倒之时不念夫妻之情、弃他而去的人，就命人在地上泼了一盆水让她收回到盆里，说："如果你能把泼在地上的水收回盆中，我就与你重归于好。"其前妻听完后，被羞得满脸通红，回去就自杀了。

后人根据这个故事编了一出戏叫《马前泼水》，同时出现了"覆水难收"的成语。

帮助下逃往吴国。他一路风餐露宿，吃了不少苦头，才到了陈国的昭关。没想到关口已经贴上了捉拿他的告示。伍子胥怎么也出不了昭关，愁得他一连几天睡不着觉，头发胡子全白了，这时又多亏了东皋公的帮助。东皋公把伍子胥扮成他的朋友皇甫讷的模样，蒙混过关逃出了昭关。伍子胥眼看就要逃出国界，却被一条大江拦住去路。这时后边飞起一片尘土，好像有兵马追了上来，伍子胥慌忙藏身于岸边的芦苇丛中。正在这时忽然一条小船逆水而上，他如捉住了一根救命稻草，急忙叫住了渔夫，在渔夫的帮助下逃到了吴国。

后来，他在吴国受到了重用，就立刻攻打楚国，报了杀父的深仇大恨。

风吹草动

【出处】《敦煌变文集·伍子胥变文》："风吹草动，即便藏形。"

【词义】即：立即

【释义】比喻轻微的变化。

春秋时，楚国国君楚平王昏庸荒淫，竟把自己的儿媳占为己有。大臣伍奢坚决反对，于是楚平王恼羞成怒，把伍奢和伍奢的大儿子伍尚都处死了。伍奢的二儿子伍子胥为了逃避楚王对他的加害，在朋友的

风雨同舟

【出处】《孙子·九地》："夫吴人与越人相恶也，当其同舟而济，遇风，其相救也，如左右手。"

【词义】舟：船

【释义】比喻同心合力共同渡过困难。

战国时，吴国和越国连年交战，搅得老百姓不得安生，所以两国的百姓都把仇恨记到了对方的头上。

有一次，一个吴国人和一个越国人碰巧同乘一条船渡河。开始时，双方谁也不说话，在心里暗暗咒骂对方。船离开北岸后，一直向南岸驶去。当船行到河心，突然狂风骤起，一个浪头高过一个浪头，直向船上扑来，小船摇摇欲坠，随时都有被风浪掀翻的危险。船工迅速奔向桅杆解绳索，可是由于船身在风浪中剧烈颠簸，他们怎么也解不开。在这紧急关头，吴国人和越国人争先恐后地奔向桅杆，顶着狂风恶浪，一起去解绳索。他们不再敌视对方，抛弃了仇恨，同心合力，相互救济，配合得相当和谐、默契，如同人的左右手一样。经过与风浪的顽强搏斗，终于使船安全地靠岸。船工望着风雨同舟、共渡危难的人们感慨地说："吴越两国如果能长期和睦相处，该有多好啊！"

风声鹤唳

【出处】《晋书·谢玄传》："（苻）坚众奔溃，自相蹈藉投水死者不可胜计，淝水为之不流。余众弃甲宵遁，闻风声鹤唳，皆以为王师已至。"

【词义】唳：鸣叫

【释义】形容惊慌失措或自相惊扰。

太元八年（公元383年）十一月，前秦为了吞并东晋，派苻坚率领大队人马进攻东晋，与东晋军队在淝水开战了。晋相谢安令谢玄率兵八万迎战前秦八十万大军。晋军指挥有素，数千条船只一起出发，数万将士迅速登上了西岸。苻坚一看大事不好，急忙命令全部秦军杀了过来。但是秦军不敌晋军，千军万马被打得一败涂地，竞相奔走逃命，自相践踏，死伤不计其数。苻坚此时见大势已去，只得骑马随着溃逃

两家父母看到两个孩子容貌、性格都很相近，就常在一起谈论两个孩子。稍长一些，两个小孩经常在一起玩，表面上看没什么区别。到十二三岁，一个孩子勤奋好学，而另一个则整天神情恍惚，从不用功学习。到二十来岁，已明显不同了：一个品德高尚，高洁明澈，像清水沟，人见人爱，人见人夸；一个品德不良，庸俗秽垢，像污水渠，众人避之不及。到三十来岁，个子、性格都长成了，两个人更见分晓：一个飞黄腾达像腾云驾雾的龙，一个却愚蠢无能，好吃懒做，像只只求饱暖的猪。

"飞黄"，传说是神马的名字。"飞黄腾达"，形容神马飞驰。

的兵将向北逃去。他们为了躲避晋军的追击，不敢走正道，专拣杂草丛生的偏僻小路逃跑，盔甲、兵器、车辆丢得遍地皆是。此时的秦军听到尖厉的风声和鹤群的叫声，吓得浑身颤抖，以为是晋军追来了。谢玄乘胜攻占洛阳、彭城等地，苻坚逃至关中。

飞黄腾达

【出处】唐朝·韩愈《符读书城南》："飞黄腾踏去，不能顾蟾蜍。"

【词义】飞黄：古代传说中的神马。
腾达：形容神马腾空飞驰的样子。

【释义】比喻官职、地位提升得非常快。

唐朝大作家韩愈为了教育儿子好好读书，就给他儿子讲了这样一个故事。

有两家人家，各生了一个儿子，

飞鸟惊蛇

【出处】《法书苑》: "飞鸟出林, 惊蛇入草。"

【词义】惊: 受惊的

【释义】原意指草书要写得活泼生动, 犹如鸟儿飞出林, 惊蛇窜入草丛, 现用来称赞优美的草书。

后人把这两句话缩简为 "飞鸟惊蛇", 用来称赞优秀书法。

我国的书法, 有一种为书写便捷而产生的字体叫草书。草书始于汉代, 当时通行的是草隶。到汉末时, 有一个叫张芝的书法家脱去了 "草隶" 中隶书笔划形迹, 称为草书。到了唐代, 草书又有新发展, 出现了笔势连绵回绕, 字形变化繁多的 "狂草"。

据载, 唐朝有一个名叫释亚楼的和尚, 善于写草字, 并且对草书颇有研究。他曾自己写了一副对联: 飞鸟出林, 惊蛇入草。意思是, 草书应写得生动而活泼, 应该像受惊的鸟飞出林来, 又像受惊的蛇蹿入草中。

风烛残年

【出处】元·左克明《古乐府·〈怨诗行〉》: "百年未几时, 俨若风吹烛。"

【词义】风烛: 风中的蜡烛, 容易被吹灭

残年: 晚年、岁暮

【释义】像风中的蜡烛那样, 比喻人到了接近死亡的晚年。

相传宋末元初时, 学者刘因, 字梦吉。在他年幼时, 父亲不幸病逝了, 只剩下他与母亲相依为命。

刘因长大后, 中了状元, 做了本朝的右赞善大夫。后来在家的老母突然病重, 给刘因捎来口信。刘因听后, 忧心忡忡, 遂向皇帝辞官, 请求回家照看老母。皇帝见他一片孝心, 就准奏了。

刘因回家后, 皇帝多次下圣旨召刘因回朝。刘因都没有奉旨回朝。有人问他: "为什么

理。李彪说元志是洛阳的一个地方小官，理应给他让路；元志说李彪虽是地位高的朝官，但洛阳是我管辖的地方，他居住在这里，就是这里的居民，我怎能给他让道。孝文帝听后哈哈大笑，说："洛阳是寡人的京城，应该分路扬镳。从今以后你们可以分开走，各走各的不就行了吗？"

放着荣华富贵你不要呢？"刘因说："我母亲已九十高龄，体弱多病，就像风中的烛火随时都会熄灭。我怎么可以丢下她呢！"

后人把魏孝文帝话中的"分路扬镳"摘出来，经常在谈话中运用，并逐步演变成"分道扬镳"这个成语。

分道扬镳

【出处】《北史·魏宗室何间公齐传》："孝文曰：'洛阳，我之丰沛，自应分路扬镳。自今而后，可分路而行。'"

【词义】分道：分开路走　　镳：马嚼子
扬镳：驱马前进的意思

【释义】形容分路而行，互不相干。

相传，北魏的洛阳令元志觉得自己才华横溢，饱读诗书，瞧不起那些没有才学的官员。一天，他乘车去朝廷。坐着车子上街，恰巧碰上朝中的御史中尉李彪乘车迎面而来。按官职大小元志应给李彪让路，可他瞧不起李彪，双方互不相让，争执不下，吵了一通，跑到孝文帝那里去评

赴汤蹈火

【出处】《金史·刘炳传》："自古名将料敌制胜，训练
　　　　士兵，故可使赴汤蹈火，百战不殆。"
【词义】赴：奔向、投进　　　　汤：热水
　　　　蹈：踏、踩
【释义】投入滚烫的沸水中，奔向熊熊的烈火里，比喻
　　　　不避艰险。

汉景帝时，晁错任御史大夫。当
时分封各地为王的皇子皇孙势
力越来越大，渐渐不听朝廷的管制。
有的甚至就地铸钱，煮海为盐，招纳
天下的亡命之徒。晁错便向景帝建议
削减他们的领地，削弱他们的势力，
把当初给予他们的权力收回来，由朝
廷掌握大权，防止叛乱，同时提出了
关于改动政策的建议。在建议中，他
主张鼓励将士保卫边疆，能打胜仗或
坚守不退的，应该升级；能攻破敌人
阵地的，应该给予奖励。这样就可激
励将士们的斗志，让他们"蒙矢石，
赴汤火"（指在战斗中冒着敌人的利

箭和石炮，奔入熊熊烈火）。
　　"赴汤火"这句话，后来发展成
"赴汤蹈火"这个成语。

各得其所

【出处】《周易·系辞下》："交易而退，各得其所。"
【词义】所：处所、位置
【释义】形容人人都有合适的工作岗位，得到了合适的
　　　　安置。

这句成语出自于《周易·系辞
下》："交易而退，各得其所。"
意思是说：集市交换后各如所愿。这
里面还有一个故事：子产是春秋时期
郑国贵族的一位政治家。有一次，有
人送了一条大活鱼给子产，子产不想
吃掉它，一时又不知道如何安置，于
是他便叫管池子的人把这条鱼养在池
子里。管池子的人接过那条鱼，看到
它又鲜又活，顿时有了把鱼据为己有
的念头。于是，他
没有照子产吩咐
的办，却私自把
鱼煮了吃了。事
后，他怕子产发
现怪罪他，就对
子产撒谎说："我
刚把鱼放到池子
里的时候，它不
大活动，哪知它

稍停一刻就缓过气来游动了，它一游动就溜走了！"子产听了不但没有责怪看管池子的人，反而显得很高兴，他连声说："得其所哉！得其所哉！"意思是感叹那条鱼有了理想的去处。管池子的人暗自觉得好笑。

割席分坐

【出处】《世说新语·德行》："尝同席读书，有乘轩冕过门者，宁读如故，歆废书出看，宁割席分座，曰：'子非吾友也。'"

【词义】割：用刀截断

【释义】表示朋友断交。

三国时，魏人管宁和华歆，年轻时在一起读书，不过两人性格迥异。管宁简朴勤学，为人豁达，不慕富贵；华歆则追求享乐，一心想出人头地。

有一天，两人在一块锄地，翻出了一块金子，管宁像没看见一样，照样锄地。华歆喜出望外，拾起来准备把它装入口袋，可看看管宁那鄙夷的表情，只好悄悄地把它扔掉了。

又有一次，两人正坐在一张席上读书，忽然听见门外人声喧哗，原来是一个大官从门前经过。华歆丢下书本就跑出门去，脸上露出非常羡慕的神情。管宁却若无其事地照常读书，仿佛没听见一样。等华歆回屋后，管宁把同坐的席子从中间一刀割开，说："你这样的人不是我的朋友，别跟我坐在一起。"

后来，人们把这个故事叫"割席分坐"或"割席断交"，形容朋友之间意见不同而断交。

各自为政

【出处】《左传·宣公二年》："畴昔之羊，子为政；今日之事，我为政。"

【词义】政：事务　　畴昔：从前

【释义】原指各人按照各人的主张办事。现指不顾大局，各搞一套。

春秋时期，郑国出兵攻打宋国。宋国派华元、乐吕领兵抵抗。华元、乐吕带领将士苦战郑国，大获全胜。主帅华元设宴犒劳壮士，准备了丰盛的肥羊、美酒，却忘记了给他赶车的羊斟。羊斟怀恨在心。后来宋国再次与郑国交战，出现了华元始料不及的情况。华元在车上指挥进攻时，他叫羊斟往右，而羊斟却故意把车往郑军密集的左边赶。华元气得质问羊斟为什么这样做，羊斟便对华元说："前日犒劳将士你按照自己的主张做事，今日赶车我要按照我自己的想法做事了。"说完，就连车带人赶进了郑国阵营，致使华元做了俘虏。

主帅被俘，宋军大败。后来华元逃回，羊斟害怕华元报复逃到鲁国。

后人把羊斟的话概括为"各自为政"。

刮目相待

【出处】《三国志·吴志·吕蒙传》："蒙曰：'士别三日，即更刮目相待。'"

【词义】刮目：指彻底改变眼光

【释义】用新的眼光看待。

三国时，吴国名将吕蒙屡立战功，三十一岁就被升为横野中郎将了。但他识字不多，孙权就让他努力读书。自从听了吴主孙权的劝告以后，吕蒙认真读书，进步很快。后来鲁肃接替周瑜作了统帅，路过吕蒙营寨，鲁肃本来也看不起吕蒙，说吕蒙只是一介武夫，但出于礼貌去拜访他，哪知一谈军中大事，吕蒙讲得头

古时，洪水漫流，老百姓常常因洪水泛滥而丧命，尧为了让老百姓免受其害，就命鲧治水。鲧采用推土挡水的方法治了九年没有成功。到了舜当皇帝，又派鲧的儿子禹负责治水，禹吸取了父亲的教训，采用疏导方法，依据山势地形和河流位置全面规划水道，让水由小溪再流入大河，再由大河流入大海。禹整日忙碌在工地，手掌和脚底都长满了茧，指甲也磨坏了，皮肤晒得又黑又粗，吃尽了千辛万苦。他曾经三次经过自己的家门，听见自己的孩子在院子里哇哇地哭，都没得顾上回家看一看。这样，在禹的鼓舞下，百姓们齐心协力，经过三十年的努力，终于平定了水患。他常说："时间宝贵啊！就是短短一寸光阴，也要珍惜和利用。"

头是道，很有见地。并且献计五条，当场亲笔写出。鲁肃一看顿时改变了态度，惊讶地说："我一直以为你能武不能文，没想到你学识这么渊博，已经不是从前在吴下的吕蒙了。"吕蒙笑着说："士别三日，即当刮目相待。"意思是说一个人分别三天，就应对他另眼相待了。

"刮目相待"这一成语就出于这个故事。

根据这个故事，人们用"过门不入"，或"三过其门而不入"来赞颂禹的精神。

◇

过门不入

【出处】《孟子·离娄下》："禹、稷当平世，三过其门而不入。"

【词义】 其：指禹　　入：进入

【释义】形容为了工作，公而忘私。

甘拜下风

【出处】《左传·僖公十五年》："君履后土而戴皇天，皇天后土，实闻君之言，群臣敢在下风。"

【词义】拜：一种表示敬意的礼节

【释义】表示甘愿承认自己不如对方。

春秋时，秦穆公派百里溪、公孙枝带兵护送夷吾回国。夷吾后来当了晋国的国君，史称晋惠公。晋惠公执政后，反悔了先前答应给秦军河外的五座城，并且正赶上秦国闹灾荒，晋惠公不但不卖给秦国粮食，还起兵攻打秦国，想趁乱吞并秦国，结果被秦军活捉。秦穆公对着那些跟在晋惠公后面、狼狈不堪的晋国大臣们说："晋惠公是个忘恩负义的家伙！不但不给原本答应我们的城池，反而趁我国闹饥荒的时候攻打我们。前两年你们晋国遇到百年未有的大灾荒，是我们秦国送粮食给你们，帮助你们渡过难关。这次晋国战败，实在是天意，我不敢以此为功，你们回去吧。"晋国大臣听后连连作揖行礼，说："大王这样心胸宽广，我们实在是甘拜下风。"

姑息养奸

【出处】《礼记·檀弓上》："细人之爱人也以姑息。"

【词义】姑：姑且，暂且　　姑息：无原则地宽容
奸：坏人

【释义】指无原则地宽容坏人坏事。

春秋末期，孔子的弟子曾参病重，危在旦夕。他的儿子曾元、曾申以及弟子们日夜守护在病床边。正在大家悲痛的时候，忽然一个举烛的童子说："先生，您的卧席简直是太华丽了，这是大夫才能用的吗？"曾参这才想起来，他吃力地说："这是大夫季孙氏送给我的，我还未来得及换掉。请你们帮我换一下。"大家知道曾参此时浑身没有一点力气，如果再这样兴师动众，必定有生命危险，于是大家都用愤怒的目光盯着童子，于是没有人给曾参换席子。

召来群臣商议御敌之策。班超上疏：联合乌孙，共同征讨龟兹。汉章帝采纳了班超的建议。同时派卫侯李邑带了许多绸缎布帛，护送来京的乌孙使者回国。这时正赶上龟兹进攻疏勒，李邑害怕了，不敢再往前走，便留在于阗给章帝上疏，说班超不顾及国家的安危，他的话不能听。章帝贤明，知道李邑胆小怕事，严厉谴责了李邑，并令他听任班超发落。班超另派人护送乌孙使者回去，并让李邑带乌孙王子到洛阳去议事。代理司马徐干对班超的做法很不理解，不愿把李邑放回去。班超说："公报私仇，就不算是忠臣了。"

曾参生气了，说："我不是大夫，只有大夫才能用这样华美的席子，如果我死的时候用这张席子，是不合乎礼制的。"看到还是没人来换席子，他用尽最后的一点气力大喊："你们还不如那个童子关心我。君子爱人应该勉励人依照道德规范行事，小人爱人是无原则地迁就忍让。"

公报私仇

【出处】《警世通言·王安石三难苏学士》："（苏东坡）心下明知荆公为改诗触犯，公报私仇。没奈何，也只得谢恩。"

【词义】报：报复　　私：私人的

【释义】指借办公事的机会，报私仇，泄私愤。

东汉时（公元 80 年），龟兹王得到了匈奴的援助，正在调集兵马打算同汉朝决一死战。汉章帝为了应付龟兹王的进攻，

肝肠寸断

【出处】《世说新语·黜免》: "破视其腹中，肠皆寸断。"

【词义】寸：形容极短或极小

【释义】形容非常悲痛。

东晋时，大将军桓温带领军队乘船经过三峡时，有个部下在岸上发现了只小猿猴，于是就把它捉了回来，带上了船。母猿看见自己的孩子被捉走，在岸上追赶哀号一百多里不肯离去，当船靠岸时迫不及待地窜到船上，由于哀伤过度再加上长途疲劳，上船后没多久就死去了。军士们剖开母猿的肚腹一看，只见肠子已断成一寸一寸的了。桓温听到后非常气愤，当即免去那个小官的职务。

母猿失子，哀痛命绝，这也有可能。至于肝肠寸断，也有点夸张，不过是用来表明母猿的悲痛之深罢了。

后来人们就从这个故事中引申出了"肝肠寸断"这个成语。

高朋满座

【出处】唐·王勃《滕王阁序》: "十旬休假，胜友如云；千里逢迎，高朋满座。"

【词义】高：敬辞，称别的事物

【释义】指跟社会地位比自己高的人交朋友或结成亲戚。

王勃是"初唐四杰"中的一位。有一次，王勃到交趾去看望在那里做县令的父亲，路过洪州（今江西省南昌市）时，恰巧碰上洪州都督阎伯屿重修滕王阁，为了庆祝滕王阁修建成功，就在九月九日重阳节，于阁内大摆筵席，宴请当时江南名士，说是要为滕王阁作一篇赋，刻石为碑，流传后代。其实，阎伯屿是以作赋为名，想在众多学士面前显示一下自己的女婿吴子章的才能。参加的名士都心知肚明，只有王勃是刚刚到那里，不知道内情，他也应邀赴宴。宴会开始，伯屿问有谁愿意为滕王阁作赋，人人推辞。而王勃却毫不客气，挥笔就写，一气呵成。旁人念给众人听，在座的学士有一百余人，个个赞不绝口，阎伯屿也佩服得五体投地。

这篇文章中的"高朋满座""胜如友云""萍水相逢"等后来都成了

成语。"高朋""胜友"是形容朋友的高雅脱俗；而"满座""如云"是形容相聚的朋友很多。

改过自新

【出处】《史记·孝文本纪》："妾伤夫死者不可复生，刑者不可复属，虽复欲改过自新，其道无由也。"

【词义】自新：使自己重新做人

【释义】改正错误，重新做人。

汉朝初年，临淄有个名叫淳于意的人，他从小就喜欢钻研医术，曾向名医公乘阳庆学习。公乘阳庆就把自己珍藏多年的秘方都传给了淳于意。淳于意有名师指点，医术越来越高明。但淳于意却不像扁鹊那样尽心尽力为人治病，他喜欢在达官贵人中间周旋，不愿给穷人治病。

后来，淳于意被人告发了。官府把他抓了起来，押解长安。他的五个女儿见父亲被抓，就跟在后面号啕大哭。淳于意又急又恼，说道："我只有女儿，没有儿子，现在遇到急事，也没有人能解救我。"

淳于意的小女儿缇萦听到父亲的话非常伤心，决心要救父亲。她一直跟着父亲来到长安，想方设法写了封奏书给汉文帝，奏书上说："我的父亲做官的时候，当地人都称赞他为人公正廉明。现在他犯了法要受刑，我痛切地感到，一个人死了再也不能复活，残缺的身体再也不能恢复如初，虽然有改过自新的愿望，也无济于事了。为了使父亲有改过自新的机会，我宁愿为奴为婢，替父亲赎罪。"

汉文帝读了缇萦的书信，被她的一片孝心所感动，就下令赦免了淳于意的罪过。

高山流水

【出处】《列子·汤问》："伯乐鼓琴志在高山，钟子期曰：'善哉，峨峨兮若泰山！'志在流水，钟子期曰：'善哉，洋洋兮若江河！'"

【词义】峨峨：高高的　　洋洋：宽大、壮阔

【释义】比喻知音或乐曲高妙。

古时候，有对好朋友，一个叫伯牙，一个叫钟子期。伯牙弹得一手好琴，他能把所有的感情，用琴声形象地表现出来。而钟子期，对音乐颇有研究，无论伯牙想用琴声表达什么，他都能听出来。

有一次，两人在一起弹琴娱乐。伯牙手抚琴弦，轻轻拨动，先弹了首抒情的曲子，接着又弹了一首欢快的曲子。弹着弹着，伯牙一抬头，看见了南窗外远处的一座高山，不由想起了曾和钟子期登山的情景，情不自禁，弹出的乐曲变得雄壮高峻。钟子期本来微闭着双眼，正沉浸在优美的音乐声中，忽听得琴声突然变得高昂激越，不由得睁开双眼，高声喝彩道："好啊，像泰山一样雄伟！"伯牙见钟子期一下子就听出了自己琴声表达的意思，会心地一笑，故意又变了个调子，琴声一下子变得宏大壮阔，好像是江水一泻千里。钟子期又喝彩道："好啊，像江河一样浩荡！"伯牙又接连变了几个曲调，可是无论他想表现什么意思，钟子期都能准确地听出来。伯牙不由得放下琴，叹息道："好啊！好啊！我的琴声怎么也逃不过你的耳朵，您真是我的知音啊！"

后来子期死后，伯牙把琴摔在地上，说："摔碎瑶琴凤尾寒，子期不在谁听弹。满面春风皆朋友，欲寻知音难上难。"从此伯牙不再弹琴。

孤注一掷

【出处】《晋书·何无忌传》："刘毅家无担石之储，樗蒲一掷百万。"

【词义】注：赌注　掷：赌钱时掷骰子
孤注：把所有的钱并作一注

【释义】赌钱人输急了，把全部赌本都押上去，以决最后输赢。比喻在危急时刻用尽所有力量作最后一次冒险。

宋末元初之际，元兵中有一员大将名叫伯颜。他决策果断，善于用兵，率领元朝的大军攻克了宋朝许多城池，一直打到汉口附近。

当时，宋将夏贵领万余艘战舰据守在长江南岸的各个要害处，又拥有长江天堑之利，元军无法渡江。伯颜接受了部将建议，假意声称要攻下汉阳，由汉口渡江。夏贵果然中计，派兵增援汉阳。见宋军上当，伯颜立刻派兵占领沙芜口，从沧河经沙芜口进入长江，直逼军事要塞阳逻堡。伯颜派人到阳逻堡去招降宋军，阳逻堡的

宋军将士们对元军使者说："我们受大宋厚恩，誓死保卫大宋江山，怎么能当叛徒投降呢？你们只管进攻好了，我们要和你们决一死战。鹿死谁手，还不能确定。就像赌博把全部赌注都押上，输赢就看这最后一回了。"

伯颜连攻三日，屡攻不下。

后来，伯颜想到一条计策，让部将阿术率军逆流而上四十里，乘着夜色，登上了南岸。宋军没料到元军会突然从背后冒出来，虽然将士们英勇战斗，顽强抵抗，还是没抵抗住元军的前后夹击，最终以失败告终。

瓜田李下

【出处】古乐府《君子行》:"君子防未然,不处嫌疑间,
　　　　瓜田不纳履,李下不整冠。"
【词义】履:鞋子　　　冠:帽子
【释义】比喻避免嫌疑。

唐文宗时,李昂派郭旼去做县令。郭旼有两个女儿,乖巧可人,后来他把两个女儿送进了皇宫。于是有人说郭旼之所以能做官,是因为他把两个女儿进献给皇上。李昂是因为这件事才让郭旼去做县令的。李昂听说后,十分恼怒。他说:"他的两个女儿是献给太后的,我派郭旼去当县令,与这没有丝毫关系。"工部侍郎柳公权是李昂的好朋友,他对李昂说:"君子要防患于未然,不要处在让人怀疑的位置。瓜田不纳履,李下不整冠。你这瓜田李下的行为,对人们怎么解说得清楚呢?"瓜田李下的意思是说站在瓜田里的时候,最好不要弯腰提鞋子,以免被人误会为在偷瓜;站在李子树下面的时候,最好不要抬起手去整理头上的帽子,以免被人误会为在偷摘树上的李子。

◇

刚愎自用

【出处】《左传·宣公十二年》:"其佐先縠,刚愎不仁。"
【词义】愎:执拗
【释义】比喻为人固执,任性,自以为是而独断独行。

春秋时期,楚国入侵郑国。交战后不久,楚军便开始撤退。晋国派荀林父为主帅,先縠为副帅率兵援救郑国。等晋国军队到了黄河北岸,才得知郑、楚已经讲和。荀林父便不再让军队前行。先縠却不以为然,他悄悄地带着军队前去追击楚军,荀林父没办法只得命令全军前进。

中国成语故事

楚军听说晋军追来，令尹孙叔敖不想打，楚国大夫伍参主张回击，他对楚庄王说："荀林父新任主帅，令出不行。晋军副帅刚愎不仁，根本不听命令，其余将领也意见不一，打起来我军必胜。"楚庄王采纳了伍参的建议，回兵北进，果然晋军大败。

后来伍参话中的"刚愎"一词和"自用"结合起来组成成语。

高枕无忧

【出处】《战国策·齐策四》："今君有一窟，未得高枕而卧也。"

【词义】忧：忧愁、担心

【释义】把枕头垫得高高的，好好地享受。用来形容满足现状，无忧无虑，也用来比喻麻痹大意，盲目乐观。

战国时期，齐国的国相孟尝君，姓田名文，封地在薛（今山东滕县附近），有一万多佃户，吃穿不愁。

孟尝君有三千门客，冯谖是其中之一。他曾经做过三件大事。第一件事是孟尝君让他到薛地去向佃户要回债务，他把全部佃户召集到一起，却宣布佃户不用还债，并把债据当场烧掉。

孟尝君知道后很生气，但也无可奈何。隔了一年，孟尝君被罢相，迁到薛地，薛地老百姓扶老携幼结队相迎。冯谖这时才说：这是我用债款给你买来的人心。孟尝君非常感激。第二件事是冯谖到魏国宣扬孟尝君宅心仁厚，魏国就欲聘孟尝君为相，齐王听说后立即恢复孟尝君的相位。第三件事是劝孟尝君向齐王请求，在薛地建立宗庙，把先王传下来的祭器放到薛地去。这三件事办完后，冯谖对孟尝君说："从此您可以高枕无忧了。"

因为上至君王，下至百姓都尊重并支持孟尝君了。

邯郸学步

【出处】《庄子·秋水》："且子独不闻夫寿陵余子之学
　　　　行于邯郸与？未得国能，又失其故行矣，直匍
　　　　匐而归耳。"
【词义】邯郸：战国时期赵国的都城
　　　　步：走路
【释义】学邯郸人走路。讽刺那些一味模仿别人，不但
　　　　学不成，反而把自己原来学会的东西也忘了的
　　　　人。

有一个寿陵青年听说邯郸人走姿很漂亮，便来到邯郸学习走路。可是他怎么也学不像，于是他跑到了一座小桥的下面。

这样，寿陵青年便凝起眸子，久久地望着桥上。他看清了桥上那些来来往往的邯郸人走路的姿态。

后来，他从小桥的下边来到小桥的上边，效仿着走在身边的邯郸人，然而，他还是学得不像样子。

经过仔细地思考，聪明的寿陵青年找到了学不成的原因。那就是，因为自己固有的寿陵人走路的步法还没有废弃掉，还在干扰他学步。

于是，他决定彻底废掉自己原来的步法。为此，他扑通一声，故意跌卧在地上。然后，他又慢慢爬起来，模仿着邯郸人的脚，去学迈步，模仿着邯郸人的手，去学摆动，邯郸人每一步迈出多远，他也迈出多远……

就这样，他早起晚睡，一连学了好几个月。

但结果如何呢？他不但没有学会邯郸人走路，而且把自己原来的步法也忘得一干二净了。

后来，他来时带的盘费花光了，他不得不返回寿陵去。可是由于原来的步法忘掉了，而邯郸人的步法又没有学会，他只好狼狈地爬着往回走。

黄粱美梦

【出处】唐·沈既济《枕中记》:"卢生欠伸而寤,见方
       偃于邸中,顾吕翁在旁,主人蒸黄粱尚未熟,
       触类如故,蹶然而兴曰:岂其美寐耶?"
【词义】黄粱:小米
【释义】指在小米饭还没有煮熟的短时间里做了一场好
       梦。比喻虚幻、空想的事和欲望的破灭。

暖风熏人的一个春日,吕翁来到了邯郸道上的一家旅舍里。坐在大门口歇息起来。

他刚坐下,便见有一位穿着褐色短衣,骑着青色马驹的青年书生,从远处直朝这个旅舍奔来。来投宿的青年书生名叫卢生。不一会儿,吕翁与卢生便熟悉起来。他们谈天说地,言笑不止。言笑中,卢生忽然低下头去看看自己陈旧的衣袋,同时长长地叹息道:"人生在世,应该建立功名,享受荣华富贵,可我……"

吕翁听了,便拿出一个青瓷枕头给卢生。卢生从吕翁手中接过青瓷枕头,枕着去睡。说也怪,他的头一挨那枕头,便昏昏沉沉了。

他恍惚中看见了自己的家,便高兴地向家里走去。从此,他过上了安闲的日子。他娶了妻子,是崔氏之女,长得十分娇艳。

后来,卢生去应试,竟中了进士。然而,荣贵未尽的他突然遭到了奸臣的嫉恨,无中生有地给他捏造了许多罪名,要他下大狱。当狱吏带人前来捉拿他时,他颤抖着对妻子说:"我老家在山东,有良田五顷,足可以糊口度日,却放着安稳日子不过,外出求荣觅禄,只落了这样的下场,我不如死去……"多亏妻子相阻,方免遭一死。多年后,皇帝给他平了反,并封为燕国公。但这时他对功名已不感兴趣。岁月不饶人。卢生的终年到了,在梦中他与世长辞,这才惊醒了他。

这时店主人做饭下到锅里的米,还没熟呢!

中国成语故事

狐假虎威

【出处】《战国策·楚策》："虎不知兽畏己而走也,以
　　　　为畏狐也。"
【词义】假:借,凭借　　威:威风
【释义】狐狸凭借老虎的威风吓唬群兽。比喻倚仗别人
　　　　的势力欺压人。

从前有一只老虎,到外面寻觅食物,忽然看到前面有只狐狸正在散步,老虎毫不费力地将狐狸捉住了。这时狡黠的狐狸说话了:"你不要以为自己是百兽之王,便敢将我吞食掉;你要知道,天帝已经命令我为王中之王,天底下任何野兽见了我都会害怕。"狐狸见老虎迟疑着不敢吃它,更加神气地说:"难道你不相信我的话吗?那么你现在就走在我后面,看看是不是所有野兽见了我,都吓得逃跑。"于是,狐狸就大模大样在前面开路,老虎则小心翼翼在后面跟着。许多小动物发现走在狐狸后面的老虎时,不禁大惊失色,四处逃窜。

这时,狐狸得意洋洋地望着老虎。老虎目睹这种情形,不禁也有一些心惊胆战,但它并不知道野兽怕的是自己,而以为它们真是怕狐狸呢!

狡狐之计是得逞了,可是它的威势完全是因为假借老虎,才能凭着一时有利的形势去威胁群兽啊!

火树银花

【出处】唐·苏味道《正月十五夜》:"火树银花合,星
　　　　桥铁锁开。"
【词义】火:像火一样红　　　银:白色的
【释义】形容灯光、烟火绚丽灿烂。

睿宗是唐代君主中最会享乐的一位皇帝,不管什么佳节,他总要动用大量的物力、人力去铺张一番,供他游玩。每年逢正月十五的晚上,他一定命人扎起二十丈高的灯树,点起五万多盏灯,号称火树。后来诗人苏味道就以这个为内容,写了一首诗,描绘当时的情形。诗曰:"火树银花合,星桥铁锁开。暗尘随马去,明月逐人来。游妓皆秾李,行歌尽落梅。

金吾不禁夜，玉漏莫相催。"这首诗
把当时热闹的情况表现得淋漓尽致。

　　这个成语是形容灯火通明的地
方，望上去好像是火树银花的样子。
现在凡是繁盛的都市，若有盛大的集
会在夜间举行，灯光灿烂，都用这个
词去形容。

汗流浃背

【出处】《史记·陈丞相世家》："勃又谢不知，汗出沾
　　　　背，愧不能对。"
【词义】浃：湿透
【释义】出汗很多，湿透了背上的衣服。形容满身大汗。

汉高祖刘邦去世后，吕后掌权。
太尉周勃在陈平等大臣的帮助
下，一举铲除了吕氏势力，立刘邦的
另一个儿子刘恒为帝，号汉文帝。汉
文帝登基后，拜周勃为右丞相，位居

第一；陈平为左丞相，位居第二。

　　一次，汉文帝朝见大臣时问周
勃："全国一年要审判多少案件呀？"
周勃答不出来。汉文帝又问："全国
一年钱、粮收入和支出是多少呢？"
周勃还是回答不出来，急得汗流浃
背。汉文帝就问陈平，陈平说："这
些事都有主管的人。""那主管的人是
谁呢？"文帝问。陈平不慌不忙地
说："陛下要问审案的事，找廷尉；
问钱粮的事，找治粟内史。""那么你
丞相管什么呢？"汉文帝又继续追
问。陈平并没被问住，胸有成竹地回
答："丞相管大臣，有谁不称职，就
处罚他，使卿大夫各任其职。"汉文
帝听了，满意地笑了。退朝以后，周
勃责怪陈平说："你怎么不示意我怎
样回答皇上的提问呢？羞得我面红耳
赤，汗流浃背。"陈平笑了，说："你
居丞相位，却不知丞相应做些什么
吗？"周勃被问得羞愧满面，就以有
病为理由，请求免去了丞相职务。

华而不实

【出处】《左传·文公五年》："且华而不实，怨之所聚也。"
【词义】华：开花　　实：结果实
【释义】比喻外表好看，空无内容。

春秋时，晋国有个叫阳处父的大臣，长得相貌堂堂，初次见面，总能给别人留下很好的印象。有一次，他出使卫国，返回晋国的途中，路过宁邑（今河南获嘉县），住在一家客店里。这家店主姓嬴，他见阳处父一表人才，顿时对他产生了好感，把他照顾得无微不至。晚上，店主对妻子说："我一直在寻找这样一个人，却总没找到。这个阳处父我看挺不错，像个成大事的人，我决定跟他去了。"

第二天，店主对阳处父说明他的想法后，阳处父欣然应允。店主就跟阳处父走了。

可是，没过几天，店主却又回到了家中。妻子见丈夫刚走就回来了，很是纳闷，就问他："你好不容易遇到这么个人，怎么才几天就回来了？"

店主说："开始我见这个人相貌堂堂，想他将来必成大器，可是通过几天的接触，我发现他思想偏激，不干实事，且华而不实，这样的人容易和别人结怨，最终不会有什么好结果。我担心跟着他，非但不能获益，反而会遭受祸害，所以，还是趁早离开他吧！"

后来阳处父果然被人杀死了。

囫囵吞枣

【出处】《朱子语类·论语十六》："道理也是一个有条理底物事，浊囫囵一物。"
【词义】囫囵：整个儿
【释义】原指把枣儿吞下去，不加咀嚼，不辨滋味。比喻读书等不加分析地笼统接受。

从前，有个人喜欢自作聪明，常常闹出一些笑话。有一次，他向一位有丰富经验的老医生请教，吃什么水果对身体有益。老医生对他说："每种水果对人的身体都有益处，但不能多吃，否则会带来害处。比如

汗牛充栋

【出处】柳宗元《陆文通先生墓表》:"其为书,处则充栋宇,出则汗牛马。"

【词义】充:充满　　栋:栋梁

【释义】形容书籍之多。

唐朝有一位名叫陆质的学者,唐宪宗时为太子侍读。死后人称"文通先生"。陆质一生从事孔子所著《春秋》的研究,写了《春秋集注》等许多书。他去世以后,柳宗元为了悼念陆质,给他写了一篇墓志铭《陆文通先生墓表》。书中说自从孔子以来,多少学者研究《春秋》,唯陆质见解独特。赞颂他一生集书多,读书多,写书多,"其为书,处则充栋宇,出则汗马牛"。意思是书多得放在屋里就会堆得直顶住栋梁;如果搬运时用牛拉运,就会把牛累得满身大汗。

后人把这两句话合在一起,就出现了"汗牛充栋"这一成语。

说梨子对牙齿有好处,但吃多了,就会损伤脾胃。枣子对脾有健补作用,但多吃了,对牙齿又不利。"

这个人听了医生的指导后,就说:"我有办法既可得水果对人体之益,又可不受它的伤害。"老医生惊讶地问:"你能告诉我吗?至今我还没有找到一个良策呢!"

"我的方法就是,对不同的水果,用不同的方法去吃。比如吃梨子,只在嘴里嚼,不咽下肚;吃枣子,不用牙齿咬,整个儿吞下去。这样,既不伤牙齿,也不伤脾胃了。"

老医生听了,忍不住笑道:"你这个方法可不怎么样。你那样囫囵吞枣,滋味可不好受啊!"

后生可畏

【出处】《论语·子罕》："后生可畏，焉知来者之不如今也。"

【词义】后生：青年人，后辈　畏：敬服

【释义】指青年人可以超过他们的前辈，是可敬畏的。

中国古代的大教育家孔子有一天乘车外出讲学，走着走着，忽见一个小孩在马路上用泥土堆了一个城堡，自己坐在里边。孔子看完后很惊讶，就下车问他："为什么不给车子让路呢？"小孩理直气壮地回答："只有车子绕城而行的，从来没听说过要城让车的。"孔子听后连声称赞这小孩小小年纪就能言善辩。小孩并不领情，反而对孔子说："鱼生下来三天就能游动，这与年纪多少有什么关系！"孔子连连点头，心中佩服不已，感慨道："现在的后生真让人又敬佩又害怕，老一辈的人恐怕还不如他们呢！"

后起之秀

【出处】南朝·宋·刘义庆《世说新语·赏誉》："卿风流俊望，真后来之秀。"

【词义】秀：优秀，突出

【释义】形容后辈中成长起来的优秀人物。

晋朝豫章太守范宁，是荆州刺史王忱的舅父。范宁是当时的知名学者，而王忱也是当时的才子。

一天王忱到舅父家做客，遇到了比他早出名的张玄。张玄早就听说王忱意趣不凡，十分想和他交谈。他年龄比王忱长，又有名气，自然想让王忱先和自己打招呼，就端坐在一边，等候王忱。王忱见张玄那副样子，也一言不发。张玄坐了一会儿，就怏怏而去。范宁事后责备王忱："张玄是吴中的才子，你为什不与他交谈？"王忱傲慢地说："如果他想和我交谈，自然会来找我。"范宁听了，反而夸奖王忱说："卿风流俊望，真后来之

岁的时候父母相继去世，接着两个哥哥也死了。在兵荒马乱中，他辛勤劳动养活着寡嫂和幼侄，人们都赞颂他的品行。后来卢毓做了吏部尚书。

有一次，曹睿叫卢毓推荐一个适当的人当中书郎，并且对他说："选拔人才不能单凭他的名声，名声好比画在地上的饼，是没法吃的！"而卢毓听了曹睿的话回答说："光看名气是不易找到有特异才能的人，但可以发现一般的人才。修养高、

秀。"意思是说你是一位才智超人的年青人，真可以说是后辈之中的优秀人才呀！王忱却很风趣地说："如果没有您这样的舅父，怎么会有我这样的外甥？"说罢，甥舅二人开怀大笑起来。

根据这个故事，后来人们把"后来之秀"引申为"后起之秀"。

行为好的人，我们不该因为他们的名气而厌恶他们。我以为主要是对他们进行考核，看是否有真才实学。"曹睿听了认为有理，就下令制定了考核法。

画饼充饥

【出处】《三国志·魏志·卢毓传》："选举莫取有名，名如画地作饼，不可啖也。"

【词义】啖：吃

【释义】比喻徒有虚名而无实绩或借空想来安慰自己。

三国时代，魏国的第三个君主曹睿有个最亲近的大臣叫卢毓。卢毓从小聪明能干，很有志向。他十

后顾之忧

【出处】《魏书·李冲传》:"委以台司之寄,使我出境,无后顾之忧。"

【词义】顾:回头看　　忧:忧虑,担心

【释义】比喻来自后方的忧患。

南北朝时,北魏有个宰相叫李冲,他才智过人,为官清廉,对朝廷忠心耿耿,很得孝文帝元宏的器重。

李冲当宰相时,每当孝文帝领兵出征,就把朝廷的大事都交给李冲。

有个叫李彪的人,初到京师时投奔李冲。李冲觉得他颇有才学,就把他推荐给孝文帝。后来,李彪当了中尉兼尚书,这下他就骄傲起来。大臣们很讨厌他,李冲也很生气,就和大臣们联合上书,向孝文帝控告他。李冲亲自执笔,写到李彪忘恩负义,一时气急重病不起,十天后竟死了。

孝文帝当时正领兵南征,听到噩耗,急忙赶回京城。他到李冲的坟墓时,对左右的人说:"李冲品德高尚,忠诚可靠,我交托给他的国家大事,全都办得很好,我每次出征在外,都没有后顾之忧。不料他竟暴病身亡,我真是很伤心啊!"

◇◇◇

画龙点睛

【出处】《历代名画记》:"金陵安寺四白龙不点眼睛,每云:'点睛即飞去。'人以为妄诞,固请点之。"

【词义】即:就　　诞:荒唐

【释义】给壁画上的龙画上眼睛。比喻作文或说话时加上一两句关键的话,使内容更加精辟有力。

南北朝时期,建都在金陵(今江苏南京市)的梁朝有位著名的大画家名叫张僧繇,他的画特别传神,皇亲贵族、富商大贾都争相索要。

传说有一年,他给金陵安乐寺作壁画。他在墙上画了四条龙,画得惟妙惟肖,老百姓听说了都纷纷跑来观看,人人赞不绝口。

忽然有个人叫道:"这龙怎么没有眼睛呀?"大伙仔细一瞧,四条龙果然都没有眼睛,于是大家问张僧繇:"你为什么不画眼睛呀?"

张僧繇说:"如果画了眼睛,它们就会飞走的。"

人们哄堂大笑。这个说:"你骗

人,画在墙上的龙还会变成真的吗?"那个道:"你说得太离谱了,请你给龙画上眼睛,让我们看看它是不是真会飞走。"

张僧繇无法推辞,就拿起笔给壁画上的龙轻轻点上眼睛。他刚点完第二条龙的眼睛时,忽然电光一闪,把大伙都吓了一跳。一时间雷鸣电闪,只见两条龙挣破墙壁,腾空而起,一会儿就不知去向了。再看那墙壁,只剩下两条尚未点眼睛的龙。

秦朝末年,朝廷下令征兵防守边疆,派贫苦农民陈胜和吴广率领一支 900 人的队伍,必须按期赶到渔阳(今北京市密云县附近)。他们好不容易走到蕲县大泽乡(今安徽宿县东南)时,恰逢连日大雨,道路泥泞难行,只好停了下来,可眼看官府规定的期限就要到了。陈胜和吴广商量,这里距渔阳有千里之遥,无论如何也难按期赶到,误了期限会被杀头,与其被杀,不如在这里造反。于是他们先杀了两个押队的军官,然后向大家宣布起义反秦,大家也一致同意。他俩下令要大家露出右臂

作为记号,砍些木棍作武器,举起竹竿绑块布条作旗帜。就这样中国历史上第一次农民起义开始了。

这个成语是说高举起义的旗帜,起来反抗暴力统治。

揭竿而起

【出处】汉·贾谊《过秦论·上》:"斩木为兵,揭竿为旗。"

【词义】揭:高举   竿:竹竿,代旗帜

【释义】原指陈胜、吴广发动农民起义反抗秦朝。后指农民起义。

惊弓之鸟

【出处】《战国策·楚策四》："羸武之众易动,惊弓之鸟难安。"

【词义】惊:惊吓

【释义】被弓箭吓怕了的鸟。比喻受过惊吓,遇事胆怯的人。

战国时期,赵、楚、燕、齐、韩、魏六国联合抗秦。赵国派遣魏加前去拜见楚公子春申君,商量军事问题。魏加问:"您手下有大将吗?"春申君说:"有啊,我想让临武君为将。"魏加知道临武君曾被秦军打得惨败,就想了想说:"为臣小时候喜好拉弓射箭,今天就说个射箭的故事。有一天,更羸与魏王在京台下闲逛,仰头看见飞鸟。更羸对魏王说:'为臣拉虚弓射下来只鸟给大王看看。'魏王说:'射箭的本领能达到这一步吗?'更羸说:'可以。'更羸真的只拉了下空弓弦,鸟就坠落下来了。魏王说:'你真是本领高强呀!'更羸说:'不是我本领高强,是这只雁受过伤。旧伤未好又听见拉弓弦的声音,当然要用力高飞,结果就因创伤迸裂,支持不住而落下来了。'"魏加说完这个故事,对春申君说:"临武君也曾被秦国击败过,像这只伤弓之鸟,他是不能当抗秦将领的。"

嗟来之食

【出处】《礼记·檀弓下》:"予唯不食嗟来之食,以至于斯也。"

【词义】嗟:招呼声

【释义】人活着,就要有骨气,宁死不受侮辱性的施舍。

战国时期,有一年,齐国发生了大饥荒,成千上万的人饿得奄奄一息,垂死路旁。有一个贵族名叫黔敖,家里屯集了许多粮食。有一天他忽然善心大发,烧了一锅稀饭,做了一些食品,摆放在路旁,等着救济灾民。他一看见有灾民走来,就立刻敲着锅,扬起饭勺,大声吆喝,呼唤灾民来吃。灾民们看他财大气粗、耀武扬威的模样,都非常气愤,但是饥饿难忍,只好忍气吞声,前去领取一勺稀饭的

中国成语故事

金石为开

【出处】汉·韩婴《韩诗外传》卷六："熊渠子见其诚心，而金石为之开，而况人乎？"
【词义】金石：金属和石头，比喻坚硬的东西。
【释义】意志坚决，能克服一切困难。

周朝时期楚国人熊渠子，是著名的射箭手。一天夜里他独自在路上走，看见前面一只虎伏在那里，连忙拉弓搭箭，对它射去，那只"虎"连动也不动。他心中很疑惑，上前一看，才知道是一块很像老虎的石头。那支箭已扎进石头里，连箭翎都几乎看不见了。

人们说，这不仅是熊渠子力气大，更是由于他精神集中，以必胜的信心去制服对方，才会出现这样的奇迹。文学家杨雄评价说："见其诚心，而金石为之开！"所以后来就有了"精诚所至，金石为开"的成语，也有"金石为开"的说法，意思是只要全心全意地去做，任何困难都可解决。

赏赐，在屈辱之中很快地喝光了。

这天走来一个颤颤巍巍的汉子，饿得只剩皮包骨头，也许是很久没有吃东西了，走路都很吃力。只见他挂着一根棍子，用破袖子遮住脸，看也不看黔敖一下，摇摇晃晃地迈着步子，从他面前走过去。黔敖早已准备施舍他一勺饭，这时觉得非常奇怪，连忙重重地敲了一下铁锅，对那个人大喊一声："喂，来吃吧！"那个饥民听到喊声，慢慢地转过身，鄙夷地瞪大了眼睛，对黔敖说："你喊什么！我才不稀罕你的施舍呢！我就是因为不吃嗟来之食，才饿成这个样子的！"好个有自尊心的倔强汉子，在屈辱面前宁可饿死也要维护自己的尊严人格。由于黔敖太没有礼貌，不尊重别人，所以这个饥民始终拒绝他的施舍，最后终于饿死在路上。

价值连城

【出处】《史记·廉颇蔺相如列传》："赵惠文王时，得楚和氏璧。秦昭王闻之，使人遗赵王书，愿以十五城请易璧。"
【词义】连城：连成一片的好多座城市
【释义】形容物品非常珍贵。

楚国有位樵夫，名叫卞和。一天，卞和在荆山打柴时，发现了一块玉璞。他想，国库里缺宝少玉，为此，常常受到列国诸侯的鄙视，于是他决定把玉璞献给国家。

他进献的国君是楚厉王。谁知楚厉王非但不奖赏卞和，还说卞和以石充玉欺骗君王，当即砍下了卞和的一只脚。

楚厉王死后，楚武王继位。卞和再次进殿献宝，谁知，由于鉴玉官从中作梗，卞和又被砍掉了另一只脚。

虽然失去了双脚，但卞和仍然想着献宝。当武王暴死，文王继位后，卞和再一次踏上了去往郢的路途。

楚文王果然是位有道明君，具有识玉的慧眼。当卞和献上玉璞之后，他一眼便认定这是块珍宝。经人稍加琢磨，玉璞便宝光四射，美妙无比。

楚文王为了表彰卞和，遂将这块珍宝命名为"和氏之璧"。

后来，这块"和氏之璧"几经流传，落到了赵惠王手里。秦昭襄王也想要这"和氏之璧"，便差人下书，愿以十五城作为代价来换取和氏璧。这样一来，和氏璧的价值便昂贵起来。

九牛一毛

【出处】汉·司马迁《报任安书》:"假令仆法受诛,若九牛亡一毛,与蝼蚁何以异?"

【词义】蝼蚁:蝼蛄和蚂蚁

【释义】比喻数量极其微小,价值极其轻微。

汉武帝刘彻听说李陵带着部队深入到匈奴的国境,士气旺盛,心里很高兴。这时,许多大臣都阿谀奉承地祝贺皇帝英明过人,善于用人。后来李陵战败投降,武帝非常生气,原来祝贺的大臣也就像顺风倒的墙头草一样,纷纷反过来责骂李陵无用和不忠。这时司马迁站在旁边一声不响,武帝便问他对此事的看法。司马迁爽直地说李陵虽然只有五千步兵,且被匈奴八万骑兵团团围住,但还是连打了十几天仗,杀伤了一万多敌人,可以说是一位了不起的将军了。最后因粮尽箭完,归路又被截断,才停止战斗,李陵不是真投降,而是在伺机报国。武帝听他为李陵辩护,一时怒起便将司马迁打入监狱,对司马迁施以最残酷、最耻辱的"腐刑"。

司马迁受到了这种摧残,一时之间痛不欲生;但转念一想,像他这样地位低微的人死去,在许多大富大贵的人眼中,不过像"九牛亡一毛",不但得不到同情,反会惹人耻笑。于是决心忍受耻辱,终于用自己的生命和时间艰苦地、顽强地完成了那部空前伟大的历史著作——《史记》。

司马迁把他这种思想转变的情况告诉他的好友任少卿,后来的人便是根据他信中所说的"九牛亡一毛"一句话,引申成"九牛一毛"这个成语。

金玉其外，败絮其中

【出处】明·刘基 《卖柑者言》："观其坐高堂，骑大马，醉醇醴而饫肥鲜者，孰不巍巍乎可畏，赫赫乎可象也；又何往而不金玉其外，败絮其中也哉！"

【词义】金玉：泛指珍宝　　　败絮：破棉絮

【释义】比喻外表很好，实质很糟。

有个卖水果的小贩，对保鲜相当有办法，柑子经过冬、夏，仍然外表鲜润，颜色像金玉似的。摆到集市上，价钱比别人高十倍，人们还是争相购买。一个人买了几个回家，剥开一看，果肉干得像一团烂棉花。他跑去质问这个小贩，小贩却说："如今骗子多得是，我跟那些人比起来差远了。你看那些位高权重、吃着山珍海味的人，哪个不是外表一本正经。可是不管在什么地方，这些人没有一个不是虚有其表，像我的柑子一样，'金玉其外，败絮其中'。你对这些事情不去考察，却来考察我的柑子。"

这就是成语"金玉其外，败絮其中"的出处。

鸡鸣狗盗

【出处】《史记·孟尝君列传》："最下坐有能为狗盗者，曰：'臣能得狐白裘。'……客之居下坐者有解为鸡鸣，而鸡齐鸣，遂发传出。"

【词义】鸣：叫　　　盗：偷窃

【释义】比喻微不足道的技能。

战国时期，齐国有位孟尝君。有一年，他出游秦国，秦昭王早听闻孟尝君是位有才的人，准备请他任秦国的宰相。秦国的大臣们知道后，害怕孟尝君排挤他们，就在秦昭王面前进谗言，秦昭王便下令把孟尝君看管起来。孟尝君去找秦昭王的宠妃帮忙，妃子同意了，但要孟尝君把那件白狐狸皮袍子送给她。孟尝君很为难，因为他已把那件袍子送给秦昭王了。

孟尝君的门客中，有个人会装狗偷盗。深夜，他来到王宫，像狗一样爬进秦昭王的宫殿里，偷出了那件袍子。孟尝君向妃子献上白狐狸皮袍子，妃

子非常高兴，第二天她去请求秦昭王放掉孟尝君，秦昭王答应了。

孟尝君连夜带着门客赶路。他们来到秦国边境，守兵说必须等鸡叫时才让人进出。这时门客中有一个会学鸡叫的人，学着公鸡啼鸣，附近的公鸡啼叫起来。城门打开，孟尝君逃出了秦国。

狡兔三窟

【出处】《战国策·齐策四》："冯谖曰：'狡兔有三窟，仅得免其死耳。今君有一窟，未得高枕而卧也，请为君复凿二窟。'"
【词义】狡：狡猾　　窟：窝
【释义】狡猾的兔子有三个窝。比喻藏身的地方多。

战国时期，齐国的政治家孟尝君家中养了众多的门客，作为他的谋士。门客中有个人名叫冯谖，出身贫寒。

有一次，冯谖主动要求帮孟尝君到薛地收债。冯谖到了薛地，把欠债的人召集来，对他们说："孟尝君觉得大家生活困难，因此不要你们还债了，大家把债券都烧掉吧！"那些人喜出望外，他们都夸赞孟尝君是仁义君子。

冯谖两手空空来见孟尝君，孟尝君得知他让人烧毁了债券，非常不高兴。冯谖说："你家里什么东西都不缺，只缺一个'义'。你不为那里的老百姓做些好事，却放债去剥削他们。所以我把'义'买来送给你。"一年后，孟尝君被罢了官，只好流落到薛地去。薛地的老百姓得知孟尝君要来，都在路上迎接他，他这才醒悟冯谖所说的"义"是怎么回事。冯谖对他说："狡兔三窟，才能躲避死的厄运，我想再替你开凿一个洞。"

以后，冯谖使用妙计，让齐国国君以黄金、车马、宝剑作为礼物，恭恭敬敬地又请孟尝君回去做官。孟尝君当官几十年，冯谖为他出了许多计谋。

中国成语故事

脚踏实地

【出处】宋·邵伯温《闻见前录》："君实脚踏实地人也。"

【词义】踏：踩

【释义】比喻研究学问必须刻苦努力，切实下工夫，沿用下来多用于形容实事求是，不浮夸。

司马光是北宋时期的著名历史学家和政治家。小时候，他就聪明过人，做事认真细致。

宋英宗时，司马光在朝廷做官，奉命主编一部规模宏伟的编年体通史，花费了十九年的功夫和心血。他给自己准备了一个"警枕"，用圆木制成，他睡不多久，稍一动弹便被惊醒，于是立刻爬起来继续编书。

司马光编撰这部史书，态度非常认真，绝无半点马虎。他先广泛收集材料，经过反复研究和精心选择，再把它们按照年代依次串联起来，然后再写出初稿。其中有许多篇章，进行了反复修改。他编写唐代部分的时候，原先多达六百卷，后来他对原稿进行考据，精益求精，最后定稿时精简为八十卷。完成后的原稿，都是用一笔一画的正楷字体，写得整整齐齐，没有一个潦草字。剩下的废稿、残稿，堆放在洛阳，占了满满两间屋子。这种认真踏实的治学态度，受到了人们的赞扬。

皇帝宋神宗对这部史书非常重视，给这部书取名为《资治通鉴》。

司马光问他的好友邵雍："我是怎样的一个人？"邵雍敬佩地说："你是个脚踏实地的人啊！"

家喻户晓

【出处】宋·楼钥《缴郑熙等免罪》："而遽有免罪之皆，不可以家谕（喻）户晓。"

【词义】喻、晓：知道

【释义】"户告人晓"，就是家家互相传告，人人全都知道的意思。根据这个意思慢慢转化为"家喻户晓"这一成语，意思是每家每户都知道，形容人所共知。

古代有个叫梁姑姊的女子。她为人很善良，跟父母兄长关系都很好。

一天，她家里失了火，当她从火海里逃出来后，才发现她哥哥的孩子和她的两个孩子都还在屋里，于是她又冒火返回屋里救人，打算先救出哥

自古以来，就有"盘古氏开天辟地"的传说。最古老的世界，天地不分，像个鸡蛋，世界开创者盘古就在这大蛋中慢慢成长，头顶天，脚立地，不让天地合拢，天每天升高一丈，地每天加厚一丈，盘古的身长也每天增加一丈。一天天过去了，天与地之间的距离越来越远，盘古也越来越高大。大约过了一万八千年，天已升了很高，地也凝固了很厚，盘古的身长也已达到九千里，天和地稳固起来了。盘古开天辟地的任务至此完成。他倒下来，呼喊一声死去了。盘古临死时，他呼出的气变成了春风和云雾，他的声音变成了惊雷，他的左眼变成了太阳，右眼变成了月亮，须发变成了星辰……这就是"盘古氏开天辟地"的故事。

"开天辟地"作为成语，现在用来称颂开创伟大的事业。

哥的孩子，再救自己的孩子。可是因烟火太大看不清，梁姑姊抱着孩子从火海里出来时，才发现她救的竟是自己的孩子。这时大火越烧越旺，根本无法再进屋去。站在屋外面对蔓延的大火，梁姑姊焦急万分，她捶足顿胸地高喊："这怎么得了，我救了自己的孩子却让哥哥的孩子留在火里，这岂不是要背上自私的恶名了吗？我姓梁的岂能因此而让自己'户告人晓'，受人责笑！……"说着，性情刚烈的梁姑姊便纵身火海，投火而死。

开天辟地

【出处】三国·吴·徐整《三五历记》："天地混沌如鸡子，盘古生其中，万八千岁，天地开辟，阳清为天，阴浊为地，盘古在其中。"

【词义】辟：开辟

【释义】比喻以前从来没有过的第一次。

开卷有益

【出处】宋·王辟之《渑水燕谈录》卷六:"开卷有益,朕不以为劳也。"

【词义】卷:指书

【释义】说明读书的好处,只要打开书本去读,就能得到益处。

宋朝初年,太宗赵光义非常喜欢读书。由于当时社会上书籍很多,皇宫里的书也不成系统,难以查检,于是他就命李昉等把书籍加以整理,经过多年努力,终于编出《太平类编》。全书共 1000 卷,分类归成 55 门。宋太宗对这部书很感兴趣,曾亲自看了一遍。这部书很厚,赵光义看得非常仔细。他自己规定每天至少要看二三卷,一年之内就看完了,所以,这部书后来又叫《太平御览》("御览"是皇帝阅览的意思)。

当时,朝中大臣见皇帝除处理国家大事外,每天还要阅览这部书,就劝他少看些。宋太宗说:"我生性喜欢读书,能从读书中得到无穷的乐趣,开卷有益,哪里是浪费精力呢?"

后来"开卷有益"成了成语。

老当益壮

【出处】《后汉书·马援传》:"丈夫为志,穷当益坚,老当益壮。"

【词义】当:应该　益:更加

【释义】比喻年纪虽然大了,但仍壮志凌云。

东汉初,伏波将军马援年轻时曾当过小官,在押送犯人的半路上因同情心放了犯人,自己也畏罪躲了起来。后来,朝廷大赦天下,马援才被赦免无罪,便无顾忌地从事农牧业。由于马援勤劳肯干,置田数百亩,骡马几千头,亲戚朋友投到他门下的人很多。他并不看重财富,把所有财产都送人了,自己四处游历。后来,马援成了刘秀手下的一员大将,最后死在疆场上。

他生前常对朋友说："丈夫为志，穷当益坚，老当益壮。"意思是一个人要有志气，贫穷的时候，意志更要坚强；年纪越老越要有劲儿。他也是这样做的。年纪八十多岁的时候还在带兵打仗，确是老当益壮。

利令智昏

【出处】《史记·平原君虞卿列传》："鄙谚曰：'利令智昏。'"

【词义】令：使

【释义】比喻贪图私利使头脑发昏，丧失理智。

秦国攻打韩国，占领了韩国的野王（地方名，今河南沁阳县）。野王是韩国上党同韩国内地的重要通道。野王被占，上党孤立了。上党的地方官冯亭想"嫁其祸于赵"。他给赵孝成王写了一封信，说自己愿将所辖城池拜献给赵孝成王。

赵孝成王召平阳君赵豹上朝来商量这件事。赵豹说："我们若接收上党的城池，秦王岂能罢休？如果秦王发兵攻打我们，岂不就是祸殃吗？"

尽管赵孝成王认为赵豹说得有道理，但他心里总觉得不舒服。所以，他又把平原君赵胜召来商议，平原君说："用百万军士去征战数年，也未必能得一城。而今不费力便可得十七座城池，这是多大的利益呀！"

赵孝成王便立即派遣平原君代他前往上党接收了十七城。

可是这样一来，果真激怒了秦国。秦国又派兵来攻打赵国，这就爆发了历史上有名的长平之战，四十万赵军全部覆灭。

对于"坐收十七城"的这一历史事件，《史记》作者司马迁作了评论，认为：平原君赵胜，在当时虽然也算个著名人物，但是"他未睹大体"，眼光短浅，贪图私利，理智不清，"利令智昏"。

梁上君子

【出处】《后汉书·陈寔传》："夫人不可不自勉。不善之人未必本恶，羽以性成，遂至于此。梁上君子者是矣！"

【词义】梁：房梁

【释义】原指在梁上躲藏的盗贼，现在用作窃贼的代称。

东汉时，官员陈寔一天晚上发现一个小偷混进屋里躲在梁上。陈寔并不声张，也不惊动小偷。而是把儿孙们都召集来。小偷吓坏了，连气都不敢出。这时陈寔以严肃的语气训诫大家说："人不管在什么时候都要上进，不能干坏事。干坏事的并不是生来都是坏人，是平时放松对自己的要求，不断干坏事，养成了习惯。这样本来可以成为君子的，也就变成了小人，成了'梁上君子'了！"躲在梁上的小偷听到这里从梁上跳下来，满脸羞愧，狼狈不堪地向陈寔磕头求饶。陈寔叫他起来，对他说："我看你的模样不像恶人，大概是贫困逼迫才这样的吧！"当即送给他两匹绢，叫他当做本钱去做生意了。小偷万分感激，拜谢后带着绢走了。

从此，"梁上君子"便成了盗贼的代号。

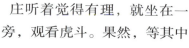

两败俱伤

【出处】《史记·张仪列传》："有顷，两虎果斗，大者伤小者死。"

【词义】俱：都

【释义】形容斗争的双方都受到了损失。

春秋时，鲁国有个叫卞庄的勇士。一天，山上有两只老虎正在争斗，抢吃一头牛，卞庄看到它们是个祸患，便要去打死它们。别人告诉他说："现在两只虎正在争吃一头牛，力气小的一定被力气大的咬死，力气大的也会被力气小的咬伤。那时一只虎死了，一只虎受伤了，你再去打死那只活着的虎岂不容易了吗？而且可以一举两得。"卞庄听着觉得有理，就坐在一旁，观看虎斗。果然，等其中

中国成语故事

的一只虎被咬死后，剩下的那只虎也已经精疲力尽了。他轻而易举地打死了那只剩下的虎，达到了除掉虎患的目的。

后来，人们根据这个故事总结出"两败俱伤"的成语，也可以叫作"坐山观虎斗"。坐山观虎斗的意思是，站在旁边冷眼观瞧，不干涉不插手。

临渴掘井

【出处】《黄帝内经素问·四气调神大论》："夫病已成而后药之，乱已成而后治之，譬犹渴而穿井，斗而铸锥，不亦晚乎？"

【词义】临：到　　掘：挖

【释义】到口渴的时候才挖井，比喻事先没有准备，事到临头才想办法。

春秋时期，鲁昭公因为国内发生内乱，原来阿谀奉承的人却想方设法来害他，他没办法，只好逃亡到齐国。齐景公问他："你正年轻有为，怎么把国君的位置都丢弃了？"鲁昭公述说了他过去不听良臣的好言规劝，接近的是那些好说奉承话和假话的人，现在已是朝廷内没有人可以帮助他渡过难关，朝廷以外没人拥护他继续做国君，所以只好投奔到齐国。齐景公觉得他说得很有道理，就告诉大夫晏婴："如果能让昭公回鲁国去，大概可以成为贤明的国君了。"晏婴说："不行。凡是掉在水里的人，多是没探明水的情况。等到落水了才去探水，不是已晚了吗？这好比吃东西觉得已经噎得想喝水时，才急着去挖井一样，即使用尽全力，井还没挖成他就已经憋死了。"鲁昭公听完晏婴的话，后悔不迭。

这就是"临渴掘井"的来历。

老马识途

【出处】《东周列国志》第二十一回："管仲进曰：'臣闻老马识途……观其所往而随之，宜可得路也。'"

【词义】途：路

【释义】比喻熟悉情况，经验丰富的人容易成功。

战国时，有一年的春天，齐桓公带兵讨伐孤竹国。战争持续了很长时间，直到冬天还是没有打败孤竹国，于是就返回齐国。行军至一片沙漠，突然迷了路。他们左冲右撞，总找不着出路。眼看齐国大军就要死在这片沙漠中。齐桓公叫来管仲、隰朋商议如何才能找到回去的路。管仲想了一会儿说："常言道'老马识途'，我们不如选几匹老马，让它们在前边走，我们跟在后面，也许可以找到回去的路。"齐桓公采纳了管仲的建议。于是，他们挑选了几匹老马，让它们在前边走，大家跟在后边，果然找到了回齐国的路。

后人就把"老马识途"作为成语。

路不拾遗

【出处】《旧唐书》："夜不闭户，路不拾遗。"

【词义】遗：丢失的东西

【释义】形容社会风气和道德良好。

过去有一个行路的人，经过武阳，在路上不小心遗失了一件衣服，走了几十里以后才发觉，心中很是着急。路上有个好心人见他在路上东瞧西看，忍不住就上前问道："看你的神情这么紧张，发生了什么事吗？"这个人忙回答说："我家里的日子本来就不好过，可现在又把一件衣服弄丢了。"那个好心人问他："你是在哪儿丢的呢？"那人想了半天，才说："好像就在武阳。"于是那个好心人劝慰他道："不要紧，在我们武阳境内，晚上睡觉不关门都不会丢东西，路上别人遗失的东西是没有人拾起的。你回去找，

中国成语故事

鹿死谁手

【出处】《晋书·石勒载记下》："朕遇光武（汉光武帝刘秀），当并驱于中原，未知鹿死谁手。"

【词义】驱：快跑　　未：不，未必

【释义】比喻双方争夺东西，不知落在谁的手里，亦指比赛双方尚不知谁胜谁负。

西晋末年，各族人民纷纷起义，建立政权，先后建起 16 个国家。其中有个羯族人名叫石勒，于公元 319 年建立后赵，自称赵王，经过 10 年战斗又灭了前赵，势力最强。有一次，石勒举行国宴招待高丽的使臣，一时兴起，自负地问朝臣徐光，他可以比得上历史上哪个君王。徐光趁机恭维他说："您智慧非凡，本领卓越，超过了汉代的高祖，赛过魏朝的始祖。"石勒听了，哈哈大笑说："如果我生在汉高祖刘邦那个时代，倒愿作他的部下，而和韩信、彭越这些大将争个高低、比个高下。但是，我要是遇到东汉光武帝刘秀，我就要同他在中原大地较量一番，还不知鹿死谁手呢！"

从此"鹿死谁手"就流传开了。

一定可以找到原物。"那人将信将疑，但又没有什么别的办法，只好往回走，没想到在他曾经走过的路上，果然找到了遗失的衣服。

这个故事后来记到了《旧唐书》里。

中国成语故事

落花流水　　落井下石

【出处】五代·南唐·李煜《浪淘沙》："落花流水春去
　　也，天上人间。"
【词义】落：落下　　　流：流动
【释义】原形容暮春景色衰败。后常比喻被打得大败。

【出处】唐·韩愈《柳子厚墓志铭》："落陷穽，不一引
　　手救，反挤之，又下石焉者，皆是也。"
【词义】援：援救，援助　　　下：扔下
【释义】比喻乘人之危加以陷害。

"落花流水"或"流水落花"常
出现在古代的名诗中，来形
容春天残败的景象。如宋代赵长卿的
《鹧鸪天》中的"落花流水一时休"；
南唐后主李煜的《浪淘沙》中的"落
花流水春去也"；曹雪芹的《红楼梦》
中有："这薛公子的混名人称'呆霸
王'，最是天下第一个弄性尚气的人，
而且使钱如土，遂打了个落花流水，
生拖死拽，把个英莲拖去，如今也不
知死活。"

　　后来因人们常用"落花流水"而
使其逐步变为成语，比喻衰败零落的
情形，有时形容吃了败仗的狼狈相。

唐朝大文学家韩愈，在政治上偏
于保守，曾任监察御史、刑部
侍郎等职。由于他出身小地主家庭，
因而有壮志未酬的不平和遭受困顿的
牢骚。韩愈对社会人情的冷漠和残忍
有较多认识，并且一肚子的愤懑之情
无法宣泄，只好写在给好友柳宗元的
《柳子厚墓志铭》中，有"一旦临小
利害，仅如毛发比，反眼若不相识；
落陷井，不一引手救，反挤之，又下
石焉者，皆是也。"意思是：一旦遇
到危害到自己利益的事情，就算如头
发一样，却好像不认识；落在陷阱
里，不肯动一动手去救他，反而去挤

败的情景历历在目。这天，他侧身躺在木床上，往事又涌上心头，于是感慨万千地对忠心耿耿的幕僚说："就这样无所作为地度过一生，岂不叫文景二帝（指司马师兄弟）耻笑！"有的幕僚（地方军政大吏幕府中的参谋、书记之类的僚层）已经懂得他的意思，但不便说出口。桓温见没有人说话，便突然扶枕而起，慷慨激昂地说："人生在世，如不能流芳百世，也要遗臭万年！"

后来他做了件惊天动地的事，废掉了司马奕的帝位，立司马昱继承帝位，史称简文帝。

着他，甚至掷两块石头下去的人，到处都是。因为韩愈这一篇文章是古文名著，读者特多，后来大家也就从这句话中，概括出"落井下石"的成语。

流芳百世

【出处】南朝宋·刘义庆《世说新语·尤悔》："桓公（温）卧语曰：'乐此寂寂，将为文景所笑。'既而屈起坐曰：'既不能流芳百世，亦不足复遗臭万载耶？'"
【词义】芳：美名或美德
【释义】形容美名长远流传于后世。

东晋征西大将军桓温在枋头（今河南浚县境）被慕容垂带领的燕军打败后，整日郁郁寡欢，当年战

力不从心

【出处】《后汉书·西域传》："今使者大兵未能得出，如诸国力不从心，东西南北自在也。"

【词义】从：顺从、听从

【释义】比喻心里很想去做某件事情，然而力量不够。

汉明帝时，为了平定匈奴叛乱，就派班超出征驻扎在西域。班超在西域征战了几十年，为汉朝立下了显赫功绩。

公元 100 年，班超已近七十岁，他感到自己年老体衰，再没有年轻时候的那种魄力，便给汉和帝写信，请求回中原，颐养天年。汉和帝觉得朝中没有大臣比得上班超，便没有批准。班超的妹妹知道此事后，就给汉和帝写信说："假如西域现在突然发生非常事件，以班超的体力和精力，

都已经使他无法按照自己的意愿去处理事情了。如果事情恶化，对朝廷和家庭都不利。"汉和帝看完信后，觉得这话十分有道理，就下诏把班超召回了都城。

乐此不疲

【出处】《后汉书·光武帝纪》："我自乐此，不为疲也。"

【词义】疲：疲惫、疲倦

【释义】比喻人们对某事发生了兴趣之后，努力去做，也不觉疲倦。

刘秀当了东汉皇帝后，工作十分繁忙。多年战乱刚刚平息，百废待兴，天下百姓盼望安定。刘秀把重点转到发展生产、使人民安居乐业的方面上来。皇太子有一次向他请教攻战的道理，刘秀回答说："有一次卫灵公问孔子如何攻战，孔子说：'祭祀和礼仪方面的事，我经常说起，而率军作战的事，我却一点儿也不懂。'孔子是多么关心治国的事，你也应这样，不要研究有关战争的事。"

刘秀每天亲自处理朝政，一直到天黑才回寝宫。有时他同朝中文武百官讨论治国方针，制订政令制度，往往半夜才能睡觉。皇太子见刘秀日夜操劳，十分担心他的身体。有一次，看到刘秀正在处理朝

政，他大胆劝谏刘秀："父皇，像您这样勤政为民，可说是有了大禹、汤武那样贤明的品格，但是却没有黄帝、老子那样的修身养性的幸福，希望您爱惜身体，少做一些工作，多娱乐娱乐。"刘秀听后，大笑着说："我自己乐于这样做，一点也不觉得疲劳啊！"

毛遂自荐

【出处】《史记·平原君列传》："门下有毛遂者，前自赞于平原君曰……"

【词义】荐：推荐

【释义】比喻自告奋勇，推荐自己。

战国时，秦国军队包围了赵国国都邯郸，赵国派平原君赵胜到楚国求救。平原君要二十个文武双全的门客作随员，可是还缺一个，正当他踌躇时，有一位门客自荐补缺，他就是毛遂。

毛遂因是自荐，所以那十九名随员打内心看不起他。他们对毛遂说："毛先生，谈判久久没有结果，你上殿去问问究竟，如何？"毛遂爽快答应，他来到楚王的跟前，说道："尊贵的楚王，难道你没有听说过吗？昔日，商汤王凭七十里的地盘取得了天下；周文王凭百里的区域臣服了诸侯。他们的兵也不多，可是他们能发挥他们的优势。时下的楚国，土地方圆五千里，雄兵有近百万，应该称霸于天下的。然而，你骨子里怕秦国怕得要死，可是，你越怕秦国，他们就越要与你们楚国作战。一战，夺去了你们的京都鄢郢；二战，烧掉了你们先王的坟墓；三战，干脆俘虏了大王你的先人。今日，我们来联合你们抗秦，说是为着解救邯郸，更是为你们楚国报仇雪恨。"经过毛遂义正辞严地陈述利害关系后，楚王终于同意了联合抗秦。

马革裹尸

【出处】《后汉书·马援传》:"男儿要当死于边野,以马革裹尸还葬耳,何能卧床上,在儿女手中耶!"

【词义】裹:包裹

【释义】形容军人战死疆场的无畏气概。

汉光武帝手下大将马援南征北战,屡建奇功,官封伏波将军。有一次交趾叛乱,同时邻近的九真、日南、合浦等地也都起兵造反。汉光武帝派马援出征,由于马援军纪严明,用兵有方,最后平息了战乱。汉光武帝为此封他为新息侯,赐车一乘,位列九卿。他得胜而归,亲友们纷纷前来欢迎、慰劳。

马援激昂地说:"大丈夫死也要死在疆场上,用马革裹尸而归,怎能死在妻儿身边?"

后来,汉军在贵州大败。消息传来,刘秀忧心忡忡,寝食不安。

这时,马援已是六十二岁高龄了,发须全白。他为了给皇帝排忧解难,保卫国家安全,主动请战,为刘秀分忧。

刘秀又是感慨,又是赞叹,由于朝中没有其他的良将只好同意马援出征。征战激烈,马援最后病死在前线,实现了他"马革裹尸"的壮志。

芒刺在背

【出处】《汉书·霍光传》:"宣帝始立,谒见高庙,大将军(霍)光从骖乘,上内惮之,若有芒刺在背。"

【词义】芒刺:草木茎叶、果壳上的小刺

【释义】比喻极度不安。

西汉大臣霍光,自从汉武帝赠图托孤以来,主持朝政达二十余年。由于刘弗寿命太短,二十一岁就去世了,霍光又立刘贺为帝。刘贺生活放荡,根本就不理朝政。霍光又立刘询为帝,即汉宣帝。霍光不仅独揽大权,而且还把他的亲戚都加官晋爵,汉宣帝心里深感不安。汉宣帝刚刚登位时,照例要去祭拜祖庙,大将军霍光就坐在宣帝的一边陪着前去。

放榜的时候，孙山的名字虽然被列在榜文的倒数第一名，但是榜上有名，而那位和他一起去的同乡的儿子，却没有考上。

不久，孙山先回到家里，同乡知道孙山回来了，便来问他儿子有没有考取。孙山既不好意思直说，又不便隐瞒，于是，就随口念出两句诗来："解元尽处是孙山，贤郎更在孙山外。"那同乡一听就知道自己的儿子没有考上。

解元，就是我国科举制度所规定的举人第一名。而孙山在诗里所谓的"解元"，乃是泛指一般考取的举人。他这首诗全部的意思是说：举人榜上的最后一名是我孙山，而令郎的名字却还在我孙山的后面。

从此，人们便根据这个故事，引申出了成语"名落孙山"。

因为霍光权势很大，而且霍光身材高大，脸色严峻，宣帝心里非常紧张，就好像有芒刺扎在背上一样，浑身不自在。

后人通过这个故事概括出一个"芒刺在背"的成语。

名落孙山

【出处】宋·范公偁《过庭录》："解名尽处是孙山，贤郎更在孙山外。"

【词义】落：落后

【释义】意即榜上无名。指参加考试或选拔未能录取。

在我国宋朝的时候，有一个名叫孙山的人，他为人不但幽默，而且能言善辩，所以附近的人就给他取了一个"滑稽才子"的绰号。

有一次，他和一个同乡的儿子一同到京城去参加举人的考试。

盲人摸象

【出处】《涅磐经》："其触牙者即言象形如芦菔根，其
　　　　触耳者言象如箕……"
【词义】盲人：瞎子
【释义】瞎子摸大象。用来比喻对事物了解不全面，固
　　　　执地妄加揣测。含贬义。

过去有个国王，想让瞎子知道大象长得什么样子，于是叫人牵来一头象。

瞎子们都用手去摸大象，国王问道："你们都亲自摸过大象了，该知道大象长什么样子了吧？"

第一个瞎子摸到了象尾巴，他说："大象的形状像根尖长的萝卜。"

第二个瞎子摸到了耳朵，听了笑道："大象怎么会像萝卜，明明是像簸箕。"

第三个瞎子摸到了象腿，说："你们说的都不对，大象和柱子差不多。"

这几个盲人吵吵嚷嚷，争论不休，国王和在场的大臣都捧腹大笑。

这个故事告诉我们，如果对事物的了解不全面，仅仅接触一下，就主观地妄加揣测会出现可笑的错误。

门庭若市

【出处】《战国策·齐策一》："令初下，群臣进谏，门
　　　　庭若市。"
【词义】若：好像
【释义】形容来往进出的人很多。

战国时，齐国的相国邹忌见齐威王受一些臣子蒙蔽，听不到正直大臣劝他的话，邹忌就去规劝齐威王。他说："我明知自己不如徐公（当时齐国的美男子）美，但我的妻子却偏护我，我的妾都怕我，客人们有事求我，他们都恭维我说我比徐公漂亮。现在我们齐国有千里土地，宫中上下谁不偏护您，满朝文武谁不畏惧您，全国百姓谁不希望得到您的关怀。这样，人家对您总不肯说真心话，因而您受蒙蔽就越来越严重了。"齐威王听了就立即下令说："不论何人，能当面指出

前有一人尤其喜爱画山水画，而且他常常要求自己的画尽善尽美。一天，他应朋友的请求画了一幅青松图。此人本来只画了一棵挺拔的青松，看上去特别好看。但是，他仔细一想，松、柏在植物学上是属于一类，不能少一样，于是就又画上一棵柏树；又转念一想，松、竹、梅是岁寒三友，缺一不可，于是又加上竹、梅；再一想，有松应有山，有山必有石，应该配套，就又补上山和石。于是添了又加，加了又添，画面越添越复杂，让人看了眼花缭乱。

原来画的松反而显不出原来的俊秀挺拔，让人难以找到了。他的那位朋友肯定也得不到他想要的那幅"青松图"了。

人们后来就说这人画画要求"面面俱到"反而表达不出他的本意了。

我的过失者，赏上等奖；上书提意见的，赏中等奖；能在街头巷尾议论我的缺点，传到我耳朵里的，赏下等奖。"大臣们纷纷进宫提意见，来来往往的人很多，门庭若市。几个月以后，还不断有人进谏。一年以后虽然还有人想进谏，却已没什么意见可提了。

根据这个故事，后人概括出了"门庭若市"这个成语，本意是门前和院子里像集市一样热闹。

面面俱到

【出处】清·李宝嘉《官场现形记》第五十七回："这位单道台办事一向是面面俱到，不肯落一点褒贬的。"

【词义】俱：都

【释义】各方面都能照顾到，没有遗漏疏忽。也指虽然照顾到各方面，但每一方面都不突出。

迷途知返

【出处】西晋·陈寿《三国志·魏志·袁术传》："阴谋不轨，以身试祸，岂不痛哉！若迷途知反，当可以免。"

【词义】迷：迷失　　　反：同"返"　返回

【释义】迷了路知道回来。比喻发觉自己犯了错误，知道改正。

东汉末年，宦官专权，大将军何进密召董卓进京。消息传来，宦官们杀死何进。何进的部下袁绍火烧宫门，汉少帝逃出皇宫。董卓乘机率领军队占据京师洛阳，追回汉少帝，专揽朝政。后来董卓废掉汉少帝，另立汉献帝刘协登基，独揽大权。袁绍率兵征讨董卓。

袁绍的弟弟袁术是个心术不正的人，他乘南阳郡太守张咨被杀，便乘机占领了南阳郡，扩充自己的势力。

后来，北部的袁绍和中原的曹操势力强盛起来，共同进攻袁术。袁术经不住两下夹攻，败走扬州，从此割据扬州郡一方，建立了自己的势力范围。袁术见汉朝政权土崩瓦解，便想趁混乱之机登上皇帝宝座。这时，他想起了少年时代的好友陈珪，便写了一封信，请陈珪帮助他登基做皇帝。

陈珪是位很有政治见解的人，接到袁术的信后，便回信劝他不要称帝，否则定会身遭不测。陈珪在信中说："我以为你会齐心协力救助汉室，谁知你却想自称皇帝，以身试祸，岂不令人痛心！如果迷了路不知道返回，一定不能避免祸患。"

袁术听不进陈珪的劝告，终于在寿春称帝。后来，吕布、曹操先后讨伐袁术，袁术大败，向青州逃去，中途病死。

中国成语故事

名列前茅

【出处】《左传·宣公十二年》："前茅虑无,中权,后劲。"

【词义】前茅: 先头部队

【释义】茅是楚国的特产,楚军先头部队的士兵用茅当作信号旗,走在最前面,一旦发现敌人的动静,就用茅发出信号,因此前锋也称"前茅","名列前茅"这个成语就是这样来的。人们常用它来比喻名次列在前面。

春秋时期,楚军入侵郑国,郑国一边抵抗,一边向晋国求援,结果晋国援兵未到郑国便投降了。晋国派大将荀林父为中军统帅,领兵救援郑国。援军还未到达郑国,就听说郑国已经向楚国投降。荀林父立刻召集众将领商议对策,他提议撤兵回国,可是副将先谷却认为应该立即渡过黄河追击楚军。上军统帅士会详细分析了晋、楚两军的形势,指出退兵的意见是正确的。士会分析说:"指挥作战的一个原则是善于观察时机,只有抓住敌人的疏漏发动进攻,才能取得胜利。如今楚国既无内忧也无外患,他们出兵伐郑是因为郑国对他们不专一。楚王如今任用贤才,大力整顿军政,使得军队训练有素,军队出征时秩序井然。右军紧紧护卫着主帅的兵车;左军负责割草以安排夜宿;先头部队以茅草作为信号,发现敌情就举起茅草向后面报警;中军负责制定作战计划,发布命令;后军是精锐部队,作为全军的后盾。打起仗来各将士都有明确的分工,军队纪律非常严明。我们不能贸然去进攻他们!我们还是先撤兵回国,整顿我们的军队,加强训练,提高部队的战斗力再图后话。"先谷一意孤行,率领自己的军队渡过黄河进攻楚军,结果惨遭失败。

满城风雨

【出处】宋·释惠洪《冷斋夜话》："满城风雨近重阳。"
【词义】重阳：阴历的九月初九
【释义】原形容秋天的景色，后形容一件事情发生后，众口喧腾，骚动不安的情况。

这句成语见于《冷斋夜话》卷四："满城风雨近重阳。"

我国宋朝时候，有一个叫释惠洪的和尚著有一部书叫《冷斋夜话》，书的内容大致是记载当时的各种奇闻轶事。书中有一个叫潘大临的穷苦读书人，有一天闲来无事，正在闭目养神，忽然听到从树林中传来风吹雨打的声音，十分美妙动听，于是立即起身想在墙壁上题一首诗。可是他刚写了一句："满城风雨近重阳（即农历的九月初九重阳节）"，催租的人进来把他的诗兴打断了，因此没有再写下去。

事后，他的朋友谢无逸正好向潘大临索要新作，潘大临给谢无逸写了一封信，告诉他这件事。信中写到："秋来景物，件件是佳句，恨为俗氛所蔽翳。昨日闲卧，闻搅林风雨声，欣然起题壁曰'满城风雨近重阳'，忽催租人至，遂败意，只此一句奉寄。""满城风雨近重阳"由于诗句精彩，虽然只一句，却也成为千古名句而广为流传。

"满城风雨"四个字原来是形容秋天的景色，因为它含意丰富，形象生动，被后人引申为成语。

明察秋毫

【出处】《孟子·梁惠王上》："明足以察秋毫之末。"
【词义】秋毫：秋天鸟兽身上新长的毛
【释义】目光敏锐，观察入微，连最微小的东西也能看到。后常用以形容人能洞察事理。

战国时，一次齐宣王向孟子请教说："要有怎样的德行才能统一天下？我这样的人能统一天下吗？"

孟子说："我听说您因为看见好好的一头牛无缘无故被杀死而感到残忍；看到沿街讨饭的人，总要施舍他们一些吃的。凭您这种好心，就可以行君王之道，施仁义之政，统一天下。问题不是在于您能不能统一天下，而在于您是不是去做罢了！比方有人说：'吾力足以举百钧，而不足以举一羽（我的力气能举重三千斤，

但举不起一根羽毛）；明足以察秋毫之末，而不见舆薪（眼光能看见秋天鸟兽羽毛那样细的东西，而看不见满车的木柴）。'你相信他这种话吗？"

后来人们就从孟子的话中引出"明察秋毫"这个成语。

南辕北辙

【出处】《战国策·魏策四》："(季梁)今者臣来，见人于太行，方北面而持其驾，告臣曰：'我欲之楚。'臣曰：'君之楚，将奚为北面？'"

【词义】辕：车前架牲口的长木
辙：车轮轧出的痕迹

【释义】比喻行动和目的相反。

战国时候，魏国的大夫季梁到赵国去旅行。在旅途中当他得知魏王想发兵攻打赵国的消息后，立即转身回魏国阻止。他一回到魏国，顾不得换衣洗脸，便匆匆忙忙地去见魏王。季梁告诉魏王说："我在赵国太行山一带遇见一个怪人，他正乘着一辆马车由南朝北行驶，他说他要去楚国。我觉得很荒谬，去楚国的方向刚好相反，那人却说自己马好，路费多，车夫本领高，其实无论怎样，他只能离楚国越来越远。"

魏王觉得很好笑，忍不住问道："天下难道真有这样的糊涂人吗？"

季梁说："有！不光赵国有，我们魏国也有。比如魏王您吧，您的志向是建立霸业，当诸侯的首领。这原本很好，但以此为目的，倚仗国家的强大与军队的精良，利用攻打赵国的办法来扩大地盘和抬高威望，这样的做法，让别的国家会怎样想呢？我觉得，您这样不取得各国君主的信任，攻打别国的次数越多，就离您的宏伟志向越远，这不正如那个乘车的赵国人去楚国不朝南走反朝北走一样吗？"魏王听季梁这样一说，最终放弃了攻打赵国的计划。

内助之贤

【出处】《宋史·哲宗昭慈孟皇后传》："得贤内助，非
　　　　细事也。"

【词义】贤：贤淑　　内助：妻子

【释义】该成语是恭维人家有贤淑的妻子。今指妻子能
　　　　帮助丈夫，使丈夫的事业、学业，品格方面都
　　　　有了进展，增加丈夫在社会上的地位，就称他
　　　　有内助之贤。

晏婴是战国时齐景公的宰相，他身材矮小，但才干却名闻诸侯。有一天晏婴坐车出门，他的御者（马车夫）驾车。当御者驾着车子经过自己的家门口时，他的妻子正在门缝里偷看，她看见自己的丈夫挥着马鞭，显出一副洋洋得意的样子。

当天晚上丈夫回家时，她就责备道："晏婴身长不满六尺，还是齐国的宰相，各国诸侯都敬仰他，我看他

的态度还是很谦虚；而你身长八尺，仅仅只是他的驾车人，却显得很骄傲的样子，就凭这一点你不会发达，只能做些低贱的职务，连我都替你觉得难为情！"御者听了他妻子的话后，态度有了转变，处处显得谦虚和蔼。

晏婴发现御者突然谦和起来，觉得很奇怪，就问他原因，御者就把他妻子所说的话老老实实告诉了晏婴。晏婴认为他听到规劝知错能改，是一个值得提拔的人，于是就推荐他当了大夫。

难兄难弟

【出处】南朝宋·刘义庆《世说新语·德行》："元方难
　　　　为兄，季方难为弟。"

【词义】难：不容易，不大可能

【释义】"难兄难弟"是从"元方难为兄，季方难为弟"
　　　　话中节缩而成的。意为兄弟才德都好，不分高
　　　　下。后指两人狼狈为奸，共同作恶，同样恶劣。

东汉时，颖川有个叫陈寔的人，自幼好学。后来做了县官，因廉洁奉公深受百姓爱戴。他的大儿子叫元方，小儿子叫季方，也有很高的德行，当时豫州的城墙上，都画着他们父子三个的图像，让百姓学习他们的德行。

有一次，陈元方的儿子陈长文，季方的儿子陈孝先，两人在一起谈论起了各自父亲

战国时期，赵惠文王得到一块价值连城的宝物和氏璧。不料，这件事被秦昭王知道了，他企图把和氏璧据为己有，于是他写信给赵王，假意说愿意用十五座城来交换，并要求赵国派人带着和氏璧去秦庭交换。慑于秦国的强大，赵王立即派蔺相如为使者，带着和氏璧前往秦庭交换。

蔺相如看透了秦王想强取和氏璧的用心，他小心翼翼地抱着宝璧，走上秦庭。在秦庭上，蔺相如"却立倚柱，怒发上冲冠"（退后几步，直立在柱子旁，气得头发向上直立，几乎把帽子都顶起来了）。他当面揭穿了秦王的阴谋，终于又把宝物和氏璧完整地送回赵国。

中国成语故事

的功德，相互比较谁的父亲功德比较高。他们争了好长时间也决断不下，都说自己父亲的功德比对方父亲的功德高，于是他们一块去找祖父陈寔，让他来作个判断。陈寔笑着说："元方难为兄，季方难为弟。"意思是元方难作兄长，季方难作弟弟，即他们两个人的见识才智、功德都好，分不出高下。两个孙子听了祖父的话满意而去。

怒发冲冠

【出处】《史记·廉颇蔺相如列传》："相如因持璧却立，倚柱，怒发上冲冠。"

【词义】怒：愤怒　　冠：帽子

【释义】用来形容暴怒的神情。

弄巧成拙

【出处】宋·黄庭坚《拙轩颂》:"弄巧成拙,为蛇画足。"
【词义】巧:聪明　　拙:愚笨
【释义】形容原想卖弄聪明,反而做了蠢事。

北宋时期,有一位画家名叫孙知微,他手下有一批随他学画的学生。有一次,他应成都寿宁寺的请求画一幅名为《九曜星君图》的画,内容是水星菩萨和侍童。画的大体轮廓出来后,孙知微由于急着去赴约,便吩咐他的学生为这幅画着色。

学生们在着色时突然发现画里侍童手中的瓶子是空的,大家都感到很奇怪。他们认为是老师走得太匆忙给疏忽了,于是自作主张在瓶中补上了一枝鲜艳怒放的莲花。

第二天,孙知微回来了。学生们满心欢喜地呈上着好了色的画,期待着老师的夸奖,哪知孙知微一看那枝莲花,顿时变了脸色。他气恼地质问:"是谁叫你们把莲花添上去的?你们这是弄巧成拙呀!你们不知道,《道经》上说,这水星菩萨的瓶子,是用来镇妖伏水的宝贝,不可能有花儿草儿的。添上一枝莲花,它就不是用来镇妖伏水的宝贝,而是一只普通的花瓶了。你们的色虽然上得不错,可这幅画却毁掉了。"

学生们这才恍然大悟,十分后悔自己的作为。

攀龙附凤

【出处】东汉·班固《汉书·叙传下》:"颍阴商贩,曲周庸夫,攀龙附凤,并乘天衢。"
【词义】龙:指帝王　　凤:指帝王的宫室
【释义】指攀附有权势的人,以获取名利富贵。

汉高祖刘邦在打天下的时候,有几位跟随着他南征北战的人,他们分别是舞阳侯樊哙,汝阴侯夏侯婴,颍阴侯灌婴和曲周侯郦商。他们几位跟着刘邦转战南北,东征西讨,为汉朝基业的建立立下了汗马功劳。不过,这几个人在跟随刘邦以前都是些不太起眼的平凡人物。樊哙原是个杀狗的,夏侯婴当过县里管马的司

御，灌婴是卖丝绸的小商人，郦商也只是个小官吏。只是因为他们依附了刘邦，跟着刘邦打天下，才有机会干出惊天动地的事业。刘邦建立了汉朝，当上了皇帝，大封功臣，他们也才有机会成为让人不可小视的风云人物，所以《汉书》的作者说他们是"攀龙附凤"，意思说他们是借助于他人的力量上来的。

扑朔迷离

【出处】古乐府《木兰诗》："雄兔脚扑朔，雌兔眼迷离，双兔傍地走，安能辨我是雄雌？"

【词义】迷离：模糊而难以分辨清楚

【释义】原指难辨兔的雄雌，后比喻事情错综复杂，不易辨清真相。

西魏的时候，我国北方有位勤劳勇敢的姑娘，名叫木兰。在朝廷征兵时，木兰女扮男装，替父从军。她随大军转战南北，与战友们一起奋勇杀敌。她作战勇敢、屡建功

勋，不久便被提升为将军。

经过十二年的戎马生涯，木兰跟大军一道凯旋归来了。天子坐在大堂上，重赏功勋卓著的木兰。木兰请求天子赐她一匹千里马回故乡。天子满足了她的要求。

听说木兰从军回来了，老父母喜不自禁迎出城外，流下了激动的眼泪，姐姐弟弟也非常欢喜，他们杀猪宰羊，款待木兰。木兰回到自己的闺房，百感交集。她当即脱下战袍，对着镜子梳妆打扮，又恢复了往日的女儿装束。

不久，战友们来看望木兰，当木兰走出闺房的时候，他们都愣住了。他们怎么也不敢相信那位朝夕相处了十二年的木兰，那位武艺高强的将军，竟然是一位女子！木兰对他们说："你们没有听说过吗？'雄兔脚扑朔，雌兔眼迷离，两兔傍地走，安能辨我是雄雌？'"

战友们都恍然大悟，由衷地佩服这位爱祖国、孝顺父母的女英雄。

匹夫之勇

【出处】《史记·淮阴侯列传》："项王暗恶叱咤，千人皆废，然不能任属贤将，此特匹夫之勇耳。"

【词义】匹：单独

【释义】指不用智谋，单凭个人蛮干的勇气。

韩信是淮阴人。他精通兵法，一心想有所作为，早先他投奔项梁，后来又跟随项羽，都没有得到重用。后来在萧何的引见下，刘邦封他为大将，刘邦又向他请教同项羽争夺天下的办法，韩信问刘邦："您认为自己在勇、仁、强各方面，比项羽如何？"刘邦答道："我不如他。"韩信说："我也觉得您不如他。不过，项羽是够勇的，但是他不善于任用贤能的将领。他的勇只是凭借个人的勇敢，只不过是匹夫之勇。说到仁，项羽对人也还说得上关心，但是他只搬弄些小恩小惠，他的仁只不过是假仁假义。另外，他分封地盘不公平，诸侯们都有意见；军队侵害地方，百姓怨恨在心。所以，他目前的实力虽强，但很快就会因为自身的弱点而削弱下去。您只要反其道而行，夺取天下也指日可待了。"刘邦听从韩信的话率领大军从南郑向关中出发，不到三个月，就占领了关中，后又打败了项羽，统一了天下，建立了西汉王朝。

旁若无人

【出处】《史记·刺客列传》："高渐离击筑，荆轲和而歌市中，相乐也，已而相泣，旁若无人者。"

【词义】旁：旁边　　若：好像

【释义】意为不把旁边的人放在眼里。形容态度从容，也形容高傲。

荆轲是卫国人，他是一位善击剑的术士，在卫国的时候曾游说过卫元君，但没有受到器重。后来他在燕国结识了高渐离，两人成为好朋友。

高渐离喜好音乐，是一位善于击筑的高手。荆轲则好喝酒，他每天与高渐离在酒店里对饮，两人十分投机，无所不谈，彼此之间也引为知己。当他们酒喝得酣畅时，高渐离就击筑，荆轲便跟着琴声高歌，他们的一唱一和常

引来路人的围观。可他俩无视他人的存在，自顾自地喝酒唱歌，把一肚子的心事，全都寄托在音乐之中。

有一位白发老者田光，他很欣赏荆轲的大丈夫气概。不久，燕国的太子丹找到田光，请他物色一位壮士为自己效力，他便推荐了荆轲。

太子丹对荆轲很器重，为报太子的知遇之恩，荆轲答应去刺杀秦王。后来刺杀行动以失败告终。

破釜沉舟

【出处】《史记·项羽本纪》："项羽乃悉引兵渡河，皆沉船，破釜甑，烧庐舍，持三日粮，乃示士卒必死，无一还心。"

【词义】釜：古代的一种形状像锅的炊具。

【释义】比喻下最大决心，拼死一战。

战国时，秦始皇的小儿子胡亥刚登上王位不久，就派大将章邯率大军打败了陈胜、吴广的起义队伍，然后去攻打赵国。赵王派使者前往楚国去请求援助。楚怀王遂派项羽为上将军、宋义为副将发兵去赵国解围。谁知宋义是个胆小之徒，他畏惧秦军的强大实力，在行至安阳（现在的山东省曹县），就不再前进，项羽便假传王令把宋义杀了，夺了军权。

项羽派他的手下将领英布等人带领两万人马渡过漳河攻打秦将章邯。章邯急忙派秦将司马欣和董翳带兵去拦阻。他们两人不是英布等人的对手，一交锋就打了败仗，项羽率领所有的军队都渡过河去。就在全军渡完河后，项羽便吩咐士兵，每人只许带上三天干粮，把所有做饭的锅砸烂，把所有的船只凿沉，把兵营烧毁。他对将士们说："这一仗只准进，不准退；三天里必须将秦兵打败。"将士们看到锅砸了，船沉了，一点退路也没有了，因此，都抱着死战到底的决心和秦军拼杀起来。结果，楚兵锐不可当，经过九次大战，终于大败秦军。

破镜重圆

【出处】元·施君美《幽闺记·推就红丝》："破镜重圆从古有，何须疑虑反生愁？"

【词义】圆：团圆，和好。

【释义】比喻夫妻失散或关系破裂后重新团聚、和好。

南北朝末年，隋文帝杨坚为统一全国，举兵南下，准备灭掉南方的陈朝。陈朝的最后一个皇帝陈叔宝昏庸无度，只知饮酒赋诗，寻欢作乐，不理政事。隋军大兵压境时，朝廷上下人人自危。陈后主的妹妹乐昌公主的丈夫徐德言预感到陈国即将灭亡，夫妻在一起的时间不会太久，他取出一面圆形的铜镜，一破两半，一半交给乐昌公主，另一半自己留下，跟公主约定说：在离散后的第五个元宵节，趁人们热闹地在长安街头活动的时候，假装出售破镜子，以寻访对方，重新团聚。

陈国不久便被隋灭掉，乐昌公主被俘，送至隋都长安，成为隋朝大臣越国公杨素的侍妾。五年后元宵节那一天，徐德言上京寻访，他如约拿着半面铜镜上街叫卖，在灯市上转来转去，忽然发现一位老仆人也在叫卖半面破铜镜。他上前拿过来看，与自己的正好吻合。徐德言睹物思人，不觉泪流满面。问老仆人后才得知乐昌公主已落入杨府作侍妾，徐德言料想无法与妻再见，愈加伤心起来。他忍不住在半面镜子上写下了一首《破镜诗》，托老仆人带回去给乐昌公主。

乐昌公主见了徐德言的诗，心痛不已，一连几日以泪洗面，不吃不睡。杨素发现后，问明原委，他十分同情这对患难夫妻，便召来徐德言，让他们夫妻团圆并设宴祝贺"破镜重圆"。

盘根错节

【出处】《后汉书·虞诩传》："不遇盘根错节，何以别利器乎？"

【词义】盘：盘曲　　错：交错　　节：枝节

【释义】原形容树木根干盘曲，枝节交错，不易砍伐，后比喻事情错综复杂，很难处理。

东汉时，陈国有个名叫虞诩的官吏，他不畏权势，敢于直言，曾因触犯权贵受到很多刑罚责难。

公元110年，羌人与匈奴人分别同时从西方和北方入侵东汉王朝，形势相当危急。汉安帝立刻召集众臣商议退兵良策。大将军邓骘主张放弃西面，集中兵力应付北方匈奴，他的意见得到朝中多数大臣的支持。虞诩却不赞同，尽管他的职位低微，说话无足轻重，但他仍力排众议，指出放弃西面的做法将会带来不可收拾的后果。邓骘见有人竟敢在大庭广众之下公开反对自己的主张，恼羞成怒，暗中记下了虞诩的名字，准备找机会报复他。

不久，朝歌一带发生动乱，老百姓起来造反，攻杀地方官吏，局面越来越混乱。邓骘认为整治虞诩的机会来了，他向朝廷建议派虞诩去朝歌当县令。明眼人一看就知道邓骘的狠毒用心，虞诩的朋友十分为他担心，怕他去了之后遭遇不测。可是虞诩却一点也不在乎，他坦然地说："有志气的人从来不求容易的事做，也不回避困难，这是为人臣者应该具备的品德。犹如不遇到盘结的树根、交错的竹节（盘根错节），就不能识别出刀斧的利钝一样。"他毅然赴朝歌上任，并很快平息了那里的动乱，得到皇上的信任与嘉奖。

巧取豪夺

【出处】《清波杂志》："巧偷豪夺，故所得多多。"

【词义】巧取：骗取，用欺诈的手段获取

豪夺：用强力抢占、夺取

【释义】用来形容某人以不正当的巧妙方法，攫取自己不应得的财物。

宋朝大书法家、大画家米芾的儿子米友仁，也和他父亲一样，既写得一手好字，又擅长作画。米友仁非常喜爱古人的作品，也喜爱临摹古人的作品，而且十分逼真。他经常千方百计向人借回古画描摹；摹完以后，却总是拿着摹本和真本一起送给主人，请主人自己选择。由于他临摹古画的技艺很精，摹本和真本往往真伪难辨，主人常常把摹本当成真本收回去，米友仁便因此获得了许多名贵的真本古画。

米友仁是一个有才能的艺术家，值得人们敬仰，他同时又是一个古画的爱好者和鉴赏者，他的鉴评让人们更加知道古画的绝妙之处和价值，可是他那种用摹仿的摹本巧妙地换取别人真本的行为，却是叫人鄙弃和不齿的。所以有人把他用这种方法骗取别人真本古画的行为，叫作"巧偷豪夺"。后来的人又引申成"巧取豪夺"这句成语。

请君入瓮

【出处】《资治通鉴·唐纪·则天皇后天授二年》："有内状推兄，请兄入此瓮。"

【词义】入：进入

【释义】比喻以其人之道还治其人之身，用某人整治别人的法子整治他自己。

唐朝女皇武则天，采用了一些酷刑来镇压反对她的人。武则天手下有两个最为狠毒的官吏，一个叫周兴，一个叫来俊臣。他们利用诬陷、控告等鄙劣手段和惨无人道的刑法，杀害了许多正直的文武官吏和无辜的平民百姓。后来周兴被人告发谋反，武则天责令来俊臣严查此事。来俊臣心里明白要让狡诈的周兴招供是件

骑虎难下

【出处】《晋书·温峤传》："今之事势，义无旋踵，骑猛兽安可中下哉。"

【词义】势：情势

【释义】比喻做一件事已经开了头，遇到困难但又迫于形势不能中止，有进退两难的意思。

难办的事，他苦苦思索半天，终于想出了一条妙计。来俊臣准备了一桌丰盛的酒席，把周兴请到家里与自己对饮。两个人边喝边聊，酒过三巡，来俊臣叹口气说："兄弟愚昧，平日办案常遇到一些犯人死不认罪，不知老兄对此有何高见？"周兴摆出一副老练的样子，得意洋洋地说："这还不好办！你找一个大瓮，四周用炭火烤

热，再让犯人进到瓮里去，你想想看，这样还有犯人不招供的情景吗？"来俊臣连连点头称是，随即命人抬来一口大瓮，按周兴说的那样，在四周点上炭火加热，回头对周兴说："宫里有人密告你谋反，上面命我严查。对不起，现在就请老兄你自己钻进瓮里吧！"周兴一听，浑身战栗，手里的酒杯啪哒一声就掉在地上了，跟着他又扑通一声跪倒在地，连连向来俊臣磕头说："我有罪，我有罪，我招供。"

东晋成帝时，丙阳内史苏峻起兵叛乱，进攻皇帝的军队，杀向京城建康（今南京市），情势十分危急。大将陶侃和温峤联合起来讨伐苏峻叛军。当时的形势对联军极为不利，京城陷落，成帝和两宫都在叛军的掌握之中，联军还缺乏粮食，一时不能取得胜利。面对劣势，陶侃生气地对温峤说："如果你不解决粮食问题，我就撤军！"温峤耐心地劝说道："在目前的形势下，我们联军不能回转方向，你我正像骑在猛兽的背上，中途怎么能停下来呢？现在我们只有彼此团结，千方百计克服困难，无所畏惧地勇敢前进，才会有出路！"

千虑一得

【出处】《史记·淮阴侯列传》："武君曰：'臣闻智者千虑，必有一失；愚人千虑，必有一得。'"

【词义】虑：思考

【释义】意为即使是再愚笨的人经过多次思考也会有可取之处，说明不要迷信个人意见，要博采众长，集思广益。

楚汉相争时，赵王不听谋士李左车的计策，被刘邦大将韩信打得大败。韩信俘虏了赵王和李左车。韩信听说李左车很有谋略，对军事也很有见解，便对他以礼相待。

韩信准备继续出兵攻打燕、齐，他想听取李左车的意见。李左车自认身为俘虏，便再三推诿，后经韩信多次请求，他才说出了自己的看法。他分析了当时的局势，向韩信提出采用先虚后实之法，暂时休整军队，派人说服燕国，集中力量对付齐国。韩信对此大加赞赏。李左车谦虚地说："智者千虑，必有一失；愚者千虑，必有一得。我的建议未必全部可取。"韩信还是采纳了李左车的建议，不久，相继取得了燕、齐的国土。

千钧一发

【出处】《汉书·枚乘传》："夫以一缕之任，系千钧之重。"

【词义】钧：重量单位

【释义】比喻情势万分危急。

西汉时候，汉文帝去世，景帝即位。为了加强中央集权，景帝采取了一系列措施，他削减了文帝在位时所封各王的领土。吴王刘濞对此心怀不满，决定起来造反，他的部下枚乘劝阻说："您已经是60多岁的人了，况且朝廷兵多粮足，而您的情况却不甚良好，反叛朝廷就像用一根头发系上千钧（古代30斤为1钧）重的东西，上面悬在没有尽头的高处，下边垂在无底的深渊，这种情况多危险呀！对抗朝廷不是一个明智的举动，您还是放弃吧！"吴王

刘濞不听枚乘的忠告，纠集六个诸侯国，发动了"吴楚七国之乱"。不久就被朝廷的军队打败，刘濞本人也在溃逃中被乱兵杀死。

从此流传了"千钧一发"的故事。

千里送鹅毛

【出处】明·徐渭《路史》："千里寄鹅毛，礼轻情意重。"
【词义】饮：喝
【释义】形容礼物虽轻微而情深意重。

唐朝时，各地的地方官经常派人向唐天子进贡礼物。一次有位偏远地区的地方官派缅伯高上京给唐天子进贡活天鹅。上京的路途遥远，路上走了好多天，装天鹅的笼子里发出一股股臭味，天鹅的羽毛也很脏了。到了沔阳湖，缅伯高打开笼子，想让天鹅到湖里去洗洗澡。谁知天鹅一出笼子便张开翅膀飞走了，地上只有扑腾后留下的几根洁白羽毛。进贡的天鹅飞走了，缅伯高又急又怕，哭了一场。突然，他急中生智，捡起一根羽毛，带往京都长安。

各地的使臣都来朝拜唐天子，纷纷献上名贵的礼品，唐天子非常高兴。轮到缅伯高了，他大步上前，双手捧着那根天鹅的羽毛。满朝文武面面相觑，都不知道是怎么回事。缅伯高将进贡的前后过程编成歌词，大方地在朝廷上高声地唱起来。最后歌词两句是："礼轻人意重，千里送鹅毛。"唐天子听了，哈哈大笑，心想：这使者真聪明！

就这样，缅伯高化险为夷，不但没受到处罚，反而得到了唐天子的赏赐。

前车之鉴

【出处】《汉书·贾谊传》："鄙语曰……前车覆，后车诫。"
【词义】鉴：借鉴
【释义】人们将"前车覆，后车诫"概括为"前车之鉴"，用来比喻把前人的失败作为自己的教训。

贾谊是西汉时期的政论家、文学家，时称"贾生"，在年轻时就有博学能文的美誉。汉文帝非常赏识贾谊的才干，召他为博士，还请他做自己儿子的老师。贾谊非常关心国家大事，喜好针砭时弊，为朝中大臣周勃、灌婴等所排斥。贾谊不为所动，曾几次上书给文帝陈述自己对国家政事的看法，劝谏汉文帝施行"仁政"。其中贾谊曾引述夏、商、周三代统治几百年，而秦王朝只传二世就灭亡的历史事实，劝导文帝以秦亡为教训，效法夏、商、周三代，改进政治措施，励精图治。他说："既见前车已覆，后车就应提防了……秦代灭亡的车迹已十分显眼，如果不提防，后面的车子又将跟着再翻覆。"

青出于蓝 而胜于蓝

【出处】《荀子·劝学》："青，取之于蓝而青于蓝；冰，水为之而寒于水。"
【词义】青：靛青　　蓝：蓼蓝
【释义】这句话是劝人上进的，比喻学生超过他的老师，后人胜过前人。

南北朝时，北魏有个叫李谧的书生，起初投于文字学博士孔璠门下做学生。他勤奋好学，进步很

古代有个笑话,讲的是有个叫王三的糊涂人。

有一天,他从家里挑选了六头毛驴去集市上卖。临走的时候,他把毛驴牵出来数了一遍,然后骑着其中一头出发了。走到半道的时候,他忽然发现跟在他后边走的只有五头毛驴了。他大吃一惊,心里十分疑惑:"明明挑了六头毛驴,现在怎么只有五头呢?"转眼一想可能是其中一头驴走丢了。虽然既失望又着急,但他仍然继续往前走。到了集市后,王三从驴背上跳下来,又将驴重新数了数,驴又一头不少地变成了六头。他大为不解,仔细想了想才恍然大悟:原来刚才是把自己骑的那头毛驴给忘记了。

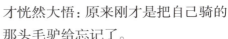

快。几年后,他的知识水平竟超过了自己的老师。于是孔璠又向李谧学习。当时有人针对这一现象就编了一首短歌说:"青成蓝,蓝谢青。师何常,在明经。"古代思想家荀况也在他的文章《劝学》中写道:"青,取之于蓝而青于蓝。"意思是说靛青这种染料是从蓼蓝中提炼出来的,但颜色比蓼蓝更深。

骑驴觅驴

【出处】《景德传灯录》第二十九卷:"不解即心即佛,真似骑驴觅驴。"

【词义】觅:寻找

【释义】比喻东西在自己手里,却到处去找。

清规戒律

【出处】《释门正统》："百丈山怀海禅师始立天下禅林规式，谓之清规。"

【词义】戒：禁止　　律：准则

【释义】"清规戒律"是"清规"和"戒律"的合称，人们用作成语，比喻束缚人的繁琐条文禁忌和不合理的成规惯例。

古时候，我国有个法号为怀海的和尚，住在百丈山上。他对佛门的一切很信仰，也很遵从，他个人的佛学修为很高。他觉得佛门也应该像凡尘俗世一样有纪律，于是就订了一些条规，让出家人遵守。后来，佛门认为这些条规对僧人起了清净作用，所以称怀海和尚立的条规为"清规"。

后来，印度和尚昙摩迦罗到中国来传经，先后到达洛阳和许昌一带，他看见这些地方的和尚在行为上没有什么拘束，觉得十分不妥当，于是就从印度的三藏（经、律、论）里面译出了"戒律"，作为和尚们的行为准则，让他们"入道即以戒律为本"。

趋炎附势

【出处】《宋史·李垂传》："焉能趋炎附势，看人眉睫，以冀推挽乎？"

【词义】趋：趋向　　势：权势

【释义】比喻奔走权门，依附有权势的人。

宋朝真宗皇帝在位的时候，有个叫丁谓的人，因善于逢迎，几度迁升位至宰相，朝中大臣前去祝贺，唯有做馆阁校理的李垂（字舜工）毫不理睬。

后来仁宗当上皇帝，有人劝李垂说："舜工文学议论著称于天下，大臣都有意让您做典司诏诰，只因您没去拜见过丁谓。您何不去见见他，让他帮您引见一下呢？"李垂气愤地说："难道我李垂会'趋炎附势，看人眉睫'，希望人家推荐引进吗？我假若去拜见丁谓，真宗时就迁升翰林学士了！现在即使我已经年老了，但我的脾气还是没有改，我见到朝中不公正的事情还是会不留情面地指出的。"

杞人忧天

【出处】《列子·天瑞》："杞国有人，忧天地崩坠，身亡所寄，废寝食者。"

【词义】杞：周代诸侯国名　亡：通"无"，没有

【释义】比喻不必要的或毫无根据的担心与忧虑。

古时候，杞国有一个人，时常无缘无故地担心天会坠落下来，地会塌陷下去，自己会因此而无处藏身。为此他整天愁眉不展，心惊胆战，急得吃不下饭，睡不着觉。

杞人的一位朋友见他总是这样忧愁，很可怜他，就跑来开导他说："天不过是聚集在一起的气体罢了，天地之间任何一个地方都有这种气体。你的一举一动、一呼一吸都与气体相通。你整天生活在天的中间，怎么还担心天会塌下来呢？"

杞人听了这番话，更加惶恐不安，他担心地问："如果天真的是由气体堆积起来的，那么日月星辰挂在气体的上面，难道不会坠落下来吗？我们还有藏身之处吗？"

朋友耐心地答道："日月星辰也是由气体聚集而成的，只不过会发光发亮罢了。即使从天上掉下来，也绝不会砸伤人的。"

杞人沉思了一会儿，仍然不放心，又问："如果大地塌陷下去，那我们该如何是好呢？"

朋友继续解释说："大地也不过是堆积起来的土块罢了。这些泥土、石块四面八方到处都有，塞满了地球的每一个角落。你可以在它上面随心所欲地奔走跳跃，为什么要担心大地会塌陷下去呢？你这样担心是没有必要和毫无根据的。"

杞人听了朋友的话恍然大悟，渐渐地放下心来，快快乐乐地过日子了。

中国成语故事

起死回生

【出处】明·张岱《鲁云谷传》:"医不经师,方不袭古,每以劫剂见起死回生。"
【词义】生:生还
【释义】原意为能把将死的人医活,多用来形容医生医术的高明,也形容把没有希望的事挽回过来。

扁鹊是战国时的名医,他四处行医,医术很高明,治好了很多疑难杂症。

一次,扁鹊在虢国行医,听说虢国太子得了暴病刚刚死去。扁鹊赶紧进宫诊察,当他发现太子尚有轻微的脉动和微弱的呼吸时便断定太子还有救,他对虢国国君说:"太子并没有死,只是得了昏厥病。"

紧接着,扁鹊便开始用针灸疗法给太子治病。国君和众大臣心里感到非常奇怪,都想看看扁鹊如何为已经死去的太子施治,让他活过来。不一会儿,太子真的苏醒过来了。虢国国君和大臣们都欣喜万分,直夸扁鹊医术高超,有起死回生的本领。扁鹊说道:"并非我有起死回生的本领,而是因为太子没有真死呀!"

千变万化

【出处】《列子·周穆王》："乘虚不坠，触实不硋，千
　　　变万化，不可穷极。"

【词义】变：变化

【释义】形容事物或现象变化繁多，不可穷尽。

西周时代有一年，周穆王越过昆
仑山到西方去狩猎。回来途中，
周穆王遇见了一位名叫偃师的人。偃
师是一位技能高超的人，他答应周穆
王将自己新近制造的能歌善舞的"人"
带进宫让他欣赏。

第二天，偃师把他所造的"人"
带进了王宫。这些假人排成一队迈着
碎步，缓缓地走上宫殿。他们站在周
穆王的面前时，周
穆王大吃一惊，眼
前这些假人造得
跟真人一模一样，
很难辨出真假。这
时，偃师打开了假
人身上的开关，这
些假人在他的操
纵下，在宫殿里轻
歌曼舞起来；偃师
在一旁弹响了瑟
琴，假人又随着他
弹奏出的音律放
声高歌，歌声时而
高亢激昂，时而如
泣如诉；偃师又用
手脚打起了拍子，

假人便合着节拍跳起了优美的舞蹈，
时而扭动腰肢，时而挥舞长袖，简直
是千变万化！周穆王和众大臣都看得
眼花缭乱。

假人唱完歌，跳完舞，又都站在
穆王面前，一动不动，周穆王对此情
景很是惊奇，偃师非常得意，于是就
把假人一一拆散开来，让穆王一睹为
快。原来，这些假人是用动物的皮、
木头、胶漆和一些颜料造成的，体内
的肝、胆、心等跟人一样，也都一应
俱全，体外的牙齿、毛发、皮、骨也
做得活灵活现。周穆王都看呆了，好
半天才回过神来，由衷地赞叹道："偃
师的技艺果然名不虚传，真可谓巧夺
天工啊！"

千军万马

【出处】《梁书·陈庆之传》:"名师大将莫自牢,千军万马避白袍。"

【词义】军:军队　　马:战马

【释义】形容兵马很多或声势浩大。

陈庆之是南北朝时期一位著名的战将,有一年,他奉命率军攻北魏。陈庆之挥师北上,一路攻城占池,所向披靡,很快逼近离魏都洛阳不远的荥阳一带。魏庄帝见梁军大兵压境,便下令在荥阳集结了大批军队,准备与梁军展开殊死决战。陈庆之率军赶到荥阳城下,立即对守城的魏兵发动猛攻。但由于荥阳城防守坚固,魏兵的精锐之师合起来有三十万人,所以梁军连攻数天都没有新的进展。

这时,北魏的大批援军相继赶到,包围了攻城的梁军。梁军陡然腹背受敌,形势万分危急。关键时刻陈庆之慷慨陈词,梁军士气大振,人人冒死拼杀,个个奋勇前行。守城的魏兵在梁军的凌厉攻势面前,节节败退,荥阳城一下子就被梁军攻克了!

梁军攻占了荥阳城后,陈庆之马上率三千余骑兵杀向城外,梁军此时乘胜追击且士气正盛,莫不以一当十,魏兵几十万人马一触即溃。驻守在洛阳的魏庄帝也闻风丧胆,忙逃出洛阳,跑到并州去了。陈庆之大军直杀到洛阳城下,洛阳城守军见状不战而降,打开城门,迎接陈庆之入城。当时,陈庆之旗下的将士一律身着白色战袍,在洛阳城中往来驰骋,十分威武。魏人见了,感慨不已,就编了一首民谣感叹梁军的气势:名师大将莫自牢,千军万马避白袍。

前功尽弃

【出处】《战国策·西周策》："公之功甚多，今公又以秦兵出塞，过两周，践韩，一攻而不得，前功尽灭。"

【词义】功：功劳　尽：完全　弃：丢失

【释义】意为以前的功劳完全丢失，也指过去的努力完全白费。

公元前281年，秦国派白起率军攻打魏国，秦军势如破竹，直逼魏都大梁。纵横家苏厉为抑制秦国侵略扩张的野心，就到各国去游说，劝说各国诸侯联合起来抗秦。苏厉到周赧王那里去游说，在谈及正题之前，他先给周赧王讲了这样一个故事：从前，楚国有个叫养由基的人，他精通箭术，身怀百步穿杨的绝技。一天，养由基站在距一棵柳树百米远的地方，为大家表演自己的绝技。他射出去一百枝箭，箭箭都射中了瞄准好的柳叶。众人见了纷纷叫绝，都要求养由基再表演一次。身旁有个人劝阻说："你距柳叶百步，能够百发百中，的确令人钦佩。可如果你不就此停下来，过一会儿当你的力气减弱，弓拿不稳的时候，虽获胜的机会不小，但箭也很容易射歪，只要有一次你没射中，前面所中的那一百发都白费

了。你还是见好就收吧！"养由基收起了弓箭，不再表演。于是他先前所射出的一百发箭箭无虚发。

苏厉讲完养由基的故事，话锋一转，意味深长地说："秦将白起英勇善战，所到之处几乎攻无不克，战无不胜，如今他兴兵攻打魏都大梁，大梁若被秦军攻克，周朝就很危险了。您应派人去劝阻白起，以劝阻养由基的方式这样对他说：'将军身经百战，功勋卓著，如今起兵攻魏，虽获胜的机会不小，但如果这一仗打不赢，那么您就会前功尽弃。您还是不要去冒险攻魏。'如果白起听从您的忠告，停止发兵，那么大梁之围可以解除，周王朝也就太平了！"当时的周王室已严重衰败，根本无力制止各诸侯之间的战争，周赧王没有听取苏厉的建议，让秦军相继攻破了魏和周。

入吾彀中

【出处】五代·王定保《唐摭言·述进士》："天下英雄，入吾彀中矣！"

【词义】彀：原意为张弓，这里借用为牢笼、圈套及就范的意思

【释义】形容那些并不十分体面的事情，但凡运用笼络手段，设下各种圈套达到最终目的时，便可说"入吾彀中""入他彀中"或"入其彀中"。"入吾彀中"即是进入我的圈套中的意思。

唐太宗李世民是唐高祖李渊的儿子，他是唐代的开国元勋，文才武略，都很出众。唐朝在他手中出现了历史上难得的盛世，这使得他的声威远及域外。他不但雄才大略，而且在为人方面也很善运用权谋。

一次，他微服去视察考进士的御史府，当他看到许多有才略的进士从

那里鱼贯而出时，心里很得意，情不自禁地说到："天下英雄，入吾彀中矣！"这句话的意思是说："天下的有为青年，都已进入了我的圈套了！"

人言可畏

【出处】《诗经·郑风·将仲子》："仲可怀也，人之多言，亦可畏也。"

【词义】畏：害怕

【释义】形容散布流言或不负责任地乱加议论，使受害者遭到舆论压力，感到惶惑不安。

《诗经》是我国最早的诗歌总集，它不仅对中国两千多年来的文学史有深远的影响，而且还是很珍贵的古代史料。它本只称《诗》，因被儒家列为经典之一，故称《诗经》。它编成于春秋时代，共三百零五篇，分为"风""雅""颂"三大类。诗篇形式以四言为主，运用比、赋、兴的手法，描写生动，语言质朴优美，富有艺术感染力。"人言可畏"这个成语，出现在《诗经》的一首诗歌中。歌名叫《将仲子》，诗歌的大意是："请求仲子呀，别爬过我的家园，别攀折我种的檀木，怕的是闲人说闲话。仲子你是多么地叫我怀念，

闲人的闲话又是多么地叫我可怕。"其中最后一句的原文是"仲可怀也，人之多言，亦可畏也"。

"人言可畏"这个成语就是从这里来的。

◇

人为刀俎，我为鱼肉

【出处】《史记·项羽本纪》："如今人方为刀俎，我为鱼肉，何辞为？"

【词义】俎：即砧板。

【释义】比喻生杀之权操纵在别人手里，自己处于被宰割的地位。

秦朝末年，涌现了许多支反抗秦朝暴政的起义队伍，为避免反秦队伍之间的相互混战，各路反秦将领约定谁先攻占咸阳，谁就入主关中

为王。公元前206年，刘邦趁项羽在巨鹿与秦军主力决战的机会，抢先攻占咸阳，灭了秦朝。项羽认为刘邦捡了便宜，命部队开往咸阳找刘邦算账。

刘邦自知实力不如项羽，便采取委曲求全的办法，亲自到项羽驻扎的鸿门向项羽谢罪。项羽听了刘邦的言辞，软下心来，在鸿门设宴宴请刘邦一行。鸿门宴上，刘邦见项羽已有醉意，便借故而出。亲信樊哙、张良也跟着出来。刘邦想离开，可又觉得没有告诉项羽，不辞而别，有失礼节。樊哙便说："想干出大事业的人，是不拘泥于小节的。如今人家是剁肉的刀和砧板，我们是鱼肉，我们的性命已岌岌可危了，还告什么辞！"刘邦觉得樊哙的分析很有道理，于是留下张良善后，自己连车也不要了，骑了一匹快马，在樊哙等四名亲信的护送下，抄小路赶回灞上军营，脱离了险境。

忍辱负重

【出处】《三国志·吴志·陆逊传》："以仆有尺寸可称，
能忍辱负重故也。"

【词义】负：背，担负

【释义】形容能忍受屈辱，承担起重任。

三国时，东吴都督派部将潘璋杀死了关羽，蜀主刘备为给结拜兄弟关羽报仇，亲率蜀军东伐吴国。吴国派年轻有为的陆逊为大都督，带领五万人马迎战。同去的大多是朝中元老、王室贵戚，他们都看不起陆逊。

一天，陆逊召集众将议事，他手按着宝剑说："刘备是天下名人，连曹操都怕他，我们更不能掉以轻心。今日他率军打进了我们的国境，圣上之所以派我做大都督迎战，就是因为我能够忍受屈辱，担负重担。过去的事情我不跟大家计较，从今日起，不论谁，一律各负其责，违法者按军纪查办。"至此军中相互拆台的局面大为收敛。后来，陆逊巧施计谋，大败刘备，东吴将士对陆逊更加佩服了。

如火如荼

【出处】《国语·吴语》："万人以为方阵，皆白裳、白旗、素甲、白羽之缯，望之如荼……左军亦如之，皆赤裳、赤袍、丹甲、朱羽之缯，望之如火。"

【词义】如：像　荼：指茅草的白花

【释义】原指军容盛大，后来比喻声势浩大，气势旺盛，气氛热烈。

春秋末年，吴国先后战败楚、越、齐三国，国力渐渐强盛。吴王夫差企图通过召集各国诸侯会盟，以炫耀武力的办法和实力相近的晋定公争做诸侯盟主。

公元前482年，夫差带领大军北上，和诸侯订立盟约。为争名次先后，吴、晋两国争执不休，双方谁都不肯让步。吴王夫差恼羞成怒，为了显示自己的威风，在王

中国成语故事

东汉末年，蜀主刘备为创立基业，曾三顾茅庐请诸葛亮出山协助自己打天下。诸葛亮深受感动，担任蜀军中的军师，辅助刘备建立霸业。他分析了当时的军事、政治局势，建议刘备与曹操、孙权鼎足而立，占据荆州，夺取益州。对外结交孙权，对内安抚百姓。刘备很赞成诸葛亮的主张，对诸葛亮也很器重，不仅对他信赖有加，而且还和诸葛亮同吃同睡，亲如兄弟，这让他的两个结拜兄弟关羽和张飞看了心里很不自在，他们对诸葛亮也心怀不满。刘备见此情形，便对他们说："我得了孔明（诸葛亮的字）就像鱼儿得了水一样，他给了我本人乃至整个蜀军很大的帮助，希望你们以后不要再说他的闲话了。"

孙雏的建议下，当天夜里就把三万吴军开出营队，摆成三个正方形的阵容，中军全部用白衣白甲，远远看去如盛开的茶花；左军一律身着红铠甲，红战袍，在火把的映照下，就好像一团熊熊燃烧的烈火；右军一律黑色，恰似浓云密布，充满杀气。夫差摆好阵势，率领吴军向晋营进发。第二天一早，吴王亲自鸣鼓，三万军士喊声震天。晋定公见此声势，只好让吴王做了盟主。

如鱼得水

【出处】《三国志·蜀志·诸葛亮传》："孤之有孔明，犹鱼之有水也。"

【词义】得：得到

【释义】比喻得到和自己相投合的人或进入自己非常适合的环境。

如坐针毡

【出处】《晋书·杜锡传》："后置针着锡常所坐处毡中，刺之流血。"
【词义】如：就好像
【释义】比喻心情极度焦虑和不安。

西晋有个叫杜预的人，很有谋略，人称"杜武库"，曾任镇南大将军，都督荆州诸军事，为朝廷立下过不少汗马功劳。另外，此人还博学多通，曾参加制定《晋律》。儿子杜锡受其影响，年纪轻轻就学识渊博，小有名气。杜锡被长沙王请去做文学侍从，以后又经过几次提升，最后被调任为太子愍怀的中舍人。当时愍怀太子不求长进，杜锡经常劝告他，希望他改正缺点，勤奋上进。愍怀太子嫌他太多事，心里很不高兴，对他的劝诫也置之不理。并且愍怀太子还一直寻思着找机会教训教训杜锡，让他不再直言顶撞自己。有一次，他派人悄悄地在杜锡平日坐的毡子上插了许多针。杜锡不知此事，坐下时被刺得鲜血直流，他明知道是太子派人做的，可又不敢说。

胜败乃兵家常事

【出处】《旧唐书·裴度传》："一胜一负，兵家常事。"
【词义】乃：是
【释义】指胜利或失败是用兵的人经常遇到的事。

春秋时期，诸侯割据争霸，为夺得诸侯盟主地位，各诸侯国间常常战争不断。

公元前684年，齐桓公不听谋臣管仲的一再劝告，没有充分考察双方的形势，就急于和鲁国在长勺摆开了阵势，结果被鲁国曹刿打得大败。齐桓公意识到自己鲁莽之举犯下的错误，他后悔自己当初一意孤行，没有听管仲的再三劝告导致今天惨败的局面，齐桓公为了齐国的长远利益，思虑再三主动向管仲承认了自己的错误。管仲见桓公知错能改且态度诚恳，深受感动，于是

蜀汉的关羽。

吕蒙自小家境贫寒，是一个不务正业、不肯用功的人，所以没有什么学识。鲁肃第一次见到他时，觉得他没有什么可取的地方，后来，鲁肃再遇见吕蒙时，感觉他和从前完全不同了。他看起来是那样的威武，跟他谈起军事问题来，他的谈吐也显得很有知识、很有见解，这使鲁肃觉得很惊异。鲁肃笑着对他开玩笑说："现在，你的学识这么好，既英勇，又有谋略，再也不是当初我所见到的吴下阿蒙了。"吕蒙答道："人离开后三天，就该另眼看待呀！现在才知道我的变化太迟了！"

安慰桓公说："胜败乃兵家之常事。这次用兵虽然失利，却也取得了一些经验。"后来桓公在管仲的辅佐下，成了春秋时期第一个称霸的人。

◈

士别三日

【出处】《三国志·吴书·吕蒙传》："蒙曰：'士别三日，即更刮目相待。'"
【词义】别：分离，离开
【释义】用来称赞人离开后不久，进步很快，使人另眼相待。

三国时代东吴的吕蒙，可说是一个博学多才的人。东吴的大将周瑜死后，他继任东吴的都督，是个举足轻重的风云人物，他设计击败了

上行下效

【出处】东汉·班固《白虎通·三教》："教者，效也，上为之，下效之。"

【词义】效：效仿

【释义】形容上面的人喜欢怎么做，下面的人便也跟着怎么做，以便奉迎、取悦上面的人。

春秋时，自从齐国宰相晏婴死了之后，就没人敢当面指出齐景公的过失了，齐景公为此感到很苦闷。

有一天，齐景公欢宴文武百官，席散以后，众人一起到广场上射箭取乐。齐景公每射一枝箭，即使没有射中箭靶的中心，文武百官也都齐声喝彩，齐景公面对这样的赞美却没有一点受用的感觉。

事后，齐景公把这件事情对臣子弦章说了，弦章对景公说："这件事情不能全怪那些臣子，古人有话说：

'上行而后下效。'群臣的倾向取决于君王的喜好。"

景公认为弦章的话很有道理，就派侍从赏给弦章许多珍贵的东西。弦章看了，摇摇头说："那些奉承大王的人，正是为了要多得一点赏赐，如果我接受了这些赏赐，岂不是也跟那些卑鄙的小人一样了！"他说什么也不接受这些珍贵的东西。景公对弦章这样忠实的臣子很赞赏。

三生有幸

【出处】元·吴昌龄《东坡梦》："久闻老师父大名，今日得睹尊颜，三生有幸。"

【词义】三生：佛家指的前生、今生、来生
　　　　幸：幸运

【释义】比喻有特别的缘分或朋友在一种偶然的机会里或特殊的环境中相识，成为知己。

唐朝有一个和尚，号圆泽，对佛学有着高深的造诣和领悟，他和朋友李源善很要好。有一天，二人一同去旅行，路上看见一个孕妇正在河边汲水。圆泽指着妇人对李源善说："这个妇人怀孕已经有三年了，一直等待我去投胎，做她的儿子，可是我一直避着，现在看见她，我已经没有办法再躲避了。三天之后，这位妇人已经生产，到那个时候请你到她家去看看，如

果婴孩对你笑一笑，那就是我了。我们就以这一笑作为凭证吧！第十三年后的中秋月夜，我在杭州天竺寺等你罢。"就在他们分别后的夜里，圆泽果然死了，同时那个孕妇也生下一个男孩子。第三天，李源善按照圆泽的话到那位妇人家里去探望，婴儿果然对他笑了一笑。到第十三年后的中秋月夜，李源善如期到达天竺寺去寻访。刚到寺门口，就看到一个牧童坐在牛背上唱歌，他唱道："三生石上旧精魂，赏月吟风不要论，惭愧情人远相访，此身虽异性常存。"

杀人不眨眼

【出处】《五灯会元·卷八·庐山圆通缘德禅师》："汝不闻杀人不眨眼将军乎？"

【词义】闻：听说

【释义】形容嗜杀成性，极端暴虐凶残。

宋太祖赵匡胤手下有一名大将名叫曹翰，此人性情粗暴，但打起仗来却勇猛无比。

有一次，他跟随宋太祖平定江南，曹翰率军渡过长江，来到了庐山寺。寺里的和尚吓得东躲西藏，只有缘德禅师端坐在那儿一动不动。

士兵们将禅师团团围住，曹翰大声喝道："你没听说有'杀人不眨眼'的将军吗？"缘德禅师没有回答，反而不慌不忙反问道："你知道有'不畏惧生死的和尚'吗？"

曹翰无可奈何，只得客气地请缘德把其他和尚召回来。缘德慢吞吞地说："你敲一下大鼓，他们听到鼓声就会回来的。"曹翰抓过鼓槌，猛地敲了几下。等了一会，还不见有人回来，曹翰责问道："怎么没人回来？"缘德说道："从鼓声中能听出你有杀人之心，所以他们不来。"缘德说完拿起鼓槌，不紧不慢，轻轻敲了几下。不一会儿，和尚们都陆续回来了。

四面楚歌

【出处】《史记·项羽本纪》："夜闻汉军四面皆楚歌，项王乃大惊，曰：'汉皆已得楚乎？是何楚人之多也。'"

【词义】楚歌：楚地的民歌

【释义】比喻处在孤立无援，四面受敌的困境中。

秦末农民起义后期，刘邦的汉军和项羽的楚军为争夺天下，在中原大地上展开了一场殊死决战。公元前202年，刘邦率领汉军，将项羽率领的楚军重重围困在垓下。楚军被围困了好多天，兵少粮尽，形势十分危急。项羽领着楚军突围了好几次，都没能成功。

一天深夜，项羽正在帐中阅读兵书，寻找策略。忽然，听到四面八方传来了阵阵楚地的民歌。项羽不由得大吃一惊，心想："汉军难道把楚地都占领了吗？不然，汉军阵地上为什么有那么多楚人呢？"其实，汉军并没有完全占领楚地，传来的楚歌是刘邦命令汉军用楚地的方言唱的，目的是为了涣散楚军的军心。果然，楚军士兵听到了汉军阵地上传来了乡音，

都以为自己的家乡被汉军占领了，这越加激发了楚兵的思乡之情，他们情不自禁地跟着汉军哼唱起来，不少人一边唱，一边哭泣，一时间，楚营上空哭声一片。

项羽坐在帐中，眼看着军心涣散，楚军处于孤立危急的困境中，不禁心乱如麻。当天夜里，项羽带领一支八百人的江东子弟兵，杀开一条血路，突围南逃。刘邦率领万余名汉军紧紧追杀上来。项羽被追得逃到乌江边上，身边仅剩下二十余骑兵。项羽明白大势已去，自己没有面目再见江东父老，宁死不愿渡江逃生。他挥舞着宝剑，同追杀上来的汉军进行了殊死格斗后，在波涛汹涌的乌江边上自刎而死。

中国成语故事

声东击西

【出处】唐·杜佑《通典·兵典六》:"声言击东,其实击西。"

【词义】声:声张

【释义】意为表面上声张攻打这一边,实际上却攻打那一边,指迷惑敌人。

楚汉争霸时期,有一年,汉王刘邦率军攻打楚都彭城,结果被项羽率领的楚军杀得大败,溃逃到了荥阳地区,等候时机重整旗鼓。

刘邦手下的降将魏王豹一看形势不妙,离开了汉营,回到了他的封地河南。他一到河南,就立即封锁了黄河西岸的临晋关,切断了汉军的退路,决定叛汉联楚。刘邦恼羞成怒,派大将韩信去征讨魏王豹。魏王豹闻讯,立即命部将柏直率重兵严密防守在黄河西岸的蒲坂一带,堵住黄河渡口临晋关的通道,阻止汉军渡河。

韩信率领汉军来到了黄河东岸,他见蒲坂地势险要,易守难攻,而且对岸又有重兵把守,知道从这里强攻是难以取胜的。于是,韩信决定运用兵法上的"声东击西"战术,准备巧渡黄河天险。为了迷惑柏直,韩信就命少量兵马在蒲坂对岸扎下大量营寨,并让他们整日操练巡行,假装做出汉军要从这里强渡黄河的势态。暗地里,韩信则调兵遣将,把汉军主力转移到夏阳河口,准备从夏阳偷渡黄河,因为惟有上游夏阳,魏兵不多,易于进攻。果然,柏直中了韩信的计策,以为汉军真要从蒲坂渡河了,于是更加严密地驻守在蒲坂。

韩信率精锐人马赶到夏阳后,立即命士兵砍树,做了大量木桶,然后三三两两捆在一起,再拴上木排,制成了渡河用的木筏,神不知鬼不觉地渡过了黄河。汉军一上岸,就直取魏王豹的老巢安邑,魏王豹慌忙凑集起队伍,仓促领兵迎战。结果让汉军杀得惨败,魏王豹自己也被韩信活捉了!

水滴石穿

【出处】宋·罗大经《鹤林玉露》卷四："吏曰：'一钱
何足道？乃杖我也！'乖崖援笔判曰：'一日
一钱，千日千钱，绳锯木断，水滴石穿。'"
【词义】穿：透
【释义】原意是水滴不止，终将能把石板滴穿，后来比
喻持之以恒、坚持下去，事情就能成功。

从前有个叫张乖崖的人，在崇阳县担任县令。一天，张乖崖带着手下人在衙门府库巡查时，忽见一小吏从府库里溜出来。张乖崖盘问起小吏，小吏做贼心虚，不小心露出了头巾下的一枚钱。张乖崖一追问，小吏只好承认是从府库里偷的。

张乖崖立刻把小吏押往大堂，小吏冲张乖崖喊："按照律法，你只能打我！难道你能杀掉我么？"

张乖崖一听，毫不犹豫地在判决书上写道："一日一钱，千日千钱，绳锯木断，水滴石穿。"意思是说，一天偷一枚钱，一千天就聚成一千枚，时间长了，绳子也能把木头锯断，水也能把石头滴穿！于是他判了这个小吏死罪。张乖崖为一钱而斩小吏的举动，震惊了崇阳全县。平日里那些为非作歹的人都吓得魂不附体，再也不敢胡作非为了！

水深火热

【出处】《孟子·梁惠王下》："如水益深，如火益热。"
【词义】益：更加
【释义】比喻人民生活极端痛苦，难以生活下去或比喻
国家灾难深重。

战国时期，燕王哙改革国政，把君位让给相国子之，将军市被和公子平不服，起兵攻打子之，燕国爆发内战，国内大乱。齐宣王乘机派匡章攻打燕国，大获全胜。战后，齐宣王大摆庆功宴，并在宴会上得意地对学者孟子说："我想，我们只用五十天就把并不弱小的燕国攻下来了，这一定是天意！也许，不把

欧阳修是唐宋散文大家之一。他爱好旅游，散文也写得质朴优美。有一次，他到滁州琅琊山去游览，那里有山有水，且山水秀丽。他看到游人的情景，来来往往，或歌或息，老老少少，络绎不绝，心里甚是欢喜和振奋。回家后，他还兴致不减，回忆着把途中所见到的美景作成诗句写下来："野芳发而幽香，佳木秀而繁阴，风霜高洁，水落而石出者，山间之四时也……"意思是：琅琊山一带野花遍地生长，茂盛秀丽，芳香浓郁。那里的

天空很开阔，霜色洁白，亭子附近溪流中的水一落下去，石头便现出来了。山中春、夏、秋、冬四季都不同，风光美极了。

燕国吞并，就是违背天意。"孟子中肯地分析说："这不是您所指的天意，而是民心！燕国人民为了摆脱战争的苦难，才提酒送菜欢迎你们。吞并燕国，并不是把燕国人民从水火似的暴政下救出来，而是让他们继续停留在战火里，那样只会'如水益深，如火益热'（比水更深，比火更热），让人民的苦痛和灾难更深重。到那时，他们只会用同样的方法对付齐国。"

◇

水落石出

【出处】宋·欧阳修《醉翁亭记》："野芳发而幽香，佳木秀而繁阴，风霜高洁，水落石出者，山间之四时也。"

【词义】出：显现出来

【释义】本指水落了，石头从中露了出来，现多比喻把事情弄清楚，真相大白。

神出鬼没

【出处】《淮南子·兵略训》:"善者之动也,神出鬼行。"

【词义】出:出现　　没:隐没

【释义】比喻用兵神奇迅速,不可捉摸;后也泛指行动变化莫测,迅速无常,让人摸不到规律。

《淮南子》亦称《淮南鸿烈》,是西汉淮南王刘安及其门客苏非、李尚等人著。该著作通常被认为是杂家著作,以道家思想为主,糅合了儒、法、阴阳五行等家的思想,其中保存了不少自然科学史材料。《淮南子·兵略训》中曾有这样一句话:"善者之动也,神出鬼行。"意思是:善于指挥作战的人,能使军队的活动来去无常,变化莫测,让敌人看起来像神出鬼行一样不可捉摸,这是兵书上所说的一种机动灵活的战术。

后来,人们把"善者之动也,神出鬼行"演变为"神出鬼没"这个成语。

死灰复燃

【出处】《史记·韩长儒列传》:"安国曰:'死灰独不复燃乎?'"

【词义】死灰:燃烧后余下的灰烬

【释义】原比喻失势的人重新得势。现比喻已经消亡的东西又重新复活或恶势力重新抬头。

汉景帝在位时期,朝中有位足智多谋、谦逊厚道的能臣叫韩安国。有一年,韩安国受到一件案子的牵连,被关进蒙县狱中,等候判决。蒙县狱吏田甲是个势利小人,他见韩安国失了权势,就故意找借口欺侮韩安国。一次,田甲又借故辱骂韩安国,韩安国实在忍无可忍,就指着田甲的鼻子大骂道:"你这个卑劣无耻的小人,不要以为我韩某人从此再没出头之日了!难道死灰就不可能重新燃烧起来吗?"田甲听了,讥笑说:"从没听说过死灰还能冒出火花来的,倘若死灰真的复燃了,我就撒泡尿把它浇灭了!"说完扬长而去。

过不多久,景帝的兄弟梁孝王因感念韩安国的功劳,就请求景帝赦免韩安国,于是景帝将韩安国从蒙县狱中释放了出来。韩安国出狱后又当上了官,而且官职比以前还高。田甲听到这个消息,吓得魂不附体,他怕韩安国报复,赶快外逃。韩安国一出狱,就命手下人寻找田甲,准备好好戏弄他一番。韩安国还故意放出风声说,如果田甲不来见他,就将田甲满

司马昭之心，路人皆知

【出处】《三国志·魏书·高贵乡公传》斐松之注引《汉晋春秋》："司马昭之心，路人皆知。"
【词义】皆：全，都
【释义】比喻坏人的阴谋野心，已是人尽皆知。

门抄斩。田甲慌了神，只好硬着头皮去韩安国那儿请罪。一见面，田甲就扑通跪倒在地，一个劲儿地磕头求饶。韩安国见田甲这副失魂落魄的狼狈样，就讽刺他说："现在死灰复燃了，你来撒泡尿浇灭它吧！"田甲吓得面无人色，瘫软在地上。

三国时期，魏国帝位传至曹髦，已名存实亡，朝内大权实已由司马昭执掌。曹髦权力被驾空，气愤不已，他暗中对王沈、王经、王业三个大臣说："司马昭之心，路人皆知也！我与其坐受凌辱，不如跟他拼一拼。你们跟我一起讨伐他吧！"三个大臣都劝他要谨慎，但曹髦心意已决，开始酝酿对司马昭的战争。哪知三个大臣中的两个怕事情败露后会连累自己，一出皇宫就向司马昭告了密。

当时，军事大权掌握在司马昭手里，而曹髦只有少数侍卫随从，并且司马昭已有了防范，讨伐很快失败，曹髦也在武装袭击中被司马昭的部下成济给杀死了。后来，司马昭的儿子司马炎取得了魏国的政权，改称晋朝。

善始善终

【出处】《史记·陈丞相世家》："以荣名终，称贤相，岂
不善始善终哉？"
【词义】善：办好，弄好
【释义】形容从开头到结束都很好或形容办事很认真。

陈平是秦末汉初阳武（今河南原阳东南）人。陈胜起义时，陈平投奔魏王咎，被封为太仆。项羽入关后，陈平归附了项羽，任都尉。后来他又转向投靠了刘邦，在刘邦军中任行护军中尉。据说陈平曾为刘邦六出奇计，先后成功地用反间计让项羽疏远了谋士范增，用爵位笼络了刘邦的大将韩信。

汉朝建立后，陈平被刘邦封为曲逆侯。后来，陈平又历任惠帝、吕后两朝的丞相。吕后在位时，吕氏专权，吕后死后，他便与朝臣周勃商议，诛杀了吕产、吕禄等吕姓人氏，迎立文帝。文帝继位后，陈平继续担任丞相一职。这样一来，陈平连任三朝丞相，在朝中权高位重。陈平为人机敏聪慧，能灵活地应付各种形势，平稳地度过了他的一生。所以司马迁在《史记》中称他为"善始善终"。

四分五裂

【出处】《战国策·魏策一》："此所谓四分五裂之道也。"
【词义】裂：分裂
【释义】多用以形容国土被瓜分，政权不统一的状况。
有时也形容某团体内部不团结。

战国时期，秦国在七国中势力最为强大，秦国丞相张仪为了拆散"合纵"抗秦的六国，便利用"连横"亲秦政策，威胁利诱六国一起依附秦国。

张仪首先来到魏国，劝魏王趁早倒向秦国一边。他说："魏国南边是楚国，东边是齐国，西边是韩国，北边是赵国，要守住四方边境可不容易。魏国随时

有可能被他国四面包围，变成一个大战场。魏国南边与楚国和好，不和齐国和好，齐国就从东方进攻你魏国；东边与齐和好，不和赵和好，赵国就从北方进攻你；魏国不与韩国联合，则韩会从西面进攻；魏国不与楚国亲近，则楚又会从南面进攻。这样一来，魏国四面受敌，此所谓'四分五裂'之道也。"

三顾茅庐

【出处】三国·蜀·诸葛亮·《出师表》："先帝不以臣卑鄙，猥自枉屈，三顾臣于草庐之中。"

【词义】顾：拜访

【释义】比喻多次专程拜访，表达了一种请求别人帮助的迫切希望和恳切心情。

东汉末年，刘备听朋友介绍有一位名叫诸葛亮的人很有才能，

打天下如能得到他的帮助，便可成大事。当时，诸葛亮隐居在今湖北襄阳一带，刘备为了请他出山帮助自己打天下，同关羽、张飞一道三次去拜访他。第一次去的时候，恰巧诸葛亮出去了，刘备只得失望而回；刘备三人再来时，不料诸葛亮已在头天和朋友出去闲游了；过了些时候，刘备吃了三天素，沐浴更衣准备再去请诸葛亮，张飞和关羽都很不乐意。等他们来到诸葛亮家时，诸葛亮正在睡觉，刘备不敢惊动他，毕恭毕敬地站在茅屋前，直至诸葛亮醒来，双方才入室坐下面谈。诸葛亮见刘备有志替国家做事，且态度诚恳，于是答应了刘备请自己出山相助的请求。从此，诸葛亮成为刘备的军师，用全部的精力协助刘备打了许多胜仗，为刘备奠定了蜀汉的国基，成就了当时刘备的雄伟霸业。

三令五申

【出处】《史记·孙子吴起列传》："约束既布，乃设铁钺，即三令五申之。"

【词义】令：命令　申：表达、说明

【释义】意为再三发出号令，多次告诫。

春秋时期，有位叫孙武的军事家写了一部《孙子兵法》，吴王读后十分欣赏，就召孙武进宫进见。吴王集合了一百八十名宫女，请孙武操练。

在宫廷上，孙武将宫女分成两队，让她们手执长戟，由吴王的两个宠姬担任队长。他站在指挥台上，高声发令："我叫前，你们就看前面；叫左，看左边；叫右，看右边；叫后，看背后。"号令交待完毕，孙武又吩咐人在一旁摆下铡刀，然后再次向宫女们讲了几遍号令。一切准备好了，孙武开始击鼓传令："右！"谁知宫女们没人听从号令，反而都哈哈大笑起来，看台上，吴王和那些王公贵族也大笑不已。一时间，操练场上笑声连成了一片。孙武忍住心中的愤怒，不动声色地说："号令可能没有交待清楚，这是我的过错。我再向大家复述一遍。"

而后孙武再次击鼓传令："左！"那些宫女仍旧嘻嘻哈哈笑个不停，特别是吴王的那两位宠姬，更是笑得前俯后仰。

这下孙武恼怒了，厉声喝道："号令不明是为将之罪，可我已经三令五申了，你们却没遵命，这是头领之罪，按军法当斩！"说着他下令将吴王的两位宠姬斩首示众。孙武重新击鼓传令，这回再也听不到嬉笑声，宫女们不敢再把他的口令当儿戏，个个规规矩矩，服从指挥。

从此，孙武的用兵才能受到了吴王的重视。吴王授命军纪严明的孙武全权指挥吴军，吴国也在孙武的指挥下成为春秋时期的军事强国。

势如破竹

【出处】《晋书·杜预传》:"今兵威已振,譬如破竹,数节之后,皆迎刃而解。"

【词义】势:气势

【释义】比喻节节胜利,毫无阻碍。

杜预是西晋著名的将领,也是才学渊博的学者。他对军事很有研究,极善谋略,人称"杜武库"。晋武帝司马炎对他非常赏识。当时,三国中的蜀国已被魏国吞灭,魏国也被司马炎篡夺了帝位,改称西晋,只剩下吴国尚盘踞在江南一带。司马炎听从了杜预的建议,授命他领军伐吴。

公元 208 年,杜预领军挥戈南下,大举进攻,一路势不可挡,只用了十来天的时间,晋军就攻克了长江上游的许多座城池。沅江、湘江以南一带的州郡,看到晋军的气势闻风丧胆,纷纷不战而降。一天,杜预召开军事会议,打算趁此有利时机,一举吞灭吴国。他的想法遭到有些将领的反对,他们认为,吴国立国已久,实力不可低估,很难在短期内把它一下子占领。而且当时时值夏季,雨量充沛,加之江水陡涨,晋军难以久驻,权宜之计是暂缓进兵,等到冬季再大举伐吴。杜预不同意,他坚定地说:"从前,燕将乐毅凭借济南一战就击破了齐国。现在,我方已兵威大振,士气高昂,正是乘胜攻吴的好时机,这就好比用刀破竹子一样,劈破头几节后,余下的就可不费多大力气迎刃而解了!"杜预按照自己的主张挥军奋战,果然,晋军所到之处节节胜利,不久,就攻克了吴都建业,吴主孙皓投降称臣。

中国成语故事

上下其手

【出处】《左传·襄公二十六年》："……上其手曰：'夫子为王子围，寡君之贵介弟也。下其手，曰：'此子可为穿封戌，方城外之县尹也，谁获子？'"
【词义】 其：他的
【释义】 比喻玩弄手法，暗中作弊。

公元前547年，楚国出兵攻打郑国。当时楚强郑弱，郑国不久便遭到战败的厄运，连郑将皇颉也被楚将穿封戌俘虏了。

战争结束后，楚公子围为争功，说皇颉是他活捉的。穿封戌不服，于是和公子围争执起来。他们双方互不相让，两人只好请出伯州犁作证人，评判谁是俘虏皇颉的人。伯州犁有意偏袒公子围，提出让俘虏皇颉作证，并向皇颉暗示："伸出两个手指，上手指是代表楚王弟弟公子围，下手指是代表穿封戌。"然后，伯州犁当着大家面问皇颉是被谁俘虏的。因为皇颉对穿封戌俘虏自己怀恨在心，便故意歪曲事实，指着上手指说："我败在王子的手下。"伯州犁便以此判定俘虏郑将皇颉是公子围的功劳。

声名狼藉

【出处】《史记·蒙恬列传》："言其恶声狼藉，布于诸国。"
【词义】 声：名声　　　　藉：践踏，侮辱
【释义】 现形容名声极坏。

战国时期，秦国经历商鞅变法，国势蒸蒸日上，逐渐在"战国七雄"中脱颖而出，成为实力最为强大的一个诸侯国。秦始皇登上王位后，通过讨伐战争，消灭了六国，统一了天下。在吞并六国的战争中，秦国涌现了一大批英勇善战的军事将领。蒙恬和蒙毅兄弟二人都是朝中名将，他俩为秦始皇建立基业屡立战功，深受秦始皇的器重和信任。昏庸无度的秦二世胡亥继位后，为巩固自己的执政地位，听信宦官赵高的谗言，不仅劳民伤财地大兴土木，还先后诛杀了许多有功的朝臣，一

时间弄得朝廷上下人人自危。胡亥下令蒙毅自杀，蒙毅愤慨地对传令的使者说："过去昭襄王杀白起，楚平王杀吴奢，吴王夫差杀伍子胥，这些昏君个个都犯下了杀害忠良的错误，遭到天下人的谴责，'恶声狼藉'，遍布诸侯国。所以我劝你们不要乱杀无辜，以免多行不义！"蒙毅死后，蒙恬也服毒自杀。

事半功倍

【出处】《孟子·公孙丑上》："故事半古之人，功必倍之，惟此时为然。"

【词义】功：功效

【释义】现多用来形容费力小，收获大。

孟子，名轲，字子舆。战国时期思想家、政治家、教育家。他一度任齐宣王客卿。因主张不见用，晚年便与弟子万章等著书立说，把孔子"仁"的观念发展为"仁政"学说，提出"民为贵君为轻"的主张，成为儒家思想的重要代表人物。他的学说对后世儒者影响很大，被认为是孔子学说的继承者，有"亚圣"之称。孟子一生收了很多学生，他常与学生们一起交流政治、教育、哲学、伦理等思想观点。一次，孟子对他的学生公孙丑说："老百姓所受暴政的折磨之甚，可以说历史上从来没有像今天这样深重的。人们都没有太高的要求，饥饿的人只要有吃的就高兴，口渴的人只要有水喝就满足了。现在，齐国势力正盛，如果辅之以仁政，那么老百姓的高兴，就会像被颠倒吊起的人遇到解救的船一样幸运，齐国也会凭此而国势蒸蒸日上。正所谓'故事半古之人，功必倍之。'"意思是事情只要做古人所做的一半，而所得的功效却可以比古人高出一倍。

守株待兔

【出处】《韩非子·五蠹》:"宋人有耕者,田中有株,兔走触株,折颈而死。因释其耒而守株,冀复得兔。"

【词义】株:露在地面上的树桩子

【释义】比喻死守经验,固守陈规,不知灵活变通的人和事,讽刺妄想不劳而获的侥幸心理。

古时候,宋国有个农民以种田为生。

有一天,他在耕田的时候,看见一只兔子慌慌张张地从远处跑过来,可能是因为跑得太快的缘故,一不小心一头撞在树桩上,撞断了颈骨死了。这个农民一见,心头大喜,扔下锄头撒腿跑了过去,他毫不费力地捡到了一只死兔,拿回家美美地饱餐了一顿。农民心里很高兴,他希望再有这样的好事发生,心里想着:"如果以后隔三岔五就能这样轻易地捡到一只兔子,不比种田强吗?"于是他扔掉锄头不再耕田,终日守在树桩边,眼睛不时地向四周张望着,等着再有兔子前来撞死,让自己白捡。

结果,日子一天天过去了,这个农民非但没有捡到第二只自己撞死的兔子,反而把自己的田地荒废了。

四海为家

【出处】《史记·高祖本纪》:"且夫天子以四海为家。"

【词义】四海:指天下

【释义】表示国家安定统一,现还用来表示到处为家或形容人漂泊无定所。

秦朝末年,秦王朝的残暴统治摇摇欲坠,广大人民因不堪忍受纷纷揭竿而起,组成义军。各支起义队伍中属刘邦和项羽的实力最为强大。那个时候,项羽带着自己的军队在河北一带与秦军主力展开激战,而刘邦则趁机带着他的军队攻下了秦都咸阳。刘邦军队在进驻咸阳后,将士们纷纷为了争夺秦宫的财宝而闹得一片混乱,甚至连刘邦本人也为秦阿房宫的豪华奢侈所迷惑。他的亲信樊哙一针见血地指出奢侈糜烂的东西正是秦灭亡的根本,刘邦听了樊哙的话,率军退出咸阳城外,严明

三国时吴国的大将吕蒙，小时因家里贫穷，读书很少，但他当兵作战，却很勇敢，屡立奇功。吴主孙权见他报告军务都是口头汇报，不能亲笔书写，就当面劝他多读书，以增长知识才干。吕蒙却说自己军务太忙，没有读书的时间，而且他认为读书是文人雅士的事情，自己是军人，只要打好仗就行了。孙权见他年青有为，于是耐心地开导他："现在连我都还在坚持读史书、兵书，让自己不断长进，何况你年轻聪明，如果能多读些书，你一定能取得更大的成就。历史上的汉武帝，在兵马征战的关头，还手不释卷；曹操也常常说'老而好学'，学习是重要的呀！"吕蒙深受感动，打那以后，他便开始发奋读书，终于成了一个博学多才的人。在周瑜死后，他继任东吴的都督，为吴国基业的巩固作出了很大的贡献。

法纪，与关中父老约法三章。刘邦深得民心，并因此而最终夺取了天下，建立了汉朝，成为汉高祖。刘邦夺取天下后，由丞相萧何主持修建未央宫，作为皇宫。刘邦在巡阅时看到未央宫修得特别华丽，认为太过奢侈浪费，因而非常生气。萧何给刘邦说了大建宫室的道理："天子以四海为家，不让皇宫修建的壮丽一点，就无法显示君威。"刘邦听了感到萧何的主张很有道理，于是干脆把京都搬到长安。

手不释卷

【出处】《三国志·吴志·吕蒙传》："光武当兵马之务，手不释卷。"

【词义】释：放下

【释义】形容读书用功，勤奋好学或看书入迷。

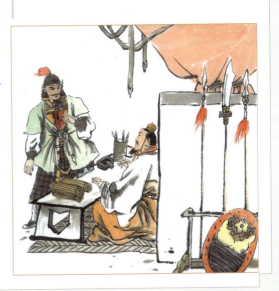

神机妙算

【出处】《三国演义》："孔明神机妙算，吾不如也。"
【词义】神、妙：形容高明
　　　　机、算：指计谋
【释义】形容智谋特别高明。

三国时，孙权与刘备联合共同抗击北方的曹操。合兵一处后，东吴大都督周瑜十分嫉妒诸葛亮的才能，总想找机会除掉他。诸葛亮虽明白周瑜的恶毒用心，但他为了顾全大局，只好机警地与周瑜周旋。

有一次，诸葛亮立下军令状，宣称自己在三日之内定能造出十万支箭，如果完不成任务，甘愿被杀头。周瑜认为除掉诸葛亮的机会来了，他暗中吩咐造箭军匠，让他们故意拖延时间，以使诸葛亮无法如期完成任务，被杀头。两天时间已经过去了，可诸葛亮一点也不慌乱，一副胸有成竹的样子。到了第三天五更时分，诸葛亮私下向鲁肃要了二十只快船，每

只船上都挂上了青布帐篷，摆上一千多个草人。诸葛亮趁着黎明前的那阵大雾，命令士兵将草船驶近曹军水寨。到了水寨前，诸葛亮和鲁肃一边在船中饮酒，一边命士兵在船上击鼓呐喊，装出要攻打曹军的架势。曹操不知是计，慌忙下令曹军奋力射箭抵抗。曹操水陆两军一万多个弓箭手一齐朝江中射箭。雾散之后，诸葛亮立即下令各船只迅速撤回。这时，二十只草船上已挂满了箭，数目远远超过十万。鲁肃见到周瑜，便把诸葛亮草船借箭的经过如实地告诉了他。周瑜听罢，不由地惊叹道："诸葛亮真是神机妙算，我确实不如他啊！"

熟能生巧

【出处】《欧阳文忠公文集·归田录》:"我亦无他,惟手熟尔。"

【词义】熟:熟练

【释义】意为熟练了,就能找到巧办法或窍门。

陈尧咨是北宋时的一位射箭能手。他的箭法很高超,自己也一直引以为豪。有一天,陈尧咨在自家的射箭场上表演箭术。他射出去的十支箭,有八九支射中了箭靶。围观的人纷纷拍手叫绝。其中,有位头发花白的卖油老头,看完了只略微点了点头,并不像其他人一样赞不绝口。

陈尧咨见了,心里很不是滋味,他故意问卖油老头说:"难道你也懂得箭术吗?你看我射得怎么样?"老人答道:"你的箭法还算可以,但这并没有什么技巧,只不过是因为手熟罢了!"

老人说完便把一只装油用的葫芦放在地上,然后又从衣袋里取出一枚铜钱盖在葫芦嘴上,他高高举起一把盛满油的勺子,从钱眼向葫芦里倒去。但见倒出来的油像一根线一样,缓缓地穿过钱眼流进葫芦里。勺子里的油全倒完后,铜钱上却一点儿油星都未沾上。

围观的人看到卖油老人的绝技,个个都惊得目瞪口呆、唏嘘不已。陈尧咨也非常佩服,站在那儿连连点头称赞。老人收起葫

芦和铜钱,拍了拍陈尧咨的肩膀,很平静地说:"我这也算不了什么,只不过是熟能生巧罢了!"说完,老人挑起油担,晃悠悠地离开了射箭场。

螳臂当车

【出处】《庄子·人间世》："汝不知夫螳螂乎，怒其臂以当车辙，不知其不胜任也。"

【词义】当：阻挡

【释义】比喻不正确估计自己的力量，去做办不到的事情，必然招致失败。

有一次，齐庄王乘着马车，带着一大批随从到郊外去打猎。

突然，有一只青色的小虫子横在了大路中间，高高地举起两只前爪，气势汹汹地向车队迎面扑过来。齐庄王觉得这么小的虫子，怎么能抵挡飞速奔驰的马车呢？他问自己的车夫："你看清楚没有，那是一只什么样的虫子？怎么会如此自不量力？"

车夫回答道："这就是螳螂呀！这种虫子虽然个头不大，力气微小，可是却有目空一切的特性。它只知道前进，却从不知道退却。它从来都不掂量一下自己的分量，也不懂得分析对方是强大还是弱小，总是盲目地拼命进攻，企图通过这股蛮劲儿把别人吓退。这正是它的可悲之处。大王您不是看到了吗，它刚才还不知死活地想挡住我们的去路哩！"

同甘共苦

【出处】《战国策·燕策一》："燕王吊死问生，与百姓同其甘苦。"

【词义】甘：甜，引申为欢乐
苦：艰苦、患难

【释义】共同享受幸福，共同担当艰苦。

战国中期，燕国国势日渐衰落，在"战国七雄"里面是实力最弱的一个，时常遭到他国的侵犯。

公元前 311 年，燕公子职被立为昭王。他一心想成为一个有所作为的君主，却一时不知如何让燕国重整旗鼓。他四处招贤纳士，当听说一个叫郭隗的人很有才略时，便亲自带上厚礼登门求教。

昭王听从郭隗建议，在易山旁边

东汉初年，有两个兄弟名叫班超和班固。哥哥班固是东汉著名的文学家与历史学家，他的诗文很出色，所以很早就做了官，而弟弟班超则希望能在军事方面有所作为。

当时他们住在洛阳，家里生活很贫困。班超只好在衙门里帮公家抄写些公文信件，挣点钱以贴补家用。可班超不甘心就这样过一辈子，他一直渴望能驰骋疆场，为国建功立业。

公元 73 年，北匈奴频频出兵骚扰汉朝，汉明帝派大将军窦固带兵讨伐匈奴。班超实现夙愿的机会终于来了。他投笔从戎，随军北征。班超作战英勇，足智多谋，表现出非凡的军事才能，很快在军中脱颖而出，得到了窦固的赏识和重用，被提拔为将领。后来班超带兵镇守西域三十一年，多次平定匈奴贵族的叛乱，为促进西域各族人民与汉民族的友好往来作出了贡献，成为卓有功勋的东汉名将。

建了一座高台，里面堆满了黄金，专门作为招揽人才的基金。一时间不少有才干的人应召到了燕国，他们都受到了重用。这些人都尽心尽力为燕国出谋划策。燕昭王也身体力行，像百姓家里死了人，他亲自去吊唁；百姓家里生了孩子，他亲自去庆贺——可谓与百姓同甘共苦。

燕国君臣共同努力，经过二十八年的时间，国家强盛，士兵们为国家拼死效力。燕国的成效让各国诸侯刮目相看，昭王强燕的梦想终于实现。

投笔从戎

【出处】《后汉书·班超传》："大丈夫无他志略，犹当效傅介子、张骞立功异域，以取封侯，安能久事笔砚间乎？"

【词义】投：扔掉、放弃　　从戎：参军

【释义】比喻文人弃文就武。

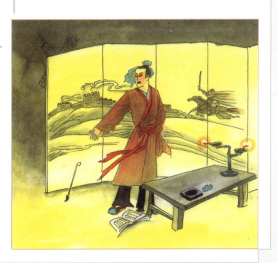

投鞭断流

【出处】《晋书·苻坚载纪下》："以吾之众旅，投鞭于江，足断其流。"

【词义】流：江河

【释义】指把所有的马鞭投到江里，就能截断水流。比喻人马众多，兵力强大。

公元357年，北方氐族人苻坚占据了整个北部中国，建立了与东晋王朝对立的前秦国。苻坚野心勃勃，自称大秦天王，有意统一中国。他起用了汉族政治家王猛为宰相，采取了抑制氐族豪强、缓和民族关系的政策，一时间前秦出现了繁荣的景象。

苻坚认为统一中国的时机已到，他打算亲率百万大军南下灭晋，便召集文武百官商议征伐东晋的事宜。太子等人却不赞成，他们认为，东晋在地理上占据了长江天险之利，进攻东晋很可能占不到便宜。

苻坚听了很不高兴，他满不在乎地说："我有百万雄师，光是把马鞭投进江中，也足以将江流堵塞，有什么可怕的！"

公元383年，苻坚不顾反对意见颁发军令大举伐晋。东晋宰相谢安精心策划，在淝水一战中以少胜多，大败秦军，前秦王国从此一蹶不振。

叹为观止

【出处】《左传·襄公二十九年》："德至矣哉，大矣！如天之无不帱也，如地之无不载也。虽甚盛德，其蔑以加于此矣，观止矣。"

【词义】叹：赞赏　　观止：看到这里就够了

【释义】形容所见事物尽善尽美，好到了极点。

春秋时，有个叫季札的人，也称公子札，他是当时吴国的贵族，是吴王诸樊的弟弟。季札本有机会成为吴国的国君，但他却生性不喜束缚，因而多次推让君位。吴国国君将延陵（今江苏常州）作为封地赏赐给他，人称他为延陵季子；后来又在州来（今安徽凤台）给他赏赐了封地，人称州来季子。季札为人随性，曾与齐国的宰相晏婴、郑国的贵族政治家子产等人共同评论过时势。

公元前544年，季札

那时讲经的风气比以往任何时候都兴盛。为了感化民众，佛教徒编了很多关于讲经的传说，其中一则是关于云光法师讲经的。

传说梁武帝时候有一位云光法师，道行很深。他常以讲经的方法把自己的理念传授给众僧。有一次，他又给众僧讲经，其所讲经法理论精深，见解独到高明，一时间竟感动了上帝，上帝撒下天花以示欣赏和鼓励。只见朵朵天花纷纷从天上掉落下来，场面十分壮观。

奉命出使鲁国。鲁国国君欢宴季札。季札兴致非常高，当看到舜时的乐舞时，他极为赞叹地说："观止矣！君有他乐，吾不敢请已。"这句话的意思是说看到这里就够了，再有别的乐舞也不必看了。言下之意是极其欣赏舜时的乐舞，认为它精致完美。

后来人们根据季札的话概括出"叹为观止"这一成语。

天花乱坠

【出处】《高僧传》："六欲诸天来供养，天华（花）乱坠遍虚空。"

【词义】坠：落

【释义】形容能说会道，言语动听而不切实际。比喻话讲得浮夸动听，虚妄迷人。

南北朝时期佛教盛行，全国有寺庙 3 万多所，僧尼 200 多万。南朝的梁武帝带头求神拜佛，在全国大建寺庙，还曾三次舍身同泰寺，并聘请古印度僧人波罗末到中国讲经。

挺身而出

【出处】《旧唐书·敬君弘传》："隐太子建成之诛也，其余党冯立、谢叔方率兵犯玄武门，君弘挺身出战。"

【词义】挺身：撑直身体

【释义】意为挺直身体站出来，形容遇到危难的事情，勇敢地站出来。

唐高祖李渊有三个儿子：长子建成、次子世民、三子元吉。秦王李世民帮助父亲灭隋兴唐，得到李渊器重。太子李建成怕皇位被李世民夺去，便与李元吉密谋杀死李世民。李世民得到消息后，决定先下手为强。

李世民派人在李建成入朝时将他射死了，接着又杀死了李元吉。李建成、李元吉的部下冯立、谢叔方立即率兵进攻李世民，双方在玄武门激战，宿卫将军敬君弘带兵抵死防守。他和郎中将吕世衡一起挺身而出，指挥士兵反击。李世民的援军赶来了，与敬君弘的军队一起，打败了冯立的军队。李世民继位后，对挺身而出的敬君弘等人给予重赏。

万事俱备，只欠东风

【出处】罗贯中《三国演义》第四十九回："孔明索纸笔，屏退左右，密书十六字曰：'欲破曹公，宜用火攻；万事俱备，只欠东风。'"

【词义】俱：全部　　欠：缺少

【释义】比喻办一件事，几乎所有的准备工作都办好了，唯独缺少关键性的条件。

公元208年，曹操率领八十万大军南下，驻扎在长江中游赤壁，企图打败刘备后，再攻打孙权。于是，孙刘组成联军，进驻赤壁的南岸，共同抗击北岸的曹军。

孙、刘联军利用曹军不习水战的弱点，让庞统巧献"连环计"，把曹军战船连为一体。然后，吴军都督周瑜准备让部将黄盖以诈降的方式去火烧曹军战船。他想，若有强劲的东南风，便可风助火威，一举成功。但冬天总是刮北风，周瑜急得一病不起。诸葛亮猜透了周瑜的心事，他写了"万事俱备，只欠东风"八个字，道破了周瑜因没有东风而着急的心情。

原来，诸葛亮通晓天文，他发现火攻前夕会刮一股强劲的东南风。一切如诸葛亮所料，孙、刘联军利用东风之势，火烧曹营成功，曹操惨败，狼狈地逃回许昌。

完璧归赵

【出处】《史记·廉颇蔺相如列传》："城入赵而璧留秦，城不入，臣请完璧归赵。"

【词义】完：完好　璧：一种玉器，偏圆、扁平，中间有孔。

【释义】比喻把事物完整地归还原主。

战国时，秦昭王听说赵惠文王得到一块价值连城的宝物——"和氏璧"，便派人去赵国，声称自己愿意以十五座城池换取"和氏璧"，要求赵王派人带着宝璧前去秦国交换。当时秦强赵弱，赵王不敢拒绝，但又害怕受骗失去宝璧。于是，蔺相如自愿带着宝璧到秦国完成换城任务。他对赵惠文王说："城入赵而璧留秦，城不入，臣请完璧归赵。"意思是秦国的十五座城池归为赵所有，宝璧就交给秦，否则他会带着完整的宝璧回到赵国。后来他到秦国，见秦王没有诚意，就凭借自己的机智，设计将落入秦王手中的宝璧骗回，完好地送回了赵国。

这个故事，人们称之为"完璧归赵"。

闻鸡起舞

【出处】《晋书·祖逖传》:"中夜闻荒鸡鸣,蹴琨觉曰:'此非恶声也。'因起舞。"

【词义】闻:听到

【释义】形容志士奋勉自励,准备为国效力。

东晋名将祖逖和刘琨情同手足。青年时代两人都树立了为国效力的远大理想。他们立志要为保卫国家、抵御外敌入侵出力。两人同为司州(今河南洛阳一带)主簿(主管文书簿籍的官员),常常同床而卧,同被而眠。一天半夜,祖逖在睡梦中,忽然听到鸡的鸣叫声,他用脚踢醒刘琨说:"这叫声很不错,我觉得很振奋人心,不如我们起来练剑吧!"刘琨表示赞同。于是,两人从床上一跃而起,拔剑起舞。从这以后,他们每天听到鸡叫就起床练剑,寒来暑往,从不间断。功夫不负有心人,经过长期的刻苦学习与训练,二人都成为能文能武的全才。后来,祖逖被封为镇西将军,在外敌入侵时,主动领兵北伐,收复了黄河以南的大片失地,使北方的敌人闻风丧胆;而刘琨做了都督,兼管并、冀、幽三州的军事,也充分发挥了他的才能。

妄自尊大

【出处】《后汉书·马援传》:"子阳井底蛙耳,而妄自尊大,不如专意东方。"

【词义】妄:狂妄,非分

【释义】形容自以为了不起,狂妄地自高自大,看不起别人。

东汉初年,社会局面比较混乱,光武帝刘秀建立政权后,全国上下仍有一些人在地方上称王。当时,马援还没有什么名气,而公孙述却已经颇具实力,雄霸一方了。因为和公孙述是同乡、老相识,马援便去

鹉赋》，该赋抒发了才智之士生于乱世的不幸遭遇，辞气慷慨，为咏物小赋中优秀的作品。祢衡为人刚直，脾气古怪。据说，有一次曹操想见祢衡，他称病不肯前往。曹操将其召为鼓史，借大会宾客之机当众侮辱祢衡，没想到祢衡灵活机智，反而三两句话将曹操弄得很难堪。

祢衡还不满二十岁时，就和年龄比自己大且声名显赫的名士孔融交上了朋友。当时的孔融已经四十岁，在北海任太守。孔融非常仰慕祢衡的才华，虽然两人年龄悬殊很大，可仍然"忘年殷勤"，经常和祢衡在一起聚会。两人像情谊深笃的老朋友，相谈甚欢。祢衡的许多观点孔融都很赞赏，他尤为重视祢衡学术上的见解。凡有祢衡成文的意见，孔融就是已经睡觉了也要披衣服起来看。后人称他俩为"忘年之交"。

投奔他。可是等马援去时，公孙述却毫不念及过去的情谊，自己高高坐在大殿上，摆出一副皇帝的架子，对马援大呼小叫。马援既尴尬又失望，一气之下便离开了公孙述。后来有人听说马援见过公孙述，便向他打听公孙述的情况。马援鄙夷地说："公孙述不过是井里的青蛙，目光短浅，妄自尊大，自以为了不起，他一定成不了大事。"

忘年之交

【出处】《后汉书·祢衡传》："衡始弱冠，而融年四十，遂与为交友。"

【词义】交：交情

【释义】意为不计较年岁、辈分的差别而结交为朋友。

东汉末年，有个叫祢衡的人，因为聪明机智，才干超常，年纪小小就很出名。祢衡口才不错，文笔更好，他是汉末的文学家，著有《鹦

未雨绸缪

【出处】《诗经·豳风·鸱鸮》："迨天之未阴雨，彻彼桑土，绸缪牖户。"

【词义】绸缪：修补。

【释义】比喻在事情还没发生前就做好准备。

周武王临终时，将年幼的成王和军国大事托付给了周公。周公为达到国家长治久安的目的，废寝忘食地工作着。但是，他这样却引起了一些王公贵族的猜忌，他们认为周公有不良的企图。一天，召公奭和太公姜尚来见周公，提出要离开京城。周公很诧异，问后方知外面的传言。周公既心痛又失望，但为了整个国家的利益，他诚挚地挽留奭和姜尚，他说："我必须离开京城，以证明我没有夺权的野心，但你们一定要留下来辅佐年幼的成王。"周公经过明察暗访，知道了纣王的儿子武庚密谋叛乱的消息，他立即写了首诗给成王，意思是说趁着天没下雨，先修缮房屋门窗。成王看后忙召周公回京城。周公受成王之命，率军粉碎了叛乱阴谋。

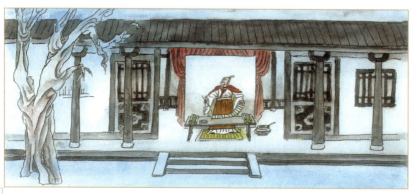

围魏救赵

【出处】《史记·孙子吴起列传》："孙子曰：'……彼必释赵而自救。是我一举解赵之围而收弊于魏也。'"

【词义】围：包围。　救：解救。

【释义】意为在军事上攻打来犯之敌的后方据点，迫使其回兵相救，从而更好地歼灭敌人。后泛指类似的作战方法。

公元前353年，魏国名将庞涓统率大军进攻赵国，包围了赵国的首都邯郸。赵国急忙向齐国求救，齐威王派田忌为主将，孙膑为军师，出兵援救赵国。

孙膑是著名军事家孙武的后裔，对军事很有研究，年轻时曾和庞涓一起学习过兵法。庞涓因嫉妒孙膑的才能而捏造罪名，砍断了孙膑的双脚。

开始，田忌打算直奔赵都邯郸解围，孙膑不赞成，他说："救兵解围应该避实击虚，避强击弱。如今魏国进攻赵国，精锐部队势必都集中在战场上，国内兵力一定空虚。我们不如打进魏国，突袭都城大梁，魏军必定回国救援。这样既可解邯郸的重围，又可使我军痛击长途跋涉、疲惫不堪赶回本土的魏军。"

田忌觉得很有

道理，就与孙膑率领大军一直冲到魏都大梁城下，把魏国留守本土的军队杀得七零八落。庞涓获得情报后，急忙将围攻赵都邯郸的大部队撤退回国。当魏军撤退时，又中了齐军的埋伏，伤亡惨重，几乎全军覆灭，庞涓在混乱中突围逃跑了。

乌合之众

【出处】《后汉书·耿弇传》："归发突骑以轥乌合之众，
如摧枯折腐耳。"

【词义】乌合：乌鸦聚集在一起

【释义】指像乌鸦那样暂时聚集起来的一群。比喻仓促拼凑，毫无组织性、纪律性的一群人。

刘玄称帝后，当时天下并不太平，企图称王称霸的大有人在。有一个汉家宗室的子弟叫刘林，他拿出家产招募壮丁，找了一个算命先生王郎，冒充汉成帝的儿子。他们向临近的州郡发出通告，诏告称王郎为君，

刘林为相。远近的人们不明真相，都把王郎当作汉家的天子，纷纷投奔，他的势力远远超过了大司马刘秀。王郎因势力突起，便处心积虑要消灭刘秀。他对刘秀的部队围追堵截，并且悬赏要他的脑袋。刘秀被逼得走投无路，准备暂且到南方避一避。

这期间，有个叫耿弇的青年，他善骑射，懂兵法，也带了一小股人马在外闯世界。一天，他们在行路时忽然遇上了王郎的部队，见对方声势浩大，耿弇手下的孙仓、卫包顿时动了心，他们与耿弇商量归顺人多势众的王郎。耿弇一听，火冒三丈，吼道："王郎是个江湖骗子！别看他眼下人多势众，其实全是一些没有经过正规训练的乌合之众，我将来有了兵马，打垮他的部队一定不费吹灰之力！"孙仓、卫包还是投奔了王郎。耿弇则投奔了刘秀，刘秀非常器重这个年轻小伙子，封他做了偏将军。后来，耿弇果然率兵打败了王郎的军队。

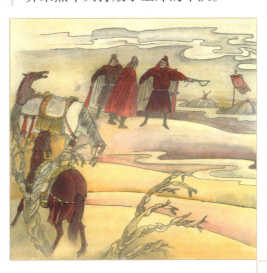

中国成语故事

小时了了

【出处】南朝·宋·刘义庆《世说新语·言语》:"小时了了,大未必佳。"

【词义】小:年少

【释义】形容小孩生性聪明,懂得很多事情,但因下文有"大必未佳"一语,故该成语的意思就变为人不能因为少年时聪明而断定他日后定有所作为。

东汉末年,北海地方有个很博学的人,叫孔融,是孔子的二十世孙。孔融从小就很聪明,在当时社会上已有些名气。他十岁时,跟随父亲到了东都洛阳。当时洛阳的河南太守李元礼很负盛名,在他府中往来的人除了亲戚之外,都是社会上的名人。

年仅十岁的孔融,却大胆地去访问这位太守。他不卑不亢地对守门的人说:"我是李太守的亲戚,给我通报一下。"李太守接见了他。李元礼问他说:"你和我有什么亲戚关系呢?"孔融从容地回答道:"从前我的祖先仲尼(即孔子)和你家的祖先李耳(即老子)是师生关系,因此,我和你也算是世交呀!"孔融的话让李太守和宾客都很惊奇。

太中大夫陈韪随口说道:"小时了了,大未必佳。"聪明的孔融立即反驳道:"我想您小的时候,一定是很聪明的。"陈韪半天说不出话来。

先发制人

【出处】《汉书·项籍传》:"先发制人,后发制于人。"

【词义】发:发动　　　　制:制服

【释义】原指先发动能控制对方。后指先主动进攻,能打败对方。引申为要在战争中先争取主动权。

秦朝末年,爆发了陈胜、吴广农民大起义。各地农民军纷纷响应,各级地方官吏也趁机反秦。秦王朝的统治摇摇欲坠。会稽太守殷通也想反戈一击,他派人把吴中一带的社会名流项梁请到府上商量。

殷通说:"我听说,先动手可制服对方,后动手就受对方制约。我想趁早宣布起义,请你和桓楚两人带兵,不知你意下如何?"

春秋时期，周国有个人叫姬周，他原是晋国人。少年时，姬周因受在位的晋厉公的排斥，离开了晋国，到京城洛邑周王的卿士单襄公的家里当了一名家臣。他虽身居洛邑，却非常关心自己国家的事情，一旦听到晋国出了什么不好的事情，就会悲伤，而且终日愁眉苦脸；但是当他听到晋国有什么可喜的事情，又会兴高采烈，终日都显得很高兴。单襄公对他的爱国之心很敬重、很赞赏。单襄公病重期间，特意嘱咐他的儿子单顷公要好好对待姬周，并说："姬周能够和他的祖国同享欢乐，共担忧愁，真是不忘其本啊！将来很有可能回去担当国君，得到人民的拥护，有所作为。"果然，周子回国后当上了君主，也就是后来的晋悼公。

其实，项梁比殷通的野心更大。他觉得殷通平庸无能，成不了气候。但是他掩饰住内心的意图，说："很好。不过桓楚逃亡在外地，只有我的侄儿项羽知道他的下落，我带他来跟你一起商量。"项梁把项羽带来后，项梁向项羽使个眼色，项羽立刻拔出佩剑杀了殷通。叔侄俩取出殷通的太守官印，宣布起义。项梁自任会稽太守，收编了郡下属县的兵丁和殷通的衙役，招募了大批江东子弟，组织起一支八千多人的军队，反秦打天下去了。

休戚相关

【出处】《国语·周语》："晋国有忧，未尝不戚，有庆，未尝不怡。……为晋休戚，不背本也。"

【词义】休：喜庆、欢乐　　戚：忧愁、悲哀

【释义】形容彼此之间的关系非常密切，利害也完全一致。

悬梁刺股

【出处】《汉书》:"(孙敬)及至眠睡疲寝,以绳系头,
悬屋梁。"
《战国策·秦策一》:"(苏秦)读书欲睡,引锥
自刺其股。"
【词义】悬:吊挂　　　股:大腿
【释义】形容人刻苦学习。

"悬梁刺股"这个成语,包含着两个勤学好读的故事。

"悬梁",是汉朝孙敬的故事。孙敬终生勤学,每天起来他就读书,直至深夜。有时候,他因为疲劳过度会不知不觉打起盹来。为防止瞌睡,孙敬就会把绳子的一头悬在屋梁上,另一头系在自己的头发上。这样,如果打瞌睡,就会扯动头发,扯痛头皮立刻惊醒。孙敬刻苦好学,终于成为儒学大师,这便是悬头读书的故事。

"刺股"是指战国时苏秦的故事。苏秦游说秦国失败,家里人都不理睬他。他为了做大官,就拼命读书。夜里读书实在疲倦了会瞌睡,于是他就用锥子在大腿上猛刺一下,这样一来就不瞌睡了。就是这种方法使他后来成为有名的纵横家。

人们常把两个都属于勤学苦读的故事合在一起,称之为"悬梁刺股"。

先斩后奏

【出处】《后汉书·酷吏传序》:"先行刑而后闻奏也。"
【词义】斩:杀头
奏:封建时代臣子向皇帝进行口头或书面报告
【释义】原意是先杀人后上奏,现比喻某些事情没经请示报告,就主观决断自行处理了,等既成事实后再向上级报告。

东汉初年,随着人口的快速增长,土地的不断扩大,社会上的豪强和不正当的人越来越多,因而社会秩序混乱,加之交通不便,那些地位稍高一点的官吏很难及时了解到地方

中国成语故事

的事，也就很少过问地方政事。这样，不少地方豪绅官吏为所欲为，强横武断，草菅人命。他们随便断案，对于犯法的人往往给予"灭族"之罪，并且事先也不向上级报告，等上级查问起来时才禀奏。这就是当时人们所说的"先行刑而后闻奏也"，人民因此而有冤无处申，有苦无处诉。

"先行刑而后闻奏"经人们压缩就成为"先斩后奏"这个成语，亦作"先断后闻"。

唐高宗时，李义府是朝中职高权重的大臣。他平时表面上待人温和谦恭，面带笑容，可心里却专出坏主意害人。他喜欢别人附和自己，倘若有人胆敢违背他的意思，李义府势必会利用自己手中的权势去打击、报复陷害那个人。

有一次，李义府听说监狱里有个女犯人长得很漂亮，于是他就把管监狱的官吏毕正义找来，花言巧语地说服毕正义，叫毕正义免了这个女囚犯的罪，而他自己却霸占了这个女犯人。后来毕正义因为这件事被控告，李义府假装不知情，并且逼毕正义自杀；告发毕正义的官吏王义方也因李义府从中作梗而丢了官，发配边疆。当时，人们对李义府的所作所为感到非常气愤，但却无可奈何。大家纷纷讽刺说李义府是笑中有刀，也就是现今人们所说的"笑里藏刀"。

笑里藏刀

【出处】《旧唐书·李义府传》："义府貌状温恭，与人语必嬉怡微笑，而褊忌阴贼。既处要权，欲人附己，微忤意者，辄倾陷。故时人言义府笑中有刀。"

【词义】藏：隐藏、暗藏

【释义】形容谈笑之中暗藏着杀机，比喻表面装着和善，内心却阴险狠毒。

一事无成

【出处】唐·白居易《除夜寄微之》："鬓毛不觉白鬖鬖，一事无成百不堪。"

【词义】成：成就

【释义】连一样事情也没做成。指什么事都做不成，形容毫无成就。

唐朝的时候，有一个当了省郎官的人，因官运不怎么亨通，不管做什么事情，都不如他的心意，所以他时时出去借游玩散心。

有一天，他到京国寺玩了一天，寄宿在寺里。晚上他梦见自己走到一处岩石下，碰到一位老和尚。在老和尚的面前，有一个极小的香炉，炉里点着檀香。老和尚说道："这小香炉中的香烟还是你许愿时留存下来的，现在你已经做了三世人了。你第一世是唐玄宗时代的剑南安抚巡官；第二世是宪宗时候的西蜀书记官，第三世就是现在的省郎官。"他听了老和尚的这番话，恍然有点觉悟，仿佛记忆中这三世所做的官，都是庸庸碌碌，一事无成的。当他从梦中醒来后，对人生似乎也大彻大悟，从此他再也不愿碌碌无为地在宦海里沉浮了。

一枕黄粱

【出处】汉·刘向《列仙传》引《云房先生谣》："黄粱犹未熟，一梦到华胥。"

【词义】黄粱：黄色的小米

【释义】意为一场空梦，比喻好事成空，希望破灭。通常用的时候多带讽刺意味。

一个名叫卢生的青年人旅途中经过邯郸，住在一家客店里。道人吕翁也住在这家客店里。两人没事便闲聊起来，谈话之间，卢生连连抱怨自己运气不佳，境遇穷困。吕翁听后笑了笑，从行囊中取出一个枕头来，对卢生说："你枕着这个枕头睡觉，就可以获得你想要的荣华富贵。"这时，店主人正在煮黄粱饭，离开饭时间尚早，卢生就枕着这个枕头睡起来。

中国成语故事

一饭千金

【出处】《史记·淮阴侯列传》："信钓于城下，诸母漂，有一母见信饥，饭信，竟漂数十日。"又："信至国，召所从食漂母，赐千金。"

【词义】漂：清洗

【释义】比喻受人恩惠而给予厚报。

汉高祖刘邦手下曾有一名叫韩信的大将，他很有才干，为高祖打天下立了赫赫战功。但他少年时候父母双亡，日子过得很艰苦。为了生计，他时常到淮阴城下去钓鱼，希望能多捉几条鱼卖掉，以便买点东西填饱肚子。有时他一条鱼也没钓到，就只好饿肚子。那时，淮水边上有很多清洗丝棉絮和旧衣布的老婆婆，其中有一个老婆婆，发现韩信饿得有气无力，很同情他，主动把自己带来的饭菜分给他吃。韩信在艰难困苦中，能够得到那位老婆婆的救济和恩惠，心里很是感激，暗下决心将来要重重地报答她。

后来，韩信在反秦的大潮中投奔刘邦，受到重用，替汉王立下了不少功劳，被封为楚王。韩信不忘一饭之恩，他派人找到接济过他的老婆婆，送酒菜给她吃，并送一千两黄金答谢她。

他一躺下就做了个梦。梦里，他娶了清河崔府里一位高贵而美丽的小姐。第二年，卢生考中进士，后来官运一直很亨通，还当了十年宰相，被封为"赵国公"。他和妻子共生育了五个儿子，儿子们都做了官，还和名门望族结了亲；他的十几个孙子，个个聪明出众。他一生享尽荣华富贵，一直到八十多岁才过世。

梦做到这儿，他就醒来了。客店里主人煮的黄粱饭还没有熟。卢生非常感叹，几十年荣华富贵竟是一场短暂的梦！吕翁笑道："贫穷、富贵都不过是短暂一梦，我们根本没有必要去计较。"卢生顿时恍然大悟。

一木难支

【出处】《世说心语·任诞》："元衰如北厦门，拉擸自欲坏，非一木所能支。"

【词义】支：支撑

【释义】一根木头难以支撑房子，比喻一个人的力量难以支撑全局。

晋武帝时，朝内大臣任恺和贾充不和。任恺是一个很有才能的人，武帝很信任他，重要的事情总要征求他的意见。贾充则是开国功臣，但他为人私心很重，爱向武帝讨好，任恺等朝臣对他很不满，借故奏明武帝让他调出京都。可为人狡猾的贾充却在这个时候把女儿嫁给太子做妃子，武帝便命贾充留在京都任职。任恺的计划没能成功。

贾充是个很有心计的人，他感觉到任恺对他的不满，便开始在武帝面前说任恺的坏话，想尽种种办法让武帝把任恺调离身边，随后又无中生有地说任恺贪赃枉法。由于贾充经常在武帝面前进谗，武帝也逐渐开始怀疑起任恺来。眼看任恺大祸临头，大臣们纷纷劝任恺的好友和峤想办法救他，和峤却显得很无奈，他叹口气说："任恺已经像北夏门一样，眼看就要崩塌了，这种情况不是一根木头所能支撑得住的。"

疑神疑鬼

【出处】《荀子·解蔽》："……明月而宵行，俯见其影，以为伏鬼也；仰视其发，发为立魅也；背而走，比至其家，失气而死。"

【词义】疑：怀疑

【释义】指人无端的猜测，比喻疑心很重。

从前，在夏水口的南面住着一个人，名叫涓蜀梁。他既愚蠢又胆小，经不起一点点惊吓。一个月光明亮的晚上，他在外边办事晚了，独自一个人往家里赶，因为害怕，所以他走得很快。一边走还一边不时地向四周观瞧，他心里怦怦地跳得特别快。走着走着，他不经意一低头，看见自己的影子伏在地上，以为是个野鬼伏在那里，涓蜀梁顿时吓得停住了脚步，动都不敢动；他用眼

迎刃而解

【出处】《晋书·杜预传》："今兵威已振，譬如破竹，数
　　　　节之后，皆迎刃而解。"
【词义】迎：撞上　　　　刃：刀口
【释义】比喻处理事情，解决问题很顺利，毫无阻挡。

司马昭灭了蜀国之后，他的儿子司马炎自立为帝，历史上称西晋。当时，三国中的蜀国已被魏国吞并，只剩下盘踞在江南一带的吴国。为巩固帝位，司马炎派大将军杜预率军进攻吴国。短短十来天，杜预军队就攻占了长江中、下游各城镇，沅江、湘江以南一带的州郡，看到晋军的气势纷纷不战而降，形势对晋军来说十分有利。正当杜预想乘胜彻底攻克吴国时，有人反对说："吴国立国已久，又是大国，不可能一下子打败它，现在又是夏天，很可能会疾病流行，倘若现在去攻打吴国，一定出师不利，还是等到冬天再说吧！"杜预却坚持认为现在士气旺盛，攻打吴国就像用刀破竹子，劈开一节以后，下面的都会顺着刀口自动分开。

于是指挥部队继续进攻，一鼓作气终于灭掉了吴国。

"迎刃而解"就是从这个故事中引申出来的。

角的余光向周围看了一下，然后猛一抬头，又看见飘在自己脸前的头发，他又以为是个妖怪围在四周乱抓他的头。他感觉毛骨悚然，浑身颤栗，过了一会儿，他才回过神来，于是拔腿就跑。可那两个"鬼"就是缠着他不放，他跑得快，那两个鬼也跟着他跑得很快。由于跑得太快，心中又害怕，到家后涓蜀梁一头扎到床上，累得断气而死了。

图书在版编目（CIP）数据

中国成语故事 / 瑾蔚编绘. —北京：中国铁道出
版社，2015.1（2018.10 重印）
（中国经典故事）
ISBN 978-7-113-19648-6

Ⅰ. ①中… Ⅱ. ①瑾… Ⅲ. ①汉语－成语－故事
Ⅳ. ①H136.3

中国版本图书馆 CIP 数据核字（2014）第 289643 号

书　　名：中国成语故事

作　　者：瑾　蔚 编绘

责任编辑：于靖怡　范　博　　　　　编辑部电话：010-51873697

编辑助理：付巧丽

封面设计：蓝伽国际

责任校对：龚长江

责任印制：郭向伟

出版发行：中国铁道出版社（100054，北京市西城区右安门西街 8 号）

网　　址：http://www.tdpress.com

印　　刷：中煤（北京）印务有限公司

版　　次：2015 年 1 月第 1 版　　2018 年 10 月第 3 次印刷

开　　本：720mm×1000mm　1/16　　印张：10　　字数：180 千

书　　号：ISBN 978-7-113-19648-6

定　　价：74.40 元（共 3 册）

中国寓言故事

ZHONGGUO YUYAN GUSHI

中国铁道出版社

前 言

QIANYAN

中国寓言故事源远流长,风格多样,题材广泛,为人们塑造了许多耳熟能详的寓言形象。它集中体现了中华民族语言的精髓、民族精神的凝聚,言情于文内,寓理于文外,让人在意会中感受心灵的碰撞。

《中国寓言故事》收录了从先秦直到明清时期的数百篇寓言佳作,让广大青少年读者得以全面了解不同时期的优秀寓言作品,感悟丰富而又深沉的寓言世界的广博与深刻。这些短小精悍的寓言故事浅显易懂,意存深远,其主题多是借此喻彼,借古喻今,借小喻大,使得深奥的哲理从简单的故事中体现出来,具有鲜明的哲理性和讽刺性。如先秦时期的《雀鹏》:无知的小雀整日跳跃于蓬蒿之中,看见大鹏飞上万里高空,反而讥笑大鹏飞得高、飞得远。这则寓言让人们明白了一个道理:人要有远大的志向,宽广的胸襟,不能满足于现状。明清时期的《兄弟争雁》为读者展现出这样一幅画面:两兄弟望着空中飞翔的鸿雁讨论如何吃雁,他们争论不休,直到最后鸿雁飞得无影无踪。做事要当机立断,抓住机遇正是这篇寓言所要表达的主题。《中国寓言故事》就像一位言传身教的老师,一个为人处世训诫的宝库,引领着青少年读者走出迷茫和困惑,去触及那些历史人物的内心世界。

我们殷切地希望青少年朋友们能喜爱这套书,从中得到启迪,并能够"取其精华,弃其糟粕",在立足于民族文化和现实生活土壤的同时,有所创新、有所突破。希望你们能从这套书中体会到古人的智言慧语,在历史的长河中去汲取知识的汁液。

目 录
MULU

愚公移山

在山西省境内，耸立着太行和王屋两座大山，方圆七百余里，高逾万丈。

那还是在很久以前，有位名叫愚公的老人，已经快九十岁了，他的家门正好面对着这两座大山。由于交通阻塞，与外界交往要绕很远的路。为此，他将全家人召集到一起，商议解决的办法。愚公提议："我们全家人齐心合力，共同来搬掉屋门前的这两座大山，开辟一条直通豫州南部的大道，一直到达汉水南岸。"一家子表示赞同这一主张。唯独愚公的老伴有些担心，她说："您的这把老骨头，恐怕连魁父那样的小山丘都削不平，又怎么对付得了太行和王屋这两座大山呢？再说啦，您每天挖出来的泥土石块，又往哪儿搁呢？"儿孙们听后回答："将那些泥土、石块都扔到渤海湾和隐土的北边去不就行了？"

河湾上一位聪明的老头讥笑并制止愚公，说："你太不聪明了！就凭你，连山上一棵草都不能损坏，又能把这两座大山怎么样？"愚公长叹说："你思想顽固不化，连孤儿寡妇都比不上。我死了，我还有儿子；儿子又生孙子，孙子又生儿子；子子孙孙没有穷尽，而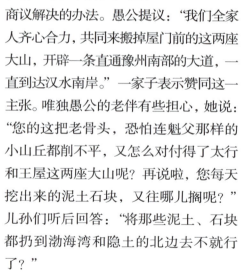山却不会增高，何愁挖不平？"聪明的老头无言以对。

愚公即刻率领子孙三人挑上担子，扛起锄头，干了起来。他家有个邻居是寡妇，只有一个七八岁的小男孩，也赶来帮忙，工地上好不热闹！

山里的蛇神听了这件事，害怕自己无安身之处，于是把这件事告诉了玉皇大帝。玉皇大帝被愚公的决心所感动，便命两个山神一人搬走一座山，打通了愚公家门口的通道。

《赏析》

这则寓言以一个简单的故事告诉人们：智叟孤立静止地看待愚公的老和太行、王屋的高，其实无"智"可言；而愚公则用发展的眼光看待问题，又怎能说是"愚"呢？因此，要想干成一番事业，就得有点愚公的"愚"劲。

雄鸡断尾

周景王有两个儿子王子猛和王子朝。起初，周景王立子猛为太子，可是后来他发现自己最喜爱的儿子是子朝，就想废掉子猛，让子朝取而代之。景王为此犹豫不决，寝食难安。而两个儿子子猛和子朝也各有一派势力，为争夺太子之位彼此明争暗斗，形势非常紧张。

宾孟是景王的宠臣，也是子朝的老师。他知道景王偏爱子朝，却迟迟不能采取行动，立子朝为太子，心里很是着急。一天，他去郊外散步，途中看到一只大公鸡正把自己美丽的尾羽一根根地啄下来。宾孟大惑不解，就问旁边的侍从："它为什么要啄断自己的尾羽呢？"

侍从回答说："它是怕自己成为祭品啊。"

宾孟立刻回去觐见景王，将雄鸡断尾的事情讲给他听，并说："景王啊，那鸡是担心被人作为祭品看中才自断其尾的，但是人却不是这样的，有谁会因为被自己人宠幸、为自己人效力而忧虑呢？"

≪赏　析≫

公鸡看到自己羽翼丰美，担心日后被作为祭品死在屠刀之下，就毅然忍痛啄掉美丽的羽毛。宾孟以雄鸡断尾之事讽谏周景王，正是要景王像雄鸡一样舍小利而求大全，防患于未然。两个王子之间斗争激烈，如果景王犹豫不决，任他们争斗下去，将来无论哪方得胜，对另一方都将是灭顶之灾。所以宾孟劝景王，与其看到两个儿子将来斗得鱼死网破，不如现在就果断采取行动，让他们少受些损失。保全了性命，那才是得着大利呀。

其实，宾孟更深的意图还在于他最后对景王说的那句话。在鸡看来，被人看中，为人所用就是大祸临头；而人和鸡不同，对人来说，能被他人宠幸、受到重用是一件何等难得，又何等荣耀的事情，何况是被自己人所用，受宠幸之人又怎能不竭力效命，而又哪里会有雄鸡的担忧呢？宾孟其实是在对景王说：王啊，你不是更喜欢子朝吗，那么为什么不快快立他为太子呢？难道您担心他对您不忠而有所顾虑吗？

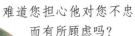

中国寓言故事

林回弃璧

有一天，假国国内突然爆发了一场大灾难，假国国民顾不得打点行囊，慌乱之际，只能带走家中最值钱的物件仓皇逃命。

有一个叫林回的假国人，灾害发生时，他想起自家有一块价值千金的璧玉，便要取锁开箱，取出玉璧带走。就在他刚拿出钥匙的时候，他听到了孩子的哭声，孩子正被灾害吓得不知所措，在屋里号啕大哭。林回犹豫了一下，突然，他扔掉钥匙，一把抱起孩子，冲出门外，随着人流逃命去了。

后来，同行的人知道了林回舍弃价值千金的玉璧而背着婴儿逃走的事情，就问他："你为什么要那么做呢？如果说是为了钱财，婴儿哪有那块璧玉值钱；如果说你是想要减少拖累，抱着婴儿逃亡可要比携带一块玉拖累大得多呀。"

林回告诉人们："我之所以要舍弃玉璧而抱着婴儿逃走，是因为我和玉璧之间只有利益的关系，而我和婴儿却是血脉相连的天性的结合。"

那些以利相结合的，在受到窘迫时，就会彼此离弃；而以天性相联系的，在危急的时刻却可以相互亲近、相互照顾。

≪赏析≫

这则寓言说明道家思想的一个重要方面：人们之间的关系不能建立在利害的基础上，从天性出发相亲相爱是纯洁而长存的；为利害得失相交是变易不居，无法持久的。君子之交，无关利害得失而以天性为根基自然得亲；小人计较利害，终致互相弃绝。人与人之间的关系，应从天性出发，感情要淡如清水，这正是庄子主张的清静无为的处世态度。

庄子的思想有他的时代局限性，然而不以利害相交的处世态度确实是可以引发人们在危难关头做出舍生取义的举动的。因为没有利害得失的顾虑，人们的行动自然以天性为前提，爱自己的父母、为自己的孩子、亲自己的同胞就成为自然而然的事情。

拔苗助长

从前有个农夫，是个急性子的人。他每天起早摸黑，辛勤地劳动，但总嫌田里的禾苗长得太慢。他巴望能长得快些，于是今天去量量，明天又去量量，可是一天，两天，三天，他总感觉禾苗好像一点都没有长高，心中十分着急。他坐立不安，冥思苦想：怎么能让禾苗长高呢？

一天早晨，他终于想出了帮助禾苗生长的"好办法"了。他赶快到田里，头顶着炎炎的烈日把禾苗一棵一棵地往上拔高。从早晨拔到中午，又从中午拔到太阳快要落山，田里的禾苗一棵一棵全部被拔了一遍。农夫累得腰酸背疼，精疲力竭，可是，他心里非常高兴，认为自己完成了一件无人可比的大好事。

农夫拖着疲倦的双腿，摇摇晃晃地回到家里，顾不得擦干身上的汗水，就兴奋地告诉家人："今天可把我累坏了！地里的那些禾苗总不见长，这下好喽，我让它们一下子长高了一大截！"说完，他得意地坐在那里，拿起一把破扇子扇了起来。

他的儿子听了不明白什么意思，马上跑到田里去看，却发现田里的禾苗全都枯死了。

中国寓言故事

≪赏 析≫

通常，在一定时间内，禾苗只能长到一定的高度。若要它长得快，只有为它施肥、除草、灌溉，付出更多的劳动。而且即便如此，它生长的速度也是很有限的。

很显然，这个宋人并不通晓此理，人为地将其拔高，违背了禾苗的生长规律，禾苗枯死那是可想而知的事情。真不知当满怀希望的宋人来到田间，看到满眼尽是倒伏在地的枯死的禾苗时，心头该是什么滋味？我们看到的将会是一幅可叹又可笑的场景：宋人蹲在田里，满眼惊讶和困惑，脑袋耷拉着，如同脚下匍匐在地的禾苗。

其实不只是禾苗，万物莫不如此，事物的变化是随着时间而进行的，从来就没有一蹴而就的事情。拔苗助长是家喻户晓的一则寓言，用来讥刺那些不顾客观规律，急于求成，凭人力蛮干，结果适得其反的现象。

一傅众咻

有一年，孟子听说宋国的国君要施行仁政，就特地到宋国去看看施仁政的情况。来到宋国的国都彭城后，孟子发现宋国君主手下的臣子中贤明的人很少，大多都是些无能之辈，他便打算到别国去游历。宋国君主听说孟子要离去，立即派大臣戴不胜前去挽留。戴不胜说："请问先生，怎样才能使我国的君王贤明？"

孟子说："先生先听我讲一件事吧。楚国有位大夫，想让自己儿子学齐国话。据您看，是请齐国人来教他，还是请楚国人来教他？"

戴不胜回答："当然是请齐国人来教他。"

孟子说："那位大夫是请了齐国人教儿子，可儿子最终也没有学会齐语。因为那孩子周围全是讲楚语的楚国人，就是用鞭子抽他，他也学不会齐国话。如果那位大夫能将儿子带到齐国，让他在齐国住几年，即使你不让他说齐国话，恐怕也办不到了。"

戴不胜忙说："我们宋国不是有薛居州那样的贤士吗？"

孟子回答："只有君王左右的人，都像薛居州一样，那才行啊！"

≪赏　析≫

通过楚人学齐语的故事，孟子向戴不胜阐明了自己的政治主张：要做一位贤明之君，仅有一个贤臣辅佐，即使贤臣忠心耿耿，国君也难以抵挡其他奸佞之臣的挑唆蒙蔽而难以明辨是非，公正行事，从而也不可能成为英明的国君。反之，国君周围大多是贤良之臣，忠志之士，那么即使有一两个小人日进谗言，从中作梗，国君也不会因此贻误国事。

除了表明政治见解，这则寓言还包含了更普遍的意义，即客观环境对人的影响。当然，这种影响是双重的，这就要求我们认真分辨，乐于接受其"润物细无声"的渗透，对于其消极方面则要防微杜渐。

从楚人学齐语这个喻体本身来看，"一傅众咻"也受到语言学家的推崇，它对我们学习外语很有启示：要学习外语必须造就有利的语言环境。

二人学弈

弈秋是举国上下一流的下棋高手。有两个人久闻弈秋的大名，便拜他为师，向他学习棋艺。

两个学生虽然同在弈秋门下，弈秋给他们教同样的东西，但是两个人的学习效果却很不一样，其中一个学得很好，另一个几乎没有什么长进。这是什么原因呢？

原来，这两个学生的学习态度有很大差别。那个学得好的在弈秋授棋时专心致志，弈秋每一步棋路是怎样布的，他都认真听解，铭记于心。另一个学生上课时看起来也是一副聆听教诲的样子，但是他并不是一心一意听弈秋授课，心里还另有所惦念。

正是暮秋时节，常有天鹅从窗外的天空飞过，天鹅高亢的鸣叫声让这个学生听得心里痒痒，他虽然身在学堂，心却早已飞出窗外，追那天鹅去了。他想着如何搭弓射箭，捉一只天鹅下来；当天鹅飞远以后，他又不由自主地等着再有天鹅飞来，老师讲的什么，他全然不知。他总是因为天鹅分散了精力，学习效果当然没有他的同窗好。

《赏析》

孟子说这则寓言时，齐国的情况不太好，有人怪罪孟子，认为是他没有辅佐好齐王。因此孟子就讲了学弈的故事为自己辩护。孟子认为，齐王没有从根本上治理好国家，主要问题在于齐王犹豫不决，没有坚定的政治方向，如果他能全心全意地采纳一家之言，定能管理好国家，成为贤明的君主。文中弈秋的形象，可说是孟子的"夫子之道"，而"一心以为有鸿鹄将至"的学棋者的形象，则隐喻齐王；那位专心致志的学棋人形象，可以看作是孟子设想中的一心遵从他的学说的国君。孟子认为，只要齐王接受他的学说而废弃其他学说，必能成治国安邦的好君主。

就二人学弈的故事本身来说，它给我们的启示就是学习任何一种技艺或学问，都必须专心专意。寓言出色地运用了对比手法，先以精练的语言和生动的比喻对比两人的学习态度，然后对比他们的学习效果，最后很自然地从对比中得出结论，逻辑上格外具有说服力，读后发人深思。

庖丁解牛

姓丁的厨工杀牛的技艺十分高超，文惠君请他来表演杀牛的技艺。偌大一只牛在庖丁手里如同玩物，他手中的屠刀在牛身上进出，如同游龙一般。文惠君在一旁赞叹："你的技术怎能达到这般地步？"

庖丁回答说："我所遵循的是道，已经超过技术了。我开始宰牛的时候，眼中所见的是整个牛；三年之后，我看到的已是牛的身体构造了。到现在，我只用心神领会而不用眼睛去看，我依照牛体的生理结构，顺着牛的自然结构去用刀，即使经络相连的地方都没有一点妨碍。好的厨师一年换一把刀，他们是用刀去割筋肉；普通的厨师一个月换一把刀，他们是用刀去砍骨头。现在我这把刀已经用了十九年了，可是刀刃还如同在磨石上新磨的一样锋利。由于牛骨节是有间隙的，而刀刃是没有厚度的，没有厚度的刀刃进入有间隙的骨节，运转刀刃就大有余地了。"

文惠君说："妙啊！我听了厨工这一番话，得到养生的道理了。"

≪赏 析≫

庄子以铺张绚丽的文笔将庖丁解牛的技艺表现得酣畅淋漓，其目的不只是要向读者展示一场精妙绝伦的特技表演，而是向人们阐释了一个深刻的人生哲理。庄子主张人生在世要依乎天命，清静无为，通过这样的途径达到不治而治的目的。该寓言隐含的正是这样的人生精义，作者以牛体象征复杂的社会，以刀刃象征个人，说明处世像庖丁解牛一样，个人要顺应规律，善于避开复杂纷繁的矛盾，才能在社会上出入自由，游刃有余。

凿开七窍

传说南海的大神叫作倏，北海的大神叫作忽。南北海之间称为中央，中央之地也有一位大神，名字叫作浑沌。

倏与忽经常在中央之地会面，浑沌神热情地接待他们，对他们十分友善。

倏和忽知恩图报，一天，他们聚在一起商量如何报答浑沌神。南海神说："你看浑沌神没有眼耳口鼻，而人都是用这七窍来看、听、吃、睡的呀。"北海神说："是啊，不如我们为浑沌神凿出七窍，也让他像一般人那样能够目视万象、耳听万籁、口吃美食、痦寐有致。我们就以此来回报他的恩德，你看怎么样？"南海神点头称是。

于是，从这天开始，倏和忽为浑沌凿掘七窍，每天一窍，七天之后，在完工之日，浑沌神却死了。

≪赏　析≫

倏和忽出于报恩之心，要为浑沌凿出七个感官通道来，谁知道刚一凿成，浑沌反而一命呜呼了，好心酿出了悲惨的结局，怎么会这样呢？

庄子生活于诸侯争霸，战乱频频的战国时代，目睹了太多不公正的社会现实，他厌恶那些腐败的当权者。因为看到许多人用其知识、学识与当权者同流合污，发动战争，欺压人民，因此他否定智慧、学识、才能，厌恶所谓的"圣人""智者"。庄子认为，与其凭借着自己的知识与才能欺诈他人，追名逐利，不如回到原始蒙昧状态之中，大家都无智无识，因此也没有私心，不存偏见，没有贪欲，人人平等，大家行动都从纯客观的天性出发，不受任何羁绊，自由自在。

了解到这一点，就不难理解这则寓言的深义。象征是寓言的灵魂，文中的浑沌帝不偏不倚，居处中央，无眼耳口鼻，浑然一面，很明显，这个形象象征着庄子理想中的"无为"之境。"倏忽"一词形容时间极短，庄子用其指代事物变易不居的隐喻义，将其拟化为人名，象征瞬息万变的"有为"之境。浑沌善待倏、忽，倏、忽为浑沌凿开七窍反而断送其性命，则暗示着"无为"因顺应自然而博大、恒久，"有为"因对自然之道的横加干涉而碌碌无为。

中国寓言故事

井底之蛙

在一口浅井的井底，住着一只青蛙。有一次，它对从东海来的大鳖夸口说："我住在这里多快乐呀！我高兴了，就在井栏边跳一跳；回到井里，我就躺在井壁的砖洞边休息一会儿。有时跳到水里，水浸到我的两腋，托住我的下巴；有时在泥地里，软绵绵的泥就陷下了我的两脚，漫到我的脚背上。看看那些孑孓、小蟹、蝌蚪，谁也比不上我！我真是满意极了！您何不常来这儿观赏观赏呢？"

东海的大鳖听了青蛙的话，倒真想进去看看，但是它的左脚还没有完全伸进去，右腿就已经被井栏绊住了。于是它连忙退后几步，对青蛙说：

"小青蛙，你见过海吗？即使用成千里那样的遥远，也不能形容海的广阔；用八千来尺那么高，也不能形容海的深度。大禹的时候，十年中有九年发大水，但海里的水，并不见上涨；商汤的时候，八年里有七年大旱，但海里的水也不见减少。可见时间的长短，雨量的多少，都不会使大海受到影响。住在那样的海里，才是真正的快乐呢！"

≪赏 析≫

小青蛙整日生活在井底，它心满意足，以为这就是整个世界。直到它遇到了大鳖，大鳖来自大海，就把大海的茫茫无涯告诉它，小青蛙这才知道，原来在井底一隅之外，还有着更广阔的世界。

井底的蛙，所见所闻局限在井底的小圈子里，但它却把极可怜的一点小天地，看得最美好，自然要被海鳖讥笑了。所以，如果你是青蛙，你一定要跳出井栏，你还应该登上高山的山巅，你将不仅会看到大海，你还会看到天空、星辰和宇宙。切莫把自己关在一个小天地里，满足于一孔之见而妄自尊大，结果贻笑于大方之家。

墨子言利

有一天，墨子同巫马子谈起利的问题。巫马子对墨子说："你爱天下所有的人，却没有听说你为他们带来了什么利益；我不爱天下的人，但也没有谁说我伤害了他们。我们这两种不同的做法现在还没有达成什么结果，那么你为什么认为自己正确，而觉得我是不对的呢？"

墨子回答说："假如现在有人在这里放火，一个人提来一桶水，要用水把火浇灭；另一个人却向火中添柴，使火着得更旺。在火被扑灭或是燃得更大之前，也就是这两种做法的效果还未表现出来之前，你赞成哪一种做法呢？"

巫马子说："我赞成那个提水灭火的做法，不赞成那个添柴助火的。"

于是，墨子对巫马子说："所以我也坚持我兼爱天下的主张，而反对你的不爱天下。"

≪赏 析≫

一个爱人的人因还未为人们带来什么利益而没有人称赞他，一个不爱人的人也因为还未对人们造成什么损害而没有人责骂他，这两种实质上截然相反的做法表面看来似乎并没有什么差异。所以，巫马子认为评定是非没有什么标准。

面对巫马子的诘难，墨子巧妙地设喻：发生火灾时，有人提水灭火，有人添柴助火，在这两种做法都未产生成效之前，你肯定哪种做法呢？巫马子赞同提水灭火的做法。如果墨子追问原因，巫马子肯定会说原因是不言而喻的：水能灭火，而柴只能助火，虽然还未产生结果，但结果是可想而知的。若再问，巫马子只能说因为二者的动机不同，他就可以评定是非，做出选择。

于是墨子再次强调了自己的主张：因为我兼爱天下的动机是好的，所以我坚持；而你的动机是错误的，所以我反对。辩论到这一步，墨子不仅使自己的最终结论的形成成为水到渠成之势，而且揭穿了巫马子的诡辩。

这篇寓言取例精辟，论理过程环环相扣，其逻辑之缜密可谓天衣无缝，充分显示了墨家言论重理性和推理的科学性的特点。

中国寓言故事

望洋兴叹

秋汛时节，众多支流的水都汇入黄河，黄河涨水，一片汪洋，淹没了两岸的道路田野，从此岸向彼岸望去，根本分辨不清事物。

黄河神河伯看到自己汹涌奔流、浩浩荡荡的样子，以为天下最壮美、最阔大的景观都集中在自己身上了，心中很是得意。

河伯志得意满地向东奔流，来到北海海口。他向东望去，想看看北海的样子。然而他目力所及，都是浩渺的海水，根本望不到头。于是，河伯改变了得意洋洋的姿态，望着浩渺的海水感叹道："俗话说：听说了一百条真理，便以为自己最了不起，无人可比了。这说的就是我啊！而且我曾经听人说过，孔子的见闻学问不算多，伯夷的德行也没有什么了不起。以前我不信这话，现在我见到北海的壮阔无际，才知道这话说得一点没错。我如果不是到这里来，亲眼目睹了大海的壮阔，也就不会相信这话而仍旧认为自己最美，我岂不是要被见过更大世面的人取笑吗？"

≪赏 析≫

学然后知不足，经多方能见广。河伯未见北海之前，以为天下数自己最美最壮观，见到大海之后，他才知道比起大海来，自己是多么微不足道，而自己曾引以自傲的阔大壮美，此时显得多么可笑啊。不过河伯虽骄傲一时，但知错就改，这就使他终究没有"见笑于大方之家"。

河伯由一个自得自满者，转变为一个自省自悟者，从这种转变中我们应悟出：不知自己闭目塞听、一知半解，不走出狭小天地，终不知天下之大，也就成不了什么大事，只能是闭于一隅，为他人耻笑。宇宙是无限的，山外还有更高山；世界是没有穷尽的，人外更有高人在。因此，人生在世就要立足于世界的无限性，不固步自封，放眼未来，以求不断进步。而河伯的善于醒悟又使我们进一步加深对"谦虚使人进步，骄傲使人落后"这一名言之深刻含义的理解。

16

鲁侯养鸟

有一种称作海鸟的大鸟，样子很像凤凰，迷信的古人都认为这是一种神鸟。

一天，一只海鸟从远方飞来，落在鲁国境内，引起无数好奇的人围观。有人将这消息报告了鲁国国君，国君听后非常高兴，立刻亲自带着随从，郑重其事地将海鸟迎进祖庙里，并为此大摆筵席。国君亲自向海鸟敬酒，又命令乐师演奏舜帝时的古乐《九韶》名曲，还将猪、牛、羊等祭品奉献给海鸟，供它食用。

海鸟被供养在笼子里，不能飞到自由的天空里去，又被音乐的声响和人们来来往往的嘈杂声搞得胆战心惊、头昏目眩。海鸟不敢吃一块肉，不敢喝一杯水，孤独地呆在笼中，忧戚郁闷，三天后就死了。

鲁国国君这不是在以养鸟的方式养鸟，而是以养人的方式在养鸟啊。

《赏 析》

鲁侯见有神鸟降临，认为这是天降福祉的征兆，因此将海鸟奉为至贵，又是设宴待宾，又是歌舞庆贺，极尽王室铺张奢华之能事。然而，筵席未罢，歌舞未绝，神鸟却"魂归西天"了，这对于鲁侯将国家前途侥幸寄托于神灵的福佑而非现实的政治举措的心理不失为一种讽刺。庄子借此表达了自己"无为而治"的人生态度，万物各有其性，无论是治世、为人，还是养生，都应各顺其性，各任其情，听其自然，无为而治。这便是此寓言所要阐明的精义所在。

世界上的事物多种多样，人们之所以将不同的事物分开，就在于每种事物都有自己独特的地方，所以做事都要根据不同对象的特征，采用不同的方式方法，这样才能收到预期的效果。如若不然，必然招致鲁侯养鸟的可笑结局。

此外，庄子在这则寓言中还想阐明海鸟并非饥渴而死，而是因人的干扰而忧戚苦闷，不得食饮，最后自绝而死。庄子由此想说明一条重要的养生经验，即只有顺心快意才能获得幸福。执意追求，产生疑惑时就会愁闷，愁闷会使人早衰。因此庄子劝诫人们不要像海鸟那样易受世俗的干扰，而要对纷乱的世界任其自然，泰然处之，保持乐观旷达心态，这样才能延年益寿，快乐幸福。

山木与雁

　　天，庄子在山中看到了一棵大树，树旁的人手中拿着伐木的工具，却并没有砍伐那棵大树。

　　庄子心里不解，就问伐木者："为什么不砍伐那树呢？这树不是长得很好吗？"那人回答："长得虽然粗壮高大，但木质不好，伐下来也没什么用处。"庄子感慨："这棵大树因为是无用之材而得以享尽它自然的寿命。"

　　又一天，庄子从山中走出，去拜访老朋友。朋友见庄子来了，就吩咐家仆杀只鹅来款待客人。家仆问主人："家中有两只鹅，一只会叫，另一只不会叫，杀哪一只呢？"主人回答说："杀不会叫的那只。"

　　第二天，庄子的弟子问庄子说："那棵大树因为无用而免于被伐，而那只鹅却因为无用而被主人所杀。那么先生以为是有用好，还是无用好呢？"

　　庄子微微一笑，说："我将处在有用和无用之间，这样就可以避免许多祸患。如果我们能依天命而行，那才是最理想的境界。"

≪赏　析≫

　　树无所可用而见存，鹅不会叫即不材而被杀。同样为不材，而结果不同，这个故事说明什么呢？庄子的回答是，只有顺其自然，游于无为的道德境界才是最理想的。

　　这则寓言很显然是宣扬庄子无为而治的处世之道的，不过它对我们有哪些积极的启示呢？第一，事物的性质不同，即使用同一标准，放在同样的条件下，得到的结果必然不会相同。在对事物进行比较时，要首先看到本质的区别。第二，观察事物不能只看外观，不重视实用性。大树尽管枝叶繁茂，也会被人们所弃；鹅不能鸣，同样是无用之物，同样不为人所留。从实用这一标准上来讲，这两个故事给我们的启示是相同的。

运斤成风

庄子是战国时期道家学派的代表人物，惠子是名家学派的代表，因为两家学说是根本对立的，所以两人经常辩论，都力图坚持己见而压倒对方，但是两人的友谊却深厚。

后来惠子死了，庄子十分痛心。一次，庄子路过惠子的墓地，一时间不胜伤感，对跟从他的学生，讲了一个故事：

楚国郢城有一个泥水匠，他在粉刷墙壁时不小心把白垩沾到了鼻头上。那白垩只是一点点，但却让泥水匠烦恼，于是他央求一个叫石的木匠给他把白垩砍掉。木匠答应了他的请求，他让泥水匠站稳，然后就抡圆了大斧，一斧劈了下去。片刻之后，泥水匠仍立在原地，镇静自若，他鼻尖上的白垩已被削净，而鼻子安然无恙。

宋元君听到了这件事后，便召见了木匠，对他说："我听说了你的绝技，心里非常敬佩。你今天能在我面前再做一次吗？"

木匠说："我确实砍掉过泥水匠鼻尖上的白垩，但前两年他已经去世了，没有他的配合，我的本领再也无法施展了。"

讲完这个故事后，庄子对学生说："自从惠子死后，我就失去了辩论的对手，因此我现在也疏于争辩了。"

──── ≪赏 析≫ ────

郢人鼻尖上沾了一点薄如蝇翼的白土，却要木匠去砍；木匠二话不说，斧头挥得呼呼生风，却削得那么干净而又不伤皮肤，可见两人默契之深和配合之妙。

战国时代是一个百家争鸣的时代，各派都宣扬自己的主张，批判对方的主张，斗争异常激烈。但正是这种斗争促进了学术的发展。各家学说犹如水火，相反相成。故庄子虽多次讽刺批判惠施，但却很热爱这个辩论对手；如果没有惠施，庄子便失去了磨砺自己学说的对象。其实，世界上的一切事物都是相对立而存在，相斗争而消长的，因此我们可以这样概括本寓言的深层哲理：一切事物莫不以对立面的存在作为自己存在和发展的条件。

中国寓言故事

触蛮之争

在蜗牛的左右触角上各有一个国家，左角上的国家叫触氏，右角上的国家叫蛮氏。这两个国家为争夺土地，常常拔刀相向，发动战争。每次战争双方均损失惨重，有几万人在交战中死亡。就是获胜一方要清扫战场，追杀失败一方的残兵败将，那也需要十五天左右的时间才能返回。

两个小国一直就这样打打杀杀。然而胜负无常，许多年后，不知为此葬送了多少人的性命，耗损了多少财物，仍没有哪一国被彻底打败，两国仍处在你争我夺的厮杀中。

《《赏析》》

"触蛮之争"是一则想象和夸张异常奇特的寓言。蜗牛角上的针尖之地竟然有两个国家，并且他们像人类社会的两个国家一样，长年累月地卷进毫无意义

的掠夺战争中，穷兵黩武，劳民伤财。

作者如此构思的目的是什么？如果熟悉作者生活的年代，我们就不难明白，这则寓言的目的在于揭露掠夺性的战争。庄子生活的战国中期是个战乱纷仍的时代。各诸侯国连年征战，人民深受兵灾之苦，处于水深火热之中。庄子放眼微观世界，将诸侯之间的争夺比喻成蜗牛的两个触角之争，寄寓自己的蔑视之情。把左角上的诸侯国取名触氏，暗寓好斗成性之意；把右角上的诸侯国取名蛮氏，暗寓其生性野蛮，即使渺小如触、蛮之国的"争地而战"，每次也要付出惨重代价，也要耗费大量时光。但争得的地盘能有多大？能值几何？蜗牛头上的一个触角就那么一丁点而已！作者如此夸张，意在使好战成癖的执迷者醒悟：为了贪得蜗角微利而冒天下之大不韪，妄启战端，屠戮生灵，落得个天怒人怨，那样做到底有什么意义呢？

以庄子"道法自然"的眼光来看，茫茫宇宙之中，"道"为至大，无所不包。他从"道"的观点出发，把诸侯之间的争夺放到无限的宇宙中来考察，觉得实在渺小极了，既不值得去干，也不值得一提。"天下本无事，庸人自扰之。"警惕啊，我们在很多时候都会做徒劳无益的事情，而自己浑然不觉，即使我们没有追名逐利，但一样都是耗费生命的无谓之举。

畏影恶迹

有个人站在太阳底下，看到了自己前方的地面上有一块黑乎乎的影子。那影子老是跟着他，而且亦步亦趋地模仿自己，他跨步，影子也跨步；他举起胳膊，影子也举起胳膊，这使他感到十分害怕。他内心慌乱，回头又看到自己留在地上的杂乱的足迹，觉得厌恶，便用脚抹掉脚印。可是，他刚抹完一片，发现身后又有了一串脚印，他更感到厌恶了。

为了摆脱黑乎乎的影子和交错混乱的足迹，那人就从原地跑开了。可是他发现，他走的路越长，足迹就越多；无论他怎样跑，影子也始终纠缠着他。那人以为这是自己跑得不够快的缘故，于是就更加使劲地向前跑。他不停地跑，最后累死了。

可笑这人不知道如果他躲进路旁树下的阴影中，他的影子就会消失；如果他站在原地不动，就不会留下斑驳的足迹。真是愚昧啊！

《《赏 析》》

这样畏影恶迹的可笑之人在现实生活中显然是不可能存在的，庄子想象出这样一个人物形象，本意是借助这个形象嘲讽儒家祖师孔子的。对于如何治理天下，儒道两家的观点截然不同，针锋相对。道家主张效法自然，崇尚真诚，不为世俗所累。这样，就像走到阴暗处可消灭影子，站立原地不动便可消灭足迹一样。而孔子却为施行其"仁政"的主张，在诸侯国之间恓恓惶惶地四处奔波；连遭多次打击，却对问题产生的原因非但置之不顾，反而更加执著。在庄子眼里，孔子这样做实在是顽固得很，这就像是逃影灭迹的人一样，不仅不能消灭社会危机，反而会危及自身。畏影恶迹之人的形象尽管荒诞不经，却有着深刻的社会基础。

"处阴"才能"休影"，"处静"方可"息迹"，畏影恶迹之人的形象从客观方面启示着人们处理问题务必采取正本清源的方式，从根本上下工夫，才能彻底解决问题。那种治标不治本的做法就如同畏影恶迹之人，即使力竭而死，也根本无济于问题的解决。此外，这则寓言还可使我们想到，对于一些无关痛痒的问题，大可不必去花心思计较。抓不住问题的实质而热衷于捕风捉影，议论是非，结果往往把自身陷在这些是非中难以自拔。

中国寓言故事

曹商使秦

战国时期，群雄竞起。在诸侯国中，数秦国最为强大，同秦国搞好关系，对于在列强中立足是十分重要的。因此，各国诸侯都争派使者出使秦国，想方设法在乱世中保全。

宋国有个叫曹商的人主动请愿要为宋王出使秦国，这使宋王高兴不已，赐了他几辆车作为奖励。曹商在秦王面前极尽谄媚逢迎之能事，又颇能见机行事，让秦王大为喜欢，于是又奖了他上百辆车。

曹商荣归宋国，对他人开始轻视嘲弄。一天，他在路上遇见了庄子，就上前对庄子说："住在穷居陋巷，贫苦窘迫，以织草鞋为生，一副面黄肌瘦的样子，这是我做不到的；能一下子说动万乘的君主而得到百乘随从车辆，这才是我曹商的本领。"

庄子一笑，向他说道："秦王有病召请医生治疮，能使毒疮溃散的可得一辆车，而能以自己的舌头舔拭痔疮的，则可得到五辆车。你得了那么多车，不会是去替秦王治疮吧？"

≪赏　析≫

曹商为宋王出使秦国，并立了功，得了赏，然而他所采取的谄媚逢迎、溜须拍马的卑下手段却是正人君子所不齿的，可曹商偏要以此傲视他人，嘲弄庄子。庄子原是主张清静无为，游离于世俗之外的，从不将曹商这类小人放在眼中。结果，曹商搬石头砸自己的脚，遭到了庄子的无情嘲讽。

这则寓言的本意原在宣扬无能无求，反对有为炫耀。

从寓言的客观意义上讲，这是一篇非常成功的讽刺作品，它犀利地揭露了阿谀逢迎而又以富贵骄人者的丑态。像曹商这类不学无术，专靠谄言媚语等卑下手段取悦他人的人在以剥削为道的社会中是大量存在的，当权者的昏聩无能为这类人大开方便之门，使得这类丑恶之徒反而受到重用。庄子的这种揭露具有十分深远的社会意义。

鹏与焦冥

齐国名臣晏子是个渊博智慧之士。一天，景公与晏子谈到天地的大与小的问题，景公问晏子说："天下有最大的东西吗？"

晏子回答说："有。那北海的大鹏脚在浮云中游动，背升腾到青天之上；它的尾巴平放在天的一端，嘴巴却在北海啄食。鹏的身躯充满了天与地的空间，但是这样辽阔的空间，却不知道鹏的翅膀放在了什么地方。"

景公问："天下有最小的东西吗？"

晏子回答说："有。东海有一种虫子，在蚊子的眼睫毛上筑窝，并且不断地繁殖和不停地飞动，而蚊子根本觉察不到它们的存在。东海打鱼的人们把它们叫作焦冥。"

景公叹道："太绝妙了！这真是世界之大，无奇不有啊！"

≪ 赏 析 ≫

世界之大，真是无奇不有。北海的大鹏大到其躯体充塞了整个天地，竟至双翼无处伸展，真不能不说它是景公所求的"极大者"；东海的焦冥小到在蚊子的睫毛上筑巢飞舞，生儿育女，而蚊子竟无所察觉，这不正是景公所要找的"极细者"吗？晏子的答复不仅让景公，也让每一位读者心服口服，赞叹不已。惊叹之余，我们自然会问，晏子是如何找到这"极大者"与"极细者"的？没有宏大的胸怀气魄和深邃辽远的目光，如何去发现充满了整个天地的大鹏？没有细致入微、深刻敏锐的洞察力，又怎样看到比秋毫之末更小的焦冥？

可见，发现世界、感知世界并非易事，这需要智慧、气魄和眼光。增加你的学识与修养，锻炼你的气魄与胸怀，开阔你的谋略与视野，你的眼光越是卓越，你就越是能发现这个世界中的"极大"与"极细"，能探知世界中最奇妙的事与物。

大鹏和焦冥是古人所想象的极大与极小的生灵，其实，宇宙之大，世界之广，哪里有绝对的极大与极小物呢？这则寓言旨在说明宇宙中物质的存在形式是复杂的，其运动是多样的，因此，我们对世界的认识和探求也是永无止境的。

中国寓言故事

朝三暮四

宋 国有个特别喜爱猕猴的人，在家中养了一大群猕猴。当时人们将猕猴称作"狙"，因此，这个爱猴之人就被人称为"狙公"。

狙公不仅喜爱猕猴，而且能够从猕猴的一举一动中通晓它们的意思，而这种动物也十分聪明伶俐，能够主动迎合狙公的心意，这就使狙公越发珍爱它们，甚至不惜削减一家人的开支来供养它们。

有一年发生了饥荒，狙公家的食物也变得匮乏了，狙公只能限制猕猴的食量。不过，狙公深知一旦改变，恐怕它们不听自己驯化，于是想出一个对付猕猴的办法。

狙公来到众猴之间，哄骗它们说："从现在起，我要给你们橡实吃。早上三颗，晚上四颗，你们觉得怎么样？"众猴一听，朝着狙公龇牙咧嘴，表示它们对此很不满意。狙公忙改口说："那就早上四颗，晚上三颗吧？"听到这话，猕猴们才安静下来，乖乖地趴在地上，等着狙公给它们橡实吃。

"朝三暮四""朝四暮三"本是一回事，愚蠢的猕猴竟或怒或喜。没有看清问题的实质，而被其不同的表现形式所迷惑，上当受骗是在所难免的。

欺与被欺是互为前提的。欺人者得逞，必有可欺之人使其得逞。狙公之所以敢于欺骗猕猴，是因为他非常了解这些动物，深知其愚蠢可欺；反过来说，正是猕猴之愚蠢可欺使狙公设下骗局，利用欺诈术顺利达到了目的。这一关系在打仗用兵时倒是大有用处，在使用诈术时务必做到"知己知彼"，惟此才能百战百胜。

《列子·黄帝》中记载了这则寓言，只是文字较为简略。列子的用意是借众狙对"朝三暮四"或"朝四暮三"的或怒或喜的态度批评当时的一些学术之争。各学派都竭力坚持自己的见解而排斥他人的学说，彼此争得面红耳赤，激烈异常，却不懂得万物彼此相通的道理。列子在此表现了他的相对主义观点。

中国寓言故事

24

苛政猛于虎

有一次，孔子从泰山旁过经过，忽然听到一阵妇人的哭声，悲悲戚戚，像是十分悲痛的样子。孔子扶着车轼仔细地听了一会儿，然后让子路前去询问，看看究竟发生了什么事，使那妇人哭得如此悲伤。

子路走到妇人身边，俯身施礼后，问道："这位大嫂，听您哭得这样伤悲，想必是发生了不幸的事吧？"

那妇人好不容易才止住哀哭，哽咽着说："是啊。从前我公公死在老虎口里，后来我丈夫又被老虎吃掉，现在我儿子也被老虎咬死了！"

孔子听后大惑不解，也上前向那妇人问道："那你们为什么不离开这个地方呢？"

妇人说："这里虽然有老虎出没，可这里没有残酷的政令和苛捐杂税呀！我们一家为躲避官府的强取豪夺，好不容易才逃难到此。即使有再多野兽的威胁，也强于整日受官府衙役的催逼呀！"

孔子长叹一声，对弟子们说："你们要记住：苛刻的政令有时要比老虎还凶猛啊！"

《 赏 析 》

"苛政猛于虎"，乍看题目，令人生疑：老虎是凶残的猛兽，难道还有比老虎更厉害的吗？带着这样的疑问，我们来看这则寓言。三代人死于虎口却仍然住在猛虎出没的山野而不肯离去，这是为什么？因为这里没有残暴的政治压迫和不堪承受的横征暴敛。是苛政逼迫她一家走投无路，与虎狼同居山野，逃避那更让人无法生存的残酷人世。苛政的凶残，比猛虎还要可怕。使妇人悲哀的，既有那吃人的老虎，更是因为这吃人的世道。孔子借猛虎的形象告诫弟子：苛政猛于虎。

孔子的用意是要告诫各位弟子向诸侯游说时务必坚持儒家的施仁政的主张，但对于各朝各代的统治者，这则寓言同样具有普遍的借鉴意义，即便在今天，各项法令政策的制定与实施也应以民为本，最大限度地保障人民大众的利益。

中国寓言故事

夸父追日

传说上古的时候，有座山上居住着一个巨人族叫夸父族，这个部族的首领夸父生得身高无比、力大无穷，他也以此自傲，以为天底下没有做不到的事情。

有一年天下大旱，火辣辣的太阳炙烤着大地，使庄稼地里寸草不生，人们热得难受，实在无法生活。夸父仇恨地看着太阳，发誓一定要为民除害。

一天，太阳刚刚露出海面，夸父就迈开大步，向太阳追去。虽然他不停地追，可太阳离他仍旧是那么远。但是夸父不甘心，仍旧不停地向前奔跑着追太阳。

当他跑到一片山谷中的时候，感到口渴难忍。于是他就走到黄河边，伏下身子，一口气吸干了黄河里的水。可那些水根本不够喝，他又去喝渭河里的水，仍旧不解渴。他就打算向北走，去喝沼泽中的水。可是，他实在是太渴太累了，还没走到沼泽，就精疲力竭倒地而死了。

夸父死时，他用一棵树干做的手杖被弃在一旁。后来，那手杖竟然在被他尸膏所浸润的土地上生根发芽，长出一片桃树林来。桃林不断蔓延，连绵了很远。

≪ 赏 析 ≫

巨人夸父的高大威武，实在可以成为他引以为自豪的资本；他欲斗烈日，为民除害的决心也着实令人赞佩。然而他所采取的追日的方法不得不让人担忧：太阳离大地不止几万里之遥，夸父就是再强壮有力，而凭一己之力要追上太阳，即使不是天方夜谭，恐怕也免不了有"螳臂挡车"之嫌吧。"夸父不量力"，列子在此对夸父是持否定态度的，他的目的在于宣扬道家"无心而为功"的思想。虽然寓言是用来表现道家的消极思想的，但也从另一方面给人以启示，即做事必须正确地分析客观条件和自身的主观能力，量力而行。违背了事物的规律和超越事物的可能性，目标就会变得盲目而不切实际，决心也会成为妄想。

小儿辩日

一曰，孔子游说到东方的一个诸侯国，路上碰到两个小孩在争辩。孔子问他们为什么争辩，其中一个小孩对孔子说："我认为太阳刚出来的时候距离我们近，到了中午就离我们远了。你看，早晨太阳刚出来时又圆又大，像是插在车子上的伞盖，可是到了中午，它就小得只有盛饭的盘子那么大了。这不是远的小而近的大吗？"

另一个小孩说："我认为太阳刚出来时离我们远，而到中午时则离我们近。因为太阳刚出来时天还是凉飕飕的，到了中午就像手伸进热水里一样热腾腾的，这不是近的热而远的凉吗？"

孔子听完两个孩子的话，竟不能判断谁对谁错。于是两个小孩就笑他说："原来你也不知道是怎么回事，谁说你比别人智慧多呢。"

寓言这种文体短小精悍，意蕴深广，贵在以小见大，以少知多，《小儿辩日》可说是寓言中的典范之作。这篇寓言包含了多重意义，可从多个角度和层次进行解读。

首先，从创作者的本意来看，孔子被两个小孩的问题纠缠住而"不能决也"，这是一种悲哀。列子以为如孔子一般的圣人应以明道为本，以济世处身为务，而不必纠缠于具体求知问题而陷于无谓的争辩，在这些琐屑之事上耗费无益的神思。

另外，从两小儿所争辩的这个问题本身看，这可不是一个常识性的问题。日地距离受多重因素的制约，必须经过精确计算，不可一概而论。两小儿各凭某一种感觉（视觉或触觉）经验进行简单推理就得出自己的结论，根本不懂得客观事物的复杂性。孔子"不能决也"，表现出实事求是的态度，这正好体现了孔子关于求知应取的"知之为知之，不知为不知"的态度，表现出杰出思想家的人格特征。同时，它也使人们认识到：宇宙无限，学海无涯，没有全知全能的圣人。既不能以全知去苛求别人，对自己也应采取诚实谦虚的态度。

偃师造人

西周时期，西域诸国出了一个有名的工匠偃师，他能制造出酷似真人的傀儡人来。有一年，周穆王来西域巡守，有人将偃师推荐给穆王。

偃师带着一个他制造的傀儡人来见穆王。那傀儡人长相举止和真人简直一模一样，在偃师的指挥下为穆王表演歌舞。偃师点头，傀儡就合着音律唱起来；偃师挥手，傀儡就应着节拍跳舞。穆王和自己的宠姬妃嫔一起尽情观赏。可是，就在演出要结束的时候，穆王突然看到那歌舞者正对着自己最宠幸的一位妃子眨眼，眼神满含挑逗之意。穆王勃然大怒，一时间忘了那是假人，拔出剑来就要砍杀歌舞者。

偃师吓坏了，急忙高呼："大王，这是假人啊！"说罢当即拆开傀儡给穆王看。原来尽是些皮革木头之类，偃师是把这些材料用树胶粘合，再涂上各种颜色而做成傀儡人的。

穆王这才转怒为喜，感叹道："偃师的技艺真是精妙，简直可以和造化媲美。"

≪赏 析≫

偃师制造的假人不仅外形与真人一般无二，而且能行能动，能唱能舞，最绝妙的是，假人还有感情。人们在惊叹假人的灵巧之余，自然也会由衷佩服假人的制造者——偃师。写假人之巧，即是写偃师之巧。作者以夸张的手法对假人细致、传神的描写实际上是对偃师技巧的热情赞扬。人类的高超技巧，是可以巧夺天工的。这话虽出自穆王之口，却可以传达作者的心声。在此文中，作者就是要肯定人的力量、人的能力、人的价值，讴歌了人类所取得的成就。

纪昌学射

甘蝇是百发百中的射箭高手，他一拉弓，那些野兽就趴在地上，鸟也从空中掉下来了。甘蝇的弟子名叫飞卫，飞卫向甘蝇学习射箭，苦练本领，学成之后，他的技巧甚至超过了老师。

后来，有个叫纪昌的青年要向他学习射箭。飞卫对纪昌说："你要先学不眨眼睛，然后才能谈到学射箭。"

纪昌回家后，仰卧在妻子的织布机下，用眼紧盯着织布机一上一下的脚踏板。两年以后，即便是锥尖刺到他的眼皮上，他的眼也不会眨动。纪昌把这些告诉了飞卫。飞卫说："还不行，一定要先练习眼力，然后才能谈到射箭。"纪昌回家后，用一根牛尾毛捆住一个虱子挂在窗户上，而自己站在远处望着它。三年以后，这个虱子看起来就像车轮那么大了。于是，纪昌便用牛角做成弓，用蓬竹作成箭杆，射那只虱子。箭穿过了虱子的心，而悬挂虱子的牛毛却没有断。

纪昌把这些情况告诉了老师飞卫，飞卫高兴地说："你已经真正掌握射箭的本领了。"

≪赏　析≫

纪昌向飞卫学习射箭，飞卫没有教他如何搭弓射箭，而是要求他先练习不眨眼的本领。纪昌谨遵师命，回家后在织机下眼盯踏板刻苦练习，三年后竟能够锥刺目而眼不动。可是，飞卫还是没有传授他射箭的本领，又让他练习看东西。纪昌盯着牛毛上的虱子看，最后把那虱子看得大如车轮。纪昌去找飞卫，飞卫出乎意料地说："你已学成了射箭的本领了！"一个毅力非凡、苦练本领的纪昌和一个深思熟虑、成竹在胸的飞卫的形象活脱脱地出现在我们面前。寓言向我们传授了学习的秘密：无论学习什么，都必须重视基本功的训练。换言之，重视基本功的训练，就是悟得了学习之道，便能够顺着此道，登堂入室，以窥其奥。

中国寓言故事

九方皋相马

秦国的相马高手伯乐老了，秦穆公就对他说："你年纪大了，你的子孙里有没有可以派出去找千里马的人选呢？"

伯乐回答说："一般的好马可以从它的形体筋骨上看出来。而要找千里马，却几乎没有什么标准可言。我的孩子只能识别一般的好马，但不能认识天下的千里马。不过，有个名叫九方皋的人，本领绝不在我之下。"

于是秦穆公召见了九方皋，并派他出去寻找千里马。三个月后，九方皋回来向秦穆公禀报说："我在沙丘找到了千里马，是一匹黄色的母马。"

然而，穆公看到的却是一匹黑色的公马。秦穆公很是不高兴，对伯乐说："他连马的颜色和公母都不知道，又怎么谈得上能相千里马呢？"

伯乐长叹一声，道："没想到他已经达到这样高深的境界了！九方皋所观察的，是精深的东西，就忽略了无关紧要的东西。"

秦穆公把那匹马牵来一试，果然是天下难得的好马。

≪赏 析≫

九方皋相马"得其精而忘其粗，得其内而忘其外"，这种敏锐的观察力之深刻，确实令人钦佩。我们观察、判断问题也应该如此，透过现象看本质，不为事物的外表所迷惑，而能去粗取精，去伪存真，从而真正把握住事物的本质特征。

此外，九方皋相马那种直奔目标，不计细节的方法与态度对我们也不无启示，我们要成就一番事业，理应像九方皋那样为主要的目标全力以赴，某些无关紧要的细枝末节是可以忽略的。而伯乐任人唯贤的无私胸怀对于今天也是颇富教益的。

多歧亡羊

杨朱是战国时著名的哲学家，被人们尊称为杨子。他非常善于思考，总是能从一些微不足道的小事中获得深奥的哲理。

一次，杨子的邻居丢了一只羊，他一边率领亲朋好友去追，一边请求杨子的僮仆也来帮忙。杨子说："丢失了一只羊，为什么要用这么多人去追？"邻居回答说："由于岔路太多。"

等找羊的人都回来后，杨子问道："找到羊了吗？"邻居说："丢了。"杨子问："怎么丢了呢？"回答说："岔路中又有岔路，我们不知道羊究竟跑到哪条路上去了。"

杨子听后很长时间都没有说话，一整天脸上都没有笑容。他的弟子非常奇怪，问杨子说："羊是价格低廉的牲畜，况且不是您的羊，为什么您却这样不说不笑的呢？"杨子没有回答，他的弟子只觉得摸不着头脑。

≪赏析≫

这则寓言以层层设疑的方式一步步铺展开来，引人入胜，又启人思索。只是丢了一头羊为何如此兴师动众，这引起杨子的疑问，原来是因为路多岔道。结果羊仍然没有找到，这又是为什么？第三个疑问来自杨子的门人：羊并不值钱，又不是杨子家的，然而杨子为何听到这件事，居然忧愁得变了脸色，非但不再说笑，甚至连门人的询问也不再回答？是惜羊吗？显然不是，多歧亡羊之事使杨子陷入了某种哲理的思考。

杨子的所想正是这则寓言本身的寓意所在，杨子是一位专于循循善诱的老师，后来，他的学生心都子终于领悟到了夫子之意："大道以多歧亡羊，学者以多方丧生。"这就是作者寄托在这则寓言中的意义。在列子看来，学问的本质就是体察自然之"道"；抓住了这个根本，处世为人，皆可顺应自然。如果离开了这个根本，就会误入歧途，徒然耗费生命。

"多歧亡羊"或"歧路亡羊"已成为了有名的典故成语，用来说明要用心专一，精神高度集中，心神不专则无法实现目标的道理。

山雉凤凰

有个楚国人在山中捕了一只野鸡。有个过路人从来没有见过野鸡，就问他："你担子里挑的是什么鸟？"

楚国人见路人不认识野鸡，就诓他说："这是凤凰，是神鸟啊！"

路人一听，惊喜地说道："我曾经听人说过凤凰，没想到今天竟在这里见到。你能把它卖给我吗？"

楚国人心中窃喜，他问路人："那要看你出多少银子。"

"十两，你看怎样？"路人问。"不行，这可是凤凰啊，至少得二十两。"楚人争辩说。

路人买了"凤凰"，打算把它献给楚王。没想到过了一夜，鸟却死了。路人痛心不已，只恨自己没能把神鸟献给楚王，倒并不在乎他买鸟花掉的那些银子。

这件事很快在楚国传扬开来，大家都以为那路人确实有一只真凤凰，是要献给楚王的。最后，楚王也听说了这事，被过路人的诚心感动。于是，楚王亲自召见了过路人，并重重赏赐了他，赏金超过了他买野鸡价格的十倍。

≪赏 析≫

虚假的东西虽然经常受到抵制，但有时在特定条件下也可能以假乱真，肆行无阻。这种特定条件就是一方面有以假乱真的欺骗行为，另一方面则又有信假为真的接受心理。在这个故事里，楚国就是产生这种特定条件的温床，首先是路人的误信，接着是国人的误传，最后是楚王的误闻。三种人的误会各有着不同的原因，却共同演绎出这出以假乱真的闹剧。捕野鸡的人因贪欲骗人，路人因浅陋而受骗，楚国人因盲从而以讹传讹，楚王因渴望臣民效忠的虚荣而受蒙蔽，作者将这些现象巧妙地凝缩在同一个故事中予以集中反映，深刻地批判了是非颠倒，黑白不分，真假易位的不公正的世道。从这点来看，这是一篇意味深长的讽世作品。真和假是一对矛盾，然而当人们都将假的当作真的时，那么假就会成为真，这又使我们看到了矛盾在某些条件下是可以相互转化的。

中国寓言故事

蒙鸠为巢

南方有一种叫蒙鸠的鸟，非常善于织巢。它们先捡拾好多羽毛，然后用细长的头发丝或麻缕把羽毛一根根连缀并编织起来，最后就形成一个像鸡蛋那样大小的巢。巢被编织得又舒适又细密，精巧得像是妇女编织的毛衣，因此，蒙鸠又被叫作巧妇鸟。

有一只住在芦苇丛里的蒙鸠，它辛辛苦苦地劳动了好长时间，终于编成了一只非常漂亮的巢。最后，它就近把这只美丽的巢系在才长出来的芦苇穗上。以后，它就住在这巢里，还在里面产了几只鸟蛋。

一天晚上，突然刮起了大风。细嫩的苇杆经不住风吹，"嘣"的一下就折断了，鸟巢掉在了地上，里面的几只蒙鸠蛋从巢里滚了出来，落在地上摔碎了。

《赏析》

这则寓言是从蒙鸠的遭遇引申出人生哲理。

卵破子死的悲惨结局并非因为鸟巢不完美，而是因为系巢的地方不对，才造成了这种情况。荀子很强调后天的学习与环境，他由此联想到这样的人生哲理：定居必须选择风俗美好的乡里，交游必须接近有道德修养的人士，这便是防止人堕落的方法。

近朱者赤，近墨者黑，环境对人的影响是巨大的。任何人，特别是正在成长中的青少年，都应该结交有理想、有道德、有知识的人，让自己在良好环境的熏陶下健康成长；如果整日和一群不学无术的人为伍，做毫无价值甚至有损于社会和他人的事，一天天堕落下去，其结局很可能会像蒙鸠因不善选择环境而卵破子死一样危险。这便是在新的时代条件下我们所遵循的"中正"之道。

那么，如何获得"中正"之道呢？这便是学习。荀子在《劝学》篇首就开宗明义地指出："学不可以已。"学习的途径一是读书，二是接近有道德有学问的人，而且这两者是统一的。今天这两者是我们实现理想、成就人生的必走途径。

这则寓言的意义也可以从其他方面引申。蒙鸠编巢费了力，但结巢的地方不对，可以比喻基础不牢，一切努力都是白费。

中国寓言故事

涸泽之蛇

田成子是齐国的显贵，鸱夷子皮是他的幕僚，在他的手下做事。一日，田成子出了事，不得不逃离齐国，去投奔燕国。田成子走在前面，鸱夷子皮背着出关的信符跟着。

主从二人就这样一前一后赶了许多路。当他们走到望邑时，鸱夷子皮对田成子说："您难道没有听说过涸泽之蛇的故事吗？池塘干涸了，两条蛇要迁走。小蛇对大蛇说：'你在前面走，我在后面跟随，人们一定知道这不过是两条蛇在游走罢了，必然会有人杀你。你不如背着我游走，人们见了必定以为我是神君，肯定会畏惧地躲开我。'现在您才优名高，而我默默无闻。如果您扮作我的上宾，人们便会认为我只是个小国的国君罢了。而如果您扮作我的侍者，人们便会认为我是大国的公卿，那样人们都会畏惧我们的显赫地位而主动迎奉我们。您不如就扮作我的舍人吧。"

田成子被说服，便背着出关的信符跟随在鸱夷子皮的后面。到了旅店里，旅店主人果然捧出美酒佳肴，很殷勤地接待了他们。

中国寓言故事

≪赏 析≫

两条蛇一前一后游走，会被人认为是庸物而遭到捕杀，而如果让大蛇衔负小蛇匍匐，则被人们视为神明而避之惟恐不及。同样还是原来的两条蛇，所不同的只是其排列的形式以及由此而引起的不同心理罢了。正是认识到了这一点，鸱夷子皮才让才优名高的田成子假扮作他的舍人，受到店家主人的盛情款待。这是假扮者利用人们的某种心理获得了成功。狐假虎威、虚作声势、欺世盗名固然可鄙，屈尊权势、惟上惟恐、趋炎附势也实为可悲，但如果不是这种媚上欺下的炎凉世态，假扮者有再高明的欺诈蒙混手段，也无机可乘啊。虽然韩非的本意是要赞美鸱夷子皮的智谋，但这篇寓言的确是一篇非常深刻的讽世之作。从一般的哲理意义上看，"涸泽之蛇"也告诉人们，不要被一时的表面现象所蒙蔽，应当透过表面现象看到和把握事物的本质，才不会贻误大事。

不死之药

楚国国王听人说有一种神奇的药，吃了之后可以长生不死。楚王对此十分向往。

一天，一位专制这种长生不死仙丹的术士来到楚国，要把这药献给楚王。通报官接过药来见楚王，到了楚王居室的门口，一位侍卫官问他："这药可以吃吗？"通报官说："可以。"于是，侍卫官拿过药，一口吞了下去。

楚王听说后，怒不可遏，叫人把侍卫官拉出去斩首。侍卫官托人传话，替自己申辩说："我问过通报官这药是否可以吃，他说'可以'，所以我就吃了，怪只能怪通报官。再说，我吃的是客人献上的不死之药，您若把我杀了，这药就成了死药，说明您受了客人的骗。您要是杀了我，天下人就会说，谁说假话欺骗了陛下，陛下就听谁的，而把无罪的人杀了。楚王进退两难，只好把卫士放了。

《赏析》

侍卫官为我们展示了一种精妙绝伦的辩论技巧——诡辩术。首先，他偷换概念，通报官说"可以吃"，指的是可以吃的东西，他故意曲解为自己可以吃，从而在楚王面前来申明自己无罪。接着，他向楚王指出：如果药是真的，那么杀了他等于否定有不死之药；如果药是假的，杀了他等于向人们宣告楚王自己是个不辨真假的昏聩之君，在这个推理过程中，侍卫官利用了楚王的弱点，即希望得到不死之药，但又害怕受骗。如果他杀了吃过所献之药的人，则说明药是假的，自己受了蒙骗，或者说明根本不存在什么长生不死之药，而这两者都是楚王所不能接受的，所以他只能选择不杀侍卫官，一来可以保全名声，二来也不至于击碎存在长生不死药这样一种梦想。

追求长生不死是战国时期各国诸侯的一种普遍追求。韩非子具有朴素的唯物主义思想，根本不相信肉身长生、灵魂不灭之类虚妄的事。在这篇寓言中，侍卫官巧妙地运用两难推理的思辩法使楚王进退维谷，从而揭穿了所谓不死之药的荒谬，同时也有力地讽刺了追求不死之药的荒唐行径，而那个勇于和楚王斗智的侍卫官则是作者意志的化身。

中国寓言故事

罔两问景

太阳照在树叶上，树叶便在地上留下了一片黑黑的东西，这叫作影子。在影子的边缘，又有一层稍微浅些的影子，这叫作罔两，它是影子的影子。

一阵风吹过，影子忽左忽右地摇摆起来。过了一会儿，风停了，影子也静立不动了。

罔两对影子说："刚才你移动，现在你又停止下来；刚才你坐着，现在你又站起来，你怎么这样没有独立的意志呢？"

影子回答说："我是因为有所依赖才会这样子的啊！而我所依赖的东西又有所依赖！我所依赖的就像蛇依赖于腹下的鳞片、蝉依赖于身上的翅膀啊！我怎能知道自己为什么会这样，又怎能知道自己为什么不会这样呢？"

<<赏　析>>

影子虽然也有行、止、坐、起的活动，但它没有自己的意志，任何活动都没有自主权，它所依赖之物想动它就得动，所依赖之物想静它就得静，影子对所依赖之物的行为不能有任何发挥和更改，影子不知道"自己为什么会这样"，也不知道"自己为什么不会这样"，它活得无知无觉，没有一点自我意识。它没有"自己"，不知道"我"和"他"是有区别的。它对这个世界的感觉一片混沌，实质上它根本无法认识世界，因为它不能把"我"和我之外的事物分开，更不用说为了"我"的利益而行动了。影子处于一个完全被动的状态，这种处境是十分可悲可怜的。

无论在历史或当代生活中，总不乏这样一类人，他们也和常人一样说话、做事。但他们说什么和做什么完全按一成不变的模式，按部就班地行动。这种人习惯在依赖中生存，毫无自己的思想与独立行动的意态，一旦依凭物消失，他们便会无所适从，也就失去了存在的价值。这种人不正是"何其无特操"的影子吗？所以我们不能做完全被动的"影子"，不能跟在别人后边亦步亦趋。我们要有独立的意志，凡事要用自己的脑袋去思考，要对这个世界形成自己的见解，要主宰自己的命运，要有个性，有创造精神，不然，我们的生命只能是我们所依赖的某个事物的"翻版"，而没有自身的价值。

南郭吹竽

齐宣王是个爱热闹的人，他特别喜欢听用竽吹奏的音乐，就在宫廷里专门设一个大乐队为他演奏。宣王非常喜欢讲排场，仅吹竽的乐队就有三百多人。他经常叫这些人一齐合奏给他听，并给他们优厚的报酬。

齐国有一个南郭先生，听说宣王爱听竽的合奏，尽管他对吹竽一窍不通，但他还是买了竽去见齐宣王，吹嘘自己会吹竽，吹的如何如何好。齐宣王本来就喜欢乐队的人越多越好，所以没有多问，就把他留下了。

每次乐队吹竽时，南郭先生就在里边跟着别人一起吹，而且圆鼓着腮帮、捂着竽眼儿，摇头晃脑地吹得一板一眼，好像很会吹竽的样子。南郭先生就这样混过一次又一次，一晃三年过去了，竟然谁也没有发现他不会吹竽，他每次都能得到同其他乐工同样的优厚赏赐。

后来，齐宣王死了，他的儿子齐湣王继承了王位。齐湣王同他父亲一样也喜欢听人吹竽，但和宣王不同的是，他不喜欢听合奏，而喜欢听独奏。于是，他不让几百人一起吹，而叫乐工们一个一个地演奏。南郭先生看到这种情况，知道再混下去就会露馅，因此有一次，在别人独奏时，他偷偷地溜掉了。

《赏　析》

南郭先生对竽"一窍不通"，却身踞齐宣王的王家乐队，拿着丰薪厚禄达三年之久。无才无学的人往往为了名利而冒充为有真才实学者，只是这冒充必定要凭借一定的气候。齐宣王总是要求几百人一起合吹，这就给南郭先生提供了冒充为吹竽高手的良机。然而好景不长，齐宣王死后，继位的湣王与其父的喜好恰恰相反，只爱听竽的独奏。这真是从天而降的一阵大风，将南郭先生优哉乐哉的好气候吹得无影无踪，再呆下去早晚都得露馅，既然大势已去，南郭先生只有逃之夭夭了。

像南郭先生这类无真才实学而企图投机取巧、蒙混过关的人，在任何时期、任何地方都不鲜见。这类人是不会主动退出历史舞台的，所以只有出现如齐湣王那样的头脑清醒的人，采取得力的举措，才能将南郭先生之类的渣滓筛出并清除掉。成语"滥竽充数"说的就是这个故事。

中国寓言故事

37

韩娥善歌

从前，有位歌唱家名叫韩娥，要到位于东方的齐国去。没想行至中途，她的盘缠就用光了，为了生存下去，韩娥在经过齐国都城西边的雍门时，便用卖唱来换取食物。韩娥忘我地高唱着，歌声婉转悠扬，情感真挚深沉，以至在她离开后，美妙绝伦的余音还仿佛在城门的梁柱之间缭绕，竟至三日不绝于耳。

有一天，韩娥来到一家旅店投宿，店小二是个势利眼，见韩娥穷困潦倒，便当众羞辱她。韩娥为此伤心至极，禁不住拖着长音痛哭不已。她那哭声弥漫开去，悲悲戚戚，竟使得周围的人都被深深打动，大家愁眉不展，人人都难过得三天吃不下饭。

韩娥最终还是不得不离开了这家旅店。人们发现之后，急忙分头去追赶她，将她请回来，要她为他们再唱一曲。韩娥的热情演唱引得一里之内的老人和小孩个个欢呼雀跃，鼓掌助兴，大家忘情地沉浸在欢乐之中，将以往的许多人生悲苦忘得一干二净。为了感谢韩娥给他们带来的欢乐，大家送给韩娥许多财物和礼品。最后，韩娥带着大家的馈赠，怀着满意幸福的心情离开了。

≪赏 析≫

韩娥的歌声之所以使人们"无不为之动容"，甚至在歌唱家本人离开后，那歌声还余音袅袅，绕梁"三日而不绝"，原因就在于韩娥的歌表达的是真情实感，在于它的真实。这种真实，一个是内容，另一个应当是自己内心的真实表达。艺术作品要想感人，要想成为人们心目中的不朽之作，就必须要倾注艺术家的真情实感。同样，一部感人作品的产生，又必须来自于艺术家的亲身体验。如果她不受人侮辱，她的哀哭可以惊动乡里老幼吗？如果她不怀着对乡亲们的感激之情，她的歌声可以使人手舞足蹈吗？可见，生活是创作的源泉，是艺术创作的基础。

画鬼最难

有个画家为齐王作画，出于好奇，齐王在画家作画前问他："你画了多年的画，认为画什么最难？"

画家回答说："大王，在下以为所画之物中，那些马、狗等最常见的东西最难画。"

"那么什么最容易画呢？"齐王又问。

画家说："妖魔鬼怪之类人们未曾亲眼见过的事物画起来最容易。"

"噢，这是为什么？"齐王大惑不解，"狗马之类天天都能见到，最为人熟悉，而鬼魅之类谁也不能得知其形貌，怎么会比狗马还好画呢？"

画家回答说："大王说得不错，狗马为我们所常见，鬼魅是未曾见的，正因狗马为人们所熟知，因此只要你稍画得不像，便会受到指责，而那些魑魅魍魉谁也不曾见到，因而不明其形，画成什么样就是什么样，不会引来众人的非议，这岂不是容易得多吗？"

≪赏 析≫

战国时期，不少学者崇尚空谈，蛊惑人心，以求得一时的功名富贵。韩非对此极为反感，这则寓言的具体寓意，是指斥那些不着边际的高谈阔论。鬼魅最大的特点是无形无影，谁也没见过，可以随意绘画它们的形状，而不会被人斥为画得不像。夸夸其谈地发表高论，就如画鬼魅一样，最省力气。韩非在这里是对主观唯心主义提出批评，同时对儒家学说也不无贬意。在韩非看来，儒家所宣扬的先王盛世，谁也不曾亲眼见过，反正是由着他们说，无异于画鬼，不像那些关于当世之治的学说，要受实践的验证，所以最容易做到。

就艺术创作的角度来说，为齐王作画的客人是很懂得作画之道的。按一般的观点来看，作画时犬马一类的动物似乎是比较容易画好的，因为它们早晚出现在眼前，作者熟悉它们的一般特点。但也正因如此，你有一点画得不像时，别人就能指出其中的错误。这向我们说明，要创作出有价值的来源于现实生活的作品，往往很不容易。所以，要创作出能真实反映现实生活的好作品，创作者就必须尽可能深入地了解事物，抓住它与其他事物最细微的区别，然后将这种区别以适当的艺术形式表现出来，这样才能获得成功。从哲学的角度来说，这则寓言则使我们联想到一切要从实际出发。只有从实际出发，才能把握住繁纷复杂的事物，解决实实在在的问题。

郑人置履

有个郑国人想要买鞋，他先用尺子量了一下脚的大小，然后画了一个底样的尺码，随手放在了座位上，然后就去买鞋了。

他来到集市上，在鞋堆中左挑右拣。最后，他挑出了一双鞋子，琢磨着合不合脚，这时，他才想起来自己没有带所量的尺码。于是他把鞋子放下，转身回家拿尺码去了。

等他拿了尺码，气喘吁吁地赶回来买鞋时，集市已经散了，买鞋的人也走了。

有人看他没买着鞋子，就问他："你怎么不用自己的脚去试鞋子呢？"

郑人回答说："我宁可相信自己量好的尺码，也不相信自己的脚。"

≪赏　析≫

郑人想试试鞋子的大小，他不是拿脚伸进去试，而是非要折回去拿自己量好的脚的尺度，因为他相信尺度，不信自己的脚。这真是闻所未闻的怪事。寓言以夸张的手法，刻画了一个不顾客观实际，只相信教条的人物形象，引人发笑而又意味深长。我们很有必要去问一问，郑人为什么"宁信度，无自信也"呢？

因为郑人没有意识到这尺度是从自己脚上来的。先有脚，而后有尺度；脚在先，尺度在后；脚是主，尺度是次。而郑人恰恰将这种主次关系颠倒了，甚至完全割裂了脚与尺度的关系，只信尺度而不信脚。战国时代，群雄并争，天下动荡，新的时代需要新的思想，以解决新的实际问题。但泥古不化者仍然大有人在，他们不相信自身，宁可抱残守缺，也不肯尝试革新。他们不理解，规章制度是适应现实需要而制定出来的，正如尺码是根据脚量出来的一样。这些人颠倒了主次先后，因而迷信规章制度，与郑人不相信自己的脚而迷信尺码简直如出一辙。韩非是当时激进的改革派，坚决反对守旧不化，积极主张革新，他这篇寓言的用意就是讽刺批评那些恪守旧的规章制度，胆小怕事，不图进取，不敢越雷池一步的守旧派。

狗猛酒酸

宋国有个卖酒的人，他家的酒，算得上是上等佳酿，他做生意也十分公平。他每天总是将店堂打扫得干干净净，而且在门外还要高高挂起一面长长的酒幌子，上书"天下第一酒"几个大字。奇怪的是，他家的酒却很少有人问津，常常因卖不出去而使整坛整坛的酒变质发酸。

这个卖酒的宋国人百思不得其解，于是他向左邻右舍请教。一个叫杨倩的老人问他："你的狗很凶吗？""狗是很凶，"卖酒的人说，"可这和酒有什么关系？"老人说："你家养的狗太凶猛了。我们都亲眼看到过，有的人提着酒壶准备到你家去买酒，可是还没等走到店门口，你家的狗就跳出来狂吠不止。这样一来，又有谁还敢到你家去买酒呢？因此，你家的酒就只

好放在家里等着发酸变质了。"

一只恶狗看门，就能把一个好端端的酒店弄得门庭冷落，客不敢入。如果一个国家让坏人控制了某些要害部门，其后果必然是忠奸颠倒，社会腐败，百姓遭殃。

≪ 赏 析 ≫

宋人卖酒从不克扣分量，待客十分礼貌，酒味也甘醇可口，门前还特意高挂一幅酒帘。但他的酒就是卖不出去，以至于酒都变酸了。邻人问他："你家的狗凶猛吗？"乍看起来，这真是问得莫明其妙，酒酸和狗猛难道有什么关系？但老人却做出了合乎逻辑的解释：一条猛狗拴在门口，谁敢进去买酒呢？

联想到政治现实，作者不由地发出了深沉的感慨：政治生活中不也有这种狗猛酒酸的事吗？那些奸佞之臣妒贤嫉能，蒙蔽圣听，使真正的人才得不到重用，国家蒙受损失，那些人不就相当于猛狗吗？而君主则恰似卖酒的宋人，不管君主如何想罗致人才以治理好国家，只要他周围有阻塞贤路的权臣，仍然无法让人才得到重用。"狗猛酒酸"的寓意即在于此。

中国寓言故事

自相矛盾

楚国有个卖兵器的人。一天，他一手拿着矛，一手举着盾，在街上叫卖。

有人问他："你的盾坚吗？"

楚人把盾在那人面前一晃，说："你放心，我的盾是最坚固的，没有什么东西能够刺穿它。"

又有人问："你的矛利吗？"

楚人又晃晃他的矛，说："我的矛也是最锋利的，没有什么是不能被它刺穿的。"

这时，人群中有个老人站出来问他："你说你的矛是最锐利的，你的盾是最坚固的。那么，如果用你的矛去戳你的盾，会怎么样呢？"

楚人听后哑口无言。

没有什么东西能够刺穿的盾和什么东西都能够刺穿的矛怎么可能同时存在呢？

中国寓言故事

<<赏　析>>

世上没有无不陷之矛，也没有不可陷之盾，矛之锋利与盾之坚固都只是相对而言的，如果将其绝对化，便必然陷入自相矛盾的悖论。"矛盾"一词正出自这则寓言，用来揭露事物矛盾对立的属性。"自相矛盾"也成为一句成语，用来比喻行动或语言前后抵触。

儒家对尧和舜都推崇备至，尊其为至圣之人，但他们又讲，舜继位后纠正过尧时代的许多弊端。韩非看出这种说法的疏漏，如果舜确实纠正过上代的时弊，那就是说尧并非完美的圣人；如果说尧确是圣人，那么舜所纠正的不过是他的功绩和美德，这样则说明舜不是圣人。而这样的结论与其前提是根本对立的，其结果只能证明儒家美化古圣先贤的虚妄。韩非讲这则寓言的用意就是为了揭露儒家美化尧舜的矛盾。儒家学者所犯的错误和楚人一样，说自己的盾是最坚硬的，便否定了自己的矛能刺穿任何盾的说法；反之，肯定矛又会否定盾。有趣的是，在西方，有一个对于"上帝万能"的诘难，也说明了同样的道理。这一著名的诘难是："万能的上帝能造出一个连自己也举不起来的石头吗？"无论回答是肯定的还是否定的，都只能说明上帝并不是万能的。

不食盗食

东方有一个人叫旌目。一次，他要到很远的地方去。由于路途遥远，而他所带的干粮有限，行至中途一个叫狐父的地方，他终于支撑不住，饿昏在地。狐父那个地方有个强盗叫丘，见有人饿昏了，就蹲下来，拿自己的饭来喂他。

喂了三口以后，旌目可以睁眼看人了。他看到有人喂他饭吃，就问："你是谁？"

丘回答："我是狐父的丘呀。"

旌目说："呀，你不就是那个强盗吗？你为什么要给我饭吃？"旌目推开面前的饭碗，挣扎着站起来，"我是个讲信义的人，我决不吃你送来的饭。"

于是，旌目两手按地，呕吐起来，他吐不出来，在干呕声中伏地而死。

≪赏　析≫

旌目饿昏在地，有强盗为他送饭，如果他吃了，便可活下去，但此后他的生活就和强盗有了关联；如果他不吃，前面只有死路一条，但这样却可以保全自身的清白。

生命是宝贵的，名节也是值得珍惜的，人们当然希望既保全性命、又不丧失名节，希望能够两全其美。然而很多时候，这两者譬若鱼与熊掌，不可兼而得之。

像旌目这种处境，要获取生命，就必须舍弃名节；要保全名节，就只有割舍生命。如果是你，你将做出怎样的选择？

这的确是一个两难选择。稍加分析，不难看出，问题的实质最后就是要生命还是要名节。旌目选择了后者，他拒食盗食，伏地而死。我们不禁为他的死扼腕痛惜，但我们更应该为他宁可饿死，也不食盗食的气节拍案叫好。他食盗食，虽可保全生命，但这无疑是对盗行的默许。这就给为了活命而丧失原则的人大开了方便之门。

旌目不食盗食的故事告诉我们，坚持真理和美德，并非是轻而易举的事情，必要时，它需要我们以生命来捍卫。也正因如此，真与美才更值得歌颂与赞美。

中国寓言故事

刻舟求剑

有一个楚国人，身上佩了一把宝剑，要坐船渡过长江去。船还未靠岸，这个楚国人把宝剑掉进江里去了。同船人劝他赶快下水捞剑，只见他不慌不忙地从衣袋里取出一把小刀，在船舷上掉落宝剑的地方刻了一个记号，嘴里还自言自语："记住了，宝剑是从这儿掉下去的。"

同船人见他不着急的样子，就问他："为什么不赶快下水捞剑？你在船舷上刻个记号有什么用呀？"

"不急，不急！"楚国人回答说，"我的宝剑是从这个地方掉下去的，等船靠了岸，我就从这个刻有记号的地方跳下水去，把宝剑找回来。"

船到了目的地，这个楚国人果真从刻有记号的地方跳下水去捞宝剑。同船人看到这样的情形都感到很可笑，有一个人说："宝剑掉进江里以后，船还在继续向前走，而宝剑沉在水底下是不会跟着走的。现在船离开丢剑的地方已经很远了，再按船舷上刻记号处去找它怎么能找到呢？"

≪赏　析≫

孔子说："逝者如斯夫，不舍昼夜！"这向我们道出了天地万物共存于世的一条基本的生存之道：处在不断的发展变化之中。显然，楚人对这一真理可是闻所未闻，"刻舟求剑"正是讽刺这种孤陋寡闻、头脑僵化、行为迂腐的人。故事中那个楚人的特点是思想闭塞而又不思进取、刚愎自用、自以为是。他不懂得"舟已行矣而剑不行"的客观变化，思想闭塞保守、机械愚蠢，而又执迷不悟，做出"刻舟求剑"这样让千秋万代讥笑的蠢事。

战国时代风云突变，许多国君与贵族认识不到社会形势的剧烈变动，一味在上古治世的幻想中做着天下无事的美梦，固守旧法、反对革新，结果断送半壁江山，成为阶下之囚。此文正是以刻舟求剑的楚人形象讽刺那些不图革新、坐以待亡的统治者。虽然时过境迁，这篇讽世之作所告诫的治世之方却并未过时。根据变化了的情况来应对时事，任何时候，不都应当如此吗？

"刻舟求剑"后用作成语，用来比喻不知变通的迂腐徒劳的举动。

掣肘

孔子的弟子宓子贱被鲁国国君派去做治理亶父的地方官。宓子贱决心干出一番事业来，不过他担心国君听信谗人之言，使自己无法顺利推行自己的主张。于是在将要告辞国君前往亶父时，宓子贱请求国君派遣身边的两个官吏同自己一道去。

到了亶父，宓子贱让随来的那两个官吏为自己的巡察访问做记录。在他们刚开始书写时，宓子贱从一旁不时地摇动他们的胳膊肘，以致写出来的字很不好看，当两个官吏把写得一塌糊涂的记录交上去时，而他却为此大发雷霆，这两个官吏只好向宓子贱告辞请求回去。两个官吏回去之后，向鲁国君主禀奏说："我们没法为宓子贱作书记。宓子贱让我们写字，他却不时地摇动我们的胳膊肘，然后又怪我们写得不好，这样我们怎么为他做事？"

听了两位官吏的话，国君若有所悟地说："宓子贱是利用这种方式对我进行劝谏呀！我一定是多次干扰了他，使他不能施行自己的治理措施。"于是国君派亲信前往亶父，传达自己的旨意：亶父归宓子贱全权治理，五年以后汇报施政大要。宓子贱恭敬地应诺下来，从此才得以在亶父实施自己的抱负。

≪赏　析≫

宓子贱要治理好亶父，必须具备不受鲁国君主干扰这个前提条件。否则，如果国君横加干涉，即使他雄心再盛、本领再强，也不可能获得成功。因此，宓子贱巧妙地利用"掣肘"的方式，终于使鲁国君主明白他的看似荒谬的行为后的良苦用心，从而使国君向自己放权。这样，宓子贱便放心大胆地去治理亶父，并且后来果然治绩卓著。

穿井得人

宋国有个姓丁的人，他家中没有水井，每次用水都得到很远的地方去挑，为此要花费一个人的劳力。

一日，丁氏下决心要为自家凿出一口井来。后来，井终于凿好了，丁家再也用不着专门派人去外面挑水了。

丁氏对这口井非常满意，高兴地对邻人说："再也用不着大老远地跑去挑水了，这就相当于为家中添了一个劳力呀！"

后来，邻人又把这话对别人讲了，听话的人又把所听到的说给另一个人。由于人们只是彼此口耳相传，丁氏的话就被传得越来越走了样，最后竟有人说："丁家从井里凿出一个大活人来。"

到最后，全宋国的人都说丁家从井里挖出一个人来。宋国国君听说了，就派人向丁氏打听这件事。

丁氏回答："我是说凿了一口井就相当于得了一个劳动力，不是说从井中挖出一个人来。"

《赏析》

"吾穿井得一人"只看这句话本身，是很容易让人产生歧义的，我们一般也会认为是丁氏从井中凿出一个人来。不过如此解释肯定有悖常理，所以，事实真相究竟如何，我们还是应该让丁氏进一步解释清楚。可笑邻人对所听之言闻而不审，而听到他的传言的人也对之盲目信从。宋君是这则故事中唯一一个对传言持怀疑态度的人。他派人向丁氏询问详情，才使事实真相大白于天下。

这则寓言的寓意是要向人们说明察传的重要性和基本方法。由于传言易歪曲真相，所以对事情进行核查就显得十分必要。那么如何察传呢？那就是像宋君一样，根据自然和人事的情理来推断，做深入的调查研究。

此外，我们可以再想，邻人不问是非固然不对，而丁氏如果一开始就能将事情解释得充分一些，不是也很有必要吗？所以我们要特别留心讲话的艺术和技巧，尽量避免使用含混多义的语言，以减少误会的产生。

杨布打狗

战国时著名的哲学家杨朱的弟弟叫杨布。有一天，杨布穿了一身白色的衣服，一大清早就出门办事去了。办完了事，天色已不早了，杨布急忙往回赶。不料，突然下起雨来，他出门时穿的那身白衣服给雨淋湿了，他就顺道向朋友借穿了一身衣服，这身衣服是黑色的。于是，穿着一身白衣服出门的杨布，现在穿着一身黑衣服回家来了。

杨布走到家门口时，他家那只看门的小黄狗立刻从门里窜出来"汪汪"地追着他狂叫不已。

杨布知道这是狗没认出他来，以为是陌生人来了。于是，他生气地嚷道："畜生，连我都不认得吗？"他一面说，一面拿了一条棒子，举起来就要去打狗。

哥哥杨朱听见狗叫，便从屋里走出来，看见弟弟正要举棒打狗，连忙制止他说："快不要打狗了，你且平心静气地想一想，假使你的狗出去的时候是一只白的，回来时变成了一只黑狗，你是不是就能一眼认出来呢？"

杨布无话可说，默默地放下了手中的木棒。

≪赏 析≫

杨布出门穿白衣，回来时着黑衣，虽然变化了的只是衣着，但这一点自己的哥哥杨朱要认出他来恐怕还得仔细观察一番，何况是狗呢？杨布的错误在于以己之心度狗，所以当狗没认出自己时便怒不可遏，以至于要举棒打狗。可怜那只小黄狗，对"陌生人"吠叫，忠心耿耿地为主人看门，却因此被冤枉，差点遭一顿棒打。寓言告诉我们人和人是不同的，对于同一件事，不同的人有不同的想法和做法，每个人都是站在自己特定的角度想问题、办事情，所以要善于站在他人的立场和角度去处理问题，才最有可能避免误会，将事情做得圆满。

杨朱斥责弟弟不先发现自己的错误，迁怒于狗的做法也教导我们凡遇是非或遭訾议，务必内求诸己，切莫忙于责怪他人。

老子问疾

传说商代末年的贵族商容是道家学派的始祖老子的老师。商容学识渊博，思想深奥，老子对这个老师非常尊敬。

有一年，年已高迈的商容得了病，老子来看望他，担心他大概会一病不起，就问他有什么话要嘱咐自己的。商容告诉他在经过故乡时要下车，老子问道："这是不是表示不忘记故乡的人？"商容点点头，又说经过高大的老树下要小步快走，老子回答说："您的意思是说一定要尊敬老人？"商容又点点头。

过了一会儿，商容让老子看看自己的口，问道："我的舌头还在吗？"老子说："在。"商容又问："我的牙齿还在吗？"老子说："没有了。"

最后商容问道："你知道这是什么意思吗？"老子稍思片刻，回答说："先生是想告诉学生，牙齿因为刚硬而过早夭亡，舌头因柔软而长久存在这个道理吗？"商容说："对！你已经明白了天下的事理。"

≪赏　析≫

老子求遗教于老师商容，商容不正面回答，却张口让老子看他的牙齿和舌头，引导老子看到舌存齿亡的事实。聪慧的学生立即从老师的点拨中领悟到一条深沉的哲理——以柔克刚。

以柔克刚是老子哲学思想的一个重要方面，老子倡导无为而治，这一思想可看作其发端。

但是正如强与弱是相对的，柔弱胜刚强也只是在某种情况下存在的现象，即这一哲学命题也是相对的。而商容说"天下事尽矣"，一个"尽"又将他得出的可贵认识绝对化了，把"刚亡而弱存"夸大为天下普遍的现象，犯了以偏概全、以具体代替一般的错误，毕竟，蚍蜉不能撼大树、螳臂不能挡车轮、鸡蛋不能碰石头。无论是自然界，还是在人类社会，以强制弱还是更普遍的现象，无为而治也只有特定的时候适用，积极进取、顽固奋斗始终都是生命存在的主旋律。

海 大 鱼

齐威王的小儿子靖郭君田婴，打算在自己的封地薛邑建造一堵城墙。他的门客来劝阻，靖郭君听得烦了，便吩咐传达人员说："不要再替这些人来禀告了！"

有个齐国人请求接见。他对传达人员说："我只请求靖郭君听我说三个字，如果多说一个字，就把我下锅煮死。"

靖郭君破例接见了他。这个客人上前说："海大鱼！"说完掉头就跑。靖郭君喊他留步，那人说："我可不敢拿死当儿戏。"靖郭君说："我饶你不死。你再讲下去吧！"

那人回答："海里大鱼，网不能捕捉它，钩子不能钩住它，但它一旦被抛在海岸边上，就连蝼蛄和蚂蚁都会随意吃掉它。今天的齐国也正好像您的水，您如果有齐国长久保护，还用得着担心薛城不牢固吗？如果失掉齐国，就算把城墙筑得再高还是没有用处呀！"

靖郭君听了他的话于是就停止了在薛地筑城墙。

中国寓言故事

49

画蛇添足

古时候，楚国有一家人，祭了祖宗之后，还剩下一壶酒没有用，主人打算把酒赏给手下的办事人员喝。帮忙祭祀的人不少，这壶酒如果大家都喝是根本不够的，但是让一个人喝，就完全可以喝个痛快。

这时有人建议说："我们每人在地上画一条蛇，谁画得快又画得好，就把这壶酒给他喝。"大家认为这个办法合理，于是都伏在地上画起蛇来。

有个人画得很快，一转眼就画好了，他端起酒壶就要喝酒。可是他突然又想：不如我趁机再显显自己的本领。他便左手提着酒壶，右手拿了一根树枝，给蛇画起脚来，还洋洋得意地说："你们画得好慢啊！我再给蛇画几只脚也不算晚呢！"

正在他一边画着脚，一边说话的时候，另外一个人已经画好了。那个人把酒壶从他手里夺过去，说："你见过蛇么？蛇是没有脚的，你为什么要给他添上脚呢？所以，第一个画好蛇的人是我！"

那个人说罢就仰起头来，咕咚咕咚地把酒喝完了。

≪赏　析≫

楚国有人在祭祀之后赐给客人一壶酒，可是酒只够一个人喝，于是大家决定进行一场画蛇比赛，大家决定先画成蛇的人可以饮这壶酒。有一人最先画好，本来应该得到那壶酒，但他却故意卖弄，要给蛇添上脚。他还没画完脚，另一个人的蛇却已画成了。这样，最先画好蛇的那个人失去了即将到手的美酒。

蛇是没有脚的，这是妇孺皆知的事情。但那个客人自作聪明，硬是要给蛇添上脚，结果被他人抢了先，失去了本来属于自己的美酒，真是聪明反被聪明误。寓言借此警告人们凡事总有个尺度，做事必须把握好这个尺度。再进一步说，真理总是相对的，是在一定范围内存在的。稍稍超出这个范围，真理就会成为谬误，正如蛇如果长了脚就不称其为蛇了。而如何把握真理的度，就只能以客观事实为依据，深入细致地把握事实，务求使认识与实际相吻合。

中国寓言故事

偷鸡的人

春秋时期，宋国大夫戴盈之有一次同孟子谈话。他们俩谈了很长时间，最后说到如何治理国家的事。孟子说现在老百姓生活在水深火热之中，除了天灾给老百姓造成的困苦外，捐税对百姓的负担也很重。戴盈之听了孟子的分析，也觉得很有道理，他思忖了一会儿说："我们可以先取消部分捐税，暂时减轻一下老百姓的负担。但是要立即取消全部捐税，恐怕还不能做到，要等到明年了。"孟子听了戴盈之的话，知道他只是表面上同意取消捐税，心里并不愿意这样做。孟子沉思了片刻，便说自己曾经听过一个"偷鸡人"的故事，现在讲给大夫听听：

"有一个人，他每天都要偷邻居一只鸡。邻居后来终于发现是他偷的鸡，对他相当厌恶。有人就劝他说偷盗不是好人的行为，从当天起，再也不要偷别人的鸡了。那个偷鸡的人却回答说：'偷盗确实不好，那我以后少偷些，改为一月偷一次，每次只偷一只，等到明年，我就改邪归正，再也不偷了。'"

如果已经知道这样做不对，就应该立即停止，为什么还要等到明年呢？

中国寓言故事

齐人有一妻一妾

　　有一个齐国人，家里有一妻一妾。丈夫每次外出，总是酒足饭饱才回家。他的妻子问他和什么人一起吃饭，他说是些有钱有势的人。他的妻子不太相信，就对他的妾说："我们的丈夫每次外出，总是吃饱了才回来。问他同什么人一起吃饭，他总是说和一些有钱的人。可是为什么我们家从来没有高贵的人来登门拜访呢？我明天要偷偷地跟着他，看他究竟去些什么地方。"

　　第二天一大早，她就跟在丈夫的身后。走遍全城，竟然没有一个人同她丈夫说话，最后她随丈夫来到东郊外的坟地。只见她的丈夫走向那些祭祖上坟的人，向他们乞讨残剩的酒菜。原来这就是他酒足饭饱的方法呀！

　　他的妻子回到家，便把这告诉他的妾说："我们的丈夫是我们终身依靠的人，没想到他竟是这个样子。"两个人都责骂她们的丈夫，在院子里相视而哭。她们的丈夫从外面回来，仍在妻妾面前摆威风。

　　在君子看来，那些汲汲于升官发财的行为，不使他们的妻子感到羞耻，不相抱痛哭，简直是太少了。

≪赏　析≫

　　这则寓言对只求富贵利禄而不要脸面的人进行了无情的揭露。齐人的行为受到社会的鄙弃，为国人所不齿。回到家中，他不知老底已被揭穿，还无耻地在妻妾面前炫耀！他那种为贪图享受而完全抛弃了人格的行为，集中表现了剥削阶级的人生观。篇末点题之言，讽刺了封建社会那些不择手段，追求名利的齐人式士大夫。贪图名利，不仅无益于自己，而且对家庭乃至社会都是有害的。

中国寓言故事

涓蜀梁

在夏水口的南面住着一个人，名叫涓蜀梁。这个人生性愚笨并且胆子极小，见到什么都害怕。就连白天外出行走也担心遇见小偷，或是碰上强盗，大家都在背后讥笑他。

有一次，他晚上不得不出去。那天晚上天空中没有一丝云彩，月光明亮，他在路上匆匆地走着。这时他心中就敲起了小鼓，不时地向四周瞧瞧，看看是否有东西在后面跟着他。偶然间一低头，看见了自己的影子，误以为是个鬼伏在地上，吓得他顿时站在原地再也不敢动了。他盯了一会儿那个"鬼"，用眼角的余光扫视了一下四周。再一抬头，又看见了自己的头发，又以为是背后站着一个妖怪。涓蜀梁被自己吓得魂飞魄散，撒腿就往回跑。他跑得快，那个"鬼"和"妖怪"也跑得快，他总是摆脱不了那两个"鬼"的纠缠。等跑到家，他就累得断气而死了。

《赏 析》

俗话说得好，"疑心生暗鬼"，世上本没有鬼，只有那些脑海里早就有了鬼的观念的人，即相信了有鬼的那些传说的人，才会在生活中遇见鬼。

这则先秦时候的故事明明白白地告诉了我们一个道理——世界上根本就不存在鬼神。从涓蜀梁自己被自己吓死的故事来看，鬼怪之类的东西是他"愚而善畏"的产物。当人们遇到某些事情没办法解决时，就会拿鬼神来欺骗自己。用我们现在的科学观点来看，世界是由物质组成的，而物质是客观存在的。人们观念中的鬼神都可在现实中找到其原型。鬼神的形象只不过是人们在原型的基础上再加以想象而创造出来的。涓蜀梁被自己的错觉吓死，是因为他愚笨并且胆小造成的后果，见到一些正常的事物，不是从科学的角度去分析，而是凭空设想出某些根本不存在的鬼怪，结果是上了自己的当。只要我们心胸坦荡，做事光明磊落，一切事物都不会变得那么危险，那么可怕了。

中国寓言故事

雀笑鹏

传说古代很远很远的北方，大地以草木为毛发，而这个地方气候异常寒冷，寸草不生，于是人们把这个地方叫作"穷发"。

在这块寸草不生的地方，它的北面，是自然形成的"天池"，叫作北冥。北冥生长着一种鱼，它的身体有数千里宽广，身长是多少，却没有人知道，这种鱼的名字叫鲲。有一种名叫鹏的鸟，是由鲲进化而成的。它的背部像泰山那样大，两只翅膀伸展开来，就像云一样遮住了天的一边。它拍打着翅膀，借助风势，飞至万里高空。下临云海，上背青天，它想飞到南方一个叫南冥的地方。

沼泽旁的灌木丛中生活着一群小雀，它们整天在蓬刺矮树间跳来跳去，以此为乐。后来鹏要飞到南冥的消息被这群小雀知道了，小雀嘲笑它说："它要飞到哪里去呢？我飞腾而上，也不过几丈的高度，在蓬蒿之间，自由地飞翔，也算是飞到极点了。它飞那么高那么远，是要到哪里去呢？"

<<赏 析>>

大鹏高大雄伟，翱翔于天地之间，鹪雀身体瘦小，飞跃于蓬蒿之中。这些胸无大志的小雀不但不能理解鲲鹏的壮志凌云，反而讥笑大鹏飞得太高，毫无意义。鹪雀目光短浅，只见方寸之地，不见天地之广，世界之美。它无远举之志，看到大鹏展翅高飞，当然不能理解大鹏胸中有乾坤，目中有日月。

庄子写这则寓言的原意是想说明小智不如大智，大智不如摆脱了外界条件的限制而"游天穷者"的哲学思想。

无论我们生活在什么样的环境下，都要有远大的志向，宽广的胸襟，千万不能满足于现状，沉湎于自得其乐的小圈子中。生活中不求上进，自我陶醉的人常常不能理解那些为了事业敢作敢为，有所突破的人，讥笑他们在短暂的生命中不知道及时享乐的生活态度。如果我们成了前一种人，岂不是像鹪雀一样幼稚、可笑了吗？

不龟手之药

惠子对庄子说："魏王送给我一些大葫芦的种子，我把它种上并且已经长成了容量五石的大葫芦。我把它用来盛水，可是葫芦的皮太薄，不能承受重负，拿起来就破裂了。我把它切开来做舀水的瓢，又显得太平太浅，不能盛太多的水。它并不是不大，可是我觉得它没有什么大的用处，就把葫芦砸碎了。"

庄子说："您是不善于利用它'大'的特点呀！有个宋国人，他研究出一种不让手冻裂的药。他的手涂上这种药，在水中漂洗棉絮就不会冻裂了。有人听说这件事，要出一百斤金子买他的药方。他把同族的人聚到一起商量说：'我们世世代代做漂棉絮的工作，收入也不过几斤金子，现在一下子就卖了一百金，我就卖给他吧。'买者拿到不冻手的药方后就去见吴王。吴王让他率兵与越国在水上打仗，当时正逢冬季，士兵们涂了这种药，打了胜仗。吴王就赐给他一块土地，并且封了大官。同样是使手不冻的药，有的人用它加官晋爵，有的人却用来漂棉絮，用途不一样呀！现在您有容量五石的葫芦，为什么不把它系在腰上，在水中畅游一番呢？反而担心它不能放什么东西，那是您的心里还没有通达呀。"

≪ 赏 析 ≫

同一事物，认识不同则其发挥的用途也不同。老庄的这则寓言本身流露出的鄙视劳动的思想自然是不可取的，但我们从中可以领会到，对事物的认识应当全面、客观，从不同的角度审视，掌握其使用方法和运用途径，就会取得不同的效果，这样才能做到物尽其用，各得其所。能够最大限度地发挥事物的作用，最充分地理解和使用事物的价值，才是明智之举。

中国寓言故事

55

东野稷驾马

东野稷十分擅长驾马，他凭着一身本领去见鲁庄公，庄公就让他表演驾马之术。

只见东野稷驾着马进退自如，十分熟练。他驾马时，车轮的压痕就像木匠画的墨线那样直。向左或者向右打圈，就像用圆规画的圆一样。鲁庄公看后，大声称赞说："你技艺高超，恐怕没人能比得上你了。"鲁庄公又让东野稷跑了一百圈才回到原地。

颜阖看见东野稷在不顾一切地玩着他的驾马之术，于是就对庄公说："东野稷的马要垮了。"庄公听了，心中十分不悦，就没理睬身边的颜阖。

果然，过了一会儿，东野稷的马突然前腿跪地，再也站不起来了。东野稷也从马上跌落下来。庄公见后十分扫兴，东野稷也狼狈地走回来。庄公就问："颜阖，你怎么知道东野稷的马要垮了呢？"颜阖说："他的马已经跑了很长的时间，而东野稷还在拼命强迫马跑，当然过不了多长时间，马就会垮的。"

≪ 赏 析 ≫

东野稷的本领确实相当高强，但他为了追求名誉，想得到庄公的赏赐，在马已经精疲力尽的时候，仍不知罢休，让马继续奔跑。他所要求的体力已经超出了马所能承受的极限，自然要被累垮。鲁庄公只知道尽情娱乐，欣赏东野稷的驾马之术，却不知道马力有限，长时间奔跑下去，必定累垮，最后他也只能败兴而归。颜阖观察细微，知道马力有限，又直言进谏。这则寓言告诉我们，做任何事情，都不能主观臆断，而要考虑客观自然规律的要求。如果一味蛮干，不认真思考，超出客观条件所能允许的极限，是注定要以失败告终的。

在我们的现实生活中，人物形形色色，自然也不乏东野稷、庄公一类人。我们不能像东野稷一样只知道取悦权高位显的高官，而忽略了做人的原则；也不能像庄公一样，自己高高在上，就不顾及到别人的感受；而要像颜阖一样，坚持正确的道理，不牵强附会，相信最后胜利就在你的手中。

纪渻子养斗鸡

周宣王没别的什么嗜好，就喜欢和手下人斗鸡。后来，周宣王听说纪渻子特别会驯斗鸡，立即让人把纪渻子叫来，对纪渻子说："你把我的这只鸡驯好了，我必定重赏你。"纪渻子领命而去。

周宣王性情急躁，过了十天就去问："鸡驯好了吗？"

纪渻子说："没有，它还有一股浮躁的骄气。"

又过了十天，周宣王派人去问，纪渻子说："还没有，它听见别的鸡叫，看见别的鸡靠近它，就跟着叫，就要冲上去斗。"

过了十天派人再问，纪渻子还说："仍没有，它看见了别的鸡，就怒目而视气势汹汹了，还要再过些日子。"

过了十天，周宣王亲自跑去问，纪渻子说："差不多了，别的鸡对着它叫，气势汹汹地向它挑战，它却不为所动，一点反应都没有。"

看上去，它像只木鸡，精神集中，别的鸡一看见它，就掉过头逃跑，没有敢和它斗的了。

≪赏 析≫

庄子借"纪渻子养斗鸡"这则寓言来表达自己的观点——大智若愚，大勇若怯。

纪渻子驯斗鸡时，看到鸡虚张声势不行，看到鸡见战应战时不行，看到鸡剑拔弩张时不行，只有当它看到有挑战而不为所动，神定气闲时才能说是驯好了。

我们现在用的成语"呆若木鸡"就是从这里来的，如今的含义是形容愚蠢、不知所措的样子。原来则指的是冷静沉着，精神凝聚的模样。凡是真正有才能、真正成熟的人，一般都不会摆出一副趾高气扬、自命不凡的神气，当有事情发生时，你才会发现他们运筹帷幄，力挽狂澜的气魄。反之，一味装腔作势，自吹自擂，遇事则手足无措，毫无主见的人，往往不会有大作为。所以做人要戒骄戒躁，提高自身素质和修养，才能逐渐走向成熟。

遇事沉着冷静，原都是要经过训练和磨炼的。只有真正沉着冷静的人，才能处变不乱，取得最后胜利。经过严格训练和生活磨炼的人，确实能令人望而生畏。

枯鱼之肆

庄周家里很穷，难以维持生计，因此去找当地的权贵监河侯借粮食。监河侯不愿意借粮食给庄子，有意搪塞。

监河侯假装慷慨地说："我就要收租金了，你先耐心等上一段时间，我把佃户的租金都收上来以后，你再来，我借三百金子给你，行不行？"

庄周听了监河侯的话，心中早已猜出了他不愿意借粮食给自己，气得脸都变了色说："庄周昨天来的时候，在半路上听到有求救的喊声。我环顾四周，看见路上车轮沟里，有一条鲫鱼。我就问它：'鲫鱼啊！你为什么叫喊呢？'鱼说：'我是从东海来的海神的臣子，现在被困在车轮沟中，没有水恐怕活不了多长时间了，你有没有一桶水救救我呢？'我说：'好！我就要到吴越等国，到时见到两国的国王，说服他们放西江的水来救你，行不行？'鲫鱼气愤得脸都变了色说：'我现在失掉了正常的生活条件，根本没办法生存，你只要给我一桶水，我就能活命了，可现在你却说这样的话，还不如直接到干鱼摊上去找我！'"

≪ 赏 析 ≫

这则寓言揭露和讽刺了当时权贵的丑恶嘴脸。身为监河侯，家中自然有万贯财产，只斗升之米便可使人活命，但其吝啬无情，许诺将来"贷子三百金"，装出一副慷慨大方的姿态，监河侯的虚伪与狡诈跃然纸上。他想用慷慨大方的外表遮住其悭吝无情的内心，实在是令人厌恶。

庄子的这则故事是想说明"外物不可必"，无忧无虑，逍遥于天地之间。外界的一切都不能依赖，世间只有锦上添花者，而很少有雪中送炭者。

"望梅止渴"，"画饼充饥"根本就解决不了实际问题，人们期望得到的是有诚意的帮助，而不是甜言蜜语，一句空话。见死不救还装出一副慷慨的模样。这则寓言是一些假仁假义的人的真实写照。

中国寓言故事

屠龙术

有个叫朱泙漫的人很想学一门技术，他左思右想，终于想到了一个好营生。他听说支离益会屠龙之术，于是打点行囊，去找支离益学屠龙的技术。支离益说："学屠龙的技术不但很辛苦，而且还要花费很多银两。"朱泙漫说："不管有多辛苦，我都要学。至于钱的事，我已经变卖了所有的家产。"支离益一看朱泙漫的态度那么坚决，也就不再说什么。从此，朱泙漫就跟着支离益学习屠龙之术。时间过得很快，三年之后，朱泙漫终于学成回家了。现在的他已身无分文，家中价值千金的资产也全都耗费光了。他兴冲冲地跑回家乡，乡亲们一见朱泙漫回来，都非常高兴，很多人都在家中宴请了他。朱泙漫对乡亲们讲了这三年中发生的事情。然后，他就开始寻找龙了。可他在家乡找了很久，也没有发现龙，更别说施展他的屠龙之术了。

朱泙漫吃尽苦头，经过三年时间，终于学成了屠龙之术，他也因此被弄得穷困潦倒。本来学成出师，可以大大地施展一番本领，只可惜朱泙漫在学习之前从未想过将来发生的事。世上根本就没有龙，他的屠龙之术自然就无用武之地了。

按照庄子一贯的思想，他是追求自由自在，逍遥游之。屠龙成了一项大而无用的技艺，倒不如当初什么也不学，也不会引起后来的伤感之情了。朱泙漫作为一个悲剧人物的化身，同后来许许多多读书人的命运不谋而合。但在这则故事里，朱泙漫这个人物还是轻盈的，玩笑性质的。这点同当时真实环境中的知识分子的沉重忧苦形成对照。历史上有许许多多的读书人，寒窗苦读，不管以后是高官厚禄还是两袖清风，无不发出感叹。他们被复杂的人际关系所累，人人都感到抱负难展。朱泙漫的形象同现实生活中的人发生了强烈的共鸣之声。

当今社会，刻苦学习是我们必备的品质，但学的东西必须能有用武之地。如果盲目地按照自己的想法去做，也许到了最后只是竹篮打水一场空。所以说我们无论什么时候都要保持头脑清醒，认真分析当前的形势，看国家、社会最需要什么样的人才，什么样的职业最能发挥你的才华，然后脚踏实地地去做，掌握一技之长，学以致用，而决不能再走朱泙漫的老路。

中国寓言故事

59

范献子贵言

范献子坐着船，在河上游览，士大夫们也都随着游玩。范献子看着两边的青山绿草感到很惬意，但他不知不觉中想起了朝中的事，心情顿时十分低落。原来他的脑海中又浮现出栾氏子孙被杀死的情景，对周围的美景也没有兴致。范献子回过头扫视了一下臣子们，问道："栾氏的后人情况现在怎么样，有谁知道？"大夫们一个个面面相觑，都回答不上来。

船夫清涓听了范献子的话放下船桨说："这件事已经过去好多年了，您为什么又想起栾氏的后人呢？"

范献子说："自从我灭栾氏到现在，栾氏中的人年老的已经去世了，年幼的已经成年。去世的我自然心中没有什么顾虑，但那些已成年的栾氏后人，我担心有一天他们会联合闹事，所以我才问他们的情况。"

清涓说："主公只要处理好晋国的朝政，内部得到士大夫们的拥护，外部得到百姓的民心，虽然有栾家的后人，也奈何不了您。如果您朝政处理得不好，内部得不到士大夫的拥护，外部得不到民心，那么船中所有的人，都是栾氏的后人呀！"

范献子听完了清涓的话，顿时醒悟过来，同时也对这位船夫刮目相待了。

≪赏 析≫

春秋时晋国贵族内部起内讧，范氏联合韩、赵、魏等族，灭了栾氏。范献子很担心栾氏的后人死灰复燃，伺机报复他。所以范献子十分在意栾氏后人的近况。船夫清涓的回答消除了范献子的顾虑。清涓说人心向背是最重要的事，得人心者得天下，只要范献子专心处理朝政，政治清明，让朝中百官拥护，朝外百姓爱戴，即使栾氏子孙犹在，也没有什么坏的影响。可如果范献子政治腐败，弄得民不聊生，不但栾氏子孙的风吹草动会影响他的政权，就是一个平常人都会对他不利。只要上下一心，统治就会稳定、牢固；上下异心，则早晚会走向灭亡。

中国寓言故事

宣王好射

齐宣王特别喜欢射箭，众人为了迎合他便都夸奖他力大无比，能拉硬弓，宣王听了心中十分高兴。其实大家心里都明白宣王所用的弓，拉满了不过是三石的分量。齐宣王经常自己拉完弓，就拿给手下人拉，手下人也都试着拉，只拉到半满的时候，就全都装作拉不动的样子。

有一次，齐宣王又跑到野外去练习射箭，他和手下玩耍了一会儿，就坐下来休息。这时，他对身边的一个侍从说："把我那张弓拿来，你们再练练臂力。"手下人听了忙去把齐宣王那张弓拿来，一个个争先恐后地练着拉弓。他们还是像以前一样，只拉到半满便停下来了。大家都恭维齐宣王说："这张弓的分量不会比九石少，我们这么多人谁都拉不动，看来除了大王没有人能够拉得开这张弓，大王真是神力呀！"齐宣王听了，满心喜悦。

其实宣王用的不过是三石的弓，由于没有人告诉他，他一辈子都以为是九石的弓，名义上是九石，实际上却是三石。宣王只喜欢图得虚名，却失去了实效。

≪赏 析≫

俗话说得好：良药苦口利于病，忠言逆耳利于行。从古至今，历代君王中有多少人能够听取"逆耳忠言"呢？宣王喜欢射箭，手下的人惧其权力，都夸宣王力气大，而没有一个说实话，所以宣王终生都以为自己力大过人，沉醉于别人编织的谎言中。

人一旦有了权力、地位，则身边溜须拍马、处处迎合的人不在少数，而被这些人迷惑的更不在少数。意志薄弱、头脑不清醒的人稍被奉承，往往就迷失了方向。这则寓言，对于不求实际、只图虚名，而且喜欢奉承的人，是一帖清醒剂。它提醒我们无论什么时候都要坚定立场，客观分析，在这充满矛盾和诱惑的大千世界中，明辨是非，不被他人所利用、欺骗，才是冲破自身束缚的道路所在。

我们为人处世，万不可欺上瞒下，歪曲事实真相。这不仅对他人无益，对自己即使是得一时之利，长此以往，也必将引火上身。

中国寓言故事

献 玉

魏国有个老农在郊外耕田，无意中挖出一块一尺见方的宝玉。老农不知道是宝玉，就去问邻人这是什么东西。邻人想把宝玉占为己有，就对老农说："这是一块怪石，留在家里对全家都不利，不如扔掉吧。"

老农听了，心中虽有疑虑，但还是把宝玉抱回家中。到了晚上，宝玉通体发亮，把一间屋子都照亮了。农夫一家非常害怕，就又去告诉邻居。邻居说："这是怪异的征兆呀，快把它扔掉，才可以消除灾难。"于是，老农赶忙把宝玉扔到野外去了。

那个邻人把宝玉拾回来，献给了魏王。魏王把玉工召来检验。玉工见了，忙向魏王行了大礼，退立在旁边说："恭喜大王得到天下稀有的珍宝，这么名贵的宝玉，我从来没有见过。"

魏王问宝玉值多少钱，玉工说："这是无价之宝，即使用五座城池交换，也只能看玉一眼而已。"

魏王听了马上赏给献玉的人一千斤黄金，并让他永远享受上大夫的俸禄。

≪赏 析≫

农夫无知，手持宝玉却不识货，竟然轻易相信小人的话。为了避免灾难，又把宝物扔到野外。邻人本身知道是块宝玉，却滋生歹心，意欲占为己有。随后又借宝玉取得了富贵，并且还"长食上大夫禄"。尹文子将邻人的卑鄙、狡诈一览无余地展现在读者的面前。这则寓言对现在的我们仍具有深刻的意义。

"人不可貌相，海水不可斗量"，满口的仁义道德，心中却全是阴谋诡计。轻信别人的一面之词，被人骗进陷阱却不自知。我们应当从这则寓言中吸取沉痛的教训，提高自己辨别是非曲直、忠奸善恶的能力。"害人之心不可有，防人之心不可无"，处理事情要三思而后行，提高警惕，不能被一些心术不正、口蜜腹剑的人所利用、蒙蔽。

和氏璧

有个姓和的楚国人，在楚山中得到一块未经雕琢的玉璞，他想：楚国常常因为国库中没有宝玉而被人耻笑，我一定要把这块宝玉献给国家。于是，和氏就将玉璞献给了楚厉王。楚厉王把玉工叫来鉴别它，玉工说："这是一块石头。"厉王认为和氏欺骗了自己，就把和氏的左脚砍去了。

等到武王即位时，和氏又捧着玉璞去进献。武王叫来玉工鉴别，玉工又从中作梗，楚武王以为和氏欺骗自己，就把他的右脚砍去了。

武王死后，文王即位，和氏抱着玉璞在楚山下哭了三天三夜，泪水流干了，又流出一滴滴鲜血。文王听说后，就让人问和氏为什么痛哭："天下被砍脚的人很多，你为什么哭得这么悲伤呢？"

和氏说："我并不是因为被砍了双脚而悲伤，我伤心的是把宝玉称作石头，把忠诚的人却叫作骗子。"

文王见了那块玉璞后，就叫玉工雕琢那块玉璞，果然得到了一块稀世珍宝。后来他就把这块宝玉叫作"和氏璧"。

≪赏　析≫

韩非子主张用法术治天下，当时的统治者并不推行。韩非子的"法治"思想没被重用，从这则寓言中我们可以看出，他怀才不遇的悲愤。韩非子希望统治者能够真正认识到"法治"的价值，而不要使其埋没。

认识一样东西的价值并不容易，而发现真正的人才则更是难上加难。对于那些敢于提出意见，献计献策的人，千万不能给予打击和摧残。换一个角度说，历史上有才能，有价值的人在当时不被认可，一些真理不被当时的社会所承认，也是屡见不鲜的事。但重要的是只要坚持真理，充分发挥自己的才能，最终会像和氏和玉璞一样，为世人所接受和敬仰。

扁鹊治病

扁鹊有一次去见蔡桓公。扁鹊看了看蔡桓公，对他说："我看君王在皮肤和肌肉之间已有了疾病，如果不立刻治的话，恐怕会严重的。"

蔡桓公说："我没有病。"等扁鹊出去后，桓公说："医生就喜欢给没病的人治病，以显示自己医术高明。"

过了十天，扁鹊又来见蔡桓公，他说："君王的病已经到了肌肉里面，再不医治，会更加严重的。"桓公一句话也不说。扁鹊只好走了，桓公很不高兴。

过了十天，扁鹊又来见蔡桓公，说："君王的病已经到了肠胃，再不医治，会更加严重的。"桓公又没吱声。扁鹊走后，桓公又十分不高兴。

又过了十天，扁鹊看见了蔡桓公掉头就走，桓公就找人去问扁鹊，为什么要掉头就跑。扁鹊说："病在皮肤，用汤药或热敷都可治好；在肌肉，针灸是可以治好的；在肠胃，火煎的药剂可以治好；在骨髓，是死神所管的事。您的病已深入骨髓，我也就不敢再说什么了。"

过了几天，桓公的全身疼痛，赶忙让人去找扁鹊，但他已经逃到秦国去了。

桓公的病越来越严重，没过几天便死了。

≪赏　析≫

蔡桓公是春秋时期的人，扁鹊是战国时期的人，韩非子的用意是说明任何事都是从量变到质变的，没有起初的细微变化，就不会出现后来本质的异变。现实生活中像蔡桓公这样的人大有人在，讳疾忌医贻误病情，等到病入膏肓，最后不治而亡。一个人如果一意孤行，不听取别人有益的意见，等到事情发展到不可挽救的地步，已经悔之晚矣。

卫人教女

有个卫国人，不仅十分贪财，而且为人处世的方法也与常人不同。他在女儿出嫁的时候，把女儿悄悄拉到一边，叮嘱道："你到了婆家，一定要多攒些私房钱。做人家的媳妇，被休回家的，是常有的事；能和丈夫白头偕老的，却是少之又少。如果以后丈夫不喜欢你了，把你休回家，咱们也可以过得舒服一点儿。"

他女儿的婆家家境较好，女儿的夫婿对他女儿也很好，夫妻俩的感情一开始相当和睦。他父亲得知女儿并没有听她的话，心中十分恼怒。为了让女儿顺从自己的意愿，他便不断捎来口信，提醒他的女儿要多攒些私房钱。他的女儿听从父亲的话，所以一有机会，就从婆家捞点儿小钱小利，拼命地积攒私房钱。一开始她婆家还没有觉察出来，到了后来，私房钱攒得越来越多，终于被她婆婆发现了，她的婆婆就让她儿子把她休回娘家。他的女儿带回家的财物比出嫁时的嫁妆还要多一倍。这个卫国人见女儿被休回娘家，就说："父亲当初说的话没错吧！"他女儿也连声说父亲的话说得很对。卫国人不自责自己教子无方，反而庆幸现在比以

前富多了。

现在朝廷上官员的为官之道，和这很相似呀！

≪赏 析≫

韩非子对当时的达官贵人进行了淋漓尽致的讽刺。在封建社会，官场总是和金钱有千丝万缕的联系。韩非子借"卫人教女"来披露官场中的各种丑恶行径。故事中，卫人教导自己的女儿"必私积聚"。女儿听了父亲的话，用尽一切办法搜刮婆家的钱财。女儿终于被其所害，让婆婆逐出家门。回到家中，卫人见女儿带回那么多金银，满心欢喜，他不但没有自责内疚，反而以此为乐。篇末的点题之言，正是韩非写这篇文章的本意。朝中官员就如同卫人，不关心百姓疾苦，不为百姓做事，只知道搜刮民脂民膏，中饱私囊，且乐此不疲。他们这种贪污成风，愈演愈烈的行径，实在是让人叹息、痛恨呀！

侏儒梦灶

卫灵公在位的时候，弥子瑕特别得宠，他把持着卫国的朝政，背着皇帝做了许多伤天害理的事。朝中大臣都对弥子瑕十分不满，但惧于他的权势，都不敢在卫灵公面前列举弥子瑕的罪状。卫灵公仍旧很信任弥子瑕，他更是无所顾忌，为所欲为。

有一个侏儒看到弥子瑕的所作所为，心中十分愤怒，但在古代，侏儒没有资格直谏，于是他想了一个办法。一天，他有机会见卫灵公。侏儒对卫灵公说："我的梦果然应验了。"灵公就问："什么梦呀？"侏儒回答道："我梦见灶头，这是进见主公的预兆。"

灵公大怒，说："我听说要见君王的人会梦见太阳，你怎么见我却梦见灶头呢？"

侏儒回答说："太阳照耀着世间万物，什么东西也挡不住它的光辉。君主洞察全国的情形，任何人都蒙蔽不了他。所以要见君主的人会梦见太阳。而灶头，本来从周围可以看到火光，如果有一个人坐在那里烤火，后面的人就看不见了。现在可能就有人蒙蔽了君王，所以臣才梦见灶

头。"

卫灵公听完侏儒的话，想了好久，终于明白了侏儒的用意。

≪赏　析≫

侏儒是身材特别矮小的人，古代贵族家中常有侏儒居住，好让贵族逗笑取乐。侏儒的身份低微，没有资格直言进谏，但他看到卫灵公被专权的弥子瑕蒙蔽，只好借"梦灶"来劝谏卫灵公。他抓住君王"辉比日月"的心理，灵公果然追问梦境的缘由，然后侏儒再进一步阐明朝中必定有人蒙蔽君王。

处于领导地位的人，如果被身边的少数几个人所左右，势必不能做出正确的决策。使用人才绝不能凭自己主观的喜好，基本的标准应该是"用人唯贤"。但作为领导者，并不意味着撒手不管。明中要予以重任，暗里则要考察他的工作成绩。

中国寓言故事

66

相剑者

有两个人都喜欢宝剑，都认为自己对剑有研究。一天这两个人又到一起研究剑的好坏。他们两个拿来一把剑，放到桌上。

其中一个人说："前几日我得到这把剑，你看白色是表示剑的坚硬度十分高，黄色则表示剑的柔韧性比较好。黄色和白色都有，则表示这把剑既坚硬又有韧性，所以这样的剑才是好剑。"

那个反驳他的人说："依我看来，白色是表示剑的柔韧性不好，黄色则表示剑的坚硬度不高，黄色和白色都有，就表示这把剑既不坚硬又不柔韧。而且剑柔韧就容易卷刃，太坚硬就容易被折断，剑如果既易折断又易卷刃，怎么能算得上利剑呢！"那个人听了，对反驳者说："你这不是和我作对吗？我说白色是坚硬度高，黄色是韧性好，可你偏说白色韧性不好，黄色硬度不高。"

这两个人争了半天，也没个结果。到最后这把剑到底是好是坏，谁也说不清楚，结果还闹了个不欢而散。

《赏析》

同样的一把剑，一个认为是刚柔并济的好剑，一个则认为是既易折又易卷刃的次剑。孰是孰非，莫衷一是。相剑者评价剑的好坏是从剑的优点上去说的，白色则说剑的硬度高，黄色则说剑的韧性好，黄白兼具则说是剑的硬度又好、韧性也好。反驳者则评价剑的好坏是从剑的缺点上去说的，白色则说韧性不好，黄色则说剑的硬度不够，黄白兼具则说既没有韧性硬度也低。其实他们都没想过，韧性和硬度本来就是相互矛盾的两个方面。剑的硬度太高，韧性势必不会太好；韧性太好，剑的硬度肯定不会太高。相剑者坚持说剑好，反驳者坚持说剑不好，如此各执一词，最后也不会争得一个结果。

现实生活中，存在着许多像"相剑"这样的问题。人们常常为了一件事而争论不下。如果我们能谨记一句话：实践是检验真理的唯一标准，把有争论的问题到现实中去找到答案，不就迎刃而解了吗？

老虎求生

有一个猎人，专门从事猎虎的工作。他技艺高超，几乎从未失过手。他做了一架拴虎蹄的器械，只要老虎不注意进了他的圈套，则必然会被捉住。

有一天，这个猎人又把他的捉虎器械带进了树林，做了一番掩饰看着没有什么破绽的时候，就躲到了一边，等待老虎的出现。他等啊等啊，大半天的工夫都过去了，也没见到一只老虎。眼看就要到中午了，才见着一只斑毛猛虎从山坡上下来。这只老虎不知道前面正有威胁在等着它，仍悠闲自得地走着。猎人喜出望外，因为这只猛虎正朝着他的捕虎器走来。

只听得"砰"的一声，老虎应声而倒，一条腿已经被夹住了。猎人兴冲冲地跑过去，看着自己的猎物满意地笑了。老虎一见自己的腿被夹住，顿时发起怒来，但它无法挣脱。突然间，只见老虎张开血盆大口，朝自己被夹住的腿就是一口。虎蹄子断了，老虎忍着剧痛逃跑了。

老虎并非不爱自己的蹄子，可是它并不因为一只小小的蹄子，而葬送了自己整个庞大的身躯啊。老虎忍痛断蹄，死里求生，这是权变之策呀！

≪赏 析≫

这则寓言的寓意是一种自残远祸、舍小求大的思想。这一思想，从消极的方面想，就是一种苟全性命的人生哲学；从积极的方面想，则是教育人们从长远利益出发，眼光放得远一些，不惜牺牲微小利益以保全大局。社会中这两种做法的人都有。有的人为了保全性命，苟延残喘，失掉了做人的骨气；有的人则为了国家的利益，牺牲个人利益。前者则势必会遭到世人的耻笑、嘲讽，后者则势必会引起世人的敬仰、尊重。

这则故事还告诉我们，整体和部分的关系。整体统帅部分，部分则要服从于整体，两者是辩证统一的关系。为了整体利益，就要忍痛割爱，如果不这样做，就会影响到整体的利益，得不偿失。

疾犬与狡兔

韩国的猎狗是天下跑得最快的猎狗，齐国东郭的兔子是四海之内跑得最快的兔子。有一天，韩国的猎狗追赶东郭的狡兔，围着山跑了三圈，翻越了五座山梁。猎狗还是没有追上兔子，兔子也没有摆脱猎狗。兔子精疲力竭地在前面跑，连气都喘不过来；猎狗气急败坏地在后面追，疲乏得抬不起脚。最后猎狗和兔子再也跑不动了，各自累死在自己停留的地方。

这时，走来一个农夫，看见地上躺着一只兔子和一条猎狗，一摸还浑身有热乎气儿呢。农夫不费吹灰之力，高高兴兴地拣起死兔死狗，拿回去剥皮下锅，独占其利了。

≪赏 析≫

故事的背景是齐国想打魏国。齐国的赘婿，身材矮小而滑稽多辩的淳于髡看到形势混乱，不想让齐国伐魏，他就对齐王说了上面"疾犬与狡兔"的故事。

猎狗隐喻齐国，狡兔隐喻魏国。这两个"勇士"不动脑筋，相互厮杀，最后都倒下了。农夫代表着秦、楚，最后"农夫"毫不费力，但却获得了利益。淳于髡的意思是说齐魏相争，秦国和楚国必将趁着齐魏人马困乏的时候，大举进攻最终获得胜利。齐王在淳于髡的劝谏下，才发现隐藏在背后的危险。最后，收兵回国，不再伐魏。

智勇双全，人皆称好。有勇无谋，怎能称好？可以设想，韩国的这一只疾犬和齐国东郭的一只狡兔，如果有一个能稍稍动点脑筋，用智力赛过对方的话，也绝不会搞得两败俱伤，成为农夫嘴中的美食。

"三思而后行"，这是一则流传百年的古训。我们做任何事情之前都得动动脑筋，特别是在双方力量相差不大、几乎势均力敌的情况下，更应该动动脑筋，否则，仅凭匹夫之勇，最后终将得个两败俱伤的下场。

五十步笑百步

有一次，梁惠王和孟子一起讨论国家大事。

梁惠王问孟子："我对于国家大事，可算得尽心了。河内闹灾荒的时候，我就把河内的灾民移到河东去，同时，把河东的粮食调剂到河内来。假如河东年成不好，我也采取同样方法。邻国的国君并没有像我这样地关心爱护百姓。可是，邻国的百姓并没有减少，而我们梁国的百姓也不见增多，这是什么道理呢？"

孟子回答说："大王喜欢打仗，我就用打仗做个比方吧！当战鼓敲起来，刀对刀、枪对枪地打起来时，士兵丢盔弃甲，掉转身子就逃。有人逃了一百步停下来，有人逃了五十步就停下来了。逃了五十步的人竟然嘲笑那逃了一百步的人，你看对不对呢？"

梁惠王说："当然不对，他们跑五十步也是逃跑了的，怎么能讥笑跑一百步的呢？"

孟子说："大王既然知道这个道理，那么，你也不必希望你的百姓比邻国多了！"

《赏 析》

梁国又叫魏国，是战国七雄之一。惠王把都城从安邑迁到大梁之后，才改称为梁国。魏国在战国初期是最强的国家。惠王常常带兵攻打邻国，后因两次被齐国战败，国势才逐渐衰落。而梁惠王不考虑给百姓带来的苦难，却自以为爱民如子，埋怨其他国家的百姓不来归附。他的这种表面上给百姓一点小恩小惠，实质上却是为了掠夺和驱使百姓的行径，和其他国家的统治政策没有什么不同。

认识一个事物，不能只从表面现象出发，而是要透过现象看本质。现象是对本质的反映，但现象也有真相和假象，只有抓住事物的本质特征，才能对事物进行正确的分析。事物的外表有时候具有迷惑性，它阻碍我们清楚地认识事物。这就要求我们要进行客观的、全面的了解和认识，并以此为依据，做出判断。

中国寓言故事

70

盗盗殴殴

古时候，一般农民家给孩子起名都很随便，有一个人给他的大儿子起了个名字叫"盗"，给他的小儿子起名叫"殴"（打人的意思）。

有一天，大儿子"盗"要到外地去办事，人已经走出了家门。老大爷忽然想起了一件事要嘱咐大儿子一声，要把他喊回来，就在后边一面追赶着，一面大声喊："盗！盗！"

恰巧本地官吏巡查要从这大道经过，还要走两里路才向右转弯，走上向东的大路才能回府。轿子正向这边抬过来，他在轿子里坐了将近半个时辰，正想闭目养神。突然听到有人在大声喊叫"盗！盗！"一下子惊醒了。这官吏轻轻拉起轿帘朝叫喊的方向一看：只见一年轻后生在前面急急忙忙地走着，后面有个老大爷向这后生边追赶边大声叫"盗！盗！"

官吏听到老大爷叫喊"盗"，以为老大爷追赶的是强盗，就把"盗"抓住捆了起来。老大爷看到自己的大儿子被官吏误以为是强盗抓住并捆了起来，就想叫二儿子"殴"去向官吏说明实际情况，由于看到情况紧急，一时说不出别的话来，只是一个劲地喊着"殴！殴！"

官吏抓住了老大爷的大儿子"盗"后，不容"盗"分说，让士兵用粗麻绳将"盗"绑得紧紧的，然后再带回府衙审问定罪。正准备起轿，又听到老大爷急切地呼喊："殴！殴！"捆押"盗"的兵士都以为是老大爷示意要打这个年轻的"强盗"，于是拳头、木棒雨点般地朝"盗"头上、身上打下来了，要不是老大爷和他的二儿子及时跑来把情况说明，"盗"差一点就被打死了。

≪赏　析≫

这篇寓言故事告诉人们：要注意"名"与"实"相符，慎重地给事物以称呼；要防止名不符实，若名不符实，就会给人们造成误解，结果是事与愿违。

景公求雨

有一年，齐国的天气怪异，久旱无雨，因此农民们错过了播种时节。齐王景公召集群臣问道："天不下雨已经很久了，老百姓饿得面黄肌瘦的，我派人为这事占卜过，说是山神河伯在作怪。我想稍微征收一点钱来祭祀一下山神可以吗？"群臣之中无人对答。这时，有一个敢于直言的大臣晏子上前对景公说："不行，祭祀山神是没有益处的。山神本来就以石头为身躯，以草木为毛发，天久不下雨，毛发将会枯焦，身躯将会发热，难道它就不盼雨吗？"

景公问道："如果不祭祀山神，我想祭祀一下河伯，行吗？"晏子说："不行。河伯本来就以水面为国土，以鱼鳖为百姓，天久不下雨，泉水将会下渗，河流将会干涸，国土将会丧失，百姓将会灭绝，难道它就不盼雨吗？"

景公说："现在该怎么办呢？"晏子说："您如果能离开宫殿，到野外去日晒夜露，跟山神河伯一样，为自己的人民、土地担忧，老天也许会下雨吧？"

于是，景公便和农民同吃同住。三天之后，齐国下了一场大雨，农民们便将庄稼补种上了。

《赏 析》

与民同甘共苦，深入基层，了解最为详细和全面的信息是一个领导者最起码的要求，而不是整天都呆在办公室里胡思乱想，更不是要在困难的时候借助很多迷信的说法和做法来搜刮钱财，增加人民的负担。只有以自己的实际行动来带动和感染广大劳动人民共渡难关，才能得民心、得天下。

中国寓言故事

不知冷暖

齐景公在位的时候，有一年冬天，大雪下了三天三夜还没有停止。天寒地冻，很多动物要么被冻死，要么因为找不到吃的而饿死在雪地中。皇宫里到处都放满了火盆，木炭在里面欢快地燃烧着，朝廷的大小官员也都穿上了厚厚的皮衣。景公披着用狐狸腋下的皮毛做的皮袄，在殿堂的侧面坐着。晏子进殿拜见，站了一会儿，景公说道："真奇怪呀！大雪下了三天，却怎么一点也不寒冷！"

晏子回答道："真的不冷吗？只怕是您穿得太好了，不觉得寒冷吧？"景公只好讪笑着。

晏子说："我听说过，古代贤明的君主，自己吃得饱，却知道有百姓挨饿；自己穿得暖，却知道有百姓受冻；自己安逸，却知道有百姓劳苦。如今，您却不知道啊！"

景公说："你讲得真好哇！我明白你的意思了。"说罢，便下令拿出皮衣和粮食分发给挨冻受饿的百姓。

≪ 赏 析 ≫

在我国古代的寓言故事中，关于晏子的故事很多，这则故事则是晏子在景公面前敢于直言的勇气和景公虚心接受批评的故事，同时也告诉我们，辅佐帝王的臣子一定要敢于为民请命，高高在上的帝王也不应当养尊处优而忘记百姓的疾苦。

二桃杀三士

齐景公蓄养的谋士公孙接、田开疆、古冶子，都凭勇猛有力善于打虎而闻名齐国。

有一天，相国晏子从他们跟前经过时，三个人都没有去搭理他。于是晏子入宫拜见景公说："对上不知君臣的大义、对下不懂长幼的礼节的莽夫是些对国家有危害的家伙，不如除掉他们。"

景公说："这三个人勇敢无比，抓他们恐怕抓不住，刺他们恐怕刺不中。"晏子说："这几个人都力大好斗，不讲长幼礼让，可以利用这一弱点来消灭他们。"于是就请景公派人故意赠送给他们三个人两个桃子，对他们说："你们三人何不按照功劳的大小来分配这两个桃子呢。"

于是，三个有勇无谋的人便各自夸起自己的功劳来，希望自己能得到一个桃子。由于无法公平分配，勇士田开疆便刎颈自杀了。剩下的两个人害怕自己的良心受到谴责，便放下了桃子，以死来报答自己的同伴。

《赏析》

晏婴在诸葛亮之前，成了中国人心目中最早的智者和贤相。因为晏婴的凶残有最神圣的借口：仁义道德；晏婴的阴险有最堂皇的理由：安邦定国。实际上，三个勇士的言行比晏婴更符合仁义道德，三个勇士比晏婴更有能力安邦定国。

社鼠

有一次，齐景公和大臣晏子在后花园散步。齐景公向晏子问道："治理国家，值得担忧的是什么呢？"

晏子回答说："值得担忧的是那社庙中的老鼠。"

景公不解地问："你说的是什么意思？"

晏子回答说："社庙呀，它的墙壁是把散木捆束后加以编排结扎，再抹上泥而成的，因此，老鼠便到那里去寄居，在里头胡作非为，人来了，它就躲到墙缝里去了，所以人们在想法子消灭它，用烟火去熏它吧，怕烧了木头；用水去灌它呢，又怕毁了抹上去的泥。这些老鼠之所以不能消灭，就因为社庙在保护着它们的缘故。国家里头也有社鼠哩，君臣身边的小人就

是的。他们在朝廷之内，就阻挡君主接近贤臣；在朝廷之外又卖弄权势，欺压百姓。不杀他们吧，会酿成祸乱；杀掉他们吧，他们又受到君主的保护，并被君主当做心腹来亲近。这些人就是国家的社鼠啊！"

景公听了晏子的一番话后，深受启发，于是便广开言路，给贤臣更大的发展空间，而让那些欺压百姓的人则回家反省，真正地消灭了国家的社鼠。

≪赏 析≫

在这则寓言中，晏子说藏在社庙里的老鼠最难对付；用烟火熏吧，怕烧了庙；用水灌吧，又怕毁坏了社木上的泥土。社鼠难以被消灭，是因为人们担心得罪了神灵。在现实中，那些依傍权势，为非作歹，投机钻营，欺上瞒下的无耻小人不就是国家的社鼠吗？他们把领导的名望权势当成安全又显赫的大屋，用来躲避风雨为干坏事罩上一把保护伞，老百姓对他们的恶行虽深恶痛绝却又奈何不得，这便使社鼠比过街老鼠更狡猾，危害更严重。

越石父客晏子

晏子前往晋国，走到中牟这个地方，看见一个头戴破帽，反穿皮袄，背着饲草，在路旁休息的人。晏子派人去问他："您是干什么的呀？"那人回答说："我是齐国的越石父。"晏子说："你怎么到这里来的？"越石父说："我是被卖到中牟这里给人家做奴仆的。今天遇见了齐国的使者，希望能把我带回齐国去。"晏子便解下左侧的骖马赎买他并让他上车，跟他一起回到齐国。

到了住处，晏子没有向越石父告辞就进去了。越石父气愤地要与晏子绝交。晏子叫人回答他说："我跟您素无交往，我把您赎买回来，您还觉得不满足吗？"越石父回答说："我听说，有知识的人在不了解他的人面前，是可以受委屈的；但在知心朋友面前，就应该无所拘束了。我给人家做了三年奴仆，没有一个人了解我。如今您把我赎买出来，我以为您已经了解我啦。您上车时，不向我让座，我以为您是偶然疏忽。现在又不向我告辞就进屋去了，这跟那个把我当奴仆的人的态度是一样的啊！"晏子觉得越石父的话很有道理，于是就向他认了错，并且礼貌地请他到自己家中做客。

≪赏　析≫

　　晏子与越石父结交的过程说明：为别人做了好事时，不能自恃有功，傲慢无礼；受人恩惠的人，也不应谦卑过度，丧失尊严。谁都有帮助别人的机会，谁也会遇到需要别人帮助的难题，只有大家真诚相处，平等相待，人间才有温暖与和谐。

晏子的车夫

晏子任齐国的宰相时，有一次乘车外出，路过他车夫的家门前，车夫的妻子便从门缝里偷看。她丈夫替宰相赶车，坐在车上的大伞盖下，鞭策着四匹高头大马，神气活现，非常得意。

车夫回家之后，他妻子要求跟他离婚。车夫问是什么缘故，妻子说："晏子身高不到六尺，个头矮小，相貌平平，却当了齐国的宰相，并以自己非凡的外交才能在各诸侯国中很有声望。刚才，我看他外出时，思虑显得那么深沉，态度也是那么谦逊，丝毫看不出他是一个宰相，看起来倒像是一个和蔼可亲的朋友。而你身高八尺，给人当个车夫，却感到很满足，自己不求上进。给您这样的人做妻子，我感到羞耻，我就是因为这个才要离开你呢。"

从此以后，车夫抑制了自满情绪，变得谦逊起来。晏子感到奇怪，询问他为什么有这样的转变，车夫如实回答。晏子便推荐他做了大夫。

在这个车夫做了大夫之后，由于受到自己妻子的不断鼓励，在实际工作中表现非常出色。后来，他便成了齐国一个非常有名的大臣，被皇帝屡屡召见。

≪赏 析≫

马车夫的故事说明：只有无知无志之人才会盲目骄傲，而勇于正视自身的缺点并能认真加以改正的人，一定会有出息。自满自足，妻子去之；自损自抑，晏子荐之。这是"满招损，谦受益"的艺术表现。其实，我们在现实生活中也经常遇到这样的情况，例如，生活上或工作上春风得意的时候，一定不能骄傲自满，甚至是"翘尾巴"，而是要在自己的心中有一个标准来正视自己现有的一切。"夹着尾巴作人"也是一种艺术，只要运用得当，就会不断进步。

晏子使楚（一）

晏子即将来到楚国。楚王听到这消息，就对身边的人说："晏婴这个人啊，是齐国善于辞令的人，现在他即将来到楚国，我想侮辱他一下，该用什么办法呢？"身边的人回答说："当他来了的时候，就让我们捆住一个人，从大王面前走过，大王就问：'是哪国人？'我们就回答：'是齐国人。'大王又问：'犯了什么罪？'我们就说：'犯了盗窃罪。'"

晏子到楚国，楚王便请晏子喝酒。酒兴正浓的时候，两个差役捆着一个人，走到楚王跟前。楚王问道："被捆着的人是干什么的？"差役回答说："是个齐国人，犯了盗窃罪。"楚王盯着晏子说："齐国人原来惯于做贼吗？"晏子连忙离开席位回答道："我晏婴听说，橘树生长在淮水以南，就是橘树；生长在淮水以北，就成了枳树。虽然叶子相似，但它的果实味道却不同。为什么会出现这种变异呢？是因为水土不同啊！以前，老百姓生长在齐国，并不偷窃，一到楚国就偷窃，莫非是楚国的水土，使百姓喜欢做贼吧？"楚王尴尬地说："智慧杰出的人物，是不能戏弄的呀！我反而自讨没趣！"

≪赏 析≫

这则寓言后来演变为脍炙人口的成语——"橘逾淮为枳"。它说明，同样的事物在不同的环境下，可以发生不同的变化，环境对改变一个人的品质是十分重要的。

知识是无穷无尽的，而利用知识的技巧是相当高深的。也许，"橘逾淮为枳"这句话知道的人很多，但是，能在特定的场合恰当准确地运用，则是需要智慧和勇气的。因此，我们在学东西的时候，一定要学会灵活运用，才能真正地将知识学懂、学精。

中国寓言故事

晏子使楚（二）

晏子作为齐国的使者出使到楚国，楚国人仗着自己的国家强大，看不起齐国。因为晏子身材矮小，楚国人便在大门的侧面另开了一道小门，请晏子进去以显示自己强大的国力和对齐国的蔑视。晏子不肯从旁边的小门进城，他说："只有出使到狗国的人，才从狗洞进去，我现在是出使到楚国，不应该从这狗洞里进去。"替楚王接待宾客的官员便改了一条路，让晏子从大门进去拜见楚王。

楚王对晏子说："齐国没有人了吗？"晏子回答说："齐都临淄就住着上万户人家，人们张开衣袖，可以蔽日成荫；大家洒一把汗，就像下一场雨。人们肩并肩、脚跟碰着脚跟地在活动着，怎么说没有人呢？"

楚王说："既然如此，那为什么要派你出使呢？"晏子回答说："我们齐国派遣使者，一般视出使国家的不同而派不同的使者。贤能的人，就派到君主贤明的国家；不中用的

人，就派到君主昏庸的国家去当使者。我晏婴是最不中用的人，所以只好派到楚国来当使者了。"楚王尴尬不已，于是，下令以贵客的礼节来接待晏子。

≪赏 析≫

这个寓言故事，表现了晏子的机智敏捷、能言善辩的才干，同时也表现了他热爱祖国、维护祖国尊严的可贵品质。通过这个故事，我们应该懂得：人不可貌相，海水不可斗量。

在生活中，我们也常常会遇到那种以人的外表来用不同的礼节对待人的例子。"秤砣虽小能压千金。"所以，单纯地来以相貌或财富来评价一个人，显然有失公允。

中国寓言故事

挂牛头卖马肉

齐灵公喜欢宫女穿戴男人的服饰，于是，为了投帝王所好，全国的妇女都跟着女扮男装了。由于全国的妇女都着男装，有损于国家形象，灵公便派出官吏禁止，说："妇女穿戴男人服饰的，就撕破她的衣服，扯断她的衣带。"被撕破衣服、扯断衣带的妇女，到处都是，可是仍煞不住女扮男装这种风气。

晏子去拜见灵公时，灵公问道："我派官吏禁止女扮男装，被撕破衣服，扯断腰带的妇女，到处都有，但就是禁止不了，这是为什么呢？"晏子回答道："您在王宫之内，提倡女扮男装；在王宫之外，却严加禁止。这就如同在店外挂着牛头，在店内却卖着马肉一样啊！您为什么不让宫内妇女不穿男式服装呢？只要

宫内禁绝了，宫外就没有妇女敢这样做了。"

于是，灵公禁止宫内女扮男装。果然不到一月，全国就没有一个妇女再穿男装了。

≪赏 析≫

挂羊头卖狗肉，常被用来比喻以好的名义做招牌，实际上兜售低劣的货色。然而文中的"挂牛头卖马肉"，却被晏子用来比喻灵公表里不一，内外有别的做法，从而告诫灵公宫内宫外要一视同仁，统一执法。

对内对外一视同仁的做法早在古代就被晏子这样的贤臣一次又一次地提出，可是，直到现在社会，我们仍然能在很多地方看到"执法不严，违法不究"的现象。因此，重新理解"挂牛头卖马肉"这则寓言是非常具有现实意义和教育意义的。

中国寓言故事

晏子辞高纠

晏子是齐国宰相，他辅佐齐王把齐国治理得井井有条。晏子手下有一位名叫高纠的官员，为官三年，从没做过什么错事，可是有一天，晏子却把高纠给免职了。晏子左右的人感到奇怪，觉得晏子这样做未免不合情理，于是，他们劝阻晏子。有的说："高纠侍奉先生三年，对先生向来都是言听计从，并没出过什么差错呀。"有的说："按常理，高纠做满三年，又没有过错，先生理当给他一定的爵位才是，怎么反而把他辞掉呢？这好像说不过去吧！"

晏子对左右劝阻的人说："我是一个有很多缺点的人，正如一块弯弯曲曲的木料，必须用规矩来定方圆，要用斧子来削，用刨子来刨，才能造就一件好的器具。我手下的人，就应像这些规、矩、斧子、刨子，帮我去掉那些不能成器的地方，以便使我能更好地帮齐王治国。可是高纠和我一起做事已经整三年了，对于我的缺点、过错，从来没提出过任何批评意见，也没作过任何纠正。我并非圣贤，平时工作中难免有失误，可是高纠只是一味顺从我、称赞我，这对我更好地为齐王工作又有什么好处呢？所以我决定辞退高纠，原因就正是你们所说的'高纠无过'。"

《赏　析》

晏子真是一个有见地的贤相，他的用人标准是反对圆滑处世、一味讨好上司。这个用人标准，对我们每个人都是很有启发的。在这则寓言中，我们看到晏子是在批评那种只会傻干而不肯替国家、替人民出谋划策的人。"人非圣贤，孰能无过"，包括官居王位的帝王。所以，如果要想治理好国家，不仅要有实干精神和虚心听取劳动人民呼声的能力，还要有敢于纳谏的帝王，敢于实言的大臣，这样，上下相通，才能国泰民安，政通人和。

晏子谏杀烛邹

齐景公非常喜欢捕鸟，他常常将捕获的各种各样的鸟养起来赏玩，还专门指派一个名叫烛邹的人主管捕鸟的事。

有一天，烛邹不小心，让捕获的鸟飞走了。齐景公十分生气，他大发雷霆，准备杀掉烛邹。晏子知道这件事后，赶紧跑来见齐景公。他对齐景公说："烛邹犯了罪，请让我来一一列举他的罪状，然后大王按他的罪过来处死他吧。"

齐景公同意了晏子的请求。于是，晏子派人把烛邹叫来，当着齐景公的面历数烛邹的罪状，说："大王派你专门看管鸟，你却粗心大意让鸟飞掉，这是第一条罪状；你使大王因为鸟飞掉的缘故而杀人，让大王背上杀人的名声，这是第二条罪状；如果让别的诸侯王听到这件事，认为我们的大王把鸟看得比人命还重，从此坏了大王威望，这是第三条罪状。"

晏子一口气列举了烛邹三大罪状后，请齐景公处决烛邹。

齐景公在晏子斥责烛邹罪状的时候早已醒悟过来，他摆摆手说："不要杀了，不要杀了，寡人盛怒之下差点做了错事。多亏爱卿指点。"

就这样，齐景公不但没有杀烛邹，还向他表示歉意。同时又向晏子表示感谢。

≪赏 析≫

在这则寓言中，我们学到这样一个道理，就是在出了不利的事情之后，一定要静下心来想对策，而不能意气用事。足智多谋的人在正面批评可能无济于事的情况下，往往采取侧面迂回的办法取得成功。同时，我们也可以从晏子身上学到一种说话的艺术，即用事实来取得令人意想不到的效果。

曲高和寡

战国末年，楚国的顷襄王经常听到有人说宋玉的坏话，于是就把宋玉召来，当面问他："先生恐怕是有一些行为不够检点的地方吧？不然，为什么各个阶层都有人对你不满呢？"

聪明的宋玉一听这话，知道大事不好，灾难就要临头了，赶紧伏在地上，诚惶诚恐地说："是的，大王说的也许都是事实。但我还是请大王能够宽恕我的罪过，容我把话说完。"

顷襄王答应了宋玉的请求，宋玉就讲了一个故事——有位外地人，在郢的都城唱歌。他开始的歌曲是《下里》《巴人》，城中随声附和的竟达好几千人，场面热闹壮观；当他唱《阳阿》《薤露》时，城中能跟他唱的人还有上百人；他唱《阳春》《白雪》时，城中能跟着他唱的，就只有几十人了。当他把声调引入轻劲敏捷的高声，并细致入微地表达低平掩映的羽声，又揉入流动而抑扬顿挫的徵声，唱起最高级的曲调时，城中能够随唱的仅仅数人而已。

这说明，歌曲越高雅，能应和的人就越少。同样道理，人越是不同于流俗，说他坏话的人就越多。

讲完了这个故事，顷襄王赶快把宋玉从地上扶起来，两个人在一起共商国是，都把对方看成了自己的知心朋友。

中国寓言故事

≪赏 析≫

这则寓言说明，有些高深的理论，群众难以普遍接受，所以面向群众的理论，必须通俗易懂。但不能因此而贬低《阳春》《白雪》的价值。作者的本意是为自己辩护，认为自己的文章写得高雅，而别人无法理解，追求一种众人皆醉我独醒的艺术境界。宋玉的这番辩解，终于使顷襄王改变了对他的看法，并因此而避免了一时的祸患。但是，宋玉这种自命清高、妄自尊大、孤芳自赏、脱离民众的言行，却是不足为训的。

傅马栈

历史上的君王大都爱马，无论是征战、游猎时的胯下坐骑，还是辎重、军事上的役用，都需要彪悍精良的骏马。

有一天，齐桓公在管仲的陪同下，来到马棚视察养马的情况。他一见养马人就关心地询问："马棚里的大小诸事，你觉得哪一件事最难？"养马人一时难以回答。其实，在养马人心中是十分清楚的：一年三百六十五天，打草备料，饮马遛马，调鞍理辔，接驹钉掌，除粪清栏，哪一件都不是轻松的事！可是在君王面前，一个养马人又怎好随意叫苦呢？

管仲在一旁见养马人尚在犹豫，便代为答道："从前我也当过马夫，依我之见，编用于拴马的栅栏这件事最难。为什么呢？因为在编栅栏时所用的木料往往曲直混杂。你若想让所选的木料用起来顺手，使编的栅栏整齐美观，结实耐用，开始的选料就显得极其重要。如果你在下第一根桩时用了弯曲的木料，随后你就得顺势将弯曲的木料用到底。像这样曲木之后再加曲木，笔直的木料就难以启用。反之，如果一开始就选用笔直的木料，继之必然是直木接直木，曲木也就用不上了。"

≪赏 析≫

这则寓言告诉我们，任何事情都是相辅相成的。对于敢于直言纳谏的人，他的周围也一定都是为国为民尽心尽力的人；而那些善于溜须拍马的人，他的周围则必定会是一些善于钻营的小人。因此，这也告诫国君，选用臣下的时候必须谨慎。管仲虽然说的是编栅栏建马棚的事，但其用意是在提醒齐桓公，要把编栅栏选料与兴社稷用人联系起来，在选拔肩负重任的人才时，必须慎重行事，从一开始就把握正直的标准，以便永远按这样的标准选贤任能。要不然，一步走错，全盘皆输。

中国寓言故事

虎畏驳马

齐桓公这个人喜欢游山玩水，有一年春天，他想出去旅游，于是，就叫人备马驾车。郊外的景色非常迷人，赏花踏青，心旷神怡。就在尽兴而归的路上，齐桓公所乘的马车撞见了一只老虎，左右官员都吓坏了。谁知，这只老虎却乖乖地趴在地上不敢动弹，众官员就小心翼翼地驾着马车离开了。

回到皇宫后，大臣们便设宴为齐桓公压惊，在酒桌上，齐桓公和几个随从都很惊奇今天的事情，于是，齐桓公就问自己的大臣管仲："今天我乘马车在回来的路上，一只老虎和我们相遇了，可这老虎却一点也不敢动弹，这是什么原因？"管仲说："我猜想，你今天是不是乘着一匹毛色不是很纯的马迎着太阳走路？"齐桓公说："你说的太对了。"管仲便回答他："这样的马看起来非常像吃虎豹的动物，所以老虎当时也害怕了，便伏在地上一动不动。"

众人听了都哈哈大笑，不得不佩服管仲的智谋。

≪赏　析≫

这则寓言说明，老虎被马的外表所迷惑，因而做出了错误的判断，于是将自己给吓住了。聪明的人类则应学会透过现象看到本质，从而使自己的认识一步步地接近于客观的实际。古往今来多少哲学家把主观与客观、现象与本质作为永恒的研究主题，而现实中，人们由于种种限制，又很难从这座"迷宫"中走出，进入自由王国，因此，也常常会闹"虎畏驳马"的笑话。

中国寓言故事

宓子贱与巫马期

从前，宓子贱做过单父的地方官。平日，大家见他整天弹琴作乐，饮酒吟诗，悠闲自得，根本没见他走出过公堂，为各种各样的纠纷劳神费心。然而在他的治理之下，单父这地方生活富足，人心安定，从来没有出过什么大乱子。后来，宓子贱离开了单父，接替他的官员是巫马期。巫马期每天天没大亮，星星还没消失就出去了，一直忙到夜里繁星密布才疲惫不堪地返回公堂。巫马期为了工作，吃也吃不香，睡也睡不好，原来白白胖胖的一个小伙被累得又黑又瘦。他大小事情无不亲自处理，好不容易才将单父治理好。

巫马期听说宓子贱治理简直不费什么气力，可单父也一样富足，便特意到宓子贱府上求教，探讨治理单父的窍门。宓子贱得知巫马期来意后，微微一笑，说道："我哪里有什么治理的窍门呀。只不过我治理单父时凭借大家的力量。而你治理单父时，你用的方法是只用你自己的力量。光依靠自己的力量治理虽然样样顺心，但是却辛苦不堪，而我动员了大家的力量，依靠众人当然使我自己安逸得多了。"

后来，巫马期也从宓子贱那儿把治理国家的办法学了过来，他注重提拔新人，广开言路，没多久，他自己也像宓子贱一样清闲，而单父在他的治理下变得社会安定，人民安居乐业。

<hr />

≪赏　析≫

这则寓言告诉我们，善于用众人之智则为官心闲而大治，善于用个人努力，一个人独自操办，虽然效果一样，却令自己身心俱疲。同时，这则寓言也在启示我们：为官之道和为人之道是有相通之处的，如果能广开言路，广泛地与人交流，将权力下放给自己信任的人，自己则会活得很轻松；而如果凡事都喜欢自己一手操办，则会活得很累。因此，我们在办事情的时候一定要注意方法。

<hr />

中国寓言故事

<hr />

中州之蜗

蜗牛这样的动物很不得人喜欢，据说它原来只是一条蚯蚓，后来由于在比赛中得了一个奖杯，便整天都背在身上四处炫耀，并且从那以后不再劳动，变得越来越懒了。现在，人们要说一个人办事拖拖拉拉，老在磨时间时，人们就说他像蜗牛一样。

在很久很久以前，中州这个地方有只蜗牛，准备振作起来，改正过失，重新打造自己的新形象。经过一番修整，它打算东去泰山，但总计全程，要走三千多年；于是，他又打算南下江汉，总计全程，也要走三千多年；算算自己的寿命，却超不过一天了。于是它不胜悲愤，终于枯死在野草之上，遭到蝼蚁的嘲笑。

≪赏 析≫

这则寓言告诉我们：我们在做事情的时候，一定要脚踏实地，而不能好高骛远。蜗牛的寿命虽短，但是完全可以将这点时间花在更有意义的事情上。而不应该在悲愤中忧郁死去，落得被人嘲笑的结局。

在现实生活中，像中州那只蜗牛一样的人随处可见，每天总是想入非非，却从不去量力而行地干点事情。时间和生命就这样在苦思冥想中流走。当自己年老的时候，回想自己曾经的生活，便会突然惊醒，觉得自己虚度了生命，一事无成时，却已垂垂老矣，悔恨难当。也许到这个时候，他们才能用自己的几声感慨和长叹来排遣自己的惆怅与悔恨了。

所以，不切实际、好高骛远、志大才疏的人，不但会受到别人的嘲笑，也会让自己悔恨惆怅。

中国寓言故事

佝偻者承蜩

孔子时代，文人学士推崇"行万里路，读万卷书"。孔子也经常带着学生到各地游学。有一次，他们要到楚国去，经过一片树林，看见一个驼背人正拿着一根竹竿捕蝉，动作灵活，就像在地上拾东西一样容易。

孔子不禁好奇地问："先生动作真是灵巧啊！有什么诀窍吗？"

驼背人说："有诀窍。经过五、六个月的练习，在竿头叠起两个丸子而不会坠落，那么失手的情况已经很少了；叠起三个丸子而不坠落，那么失手的情况十次不会超过一次了；叠起五个丸子而不坠落，就会像在地上拾东西一样容易。捕蝉时，我的身子站在那儿，就像没有知觉的枯木桩子；我手臂举着，就像没有生命的枯树枝。虽然天地很大，万物品类很多，我一心一意，从不思前想后左顾右盼，也不因纷繁的万物而改变对捕蝉的注意。怎么会不成功呢！"

孔子听了，回头对他的学生说："用心专一，聚精会神,恐怕说的就是这位驼背的老人吧！"

学生们听后，都恍然大悟，领悟到了成功的秘诀，也认识到了"行万里路"的价值和意义。

≪赏 析≫

勤学苦练并持之以恒，是成功的秘诀。这是本则寓言的第一层含义。佝偻者为达到承蜩的目的，苦苦锻炼，直到捕蝉犹如在平地上拾东西为止。承蜩固然是雕虫小技，但它说明的道理是深刻的，"只要功夫深，铁杵磨成针"，事无论大小，只要有毅力和决心，就能克服困难，取得胜利。

用心专一，是成功的基础。这是本则寓言的第二层含义。佝偻者承蜩时，身边有五光十色的景物，但他不受任何景物的干扰，眼睛只紧盯目标，所以他成功了。举一反三，治世为学同承蜩一样，离开专心则一事无成。

曾子食鱼

曾子是我国春秋时期的思想家和文学家，他是孔子的学生，他提出了"吾日三省吾身"的修养方法。

这个人学问多知识广，由于他的一些思想是从孔子那继承来的。因此，他也乐于办学，广收学生，传播知识，为提高人们的文化素质作出了巨大的贡献。

有一次，有个学生上学来的时候带了几条又大又肥的鲤鱼。由于没有办法烹饪，便到老师家去借锅借灶，那个时候，人们很少能吃上肉，因此，在做鱼的时候好些同学都围在边上。

做鱼的香味弥漫在整个房子里头，把人都快馋死了。终于等到鱼做好了，他们便邀请老师一同分享。饭桌上，师生们谈笑风生，同学们纷纷给曾子夹鱼夹菜，忙得不亦乐乎。吃完饭后，鱼还剩下一些，曾子就对学生说："把它煮成鱼汤吧！"学生们说："煮了鱼汤，容易变质，会伤人的，不如把它腌藏起来！"曾子后悔得流着眼泪说："难道我是有意伤人吗？我怎么说出这种昏话来呢！"他是因为懂得这种知识太晚了才悲伤的啊！

<<赏 析>>

因为自己不知道而说错了话，而且，还能自己承认错误，向晚辈们学习，这样的美德不仅在过去值得发扬，现在也仍值得我们学习。

圣人也罢，贤人也好，学问最大的人也不可能通晓天下所有的事情。人人都会因为自己知识结构中的"盲区"，而无法全面地认识问题，因此，容易在生活中犯下很多错误，这种错误一旦超出了自己的范围，那就要给别人带来伤害了。曾子从吃鱼这样一件很小的事情就为自己的无知可能伤及他人而悲伤。当然，这则寓言并不是小题大作，而是要告诫人们，在生活中的知识是无穷无尽的，不要原谅自己的任何无知，否则，就会出现书生把麦苗当韭菜的笑话了。

欹　器

孔子带着学生到鲁桓公的祠庙里参观的时候，看到了一个可用来装水的器皿，形体倾斜地放在祠庙里。学生都好奇地问这是什么东西，孔子也回答不上来。

孔子便向守庙的人问道："请告诉我，这是什么器皿呢？"守庙的人告诉他："这是欹器，是放在座位右边伴坐的，用来警戒自己，如'座右铭'一般。"孔子说："我听说这种用来装水的伴坐的器皿，在没有装水、装水少、水装得过多或装满时，都会歪倒；只有水装得不多不少时才是最端正的。"说着，

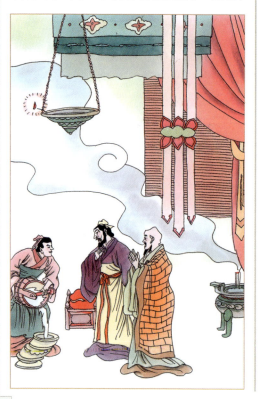

孔子回过头来对他的学生们说，"你们往里面倒水试试看吧！"学生们听后舀来了水，一个个慢慢地向这个可用来装水的器皿里灌水。果然，当水装得适中的时候，这个器皿就端端正正地在那里。不一会，水灌满了，它就翻倒了，里面的水流了出来。再过了一会儿，器皿里的水流尽了，就倾斜了，又像原来一样歪斜在那里。

这时候，孔子便长长地叹了一口气说道："唉！世界上哪里会有太满而不倾覆翻倒的事物啊！"从此，他的学生们便开始老老实实地上课了，上课也很少再有人交头接耳。另外，这些学生也抛弃了自高自大的气势，变得谦虚好学。

《赏　析》

这篇故事的寓意是借用欹器装满水就倾覆翻倒的现象来说明骄傲自满，往往向它的对立面——空虚转化。从而告诉人们要谦虚谨慎，不要骄傲自满。凡骄傲自满的人，没有不失败的。"欹器"，用来放在"座右"，就是以此来警觉自己。所谓"座右铭"，就是放在座右来使自己警觉的铭文。"欹器"并不教人无所作为，因为空了就会倾斜；但更提醒人不要自满，因为，灌满水之后就翻倒，所谓"满招损，谦受益"。

诤臣可贵

　　鲁哀公向孔子问道："儿子顺从父亲的意愿，算不算是孝呢？臣子服从君主的命令，算不算是忠呢？"一连问了三次，孔子都不肯回答。

　　孔子连忙出去把这件事告诉子贡，说："刚才国君问我：'儿子顺从父亲的意愿，是孝吗？臣子服从君主的命令，是忠吗？'问了三次，我都没回答，你以为怎么样？"子贡说："儿子顺从父亲的意愿，就是孝了；臣子服从君主的命令，就是忠了。先生还有什么别的回答吗？"

　　孔子说："你真是个小人啊！你太无知了！拥有万辆兵车的大国，要是有四个敢于直谏的臣子，国土就不会受到蚕食；拥有千辆兵车的小国，如果有三个敢于直谏的臣子，国家就可以免除危险；拥有百辆兵车的卿大夫，若有两个敢于直谏的臣子，祖宗的神庙就不会被人摧毁；父亲有了直谏的儿子，就不会做违礼的事情；士人有了直言规劝的朋友，就不会有非理的行为。所以儿子盲目服从父亲的意愿，这怎么能算孝？臣子盲目服从君主的命令，这样的臣子怎么能算忠？只有弄清是非，该服从的就服从，这才称得上孝，称得上忠啊！"

《赏析》

　　"为了能分析和考察各种不同的情况，应该在肩膀上长着自己的脑袋"，高度重视直言谏诤的作用，反对盲目服从，这是专制时代统治阶级中的有识之士总结出来的一条经验。

　　从这篇寓言中，我们也可以看出"忠"与"孝"的内在表现形式，"忠"和"孝"并不是我们顺从了君主或父母，而是要从自己的内心出发，敢于指出他们的错误，敢于批评他们的一些做法，不盲目服从，才能真正地称为"忠"或"孝"呀。

魏武侯与楚庄王

魏武侯考虑国事时,他的意见比较正确,群臣没有人赶得上他,因此,退朝后便喜形于色、沾沾自喜。

吴起得知此事后便进宫谒见武侯,说:"有人把楚庄王的话向您说过吗?"

武侯问:"楚庄王的话怎样讲?"

吴起说:"楚庄王发现自己考虑国事比较正确,群臣之中没有人赶得上他,退朝以后面有忧色。楚国大夫申公巫进见楚庄王问道:'大王退朝后面有忧色,是什么缘故呢?'庄王说:'我虑事得当,群臣之中没有人赶得上,因此感到忧虑啊。古代的贤人仲虺说过:诸侯得到良师,就能统一天下;得到益友,就能称霸一方;得到解惑决疑的助手,也能使国家存在下去;单靠自己的意见而没有人赶得上自己的,一定会灭亡。现在,任何事情都按我的意思办,

群臣之中竟没有人赶得上我,我们楚国只怕要保不住了吧!我就是因此感到忧虑的啊!'同样的情况,楚庄王引以为忧,而大王您却反而高兴!"

魏武侯听了吴起的话,往后退了退,向他连拜两拜说:"这是老天让吴先生来纠正我的过失啊!"

从此以后,魏武侯每次碰到事情之后,都要和大臣们商量着解决,即使自己的意见很正确,他还是要大臣们讨论并完善。在后来的一些战争中,他们因为谋略得当,战无不胜,攻无不克。

≪赏　析≫

有一孔之见就沾沾自喜的人,掌握国家大权,确有危险。作者借仲虺之口讲的话,至今仍有借鉴作用。因此,在日常生活中,我们应该广开言路,多方面地听取对自己有利的意见,而不能以一家之言或个人之见来办事情,否则,吃亏的还是自己。

宋人以石为宝

宋国的一位愚人，在梧台的东边捡到一块燕国产的石头。由于这块石头上有很多彩色的花纹，而且外表光滑，回家以后他便把它套了十层皮箱，包了十层黄红色丝巾，珍藏起来，当作是宝贝。

周地的一位客人听说后想看看这宝贝。主人为了表示特别慎重，不沾酒食、荤腥，整洁身心七天，然后穿好礼服，戴好礼帽，杀牛祭祀后才把那宝贝拿出来。

客人终于见了宝贝，低着头，遮住嘴，想憋住不笑，但喉咙里还是发出了笑声，说道："这只不过是燕国的一种石头，它同砖瓦的价值没有什么不同！"主人听了，竟大发雷霆，说："这是唯利是图的商人的语言，是自私自利的巫医、工匠的心理，无非是想打它的主意罢了。"于是把那块石头裹得更牢固，更谨慎地珍藏起来了。

虽然很多年过去了，这块石头也传了好几代人，每一代人中都有人想拿着这块石头去卖掉，然后过上富贵的生活，但是，谁也没有看上这块普通的石头。石头终究是石头，想拿他当宝物，那只是愚人的举动啊。

≪ 赏 析 ≫

宋人的确很愚蠢，竟然把破烂当作子虚乌有的珠宝。但是有时候，财迷心窍的人就会做出这样的蠢事来。寓言辛辣地讽刺了那些把谬误当真理，又固执己见的蠢人。

后来，很多文人墨客都从不同的角度来评析这则寓言。李白用诗歌告诫人们不要像宋人那样不识货："宋国梧台东，野人得燕石。夸作天下珍，却哂赵王璧。"而很多的文人却以燕石表示自谦。杜甫在《酬郭十五》中以"燕石"自比："只同燕石能星陨，自得隋珠觉夜明。"而苏轼则在给朋友的信中，又用"燕石"代称自己的作品，希望能再得到朋友的音信："漫遣鲤鱼传尺素，却将燕石报琼华。"

金钩桂饵

　　自古以来，人们都把钓鱼看作是一项修身养性的高雅活动，人们看中的就是钓鱼这个过程，从中可以得到身心的修养。

　　说到钓鱼，人们会很自然地想到姜子牙钓鱼的故事，这是一个明君与贤臣的千古佳话。"愿者上钩"的钓鱼心态被认为是人性的回归，任何事情都不强求。可是，在春秋时代的鲁国，有个人非常喜欢钓鱼，他在自己的钓具和饵料上花了不小的功夫：他用馥郁芬芳的名贵香料肉桂制成鱼饵，用黄金打造出极其精致的鱼钩，并且在鱼钩四周镶嵌上白银丝线和深绿色的美玉，而钓鱼绳则要用极其昂贵的翡翠鸟的羽毛来装饰一番。

　　每当钓鱼的时候，他总是早早地来到小河边，找好一个位置，摆好架势，正襟危坐。如果单从他手持钓竿的姿势和选择的钓鱼位置来看，毫无疑问都是极其标准规范的，甚至还能显示出钓者的某种优雅和闲适来。然而他即使这样坐上一天，直至傍晚收竿时，别人往往都能满载而归，而他钓的鱼却没有几条，有时甚至空手而返。

　　所以说：能否钓到鱼，关键不在于鱼具装饰得是否华美；事情能否办好，也不在于口才是否敏捷。

≪赏　析≫

　　鲁国人钓鱼的故事告诉人们：做任何事情，如果只将注意力单纯放在外在的形式上，而忽视了其实际的效用，过分追求搭花架子装点门面，这是很难有所收获的。

　　故事中的鲁国人，堪称是位"好钓"者，他能用天下最华贵的东西制成钓竿、钓丝和钓钩，又用最名贵的香料调制成鱼饵。除此之外，他还讲究垂钓的姿势，选择优越的位置。他对于钓鱼的安排，真可谓尽心竭力，用心良苦了，然而这种过分追求形式的做法，反倒收不到预期的效果。

黄公好谦

齐国有个姓黄的人。这个人十分谦虚，以至于他说的很多话人们都在怀疑其真实性。这个人生有两个女儿，长得天姿国色，世间少有，也许只有用沉鱼落雁、闭月羞花这样的词语才能够形容，他常常自谦地对别人说自己的女儿实在是太丑。在封建社会时期，女性的地位是很低下的，因此女子们一般不出门见生人。别人也从未见过他的女儿，就相信了他的话。于是他女儿丑陋之名远播天下，以至没人求亲。就这样，黄公的话使两个容貌俱佳的女孩子错过了婚期，随着时光的流逝，红颜也像落花一样无情地逝去了。

魏国有个人生得五大三粗，而且还经常运用暴力对待自己的老婆，以至于他的老婆积劳成疾，两年之前就撒手黄泉了。由于自己年龄也大了，还带着两个孩子，虽然过得很自在，但没有家的温暖。于是，他就冒冒失失地娶了黄公的大女儿。新婚当天，那人掀起盖头一看，竟是绝色佳人，当时就乐坏了，他高兴地对别人说："看来黄公好自谦，喜欢贬低自己。我猜，他的

二女儿一定也是极标致的。"于是人们纷纷上门求亲，果然黄公的二女儿也是世间少有的美女。

≪赏 析≫

"过犹不及"是人们常常对评价事情在"度"上的形容，任何事情如果过了头，都会有一个不好的结果，黄公也一样，本来漂漂亮亮的女儿可以找一个称心如意的婆家，却最后嫁给了一个死了老婆的单身汉，酿就了一出婚姻的悲剧。而最可恶的就是文章中的那个父亲，自己谦虚也就罢了，可偏偏就是在夸女儿的时候仍在以自己的态度行事，结果对自己并没有造成什么损失，却让自己的女儿成了自己谦虚的牺牲品。因此，我们在做事情的时候，一定要实事求是、认真地把握评价事物的尺度，这样，于己于人都是一件求之不得的好事。

中国寓言故事

郑武公伐胡

在古时候，人们打仗都是凭着士兵、马和刀剑来作战的，由于没有先进的武器，所以，一般作战双方的实力几乎都相差无几。因此，在战场上就得讲究谋略，《孙子兵法》中著名的三十六计就是讲这个的，还有后来的蜀相诸葛亮也是一个十分有心计和谋略的人。"运筹于帷幄之中，决胜于千里之外"就是古时人们对谋士的最高评价。

郑武公伐胡这个故事讲的是郑武公想攻灭胡国，由于没有别的办法了，所以先把自己的女儿嫁给胡君为妻，使胡君感到快乐，接着便向群臣问道："我想用兵，谁是我们讨伐的对象呀？"大夫关其思便说："可以攻打胡国。"武公大怒，责骂他道："胡国同郑国是兄弟之国，你说要攻打它，居心何在？"

胡君听到这消息，以为郑国跟自己很亲近，便不再防备郑国。郑国则偷偷地对胡国发动进攻，并占领了它。

≪赏　析≫

本文原意是宣扬进言之难，即使是正确的意见，如果泄露了天机，也很危险。同时也宣扬了古代统治者欲取先予的奸诈权术。在这则寓言中，郑武公可以算是一个旧标准里能干大事的人了。但是换个角度来看，弃女儿安危于不顾，是不慈；被说破心事而恼怒杀臣，是不君；攻打已经和自己结盟的友国，是不义。郑武公就是一个奸诈小人。

弥子瑕失宠

弥子瑕是卫国的一名美男子。他在卫灵公身边为臣，很讨君王的喜欢。有两件事最能说明卫灵公宠爱弥子瑕的程度。其一是弥子瑕私驾卫王马车的事。有一次，弥子瑕的母亲生了重病，捎信的人摸黑抄小路赶在当天晚上把消息告诉了他，弥子瑕心急火燎，恨不得立刻插上翅膀飞到母亲身边。可是京城离家甚远，怎么能心想事成呢？卫国的法令明文规定，私驾君王马车的人要判断足之刑。为了尽快赶回家去替母亲求医治病，弥子瑕不顾个人安危，假传君令让车夫驾着卫灵公的座车送他回家。后来卫灵公知道了这件事，不但没有责罚弥子瑕，反而称赞道："你真是一个孝子呀！为了替母亲求医治病，竟然连断足之刑也无所畏惧了。"

卫王接受弥子瑕没吃完的半个桃子，是卫灵公宠爱弥子瑕的第二件典型事例。在桃子成熟的季节，弥子瑕把一个桃子吃到一半时突然想起了卫王，便把剩下的半个桃子给了卫灵公，卫灵公毫不在意这是弥子瑕吃剩的桃子。他异常高兴地说："你忍着馋劲把可口的蜜桃让给我吃，这真是爱我啊！"

等到弥子瑕容颜衰老，宠爱淡薄，得罪了卫灵公时，灵公却说："这个家伙本来就假托君命，驾驶过我的马车，又曾经把吃剩的桃子给我吃。"

≪赏 析≫

弥子瑕从年轻到年老，始终把卫灵公当成自己的一个朋友看待，在卫王面前无拘无束。可是卫王则不一样，他以年龄和相貌作为宠人、厌人的根据，从而对弥子瑕所做的同样的事情表现了前后截然相反的态度。因此，不顾事情的本质，只按表面现象决定好恶的做法是十分错误的。

中国寓言故事

春申君弃妻

楚庄王的弟弟叫春申君，有个宠爱的小妾叫余。这个余生得国色天香，身材高挑，而且能言善辩，深得春申君的宠爱。春申君的嫡妻叫作甲，甲做事实在，人也老实，虽然嘴笨了点，但还挺会疼人的。余这个人小肚鸡肠，经常挑甲的刺，动不动就破口大骂，将其视为眼中钉。

余想让春申君抛弃他的嫡妻，便自己把身体弄出一些伤痕，一边给春申君看，一边哭着说："我能够给你做妾，感到非常幸福。虽然如此，如果顺从夫人的意愿，就没法侍奉您了；要是顺从您的意愿，就没法侍奉夫人了。

我本来就不中用，我的能力不足以同时侍奉您和夫人两位主人，看形势，不可能对双方都顺从。与其死于夫人之手，还不如就在您跟前自杀吧。我死之后，左右被您宠爱的人，恐怕还会像我一样被夫人妒忌的，希望您留心这件事，别让人家见笑啊！"

后来，春申君就在余的花言巧语下置办了酒席，将余风光地娶回了家，而且还将甲抛弃了。

≪赏　析≫

这则寓言告诉人们：做人要有自己的主见，不能被别人的一些花言巧语所蒙骗。春申君作为楚国重臣，显然缺乏应有的大气与宽容，为生活中的一些琐事轻信了小妾的一家之言，自己也不问原因，就抛弃了自己的妻子。如果在国家大事上还沿袭这种风格，那就真是一个糊涂虫了。

以象为楮叶

我国有着悠久的文化传统，各种各样的艺术类型在我国民间广泛流传，有很多民间艺术都非常精湛，比如吹糖人，剪纸花等。

宋国有个善于雕刻一些微小东西的人，据说他曾在一根牙签上刻下了国君的坐像。国君当时便将其召进宫来，让其在他的身边雕刻一些给外国使者赠送的小礼物。

有一年，他给国君用象牙雕刻一片楮叶，三年才雕成。那叶柄叶脉的粗细，叶尖的锐利，叶沿的平滑和叶片的颜色光泽，都很逼真，把它混杂在真正的楮叶之中，辨不出真假。这个人就凭他的技巧在宋国得到很高俸禄。

列子听说这件事后便说，"假使自然界三年才长出一片叶子，那有叶子的东西就很少了。"所以，不利用自然条件，只依靠一个人的力量，不按照客观规律办事，而强调一个人的小聪明，这就如同三年雕一片树叶的愚蠢行为呀！

≪赏　析≫

善于把握为官者心理的人凭着一片用象牙雕成的楮叶享受着国家津贴，从文章中看来，这个人雕刻水平也相当高，应该得到这样的津贴。而皇上则不同了，他为了追求天下奇珍异宝而不惜劳民伤财。当列子听到这件事的时候，他这样说，假如自然界三年才能长出一片叶子，那么，有叶子的东西就很少了。因此，这则寓言不仅告诉我们要为官清廉公正，而且在做事情的时候也要顺应自然规律。

中国寓言故事

赵襄王学御

赵襄王向王子期学习驾车技巧，刚刚入门不久，他就要与王子期比赛，看谁的马车跑得快。可是，他一连换了三匹马，比赛了三场，每次都远远地落在王子期的后面。

赵襄王这下可不高兴了，他于是叫来王子期，责问道："你既然教我驾车，为什么不将真本领完全教给我呢？你难道还想留一手吗？"

王子期回答说："驾车的方法、技巧，我已经全部教给大王了。只是您在运用的时候有些舍本逐末，忘却了要领。一般说来，驾车时最重要的是使马在车辕里松紧适度，自在舒适；而驾车人的注意力则要集中在马的身上，沉住气，驾好车，让人与马的动作配合协调，这样才可以使车跑得快、跑得远。可是刚才您在与我赛马的时候，只要是稍有落后，你的心里就着急，使劲鞭打奔马，拼命要超过我；而一旦跑到了我的前面，又时常回头观望，生怕我再赶上您。总之，您是不顾马的死活，总是要跑到我的前面才放心。其实，在远距离的比赛中，有时在前，有时落后，都是很正常的；而您呢，不论领先还是落后，心情始终十分紧张，您的注意力几乎全都集中在比赛的胜负上了，又怎么可能去调好马、驾好车呢？这就是您三次比赛三次都落后的根本原因啊。"

≪ 赏 析 ≫

赵襄王赛车时心不在马，终致失败的教训说明：我们无论做什么事，都要专心致志，集中精力，掌握要领，不计功利，努力将每一件事情做好。如果过于患得患失，为名利所累，往往会事与愿违，把事情的结果弄糟。患得患失，不能把思想集中在所学的业务上，必然所得甚少，落在他人之后。因此，要领先于人，必须把心思放在自己要做的事情上。

目不见睫

楚庄王准备去攻打越国，他把这个想法告诉了他的谋臣杜子。杜子问："不知大王出兵攻打越国的理由是什么？"楚庄王说："越国目前政治腐败，兵力不足，正是攻打的好机会，我不想放过这个机会。"杜子又问："大王有成功的把握吗？"楚庄王十分自信。

看着楚庄王那盲目自信的样子，杜子语重心长地说："大王，你所说的情况并不全对。越国目前情况的确很糟，可是我们楚国的情况也很不妙啊。人的智慧跟人的眼睛一样，一个人可能常常深谋远虑，但往往想不到近忧，这就像人的眼睛常常看得很远却难以看清自己的睫毛一样。大王您很清楚地看到越国的危机，却对楚国的不足缺乏足够的认识。您仔细想想，楚国的军队其实并不强大，曾被秦国和晋国打败，还丢失了几百里的疆土，这不是兵力不强的表现吗？楚国的政治也未必清明，像庄𫏋这样的大盗，可以在国内横行霸道，肆意违法，而各级官吏却对他毫无办法，这不也是政治腐败的表现吗？依我看，楚国现在的情况要比越国更加糟糕，大王您看不到这些，却还想着要对越国用兵，这不正像目不见睫那样缺乏自知之明吗？您是否想到别的国家也会像您对越国的考虑一样而对楚国虎视眈眈呢？因此，大王的当务之急是认真把楚国自己的事办好才对呀！"

≪赏 析≫

我们在日常生活中也很容易犯"目不见睫"的错误，看别人的缺点很容易，看自己的不足则很难；考虑问题常常想将来很远的事，却难以把握眼前的情况。这种对待问题的态度和思维方式是不对的，如不进行矫正将是很危险的。

纣为象箸

商纣王在刚开始请工匠用象牙为他制作筷子的时候，他的叔父箕子就表示出了一种担忧。箕子认为，既然你使用了稀有昂贵的象牙作筷子，与之相配套的杯盘碗盏就再也不会用陶制土烧的笨重物了，而必然会换成用犀牛角、美玉石打磨出的精美器皿。餐具一旦换成了象牙筷子和玉石盘碗，你就一定不会再去吃大豆一类的普通蔬菜，而要千方百计地享用牦牛、象、豹之类的山珍美味了。紧接着，在尽情享受美味佳肴之时，你一定不会再去穿粗布缝制的衣裳，住在低矮潮湿的茅屋下，而必然会换成一套又一套的绫罗绸缎，并且住进高楼大厦之中。箕子害怕照此演变下去，必定会带来一个悲惨的结局。所以，他从纣王一开始制作象牙筷子起，就感到了一种不祥的恐惧。

事情的发展果然不出箕子所料。仅仅过了五年光景，纣王就演变到了穷奢极欲、荒淫无耻的地步。在他的王宫内，挂着各种各样的兽肉，多得像一片肉林；厨房内添置了专门用来烤肉的铜烙；后园内经过酿酒后剩下的酒糟已经堆得像座小山了，而盛放美酒的酒池竟大得可以划船。纣王的腐败行径，不仅苦了老百姓，而且将一个国家搞得乌七八糟，最后终于被周武王所剿灭。

因此，箕子看见象牙筷子便知道天下将有大祸。所以说，能够看到细微末节的行为叫作"明察"。

≪赏 析≫

堕落和上进一样，皆始于微而渐于著，始于小而渐于大。故须见微以知著，因小以见大。箕子能从象牙筷子的苗头，推断出商纣王必然亡国的命运，深刻地说明了"千里之堤，毁于蚁穴"的道理。如果对小的贪欲不能进行有效的遏制，任其发展，最终必然会酿成大的灾难，造成大的罪恶。

中国寓言故事

伯乐哭骥

在古代的时候，由于没有现代化的交通工具，人们出行的最好帮手就是马了。那个时候，几乎家家都养有马匹，主人也把这些马当朋友一样对待，因此，便出现了很多"日行千里，夜行八百"的良马。当然，有的人家还要利用马干很多重活。从前，就有这样一匹千里马，已然年迈，主人却让它拉着笨重的盐车，翻越太行山。这匹千里马被累得四蹄僵直，膝部不能伸展，尾巴被盐汗浸泡着，皮肤有些地方已经溃烂了。它嘴上、鼻上的黏液不断地洒落在地，浑身上下热汗淋漓。到了半山坡，它实在走不动了，背上压着沉重的车辕，怎么挣扎也上不了坡。

正在这时，善于相马的伯乐（伯乐本来是神话中掌管天马的星名。春秋时秦人孙阳因为善于相马，世人就称他为伯乐）遇见了它，连忙下车，一边抚摸着它，一边痛哭起来。他脱下自己的麻布上衣，盖在千里马身上，并哭着对千里马说："我伯乐一生与马为伴，我实在不忍心看到自己的朋友受这种虐待。我伯乐虽有一双火眼金睛，却无法救你于水火

之中，真是可悲呀！"

千里马先是低头喷气，既而昂首长鸣。那洪亮的声音，直冲云天，就像从钟磬上发出的声音一样。这是为什么呢？因为它遇见了伯乐这样的知己啊！

《赏析》

有匹上了年纪的好马，"服盐车而上太行"，结果是"蹄申膝折"，"白汗交流"，还是上不了山。伯乐看到后，给它卸下车辕哭，这匹马也"仰而鸣，声达于天"。后以"骥伏盐车"比喻才能受到压制。

古人说人生有三大幸，而马与人居然也有相通之处。钟期相遇，奏流水之曲；马遇伯乐，也以声闻天。看来，知音一旦相遇，便会彼此倾心，感慨万千。

中国寓言故事

103

田子方赎老马

田子方是战国时魏文侯的老师，又是魏国的重臣，为人所尊崇。一次，田子方在大路上看到一驾马车缓缓地行驶着。奇怪的是，那马车后面还拴了一匹马。那马骨瘦如柴，低垂着脖子，一步步向前缓慢地挪着。看样子，这是一匹老马。

田子方见那马一副不堪重负的样子，顿时心生怜悯。他问坐在车前的赶车人："你这车后跟着的是什么马呀？为什么把它独自留在车后呢？"

赶车人回答说："大人有所不知，那是一匹老马，在我家干了许多年活儿了。如今老了，干不动了，我正要去集市上把它卖掉。"

田子方长叹一声说："马年少的时候，你们只贪图它的力气，让它为你们出力；一旦马儿年老体衰，就立刻把它抛弃，这种事是讲仁义道德的人都不忍心做的啊！"

他随后又问赶车人："我想买你这匹马，你看如何？"

赶车人只求将马卖出去，就答应了。最后田子方竟以五匹帛的高价买了那匹老马。

魏国那些退伍的老兵听说了田子方赎老马的事情，他们异常欢喜，奔走相告，因为他们从这件事中看到自己要归向的地方了。

≪赏 析≫

田子方看到马为主人服役了一生，待到年老却无人照管，要被遗弃，心中实在是愤慨不平，竟以高价赎回老马。从这件事中，魏国那些年老退伍、体弱力微，如同老马一样因无用而被遗弃的士兵看到了田子方的仁义爱人之心，都心悦诚服地归附了他。在这则寓言里，作者宣扬儒家"仁爱"的观点，赞扬田子方同情老病、知恩图报的仁者胸怀，进而赞颂儒家以"仁"为中心的"圣德""圣道"，宣扬行仁足以王天下的"圣术"。

在新的时代条件下，这则寓言也启示我们要以博爱的胸怀处理人与人之间的关系，受他人的恩惠，也要施恩惠于他人，惟其如此，爱心才能永驻人间。

仕数不遇

自古以来，人们都把当官看成一条平步青云的坦途，因此，很多人都成了封建社会用人制度的牺牲品。

从前，周朝有一个人几次想当官都没有碰到机会，后来年纪大了，头发也白了，一想起这件事就伤心，以至于在走路的途中都会禁不住痛哭流涕。

有人问他说："你为什么哭呀？"

回答说："我数次想当官都没有得到机会，自己哀伤年岁老了失掉年华了，所以才在这里哭啊。"

又问他："做官是凭自己的真才实学呀！为什么说碰不到机会呢？"

他便回答说："我年轻的时候学习礼乐制度。等到礼乐教化获得成就，开始想担任官职了，可是君王却不鼓励我这样的年轻人，他喜欢任用老成人。好用老成人的君王死去了，后来的君王又偏爱武勇兵法，我便改习武勇兵法。等到武术兵法学习成功了，偏爱兵法武勇的君主又死去了。少主刚刚登基，又喜好任用少年，但我年岁却老了。所以一生不曾遇到一次当官的机会。"

担任官职是要碰机会的，不是可以强求的呀。

≪赏 析≫

在封建社会，只凭皇帝个人好恶来选用人才，往往会埋没人才。看这位周人，学文学武，总跟着人君的好恶打转转，可以说是十足的"风派"了。可是年少之时，人君好用老；及至年老，人君又好用少年。这真是"仕宦有时，不可求也"。正因为如此，所以必须站得高一些，突破一般世俗的看法，因为"今俗人既不能定遇不遇之论，又就遇而誉之，因不遇而毁之"。有真才实学的，不会有如此遭遇。遇不遇与贤不贤，是两码事。只要才高行洁，逢遇与否又何足道！

中国寓言故事

105

披裘而薪

在古时候，有个叫延陵季子的官员，这个人风流倜傥，饱学诗书，喜欢游历名山大川，就是有点骄傲自满，自认为自己好歹也是个不大不小的朝廷命官，因此傲气十足。

有一年夏天，京城热得实在呆不下去了，他便打算到郊外去吹吹风。

延陵季子外出游玩时，发现路上有遗落在地的金钱。作为一个有点身份的人，当然不屑于地上那几个钱了。时当夏季的五月，却见有一个穿着皮袄打柴的人。

季子便呼叫那个打柴的人说："你快去拾起地上的金钱来。它可以让你一年不用劳动，吃香喝辣，让你的全家过上好日子。"

打柴的人把镰刀扔到地下，瞪大了眼睛摆着手说："你凭什么居高临下，盛气凌人，言语粗野呀！我正当酷暑的五月天气，能穿着皮袄打柴，难道是个贪取金钱的人吗？"

季子向他谢罪，并请问他的姓名。

打柴的人说道："你这个人不过是个皮相之士罢了，整天吃饱喝足，无所事事，虽然我整天以打柴为生，但是，那是我凭借自己的劳动所得的。像你们这种靠别人吃饭的人，我是不屑于告诉你我的姓名的。"说完，没有理睬他就走掉了。

≪赏　析≫

这则寓言讽刺了那些有一点钱和有一点权的人借机耀武扬威，颐指气使的样子，殊不知，他们的一切都是老百姓给的，而他们却沾沾自喜，自认为自己有很大的能力。打柴的老人以朴实的语言道清了其中的道理，讽刺了那些居高临下的皮相之士，另外，老农不为金钱和权力的诱惑而改变自己的做法也应值得我们学习。

鸡犬皆仙

淮南王刘安，不知怎么迷上了修道成仙，他做梦都想成为仙人，飞升仙境，那该是多么逍遥自在的事啊！于是他整天吃斋念经，求仙诵咒，如痴如狂。他放着淮南王不当，而专门结交那些会道懂巫的人，尊他们为座上宾，向他们请教得道成仙的秘诀。

刘安痴迷修道的事广为天下人所传，于是，四面八方的巫师术士道人，全都聚集到刘安居住的淮南地方。这些巫师道人，有的带来了自己炼制多年的灵丹，献给刘安说："吃了这些东西您便可以成仙了。"有的巫师道人住在刘安家为他现场熬制妙药。他们拿着诱人的妙药对刘安说："您吃了这些东西便可以得道了。"刘安十分高兴，他重赏了给他献丹献药的人，将这些灵丹妙药都收藏好。

刘安有了巫师、术士、道人献的这些丹药，修道更全心全意了。他每天念咒吃药，有一天，他忽觉身轻气爽，不知不觉竟飘了起来。原来，他真的得道了，慢慢地成为仙人升天了。

刘安的妻子一看，丈夫得道升天了，便将那些灵丹妙药也拿来吃，果然也成仙升天了。接着，刘安家其他的人都争着吃那些剩下的灵丹妙药，一个个都得道飞升仙境，连家畜鸡犬也都随着成仙升天，狗在天上吠叫，鸡在云中啼鸣。

《赏析》

生活中也常有这样的事，一个人得势升官，家中亲戚和那些与他有关系的朋友，都跟着沾光，一个个飞黄腾达起来。这种丑恶的裙带关系，是社会的一大公害。

俗话说"一人得道，鸡犬升天"，就是这则寓言的本旨。后用"鸡犬皆仙"比喻一个人当了大官，与他有关的亲友都跟着得势升官。汉淮南王刘安修道成仙，其鸡犬啄舐剩余仙药，尽得升天的故事，见《神仙传·刘安》。但据史实，刘安系谋反自杀，这个故事显然是方术之士的伪造。王充举此故事是论驳"物无不死，人安能仙"的道理，这里只是作为传说故事取寓意。

中国寓言故事

107

御以刬马

宋国有一驾驭车马的人，他的个性很急。他的马遇到路况不好或自己实在拉不动的时候，就会停下来不走了。每当这个时候，他都会采用暴虐的方法迫使马继续前进，有时候遇到马不走了，他甚至会把马赶进溪水里淹个半死，再让它重新赶路。

有一天，这匹马行走在半路又停了下来，宋人正急于赶路，见到这种情况，他火冒三丈，用马鞭狠命地朝马身上抽去，那马虽被抽得浑身乱颤，哀鸣不已，但就是不肯再往前多赶一步。宋人暴跳如雷，他一气之下就拔剑斩断马颈，然后把它抛到山沟里去。宋人另外驾了一匹马拉着车前进，再次遇到了这样的情况。马看到路况不好就停止了前进，宋人气不打一处来，他以同样的方法斩断马颈，把第二匹马也抛到山沟里去。这种做法他又连续做了三次。

用断颈吓唬马这个办法可算做到极点了，马却依旧不肯前进。也许像王良这样善于驾马的人，用宋人的方法去驯服马，恐怕也只会得到同样的结果。事实上，宋人作为驭马者并没有学到王良驾马的方法，而只学他驯马的威力，这对于驾马来说是毫无益处的。

≪赏 析≫

这则寓言，实以御马比喻治国。王充认为，"治国之道，当任德也"。他反对严刑峻法、任意杀罚。

强迫命令，严刑峻法并不是解决问题的好方法，从统治者的角度来说，虽然可以在短时间内得到效果，但其实他们更应该懂得用另一种较为婉转的方法去巩固自己的统治。他们完全可以利用一种富有人情味的管理方法来得到世人的拥护，让国家上下团结一致，维护执政地位。否则，严厉的统治会让民众怨声载道，当他们忍无可忍的时候，也就是官逼民反，两败俱伤的时候，这是谁都不愿意看到的。

随声逐响

从前，有一个叫司原氏的人，夜间在田野里打猎。有一只鹿向东方奔跑去了，司原便跟在后面大叫起来，希望能有人帮他捉住这只鹿。

在西边有一群人正在追赶一头猪，听见司原的大叫声，也就一起发出噪声和他配合。

司原听见喧叫的人这么多，以为有更大的猎物，便停止了自己的追赶，到众人呼叫的方向去埋伏下来。突然，一只猎物闯进了司原氏的视野，这只猎物行动缓慢，借着月光可以看到满身的白毛。司原氏便毫不犹豫地跑了上去，捉住了这只猎物，仔细一看，原来是一只身上沾满白色土的猪，司原非常高兴，以为自己是获得一只白色吉祥的野兽呢。于是，便用尽了仓库的粮谷和草料去喂养它。那只猪见了他，俯首屈曲，发出一种亲昵谄媚的声音，司原便更加珍爱它了。

过了不多久，忽然狂风大作，暴雨骤至，雨水把大猪身上的白色土冲刷掉了。改变了体貌的猪非常惊恐害怕，就发出猪的真实声音来，司原这才知道它原来是一头大公猪。

这就是随声逐响所造成的差错呀！

≪赏 析≫

耳听为虚，眼见是实。对于任何事情，都应该实事求是地进行分析，看它是否合乎实际，是否真有道理，然后才决定自己的态度。

有的人喜欢别人应和、喜欢别人亲昵谄媚，只要满足了这种虚荣心，即便是一头猪，也会因为滚了一层白土而被看成一只珍贵的野兽。当然，任何事物虚假的一面终究不会长久下去的，总有一天会真相大白，猪的掩饰只不过是为了更舒服地活着，一场大雨却让它无法掩饰自己了，这只猪便恼羞成怒，发出了自己原来的叫声。而司原氏也费尽心机，看来，随声逐响是要不得了。

城门失火

关于这个寓言流传着这样两个版本，在其中一个版本里，池中鱼是一个人的字，他居住在宋国城门的旁边，有一天城门突然着了火，火势随风蔓延很快就烧到他的家里，池中鱼的家因为这场火而被烧毁了，而池中鱼在冒火抢救家里的财物时，不慎也被烧死了。

另外一个版本是这样的：宋国的都城外有一扇可以关闭的城门。这道城门坚不可摧。每当有外敌入侵时，宋国的军民将城门一关就可保护城内百姓的安全。城门前有一条护城河围绕着这座城市，河里生活着许多鱼儿。护城河的水是城里唯一的水源。

有一天，城门不慎失火，火势很大，不一会儿城门上就冒起了滚滚浓烟。人们大惊失色，纷纷从城门里跑出来。由于附近没有水源，为了救火，人们只好赶紧从护城河里打水救火。他们有的端木盆，有的挑水桶，来来回回在城门前穿梭着，把手里的水一点点往城门上泼。这样一来，护城河里的那些鱼儿可给害苦了。它们不是被人们从河里舀起同水一同泼进烈火中烧死，就是自己挣扎出来落到地上摔死。后来，护城河的水被救火心切的人提干了，那些没被舀进火里的鱼，也难逃一死，旱死在干涸的河床上。

≪ 赏 析 ≫

一则寓言，两种版本，都比喻无端受到牵连而遭祸害。它告诉人们事物的联系是复杂的，世界上并不存在不与其他事物关联的东西，也许有的东西看起来是个孤立的个体，但是它的这种状态仅是暂时的，它可能因为周围的环境变化而改变自身的存在，也有可能受到一些意外的影响而出现一些无法预料的结果。因此，我们不能忽视事物间的联系，不可孤立地看问题。

中国寓言故事

东食西宿

在很久以前，齐国流传着这样一个传说：一户人家的女儿到了要找婆家的年龄了，父母开始考虑为她选个好女婿。

听说这家要嫁女，说媒的人立即找上了门。同时来求婚的有两户人家。住在东边的一家家境不错，有田有地，日子过得挺富裕的，可就是儿子长得丑。住在西边的那一家，儿子长得有模有样，可是家境不好。

老两口想来想去，总难定夺。

父亲说："把女儿嫁到东家去吧，女儿吃喝不愁，住的房子又宽敞，我们还可以跟着沾光呢。"

母亲说："那个丑女婿我闺女看得中吗？吃好穿好有什么用？还是过得一点也不开心！我看还是答应西家吧，西家儿子的相貌才配得上我闺女！"

父亲不同意，说："长得漂亮有什么用？连肚子都吃不饱，照样过得不开心！"

老两口终究拿不定主意，只好去征求女儿的意见。

女儿说出了自己的意思："我若是白天在东家吃饭，晚在西家睡觉，这不就两全其美了吗？"老两口面面相觑，无言以对。

《赏析》

这则寓言辛辣地嘲讽了贪得无厌的人。孟子说："鱼我所欲也，熊掌亦我所欲也。二者不可得兼，舍鱼而取熊掌者也。"鱼和熊掌，还必须有所取舍；齐女择嫁，却要东食西宿，兼而得之。真是人心不足蛇吞象呀。

不过，生活在今天的人们，如果能够具有齐国女子的那种思维方式，为不断完善自己，使自己的生活更丰富，头脑更聪明，而勇于吸收别人的优点，为自己所用，谁又能说"东食西宿"的人不聪明呢？

中国寓言故事

佩玦逐兔

战国时期，有一次，楚王游猎的队伍来到一片密林中。楚王飞身下马，脚刚着地，只见一道白光从脚前闪过，楚王一惊，打了一个趔趄，差点摔倒。片刻之后，楚王缓过神来，才看清原来是一只野兔。那兔子毛皮纯白，眼睛血红，身体细长，四肢短小。有趣的是，那兔子似乎知道有人在看它，趴在草中不动了，还回过头来看楚王。楚王立即被这只兔子吸引住了。

楚王向兔子冲了过去，兔子一见楚王奔过来，就飞身逃走了。楚王在后面紧追不舍，可兔子一溜烟就不见了。楚王身上戴着一块玉玦，跑的时候叮叮当当地响，这时他停下来一看，玉玦已经碰得裂了缝。他快快不乐地返回，对众人说："要不是因为玉玦被碰碎了，我早就追上那只兔子了。下次，我一定要带上两个玉玦，如果一块碎了，我还可以换上另一块。"

过了几天，楚王又去狩猎。这次他果真戴了两块玉玦。楚王在丛林中找了好半天，终于找到了那只白兔，他撒腿就追起来。楚王腰间的两块玉玦也开始猛烈地互相碰撞起来，荡来荡去，使他很难全力追赶兔子。没跑出几步，只听"当啷"一声，一块玉玦就碎了，掉在了地上，楚王一慌，再定睛看时，野兔已跑得没影了。

≪ 赏　析 ≫

带着佩玉去追赶兔子不仅会影响跑的速度，而且会把佩玉碰坏，这是极为浅显的道理。但是楚王不但没有意识到戴着佩玉追兔是不合时宜的，反而佩了两块玉去追兔，本来是要防患于未然，结果却得到了截然相反的结果。楚王为何连这种妇孺皆知的道理都不懂呢？实际上这并不奇怪，过惯了骄奢淫逸生活的剥削阶级，是很少有什么实践经验的，更不用说依据实际情况来处理事情了。治理国家大事也一样，不懂得政治的要领，顾及实际的矛盾，一味凭一己之好恶去办事，就肯定会把国事搞乱。

三人同舍

甲乙丙三人分别是三个不同地方的客商。一天,他们因为外出经营生意,都来到同一个城市,恰巧住在同一个房间。甲乙二人性格开朗,好交际、善言辞,见了面后无话不谈,不到半日就如同熟人一般。丙却生性呆板,难得说几句话,与甲乙显得格格不入。

一天,甲从外面回来,因为长时间赶路,一进门便嚷着屋里太闷太热,随手将门窗全都大开。乙在家呆了一天,正觉浑身寒冷,便责怪甲不该打开门窗。他们争闹了好半天,问题还是没解决。后来丙从外面回来,一听甲、乙各自的说法,心里便清楚是怎么一回事了。他对甲和乙说:"我知道你们谁都没有错,但这样争下去并不能解决问题。你们都静下来想想吧,事情肯定有更好的解决办法。"可是甲和乙根本听不进丙的劝解,坚持认为只有自己才是对的。

甲和乙在争吵时总是强调自己的理由,只注意自己对的一面,却看不到自己的偏激之处。丙由于没有参与争吵,置身事外,所以他能较客观地看待问题,站在公正的立场上评定是非。

≪赏 析≫

甲乙两人按照自己的意愿开关窗户,满足了各自需要的同时,也损害了对方的利益。他们因此而发生争吵,两人争吵的根源只有没有参与争吵的丙看得一清二楚,这就是他作为第三人为什么能够明辨是非的原因。

陷于争论的双方,都想在争论中取胜,往往各持己见,互不相让;旁观者由于置身事外,摈弃了利害之心,故能自见是非之理,于是便能够根据事实,秉公而断。

很多时候,我们会因为某些事情,仿佛陷入了绝境。其实,只要我们站在一个旁观者的立场上看待问题,就会发现,原来天地是如此宽广,事情是这样明了,哪里还有什么绝境呢。

中国寓言故事

越人学远射

当一个人在学习、生活和工作中，如果总是采取泥古不化、死搬硬套的方法时，我们通常会用"邯郸学步"这个成语来形容。其实，在我国的寓言故事中也有这么一个有趣的事情，它和"邯郸学步"的意思相近，颇有一番韵味。

从前，越国位于我国的沿海地带，这个国家山清水秀、物产丰富，人民勤劳善良、安居乐业。越国的男子们经常早出晚归，在河里打鱼、捕虾，以此来养家糊口；女人们则在家里做饭、洗衣服和管孩子。男女分工明确而又相互关联，人们的日子过得简单快乐。由于这里的人们常常以水生动物为食，慢慢地觉得食物有些单调，因此，他们就想学射箭，捕捉一些天上的鸟类，换换口味。

可是，越国人学习射箭，在没有掌握要领之前，就想射得更远一些，便盲目地仰天射箭，结果，却射到了五步以内的近处，而他们从没想过要改变这个错误的射法。若干年以后，他们的后代依然照着他们那一成不变的射法学习远射。

现在时代已经变化了，如果有人做事仍认死理，停步不前，就像越人的学远射一样，永远不能进步。

≪赏　析≫

越人生活在一个充满灵秀之气的地方，在一般情况下，一个地方山美、水美，人通常也是美的，应可谓地灵人杰，可是在学习远射这一事情上，越人却让人不可思议。

越人学远射这则寓言带给了我们这样一个启示：无论是干什么事情，都不能泥古不化、一成不变，而是要遵循事物本来的规律和方法与时俱进，灵活地对待前进中所遇到的问题，这样才能取得永远的进步，达到事半功倍的效果。

哭母不哀

从前，在一座城市里，有这么两户人家，他们世代为邻。东邻家的孩子勤劳善良，尊老爱幼，常常帮助别人做好事。他的家境虽然贫寒，但他总是把家里收拾得干干净净、井井有条，尽管年幼，他却特别懂事，对母亲尤其孝敬，因此成为方圆百里有名的大孝子。

一天下午，他从山上砍柴回来，来不及喝一口水，喘一口气，就急着为躺在病床上的母亲做一顿可口的饭菜。可当他进门一看，与自己相依为命的母亲已躺在炕上与世长辞了。他伤心地扑在母亲的身上哭呀哭，不愿意相信这是真的，最后在亲朋好友的劝导下，才停止了哭泣。由于家里条件不是很好，他为母亲简单地办了丧事，虽然在送葬的途中，他哭得不很悲伤，但是，人们都能看出他对母亲的一片深情。

西邻家的孩子整天游手好闲，海吃山喝，家里的事情他一点也不操心。当他看见东邻家的孩子哭得不悲伤时，便跑回家对自己的母亲说："妈，你怎么不死呢？到时候，我一定非常悲痛地哭你！"

像这种盼望母亲早死的人，哪有孝心可言呢？即使母亲死了，他也不会真得悲伤。

≪赏 析≫

这则寓言揭穿了一个伪善者的假面具，而且，这样的伪善是毫无人性的，哪有盼望母亲早死的儿子呢？这样做的目的无非是要借此大哭一场，以落得个"孝子"的好名声。人们常这样讽刺一些孝子："在世不给吃和穿，死了穿金又戴银。"这样的例子在现代社会中也有很多，看来，伪善者的手段自古以来都是相似的。只有以自己真正的孝心来对待父母，才会被人们认为是真正的孝子。

中国寓言故事

一目之罗

有一个人十分擅长捕鸟，他编织了捕鸟的罗网，那罗网上结满了密密匝匝的网眼，捕鸟人拿了这张网去捕鸟，每次都能捕到不少鸟雀。

有个人一直在一旁看捕鸟人捕鸟，他觉得十分有趣。可是，他却发现了一个"秘诀"，那就是：一只鸟头只钻进一个网眼就被捉住了。于是他想道：既然网住一只鸟只需一个网眼就够，那干吗还要去编结那么多的网眼呢？成百上千个网眼，难道一次能网那么多鸟吗？

于是他回到家里，将捕鸟的罗网来了一次"革新"。他将麻绳一根根结成单独的小圆圈，然后把这些小圆圈分别系在一根长竹竿上，准备也到树林中去捕鸟。

别人笑着说："新鲜！还没见过这种捕鸟的东西呢。"

他说："这是我改进后的独目网。一只鸟只需钻一个网眼，我做的这个网不是比一张联结许多网眼的大罗网省事多了吗？"

他把他发明的这个新型的捕鸟工具拿到林子里去捕鸟，和他一起来的捕鸟人在黄昏时都满载而归，而他的独目网上却连一只鸟的羽毛都没有。

别人问他："你捕的鸟呢？"

他惭愧地低头不语。

≪赏 析≫

事物都是互相联系的，不能孤立地、片面地看问题。认为吃第六张饼饱了，就否定了前五张的作用；因为有一个罗眼捕住了鸟，就否定了其他罗眼的作用，这是不懂得质的突变是在量的潜变这个基础上才得实现的。没有了配角，哪里还有主角？世之自命大角色，遇事每好居功独揽者，都是"一目之罗"之类也。

这个愚蠢的人只会片面、孤立地看问题，因此只看到了一只鸟钻一个网眼的表面现象，却不懂所有网眼联在一起互相配合才能捕鸟的本质规律。

中国寓言故事

犁牛生子而牺

有一头杂色的、相貌很丑陋的犁牛，它既没有角也没有尾巴，鼻子缺破，只好用绳系着头牵动。人们嫌它丑陋，非常讨厌它，因此总是给它吃干草，而且只喂非常少量的草。

而对那些长得漂亮的犁牛，人们总是尽量让它们吃又青又嫩的小草，几乎舍不得让它们下地，可是那只丑陋的犁牛却要早出晚归地犁地，但它却毫无怨言，只是默默地耕耘着。

日复一日，年复一年，丑陋的犁牛长大了，它也有了自己的伴侣。然而好景不长，它在生下一头小牛后，便难产而死了。由于这头小牛犊是丑陋的犁牛生的，人们在它还没长到几个月的时候，便毫不吝惜地把它当作祭品来祭祀，人们在祭祀的斋戒举行完毕之后，就把它投进黄河里去了。可怜的小牛犊就这样一命呜呼了。

我们不禁要问：那黄河神难道会嫌恶这是一头丑牛生的，就辞谢而不享用这头小牛犊吗？

≪赏 析≫

丑陋的牛难道就要被同类瞧不起吗？就要被人类肆意虐待吗？由此及彼，容貌丑陋的人就要被社会歧视、给予不公正的待遇吗？这则寓言说明：只要是牛，不管它是否出生自"髡屯犁牛"，都可以充当"牺牲"用作祭祀，而神灵也不会"辞而不享"。看问题、做事情要讲求实际，不能带个人主观色彩，就是这则寓言的主旨。

中国寓言故事

117

未始知味

有个楚国人立志要尝遍天下美味，享尽世间珍馐。于是在许多年里，他走访各地，搜罗天下的美味佳肴。终于有一天，他发现南北大菜已被他吃尽，已经没有什么东西能够满足他的口味了。他为此感到十分苦恼。

一天，楚人在街上看到一个猎人从面前经过，猎人肩上趴了一只猴子。楚人看着猴子，忽然兴奋不已，因为他尽管已吃遍大江南北，但还未尝过猴子肉，他当下便以高价买了那只猴子，高兴地扛回家中。

回到家，楚人将猴子洗干净了，开膛破肚，要做一锅猴子炖豆腐汤。这楚人的烹饪技艺也堪称一流。他忙活了半天，终于把汤做好了。他先尝了一口。热汤下肚，楚人顿觉神清气爽，又感余香满口。他连忙叫来邻家的一位大哥一同享用。

吃完后，邻家的大哥对楚人的手艺赞口不绝。最后他问："我还从来没吃过这么美味的东西，我听人说狗肉汤极美，这不会就是吧？"

楚人乐滋滋地说道："大哥过奖了！不瞒大哥说，这汤叫作猴子炖豆腐。我今天花了大价钱从猎人那儿买了只猴子，新鲜得很哪！"

邻人一听，顿时变了脸色："什么？猴，猴子——"话还没说完，便趴在桌前大呕起来。

≪赏　析≫

能尝到一个超级美食家和烹饪高手的精心佳作，恐怕不是人人都有此福分，可惜这位邻人大哥只因那汤是猴肉做的，便将其一吐而空，到头来并未品到真味。味道是根据食物的品尝结果而判定其好坏的，而这位大哥却是根据主观臆测评定其好坏。

这样做只能是"未始知味"了。与此相同，世界上有各种各样不知味的主观唯心主义者，他们评定事物，不是根据事物的品质优劣，而是从主观的先验概念出发，主观臆测，妄下断语而看不到事物的本来面目，结果亦只能是"未始知味"。

螳螂搏轮

有一次，齐庄公带着几十名随从进山打猎。忽然，前面不远的车道上，一只绿色的小昆虫正高举起它的两只前臂，怒气冲冲地挺直了身子直逼马车轮子，一副要与车轮搏斗的架势。这有趣的场面引起了齐庄公的注意，他问左右："这是什么虫子？"

左右回答说："这是一只螳螂。"

庄公又问："这小虫子为何这般模样？"

左右回答说："大王，它要和我们的车子搏斗，它不想让我们过去呢。"

"为什么会这样呢？"庄公饶有兴趣地问左右。

左右回答说："大王，螳螂只知前进，体小心大，自不量力。"

听了左右这番话，庄公反而被这小小螳螂打动了，他感慨地说道："小小虫儿，志气不小，它要是人的话，一定会成为最受天下尊敬的勇士啊！"说完，他吩咐车夫勒马回车，绕道

而行，不要伤害螳螂。

后来，齐国的将士们听说了这件事，都非常感动。从此，他们打起仗来更加奋不顾身，都愿以死来效忠齐庄公。

<< 赏 析 >>

同一则故事，亦见于《韩诗外传》卷八第三十三章，末缀诗曰："汤降不迟，圣敬日跻。"这是说，如果懂得尊重勇武，王业就会蒸蒸日上。后人每每把"螳螂挡车"，认为是对不自量力的嘲笑，却常常忘记了"齐庄公避一螳螂而勇武归之"的事实。

人们常说螳螂挡车，不自量力。然而我们从另一面来看，螳螂挡车之勇，也实在可赞可叹，这种置生死于不顾、敢于抗争的勇气，不是应该对我们有所启发吗？

中国寓言故事

田饶去鲁

田饶在鲁哀公手下做事很长时间了，却一直没有被重用。一天，田饶对鲁哀公说："我准备离开你，像高飞的鸿鹄一样，去开创伟业。"

鲁哀公说："这是什么意思呢？"

田饶说："您难道没注意过那些雄鸡吗？头顶红冠，是文；脚长距趾，是武；遇见敌人敢斗，是勇；看到食物与其他鸡一起吃，是仁；夜里按时打鸣，是信。鸡虽有这五种美德，您却视而不见，仍每天将它们煮着吃了，这是为什么呢？是因为它们就养在你家里，所以你并不看重它们。而那些鸿鹄，从很远的地方飞到这里，根本没有鸡那五种美德，你却把它们当作贵宾看待，是因为它们远道而来，您才看重它们。现在，我请求离开你的身边，像鸿鹄那样远走高飞。"

哀公听了说："说得有道理，我把你的话记录下来。"

田饶说："我听说，吃饭的人不会砸毁他的食具；在树下乘阴凉的人，不会折断树上的枝叶。有人才不使用，还把他的话记下来干什么呢？"后来，田饶去燕国做了最高官吏。

三年时间里，燕国政治安定太平。鲁哀公听后，为失去田饶而后悔。

≪赏 析≫

寓言用鸡和鸿鹄的例子，讲述了选用人才的一个道理。容易得到的不知珍惜，眼睛总看着那些不容易得到的，似乎他们很重视人才，其实他们根本不懂什么是人才，怎样才叫爱惜人才。他们的做法，只会像鲁庄公失去田饶一样，失去本来就在自己身边而被埋没的人才。但愿像鲁哀公这一类的人能少一些，让人才个个有用武之地。

枭东徙

枭就是我们现在常见的猫头鹰，由于人们的偏见和猫头鹰吃腐肉的不良嗜好，尤其是它那哭腔十足的叫声，在寂静的黑夜里听起来既晦气又恐怖，人们把它视为灾难的征兆。鸠鸟是一种笨笨的鸟，自己不会筑巢，只能整天住在鹊鸟的旧巢中。有一天，枭和鸠在路上相遇了。

鸠说："我说枭啊，看你急急忙忙的，要到哪里去呀？"

枭说："我要搬到东方去。"

鸠问："为什么呢？"

枭说："这里的人都讨厌我，我在这里实在是过不下去了。所以我要搬到东方去。"

"为什么人们讨厌你呢？"鸠问。

枭拍拍翅膀，垂下脑袋，十万沮丧地说："他们不喜欢我的叫声，说我叫起来跟鬼哭似的，叫得他们心里又害怕又烦乱。"

鸠鸟听后说："如果是这样的话，你必须改变你的叫声才行啊。要不然即使你搬到东方去，人家还是会讨厌你的声音的。"

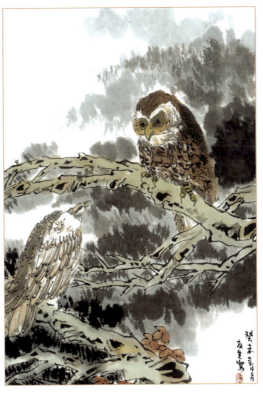

≪赏　析≫

这则寓言运用拟人化手法，叙述了斑鸠和枭鸟之间的一段对话，斑鸠的明智和枭鸟的糊涂都得到了鲜明的展现。这则寓言想象奇特，读起来饶有风趣。枭又叫鸮，俗名猫头鹰。这种鸟不仅叫声似哭，而且长大后会以母为食，生性凶残，令人生厌。文中的这只枭因叫声受到乡人的一致声讨，但它不从自身找原因，却抱怨环境不好，想以搬到别处来逃避现实。鸠告诉它，除非它改变叫声，否则就是换了新的环境，那也将是徒劳的，它仍会遭人厌恶。

这篇短小的寓言讽喻了那些总与周围搞不好关系，动辄调动工作的人。实际上，环境对于一个人的作用，关键还是取决于这个人自己。若要扭转别人对自己的印象，就得首先检查自己，并从根本上改掉自己的缺点或坏习惯。如果一味地埋怨环境，或认为换一个地方就可以解决问题，那是很愚蠢的。要知道，没有改掉恶习，到哪里都不会受人欢迎。

中国寓言故事

师旷劝学

师旷是春秋时期晋国的乐师，弹得一手好琴。也许是因为瞎眼的缘故，他的听觉异常灵敏，识别音律的能力让人惊叹。师旷不仅深谙音律，而且见多识广。晋平公为了使晋国在诸侯国中立于不败之地，他想学习先人的经书典籍，以求在政治上有所建树，但又担心自己一大把年纪了，再像年轻时那样攻读书籍，这样做能不能真正学有所得？一天，晋平公向师旷吐露了自己的心事。

晋平公对师旷说："我现在已经七十岁了，想学恐怕已经太迟了吧？"

师旷对晋平公说："国君您为什么不点蜡烛来照明呢？"晋平公听着这话答非所问，微微有些生气了："哪里有做人臣的还敢开国君的玩笑？"

师旷答道："我这个瞎眼的老头子哪里敢和国君开玩笑呢？我听说，少年时好学习，恰如旭日东升，潜力无限；壮年时好学习，正是如日中天，沉稳有力；老年时，则像点燃烛光来照明，虽迟暮衰微，但比起在昏暗中行进，不是好得多吗？"

晋平公顿然醒悟："你说得太好了！从今天起，我就点燃我这根残暮的蜡烛，让微弱的光照得更长久。"

≪ 赏 析 ≫

俗话说得好，"书山有路勤为径，学海无涯苦作舟"。西谚也说"没有谁因为太老而不能学习的"。在这点上，中西皆同，学习没有年龄大小之别，也没有时间早晚之分，只要你有学习的愿望，就应抓紧时间，即使到了暮年也不晚。师旷劝晋平公"活到老，学到老"，他以"炳烛之明"来比喻到了老年仍有学习的必要。烛光虽然不如阳光明亮，但也总比摸黑走路强。为学就应有活到老学到老的精神，知识永远使人受益。师旷所喻示的道理，在两千年后的今天，仍然可以启迪人们该如何对待学习。

师旷劝学

中国寓言故事

122

田忌赛马

田忌是齐国的一名大将，他对赛马有着浓厚的兴趣，他经常和齐威王以及齐国的王室子弟赛马。每次赛马时，他们都以千金作赌。双方所赛的马分上、中、下三等，比赛规则是以上马对上马，中马对中马，下马对下马。由于齐威王每一个等级的马都要比田忌同等级的马要强一些，所以田忌屡战屡败，为此田忌十分懊恼。孙膑得知这种情况后，专程跑到赛马场上去观看，他发现齐威王的马比田忌的马快不了多少。于是孙膑对田忌说："我有办法使您得胜。"

田忌将信将疑，他又跟齐王和王族们下了千金赌注。齐威王的上等马出场了，孙膑对田忌说："现在用您的下等马对付他们的上等马，等会儿拿您的上等马对付他们的中等马，最后拿您的中等马对付他们的下等马。"

田忌恍然大悟，原来孙膑是在马出场次序上做文章，拿自己的劣势去对付别人的优势。果不其然，三个等级的马的比赛结果，田忌一败二胜，他终于赢得了齐威王的千金。

事后，田忌无不

感叹地说："同样一件事，处理方法不同，结果也会大相径庭，孙膑在战术运用上果然技高一筹啊！"

≪赏 析≫

"田忌赛马"可称得上是运筹学中"对策论"的一个最早的实例。田忌是齐国的一名大将，但他的战术可远远不及孙膑高明。田忌与齐王以同样的马匹，比赛多次都以失败告终，仅仅因为在孙膑的指点下重新调整了内部的排列组合，就在全局劣势的情况下转败为胜。

这个故事带给我们深刻的启示：我们在做任何事情的时候，都要灵活地对待。如果传统的做法使我们屡次失败，那么，就表示传统做法有不合时宜的地方。这个时候，我们绝不能怨天尤人，而是要冷静分析对自己不利的情况，及时调整战术，依靠科学规律办事，扬长避短，方能游刃有余。

中国寓言故事

塞翁失马

战国时期有一位姓塞的老人，养了许多马，一天，马群中忽然有一匹走失了。邻居们听到这事，都来安慰他不必太着急。塞翁见有人劝慰，笑笑说："丢了一匹马损失不大，没准还会带来福气。"

邻居听了塞翁的话，心里觉得好笑。马丢了，明明是件坏事，他却认为是好事，显然是自我安慰而已。可是没几天，丢马不仅自动回家，还带回一匹骏马。

邻居听说马自己回来了，非常佩服塞翁的预见，向塞翁道贺说："马不仅没有丢，还带回一匹好马，真是福气呀。"

塞翁听了邻人的祝贺，反而忧虑地说："白白得了一匹好马，不一定是什么福气，也许会惹出什么麻烦来。"邻居们以为他故作姿态，心里明明高兴，有意不说出来。

塞翁有个独生子，非常喜欢骑马。一天，他打马飞奔，一个趔趄，从马背上跌下来，摔断了腿。邻居听说后，纷纷前来看望，但是塞翁却说："没什么，腿摔断了却保住性命，或许是福气呢。"

不久，匈奴兵大举入侵，青年人被应征入伍，塞翁的儿子因为摔断了腿，不能去当兵。入伍的青年都战死了，唯有塞翁的儿子保全了性命。

≪赏 析≫

这个故事在世代相传的过程中，渐渐地也被浓缩成一个成语"塞翁失马，焉知祸福"。寓言说明，人世间的好事与坏事并不是绝对的，在一定的条件下，事物的两个方面都是可以相互转化的，坏事可以引出好的结果，好事也有可能引出坏的结果。

禳田者

公元前 348 年，楚国大规模地调兵侵犯齐国。齐威王派淳于髡往赵国求救兵，并让他给赵国送去一百斤金，十辆车和四十匹马。淳于髡听后抬头向天大笑，连系帽子的带子全都笑断了。齐威王说："你认为礼品送少了吗？"淳于髡说："我怎么敢说少呢？"齐威王说："那么你为什么大笑呢？"

淳于髡说："今天，我从东方来这里时，见路旁有一个人向神祈祷丰收。他提着一只猪蹄，端着一碗酒，祈祷说：'我希望那贫瘠的山土能收满笼粮食，那平坦的田地能收满车粮食；希望各种作物都茂盛生长，家里的粮食堆得满满的。'我见他敬献的东西这么少而想要得到的东西却那么多，所以笑他。"

齐威王听了很惭愧，于是增加一千镒金、十双白璧、一百辆车和四百匹马。淳于髡带着这些礼物，辞别齐威王，到了赵国。赵国马上借给齐国十万精兵，一千乘军车。楚王知道这件事后，趁着黑夜撤走了部队。

≪赏　析≫

楚国进犯齐国，齐国向赵国求救兵，齐国只携带黄金一百斤，车马十辆，作为出兵的"交换条件"，要说堂堂一个齐威王的行事也未免太"小家子气"了吧！难怪淳于髡要嘲笑齐威王呢！齐威王还算识实务，他听了淳于髡的话之后，立刻在给赵国的礼单中各增加了十倍，"一千镒、一百辆车和四百匹马"，另外还增加了"白玉十对"。得了这些"优惠"条件后，赵国立即拨精兵十万，战车千辆。消息一传到楚国，就把楚国军队吓跑了。

这则故事旨在讽刺齐威王的吝啬和贪婪，讽刺付出代价与所求不相称的可笑。

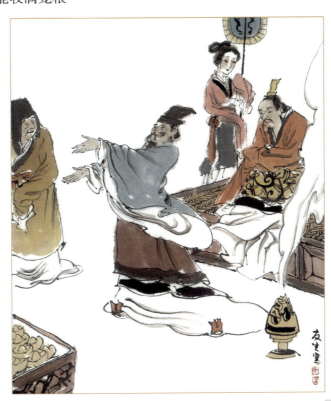

中国寓言故事

125

反裘负刍

魏文侯有一次出外巡游，一行人走着走着，忽然看见路上有一个人把皮衣的毛翻向里穿，而皮衣的皮朝外露着，这个人的肩上还扛着一担柴草。

"别人穿皮衣都是毛朝外，皮在里面，而你为什么反穿着皮衣扛柴草呢？"魏文侯问道。

那人听了魏文侯的话，得意洋洋的说："别人那穿法太不爱惜毛了，我看到了这一点，所以才会这样穿。"

魏文侯听了那人的话，连连摇头道："你这样确实可以保护好皮毛，但是难道你不知道皮板如果磨坏了，毛也就没有地方依存了吗？"

那人听了羞惭难当，看了魏文侯一眼匆匆走了。

第二年，东阳一带交纳的田赋比往年多了十倍，大夫们听了纷纷前来祝贺。魏文侯却并不把这件事当作一件好事。他忧愁地说："老百姓和田地都没有增加，而田赋却增加了十倍，这跟爱惜毛而反裘负柴的人有什么区别呀！"

这篇寓言可以说是对《左传》"皮之不存，毛将焉附"这句话的形象解释。毛是附在皮上的，皮弄坏了，毛就长不住了。路人只知道爱惜那些长在皮上的毛，而不懂得这样做的结果是皮毛俱毁了。接下来，魏文侯又把"田赋"比作"羊毛"，把"纳赋者"比作"羊皮"，纳赋者不存在了，田赋还会有着落吗？

很显然，这则寓言是在赞扬魏文侯看问题能由表及里，有见识。魏文侯能敏锐地觉察出，在田地和劳动力没有增多的情况下，田赋加增十倍，实在是涸泽而渔的愚蠢做法。同时魏文侯能把劳动者比作"皮"，把田赋喻作"毛"，这种思想在当时是十分进步的。我们也可以看出魏文侯轻徭薄赋的政治主张和对苛政的否定。

后来人们常用这个寓言来说明整体与局部，集体与个人之间的关系。局部利益总是建立在整体利益上的，如果整体利益不存在了，那又谈什么局部利益呢！个人利益与集体利益是密切相关的，失去了集体利益的"皮"，个人利益的"毛"又该依附在哪儿呢？

张仪的舌头

张仪是战国时魏国贵族的后代，公元前328年任秦相，被封为武信君。执政时采用连横策略，逼迫魏献上郡，他辅佐秦惠文君称王，游说各国服从秦国，瓦解了齐楚联盟，夺取楚汉中地。

据说，张仪在刚学成出师的时候，就去各国游说。他来到楚国，楚国的宰相邀请张仪赴宴。在宴席当中，大家喝得相当痛快。酒席散后，楚相的家人跑来说："不好了，我们家的那块玉璧突然不见了。"楚相听了，心中大惊，因为那块白璧是家传的宝贝。楚相马上召来门客共同商量这件事。门客怀疑是张仪偷的，说道："张仪贫穷，没有德行，一定是他偷了相国家的玉璧。"于是门客们跑到张仪的住处，将他捆起来，拷打了几百下，可张仪就是不承认白璧是他偷的，大家只得放了他。张仪挣扎着爬回家，他的妻子心疼不已地说："你若是不去读书游说，就不会受这般耻辱了。"张仪张开嘴巴问他妻子说："您看我

的舌头还在不？"他的妻子见张仪现在还开玩笑，就笑着说："舌头还在呢。"张仪说："舌头在就足够了。"

≪赏　析≫

纵横家是通过游说诸侯国君、取得信任然后才能推行其政治主张的，他们凭借其能言善辩，机智灵活来处理各种事情。张仪在被诬陷偷了玉璧遭受了痛打之后，丝毫没有胆怯的样子。他对妻子表示只要舌头还在就足够，表示了他为实现自己的政治主张不屈不挠、义无反顾的斗争精神。

有时候人们会面临各种不期而至的事情，也许这些事物会深深地影响到我们的身心健康。但人生的道路确非平坦之途，我们只有像张仪一样，勇敢地去承受外界所强加给你的一切，才会走向成熟。

楚有善为偷者

楚国将领子发爱好寻求有一技之长的人。楚国一人前去见他说："我是个小偷，愿把我的技艺贡献出来充当您的一个差役。"子发听说后，就出门去见他并待之以礼。左右官员劝谏说："小偷是天下的盗贼，您怎么能够对他如此礼遇？"子发说："这不是你们所能领会的。"

后来，齐国攻打楚国，子发率领军队在三次交战中都失败了。楚国的贤良大夫们都束手无策，这时小偷请见说："我有微小的技艺愿替您去试一试。"子发没多问就派他去了。

那小偷夜里溜进军营，把齐国将领的帷帐偷来献给子发。子发便派了一个使臣将帷帐送还给齐军；第二天

小偷又去齐营，取回来将军的枕头。子发又派人送了回去。第三天，小偷又去齐营取来了将军的头发簪子。子发再派人送了回去。

齐国军队听说了这件事，大为惊骇。齐国将军和军中官吏们商量道："今天再不退兵，楚军恐怕要取我的头了！"便下令退兵而走。看来，技艺道术是没有细微轻薄之分的，关键在于人君如何使用啊！所以老子说："不善的人，是善人的资本啊。"

≪赏 析≫

对于有真才实学、有本领的人，要善于使用，正确地、充分地发挥他们的特长。偷窃虽然不好，但把这种特技用之于对敌斗争中，也能发挥极大的作用。

中国寓言故事

鄙人弃玉

在我国汉朝的时候，有一个老头在田里捡到了一块形状奇怪的玉石，他就急忙把玉石像宝贝一样藏在衣服里带回家，生怕被别人发现。回到家后，他让妻子关上门，一个人独自在家欣赏，他的妻子看了后就说，这仅仅只是一块石头呀！没什么价值。他当时就跟妻子急了。过了几年，一场洪水淹没了他们的家园，这个人走的时候什么都没带，就带了这块宝石。他想把这宝石出卖了，重新找个地方买房置地。当他拿着宝石到市场上出卖的时候，有个商人笑他拿石头当宝石骗人，这时，他才相信了妻子当初说的话，把那块宝石给扔了。

瞧！这就是不懂宝石的人。听别人说宝石是石头就扔掉，那么，他一定不是真正懂玉的人。

≪赏 析≫

没有真才实学，不识货，以耳代目，甚至代大脑，只听别人的，结果把手上拿的到底是宝石还是普通的石头都没搞清楚就扔掉。上当受骗，势所不免。

乐羊食子

乐羊是战国时期魏国的一个将领，此人英勇善战，有勇有谋。有一次，国王任乐羊作为魏国的将领，率兵去攻打中山国。可是，乐羊的儿子正在中山国内，中山国人便把他儿子绑起来悬在城上，用以威胁乐羊。乐羊看了虽然心里不是滋味，但一点也没有减弱斗志，反而攻城更急了。中山国人便把他儿子烹煮了，然后送来给他吃。乐羊就拿起儿子的肉吃尽了一大碗。中山国人看到他攻城的诚心，便不忍心再和他争战了。

乐羊果然把中山国攻灭，为魏文侯开拓了疆界。但是，魏文侯嘉赏乐羊的战功后，却怀疑起他的忠心来。

≪赏 析≫

从这则寓言中我们也可以看到封建统治的奸诈与狡猾。乐羊作为将领，有着将领的风度与胸襟，两军交战，当然要以国家利益为重，乐羊忍着巨大的悲痛吃了儿子的肉，并不是为了一己之私，更为确切地说，他是在为封建国君吃自己的儿子，因此，乐羊食子的悲剧是在封建社会这样的背景下才产生的。

这则历史传说故事，讽谕了"有功而见疑"的主题，说明封建专制统治者的变幻无常和疑神疑鬼。据《淮南子·从间训》说：当中山人执子悬城以示乐羊时，乐羊曰："君臣之义，不得以子为私"而"攻之愈急"，证明乐羊是个真正"忠"者；而后乐羊食其子之，使者归报中山曰："是伏约死节者也，不可忍也。"遂降之。乐羊为魏文侯开地有功，但"自此以后，日以不信，此所谓有功而见疑者也"，明确点出主旨。

魏人钻火

有个魏国人，睡觉睡到一半，肚子疼得醒了。他感到肚子里面好像有千万条小虫钻来钻去，奇痛无比。豆大的汗珠从他的额头上滚下来，他捂着肚子在床榻上打滚，大声叫看门人说："我得了急病了，肚子疼得不行，你快去钻木取火，好赶紧把灯给我点上！"

那天夜里没有月亮，天色特别暗，屋里更是黑得伸手不见五指。看门人什么也看不清，只得四下里胡乱摸索。他一下踢飞一个凳子，一下又差点在门槛上绊一跤。一时半会儿还真难找到钻木取火用的工具。

魏国人越等越不耐烦，不停地大声催促："你快点呀，怎么连这点小事也办不好呢！"又过了一小会儿，他干脆破口大骂起来："你这个蠢东西，我平时供你吃供你穿，到了关键时候，你倒什么都不好好做，还不如那条看门狗！"

看门人听到主人的声声催促，心里十分着急，越着急就越手忙脚乱，后来见主人竟这么不体谅，还说出那么多不堪入耳的难听话，非常生气，就愤愤不平地说："您责怪人也太不讲道理了！现在四周都是黑乎乎的，什么也看不见，您为什么不拿个灯来替我照亮，好让我找到钻木取火的工具呀！"

≪ 赏　析 ≫

"责人当以其方"，便是这则寓言的主旨。在寓言的结尾处，看门人对主人的回答看似没有道理：让主人用灯照着他找工具点灯。要是灯能亮，那还要他找取火工具干吗？同样道理，明明漆黑一片，你怎么还责怪人家没有很快找到工具呢？所以，看门人正是利用这样的回答，巧妙地指出了主人不讲道理的错误。我们在生活中也要注意不要犯同样的错误，凡事要调查清楚再说，不要不分青红皂白就随便责怪别人。

中国寓言故事

肠烂将死

从前，有个叫赵伯公的人，长得特别肥胖，肚子圆得裤带都几乎兜不住了，肚脐眼又大又深。一个夏天的中午，赵伯公坐在树荫下，一边乘凉一边喝酒，还吃了好多西瓜和李子当下酒菜。不知不觉地，赵伯公多喝了几杯，躺在床上睡起觉来。

赵伯公有个顽皮的小孙子，趁他睡着了，就骑在他的肚皮上玩。赵伯公睡得正香，一点儿也不知道。小孙子玩了一会儿，觉得没意思，就抓起桌上的李子，一个个往赵伯公的肚脐眼里塞。

过了几天，赵伯公这才觉得肚脐有点疼，他低头一看，只见红红的李子汁流得满肚子都是。赵伯公大惊失色，以为是肚子烂了一个大窟窿，说道："完了，肠子烂了，这回是非死不可了！"于是，赵伯公向家人交代了遗言、安排了葬礼，等一切办好以后，他就开始等待死神的降临。

哪知第二天，有几颗李子核从肚脐中滚落出来。赵伯公奇怪极了，碰到家人就说："也不知是怎么了，从我的肚脐里滚出来好多李子核。"小孙子在一边听到了，拍手笑着说："爷爷，那是你睡着的时候，我塞进去的李子呀！"赵伯公听了恍然大悟：原来前几天流的是李子汁呀！这下，赵伯公转悲为喜了。

《赏 析》

赵伯公遇事不作调查，随便凭主观臆断，结果酿成了一场虚惊。可见我们平时碰到事情，应该仔细分析，才能得出正确的结论。这则寓言告诉我们：做事情的时候千万不能凭表面现象来下结论，而一定要调查研究，看看病根究竟在什么地方，否则"肠烂将死"的笑话还会再一次地被现代人上演。

中国寓言故事

倾家赡君

汉朝有一个老人，虽然家中很有钱，在当地是称雄一方的富豪，但是却膝下无子，性格节俭而吝啬。老头儿每天天蒙蒙亮就起床来经营产业，拼命赚钱，直到天黑了才愿休息。就这样，他赚回了很多钱，可是他总是吃粗茶淡饭，穿破旧的衣服，从不轻易花一文钱。平时遇到有人向他借钱，他总是毫无商量余地地一口回绝。

有一天，一个非常贫困的人来找这个老头儿，因他母亲病了想借钱请医生。

借钱的人苦苦哀求，老头儿被缠得实在受不了了，只得走进内室去取钱。他慢吞吞地拿出十文钱，从屋里慢慢走出来，走几步就减掉一个钱，等他走到外面来，只剩下五文钱了。老头儿极不情愿地把钱交给人家，心疼得看也不忍心看，还一再嘱咐人家说："我把全部家业都拿来帮助你了，可千万别对别的人说啊，不然他们都会像你这样跑到我这里来

的，可怜我哪里还有钱给人家啊！"借钱的人伤心地流着眼泪说："五文钱让我上哪请医生啊，你也太狠心了！"老头儿的眼泪也下来了，不过他是心疼他的钱。

不久，老头儿死了。因为他没有继承人，他的田地、房产都被官府没收，他积累的钱财也都充实国库了。

≪赏 析≫

本寓言讲述悭吝人的可笑形象、可悲下场。虽然可悲，却引不起人的同情，愈见其可笑耳。钱财生不带来，死不带去，本是供人用的，老头儿却被金钱驱使，成了钱的奴仆。在处理钱的问题上，我们可不能学老头儿，要让金钱用到该用的地方去。

中国寓言故事

宗定伯

南阳人宗定伯，年轻时，夜里走路碰见了一个鬼。他问道："是谁？"

鬼说："是鬼呵。"

鬼又说："你又是谁呢？"

定伯欺骗他说："我也是个鬼呵。"

鬼问他："你要到哪里去？"

答道："我要到宛市去。"

鬼说："我也要到宛市去。"

他们共同走了数里地。定伯说："我刚死，不懂得鬼都害怕些什么？"

鬼说："只是不喜欢人吐唾沫。"

在道上遇见了一条河水，定伯让鬼先渡河，听去一点声音也没有。定伯自己过河时，就像轮子在深水里转动一样响。

鬼又问："为什么有声音？"

定伯说："因为刚死还不熟悉渡水罢了。"

快到宛市了，定伯便把鬼顶在头上，用手把它抓住。鬼大叫，要求把它放下。定伯不听那一套，一直走到宛市中。鬼变成一只羊，定伯朝地

上吐了八口唾沫，鬼再也不敢变化了。定伯把它卖了，得到了一千五百钱，高兴地回家去了。

≪赏 析≫

这里的"鬼"，可以当作"困难"来解释，要像宗定伯，天不怕，地不怕，神不怕，鬼不怕，一切困难都不怕。只要摸清事物的底细，掌握现实的规律，从实际出发，按规律办事，便没有不可克服的困难。

中国寓言故事

山鸡舞镜

魏武帝曹操当政的时候，有人从南方献给他一只山鸡。曹操十分高兴，召来了有名的乐工，为他奏起动听的曲子，好让山鸡跳舞歌唱。乐工卖力地又吹又打，可是山鸡却一点儿都不买账，充耳不闻，既不唱也不跳。曹操的手下人拿来美味的食物放在山鸡面前，山鸡连看都不看，无精打采地耷拉着脑袋走来走去。就这样，任凭大家想尽了办法，使尽了手段，始终都没办法逗得山鸡起舞。

曹操非常扫兴，气恼不已，斥责手下人说："你们这么多人，连一只山鸡都对付不了，还怎么做大事！"

曹操有一位十分钟爱的小儿子，名字叫作曹冲。曹冲自幼聪明伶俐，又博览群书、见识渊博。这时候，他动了动脑子，有了主意。曹冲叫人将宫中最大的镜子抬过来，放在山鸡面前。

山鸡慢悠悠地踱到镜子跟前，一眼看到了自己无与伦比的丽影，比在水中看到的还要清晰得多。它先是拍打着翅膀冲着镜子里的自己激动地鸣叫了半天，然后就扭动身体、舒展步伐，翩翩起舞了。

山鸡迷人的舞姿让曹操看得呆了，连连击掌，赞叹不已，也忘了叫人把镜子抬走。

可怜的山鸡，对影自赏，不知疲倦，无休无止地在镜子前拼命地又唱又跳。最后，它终于耗尽了最后一点力气，倒在地上死去了。

≪赏 析≫

爱惜自己的羽毛，映水则舞，这原是山鸡的天性，是很自然的事，但是被人置于大镜前，便情不自禁顾影自怜起来，这就是在不知不觉间被人愚弄了。

中国寓言故事

急不相弃

三国时期，华歆和王朗共同住在平原高唐（今山东禹城西南）城里，他们是一对关系非常好的朋友，但两人禀性却大不相同。华歆为人谨慎细密，而王朗为人开朗豁达。

有一次，他们居住的地方发了大水。一时间大水四溢，许多人家的房屋都被淹没了，人们纷纷外逃。由于水势过猛，很多人家的东西都被大水冲走，人们多顾忌自己的性命，对身外物也只能无可奈何地忍痛舍弃，因此，城里又多出许多趁火打劫的盗贼。此时华歆和王朗共同乘船逃离家乡。有一个路人见他们有船，便想依靠他们一起逃走，华歆不愿在这种危急时刻救助他人，立即拒绝了他。

王朗却说："我们的船上还有地方，为什么不带上他呢？"于是，那个人便上了船。

后来盗贼追到了近前，王朗感觉到情势的紧张，于是就想丢掉他们带的那个人。

华歆说："当初之所以犹豫，就是为的这一点呀。既然已经答应了他的托付，我们就不能因为情况紧急而扔掉他。"王朗很惭愧，于是他们像当初一样携带那个人。

因此，后来人们在品评华歆和王朗品行优劣的时候，常以这个故事为依据。

≪赏析≫

这则寓言故事告诉人们，在现实生活中，我们做事情的时候，一定要信守诺言，不管遇到什么情况，都要敢于为自己所作出的决定承担责任。困难来时，要团结一致、勇于面对，不能只顾自己的安危，轻易退缩，置他人于不顾。同时，我们也应该将中华民族传统的"言必信，行必果"的优良品质坚持并发扬。

七步作诗

曹植，字子建，是魏武帝曹操的第三个儿子。他从小就特别聪慧，才思敏捷，深受曹操的宠爱。曹操原本想立曹植为太子，但最终为了避免兄弟相残而改变主意。

曹植的亲生兄弟曹丕一直对他的才华十分妒忌，曹丕继位后，故意处处刁难曹植。曹植深受其害，终日郁郁寡欢，但仍然写出了许多的好诗。

有一次，曹丕又把曹植叫到殿前，让曹植在七步之内作一首诗。如果曹植作不出来，就要被杀死。曹植一听兄长的话，就知道他想杀害自己。这时他正好看见殿外有一口锅正在烧水，既而灵感一来，从容不迫地向前迈了七步，然后站住看着曹丕。

曹丕以为曹植答不上来，心中暗喜，但脸上丝毫没有表现出来。曹植看着兄长，心潮澎湃。他信口吟道："煮豆持作羹，漉菽以为汁。萁在釜下燃，豆在釜中泣；本是同根生，相煎何太急！"

曹植把釜底燃烧的豆萁比喻魏文帝曹丕，用釜中被煮而哭泣的豆粒比喻自己，用"同根生"

比喻两人同胞兄弟的情谊，最后一句曹植责问曹丕为什么迫害自己如此过分！

曹丕听完弟弟的诗后，脸上露出非常惭愧的神情，免杀了曹植。

≪赏 析≫

"七步诗"揭露兄弟之间互相倾轧，互相迫害的情形，比喻贴切，形象生动。由于曹植和曹丕为一母所生，二者可谓真正的手足兄弟，关系比较特殊。诗人曹植言词婉转，却深刻地表明了兄弟二人此时的利害关系。尽管诗不见于曹植本集，却流传很广，脍炙人口，这大概是这篇寓言的功劳吧。"本是同根生，相煎何太急"二语，千百年来已成为人们劝诫避免兄弟阋于墙、自相残杀的普遍用语。如果你没有兄弟姐妹，那么请善待你身边的每一个人，因为我们都是炎黄子孙，血管中流着一样的血。

中国寓言故事

效岳遨游

晋朝时候，出了个名叫潘岳的才子，这个人才高八斗、学富五车，而且生得白白净净、明眸皓齿，风流倜傥，是当时整个晋国的美男子。

潘岳很喜欢打猎，常常带着自己打猎用的弹弓到郊外去游玩。当他走出洛阳大道，妇女们远远望见他，就会奔走相告："那个英俊的才子潘岳来了，快点去看哪！"就这样，倾慕潘岳的妇女都跑过来争着一睹他的风采。大家越看越是被他漂亮的容貌和非凡的气度所吸引，就手拉手围成圆圈，把潘岳围在中间，怎么也舍不得让他离开。一时间，潘岳受

到众人爱慕的事在当时传为美谈。

有个叫左思的诗人，长得獐头鼠目，十分丑陋，气质也很猥琐。他听说了这件事后，很是羡慕。他不禁暗想：潘岳会打猎，我也会打猎呀，我何不模仿他也去郊外游猎一番呢，说不定妇女们也会一样倾心于我呢！

打定了主意，左思收拾了一番，第二天就带着弹弓走出洛阳大道去。

再说左思看到真的有这么多妇女围拢来，心下很是得意。谁知道妇女们一走过来都纷纷向他吐唾沫，还厌恶地说："呸，丑八怪，学人家又学不

像，真没脸！"左思猝不及防，被吐了一身一脸的唾沫，只得一边擦一边狼狈不堪地转身逃回家去了。

≪赏　析≫

古有"丑女效颦"，此为"丑男效游"，不顾自身条件，单求表面相似，纯粹的模仿，毫无创造性，就会产生可笑的结果。可笑亦复可悲。左思不考虑潘岳受欢迎的内在因素是长相英俊，一味从形式上模仿别人，结果适得其反。可见模仿要有相同的客观条件作基础，不能盲目地生搬硬套。否则，难以收到预想的效果。

王蓝田性急

王蓝田性子很急，别人提醒他要改掉这个毛病，可他还是依然如故。

有一次家里煮了好多鸡蛋。他的妻子端上来叮嘱他说："鸡蛋太热了，慢慢地剥了再吃。"

王蓝田听了妻子的话，连连点头称是。等妻子一走开，他立刻就去抓盘子里的鸡蛋。鸡蛋刚刚从锅里捞出来，特别烫手。他刚抓起鸡蛋，就被烫得连连抖手，手中的鸡蛋滚到桌子上，差点就掉到了地上。王蓝田顾不得鸡蛋太烫，三下五除二地把鸡蛋的皮剥下了。等剥完盘子里的鸡蛋，王蓝田找来一双筷子去挟，鸡蛋很滑，没

有挟住。王蓝田大发脾气，他把蛋抓起来使劲摔到地上，鸡蛋在地上滚个不停。王蓝田看着鸡蛋那样转个不停，心中更为恼怒。他冲上前去，用木履狠狠踩它，鸡蛋像涂了油一样，又滑跑了。这下，王蓝田更愤怒了，他瞪大眼睛，双手叉腰，把鸡蛋从地上捡起来，塞进嘴里，狠命地把它咬开后吐了出来。

≪赏　析≫

王蓝田的急性子真是让人哭笑不得，他的那种性急的行为的确让人难以理解。鸡蛋夹一次掉了，居然大发其火，用尽全身的力气，扔到地上，还要踩上两下，才解心头之恨，如果他能稳住心神，再夹两次，恐怕那鸡蛋早已经到了他的腹中。

性急的人办事爽快，不拖拖拉拉，这是优点；但是，过了限度，就要走向反面，反而会因为性急而误事，这就叫"欲速则不达"。明代笑话寓言家江盈科，曾在他的《雪涛小说·戒性急》里对此故事作过评论，他说："凡人性急最害事，非独害事，先足自害……其实鸡子也……无知之物，即我怒彼，彼何损焉！徒自苦耳！"所以他主张要"戒性急"，是有道理的。

可见，简单急躁，感情用事，不但会毫无收获，反而会让人笑话说没有涵养，遇事不能冷静思考。像王蓝田这样做事的人，难免会出现差池。

焦湖庙祝

很久以前，有一座焦湖庙，庙里有一个玉枕头，枕头上有一个小孔。据说，枕着这个枕头睡觉，可以梦到许多美好的事情。

那时，单父县有个名叫汤林的人，以经商为生，生意不怎么好，他一天到晚都愁眉苦脸的，希望能突然在哪天就发大财。

这天，汤林带着货物出去贩卖，走得满头大汗，他刚好经过焦湖庙，就打算进去歇歇脚。

庙里的庙祝见了汤林，就对他说："我让你体会一下你想要的生活，你愿意吗？"汤林高兴极了，忙说："我太愿意了！"

于是巫人就取出那个玉枕给汤林，说道："你先睡一会儿吧。"

汤林枕着玉枕躺下，不一会儿就进入了梦乡。他梦见自己来到了一个大户人家，官高位显的赵太尉和他谈笑风生，接着，太尉又相中了他做女婿，把女儿许配给他。于是，他也做了大官，家财万贯。妻子给他生下了六个儿女，而这六个儿女都很有本事。

忽然，汤林一觉醒来，发现自己还在庙里，躺在玉枕上。梦中那一切都无影无踪，身边只有没卖完的货物，心里不禁十分惆怅。

≪赏 析≫

这则简短的故事比喻了虚幻的情事和欲望的破灭，或喻浮生如梦，具有寓言作用。它对后来的寓言小说及戏曲影响很大，如唐代沈既济的著名传奇《枕中记》，写卢生在邯郸客店中昼寝入梦，历尽富贵荣华，梦醒时，主人所炊黄粱尚未煮熟，已被概括为"一枕黄粱梦"。后来明代戏曲家汤显祖又把它演化为《邯郸记》传奇。再如唐代李公佐的传奇小说《南柯太守传》等，也显然是受到这个故事的启发而写成。幸福的生活，不是可以靠虚幻的美梦得来的。任何时候都不要指望坐享其成，自己辛勤地劳动，才能把愿望变成现实。

刺猬与橡斗

从前，深山里的动物很多，因此，觅食就成了这些动物的主要工作。有一年，一连下了好几天的雪，很多动物都找不到吃的。于是，它们只有忍着饥饿等待天晴。

五六天后，天气放晴，有百兽之王美称的老虎想要到田野中去寻找食物。走着走着，它看见一只刺猬仰面躺在地下，以为是块肉，便想去衔它。老虎先走到刺猬跟前用鼻子嗅了嗅这满身是刺的东西，并用爪子将刺猬踢来踢去地玩。忽然老虎的鼻子被刺猬卷曲的身子卷住，于是老虎受惊而逃，一直跑到山中，才感到很疲乏，不知不觉地昏昏入睡。等到老虎睡着后，刺猬就爬到老虎身上玩开了，它揪着老虎的耳朵荡秋千，在老虎的背上高兴地翻着跟斗，真是舒服极了。玩了一会儿，刺猬觉得没什么意思了，便一个人回家去了。老虎睡醒后忽地站起来，到树林中去散步，走到一棵橡树底下，发现有一颗小橡斗在面前，便赶紧躲到一旁，谦恭地对橡斗说："今天早上我见过令尊大人，现在就请贵公子让让道吧！"

≪赏 析≫

老虎本来是兽中的强者，却被小小的刺猬制服，它的可笑在于无知而不求知，跌了跤而又不总结经验教训，却把愚蠢的恐慌、错觉自认为是聪明机警。

这则寓言说明，遇到一些具体事物和问题，必须沉着冷静，细心观察，分析研究，弄清究竟后再有所行动，否则就会显得懦弱无能、惊惶失措。老虎不知如何总结经验，后来见到橡斗也害怕三分，正是"一朝被蛇咬，十年怕井绳"。这种心有余悸是在受灾或受挫之后产生出的一种畏惧心理，失去了冷静分析客观情况的能力，因而草木皆兵，枉自惊扰。这种态度在现实生活中也经常遇到。因此，好好总结经验教训，"吃一堑，长一智"，沉着冷静，才是正理。否则，就会像那只老虎一样，惊恐了半天，奔波了半天，饿了半天，到头来还没弄清楚是怎么回事，成为笑料。

中国寓言故事

鞭 贾

有一个富家子弟，花五万买了条鞭子回来，他拿着鞭子向人们夸耀。其实，那鞭梢卷缩、把儿歪斜、自然纹理错乱、节疤腐朽墨黑。用指甲一掐，指甲完全陷了进去还摸不到底；拿到手里还轻飘飘的。

有人说："您是看上了鞭子的哪一点而毫不吝惜那五万钱呢？"他说："我喜欢它黄而有光泽，况且卖鞭人还说了很多优点呢。"那人叫僮仆烧了滚烫的水来洗那鞭子，它就收缩干枯，颜色苍白，原来黄色是用栀子染的，那光泽则是涂的蜡。富家子弟很不高兴，但还是用了三年。后来，他骑马在长乐坡与别人抢道，两匹马互相踢打起来。富家子弟因用力打马，鞭子一下断成五六截，他也跌落在地，受了伤。

一看那断鞭，里面空空的，纹理像粪土一般。

正如这条鞭子，许多人粉饰自己向朝廷兜售他的才能技巧。朝廷给他超过自身能力的职务，他就高兴；给他适合能力的职务，就埋怨我为什么不能做到公卿。这种人做到公卿的也很多。他们在国家太平时，即使经过三年之久，也没什么妨害。一旦国家有事，派他去该出力的地方处理重要事务，哪里有不身败名裂而且给国家招致祸患的呢？

≪赏 析≫

卖鞭子的商人，哄抬物价、以劣充优、牟取暴利，着实令人不齿，然而最可气可恨的还是那个不辨真伪、上当受骗，明知鞭子腐朽却又不忍释手的富家公子。富家公子的鞭子断了，坠马伤身，这还是小事。而那些靠粉饰自己的外貌言辞爬上去又身居要职的无能之辈，却是会害国害民的，这可就是大事了。

贪小失大

从前，北方强大的秦国正值秦惠王在位。狡诈而又野心勃勃的秦惠王常想扩张地盘，吞并临近的蜀国。但是蜀国多高山，地形复杂而险峻，军队不易通行，因此秦惠王想灭蜀的计划一直没能成功。于是他费尽心机想出了一个办法。

秦惠王听说蜀国国君性情贪婪，便叫人凿了五头巨大的石牛，放在两国交界的地方，每天在石牛的屁股后面放一堆金子。秦惠王谎称那五头石牛是金牛，每天都要拉一堆金屎。

贪财的蜀国国君听到这个消息，一心想得到这些石牛，便打发了一个能言善道的使臣前去向秦惠王提出请求。这正中秦惠王的下怀，他假意犹豫了一下后，大方地允诺了。蜀国国君高兴坏了，立即命令国内的五个大力士率领民工去凿山开路，结果在丛山峻岭中开出了一条供"金牛"通行的道路。五个大力士费尽力气才把冒充金牛的五头石牛搬运回蜀国。

石牛搬运回来后，并不像秦王说的那样拉金屎，蜀主知道上当受骗了，只得又把五头石牛按原路送回秦国去。这样一来，秦惠王不费一兵一卒就达到了开凿山路的目的。秦惠王立即下令灭蜀，秦国大军浩浩荡荡地从"金牛路"开进蜀国，很快吞并了蜀国，杀死了蜀国国君。

≪赏 析≫

蜀国国君灭国亡身的教训，向人们昭示了一个"贪小失大"的道理。世界上的事物是极其复杂的：有眼前的利益，有长远的利益；有局部的利益，有整体的利益。人们办事情，处理问题，一定要从全局出发，向四处着眼，全方位考虑，权衡利弊、轻重。如果只顾眼前的局部利益，就会饮鸩止渴，贪小失大。

欲兼三者

有一群学士聚到一起吟诗作赋，他们都自命清高。几个人在酒席间谈得相当投机，个个都有了几分酒意。

这时，一个喝了不少酒的人，自负地说道："想咱们几个都是饱学之士，都有各自不同的抱负。咱们都谈谈自己各自的志向吧！"

一个人说道："当然是货卖帝王家，以后我要上京赶考，最次也要弄个扬州刺史当当。"

有的人听完了点头表示赞同，而有的人则连连摇头。

这时，又一个人站起来说道："当官虽然有权有势，但不如平民百姓来得自在。如果将来有良田千顷，金银数万，奴婢百人，我也就心满意足了。"

又一个人站起来说："我只想能有一只仙鹤把我送上天宫，得成正果，做一个逍遥自在的神仙。"

这人刚说完，又一个人站起来，嘴中含含糊糊地说："你们这些人，志向也太小了吧！我以后要有万贯的家财，然后再骑上仙鹤到扬州去做刺史。"

众人听了他的话，顿时哄堂大笑，忍俊不禁。这个人的心太大了，居然想把三方面的好处全占了。

≪赏　析≫

人总希望自己的生活能够十全十美，这反映了人类对理想生活的顽强追求。但如果像那个"欲兼三者"的人那样，达到了贪得无厌的地步，固然是不可取的。

但如果我们抛开那人的贪心，而是着眼于他善于追求别人长处的思想方式，便不宜轻率地给予他否定的结论。

生活在今天的人们，如果能够有"欲兼三者"的人的思维方式，为不断完善自己，而勇于向周围所有人吸取优点、长处，集于一身，谁又能说"欲兼三者"的人不聪明呢？

未尝见驴

晋孝武帝，即司马曜，是简文帝的第三个儿子，太元元年（376年）开始亲政。当时前秦的势力相当强大，太元八年，秦王苻坚率大军南下至淝水，江东大震，谢安就令其弟谢石、其侄谢玄力抗秦军，获得胜利。谢安又乘机北伐收复洛阳及青、兖、徐、豫等州，进至黎阳。

晋孝武帝见取得了如此大的胜利，就整日沉溺于酒色，不理朝政。朝中大事都由他的弟弟会稽王司马道子打理。司马道子排挤谢氏，夺了谢氏的兵权。

孝武帝后来担心司马道子的权势过大，于是重用王恭、殷仲堪等人防备司马道子。

有一次，孝武帝和谢安在一起闲聊，孝武帝对民间的事物都不太了解，谢安就在那娓娓道来，孝武帝也听得津津有味。

孝武帝从来没见过驴子，谢安对他说："民间的驴子多为黑色的，陛下猜想驴子的形状像什么样子呢？"

孝武帝自然不便放下架子问驴子的样子，也不想被手下的大臣所问倒。于是他摆出一幅通晓古今的样子，掩口大笑，说道："据朕想来，驴子的样子嘛，应当同猪差不多，嘴巴长长的，耳朵大大的，叫声尖锐。"

后来，孝武帝的这则笑话传到了民间，成了众人的笑料。

≪赏 析≫

孝武帝司马曜深居皇宫，从不微服私访，才会闹出把"驴"说成"似猪"的笑话。但由于他高居皇位，也许一辈子都不会知道他错在哪里。司马曜没有见过驴子的模样倒有情可原，但是他那种不懂装懂，强知以为知的行为，实在是不可取的。

这则小趣事不仅对古人有所启迪，对于生活在现今的我们，也仍不失教导作用。学习要实事求是，如果自己不懂还在那里虚张声势，那么你的学问肯定也会停滞不前的。

"三人行必有我师焉"，这是古人给我们留下的一则良训呀！

狂 泉

从前有一个国家，整个国家的人都得了癫狂病，整天闹呀、叫呀，干一些荒唐至极的事。这是为什么呢？

原来这个国家有一眼叫作"狂泉"的井，谁要是喝了那里的水，立刻就会变得癫狂起来。而这一国的人除国君外，全都喝"狂泉"的水，所以一个个都疯疯癫癫的。

这个国家的国君之所以没有得癫狂病，是因为国君另有一口专供他私人饮用的水井。然而全国的人都得了癫狂病，在他们眼里，无病的国君那与众不同的样子倒成了一种病态。因此他们商量好，大家一起动手给国君治"病"。这些人轮番给国君拔火罐、扎针灸、熏艾蒿、服草药，能用的办法全用上了。国君实在不堪忍受这种折磨，便让大臣们给他出主意，这些疯疯癫癫的大臣们东一句，西一句地扯开了，有的说国君被鬼缠上了，和大家不一样；有的说是国君得了怪病，只有喝"狂泉"的水才能治病。

国君喝了"狂泉"的水以后，马上就得了癫狂病，也变成了疯子。于是，这个国家从上到下，无论国君还是臣民，都一样癫狂；无论大人还是小孩，都一样荒谬。所有的人都一样疯疯癫癫，这样，大家反而都高高兴兴、心安理得了。

≪赏 析≫

"狂泉"只不过是一个假想的故事。不过，它却告诉我们：在举国上下只流行一种荒诞的意识、只贯彻一种虚伪的做法的情况下，一个有健康头脑和正常行为的人，要想在众人颠倒黑白的环境里坚持公正的原则，的确是极其困难的。

说到这儿，人们也许会想起"众人皆醉而我独醒"的状态，我国古代的大文学家屈原就是这样的一个人，在混乱的朝廷中保持自己的清醒，却因为不被人理解而自杀。看来，自古以来都是这样的，要想在一种癫狂的气氛中平静生活，实在是太难了。

中国寓言故事

公输刻凤

公输班就是我国的木工祖师鲁班。传说中的鲁班不仅木工技艺高超，而且，还善于动脑。据说有一次，他爬山的时候被小草的倒刺划破了手指，根据这样的原理发明了木工用的锯子。

公输刻凤讲的是这样一则故事：公输班正在雕刻一只凤凰，凤冠和凤爪还没有雕刻完，翠绿的羽毛也还没有安置好，有些人只看见凤凰的身子，就说它是只白色的鹞鹰；而看到凤头的人，则叫它鹈鹕。人们都说它很丑陋，讥笑它太笨拙。

一切工作都还在紧张地进行着，人们还在为这个形状怪异的凤凰发表着自己的看法。公输班却毫不理会这些，一心一意地干自己的工作。

等到凤凰刻成了，翠绿的凤冠高高耸立着，大红的爪子闪着光亮，锦绣般的身躯像霞光散射，美丽的翅膀像火花迸发。振翼高飞，飞翔回旋在梁栋之间，一连三天都不栖落下来。这个时候，人们才赞不绝口地称赞凤凰刻得异常神奇和无比灵巧。

这则寓言形象地向人们昭示，要认识一件事物，就必须用全面的、发展的观点去观察和判断，要观察事物发展的全过程。不能静止地、片面地去观察，只看到某一过程，某一局部。这种根据事物的片面性特点轻易下结论必然会大错特错，贻笑大方。同时也说明，人才在成长过程中，往往因为某种不成熟而被人讥笑，只有锲而不舍地坚持下去，才会使人们那种只重结果，不重过程的观点得以改变。

作者在构思时着重未成之凤与既成之凤的对比，极力渲染彩凤的绚丽多姿，并通过这种对比显示出人们前倨而后恭的态度，从而暗示公输班的非凡技艺。如果公输班一听到别人的讥笑就停止他的工作，那么奇巧精美的彩凤就不可能问世。正是这种不管别人怎样说，一心工作的人，才会有非凡的技艺，才会用自己的辛勤劳动，改变强加于己的不实之词。

郑人逃暑

盛夏时节，酷暑难耐。太阳像个大火炉般挂在天上，无情地炙烤着大地，人们的衣衫都汗湿了一遍又一遍。树上的知了扯开嗓子拼命叫着"热啊！热啊！"，让本来就热得不行的人们心中更添了几许烦躁。

有个郑国人，他家的院子里有一棵大树。于是他就卷了草席带着蒲扇到树阴下面去乘凉。从早到晚太阳慢慢地移动，树影也跟着移动。郑国人发现了这个现象，也就跟着树影不停

地挪动他的席子，好总是处在树影中，以免被太阳晒到。随着太阳渐渐居中、偏西，树影由远及近，又由近及远，到了傍晚太阳落山的时候，树影又重新到了树底下，那个郑国人也就跟着回到了树底下。

夜幕降临了，月亮升上了天空，又在树下投下了一片阴影。郑国人又出来乘凉了。他想，晚上有露水，要是被露水沾湿了衣服可怎么办呢？接着又转念道：不怕，还是用白天的老办法，肯定不会有问题的。

于是，树影紧随着月亮的移动而移动，郑国人则紧随着树影的移动来挪动他的席子，满以为这个可以用来躲避太阳的妙法子也一样可以用来躲避露水。可是却没料到，一夜下来，他的衣服和席子都被露水湿透了。

≪赏　析≫

这个愚蠢的郑国人，没有想到躲避日晒和躲避露水的方法是不同的，就生搬硬套白天的老经验。我们可不能学他，要做到具体情况具体对待，才能真正解决好问题。情况在不断地变化，但思想却跟随不上新形势的发展，只知用老眼光、老办法去解决新问题，就会碰壁受灾。

与狐谋皮

周地有一个人，他做梦都想拥有一件价值千金的狐裘大衣。

一天，周人正在山林的小径上走路，只见一只灰狐狸从他面前经过。那灰狐狸皮毛光滑油亮，周人仿佛看到了一件雍容华贵的狐裘大衣。他向狐狸乞求道："我一直渴望拥有一件千金难求的狐裘大衣，终于在您身上找到了。我求您，把您一身华贵的皮毛赐予我吧，以实现我多年的夙愿！"

狐狸摇摇尾巴："你在家中等着，我去和伙伴商量商量，过两天保准多送你几身上等的皮毛。"

周人听了高兴地回家去了，狐狸

马上跑回山林的洞穴中，对同伴们说："周地有个蠢家伙想做一件狐裘大衣，竟然要我把自己的皮毛给他。我们现在就逃走，让那蠢货在家里等着吧！"

周人在家里等了十天后再也等不住了，他跑到山林里去找狐狸。结果一只狐狸也没看到，所以，他还是没能做成一件狐裘大衣。

≪赏　析≫

这个诙谐风趣的寓言告诉人们，要别人为自己做出牺牲，是没有商量余地的。好在狐狸是弱小的动物，它们的对策只能是逃走，去和狐狸商量这件事的周人的损失仅仅是没有达到目的。这个故事后来就演变为"与虎谋皮"，在同老虎这样的对象商量要它们的皮的时候，老虎就对他不客气了，它可不会放过这送上门来的美餐。不但老虎的皮没得到，连自己生命，包括自己的皮都贡献给老虎这个谈判对象了。

这则寓言还蕴含着深刻的人生哲理。周人想要穿狐裘大衣而找狐狸商量，讨其皮毛，这种愚蠢的错误反映的不仅是方法问题，更是态度问题。周人不是站在一个积极主动的立场上去努力实现理想，而是希望不劳而获。理想要成为现实，必须经过劳动的过程，这是不言而喻的真理。可笑周人看不到理想与现实的区别，将理想看成一个实在的东西，这就在人生路上迷失得太远了。

博士买驴

从前，有位熟读经书的博士（博士是古代学官名，主要掌管图书），自以为学问高深，喜欢到处卖弄。

一天，这个人来到一个集市上，看见一个驴贩子在那卖驴。他瞧见那头驴健壮结实，心中大喜，他想："正好我家缺头驴子，不如买回去。现在周围的人又这么多，正是我显示本领的时候。"

"请问你这头驴子卖多少纹银呀？"博士问道。

那个驴贩子见他好像很有权势的样子，忙答道："回您的话，我这头驴子五两纹银。"

博士说："那这头驴子我买下了。"

驴贩子一听十分高兴，可马上又有了愁色。驴贩子说："先生，我本该写一份字据给您，可我不认字，没办法写给你呀！"

博士高声说道："这个不难，我来为你代劳吧！"

驴贩子一听，十分高兴，跑去买来纸和笔，交给了博士。

博士挽起袖子，把纸铺在桌上，饱醮了墨水，一口气写了足足有三张纸。

旁边的人也有几个识字的，他们越看越不耐烦，对那个博士说道："写了三大张还没见一个'驴'字呢！"

下笔千言，离题万里，空话连篇，言之无物，这是某些读书人的一种恶习。博士自认为通晓古今，一有机会便想炫耀自己的才华。一张卖驴的字据连写三篇还没切入正题，本期望得到别人的赞许，没想到招来一片唏嘘声。

这也给了我们一个提醒：做学问要踏踏实实，不要骄傲自满。如果只停留在一个炫耀学问的层次上，那么你将来必定不能成大器。

衔肉著口

一天，有一个人到集市上去买肉。买好肉后，在回家的路上，这人突然感到尿急，他提着肉四下找厕所，终于在一条小街的尽头找到一个厕所，他随手就把肉挂在门外。

另一个人恰巧路过这里，他惊奇地发现有一大块鲜肉挂在厕所的门外，他环顾四周竟发现没有一个人。这个人心里大喜，他想都没想，伸手就去取那块肉。这个时候，买肉的人刚好上完厕所从里面出来，偷肉的人吓了一跳，他赶紧把肉用牙齿死死地咬住，而后准备若无其事地离开。买肉的人四下寻找他挂在门边的肉，他根本没有想到会出现这样的情况，不由焦急地往四周看，这里来往的行人稀少，唯独看见自己近旁有个用嘴衔着肉的人，于是这个买肉的人上前问道："请问你有没有看见我挂在这个厕所门外的一块猪肉？"那个偷肉的人，连忙摇摇头，用手指着嘴里衔着的肉，口齿不清地说："你把肉挂在门外，哪能不丢呢？如果你像我一样把肉衔在嘴里，还有可能丢吗？"买肉的人听了好半天，才明白他的话，他搔搔脑袋在那儿疑惑开了："是呀，我怎么那么笨呢？要像他那样把肉衔在嘴里不就没事儿了吗？"他垂头丧气地往回走，那个偷肉的人则衔着肉向着他相反的方向一溜烟儿跑了。

≪赏 析≫

这则寓言既讽喻了偷盗者的狡猾诈术，又讽刺了那些轻易上当的愚蠢之人。偷盗者，往往不知羞耻，想方设法地把别人的东西据为己有，他们常常会给自己的诈骗行为做些不露痕迹的装饰迷惑他人；而那些上当受骗的人，他们不去周密地观察分析详情，遇事缺乏全方位的思考，这正为那些意图欺诈的人提供了可乘之机。这就告诫人们遇事一定要冷静，不要轻易相信别人的言辞，一定要学会权衡轻重，培养独立分析思考问题的能力。

中国寓言故事

折箭教子

公元424年十月，吐谷浑可汗慕容阿豺去世。慕容阿豺共有二十个儿子。患病时，慕容阿豺把他们召集到病榻前，说："先公车骑将军因维持汗国大业，不教他的儿子继承汗位，而把大任教给了我。我怎么敢因私心把汗位传给自己的儿子慕容纬代，而忘记先帝的伟大志向呢！我死后，你们要拥戴慕容慕瓌为汗。"

慕容阿豺害怕自己死后几个儿子都为争夺王位而互相残杀，他亲手拟好了文书，交给自己最为放心的部下。同时，慕容阿豺又命令所有的儿子，每人各拿出一支箭，他在其中抽出一支，叫慕容慕利延折断，慕容慕利延就把它折断了。阿豺又把剩下的十九支箭合在一起，叫慕容慕利延折断，慕利延无法折断。慕容阿豺于是告诫大家："一支箭容易折断，一把箭则难以摧折。你们应该同心协力才可以保国保家。"看着几个孩子都齐心协力的样子，慕容阿豺也就放心了。不久，慕容阿豺病逝。

在办完隆重的丧事后，慕容慕瓌继承了汗位，他牢记前任大汗的嘱托，南征北战，英勇无敌，没几年他便妥善地安抚了来自凉州、秦州以及羌族、氐族等各种部族共五六百余部落，增加了部落的人数和国家的实力。

≪赏　析≫

"一根筷子轻轻被折断，十双筷子牢牢抱成团"就是这则寓言最贴切的比喻了。不过，国王阿豺之所以用折箭法来教育儿子与胞弟为保住江山社稷而"戮力一心"，那是因为具体事例要比没有切身体验的俗语更有说服力。同时，我们也可以看到阿豺作为一个大汗，他那富有人性化的教育方式是值得人们学习的。

中国寓言故事

黔之驴

贵州这个地方没有驴子，有个喜好多事猎奇的人用船运载了一头驴进入贵州。由于这里的人不知道该用驴来干什么，运到后没有人会使唤它，便把它放置在山下，驴子整天不用干活，吃饱了就在山下转悠。有一天，老虎见到它，一看原来是个巨大的动物，就把它当作了神奇的东西，以为这是一种比自己还要厉害的动物。于是隐藏在树林中偷偷地窥探它，发现这个动物的脾气蛮好的。老虎渐渐地走出来接近它，但因不了解它究竟有多大本领，所以也显得小心翼翼。

一天，驴子一声长鸣，老虎大为惊骇，认为驴子将要吞噬自己，非常恐惧，顿时飞快地逃跑了。然而老虎来来往往地观察它，觉得驴子好像没有什么特殊的本领似的。渐渐地习惯了它的叫声，又靠近它前前后后地走动，慢慢地，老虎又靠近了驴子，态度更为随便，一次一次地冲撞冒犯它。

这时，驴禁不住发怒，用蹄子踢老虎。老虎因此而欣喜，盘算此事。心想到："驴子的本领只不过如此罢了！"于是跳跃起来，大声吼叫，咬断驴的喉咙，吃完了它的肉，才打着饱嗝离开了。

≪赏 析≫

《黔之驴》现在已成一篇脍炙人口的寓言名篇了。

驴的悲剧不仅仅是被老虎吃了，其实，驴是被"人"吃掉的。好事者因为不了解驴是来干什么用的，仅仅是觉得这个地方没有驴，为了满足人们猎奇的心理而把驴运来，当人们见到驴子之后，不知道利用它，而将它放在山里，弱肉强食，驴子终究会被别的动物吃掉的，造成这悲剧的恰恰是人啊！

中国寓言故事

卖 油 翁

有一次，陈康肃在自家后花园的场地上练习射箭，引来很多人围观。有一位卖油的老头儿挑着担子经过，也停下来，斜着眼睛看陈康肃射箭，很久都没有离开。

陈康肃的箭术果然名不虚传，射出的箭十次有八九次都射中靶心。

陈康肃见老头儿似乎有点看不上他射箭的技艺，就走过去问老头儿说："你也懂得射箭吗？难道你认为我射箭的技术还不够精吗？"

老头儿平静地回答说："我觉得这也没啥了不起的，只不过你练的多了，手熟而已。"

陈康肃终于发怒了，质问道："你怎么敢如此贬低我的绝技！"

老头儿说："我是从我多年来倒油的技巧中懂得这个道理的。"

说完，老头儿把一个葫芦放在地上，又取出一枚圆形方孔的铜钱盖在葫芦嘴上，然后他用一把油瓢从油桶里舀了一满瓢的油，再将瓢里的油向盖着铜钱的葫芦嘴里倒。只见那油成细线流向葫芦嘴，均匀不断。等油倒完了，把铜钱拿下来验看，竟然连一点油星子都没有沾上。在人们一片称奇声中，卖油翁笑着说："这点雕虫小技不足挂齿，不过手熟而已。"

陈康肃看完了表演以后笑了起来，客客气气地把卖油翁送走了。

≪赏　析≫

康肃公陈尧咨"发矢十中八九"，且"当世无双"。他这些成绩在卖油翁的眼里只是"手熟尔"。油从铜钱眼中灌入而钱不湿，干净利索，真是了不起！卖油翁也是练来的。没有人生来就是天才，凡事都是熟能生巧，只要我们为自己预定的目标做到坚持不懈的努力，中途不被失败和挫折摧毁，最终也会成功。

越人遇狗

有个越地的人在路上遇见一条狗。这条狗见了他，立刻俯伏在他的脚下，摇着尾巴对他讲着人话："我很会捕猎，求您收留我吧，我将把猎物的一半献给您。"

越人很高兴，就领着狗一同回家。越人以对待上宾的礼节对待狗，每天给它吃上等的精肉。狗看到自己在越人家中日子过得舒舒服服，便日益傲慢起来，每次捕捉到小动物，只管自己吃完了事。

有人讥笑越人说："你喂养着这条狗，它捕到动物，却自己吃光了，你还要这条狗干什么？"越人说："你说的对呵，这条狗当初答应与我平分猎物的，现在却一丁点都不给我，这太不像话了！"从那天起，越人拿着棒子，逼迫狗把猎物与他分享，而且他还要多拿一些。

后来，狗越来越受不了这种待遇了。有一天，当越人又挥着棒子向狗要猎物时，狗狂怒起来，扑上去撕裂了他的脖子和双脚，离家逃走了。

把狗当成自家人来养，而且还要与狗争食，怎么会不失败呢。

≪赏 析≫

宋金对峙后期，蒙古国强大起来，结盟南宋共同灭金，答应以黄河为界中分金国土地为盟约的前提。但蒙宋联军灭金之后，蒙古可汗却将盟约忘得一干二净，挥师南下，大举侵宋，最终导致南宋灭亡。影射宋亡之事，抒发亡国之痛，正是这则寓言的创作动机。作者以狗暗喻蒙古国，而狗的忘恩负义恰如蒙古国的背信弃义。蒙古统治者与宋结盟是远交近攻、各个击破的一种策略，而南宋统治者对此缺乏认识，最终葬送掉大好河山。这正如越人忽视了狗的兽性，以对待人的方式对待狗，并且丧失了人的尊严，与狗争食，结果为狗所食一样，两者说明的是同样的道理，即：看不到事物的本质，为其表面现象所迷惑。

中国寓言故事

无赖附鬼

有一个楚地的恶鬼降到齐地，说道："天帝派我来统治这块土地，我能够对你们降祸或赐福！"人们只好小心地听从，并将鬼供奉在庙里，天天杀牲祭祀，拿钱财进献给它。很多贫苦的农民害怕自己遭到不测，便出卖仅有的一点粮食捐给这个恶鬼，家里却穷得饿死了人。

街市上一些流氓无赖纷纷依附恶鬼，把自己当作奴婢贱妾，恶鬼还不满足，又把他们的妻子和女儿来使唤。鬼气侵入，他们的言语行动，都和恶鬼一样。于是，他们便依仗鬼势，骄横于齐地百姓。凡是不肯依附鬼势的人，他们必定要进谗陷害。齐地的老百姓因此陷入了深重的灾难之中。

天神听说了这件事，愤慨而讥笑地说道："这样的妖魔鬼怪，竟然被供在庙里，享受着人们的奉祭，还在这作威作福不止！"说罢，就发出迅猛的霹雳，劈倒了庙宇，震死了所有的流氓无赖，从此，楚地来的鬼祸便被平息了。

这些家伙以为可以永远仰仗恶鬼的气势为非作歹，真是打错了算盘。

≪赏 析≫

在这则寓言故事中，我们可以看到三种不同的形象，恶鬼的为非作歹、无赖的卖身求荣和天神的正气凛然，因此，这篇寓言是在一种善与恶的较量中展开的，是正义对邪恶的一场较量。

在人类的历史进程中，充斥了多少真与假、善与恶、美与丑交锋、斗争的故事啊。邪恶的东西有时虽能嚣张、猖狂一时，但却总是要被正义判了死刑，这是历史的规律。恶鬼与无赖的覆灭不也正好证明了这一点吗？

中国寓言故事

黠 鼠

苏轼，号东坡居士，人称苏子，是我国著名的文学家。

一天夜里，苏子坐在床上休息，忽然听到床下传来细微的撕咬声，他拍打一下床板，咬声就停止了。过了一会儿，声音又响了起来，而且声响越来越大。苏子被吵得无法安睡，就叫童子拿蜡烛来照，他们发现床板底下有一只空口袋，撕咬声就是从这只口袋里发出来的。

"原来是有只贪吃的老鼠因为发现口袋里的食，钻进去脱不了身呀。"苏子说道，"要是把它打死，一切就平静了。"苏子打开口袋往里一看，口袋里静悄悄的，一点动静都没有，苏子和童子都感到奇怪，童子举起蜡烛照亮了口袋去找，发现里面有一只老鼠静静地躺在那里，看样子已经死了。

童子吃惊地说："它刚才还在咬东西，怎么忽然就死了呢？那刚才是什么发出来的声音，难道是鬼吗？"童子把它倒了出来，老鼠刚从口袋里落出来，挨着地就窜跑了。即使

是身手极其敏捷的人也会被搞得措手不及。

苏子感叹地说："奇怪呀！这只老鼠是多么地狡猾呀！"

≪赏 析≫

据说这篇《黠鼠赋》是苏轼十一岁时所作。黠鼠的故事是发生在他实际生活中的小事，善于观察的苏子从此事推而广之，认为人的智慧本应超过一般动物，但反被老鼠狡猾的伎俩所欺骗。这是没有"惟多学而识之，望道而见也"的缘故。其实，人无完人，每个人所作出的事情并不一定都是尽善尽美的，因此，要想真心地做好一件事就必须着眼于每个细节，这就要求人学会透过现象看本质，把眼光多放在可能出现的结果上，防患于未然，这样才不致让自己已做的事情功败垂成。

中国寓言故事

措大吃饭

两个穷酸秀才，四体不勤，五谷不分，不事稼穑，不学无术，一天到晚装模作样，摇头晃脑，自作清高。衣服又旧又破，常常连肚子都填不饱，可他们依旧鄙视劳动。

一个炎炎的夏日，这两个秀才聚到一起了。他们走到村边，看着农人正在地头辛苦地干活，颗颗汗珠滴在土地上，两秀才大发感叹。

一个秀才说："他们真苦啊！这么辛苦的，落得个什么呢？我这一辈子虽说也穷酸，可是我只要吃饱了饭、睡足了觉也就行了。我最讨厌的就是像他们这样下地去干活，面朝黄土背朝天的，他们太胸无大志了。将来有朝一日我得志了，我就一定先把肚子填得饱饱的，吃饱了再睡，睡足以后再起来吃，那该是多有福气呀！有了这样的福气，就算是实现了我的大志了。老兄，你说不是这样吗？"

另一个秀才不同意前一个秀才说的话。这个秀才说："哎呀老兄，我和你可不一样啊。我的原则是吃饱了还要再吃，哪来的工夫去睡大觉呢？我要不停地吃，这才是享受人世间最大的乐趣。依我看，这才是我的大志！"

两个人喋喋不休地谈着他们的"大志"，原来只不过是不劳而获、坐享其成，所以到头来也只不过是画饼充饥。

<<赏 析>>

这两个穷酸秀才的"雄才大志"，不过是吃饱了便睡，或者吃饱了再吃——满脑子自私享乐，全没有一点济世救民的意愿，这活生生地勾画出北宋时期一班寄生腐儒的丑恶本性。两秀才的"大志"，实在是可悲又可鄙，这种寄生虫的狭隘自私，只能被人耻笑。

一蟹不如一蟹

一天，海潮退了，天气很好，艾子在海滩上散步。忽然，艾子发现自己脚跟前有一个小动物在爬，他好奇地蹲下身子去仔细看这小东西。只见这小动物的身子又扁又圆，周围长着许多脚。艾子把小动物拾起来放入袖口，找到一位住在海边的人，问他道："请问这是什么东西？"那人告诉艾子说："先生，这是梭子蟹。"

艾子在海滩上继续往前走，他又看到一个小动物，身子也是又扁又圆，同样长着许多脚，但形体比先前那个要小些，行动似迟缓一些，于是艾子拾起小动物，放到袖口里，又去找那个住在海边的人，问："您看，这是什么东西呀？"那人告诉他说："这是只螃蟹。"艾子记住了。

艾子继续朝前，不料又看到一只小动物在海滩上爬着，形状、体貌与先前看见的梭子蟹、螃蟹一模一样，只是比前两个更小了。艾子又拾起这个小东西，把它放进袖口，去问那个住在海边的人说："这又是什么东西呀？"那人回答说："这是蟛蜞，也是一种蟹。"

艾子离开那个人，想着今天的事情颇觉有趣。这梭子蟹、螃蟹、蟛蜞都是蟹，而形体却一个比一个小。艾子不觉感叹道："为什么一蟹不如一蟹呢！"

≪ 赏 析 ≫

质朴简练的语言，蕴含着丰富而深刻的思想。艾子抓住蟹类动物状貌相同，体形却大小有别的自然现象，将其按大小顺序排列，因而发出一蟹不如一蟹的感叹。实际上，引起艾子感喟的是社会上的退化现象。封建制度的专制与腐朽，摧残了人性，扼杀了人才。如果能联系到北宋末年的屈辱历史，我们不是会有所悟吗？可见，"一蟹不如一蟹"实在是"一代不如一代"的形象表述呀。

中国寓言故事

图书在版编目（CIP）数据

中国寓言故事 / 瑾蔚编绘. —北京：中国铁道出版社，2015.1（2018.10 重印）
（中国经典故事）
ISBN 978-7-113-19648-6

Ⅰ. ①中… Ⅱ. ①瑾… Ⅲ. ①寓言－作品集－中国
Ⅳ. ①I277.4

中国版本图书馆 CIP 数据核字（2014）第 289645 号

书　　名：中国寓言故事
作　　者：瑾　蔚 编绘

策划编辑：孟　萧
责任编辑：于靖怡　范　博　　　　　编辑部电话：010-51873697
编辑助理：付巧丽　韩丽芳
封面设计：蓝伽国际
责任校对：龚长江
责任印制：郭向伟

出版发行：中国铁道出版社（100054，北京市西城区右安门西街 8 号）
网　　址：http://www.tdpress.com
印　　刷：中煤（北京）印务有限公司
版　　次：2015 年 1 月第 1 版　　2018 年 10 月第 3 次印刷
开　　本：720mm×1000mm　1/16　印张：10　字数：180 千
书　　号：ISBN 978-7-113-19648-6
定　　价：74.40 元（共 3 册）